Zonsverduistering boven Brugge

ZONSVERDUISTERING BOVEN BRUGGE

Vic de Donder

Davidsfonds/Literair

De nachten kunnen koud zijn op de Schelde, ook in de zomer. Daarom had Erembald een plaatsje gezocht in het ruim. En hij niet alleen. De meeste ridders waren de wankele ladder afgedaald en hadden zich op de plankenvloer te rusten gelegd. Enkele schildknapen smaalden dat het helemaal niet koud was en dat ze wel aan dek zouden slapen, maar naarmate de nacht vorderde en de nevels hun kleren klam maakten, klauterden ze een voor een naar beneden. Hoewel hij zijn wijde mantel opgevouwen had en onder zijn hoofd gestopt zodat hij vrij comfortabel lag, kon Erembald de slaap niet vatten. Niet omdat er een duffe geur in het ruim hing, dat deerde hem nauwelijks, en ook niet omdat alles onder een dikke laag kalkstof zat. Van een kogge die al jaren Doornikse steen vervoerde kon je niets beters verwachten. Maar hij was begonnen luisteren naar het water dat voortdurend tegen de scheepswand klotste en dat hield hem uit zijn slaap.

Had het aan hem gelegen dan waren ze aan land gegaan om voor een poosje van dat vervloekte steenschip verlost te zijn. De schipper had hen dat ten stelligste afgeraden. Het was toch veel te gevaarlijk in deze streek, zeker! Overal struikrovers. En beren. Nog geen maand geleden was vlakbij een man zo lelijk toegetakeld dat hij er het leven bij had ingeschoten. Neen, de heren moesten zich maar beter niet moeien, had de schipper gemelijk gezegd, zijn brokkelige tanden bloot lachend, waarop hij het anker in het midden van de stroom had geworpen. Daar dobberden ze nu al uren.

Rechtover Erembald lag Boldran met zijn rug tegen de wand. Zijn hoofd hing schuin en hij snurkte. Al slapend was hij beetje bij beetje opzijgezakt zodat zijn linkerschouder elk ogenblik zijn helm kon raken die bovenop zijn schild stond. Een machtig man, die Boldran. Als burggraaf van Brugge - kastelein, zeiden de mensen - had hij van graaf Boudewijn het bevel gekregen over hun expeditielegertje, dat een opstandige burchtheer aan de benedenloop van de Schelde moest gaan intomen. Niemand betwistte Boldrans gezag. Hij was groot en fors gebouwd, handig met het zwaard en dapper in de strijd. Zijn rechtvaardigheid was legendarisch. Over zijn gezag bestond geen twijfel, nog minder over zijn invloed bij de graaf. Hoe dikwijls had Erembald niet kunnen ervaren dat Boudewijn groot vertrouwen in de Brugse kastelein stelde? Eigenlijk had Erembald moeten overlopen van dankbaarheid voor Boldran, want letterlijk alles had hij aan de burggraaf te danken. In de eerste plaats zijn rang als vazal. Woord voor woord herinnerde hij zich nog het gesprek tijdens hun eerste ontmoeting op het feest van Sint-Lambertus in het steen van de Veurnse burggraaf nadat hun gastheer uitgebreid de lof had gezongen over zijn jeugdige kracht, zijn moed en zijn vastberadenheid.

'Ben je een vrij man?' had Boldran gevraagd.

'Ja, heer,' had hij zonder verpinken geantwoord.

'Ben je bereid mij manschap te doen en je zwaard in mijn dienst te stellen?'

'Dat ben ik, heer.'

'Kom mij dan opzoeken, als je in Brugge bent.'

Vier jaar was dat nu geleden. Op Sint-Kristoffel in 1063 had hij Boldran manschap gedaan door zijn handen met de palmen tegen elkaar in de hoogte te steken, waarop Boldran er zijn handen beschermend omheen had gelegd. Een belofte van onvoorwaardelijke trouw die hem allesbehalve windeieren had gelegd: aanzien in zijn geboortestad Veurne, macht en rijkdom in Brugge als een van de intimi van de kastelein, een groeiende vriendenkring aan het hof van de graaf, de gunst van Boudewijn V zelf, en bovenal - maar dat mocht niemand weten! - een plaatsje in het bed van Duive, Boldrans bloedmooie vrouw.

Ze had het er zelf op aangelegd. En hij was er maar al te graag op ingegaan. Stapelzot was ze, die Duive. Zijn opmerking dat het overspel was en God haar zeker met een vreselijke kwaal zou straffen als ze het niet vroeg of laat biechtte, lachte ze schalks weg. Telkens als hij in hun steen kwam, zat ze te lokken en te lonken, en haar man was de stad nog niet uit of ze stuurde een jonkvrouw uit haar gevolg met de boodschap: 'Kom, gauw!' Wat in het begin slechts een geil spelletje leek, werd op de duur bloedige ernst. Op een nacht lag hij bij haar - de burggraaf was met de proost van Sint-Donaas naar Terwaan - toen ze zich plots op haar elleboog oprichtte, haar blond haar met een bevallige zwaai van haar hoofd naar achteren sloeg, en hem scherp aan-keek.

'Beval ik je?'

'Dat zou ik geloven?'

In de mening dat ze nog eens wilde vrijen, streelde hij met de rug van zijn hand haar borst, maar ze duwde hem van zich af.

'We zouden een mooi stel vormen.'

'Komaan, Duive,' lachte hij. Hij stak opnieuw zijn hand uit, maar ze duwde die weer weg.

'Neen, neen. Ik meen het. Zie je me graag?'

'Ik heb het je toch al gezegd.'

'Dan moet Boldran weg.'

'Boldran weg? Naar waar?'

'Uit de weg, voorgoed.'

'Dood, bedoel je?'

'Ja, dan ben ik weduwe en kunnen wij trouwen. En dan kan jij...'

'Wie gaat dat doen?'

'Jij, wie anders?'

'Ja, maar...'

'Bang?'

'Wat zou ik? Ik heb er al zoveel over de kling gejaagd. Maar Boldran... Weet je wat ik zou kunnen doen? In Veurne heb ik vrienden die voor een paar penningen dat zaakje wel willen op-knappen.'

'Neen, want die gaan hun mond voorbij praten. Je moet het zelf doen.'

Hij knikte, maar antwoordde niet.

'Er is nog iets.'

'Ja?'

'Als Boldran weg is, word jij burggraaf.'

'Ik?'

'Ja, jij.'

'Hoe ga jij Boudewijn zover krijgen dat hij een jong ridder uit Veurne kastelein van Brugge maakt?'

'Met geld. Laat dat maar aan mij over. Als jij er maar voor zorgt dat we van Boldran verlost geraken.'

Zonder op zijn reactie te wachten had Duive haar elleboog weggeschoven, zich op haar rug laten vallen en hem naar zich toegetrokken.

Sedert dat gesprek spookte nog slechts één gedachte in Erembalds kop: die vervloekte Boldran uit de weg ruimen. Elke dag keek hij uit naar een geschikte gelegenheid, maar als die zich dan voordeed, zoals die keer toen ze naar Aardenburg reden, durfde hij niet. Misschien was nu het moment gekomen. Tijdens de verwarring van het komende gevecht kon hij de burggraaf afmaken...

Plots schrok Erembald op. Boldran was met zijn schouder tegen zijn helm gestoten en wakker geschrokken. Met zijn vlakke hand wreef hij traag over zijn lippen, het speeksel dat uit zijn mondhoek liep naar binnen slurpend. Moeizaam kroop hij overeind en liep naar het trapgat. Dat Erembald nauwlettend zijn bewegingen volgde, had hij niet in de gaten. De treden vastgrijpend beklom hij de ladder. Zijn hele bovenlijf was al verdwenen en alleen zijn benen waren nog zichtbaar toen hij even halt hield, misschien om aan de frisse buitenlucht gewend te raken. Dan verdween hij aan dek. Waarom wist Erembald niet, maar ineens voelde hij een aandrang om zijn heer te volgen. Hij kwam onhoorbaar overeind en spiedde door de duisternis om zich heen. Het was stil in het ruim, op de gesmoorde bonzen van de voetstappen op het dek na. Lenig trok hij zich langs de ladder omhoog en stak zijn hoofd boven de rand. Op de boeg stond Boldran wijdbeens te wateren. Door de grijze nevels tekende zijn imposant silhouet zich vaag af tegen de bleke wolkenmassa.

Nu of nooit, schoot het door Erembalds hoofd.

Hij sprong aan dek en liep naar Boldran toe die het geluid van de naderende voetstappen hoorde en verbaasd omkeek. De burggraaf opende zijn mond, maar nog voor hij iets kon zeggen, gaf Erembald hem een krachtige duw in de lenden zodat de ridder als een blok van het schip in het water sloeg. Zo luid was de plons dat Erembald instinctief over zijn schouder naar de ladder keek, waar elk ogenblik iemand van het gezelschap kon opduiken om te kijken wat er gebeurd was.

Er verscheen niemand en dat gaf Erembald de kans over de rand in de donkere diepte te spieden. Even meende hij de waterspiegel te zien deinen, maar dat was een vergissing. Over het oppervlak liep alleen de zilveren rimpeling die de ankerketting in de stroming trok. Ook in het ruim bleef alles rustig. Opgelucht schoof Erembald voetje voor voetje naar de ladder en liet zich behoedzaam naar beneden zakken.

Kraakte daar iets?

Hij draaide zijn hoofd om. Op de achterplecht, tussen dikke trossen touwen, grijnsde de tronie van de schipper.

'Ju!' De paarden spanden hun spieren en de kar kwam krakend in beweging.

Robrecht zat met zijn rug naar de voerman en met zijn neus bijna tegen de lange rokken van drie meiden die zich al taterend op de voorste bank hadden geïnstalleerd. De achterste bank, waarover een rood fluwelen doek was gespreid met kunstig geborduurde randen, was gereserveerd voor Beatrijs en haar twee dienaressen. Aan haar voeten zaten Mathilde en Willem, haar twee oudste kinderen. Tussen de heen en weer schuivende meiden door kon Robrecht soms een glimp opvangen van hun blozende gezicht. Van Evrard en de andere ruiters naast de kar zag hij alleen de wippende tors en af en toe een hinnikende paardenkop. Zodra ze voor de kar gingen rijden, verdwenen ze uit zijn gezicht. Het hoofd draaien hielp niet, want dan keek hij tegen houten planken aan. Niet dat het voorberd zo hoog was - de meiden keken er moeiteloos overheen - maar voor een kleine jongen die bovendien neerzat, was het hoog genoeg om het gezicht te belemmeren. Kwam daarbij dat hij in zijn bewegingen werd gehinderd door Wouter die zich dicht tegen hem had aangedrukt. Wouter was het jongste kind van Beatrijs Verbrugghe en Evrard Lodemare en van kleins af zijn beste kameraad.

'We zijn weg,' gromde Robrecht.
''t Werd tijd.'
'Ja, 't heeft lang geduurd.'
Ze waren vroeg opgestaan, die ochtend, want Evrard wilde voor dag en dauw de weg op om zeker tegen de middag in Torhout te zijn. Maar de voorbereidingen hadden zoveel tijd in beslag genomen - eer die tweede kar geladen raakte en eer die paarden ingespannen waren! - dat het al begon te dagen voor ze konden aanzetten. Om op de weg naar Torhout te geraken moesten ze heel Brugge door, want Evrard woonde aan de noordrand van de stad, dicht bij de watermolen.

Het gaf Robrecht een raar gevoel, achteruitrijden, en in het begin moest hij een paar keer slikken. Vooral toen ze door de oostpoort het Burchtplein op draaiden en hij de hoge verdedigingsmuren akelig snel achteruit zag schuiven. Zijn maag begon helemaal te draaien toen ze onder de gewelfde overgang reden die het huis van de graaf over de straat met de Sint-Donaaskerk verbond. Omhoog blikkend zag hij de sluitsteen boven zich wegschuiven en door de gaten aan de zijkant de benen van de kapelaan naar de kerk dribbelen. Achter de ramen meende hij nog een flikkering van licht te zien. Waarschijnlijk hadden de kanunniken de kaarsen van de vroegmis nog niet uitgeblazen. Robrecht wist maar al te goed waarom. Hij had duchtig mee- gedaan aan het stelen van kaarsstompen tot een van de kosters het had ontdekt en hem een paar lelijke klappen had verkocht. Sedertdien lieten de kanunniken de kaarsen branden tot de mis- dienaars weg waren. Voorbij de kerk wilde Robrecht opstaan om snel na te gaan of hij een van de bedelaars herkende die in het hoofdportaal zaten, maar voor hij rechtop raakte, reden ze al langs het huis van de proost en onder de westpoort door de burg uit.

Hij werd misselijk van al dat draaien en keren. En ze waren nog maar nauwelijks vertrokken. Wat zou dat tegen de middag zijn? Plots kreeg hij een fikse duw in de rug van het voorberd. De kar klom de steile burchtbrug over de Reie op en helde sterk naar achter waardoor hij zijn benen moest uitstrekken om niet tegen de meiden te schuiven. Die giechelden, grepen zich vast aan de bank en keken achterom zodat hij tussen hun draaiende lijven door en naast Beatrijs en haar dienaressen heen plots een goed gezicht zou gekregen hebben op de burg als de zon naast de twee torenspitsen van Sint-Donaas hem niet vlak in de ogen geschenen had. In een flits zag hij de tweede kar die net onder de poort door reed. Daarachter volgden nog vier ruiters en twee honden die al blaffend, maar op veilige afstand van de paarden- poten, meeholden.

Net toen hij probeerde zich nog steviger te schoren door zijn handen plat tegen de vloer van de kar te drukken, viel hij als een blok achteruit. De kar was boven op de brug gekomen en ra- telde nu de helling af naar de markt toe. Door de vaart misten de paarden een beetje hun bocht zodat de wielen van de rechter- kant van de straat liepen en door de plassen ploegden die de regen van de dag voordien daar achter had gelaten. De modder spatte omhoog en een van de ridders die door de graaf waren meegestuurd om over hun veiligheid te waken, kreeg een klont in het gezicht. De jongens schaterden en rekten hun hals om de foeterende ridder iets toe te roepen, maar toen kregen ze de twee boeven in de gaten die daar eergisteren waren opgeknoopt. Robrecht had er verdomd veel plezier aan beleefd. De linkse had lang gesparteld en met zijn ogen gerold. Veel tijd om ze te bekijken kreeg hij niet, want de kar draaide al de Steenstraat in en zijn zicht bleef lang beperkt tot de bovenste ramen van de houten huizen en de randen van de strooien daken.

Om niet nog zieker te worden, besliste Robrecht stil te blijven zitten en strak voor zich uit te kijken. De straat was recht en de paarden hadden hun stapritme gevonden zodat de kar trager en gelijkmatiger reed. Voorbij de stadspoort staken ze het Zand over en kozen links de weg naar Torhout. De weg rechts, over Straten naar Oudenburg, kende hij op zijn duimpje, want vader reed geregeld naar de abdij en soms mocht hij dan mee op de bok. Maar in Torhout was hij nog nooit geweest. Wat Evrard daar precies ging uitrichten, wist Robrecht niet. Dus vroeg hij het aan Wouter.

'Mijn vader is hofmeester van de graaf.'

'Dat weet ik wel, maar wat gaat hij doen?'

'Binnenkort is het daar jaarmarkt.'

'Ja, en?'

'Dan gaat graaf Boudewijn naar Torhout en vader moet zorgen dat er eten is.'

'Hoe..., dat er eten is?'

'Wel ja, dat er eten en drinken is. Hij moet dat kopen.'

'Waar?'

'Op de markt, slimmeke!'

Dat Evrard Lodemare een gewichtig man was, wist Robrecht al langer. Te horen was het aan de eerbiedige, soms wat vreesachtige toon waarop zijn vader over hem sprak. Te zien aan het splinternieuwe stenen huis dat de hofmeester had laten bouwen buiten de burg op de weg naar Aardenburg waar nog andere grafelijke ambtenaren hun woning hadden. Vroeger woonden Evrard en Beatrijs naast hen, in een ruim houten huis, maar sedert graaf Boudewijn hun buurman tot hofmeester had benoemd, was het aantal dienaars en meiden zo gegroeid en de nood aan voorraadkelders zo nijpend geworden, dat Evrard voor een nieuwe woning had gekozen in het noordkwartier.

'Geen ratten en geen muizen meer,' had Wouter gesnoefd waardoor Robrecht zich wat vernederd had gevoeld, want bij hen krioelde het van ongedierte. Vader had gegrond dat er ooit wel een tijd zou komen dat ook zij in zo'n stenen huis zouden wonen. Als ministraal van de abdij van Oudenburg had hij toestemming gekregen van abt Hariulf om zich in de stad te vestigen om er de hoeveproducten van de moniken op de markt te verkopen, wat hem behoorlijk wat tijd liet om een eigen handeltje te drijven. Beide besognes brachten hem een flinke stuiver op. Maar zeker nog niet genoeg om het huis behoorlijk te laten herstellen, laat staan een steen te bouwen. Giselbrecht - zo heette Robrechts vader - leverde boter, melk en kaas aan Evrard voor het gratelijk huis, wat meebracht dat de betrekkingen tussen beide families toch in stand gebleven waren, al liet Evrard geen kans onbenut om het standenverschil in de verf te zetten. Zelfs tussen de twee jongens was de verstandhouding niet meer zo hecht als vroeger. Robrecht ging nog vaak bij Wouter spelen, maar hij voelde zich in dat grote huis niet meer op zijn gemak.

Nog niet zo lang geleden, toen een van de dienaren hem een schop had verkocht met de uitroep 'uit de weg, armoedzaaier', had hij gezworen dat hij nooit meer zou gaan, maar net toen informeerde Evrard bij zijn vader of hij voor enkele dagen mee naar Torhout en Ieper mocht. Kwestie van Wouter gezelschap te houden.

'Natuurlijk,' had vader geantwoord. Hij zag er geen graten in dat Robrecht meereisde. Integendeel, hij kon er zijn voordeel mee doen. Zeker in Brugge, maar ook in al de plaatsen die ze zouden bezoeken - Torhout, Ieper, Voormezele en Mesen - zouden de mensen zien dat zijn zoon een plaatsje kreeg in het gezelschap van Lodemare, wat het aanzien van zijn familie zou opvijzelen.

Bovendien kon een goede verstandhouding tussen Robrecht en Wouter ervoor zorgen dat de betrekkingen met de hofmeester nog zouden verbeteren of alleszins niet verslechteren, wat de kans op winstgevende zaakjes verhoogde en zijn reputatie in het huis van de graaf alleen maar ten goede kon komen. Waarop Giselbrecht prompt een stel nieuwe kleren kocht voor zijn zoon, om er zeker van te zijn dat het kind niet zou afsteken tussen al die voorname lui.

Het gezelschap schoot flink op. De weg naar Torhout kronkelt door de Ruddervoordse heide, een woestenij met hier en daar een paar bunders bebouwd land rond een hutje, en voor Torhout duikt hij in het bos van Wijnendale, dat tot het domein van de graaf behoort. Bijna wekelijks kwam Boudewijn er, vergezeld van zijn pairs en een schare dienaars, een partijtje jagen. Voor rovers vreesde Evrard niet, want de woudmeester had hem verleden week nog verzekerd dat hij bij hun doortocht wat gewapend volk in de buurt zou houden. Het was trouwens jaren geleden dat nog iemand in dat woud was overvallen. De strenge maatregelen van de graaf begonnen hun vruchten af te werpen. Evrard had zijn fraaiste zwaard omgegord, een wapen dat hij vorige zomer voor veel geld gekocht had van een Picardisch edelman. De korte greep eindigde in een zilveren zwaardknop en de kling stak in een met rode zijde beklede schede. Als rijdier had hij een grijze merrie uitgekozen, een geschenk van Boudewijn waarop hij uitermate fier was. De hele tocht bleef hij dicht bij de eerste kar met zijn vrouw en kinderen, zonder de tweede kar en de andere ruiters uit het oog te verliezen. Geregeld wierp hij ook een blik op de drie van zijn knechten die op een boogscheut voor hen uitreden en op de twee zwaargewapende ridders die de graaf had meegestuurd. De ene, Diederik, hield ternauwernood zijn vurige bruine hengst in bedwang, terwijl de andere, Thiebald, een rustiger strijdros bereed en een lange werpspies droeg die hij in een leren koker had geplant en met de punt naar de hemel hield zodat het lansvaantje met het wapen van Vlaanderen - een driehoek in rood, omgeven door een stralenkrans van twaalf spits opengaande driehoeken, afwisselend van geel en azuur - strak in de wind wapperde.

Veel werk lag er in Torhout niet te wachten. Als de twee dienaars die hij vorige week vooruitgestuurd had, hun opdracht naar behoren hadden uitgevoerd, dan konden ze nu een inventaris voorleggen van de voorraden van 's-Gravenwinkel, het steen dat de graaf ter beschikking had in de stad. Van graan, kaas en gedroogd vlees moest er zeker genoeg zijn uit de cijnzen van de boeren. Kippen en ganzen liepen er in overvloed op de hoeve van de grafelijke doening. Misschien moest er bier gekocht worden, wijn, en bijna zeker ook eieren, vis en vers schapenvlees om de voorraadkamers bij te vullen, maar net genoeg om niet al het geld op te maken dat hij bij zich droeg. Waar hij in elk geval persoonlijk moest op toezien was dat de slaapkamer en de grote zaal van 's-Gravenwinkel gereed waren voor het verblijf van Boudewijn tijdens de jaarmarkt. Want er zou recht gesproken worden - Evrard wist dat er in de kerkers van het grafelijk huis tien ridders zaten opgesloten die hoeven hadden geplunderd en boeren vermoord - en er zou meer dan één feestmaal opgediend worden. Tafellinnen, beddinnen, zilverwerk en allerlei ander gerei voerde hij mee op de tweede kar. Wandtapijten, kisten met kleren en de stoel van de graaf kwamen met een volgend transport later deze week, maar dat was niet zijn zorg.

Veel tijd zou dat allemaal niet in beslag nemen: één, ten hoogste twee dagen. Uiterlijk woensdag konden ze doorrijden naar Ieper waar hij een partij lakense stof van eerste kwaliteit op het oog had. Met een deel van het opgespaarde geld van de graaf en met wat hij zelf kon bijleggen was hij van plan twintig balen te kopen. In de Cliestraat kende hij een schipper die voor een redelijke prijs de partij over de Ieperleet naar Brugge wilde transporteren. Als alles goed liep, lag het laken bij zijn terugkeer al in zijn stapelhuis zodat hij het direct kon leveren aan de Rijnlandse koopman met wie hij een koopovereenkomst had gesloten en die het over Gent en Luik naar Keulen zou voeren om het daar over te laden op een schip met bestemming Regensburg. Met de opbrengst zou hij, als naar gewoonte, van dezelfde koopman zijde, pelzen en specerijen kopen die - dat wist hij uit ervaring - gretig aftrek zouden vinden bij de Brugse aristocratie. Zo kon hij een vette winst opstrijken, het geld van de graaf recupereren en een deel ervan als overschot terug in de grafelijke kas storten. Van de gelegenheid wilde hij ook gebruikmaken om een bezoek te brengen aan de jonge Willem van Ieper, bastaardzoon van Filips van Lo en kleinzoon van die grote graaf Robrecht, de eerste van die naam, die door het volk indertijd 'de Fries' werd genoemd omdat hij een Hollandse tot vrouw had genomen.

Ha, die kinderen van de Fries! Allemaal, bedacht Evrard, allemaal waren ze aan een uitstekende partij uitgehuwelijkt. Geertrui aan de graaf van Leuven en Adela aan de koning van Denemarken. Spijtig genoeg werd Adela's man in een kerk vermoord zodat de jonge vorstin een paar jaar later met haar zoontje Karel al terug in Brugge stond. Niet voor lang. Ze hertrouwde met de hertog van Apulië en vertrok naar Italië. Karel had ze achtergelaten aan het grafelijk hof.

Zijn derde dochter, Ogiva, had de Fries aangesteld als abdis van de abdij van Mesen. Een tang van een wijf, dat wist Evrard uit eerste hand, want zijn zuster Walburga was als kind aan de dames van Mesen geschonken en had tegenover hem vaak haar beklag gedaan over de bazige vrouw die te pas en te onpas haar grafelijke afkomst misbruikte om de nonnen te tiranniseren. Kwatongen fluisterden dat ze het niet zo nauw nam met haar geloftes en geregeld mannen in haar huis ontving. In Brugge ging zelfs de mare dat ze een kind ter wereld had gebracht! Maar de waarheid moest gezegd worden, om zijn dochter te plezieren had de Fries veel schenkingen gedaan aan Mesen, zodat de abdij almaar machtiger werd. Hij had er zelfs een kapittel aan verbonden met twaalf kanunniken en een proost! Honderduit had Evrard erover verteld aan zijn vrouw en twee oudste kinderen, want hij had hen beloofd dat ze na het verblijf in Ieper voor enkele dagen zouden doorsteken naar Mesen om Walburga te bezoeken. Wie weet kregen ze dan Ogiva te zien.

Neen, voor zijn drie dochters had de Fries goed gezorgd. En ook voor zijn zonen! Althans voor Robrecht, zijn opvolger, want die had hij uitgehuwelijkt aan Clementia, dochter van de graaf van Bourgondië. Haar broer was niemand minder dan de aartsbisschop van Vienne in Frankrijk. Als dat geen passende bruid was voor een toekomstige graaf. Toekomstige graaf? Evrard moest in zichzelf lachen. Robrecht II was al vier jaar dood! Bijna dag op dag. Op 4 oktober 1111 was hij bezweken aan de lelijke wonden die hij had opgelopen toen hij tijdens een expeditie in Frankrijk van zijn strijdros was getuimeld.

Welk een prins was dat toch geweest, die Robrecht! Hij moest in geen enkel opzicht onderdoen voor zijn vader, de Fries. Wie

had er dapperder gevochten tegen de Turken, tegen dat godde-
loos gespuis, dan hij? Waren het geen ridders uit zijn gevolg geweest die als eersten op de muren van Jeruzalem klauterden? Niet
voor niets had hij de bijnaam 'van Jeruzalem' gekregen. En nu
was hij al vier jaar dood en begraven. Wat gaat het toch snel in
het leven, bedacht Evrard. Met Robrechts opvolger, Boudewijn
VII - Hapken of 'de hakbijl' zoals ze hem noemden omwille van
zijn meedogenloos optreden tegen al wie de landsvrede in gevaar
bracht - had hij niet zoveel op, al zou hij dat nooit hardop gezegd hebben, want tenslotte was het de jonge graaf die zijn
benoeming als hofmeester zonder aarzelen bekrachtigd had. Te
danken had hij ze evenwel aan Bertulf, de kanselier van Vlaanderen en de machtige heerser van de clan der Erembalden.
Bertulf!
Die had er minder moeite mee om de graaf uit te lachen, zelfs
in zijn gezicht! Hij kon zich dat veroorloven. Wie zou hem durven tegenspreken? Wie zou het wagen hem, de oppermachtige
kanselier en proost van Sint-Donaas, te tarten? Zij die het ooit
gepoogd hadden, wisten het maar al te goed, als ze het nog
konden navertellen.
Er werd gefluisterd dat Bertulfs vader, Erembald, lang geleden
de burggraaf van Brugge in het water zou hebben geduwd om
zelf zijn plaats in te nemen. Of het waar was, wist niemand,
maar feit is dat Boldran tijdens een expeditie waar ook Erembald aan deelnam, spoorloos was verdwenen en dat Erembald
kort nadien met zijn weduwe, Duive, was getrouwd. Minder dan
een jaar later was hij al burggraaf. En zijn zonen - Bertulf, Robrecht, Disdir, Lambrecht, Wulfric, noem maar op - ze waren nauwelijks volwassen of hij plaatste ze schaamteloos op sleutel-
posities zodat de clan van lieverlee het hele graafschap ging
controleren. Al jaren lag Vlaanderen in de greep van die bende.
Niets was nog mogelijk zonder hun zegen, niemand kon nog een
plaatsje bemachtigen zonder hun akkoord. En zonder er een prijs
voor te betalen. Iedereen sidderde voor de Erembalden. Zelfs
graaf Boudewijn duchtte hen, zover was het gekomen.
'Ho!'
Evrard keek verrast op. Hij draaide zijn hoofd instinctief in de
richting van de voerman die half rechtopstaand aan de leidsels

19

trok om de paarden stil te doen staan. Daardoor duurde het even voor hij de reden van het oponthoud begreep. Uit de tegenovergestelde richting kwam een groepje ruiters aangereden met een tweewielige kar er achteraan. Aan hun kleren en tonsuur te zien waren het geestelijken. Onmiddellijk reed Evrard vooruit, gebaarde naar de drie wapenknechten dat ze hun rijdieren naar de kant moesten sturen, en nam zijn kaproen af ten teken van groet. Uit het midden van de groep maakte zich een ruiter los die op hem toereed. Hij droeg een wijde mantel gevoerd met zilvervos. Aan het gouden kruis op zijn borst begreep Evrard onmiddellijk dat het een abt was en hij sprong van zijn paard om diep te buigen.

'Gegroet, edele heer,' riep hij luid genoeg opdat iedereen het goed zou horen. 'Ik ben Evrard Lodemare uit Brugge, hofmeester van graaf Boudewijn de Zevende. Wij zijn op weg naar Torhout om er het verblijf van mijn heer en zijn gemalin voor te bereiden. Waarmee kan ik u van dienst zijn?'

'Gegroet,' antwoordde de geestelijke en zonder in te gaan op de laatste vraag draaide hij zich om en riep iets naar zijn begeleiders die prompt afstegen. Ook Evrard gaf een teken waarop twee knechten kwamen aandragen met een bank die ze van de tweede kar hadden gehaald. Ze spreidden er zorgvuldig een blauw doek over en trokken zich dan vliegensvlug terug.

'Eergisteren vertrokken vanuit ons huis in Sint-Omaars,' gromde de abt, terwijl hij zich met een zucht liet neervallen. 'Doodmoe, geloof me.'

'Dan bent u Lambert, de abt van Sint-Bertijns?' zei Evrard eerbiedig.

'We rijden naar Brugge,' ging de geestelijke voort, de vraag van Evrard negerend. 'Hoe gaat het daar? Roert Clementia zich nog?'

Hij doelde natuurlijk op moeilijkheden die de weduwe van Robrecht van Jeruzalem vorig jaar haar grafelijke zoon had aangedaan omdat die koppige weigerde haar weduwgeld te betalen. Het was bijna tot een opstand gekomen en Boudewijn had de vazallen die haar gesteund hadden, goed in zijn mouw. Dat wist Evrard.

'Behoorlijk,' zei hij langs zijn neus weg, 'Sedert ze haar geld krijgt, houdt ze zich gedeisd. Al zeurt ze hele dagen over de kinderloosheid van haar schoondochter.'

'Is gravin Agnes nog niet zwanger?'

'Niet dat ik weet.'

'Hoe is het nieuws van de keure van Valencijn in Brugge ontvangen?'

'Met gemengde gevoelens, heer abt. Bij mijn weten is onze graaf niet van plan de poorters van zijn steden dezelfde voorrechten te schenken, hij zit niet in geldnood zoals de graaf van Henegouwen, allesbehalve, geloof me vrij, maar Karel van Denemarken staat er niet afkerig tegenover. Hij ziet er wel voordelen in, beweert hij, al zegt hij niet welke.'

'Karel? Wat heeft die daarmee te maken?'

'Onze graaf betrekt hem elke dag meer bij het bestuur van de mark. Hij heeft hem tot zijn persoonlijke raadgever benoemd en onlangs hoorde ik hem al schertsend zeggen dat de Deen lang geen slechte graaf zou zijn!'

'Dat de gravin maar zorgt voor nakomelingen zodat het geslacht verzekerd is. A propos, hebt u iets om te drinken?'

Evrard liet Bourgondische wijn aanrukken. Ze dronken zwijgend en de abt keek lang in zijn lege beker. Op de vrouwen lette hij niet. Nog minder op Wouter en Robrecht die al joelend rond de kar draafden. Plots stond hij op.

'We zullen maar eens verder rijden,' zei hij, de beker aan de knecht gevend. En dan meer tot zichzelf dan tot Evrard: 'Ik hoop dat de graaf zijn woord gestand doet en zijn steun verleent voor hervormingen in de Sint-Pietersabdij in Gent. Het is hoog tijd dat er een eind komt aan de wantoestanden daar. De kans is schoon, nu er een nieuwe abt is gekozen. De zoon van de heer van Munte.'

'Ik heb gehoord dat Clementia vast van plan is het werk dat ze met u, hooggewaarde heer abt, in Sint-Bertijns begonnen is, in het hele graafschap voort te zetten,' zei Evrard. 'Ik zal u zeggen, in Oudenburg...'

'Zwijg er mij van. Als het zo voortgaat, waait hier vroeg of laat een nieuwe wind binnen. Weet je,' Evrard,' en hij ging weer op de bank zitten, 'een monnik die vrijwillig afstand heeft gedaan van de wereldse ijdelheden, zoekt alleen God, zijn opperste koning. Hij trekt zich terug in vrede, in de rust van het klooster, hij leest, hij mediteert, hij bidt en zingt dag en nacht de psalmen van David. Werken is een deel van zijn taak, dat is waar - *ora et labora*, het zijn de woorden van onze heilige stichter Benedictus - maar de regel heeft handenarbeid niet als zodanig voorgeschreven, wel met de bedoeling het nietsdoen, vijand van de ziel, te verdrijven. Een monnik moet geen zware landarbeid doen! Daar zijn de boeren voor.' Hij pauzeerde even en hervatte dan, zakelijker. 'Het wordt hoog tijd dat we alle abdijen van Vlaanderen onder de leefregel van Cluny brengen. Van een monnik uit Saint-Evroul in Normandië heb ik vernomen dat er een nieuwe hervormingsbeweging broeit in Bourgondië, in het klooster van Cîteaux bij Dijon. De zoveelste. Naar verluidt willen ze daar terug naar de *puritas regulae*, ze zoeken de zuiverheid van de regel, en die menen ze te vinden in de ascetische eenvoud. Tot daar aan toe. Maar dat ze volgens hun stichter, een zekere Robert van Molesme, ook op het veld moeten gaan werken, lijkt me toch een ernstige vergissing. Zeg nu zelf, handenarbeid is toch niet passend voor religieuzen. Wat leidt er meer af van meditatie en gebed? Och, ik wil wel geloven dat er ook bij hen vrome mannen zijn. Maar het schijnt denken ze dat ze al heilig zijn omdat ze een wit habijt dragen, als een soort demonstratie van hogere deugdzaamheid. En zeggen dat zwart de kleur van de nederigheid is!'

Evrard had met stijgende verbazing geluisterd. Van die nieuwe beweging had hij nog nooit gehoord. Wel van een kluizenaar, een zekere Ligier, die zich een jaar of zeven geleden in de duinen bij Veurne had teruggetrokken en enkele getrouwen rond zich had verzameld. Ze noemden zich *pauperes Christi* en naar verluidt voorzagen ze in hun eigen onderhoud door de drassige gronden droog te leggen en te bebouwen. Of dat iets met die Robert van Molesme en zijn opvattingen over handenarbeid te maken had, wist hij niet. Dus zweeg hij er wijselijk over om de abt niet nog meer uit zijn humeur te brengen.

Lambert stond weer op en Evrard vergezelde hem naar zijn paard. Dat was het sein voor de monniken en de ridders om hun rijdier te bestijgen en voor de voermannen om op hun kar te kruipen. Evrard deed een stap achteruit en boog.

'Goede reis, heer abt.'

'Insgelijks,' antwoordde Lambert.

Geholpen door een knecht hees hij zich in het zadel en stak zijn hand in de lucht, ten teken van vertrek. Zodra ze voorbij waren, liet Evrard de drie knechten vertrekken en daarna de karren en de rest van zijn ruiters. Torhout was zeker geen halfuur rijden meer.

Omdat de weg drukker werd en hij erop stond dat iedereen meteen zou zien dat er een voornaam gezelschap aankwam en dus tijdig opzij zou gaan, stuurde Evrard de twee ridders vooruit. De drie wapenknechten commandeerde hij naar achter. Hij hield ook zijn korte pelsmantel om, hoewel het al tegen de middag was en het herfstzonnetje weldoende warmte gaf.

Lambert van Sint-Bertijns! Stel je voor. Had hij daar even geluk gehad. Een ontmoeting met een van de machtigste prelaten van Vlaanderen. Hopelijk had hij een goede indruk nagelaten. Op de opwerpingen over die witte monniken had hij niet veel weten te zeggen. Hoe zou hij ook, hij had er nog nooit iets over gehoord. Maar op de vraag over de keure van Valencijn had hij beslist naar behoren geantwoord. Een abt van voorname afkomst hoort allicht niet graag dat zijn landsheer ertoe geneigd is voorrechten aan de poorters te verlenen om hun steun los te krijgen in zijn strijd tegen de machtige adellijke families. Maar was de toon die hij gebruikt had toen het gesprek op Clementia draaide, wel de goede geweest? Verdomd moeilijk is het toch als er binnen de grafelijke familie zelf oneinigheid rijst. Aan de ene kant had hij geprobeerd in te spelen op de sarcastische toon van de abt toen die naar de grafelijke weduwe informeerde - roert ze zich nog, had hij gezegd - maar aan de andere kant had hij er goed aan gedaan mee te delen dat ze vast van plan was haar steun te blijven geven aan de hervormingen in de Vlaamse abdijen. Hij wist maar al te goed dat Clementia van Bourgondië, toen haar man op kruistocht was naar Jeruzalem en ze als regentes het graafschap bestuurde, afstand had gedaan van haar recht om de abt van Sint-Bertijns te benoemen en haar steun had verleend aan hervormingen. En dat ze dat gedaan had op aandringen van Lambert zelf, tegen de wil in van veel van zijn mon-

niken die als de dood waren dat er aan hun zalige leventje een
einde zou komen. Hoe erg het daar al gesteld was, bleek uit een
voorval dat als een lopend vuurtje door Vlaanderen was gegaan
en ruim stof had geboden voor schuine moppen. Een zekere
Heribert, die instond voor de tijdelijke belangen van de abdij
van Sint-Bertijns, had op een keer een meisje uit de klauwen van
een brutale ontvoerder gered. Toen de monnik 's nachts na de
metten in zijn slaapstee kwam, vond hij de jonge vrouw in zijn
bed! Op zijn vraag wat ze daar kwam doen, antwoordde ze dat
ze dacht dat hij haar had gered om met haar geslachtsverkeer te
hebben. Heribert ontkende dat in alle toonaarden en stuurde
haar weg, maar intussen was toch maar duidelijk geworden dat
zelfs het gemeen geen hoge dunk had van de monniken en dat in
de abdij waar vroeger koninginnen het niet waagden de drempel
van de buitendeur te overschrijden, nu een vrouw, en dan nog
een horige, 's nachts ongehinderd in een bed kon geraken!

Neen, het gesprek met Lambert van Sint-Bertijns was al bij al
meegevallen. Als de abt in Brugge aan de graaf nu maar vertelde
over de onverwachte ontmoeting en over de voorkomende manier waarop de hofmeester hem had behandeld. Dat kon zijn reputatie bij Hapken flink verbeteren, en ook bij kanselier Bertulf
die zeker bij de ontmoeting aanwezig zou zijn.

Bertulf, ja! Aan hem zat hij daarstraks te denken. Aan de Erembalden. Wat een geluk dat die niet ter sprake waren gekomen. In
welke bochten had hij zich dan moeten wringen? Probeer het
maar eens: geen goed woord zeggen aan Lambert die de clan -
dat wist hij - hartsgrondig verfoeide, maar evenmin een slecht
woord dat Lambert misschien zou voortvertellen en dat later
tegen hem gebruikt kon worden.

Hoe was hij op die Erembalden gekomen? Ha, ja, door eraan
te denken dat hij Willem van Ieper beslist moest gaan groeten.
Willem, dat hoerenjong! Hij was dan wel een kleinzoon van de
Fries, maar zijn vader kwam uit het bed van een bijzit en hijzelf
was ook al een onecht kind. Wat hem helemaal niet belette in
Ieper de lakens uit te delen - Evrard moest monkelen om de beeld-
spraak - en zichzelf op te werpen als mogelijk opvolger van
Boudewijn. 'Als Hapken geen kinderen krijgt,' had hij zich
onlangs nog laten ontvallen, 'word ik graaf van Vlaanderen.' En

daar viel niet mee te lachen. Want dat gravin Agnes nooit meer zwanger zou worden, dat wist hij, na alles wat hij aan het grafelijk hof had opgevangen, nu wel zeker. En dan rees automatisch de vraag wie Boudewijn zou opvolgen. Dringend was de kwestie niet - de graaf verkeerde in blakende gezondheid - maar het kon geen kwaad goede betrekkingen te onderhouden met Willem. Temeer omdat in Brugge gefluisterd werd dat Clementia een boontje voor dat duivelsjong had. Toch moest hij niet te veel ruchtbaarheid aan die goede relaties geven, want in de omgeving van Boudewijn zou men ze beslist niet appreciëren. Hapken kon Willem niet horen of zien en maakte het steeds duidelijker dat hij Karel als zijn mogelijke opvolger zag. Waarom had hij die anders tot zijn raadgever benoemd en betrok hij hem bij nagenoeg alle belangrijke beslissingen? Veel kans gaf Evrard de zachte jongeman uit Denemarken wel niet. Tegen de geslepen Willem van Ieper zou hij het nooit kunnen opnemen...

'Vader!'

Evrard draaide het hoofd om. Hij zag Wouter die zich met zijn handjes optrok aan het zijberd van de kar en hem vragend aankeek.

'Ja?'

'Wat is dat daar?'

Evrard keek in de aangeduide richting. Ze hadden het bos achter zich gelaten en boven de horizon van de traag klimmende weg priemde de torenspits van de kerk van Sint-Pietersbanden van Torhout. Links, in de heide en op een steenworp van de weg, trokken mannen op het dak van een eigenaardig houten bouwsel met een takel vier balken omhoog die in kruisvorm rond een ring waren gemonteerd. Roepend en tierend probeerden ze de ring over een uit het dak stekende as te schuiven.

'Die mannen zijn een windmolen aan het bouwen, jongen.'

'Wat zeg je?'

Evrard stuurde zijn paard tot naast de kar om uitleg te geven aan de kinderen, want ondertussen was Robrecht, het zoontje van Giselbrecht, naast Wouter komen staan. Ook Willem en Mathilde spitsten hun oren.

'Dat is een molen om graan te malen. Je kent de watermolen achter ons huis, niet? Daar wordt de as die de molenstenen op elkaar doet draaien, in beweging gebracht door het water dat in de schoepen stroomt. Dit is een veel modernere machine. Aan de vier wieken - want zo noemen we die gekruiste balken - hangt de molenaar zeilen die de wind opvangen zoals op een schip. Dan gaan de wieken draaien en zo zetten ze de as in beweging. Goed gevonden, hé. Stromend water is er niet overal. Wind wel.'

Naarmate de kar vorderde, draaiden de jongens hun hoofd om de mannen op de molen te blijven aangapen. Daardoor zagen ze de ruiter niet die hen stapvoets tegemoetkwam en van ver al met de arm zwaaide. Evrard herkende de huismeester van 's-Gravenwinkel. We zijn er, dacht hij. Straks een stevig maal en dan aan het werk.

Voor Robrecht was het verblijf in Torhout een dikke tegenvaller geworden. Op de markt werd niets verkocht dat hij niet kende. Hoe het zoontje van de huismeester van 's-Gravenwinkel ook snoefde dat er walvisvlees te koop was, het maakte op hem niet de minste indruk. Alsof je dat in Brugge niet elke dag kon krijgen! De kerk was wel ruimer dan Sint-Donaas, toegegeven, maar ze had niet eens een binnenverdieping, en de kanunniken zagen er al even zurig uit als in Brugge. Het klooster, waar volgens zijn vader een heilige had geleefd die naar het noorden was gevaren om er het geloof te verkondigen - de naam herinnerde hij zich niet meer - had hij zich anders voorgesteld. En van de terechtstellingen, die overal het onderwerp van gesprek waren, zou pas met de jaarmarkt in november iets in huis komen. Maar dan was hij al lang terug in Brugge! Eerst moesten die tien roofridders nog voor de grafelijke rechtbank verschijnen, al twijfelde geen kat eraan dat Hapken geen genade zou kennen en hen in het openbaar zou laten opknopen. Neen, Torhout was zwaar tegengevallen: een kerk, een pandgang, een grafelijke burg en een paar schamele huisjes. Pover!

Dan viel Ieper beter mee. Ze waren er woensdag in de late namiddag aangekomen en hadden meteen hun intrek genomen in een herberg. Uren had Robrecht met Wouter door de straten gezworven. Vooral de gezellige drukte rond de schepen op de Ieperleet had hem fel aangestaan. Daar had hij iets meegemaakt! Toen hij en Wouter langs de oever drentelden terwijl Evrard zijn zaken aan het afhandelen was met een schipper, had hij plots klanken opgevangen die hem volkomen vreemd waren. Twee mannen stonden met elkaar te praten. Aan hun fijne kleren te zien waren het kooplui, kleine kereltjes met een snor en gitzwart glimmend haar. Nog nooit had hij mensen gezien die zo druk gesticuleerden terwijl ze praatten. Vooral hun taal intrigeerde hem. Eerst dacht hij dat het Latijn was omdat hij enkele woorden meende te begrijpen - *vicino, promesso, speranza* - maar het klonk zoveel zangeriger dan de eindeloze zinnen uit de grammatica van Donatus die hun magister op zeurderige toon placht af te dreunen. Neen, Latijn was het niet. Romaans evenmin. Dat kende hij maar al te goed vanuit Brugge waar het courant gesproken werd op de markt en bij de burgers en vooral in het grafelijk huis. Rijnlands zou hij ook herkend hebben, en verstaan! Zelfs Engels, want de klanken hingen nog in zijn oren van die keer toen hij met vader naar de Ketelwijk aan de Reie was gereden, tot bij de kogge van een koopman uit Londen die een scheepslading wol aanvoerde.

Gefascineerd was hij dicht bij de twee bruine kereltjes blijven staan om goed naar hun taal te kunnen luisteren, maar Wouter trok voortdurend aan zijn hemd om naar een pas aangemeerde schuit te gaan kijken waar vissers begonnen waren makreel, haring en kabeljauw te lossen. Over een smalle loopplank droegen ze hoge manden vol glinsterende vis op hun schouders naar de oever. Met een geïrriteerd 'ga maar kijken, ik kom' maakte hij zich van zijn vriend af en schoof wat dichter naar de kooplui toe. Die bleven maar redetwisten en kwetteren zonder acht op hem te slaan. Hoe kon hij nu te weten komen wat ze spraken? Door het hen te vragen, natuurlijk. Maar in welke taal? Terwijl hij stond te piekeren zag hij in de verte Evrard en zijn knechten aankomen. Het raadsel was snel opgelost.

'Lombardisch,' zei de vader van Wouter nadat hij met de twee enkele woorden in het Romaans had gewisseld. 'Die mannen hier komen uit Asti. Over de Alpen zijn ze met hun karren naar Vlaanderen gereden om hun koopwaar - karmijn, saffraan en aluin - van de hand te doen en zich met het verdiende geld Vlaams laken aan te schaffen dat ze thuis aan Griekse kooplui uit Constantinopel zullen voortverkopen.'

26

'Waar ligt dat, Constantinopel?'

'Dicht bij het Heilig Land, Robrecht. Waar is Wouter?'

'Daar, bij de vissersschepen. Hoe komen die Grieken van Constantinopel in Lombardije?'

'Met galeien.'

'Waarom kopen ze in Constantinopel Vlaams laken?'

'Omdat ons laken van de allerbeste kwaliteit is: stevig en soepel, met een ruime plooival.'

'Ben jij al in Constantinopel geweest?'

'Neen, jongen. Maar onze graaf Robrecht van Jeruzalem zaliger is er geweest toen hij met de christelijke legers Jeruzalem op de ongelovigen ging veroveren.'

Al pratend waren ze tot bij Wouter gekuierd die in zijn open hand het zilte water liet pletsen dat in straaltjes van de tweewielige kar liep waarop de manden met vis waren geladen.

'Kom, Wouter,' zei Evrard,' we moeten gaan.'

'Waarom moesten ze Constantinopel aanvallen?'

'Ze hebben Constantinopel niet aangevallen, Robrecht! Onze graaf en nog vele andere edele ridders zijn er te gast geweest in het paleis van keizer Alexis die hen geholpen heeft om de zee over te steken.'

'Is die keizer een Saraceen?'

'Bijlange niet, keizer Alexis is een christen, maar omdat hij niet aan de paus gehoorzaamt, is hij geen goed christen.'

Robrecht wou nog vragen waarom die keizer de paus niet gehoorzaamde, maar aan de ongeduldige toon van Evrard voelde hij dat het beter was zijn mond te houden. Zozo, Lombardisch, had hij bij zichzelf gedacht. Later leer ik die taal, goed geweten. Dan kan ik naar Asti reizen. En naar Constantinopel!

Lang waren ze niet in Ieper gebleven, twee dagen maar, omdat de herberg benepen was en de waard zo schraperig dat ze op de duur zelfs voor een kroes water moesten betalen. De koop van de partij lakense stof was verlopen zoals verwacht en Evrard had een meer dan redelijke prijs bedongen voor het transport naar Brugge zodat hij tevreden kon zijn over zijn transacties. Ook het bezoek aan Willem van Ieper, vrijdagnamiddag, was verlopen zoals hij het gewenst had. De kleinzoon van de Fries - een jonge snuiter eigenlijk nog - had hem vriendelijk ontvangen, hem een zilveren mantelspeld geschonken, en nog maar eens gepolst naar zijn bereidheid een eed van trouw te zweren om desgevallend zijn aanspraken op het graafschap te steunen.

Nu reden ze door het golvende heuvellandschap naar Mesen, naar het klooster, om een bezoek te brengen aan Walburga. Evrard keek ernaar uit want het was vijf jaar geleden dat hij zijn zuster nog gezien had. Dit keer waren ze niet vroeg vertrokken, want Mesen ligt niet zo ver van Ieper. Onderweg moesten ze wel halt houden in Voormezele, waar hij met heer Isaac de laatste schikkingen zou treffen voor een schenking die Boudewijn op het einde van de maand zou doen aan de Onze-Lieve-Vrouwabdij van Voormezele. Het had veel moeite gekost om de secretaris van de graaf ervan te overtuigen hem met die opdracht te belasten. Odger was eigenlijk liever zelf gegaan, maar zwichtte ten slotte voor een paar zilveren ponden en voor het argument dat Evrard toch in Voormezele voorbijkwam en als hofmeester evengoed de gegevens kon noteren.

Gewoontegetrouw reed Evrard achter de drie wapenknechten, dicht bij de kar waarop zijn vrouw zat met haar meiden, dienaressen en kinderen. De tweede kar had hij in Torhout achtergelaten samen met enkele knechten. De ridders waren naar Brugge teruggekeerd. Nergens was een levende ziel te bespeuren, aan alle kanten woeste grond, uitgestrekte heide en in de verte een bosrand. Allemaal heerloze grond die in rechte eigendom was van de graaf. De boeren mochten hem gebruiken als gemeenschappelijke weidegrond, om er hun schapen of geiten te laten grazen. Maar zonder de toestemming van de landsheer mocht hij niet gerooid worden.

De zon klom laag over de kim naar haar hoogste punt in het zuiden. Het beloofde nog maar eens een milde herfstdag te worden, de zoveelste op rij, windstil, lauw en met hier en daar de eerste rossige bladeren tegen een diepblauwe hemel. Straks, op de middag, als ze halt moesten houden, zou het zelfs warm worden.

Isaac woonde vlak bij de Onze-Lieve-Vrouwkerk van Voormezele, in een versterkte woning, een imposante donjon van drie verdiepingen hoog, getimmerd met stevig plankwerk en opgetrokken op een heuvel met een hoge palissade en een diepe gracht eromheen. De landgoederen die hij in leen hield van de graaf waren uitgestrekt, maar zijn eigen vrij erfgoed was nog uitgestrekter. Drie dorpen - alles bij elkaar zeker tweehonderd boeren - honderden bunder grond plus een leger knechten en meiden en een tiental ridders die hem manschap hadden gedaan en aan wie hij enkele kleinere bezittingen in leen had afgestaan. Een ontzaglijk bezit dat hij ongehinderd kon doorgeven aan zijn erfgenamen, in zijn geval aan zijn zoon, de jonge heer Isaac.

Wat zou het goed zijn, dacht Evrard, mocht ik erin slagen mijn functie als hofmeester erfelijk te maken zodat mijn oudste zoon Willem ze kan overnemen en voortzetten. Van de kant van de heren van Assebroek was wellicht geen verzet meer te duchten. Die hadden indertijd zijn vader naar Brugge laten vertrekken en realiseerden zich waarschijnlijk niet eens meer dat hij eigenlijk een horige van hen was. Maar in rechte was er aan zijn toestand niets veranderd en het gevaar was niet denkbeeldig dat ze hem vroeg of laat toch opeisten. Een ramp zou dat zijn! Zijn hele bezit konden ze in beslag nemen. Het enige wat bescherming bood, was zich met een pak geld vrij te kopen en de graaf ertoe te bewegen zijn functie als hofmeester erfelijk te maken. Het zou een verzekering voor de toekomst van zijn geslacht betekenen. Gedaan met de horigheid, gedaan met de onzekerheid, gedaan met de onderdanigheid. Eindelijk vrij poorter; met het vooruitzicht een plaatsje te bemachtigen in de schepenbank zodat hij recht kon spreken over zijn medepoorters en door iedereen geacht en gevreesd zou worden. Jammer genoeg liep de enige weg om dát te bereiken langs de Erembalden, dat besefte hij maar al te goed. Hoe hij het precies aan boord zou leggen, wist hij nog niet, maar één ding was zeker: hij zou met een forse som boven water moeten komen om de clan zover te krijgen dat ze bij de graaf zijn zaak wilden bepleiten.

Zorgen voor later! Eerst de opdracht bij heer Isaac afwerken. Niet dat er veel besproken moest worden. Verleden maand had de edelman gevraagd of de graaf een stuk woeste grond dicht bij de zee in het oosten van het eiland Ter Streep aan de abdij van Voormezele wilde schenken. Grond die zijn vader, heer Adam, lang geleden al van Robrecht de Fries in leen had gekregen en die Isaac nu aan de reguliere kanunniken wilde overmaken. De graaf had toegestemd - alle op zee gewonnen gronden waren van rechtswege zijn eigendom - maar vooraleer de oorkonde geschreven kon worden en plechtig afgekondigd in de Sint-Donaaskerk in Brugge, moesten volgens de secretaris van de graaf toch nog enkele details worden opgehelderd; vooral welke getuigen heer Isaac in zijn naam wilde zien optreden. Al die gegevens mocht hij noteren op een wastafel en bij zijn terugkeer in Brugge doorgeven aan de secretaris die ze dan op de oorkonde kon schrijven.

Omdat de weg droog lag, kwam het gezelschap goed vooruit zodat het nog geen middag was toen ze de torenspits van de kloosterkerk van Voormezele in het oog kregen. En daarachter de donjon van heer Isaac. De poort zwaaide open, de knechten waren in de weer om Beatrijs en de kinderen warme melk aan te bieden en de paarden te voorzien van verse haver, maar tot Evrards ontgoocheling werd alleen hij begroet door de huismeester en via de hooggelegen toegangsdeur de woning binnengeleid.

Het rook er naar hoendermest en geroosterd schapenvlees. Een steile trap leidde naar de grote zaal op de eerste verdieping - aan de deur van de latrine hing een weeë geur van urine - waar ze opgewacht werden door een dienaar die hem nogal bars verzocht, in afwachting van de komst van heer Isaac, op een bank te gaan zitten. De huismeester nam plaats naast hem, deed er een tijdje het zwijgen toe en maakte zich dan, een verontschuldiging mompelend, uit de voeten. Evrard bleef met het personeel alleen zodat hij ruim de gelegenheid kreeg rond te kijken. Veel viel er niet te beleven. Een houten plankenvloer bestrooid met sierlijke slierten wit zand, een stenen schouw waarop aan elk uiteinde een tinnen beker prijkte, banken in de nissen onder de vierkante raampjes, een dressoir tegen de wand met een zilveren schaal en schenkkan erop, en daarboven, tegen de zuidwand, een versleten borduurwerk waarop de koene ridder Roelant samen met zijn vriend Olivier op een hoogte de Olifant blies om Karel de Grote en zijn baronnen tot terugkeer aan te zetten terwijl in de vlakte een menigte Saracenen kwam opdringen.

Omdat maar één van de drie raampjes met geolied perkament was bespannen, woei de wind ongehinderd door de kamer zodat het er frisjes was. Van wat de heen-en-weerdravende dienaars naar elkaar riepen, kon Evrard nauwelijks iets begrijpen door het gekakel van de kippen, het gesnater van de ganzen en het geblèr van de geiten beneden en het kraken van de plankenvloer boven zijn hoofd onder het voortdurend geloop van de bewoners. Het wachten duurde lang. Was Isaac niet thuis en moesten ze hem zoeken? Of liet de edelman hem met opzet zo lang zitten? Net veerde hij recht om door het raampje een blik te werpen op Beatrijs en de kinderen, toen hij snelle voetstappen op de trap hoorde. Voorafgegaan door twee dienaars, een schildknaap, de huismeester, een kanunnik van de abdij en zijn secretaris stapte heer Isaac energiek de ontvangstkamer binnen. Evrard boog diep.

'Gegroet, heer Isaac,' zei hij eerbiedig.

'Gegroet,' mompelde de edelman terwijl hij met zijn volle hand in zijn zwarte baard greep en zijn mantel met zijn linkerhand op zijn rug draaide. Daarop keek hij naar zijn secretaris die slikte en het woord nam.

'Isaac, heer van Voormezele, wenst u, als hofmeester van onze graaf, een geschenk aan te bieden,' zei die plechtig met de wenkbrauwen wenkend naar de schildknaap die prompt een blauw fluwelen kussentje naar voren stak waarop een paar bronzen sporen lagen.

'Dank, heer Isaac,' antwoordde Evrard en hij slikte zijn teleurstelling door - brons en geen zilver! - terwijl hij de sporen van het kussentje nam.

'Waarom heeft Boudewijn zijn secretaris niet gestuurd?' vroeg Voormezele plots bars, zich meer tot zijn begeleiders wendend dan tot Evrard. 'Het gaat hier om een gewichtige schenking waarom ik verzocht heb bij onze graaf ten bate van de broeders van onze abdij en de oorkonde moet met de grootste zorgvuldigheid worden opgesteld. Dat is niet de taak van een hofmeester.'

'Dat was oorspronkelijk zijn bedoeling, heer,' antwoordde Evrard behoedzaam. 'Maar toen onze graaf vernam dat ik, na zijn verblijf in 's Gravenwinkel in Torhout te hebben geregeld, zou doorsteken naar Mesen om er een bezoek te brengen aan mijn zuster, verzocht hij mij zijn groeten over te brengen aan zijn doorluchtige tante, de hoogwaarde abdis Ogiva, en aangezien Voormezele op mijn weg lag, ook aan u. En dan meteen de resterende gegevens te noteren voor het opstellen van de schenkingsakte.'

'Heb je over deze aangelegenheid persoonlijk met de graaf gesproken?' informeerde Isaac terwijl hij enkele passen dichterbijkwam en de hofmeester onderzoekend bekeek.

'Neen, heer. Het is Odger die mij de opdracht van onze graaf heeft overgebracht.'

'Handel dan de zaak verder af met Samuel Lernout, mijn secretaris,' blafte Isaac. 'Ik moet naar de abdij.' En zonder de hofmeester nog een blik te gunnen verliet hij de ontvangstkamer, gevolgd door de schildknaap en de kanunnik.

'Laat ons gaan zitten,' zei Samuel, een vriendelijker toon aanslaand.

De dienaren schoven stoelen bij en Evrard, Samuel en de huismeester namen plaats. De hofmeester haalde zijn schrijftafeltje uit de wijde zak van zijn mantel, klapte het open en peuterde de stift eruit. Dan wachtte hij af en keek vragend naar Samuel.

'Odger is van alles op de hoogte,' begon Samuel zakelijk. 'Hij weet dat het over de grond Het Zand gaat, gelegen bij de zee aan het oosteinde van het eiland Ter Streep, negen gemeten groot en behorend tot het domein van onze landgraaf maar in leen gegeven aan wijlen onze heer Adam. Ik wil alleen nog het volgende meedelen. Noteer. De getuigen zullen zijn...' - en hij begon traag te dicteren terwijl Evrard opschreef - 'Isaac, zoon van Adam...'

'Ja, maar,' onderbrak Evrard, 'hij doet toch de schenking?'

'Neen. De graaf doet de schenking op verzoek van onze heer. Dus: Isaac, zoon van Adam, Gerardus van Voormezele, Bertulf, zoon van Snelling, Brunel, baron van Halewijn, Manakinus van Sijsele en Erlabaldus.'

De hofmeester keek op naar de secretaris.

'Dat is alles.'

Op een teken van de huismeester die zwijgend toegekeken had, kwam een dienares binnen in een lange blauwe jurk met daarover een witte boezelaar. Op de schotel die ze met beide handen ver voor zich droeg, stonden drie bekers.

Ha, wijn, dacht Evrard, dat zal smaken. Zijn trek verging toen hij de beker van de schaal nam en merkte dat het bier was. Keuvelend over koetjes en kalfjes dronken ze tot de huismeester opstond en naar de deur liep.

'Ik zal u uitlaten.'

Evrard stopte zijn wastafeltje weg, plantte zijn beker halfleeg op het dressoir en nam kaarsrecht afscheid van Samuel. Achter de huismeester liep hij de trappen af, gaf een teken aan de voerman dat ze zouden vertrekken en besteeg zijn paard. De dubbele poort zwaaide open en, gevolgd door een handvol ruiters, rolde de kar de straat op en draaide aan de abdij de weg op naar Mesen.

Hier zet ik geen voet meer binnen, zwoer Evrard bij zichzelf terwijl hij de drie wapenknechten vooruitstuurde en naast de kar ging rijden. Dat ze hem hadden laten wachten en bier hadden geschonken, de drank van dorpers, tot daaraan toe. Dat ze hem geen maaltijd hadden aangeboden, terwijl er toch een werd klaargemaakt, en hem als geschenk bronzen sporen hadden gegeven - wie draagt dat nog? knechten, ja - getuigde al evenmin van veel gastvrijheid. Maar dat die hansworst misprijzend had gevraagd waarom de graaf zijn secretaris niet had gestuurd voor zo'n belangwekkende zaak, dat betekende niets minder dan een belediging.

Zozo, ik ben 'maar' hofmeester, dacht Evrard. Wacht tot ik terug in Brugge ben. Geen kans zal ik laten voorbijgaan om die hooghartige Voormezele slecht te maken. Bij Odger in het grafelijk huis, zodat het wel aan Boudewijns oren zou komen. Bij de poorters in Brugge die al niet veel op hadden met die brutale edelen. En bij de Erembalden. Juist, ja! Bij kanselier Bertulf. Die greep elke gelegenheid aan om de oude adel een pad in de korf te zetten.

Hoewel het droog bleef, kwamen ze niet zo best vooruit. De weg was smal en slecht en de hellingen lang en lastig zodat de zon al laag stond toen Evrard in de verte de kerk van Mesen zag opdoemen. Of wat er al van overeind stond. In haar laatste brief had Walburga hem verwittigd: ons nieuw bedehuis schiet goed op, koor en dwarsbeuken zijn afgewerkt, van het schip is de middenbeuk al klaar, de zijbeuken en de toren moeten nog opgetrokken worden.

Zodra ze de binnenhof van de abdij opreden, kwam de gastenzuster naar buiten gelopen. Uitgebreid verontschuldigde ze zich omdat Walburga haar broer en schoonzuster niet kon verwelkomen. De dames zaten in het officie en dus moest zij in de kerk zijn. Maar - zo verzekerde de non al buigend - het edele gezelschap kon binnenkomen, en in afwachting dat het personeel de kamers in orde had gebracht, misschien direct naar de zaal gaan voor het avondmaal. Terwijl de meiden de trap opliepen, de dienaren de paarden aftuigden en de voerman met zijn kar naar de stallingen reed, gingen Evrard, Beatrijs en de vier kinderen naar binnen. De gang rook muf, maar de eetzaal was hel verlicht met twee kroonluchters en zeker tien kandelabers op een lange tafel. Daartussen stonden schalen volgetast met blozende appelen. En aan het uiteinde - Evrards blik viel er meteen op - twee fraaie kannen. De hofmeester liep ernaartoe en controleerde de inhoud. Wijn!

Robrecht sliep als een marmot. Toen hij wakker werd, lag hij half over Willem met zijn voetzolen tegen de warme buik van Mathilde. De vogels in de berken kwetterden zo luid dat de stilte en de rust op het plein voor het gastenkwartier er nog dieper door werden. Normaal voor een zondag.

Beatrijs stond erop dat hij zich zou wassen, maar ze liet hem pas als laatste aan de beurt, zodat Robrecht er niets beters op vond dan op de bank onder het open raam te klauteren en naar buiten te kijken. Verbaasd stelde hij vast dat Mesen op de top van een heuvel lag en uitkeek over een weids landschap dat in lange glooiingen tot aan de einder golfde, slechts onderbroken door, hier en daar, een bosje en - heel ver - een kerktoren.

'Rijsel,' antwoordde Evrard op Robrechts vraag.

Bij het ontbijt - wit brood, schapenmelk en kaas - deelde de gastenzuster mee dat ze verwacht werden in de conventmis. Als familieleden van een bewoner van het klooster mochten ze - en ze drukte op haar woorden - helemaal vooraan plaatsnemen. Robrecht kon nauwelijks zijn ongeduld bedwingen temeer omdat hij nog nooit in een vrouwenklooster was geweest, en hij vroeg zich af of de nonnen ook in koorbanken zouden zitten zoals de monniken in Oudenburg.

Pas toen de klokken begonnen te luiden, verliet het gezelschap het gastenkwartier en wandelde over de binnenplaats naar de ingang van de kerk. Vooraan liep Evrard. Onder een driekwartmantel van marterbont droeg hij een fijn hemd, een wambuis en een lakense broek. Voortdurend keek hij uit waar hij zijn voeten zette, want hij wilde zijn leren schoenen met licht krullende punt - een nieuwe mode die uit Frankrijk was overgewaaid - niet vuilmaken. Links en rechts van hem stapten twee knechten. Dan kwam Beatrijs in een blauwe japon met ingesnoerde taille onder een openhangende mantel die over de hele lengte was afgezoomd met nerts. Haar bruin haar had ze bedekt met een witte kap. Ze keuvelde met haar dienaressen die er wel op letten iets achter haar aan te lopen waardoor de kinderen voortdurend tegen de vrouwen aanbotsten. De stoet werd afgesloten door drie wapenknechten. Binnen nam Evrard zijn vilten hoed af, doopte als eerste zijn vingers in het wijwatervat, maakte opzichtig een kruisteken en stapte dan met lange passen door de middengang naar de rij stoelen die vooraan speciaal voor hem, zijn vrouw en zijn kinderen was geplaatst. Aan het gemompel van de dorpelingen schonk hij geen aandacht, wel wetend dat ze zijn naam fluisterden - 'Evrard Lodemare, de hofmeester van de graaf!' - en commentaar leverden op zijn dure kleding en op die van zijn vrouw. Het deed hem zichtbaar genoegen dat ze zijn schoenen opmerkten.

Robrecht had zich de hele tijd klein gehouden. Hij liep als laatste door de middengang en kwam automatisch op zijn plaats terecht. Beatrijs ging links zitten met Mathilde naast haar, en Evrard rechts met Willem en Wouter naast zich. De uiterst rechtse stoel was voor Robrecht. Hij zat nauwelijks neer, of de eerste nonnen namen plaats in het koor. Gehuld in slepende zwarte gewaden schoven ze een voor een naar hun plaats, klapten het bankje neer en gingen zitten. Hun koorgestoelte was niet zo kunstig bewerkt als dat van Oudenburg - geen aapjes of meerminnen, geen vossen of engelen, geen griffioenen of draken, zelfs geen kunstig gestoken ranken met gebladerte aan de bovenzijde - dat kon Robrecht van zijn plaats goed zien, maar het donker hout glom alsof het nog maar pas geboend was.

Als laatste kwam de abdis, Ogiva, in een wijde mantel met lang afhangende mouwen. Ze boog naar het altaar en ging dan breeduit zitten op een troon vooraan in het koorgestoelte, vlak bij het altaar. Op haar borst hing een gouden kruis, ingelegd met edelstenen die, telkens als een zonnestraal door de ramen priemde, aan het schitteren gingen en lange blauwe vonken afvuurden. Nu is het de beurt aan de priesters, dacht Robrecht, en aan de misdienaars, maar alsof iemand een onzichtbaar teken had gegeven, begonnen de nonnen plots te zingen. Er ging een schok door het kind. Die zijden vrouwenstemmen! Zoiets heerlijks had hij nog nooit gehoord. Soepel zweefden ze in lange lijnen op en neer, pauzeerden, zetten weer in en klommen dan naar onwezenlijke hoogten. Op het einde galmden de klanken nog lang na in de gewelven van de kerk. De hoofdcelebrant stond al diep gebogen het *Confiteor* te bidden - de onderkant van zijn groene kazuifel hing bijna aan zijn middel - eer Robrecht van de emotie bekomen was. Pas nu merkte hij dat hij maar een gedeelte kon zien van het altaar omdat een in felle kleuren beschilderde houten graftombe vooraan in het koor het zicht belemmerde.

Dat was nogal wat anders dan de monniken in Oudenburg! Om te zwijgen van de twaalf kanunniken in Sint-Donaas wier kattengejank hij zo vaak moest aanhoren. Ze zongen afschuwelijk vals en van een behoorlijke samenzang kwam er nooit iets terecht, vooral omdat magister Radulfus met zijn verroeste stem altijd weer te vroeg inzette of te laat ophield. Het diepst bij de nonnen trof hem het timbre van hun stem. Daar zat iets zoets in, maar ook iets edels, iets bevalligs...

Luid geroezemoes deed Robrecht ontwaken uit zijn gepeins. Traag kwam de hoofdcelebrant van het altaar en richtte zich tot de nonnen. Van dichtbij zag hij er graatmager uit, met een haviksneus en lange, beenderige vingers waarmee hij een groot kruisteken maakte.

'In de naam des Vaders, des Zoons en des Heiligen Geestes, Amen. Zusters...' Hij zweeg, vouwde beide handen samen en keek dan streng de kerk rond tot het stil was. Dan hervatte hij: 'Zoekt uw sterkte in de Heer en in zijn alvermogende kracht, zegt de Heilige Paulus in zijn brief aan de Efesiërs die u daarstraks werd voorgelezen. Trekt de wapenrusting Gods aan om stand te kunnen houden tegen de listige aanvallen van de duivel. Inderdaad, zusters, Satan - en niemand anders - is onze belager. Satan haat de mens, hij haat hem uit de grondeloze diepte van zijn verdoemenis als de oorzaak van zijn eeuwig, niet te peilen ongeluk. Daarom zoekt hij de mens in die verdoemenis mee te

36

sleuren en te verderven. Noemt Jezus de duivel in het Johannes-evangelie niet "mensenmoordenaar van in den beginne"? Satan wil maar één ding: de schepping Gods, en derhalve ook haar bekroning, het menselijk geslacht, vernietigen.

Wij mogen niet de fout begaan de destructieve kracht van Satan te onderschatten! De *civitas diaboli* staat in een onophoudelijke strijd met de *civitas Dei* en er kan geen vrede zijn zolang het strijdperk van de schepping duurt. Het is een harde oorlog die vele triomfen voor de duivel en menige nederlaag van het goede brent. Maar de Heilige Paulus roept ons op om de heilige wapenrusting te omgorden waardoor we stand zullen kunnen houden tegen de duivelse aanvallen.

Welk is die wapenrusting?

Er was eens een koning die een mooi dorp bezat. Hijzelf woonde in het midden van dat dorp in een versterkt steen omgeven met een puntige palissade en een diepe gracht zodat het tegen elke aanval bestand was. Rond zijn domein stonden vele huizen, enkele stevig gebouwd met dikke planken, de meeste wankel en pover. Nu had die koning een machtige vijand. Aan diens veelvuldige strooptochten in zijn gebied viel alles wat zich buiten het dorp bevond, gemakkelijk ten prooi. Soms lukte het de rover zelfs het dorp binnen te dringen en de minder beschermde huizen aan te vallen en hun bewoners gevangen te nemen en zelfs te doden. Alleen het steen, dat afgesloten was van de buitenwereld, bleef oninneembaar voor de aanvaller en bood een absolute veiligheid aan diegenen die daar hun toevlucht hadden gezocht.

Die koning, zusters, is God. Het dorp is het christendom. Van de christenen zijn enkelen deugdzaam, maar talrijk zijn de zwakken. Gods eeuwige vijand, de duivel, is zo machtig dat hij zonder op weerstand te stuiten alle joden en heidenen die hij buiten het christendom aantreft, kan ontvoeren en in de hel storten. Dikwijls dringt hij zelfs het christendom binnen, overweldigt met zijn diabolische verleidingskunsten de zwakken en voert hun zielen gevankelijk mee. Maar tegen het steen vermag hij niets. Dat steen, zusters, is het klooster. Hen die zich daar hebben teruggetrokken, de nonnen of de monniken, kan Satan geen kwaad berokkenen tenzij ze met hun lichaam of hun geest naar het wereldse bestaan zouden terugkeren. Dat klooster is hun wapenrusting. Zo sterk en veilig is het dat, als iemand daar zijn toevlucht zoekt, non of monnik wordt en zonder op zijn schreden terug te keren in zijn keuze volhardt, hij nooit kwaad kan ondervinden van de duivel.'

Met open mond zat Robrecht te luisteren. Op Wouter die op zijn stoel heen-en-weer schoof en voortdurend achteromkeek naar de dorpelingen, lette hij niet. Wel blikte hij tussendoor in de richting van de nonnen, maar hij kon ze nauwelijks zien, diep weggedoken als ze zaten in hun zwarte kappen.

Volkomen veilig voor de duivel! Robrecht geloofde zijn oren niet. Geen enkel gevaar meer voor zonde, geen enkele bekoring meer. Wie zich afzondert van de wereld, wie een leven leidt van gebed en versterving en het klooster nooit verlaat, die gaat regelrecht naar de hemel.

'We weten toch allemaal,' hoorde hij de priester nog zeggen, 'dat de beloning in het hiernamaals voor de leken dertigvoudig zal zijn, voor de dienaars van onze Kerk zestigvoudig, maar voor de kloosterlingen honderdvoudig.'

Nu begreep hij het. Om de beloning was het te doen. Daarom gingen die vrouwen hier in Mesen in het klooster. Daarom trokken jonge mannen uit het Brugse naar Oudenburg, naar Gent, naar Sint-Omaars, ja zelfs naar Soissons. Niet om een prinsheerlijk leventje te leiden, zoals hij altijd gedacht had, of om de boeren het leven zuur te maken en ze bij tijd en wijle zó uit te persen dat ze het er nauwelijks levend van afbrachten - je moest hun haveloze kinderen in Oudenburg zien rondlopen! - of nog om Latijn en theologie te leren zodat ze boeken konden lezen en afschrijven. Neen. Ze trokken naar het klooster om voorgoed de zonde te ontvluchten. Om zich in veiligheid te brengen voor de duivel.

Van de rest van de preek hoorde Robrecht alleen nog enkele flarden en de slotwoorden, een oproep tot alle aanwezigen, ook tot de dorpelingen, maar vooral tot de kinderen van adellijke families en de jonge ridders om hun leven van kamp tegen de zichtbare vijanden te ruilen voor een leven van gebed tegen de onzichtbare vijand, de duivel.

'Hoe meer christenen, mannen en vrouwen, zonen en dochters

uit voorname geslachten, maar ook kinderen van horigen - zijn er in het klooster immers geen stevige handen nodig? - zich in Gods kasteel terugtrekken,' riep de priester met overslaande stem, 'hoe minder slachtoffers Satan bij zijn rooftochten in de woningen rond dat steen zal maken.'

Weer zongen de nonnen en weer raakte Robrecht verrukt door hun ijle stemmen die door de ruimte zweefden. Tijdens de consecratie kreeg hij de dansende vlammen van de grote zilveren kandelabers op het altaar in het oog, waardoor zijn gedachten afdwaalden naar de kaarsstompen en de kosters in de Sint-Donaaskerk, naar zijn kleine broer die ook misdienaar wilde worden, naar vader, naar moeder... De gedachte aan haar geurige koeken bracht hem plots tot de werkelijkheid terug. Zijn maag rommelde van de honger!

'*Ite, missa est.*'

De priester draaide zich weer om naar het altaar, stak zijn hand onder de kelk die bedekt was met het groene kelkdoekje en stapte gezwind naar de sacristie, gevolgd door de twee medecelebranten en de zes misdienaars. Het sein voor de nonnen om op te staan, hun zitje omhoog te klappen - een geratel van jewelste - en het koor te verlaten. Terwijl de zwarte gedaanten in twee rijen langs een zijdeur verdwenen en de dorpelingen luid babbelend de kerk verlieten, dribbelde de priorin door het koor haastig op hen af. Ze richtte zich rechtstreeks tot Evrard.

'Onze moeder, de abdis, verwacht u met uw gezin in de grote spreekkamer,' zei ze kort, maar niet onvriendelijk. 'Wilt u me volgen?'

In de witgekalkte spreekkamer rook het naar boenwas en appelen. Tegen de zuidwand, tegenover de hoge ramen die uitgaven op de pandgang, de binnentuin en de kerk, was een fresco geschilderd met veel oranje en rood en hier en daar een vleugje blauw, waarop Maria was afgebeeld met het Kind op haar schoot. Met de zijige klanken van de nonnen nog in zijn oren had Robrecht niet de minste moeite zich de nobele lofzang voor te stellen die het engelenkoor, aan de open monden te zien, achter de maagd ten hemel liet opstijgen.

Toen Evrard en zijn gezin binnentraden, waren twee dienaressen nog bezig de ruimte klaar te maken voor de ontvangst. Ze hadden de stoelen diep onder een pas uitgeklapte tafel geschoven en installeerden nu een houten zetel met kussens bij de open haard met het brandend houtvuur. De hoog oplaaiende vlammen verspreidden zoveel hitte dat de voogd van de abdij - een oudere man met een volle grijze baard - en Walburga, die blijkbaar voordien al het vertrek waren binnengegaan en daar het gezelschap stonden op te wachten, gauw een paar stappen opzij deden.

Het was Evrard aan te zien dat de zenuwen hem door de keel gierden. Hij zag er lijkbleek uit, frommelde aan zijn mantelspeld, reageerde geïrriteerd op de vraag van Beatrijs waar de kinderen moesten zitten - 'zet ze op die bank daar en zorg ervoor dat ze hun bek houden,' snauwde hij - en ging dan bij de voogd en Walburga terzijde van de haard staan, vandaar toekijkend hoe Beatrijs met een vriendelijke vermaning Mathilde, Willem, Wouter en Robrecht op de bank installeerde en dan gracieus naast hem kwam staan. Intussen hadden de dieneressen het vertrek verlaten.

Iedereen hield de blik op de deur gericht en een poosje leek het alsof er geen woord meer gezegd zou worden in afwachting van de komst van de hoge gastvrouw, tot de voogd de loodzware stilte verbrak en zich tot Evrard wendde.

'Als *advocatus* van de Onze-Lieve-Vrouwabdij,' sprak hij ietwat plechtstatig, 'wil ik u alvast welkom heten in dit klooster, waar uw zuster zich al zovele jaren heeft teruggetrokken en een leven van arbeid, versterving en gebed leidt. Beschouw het als een uitzonderlijke eer dat het onze eerbiedwaardige en adellijke moeder, abdis Ogiva, dochter van graaf Robrecht, de eerste van die naam, behaagt zich met u en uw gezin te onderhouden.' De voogd liet opzettelijk een lange stilte vallen om zijn woorden goed te laten doordringen. Dan hervatte hij op geruststellende toon: 'Onze moeder is gastvrij, dat zult u merken. Door haar edele afkomst is ze ook vrijgevig en door haar wijsheid een uitstekende raadgeefster. Niet alleen edele heren zoals u, heer hofmeester, komen haar gewaardeerde raad inwinnen en leggen haar soms de moeilijkste problemen voor, maar ook arme lieden komen haar van heinde en verre bezoeken als was zij hun moeder, en geen van hen laat zij zonder vertroosting weer vertrekken. U, die van onze heer graaf zo'n gewichtige taak heeft toegewezen gekregen en ze, daar ben ik van overtuigd, gewetensvol en stipt uitvoert waardoor u met tal van voorname lieden uit het hele graafschap in aanraking komt, u zal het met mij eens zijn als ik zeg dat het wonderbaarlijk is dat een vrouw, die toch een zwak wezen is, zich door zoveel vermoeienissen geen moment belast voelt, maar integendeel - en dat is volgens mij nog wonderlijker - daarin duidelijk genoegen schept.'

De voogd wilde nog iets zeggen, maar zijn mond viel dicht toen onverwachts twee nonnen binnenstapten, op de voet gevolgd door Ogiva. De kinderen vlogen overeind uit hun bank en iedereen boog diep terwijl de abdis, met in haar kielzog de priorin, naar de vier wachtenden liep, enkele passen vóór hen bleef staan en haar rechterhand uitstak. Bliksemsnel gooide Walburga zich op haar knieën en beroerde met haar lippen vluchtig de ring van de abdis. De voogd, Evrard en Beatrijs deden hetzelfde, en Ogiva trok met haar linkerhand de wijde mouw van haar habijt omhoog. Ze ging zitten in de stoel aan de haard.

'*Bon*,' zuchtte ze voldaan, en ze schikte haar lange rokken. 'Jij bent dus Evrard Lodemare, de hofmeester van mijn neef, graaf Boudewijn, en de broer van onze zuster Walburga?'

'Ja, mevrouw.'

'Wie is je heer?'

'Zoals u ongetwijfeld weet, edele vrouw, waren onze voorvaderen horigen van de heren van Assebroek. Maar die hebben lang geleden onze familie toegestaan hun domein te verlaten en in de stad te gaan wonen. Nu het graaf Boudewijn in zijn goedheid behaagd heeft mij tot zijn hofmeester te benoemen, beschouw ik mezelf als een vrij man.' Evrards stem klonk beverig.

'Ik zie dat je je vrouw en kinderen hebt meegebracht.'

'Ja, mevrouw. Ik zal u zeggen, onze graaf schikt tijdens de jaarmarkt in Torhout te verblijven om er recht te spreken en de raad in te winnen van enkele edelen nopens zaken van bestuur, zo althans heeft zijn secretaris mij toevertrouwd, en het was mijn taak om 's-Gravenwinkel in orde te brengen voor dat bezoek. Tevens kreeg ik de vererende opdracht naar Voormezele door te reizen om er de laatste voorbereidselen te treffen voor een schenking die onze graaf op vraag van heer Isaac van Voormezele zal doen aan de abdij van Nonnenbossche. Als ik toch in Voormezele ben, dacht ik...'

'Schenking? Van wat?'

'Van een stuk grond, mevrouw, op Ter Streep.'

'Aan zee?'

'Ja, mevrouw.'

Ogiva fronste haar wenkbrauwen, wierp een vluchtige blik op de priorin en vroeg: '*Tu es au courant de cette donation?*'

'*Non, ma mère.*'

Plots ging ze verder, op een heel andere toon.

'Ware het niet van je zuster, ik zou je nooit ontvangen hebben, Evrard. Niet dat ik Walburga veel zie, daarvoor is de afstand tussen ons te groot - ik ben gesproten uit een hoogadellijke familie en ik ben abdis, zij is als kind aan de abdij geschonken door een horige familie en ze is maar kosteres. Maar ik doe het toch, omdat Walburga vroom is. En ijverig. En omdat ze zo fier is dat haar broer hofmeester van de graaf is geworden en zijn heer met volle toewijding dient - zo heeft ze me ten stelligste verzekerd. Ik appreciëer dat ten zeerste. Daarom wil ik je in mijn gulheid een cadeau geven.'

Haar hals rekkend blikte ze naar de deur en stak haar hand omhoog waarop de twee dienaressen met gekromde rug een zadel naar binnen droegen dat ze voor de hofmeester op de tafel legden. Een prachtstuk. De hoge achterboom was aan de buitenkant bezet met vier zilveren plaatjes waarin de Trojaanse prinsen Hector, Paris, Deïfobos en Aeneas waren gedreven, terwijl de diepe wolf van glanzend zwartbruin leer opzij beslagen was met talloze platte nagelkoppen en vooraan eindigde op een glimmende ivoren knop. Zelfs de stijgbeugels waren van zilver. Evrard stond sprakeloos. Om Ogiva's mond speelde een monkellachje.

'Dank, edele vrouwe,' stamelde de hofmeester, rood aanlopend. 'Dit geschenk is te mooi voor een man van lage stand als ik.'

'Neem het aan,' glimlachte de abdis triomfantelijk. 'Het is uiterst geschikt voor de merrie die de graaf je onlangs geschonken heeft.' En tot de twee dienaressen die onbeweeglijk waren blijven wachten: 'Breng het zadel naar de knechten van de hofmeester.'

Het was duidelijk dat voor de adellijke non het onderhoud ten einde liep. Ze trok nog eens haar mouw omhoog en maakte aanstalten om op te staan, toen plots uit de hoek van de ontvangstkamer een kinderstem klonk.

'Mag ik iets vragen, mevrouw?'

Evrard keek verstoord in de richting van Robrecht die, net zoals de andere kinderen, tot dan toe geen woord had gezegd en met gekruiste voetjes stil op de bank zat te luisteren. Ogiva glimlachte, maar vóór ze kon antwoorden, kwam de hofmeester op verontschuldigende toon tussenbeide.

'Robrecht is een speelkameraad van mijn jongste zoon, mevrouw. Hij is meegekomen met Wouter, die daar naast hem zit, maar hij behoort natuurlijk niet tot onze familie. Zijn vader is een horige die tijdelijk toelating heeft in Brugge te wonen. U moet maar niet op hem letten.'

'Toch wel,' zei de abdis en ze vroeg aan Robrecht: 'Wie zijn je ouders?'

'Mijn vader is Giselbrecht Ruese, mevrouw, mijn moeder heet Johanna Gheliaert.'

'Wie zijn hun heren?'

'Vader mag van abt Hariulf in Brugge wonen en er boter en kaas en eieren verkopen op de markt, mevrouw.'

'Ministralen...,' zei Ogiva tegen de voogd. 'Ministralen van de abdij van Oudenburg. Dat nest van ontucht.'

'Zo erg is het nu ook weer niet,' probeerde de voogd voorzichtig.

'Toch, toch. Het wordt tijd dat men er daar in Brugge - Clementia of de graaf zelf, het is me al gelijk - wat aan doet, weet je. Laatst hoorde ik nog dat een monnik zo dronken was dat hij een van de stalknechten een ongeluk geslagen heeft.'

'Dan zal die stalknecht wel een of andere stommiteit uitgehaald hebben,' opperde Evrard. Maar Ogiva keek alweer in de richting van Robrecht die van zijn bank was geschoven en voorzichtig enkele stappen in haar richting deed.

'Kom wat dichter, jongen,' zei de abdis. 'Rijdt je vader vaak naar Oudenburg?'

'Vroeger twee keer in de week, mevrouw, maar tegenwoordig minder.'

43

'En wat wilde je weten?'

'Waarom iemand naar het klooster gaat.'

'Dat heeft de priester tijdens de mis toch duidelijk uitgelegd, niet?'

'Ja, maar ik begrijp niet hoe het komt dat de duivel hier niet binnen kan.'

Enkele seconden zweemde verbazing over het gelaat van de abdis. Ze keek rond als om de aanwezigen erop attent te maken dat ze iets belangrijks ging zeggen en wendde zich dan tot het kind dat haar met grote vraagogen aanstaarde.

'Hij durft niet! Het klooster is een voorhof van het paradijs, Robrecht. Wij streven de volmaaktheid na door de hele dag te bidden, de Schrift te lezen, de gehoorzaamheid te betrachten en de naastenliefde te beoefenen. Wie hier binnentreedt en een voorbeeldig kloosterleven leidt, proeft al tijdens zijn aardse leven de zoete smaak van het hemelse bestaan. Ver van het tumult van de wereld ontkomen wij, kloosterlingen, aan de bedrieglijke verlokkingen van de demonen. Zo zien wij vanuit de toegangspoort de zegeningen van de hemelse stad.'

'Moeten we dan onze ouders en onze broers achterlaten?'

'Ja. Jezus heeft gezegd: wie Mij liefheeft, volge Mij.'

'Maar dan zijn zíj verloren. Hén kan de duivel wél verlokken.'

De abdis was duidelijk verrast door die opwerping. Ze reageerde niet meteen, nam haar gouden kruis vast, draaide het om en om in haar hand en monsterde het lang. Net zoals daarstraks in de kerk schoten lange blauwe vonken uit de edelstenen. Dan schikte ze het kruis zorgvuldig op haar borst en richtte zich langs het zwijgende gezelschap heen - Walburga keek verveeld de andere kant op - tot het kind.

'Heb jij broers?'

'Ja, ééntje. Christiaan, ik zie hem zo graag.'

'Wil je dat hij in de hemel komt?'

'Ja, mevrouw. Maar hoe kan ik hem daarbij helpen?'

'Door kloosterling te worden en voor hem te bidden.'

Met een discreet kuchje probeerde Evrard duidelijk te maken dat de vragen van Robrecht hem danig op de zenuwen begonnen te werken. Grijnzend staarde hij naar de tippen van zijn schoenen, maar de stilte die de abdis liet, werd zo drukkend dat hij

44

verrast opkeek. Een zenuwtrekje trok Ogiva's linkermondhoek even op. Ze richtte haar ogen strak op de hofmeester en ze begon traag te spreken.

'De Voorzienigheid heeft het zo geschikt dat er onder de christenen drie soorten mensen zijn: boeren die het land bewerken en in ons aller levensonderhoud voorzien; ridders die onze vestingen bewaken en vechten tegen de vijanden van het land en van het christelijk geloof; en kloosterlingen die de voorsprekers zijn van alle anderen bij God. Wie zich een vrijheid aanmeet die hem niet toekomt en zich - door hoogmoed of door geldzucht, om het even - buiten dit Goddelijk bestel plaatst, tart de Voorzienigheid en zal vroeg of laat neergeslagen worden.'

En dan wendde ze zich ostentatief tot Robrecht: 'Een kloosterling, jongen, - prent dat goed in je hoofdje - bidt niet in de eerste plaats voor zichzelf, maar voor de mensen buiten de muren.'

Ze veerde recht, stak haar hand uit zodat iedereen - de voogd, Evrard en Beatrijs - knielend haar ring konden kussen, gaf een teken aan de priorin, aan Walburga en aan de twee andere nonnen dat ze moesten volgen, en liep statig het vertrek uit. In het voorbijgaan gaf ze Robrecht een vriendelijke tik tegen de wang.

Zodra de hofmeester uit zijn diepe buiging was rechtgekomen, nam hij zijn vrouw bij de elleboog en wendde zich tot de voogd die aanstalten maakte om ook het vertrek te verlaten.

'Wil u de hooggeboren abdis nogmaals bedanken voor de eer die ze mij en mijn familie heeft bewezen door zich met ons te onderhouden, en voor het prachtige geschenk dat mijn deel is geworden?'

'Zeker,' zei de voogd droogjes en hij stapte de brede gang in naar het voorportaal. Evrard en Beatrijs deden hetzelfde - de twee dienaressen stonden in het deurgat al ongeduldig te wachten om de ontvangstzaal weer in orde te brengen - en de kinderen liepen hun ouders achterna. Als laatste verliet Robrecht het vertrek. Hij wierp nog gauw een blik op het fresco en hoorde weer het zoete engelenkoor.

Het diner in het gastenkwartier zou hij zich nog lang herinneren. Nog nooit had hij zo'n smakelijke spijzen gegeten en toen hij het later thuis vertelde, wilde moeder hem bijna niet geloven. Eerst negenoog - of lamprei, zoals Walburga de vis op zijn Frans noemde - overgoten met een geurige saffraansaus, dan palingpastei, gebraden fazant en reebok in wijnsaus, alles aangebracht op zilveren schalen en geserveerd op schijven wit brood. Lekkerst van al was de amandelpudding.

Het viel Robrecht wel op dat naarmate de maaltijd vorderde, Evrard almaar luidruchtiger werd. Zijn discretie en onderdanigheid die daarstraks met pollepels van zijn gezicht te scheppen waren, verdwenen met elke slok wijn die hij naar binnen goot, en op het eind werd hij bepaald brutaal. Robrecht kende dat! Hoe dikwijls kwam vader niet aangeschoten thuis? Dan was het raadzaam zich uit de voeten te maken, want hij voerde het hoge woord, begreep alles verkeerd, stampte en sloeg naar iedereen die hem tegensprak en eiste van moeder dat ze hem nog meer bier zou schenken. Deed ze dat niet gauw genoeg, dan trok hij vloekend naar de kroeg en zeilde 's nachts ladderzat binnen.

Maar hier schuimde geen bier. Wat de kloosterdienaressen hier uit zilveren kannen in donkerpaarse gulpen in de bekers goten, was - zoals hij uit de omstandige uitleg van Walburga aan haar broer begreep - zware wijn uit Cyprus. Zo zwaar dat Evrard er een dikke tong van kreeg en bij het opstaan bijna omverviel. Beatrijs hielp hem de trap op, naar bed, en tot 's avonds liet de hofmeester zich niet meer zien.

Voor Robrecht werd het nochtans een heuglijke middag. Alleen met Beatrijs en Mathilde - Willem en Wouter trokken liever naar de paardenstallen - bracht hij een bezoek aan het graf van gravin Adela, de stichteres van het klooster van Mesen. Eerst bekeken ze haar houten beeld, liggend op de beschilderde kist vooraan in het koor, en dan haar grafsteen in de driebeukige crypte onder het koor.

'Adela was een edele vrouwe,' lichtte Walburga toe, terwijl ze met gesloten ogen voor de steen ging staan en de handen devoot samenvouwde. 'Godvruchtig, edelmoedig, vrijgevig. Als jonge maagd werd ze door haar vader, Robrecht II de Vrome - hij was koning van Frankrijk - naar Vlaanderen gestuurd om aan het grafelijk hof in Brugge opgevoed te worden. Later werd ze uitgehuwelijkt aan Boudewijn V van Rijsel, en daarna bestuurde ze jarenlang ons graafschap. Hoeveel vrouwen van hoge afkomst in de christenheid kunnen zich met haar meten? Ze was de moeder van twee graven van Vlaanderen, en van de koningin van Engeland en de grootmoeder van twee graven van Vlaanderen, van de koningin van Denemarken en van onze geliefde moeder, abdis Ogiva. Haar grootste verdienste is wellicht dat ze meer dan vijftig jaar geleden dit klooster stichtte. Ze legde het de regel van de Heilige Benedictus op en begiftigde het met rijke bezittingen, allemaal uit een onuitputtelijke devotie voor Onze-Lieve-Vrouw van Mesen die zoals jullie weten hier al sinds mensenheugenis wordt vereerd. Hoeft het dan te verwonderen dat deze edele gravin, deze hooggeboren prinses, toen ze haar einde voelde naderen, naar Mesen is gekomen om hier in stilte en gebed tussen de hooggeboren dames haar laatste dagen door te brengen?'

Walburga pauzeerde, opende haar ogen en wreef in haar handen. Dan hernam ze met dieper stem: 'In het jaar onzes Heren 1079, dat is zesendertig jaar geleden, is gravin Adela in ons klooster overleden en begraven. Hier, in deze crypte, onder het hoofdaltaar van onze kerk, zal haar lichaam voor eeuwig rusten. Laat ons een gebedje doen voor haar zielenrust. Wees gegroet, Maria...'

De schemerachtige ruimte met de vierkante zuilen, de dikke muren, de piepkleine raampjes, het dansende kaarslicht tegen de gewelven, de stille stem van Walburga en de ingetogen gebeden brachten Robrecht in een vreemde stemming, een mengeling van vroomheid en melancholie. Die werd versterkt, toen ze bij het verlaten van de crypte bleven staan voor drie fresco's tegen de achterwand met treffende afbeeldingen uit het leven van de Heilige Maagd - Maria-Boodschap, de Geboorte van Christus en de Opdracht in de Tempel - en later nog meer, toen hij, nog altijd met Beatrijs en Mathilde, de vespers bijwoonde. Weer zongen de nonnen met hun zilveren stemmen en weer liepen de rillingen hem over de rug. Zeker bij de antifoon *Alma Redemptoris Mater* die hij kende van in Brugge, maar die pas nu volledig in al zijn schoonheid en verheffende kracht tot hem doordrong.

Alma Redemptoris Mater,
quae pervia caeli porta manes,
et stella maris
succure cadenti

47

surgere qui curat populo.

Milde Moeder van de Heiland,
die altijd open deur des hemels blijft,
en ster der zee,
kom uw vallend volk,
dat op wil staan, te hulp.

Toen ze 's anderendaags Mesen verlieten en naar het noorden reden, naar Brugge en naar huis, zat Robrecht voortdurend aan die abdij te denken, aan die preek, aan abdis Ogiva en aan die soepele, vederlichte koorzang van de nonnen.

Wouter taterde maar over Walburga die zo'n lieve en vrijgevige tante was en over abdis Ogiva, die hoge grafelijke vrouw, dochter van de Fries en zuster van Jeruzalem en tante van Hapken, die hen toch maar ontvangen had en met haar vriendelijke woorden en kostbare geschenken zijn vader zoveel eer bewezen had, en over zijn eigen zus Mathilde die misschien ook non zou worden..., maar Robrecht had er geen oor naar. Onafgebroken spookte die antifoon door zijn hoofd: *Alma Redemptoris Mater, quae pervia caeli porta manes, et stella maris - Ster van de zee, poort van de hemel.* Treffender namen kon je je voor Maria toch niet indenken? Dat te mogen zingen in koor! Je stem, samen met die van de anderen - en je ziel mee - te mogen laten opgaan naar die hemelse hoogten! Al jubelend je lichaam ontstijgen en de lof zingen van de Heer en van zijn Heilige Moeder, wat kan er zaliger zijn op aarde? Wie dát mag, elke dag opnieuw, van de vroege ochtend tot diep in de nacht, zonder zich zorgen te moeten maken over eten of drinken, over geld of grond, over stand of gilde, zonder het gevaar te lopen stelselmatig in zonde te vallen, wie zo zijn bestaan kan inrichten, dat moet toch een gelukkig mens zijn.

Iets diep in hem zei Robrecht dat hij ook wilde leven in zo'n gemeenschap van gelijkgestemden, in zo'n communauteit van monniken. Dan kon hij tot het einde van zijn dagen Gods lof zingen en onafgebroken bidden voor hen die in de wereld bleven, voor zijn moeder, zijn vader, zijn broertje, voor Wouter, voor Evrard, voor de graaf. Want voor hen was de kans op zonde toch zo groot en zelf hadden ze door beslommeringen allerhande zo weinig tijd om aan hun heil te denken. Als hij zijn hele bestaan lang voor hen bad en boete deed voor hun zonden, dan waren zij veilig. Zoveel was zeker.

Terwijl zijn blik onwillekeurig over het woeste heidelandschap dwaalde - Wouter hield eindelijk zijn mond - en bleef vast hangen aan een handvol mannen die bomen rooiden, nam hij een besluit: hij zou zijn leven onder de hoede van de Heilige Maagd plaatsen, de *Alma Redemptoris Mater*, de milde Moeder Gods, de ster der zee over wie de nonnen in Mesen zo hemels gezongen hadden, en gaan leven in het oninneembare kasteel van de koning waarover de priester gepreekt had, in het klooster, de veilige burcht van het christendom. Hij zou monnik worden.

Maar niemand mocht het weten. Het was zijn geheim.

DE OORKONDE

Er zijn van die dagen dat de hemel bij zonsopgang een gigantisch theater lijkt met een decor dat in verdiepingen gestapeld is en geverfd in alle kleuren van de regenboog. Het is dan meestal regenachtig, de straten blinken van de nattigheid, windstoten trekken lange rimpels in de plassen, de lucht is kil en vochtig en blauwzwarte wolkenpakken jagen laag boven het landschap.

Daarboven, in het diepe hemelpatroon, is geen structuur te bekennen. De koepel zit vol licht, maar dat is nergens eender. In het oosten strekt zich over de hele horizon een egaal dek uit, melkwit, behalve in het midden, waar een zachte paarse gloed de opgaande zon verraadt. Ver reikt dat blanke laken niet. Het eindigt abrupt op een kaarsrecht front dat de hemel doorsnijdt van het zuiden naar het noorden. Ervoor, en in sterk contrast ermee, hangen rozige wolken zo dicht tegen elkaar dat ze slechts hier en daar doorzicht geven op een vlek diep azuur. Nog dichterbij, hoog in het zenit, liggen, netjes naast elkaar geschikt, zilverachtige slierten waarvan de randen fel oranje kleuren door het invallende licht van de opstaande zon. Naar het westen toe wordt de hemel almaar grijzer om voorbij enkele donkere stapelwolken zwart achter de einder te duiken.

En dan plots, helemaal aan de andere kant, door een scherpe scheur in het wolkendek, laag boven de horizon, schiet de zon - een brok glanzend goud - haar stralen naar het aardoppervlak en zet in één klap de hele wereld in een verblindend licht. Paars, azuur, roze, rood, oranje, zilver, grijs, ze verbleken allemaal in een ommezien tot hagelwit. Regenen doet het dan niet. Pas later, als de zon hoger is geklommen en haar glans heeft verloren, pakken de wolken zich samen en vallen er dikke druppels.

Op zulke dagen biedt de Sint-Donaaskerk een imposante aanblik. 's Ochtends vroeg, als het eerste licht de hemel doet verbleken - de zon zit dan nog diep onder de einder en de smalle straatjes van de Brugse binnenstad zijn pikdonker - doemen haar massieve contouren op uit het duister.

Tussen de jagende wolkenpakken door tekenen zich haarscherp de spitsen af van de twee torens die aan weerszijden boven de

51

hoge westbouw uitsteken. Zo diep opent het lichtende firmament zich erachter en zo snel vluchten de wolken voorbij, dat het lijkt alsof de torens zelf meeschuiven. De rest van de kapittelkerk ligt er bij als een logge onbestemde massa, alleen door de geel oplichtende ramen vaag te onderscheiden. Naarmate de lucht uitklaart, tekenen de volumes zich duidelijker af.

Vooraan, naar de Reie en de markt toe, staat de rechthoekige westbouw in Doornikse kalksteen met een gevelpartij die vooruitsteekt tussen de twee torens en die zich opent in een hoge rondboog. Diep daarin zit het hoofdportaal, geflankeerd door twee zuilen die op hun vierkant kapiteel een booggewelf schragen. Direct bij die kolossale westbouw sluit de zestienkantige centraalbouw aan. Vanop de steenweg die dwars door de burg loopt en langs de zuidkant van Sint-Donaas over het Burchtplein passeert, is duidelijk te zien dat er in dit gedeelte van de kerk twee rijen ramen boven elkaar zitten, wat wijst op een verdieping. Uit het schuin oplopende, afwisselend uit driehoeken en rechthoeken gevormde dak, rijst in het midden een achtkantige centrale koepel op. En ook daarin zitten ramen rondom.

Achter dat ongewone, bijna ronde kerkschip is aan de oostkant, in de richting van de boomgaard van de graaf, een rechthoekig koor uitgebouwd met een verdieping. 'Koor' is eigenlijk een misleidende naam, want in feite gaat het om een sacristie en een bergplaats waar de kanunniken hun gewaden, boeken, tapijten, gordijnen, palmen en pluimen in koffers bewaren.

Op dit uur van de dag valt er op het Burchtplein nog niet veel te beleven. De wachten lopen sloom hun rondjes op de gekanteelde weergangen van de burgmuren, een visvrouw duwt haar stootkar door de pas geopende oostpoort, een schildknaap roskamt het paard van zijn ridder en twee knechten zeulen met een mand brood naar de hoofdingang van het kloosterpand.

Binnen in de kapittelkerk daarentegen is het een en al bedrijvigheid. In het met dikke kaarsen verlichte voorportaal lummelen bedelaars en kreupelen rond tot een van de kosters hen wat brood bezorgt. Misschien mogen een paar gelukkigen mee naar de mis om er een aalmoes van de kanselier of van de graaf in hoogsteigen persoon in ontvangst te nemen.

Het centrale achthoekige gedeelte van het kerkschip - badend in een gelige klaarte door tientallen kandelabers en een reusachtige ronde kroonluchter - vormt het hart van Sint-Donaas. In het midden staat het kunstig bewerkte koorgestoelte van de kanunniken die, weggedoken in hun koormantels, op dit moment van de dag de priemen zingen. Als slierten wierook kronkelen de Latijnse zinnen van Ambrosius' heerlijke hymne *Jam lucis orto sidere* naar het hoge stenen gewelf van de achtkantige koepel:

Nu de zon al in 't oosten staat,
Smeken wij tot God, onze toeverlaat,
Dat Hij ons trouw de hele dag
Bij alle werk beschutten mag.

Af en toe kijkt de deken opzij, in de richting van de sacristie, verstoord als hij is door het lawaai van het jonge volkje dat zich al taterend klaarmaakt om zo meteen, als het officie voorbij is, de ochtendmis te dienen aan het hoofdaltaar. Dat staat naar het oosten gericht, onder de zestienhoekige omgang die helemaal rondom het centrale gedeelte loopt en ervan gescheiden is door acht geknikte pijlers die evenveel rondbogen dragen, maar er toch mee verbonden blijft door de doorlopende vloer in glanzend groen marmer.

Nu het eerste daglicht door de onderste rij ramen naar binnen valt, zijn in die omgang ook de zijaltaren te onderscheiden: dat van de martelaar Maximus die drie doden tot leven wekte, dat van de zalige Basilius de Grote, van de Heilige Cornelius en Cyprianus, van de Heilige Calixtus, van de Heilige Nicasius en zijn zuster Eutropia en van de Heilige Remigius. Want door de vrijgevigheid van de graven van Vlaanderen is Sint-Donaas, meer dan welke kerk ook, ongemeen rijk begiftigd met waardevolle relikwieën.

Vanzelfsprekend zijn de kostbaarste overblijfselen die van de schutspatroon zelf, de Heilige Donatianus, eertijds aartsbisschop van Reims. Lang geleden liet graaf Boudewijn I ze stoetsgewijs van Torhout naar Brugge overbrengen en gaf ze ter bewaring aan de grafelijke kapel in de voorburg waar ook al de schedel van de Heilige Walburga werd vereerd. Later, het moet omstreeks het jaar onzes Heren 950 geweest zijn, bouwde Arnulf I binnen de grafelijke burg deze monumentale kerk die hij, ter ere van zijn roemrijke voorvader Karel de Grote, dezelfde vorm gaf als diens Paltskapel in Aken: zestienhoekig buitenwerks, achthoekig binnenwerks.

Hij wijdde ze toe aan Onze-Lieve-Vrouw en aan de Heilige Donatianus en installeerde er een kapittel van kanunniken. Ten teken van zijn grote verering voor Donatianus stapte hij zelf mee op in de processie waarmee de kostbare relieken van de kapel in de voorburg plechtig naar de nieuwe kerk werden overgebracht. Daar beschermen ze nu al meer dan honderdvijftig jaar de stad Brugge, het Brugse Vrije en het hele markgraafschap Vlaanderen.

Ligt het centrum van de verering van Donatianus in de zestienkantige omgang beneden, dan moet het altaar van Onze-Lieve-Vrouw, medepatrones van de kerk, gezocht worden op dezelfde plaats, maar een verdieping hoger, op de galerij boven de omgang. Die is betegeld met zwart marmer en wordt verlicht door de bovenste rij ramen van de centraalbouw. De tribune, zoals de kanunniken de galerij noemen, is breed genoeg om plaats te bieden voor een orgeltje en drie altaren. Voor elk van die altaren ligt een tapijt en staan een paar stoelen, want dit gedeelte van de kerk is gereserveerd voor de graaf en zijn getrouwen.

Elke ochtend, als de vroegmis van de kanunniken is afgelopen, komen Boudewijn VII en Agnes, vergezeld van dienaars, ridders en adellijke heren en dames, door de gewelfde overgang die het grafelijk huis over de straat met de tribune van Sint-Donaas verbindt, naar het Maria-altaar om er mis te horen. Maar zelfs als de landsheer buiten Brugge is, laat de kapelaan niet na hier elke ochtend de eucharistie op te dragen en te bidden voor het heil van het grafelijk huis.

Voor de misdienaars is het telkens opnieuw een belevenis op de tribune te mogen dienen. Robrecht, de zoon van Giselbrecht, heeft het de jongste weken al zo vaak gedaan - en zo goed! - dat het een gewoonte is geworden. Als Karel van Denemarken, die de graven vaak vergezelt, hem niet opmerkt tussen de vier dienaars, informeert hij steevast bij de kapelaan hoe dat komt. Die heeft daaruit, niet ten onrechte, de conclusie getrokken dat de Deen erg op Robrecht is gesteld.

Hij weet ook waarom. Het kereltje wordt door iedereen op de

handen gedragen, ook al is hij al eens betrapt op het stelen van kaarsstompjes; maar welke misdienaar doet dat niet? Hij is vriendelijk en discreet, daar zijn alle kanunniken en grafelijke dienaars het over eens, en erg pienter. Volgens magister Radulfus steekt Robrecht ver boven alle leerlingen van zijn kapittelschool uit. Als iemand naar Laon gestuurd moet worden om verder te studeren, dan is hij het wel.

Niet alleen voor de misdienaars is het altaar van Onze-Lieve-Vrouw een magische plek. Ook voor de schooiers. Geduldig wachten ze in het voorportaal tot een koster, of de kapelaan zelf, een paar van hen uitkiest om een aalmoes van de graaf in ontvangst te nemen. Ze mogen dan mee een van de trappen op die vanuit het voorportaal rechtstreeks toegang geven tot de tribune. Op een afstand van het Maria-altaar moeten ze wachten tot de kapelaan met een hoofdknikje een teken geeft om naar de bidstoel van de graaf toe te schuiven en hun hand uit te steken zodat de landsheer hen al biddend een paar penningen kan toestoppen die de kapelaan even tevoren naast hem heeft neergelegd.

De tribune biedt een adembenemend gezicht op de centrale achthoekige kolom. De lange kabel van de kroonluchter trekt de blik als het ware naar omhoog, naar de koepel uit gebakken steen vol klankpotten die de hymnen opvangen en laten nagalmen, en dan naar beneden, naar het interieur met het koorgestoelte van de kanunniken en langs de noordkant, het gestoelte van de zangschool dat gedeeltelijk onder de omgang is geschoven en bedekt met een houten huif - als de kosters even niet opletten, springen de misdienaars wel eens van de tribune op de overhuiving en laten ze zich langs de zijpalen naar beneden slieren.

In de loop der jaren is tegen de noordgevel van de kerk een verblijf voor de kanunniken gegroeid, een heus klooster - de binnenhof doet dienst als kerkhof - met een eetzaal en een slaapzaal op de eerste verdieping en een pandgang beneden vanwaar de geestelijken rechtstreeks toegang hebben tot de kerk.

Tegen de westkant van dit complex en ermee verbonden door een deurtje, leunt de riante woning aan van de proost van het kapittel die ook kanselier van Vlaanderen is. Zowel in het grafelijk huis als in de grafelijke kerk is hij de machtigste man. Na de landsheer welteverstaan.

55

Die donderdagochtend 28 oktober, feest van de apostelen Simon en Judas - als Introïtus wordt die dag gelezen: *Mihi autem nimis honorati sunt amici tui,* uw vrienden staan bij mij hoog in eer - was de kanselier wat later opgestaan dan gewoonlijk. Hij verkeerde in een opperbeste stemming. De avond tevoren was hij laat teruggekeerd uit Veurne waar hij twee dagen bij Emma had doorgebracht. Twee heerlijke dagen. Hij proefde nog altijd de smaak van de lekkere wijn die ze hem had voorgezet, van de malse reebok en de hartelijke patrijzen die ze voor hem had bereid en van haar geurig lichaam dat ze hem zo gewillig had gegeven. Als proost van het kapittel en hoge geestelijke van het graafschap mocht hij feitelijk geen vrouw hebben, maar niemand maakte daar een punt van, ook de graaf niet, als het maar in alle discretie gebeurde en hij zich niet met haar in Brugge vertoonde. Jan en alleman in de stad wist dat hij in Veurne een bijzit onderhield en voor haar een gerieflijk huis had gekocht, maar niemand waagde het in zijn aanwezigheid daarop te zinspelen.

Het beloofde een drukke dag te worden. In de voormiddag zou de graaf in Sint-Donaas een oorkonde doen en daarna een feestelijke maaltijd aanbieden aan de heer van Voormezele en aan de getuigen. Geen reden voor de kanselier om zich overmatig op te jagen. Hij maakte rustig zijn toilet, knipte zijn baard bij, trok zijn ochtendkleed aan en liet zich vroeger dan anders een stevige maaltijd voorzetten - hagelwit brood, gedroogde makreel met een kruik witte Rijnse, gebraden lamsschouder en, bij wijze van dessert, mispels met een beker kruidige wijn. Onder het eten liet hij in gedachten zijn blik nog eens over het lichaam van Emma glijden, haar wijd opengesperde zwarte ogen, haar zijïge oorlelletjes, haar blanke schouders, haar volle borsten - ondanks haar veertig jaar nog steeds die van een jong meisje, wat hem uitermate opwond - en hij nam het vaste besluit haar de volgende keer het parelsnoer te schenken dat hij haar al zo dikwijls had beloofd.

Maar vandaag had hij andere beslommeringen. Als hoofd van de grafelijke kanselarij was het zijn plicht erover te waken dat de oorkonde volgens de regels was opgesteld en behoorlijk geschreven, maar door zijn afwezigheid was daar, eerlijk gezegd, weinig van terechtgekomen. Hij had het stuk nog niet eens gezien, laat staan gelezen. Dat moest dus zonder verwijl gebeuren, want grafelijk secretaris Odger mocht dan al een bijzonder bekwaam schrijver zijn - een geleerde die zijn wijsheid had opgedaan aan de kathedraalschool van Chartres, een priester die even vlot Latijn sprak als Diets en Romaans, een scherpzinnig theoloog en briljant magister - over zijn nauwkeurigheid bij het opstellen van de tekst en zijn zorgzaamheid bij de keuze van het perkament viel wel wat op te merken.

Niet dat de zaak veel om het lijf had. Groot beslag in een klein potje! Typisch voor de heren van Voormezele trouwens. Was de onlangs overleden Adam een pilaarbijter geweest, zijn zoon Isaac had er een handje van weg om zich voortdurend bij de graaf op te dringen. Dit keer was hij erin geslaagd Boudewijn te overhalen een paar gemeten grond - zoute schorren en slikken - aan de kanunniken van de Onze-Lieve-Vrouwabdij aan te smeren opdat ze de komende jaren de randjes van hun tong zouden bidden voor de zielenrust van zijn pas overleden vader. Zo is het gemakkelijk, vrijgevig zijn, met de grond van een ander! Want van zijn eigen schaapskooi die eraan grensde, gaf Isaac vanzelfsprekend geen morzel weg.

Maar goed, hoe hartsgrondig Bertulf de machtige Voormezeles ook haatte en hoe vaak hij zijn broers en neven had aangezet om hen bij elke gelegenheid dwars te zitten, die oorkonde moest in orde zijn. Dus stuurde hij een dienaar naar het huis van Odger met het bevel zich zonder verwijl in de proosdij te melden. Tot zijn verbazing keerde de bode onverrichter zake terug met de mededeling dat Odger niet thuis was.

'Wat zijn dat voor manieren,' tierde de kanselier. 'Rainier!'

'Ja, heer kanselier.'

'Waar ligt die oorkonde?'

'In de grote kist in het scriptorium van de kanselarij.'

'Ga ze halen!'

'Odger heeft de sleutel, heer kanselier.'

'Ga dan Odger zoeken.'

'Ja, maar hij is niet thuis...'

'Godverdomme, maak dat je weg komt en laat je niet zien zonder...'

'Zeker, heer kanselier.'

Overtuigd dat hij Odger in de kerk zou vinden, rende Rainier de proosdij uit door het deurtje dat rechtstreeks toegang gaf tot het klooster. Het regende flink en het water gutste van het dak van de pandgang en plensde in brede stralen neer op de grafstenen in de binnenhof. De poort naar de kerk stond op een kier. Binnen was het stil. De conventmis van de kanunniken was blijkbaar al afgelopen en dienaars waren zwijgend bezig de ruimte tussen de koorbanken in orde te brengen voor de plechtigheid van straks. Een oud vrouwtje strooide zaagsel over de vloer.

Geen Odger te zien. Misschien in het grafelijk huis, dacht Rainier. Hij liep door het zuidportaal, wipte soepel over de draaiende tol van twee spelende kinderen en wilde het Burchtplein oversteken om langs de voordeur toegang te vragen, maar in zijn haast - het regende nog harder dan daarnet - botste hij tegen Odger aan die juist de trap van het grafelijk steen afdaalde.

'Mijnheer Odger! Eindelijk.'

'Hoe, eindelijk?'

'De proost zit al een tijdje op u te wachten.'

'Op mij? Toch niet voor die oorkonde, zeker?'

'Hebt u de sleutel van de grote kist bij u?'

'Ja.'

Ze haastten zich de kerk in, knielden in het voorbijgaan voor het hoofdaltaar, en repten zich door de pandgang naar de proosdij waar de kanselier twee bedienden stond uit te kafferen omdat ze niet snel genoeg de tafel waarop hij zijn maaltijd had genoten, dichtplooiden en aan de kant zetten. De komst van Rainier met Odger in zijn kielzog kalmeerde de hoge geestelijke zodat hij het huispersoneel prompt de rug toekeerde en zich meteen tot de secretaris wendde.

'Ha, Odger.'

'Goede morgen, heer kanselier. Verontschuldig me dat ik zo laat ben, maar ik was bij Karel van Denemarken geroepen. De prins wil binnenkort een schenking doen aan de abdij van Oudenburg voor de zielenrust van zijn overleden moeder, Adela, ziet u. En ik moet op de koop toe een brief overschrijven aan zijn halfbroer, Rogier II, graaf van Apulië. Die zou naar verluidt...'

''t Is al goed. Zeg mij liever hoe het met die oorkonde van de Voormezeles gesteld is. Straks staat de graaf met zijn gevolg in de kerk en ik heb dat stuk nog niet eens onder ogen gekregen, laat staan er mijn goedkeuring aan gegeven.'

'Het is volledig in orde.'

'En de namen van de getuigen?'

'Die staan er al op.'

'Ook die van Isaac?'

'Jazeker. Ik heb ze vorige week gekregen van hofmeester Evrard Lodemare. Hij is ze gaan opschrijven in Voormezele op weg naar Mesen waar zijn zuster oblate is bij de dames.'

'De hofmeester? Kan die schrijven?'

'Ja. Ik heb het hem maar laten doen omdat hij er een hele week lang naar gevist had, in de waan dat het zijn reputatie goed zou doen. Hij wist te vertellen dat heer Isaac hem nogal geringschattend had behandeld. Naar zijn zeggen heeft de edelman niets onverlet gelaten om hem te vernederen en te kleineren om op die manier zijn misprijzen voor het grafelijk huis te tonen en Boudewijn zelf te treffen. En hij moet er ook u bij betrokken hebben.'

'Mij? Hoezo?'

'Door te laten uitschijnen dat uw familie veel te veel macht krijgt in Brugge, wat volgens hem vroeg of laat moet uitdraaien op moeilijkheden die dan voor de zoveelste keer in het nadeel zullen uitvallen van de oude adel, die altijd trouw is geweest aan de landsheren. Maar de jongste tijd wordt die door de graven danig in de steek gelaten ten voordele van - en nu herhaal ik letterlijk wat Lodemare mij vertelde - allerlei gespuis dat zich met geld en intriges in Brugge een weg baant.'

'Heeft hij dat gezegd? Gespuis? Heeft Isaac van Voormezele die woorden in de mond genomen?'

'Dat beweert Lodemare toch.'

'Ik zal dat hofmeestertje straks eens aan de tand voelen. Ga nu die oorkonde halen, zodat we ons kunnen klaarmaken voor de plechtigheid.'

Lang bleef Odger niet weg. Lang genoeg toch om de kanselier de tijd te gunnen zich naar de kamer op de eerste verdieping te begeven om, geholpen door zijn twee kamerdienaars, zijn ochtendkleed te verwisselen voor wollen ondergoed en een scharlaken mantel - goud met rode motieven - met bijpassende zwarte bonnet en leren schoenen.

59

Toen Odger in de zaal verscheen met de oorkonde, was de kanselier alweer op post. Maar hij was niet meer alleen. Twee van zijn broers, Lambrecht van Aardenburg en Wulfric Cnop, zaten op een bank hun voeten te warmen.

'Wat een weer,' hoorde hij de laatste nog zuchten. 'Ik heb het gisteren nog gezegd: krimpende wind, stinkende wind. 't Is té lang goed geweest. Het kon niet blijven duren.'

Bertulf, die zijn scapulier met beide handen schikte om hem beter over zijn mantel te laten vallen, had Odger wel in de gaten, maar gebaarde dat hij hem niet zag. Hij wendde zich tot Lambrecht.

'Geen nieuws in Aardenburg?'

'Niet dat ik weet.'

'Hoe ver staat het nu met die tol?'

'Ik heb nog geen beslissing genomen,' antwoordde Lambrecht met ietwat benepen stem.

'Laat die boeren toch bloeden, vent,' beet de kanselier zijn broer toe. 'Dat is nu al jaren dat ze daar in Aardenburg met hun kudden naar de Moer trekken zonder één stuiver te betalen. Zij zullen hun beesten wel het malste gras geven en zij zullen wel hun voordeel halen uit die vette weiden, maar wat heb jij daaraan? Ik begrijp dat niet. Jij laat dat gemeen maar doen, wel wetende dat hiermee een smak geld verloren gaat. Leg daar toch tol op!'

'De boeren beroepen zich op een oude gewoonte en de graaf zou die zelfs bevestigd hebben.'

'Heb jij soms schrik van de graaf?'

'Ik? Helemáál niet.'

'Waar wacht je dan op?'

'Voor dit jaar is het te laat. Volgende lente.'

Odger kuchte luid, waarop Bertulf het hoofd wendde en met een verveeld knikje beduidde dat hij naderbij mocht komen. De priester stak de oorkonde naar voren en de kanselier nam ze aan, rolde ze open en bekeek Odger met een vlammende blik.

'Geen kleiner stukje perkament gevonden, zeker?'

De grafelijke secretaris liep vuurrood aan en wilde iets antwoorden, maar zweeg omdat de kanselier luidop begon te lezen: *'In nomine Patris et Filii et Spiritus Sancti. Ego Balduinus dei gratia comes Flandriae...'* Aanvankelijk vertoonde Bertulfs gelaat weinig uitdrukking, maar naarmate zijn ogen verder over het perkament schoven - hij las niet meer luidop maar mompelde de tekst - werden de rimpels in zijn voorhoofd almaar dieper.

'Hier begin je de getuigen al op te sommen.' Hij klopte geërgerd met de rug van zijn hand op het document. 'En waar staat de datum?'

Odger trok een onschuldig gezicht, ging naast de kanselier staan en keek over diens arm naar het perkament. Er stond inderdaad geen datum.

'Vergeten, heer kanselier.'

'Ha, vergeten! Je zult Voormezele straks horen.' En tegen zijn broers: 'Moeten jullie nu eens horen, onze geleerde Odger hier heeft de datum op de oorkonde vergeten!'

Lambrecht en Wulfric grinnikten.

'Mag ik u erop wijzen dat het niet de enige tekst is die ik de jongste dagen heb moeten schrijven, heer kanselier,' bracht de verongelijkte priester behoedzaam in het midden. 'Er was ook de schenking door gravin Clementia van akkergrond, huizen en lijfeigenen aan het Sint-Salvatorskapittel van Harelbeke, de inventaris van het grafelijk huis in Gent, de rekeningen van de prebenden. Bovendien heb ik proost Reinfried van het kapittel van Onze-Lieve-Vrouw een handje toegestoken bij het opstellen van een inventaris van zijn kerksieraden: kelken, patenen, boeken. De graaf heeft mij op het hart gedrukt...'

'Dat de graaf naar de duivel loopt.'

Odgers mond viel open van verbazing. De kanselier had geen hoge dunk van Boudewijn, ja, dat wist hij al langer. Maar dat hij dit taaltje voerde! En dan nog in het bijzijn van zijn broers. De priester wist niet goed meer wat hij moest zeggen, stak zijn hand uit, nam de oorkonde aan en boog om het vertrek te verlaten.

Op dat ogenblik kondigde een dienaar bezoek aan. Zijn woorden gingen wat verloren in brutale, luide stemmen vanuit de voorhal. Odger herkende ze maar al te goed: die van Walter, burggraaf van Brugge, en van Isaac, kamerheer van de graaf, allebei neven van de kanselier die door zijn toedoen hun hoge ambten hadden verkregen. Achter hen schoof ook nog Disdir, de broer van Isaac, mee naar binnen.

Terwijl kanselier Bertulf zijn drie neven uitbundig omhelsde, net alsof het jaren geleden was dat hij ze nog gezien had, maakte Odger zich stilletjes uit de voeten. Om de oorkonde opnieuw te schrijven was het nu wel te laat. Zonder datum dan maar, gromde de priester binnensmonds. Bertulf had de tekst maar vroeger moeten nalezen in plaats van bij zijn lief in Veurne te zitten. Dat is zijn verdiende straf. God heeft het zo beschikt.

Wie de grote zaal van het grafelijk huis in Brugge kent, weet dat, als alle tafels in de gebruikelijke U-vorm staan - twee aan de lange muren onder de wandtapijten en één aan de haard - en de graaf en zijn genodigden aan de buitenzijde plaatsnemen zodat de binnenkant vrij blijft voor bediening, er ruim plaats is voor een kleine zestig mensen, speelmannen en muzikanten niet meegerekend. Meer dan genoeg, naar Evrard had uitgerekend, voor het banket van die middag. Nog vóór Boudewijn en Agnes vertrokken waren naar de vroegmis, was hij al ter plekke om leiding te geven bij het aandragen en plaatsen van de schragen, het spreiden van het tafellinnen en het bijschuiven van de stoelen. Vooral de eretafel, waar de graaf en de gravin zouden plaatsnemen, moest speciale aandacht krijgen.

Van de oude kamerdienaar Gerard, die al sloffend een kom vers water kwam halen, vernam hij dat hofschenker Gervaas van Praet en kamerheer Isaac zich al bij het grafelijk paar hadden gevoegd en dat het gezelschap zich opmaakte om naar de kerk te vertrekken. Het wachten was alleen nog op Karel van Denemarken. Een kort bezoek aan de keuken beneden stelde Evrard gerust. Onder leiding van de koks werden de vuren aangeblazen en de grote ketels klaargezet om straks aan kettingen boven de vlammen te hangen. Twee knechtjes zaten, tegen de muur geleund, ganzen en fazanten te plukken en gaven het gepluimd gevogelte door aan de poelier die ze in de haard ging branden. Anderen maakten snoek schoon - met scherpe messen haalden ze de buik open, sneden de ingewanden eruit en schraapten de schubben van het vel - terwijl een leger keukenmeiden stapels groenten sneed en bakkersknechten verse broodjes uit de heetgestookte oven haalden.

Een groot deel van de vroege ochtend werd in beslag genomen

met het schikken van de tafels. Voor elke gast een broodje, zilveren tafelstukken, een zilveren mes voor de graaf en de gravin, voldoende bekers - zeker één per twee personen - en op de dressoirs kannen en schalen voor de wijn. Voorts een nieuwigheid waarop Karel van Denemarken sterk had aangedrongen: kannen, waterbekkens en fijn linnen voor het wassen van de handen voor en na de maaltijd. Franse frivoliteiten, bedacht Evrard, alleen goed voor de hoge heren die ik-weet-niet-wat zouden uitdenken om zich te verheffen boven het gewone volk. Alsof het eten beter zou smaken met propere handen! Wel integendeel. Trouwens, hoe zouden hun handen vuil kunnen zijn? Zeker niet van in de grond te wroeten, of van de beesten eten te geven, of van een haas te stropen. Wel van hele dagen aan de mooie vrouwen te friemelen, de manen van hun paard te strelen of hun zwaard voor de zoveelste keer op te poetsen.

'Momentje,' riep hij naar een knecht die een beschilderd struisvogelei nu eens hier, dan weer daar zette en ondertussen de hofmeester vragend aankeek of het wel de geschikte plaats was. Achtereenvolgens drukte hij zijn linker- en rechterneusvleugel dicht, snoot luid in zijn hand, veegde het snot af aan zijn broek en wendde zich dan opnieuw tot de knecht, die nog steeds stond te wachten met zijn struisvogelei.

'Iets meer naar het midden.'

De deur vloog open en met een klad regen en wind waaide Odger, de grafelijke secretaris, naar binnen.

'Dag, Evrard,' riep de priester. 'Nogal een weertje, hé.'

'Goedemorgen, mijnheer Odger. Al zo vroeg in de Love?'

'Is de graaf al terug van de kerk?'

'Zeker, want Isaac is hier zonet voorbijgekomen.'

Hij moest zijn stem verheffen, want de secretaris was al doorgelopen tot achteraan in de zaal, waar een knecht in tuniek aan de deur naast de haard de wacht hield zodat niemand ongezien bij de trap kon komen.

'Laat Karel van Denemarken melden dat ik aangekomen ben en me te zijner beschikking houd,' hoorde Evrard Odger nog zeggen. Het antwoord van de knecht ging verloren in het kabaal dat de keldermeester en zijn hulpjes maakten bij het weghalen van de wijnkannen om ze beneden te gaan vullen.

Odger was al lang weer weg toen Evrard tevreden vaststelde dat de zaal helemaal in orde was. Voor alle zekerheid ging hij nog eens op de plaats van de graaf staan en liet zijn blik over de tafels glijden. Ondertussen gaf hij bevelen aan de knechten om hier een tafelstuk wat te verplaatsen of daar een broodje beter in de rij te leggen.

Het tiende uur was al voorbij toen hij van de kamerdienaar van proost Fromold van Veurne vernam dat het grafelijk gezelschap elk moment naar Sint-Donaas kon vertrekken voor het afkondigen van de oorkonde. Uitstekend, dacht Evrard. Dan ga ik ook. Mijn werk hier is klaar en wie weet hebben ze voor de oorkonde nog iemand nodig. Want daar droomde hij al jaren van, ooit eens als getuige op een oorkonde vermeld te worden. Stel je voor. Wat een eer. Wat een aanzien zou hem dat geven!

Met de ene hand de vilten hoed op zijn hoofd drukkend, met de andere zijn mantel dichtknijpend, stak hij het Burchtplein over en wurmde zich door het deurtje van het zuidportaal naar binnen. Tot zijn verbazing was de kerk nog leeg. Tussen de pilaartjes van de tribune boven was het hoofd te zien van de kapelaan die een schone altaardoek op het Maria-altaar spreidde, bij de poort naar de pandgang stonden twee in groene tunieken geklede dienaars van de kanselier op de uitkijk om hun meester te verwittigen zodra het bericht van het vertrek van de graaf uit de Love kwam en bij het tafeltje tussen de koorbanken van de kanunniken nam Odger, in wit koorhemd met rode stola, de oorkonde nog eens aandachtig door. Hij keek niet eens op toen twee kosters met een luide bons de poort van het hoofdportaal dicht duwden, want het was de gewoonte het gemeen buiten de kerk te houden bij de plechtige afkondiging van een oorkonde. De bedelaars waren al de straat op gestuurd.

Vroom knielde Evrard neer bij het altaartje van de Heilige Remigius voor wie hij en zijn vrouw Beatrijs een speciale verering koesterden - was het niet aan de voorspraak van die bisschop en belijder te danken dat hun dochter Mathilde nog leefde? Hij verzonk in een dankgebed, maar werd ruw opgeschrikt door de stem van Pieter, een knecht van kamerheer Isaac, die zijn hoofd door een van de openingen op de tribune stak: 'Ze komen!'

Prompt snelde een dienaar het klooster in en kort nadien verraadde gestommel vanuit de pandgang de aantocht van de kanselier. De poort zwaaide nu helemaal open en door een haag van buigende knechten en kanunniken stapte Bertulf binnen. Dat hij er indrukwekkend uitzag, had meer te maken met zijn mantel van schitterend goudbrokaat dan met zijn figuur. Want hij was klein van stuk, met zwart streuvelend haar, een diepdoorgroefd voorhoofd, een scherpe neus, een ronde, stevige kin en een lichtjes scheve mond - de linkermondhoek krulde naar boven alsof hij zou gaan lachen, de rechter naar beneden, als om zijn misprijzen uit te drukken. Over zijn gelaat danste voortdurend een vluchtig spotlachje.

Als het graafschap een wiel was, bedacht Evrard, dan kon deze man met gerust gemoed de naaf genoemd worden. Alles draaide rond hem. Graven kwamen en gingen, Bertulf bleef. Vierentwintig jaar was het geleden dat Robrecht I de Fries hem als proost van Sint-Donaas de leiding had toevertrouwd van alle klerken, zowel de lokale ontvangers in de grafelijke domeinen als de schrijvers van de centrale bureaus, en hem de titel *Kanselier van Vlaanderen* had verleend. Intussen was Bertulf aan zijn derde landsheer toe: de Fries, Jeruzalem en nu Hapken. Hem maakte het niet uit wie er op de graventroon zat - Robrechten of Boudewijns - hij deed zijn zin.

Door de dubbele deur die de omgang van Sint-Donaas met de pandgang van de kanunniken verbond, sijpelden de andere leden van zijn clan de kerk binnen. Op kop Walter, burggraaf van Brugge, vergezeld van vier dienaars. Instinctief kneep Odger zijn ogen bijna helemaal dicht.

Die valsaard!

Als zijn sergeanten in de stad dieven, vechtersbazen, dronkaards, echtbrekers of ander schorremorrie oppakten, was de kwestie nooit wat ze de poorters precies aangedaan hadden, hoe zwaar hun misgreep woog en of ze al dan niet voor de vierschaar gedaagd moesten worden, neen, de vraag was of ze tegen of voor de Erembalden waren. Wie tot de kring behoorde, kon rekenen op een milde behandeling, als hij niet gelijk werd vrijgelaten en zelfs aangemoedigd in zijn smerig gedrag.

In andere kasselrijen was de burggraaf een nobele heer, een

telg uit een voornaam Vlaams geslacht. Wenemar van Gent, Willem van Sint-Omaars, Theinard van Broekburg, Fromold van Ieper, Rogier II van Rijsel... noem maar op, allemaal baronnen met edel bloed, gesproten uit oude families die al in de tijd van Karel de Grote tot de besten van Vlaanderen behoorden. Behalve hier in Brugge, natuurlijk. Sedert Erembald de nobele burggraaf Boldran uit de weg had geruimd en diens weduwe had ingepikt, en meteen ook het burggraafschap, was dat ambt niet meer uit de klauwen van zijn clan geweest. Van Erembald was het overgegaan op een van zijn zonen, Robrecht, en later op Robrechts zoon, Walter, die zich nu met grote aanmatiging burggraaf noemde. Feitelijk was ook in Brugge het burggraafschap erfelijk geworden, met dit verschil: hier was het niet in handen van een adellijke familie, maar van de Erembalden, al begonnen die zich hoe langer hoe meer als edelen te gedragen.

Achter Walter drong een bende jongemannen en hun gevolg de kerk binnen. Boven allen torende Borsiard uit, nog een neef van Bertulf, al zou je het aan zijn gestalte niet gezegd hebben. De andere Erembalden zagen er allemaal eender uit: gedrongen, met kwieke stap, een geprononceerde kin en - vooral - diepe groeven in hun gezicht. Borsiard was anders: groot, grof, met een brutale, rozige tronie. Hij was een van de zonen van Lambrecht van Aardenburg en bezat een woning naast de Love en een burcht vlakbij het slot van de heren van Straten buiten Brugge, op de weg naar Oudenburg.

Lawaai boven deed iedereen omhoog kijken. Door de overdekte gang was de graaf met zijn gevolg de kerk binnengekomen. Het geroezemoes verstomde en tientallen ogen volgden de leden van het gezelschap die achter elkaar door de tribune liepen, in de noordertoren verdwenen, de trap afdaalden en het koor in schreden - als laatste de graaf, kaarsrecht, vergezeld, rechts van zijn neef Karel van Denemarken, links van heer Isaac van Voormezele. Over een oranje onderkleed van glanzende zijde droeg Boudewijn een lichtbruine mantel, afgezoomd met dezelfde donkerbruine pels als die waarvan zijn muts gemaakt was. Omdat hij zijn mantel ostentatief openhield, was te zien dat aan zijn gordel een kleine zilveren bijl bengelde, teken van zijn onwrikbare wil om rechtvaardigheid en vrede in het markgraafschap te laten heersen. Daarom ook noemde iedereen - adel, ridder of koopman - hem Hapken of 'de Bijl', een naam waarmee hij niet weinig opgezet was. Zijn zwaard werd als symbool van zijn grafelijke waardigheid door een schildknaap op een blauw fluwelen kussen voor hem uit gedragen. Boudewijn was niet wat je een knappe man zou noemen. Daarvoor was zijn neus te plat en zijn voorhoofd te kort, maar zijn lange blonde lokken, brede schouders en indrukwekkende gestalte zouden hem toch iets nobels, ja zelfs majestueus hebben gegeven als hij niet een heel klein beetje had gesleept met zijn rechterbeen, spijtig gevolg van een lelijke val in zijn jeugd.

In het koor stonden slechts twee stoelen, een voor Boudewijn en een voor zijn neef, Karel van Denemarken. De anderen volgden rechtstaand de ceremonie, opgedeeld - dat ontging Evrard niet - in twee groepen: de Voormezeles en hun aanhang onder leiding van heer Isaac, en de Erembalden en de kanunniken onder leiding van kanselier Bertulf.

Terwijl Odger zijn keel schraapte, de oorkonde van de tafel nam en ze traag openrolde, viel Evrards blik op Karel van Denemarken. Dat die er niet erg opgewekt uitzag, was te begrijpen. Nog maar een paar dagen geleden had hem vanuit Apulië de droeve mare van het overlijden van zijn moeder bereikt. Nu stond de jongeman er helemaal alleen voor. Wie zou zich nog over hem ontfermen? Zijn vader, koning Knut van Denemarken, was al jaren dood - vermoord in de kerk door een horde goddelozen - en nu was ook zijn moeder, Adela van Vlaanderen, tweede dochter van Boudewijn de Fries, naar haar Verlosser teruggekeerd.

'In nomine Patris et Filii et Spiritus Sancti. Ego Balduinus dei gratia comes Flandriae omnibus christianis...' Odger was met de voorlezing begonnen. Hij las met plechtige stem, staand voor de graaf, naast het tafeltje, en geregeld de ogen opslaand naar de landsheer, als om bij elke belangrijke passage diens goedkeuring te vragen. Boudewijn schikte zijn mantel, glimlachte naar Karel en richtte zijn blik dan weer nauwlettend op zijn secretaris. Af en toe wendde Odger het hoofd ook eens naar de Voormezeles en dan naar de Erembalden tot hij plots magister Radulfus in het oog kreeg. Dat was niet te verwonderen, want net als Borsiard, torende de slungelachtige kanunnik ver boven de rest van de

Erembalden uit, de kin omhoog geheven zodat zijn puntige baard nog verder vooruitstak. Van dat moment af vergat Odger graaf en Voormezeles en sprak alleen nog tot Radulfus alsof de oorkonde alleen hem aanbelangde.

'...*dei clementia et exorationibus Isaac filii Adam, quandam terram, latine Harenam, vulgo autem Sant nuncupatam...*' Veel verstond Evrard niet van de tekst, want hij kende geen Latijn. Hier en daar ving hij flarden op en dat volstond om min of meer te volgen, temeer omdat hij de inhoud in grote lijnen kende. Op vraag van heer Isaac van Voormezele, zoon van Adam, schonk graaf Boudewijn VII aan de Onze-Lieve-Vrouwabdij van de reguliere kanunniken van Voormezele een stuk grond, in het Latijn *Harena* genoemd, in de volkstaal Zand, gelegen op het eiland Ter Streep.

'*Testes sunt...*' Nu begon Odger de getuigen op te sommen. De eerste was Karel, die werd omschreven als neef van de graaf. Bij het horen van zijn naam boog de Deen lichtjes naar Boudewijn naast hem. Dat deden ook de anderen: 'Bertulfus, proost van Brugge, Fromoldus, proost van Veurne, Odger de secretaris' - de priester pauzeerde bij het voorlezen van zijn eigen naam, kuchte en ging dan voort - 'Lambertus Nappin, Haket diens broer, Wulfricus Cnoop, Walterus, burggraaf van Brugge, Gozwinus van Nieuwekerke, Radulfus van Esna. Balduinus Botal, Isaac de kamerling, zijn broer Desiderius, Isaac, de zoon van Adam, Gerardus van Voormezele, Bertulfus, de zoon van Snelling, Brunel van Halewijn, Manakinus van Sijsele, Erlabaldus en nog vele anderen.'

Odger zweeg en zijn stem galmde na in de kerk. De graaf knikte goedkeurend, stond recht en keek verwachtend naar zijn secretaris die meteen tot bij hem liep en hem de oorkonde aanreikte zodat de landsheer, geholpen door een dienaar, op het tafeltje zijn zegel op de weke was kon drukken. Daarop keek Boudewijn in het rond en bedankte met een brede glimlach alle deelnemers aan de ceremonie die als antwoord een diepe buiging maakten. De kanselier in het oog krijgend, wachtte hij ostentatief tot die het hoofd eerbiedig neigde en pas dan liep hij tussen de aanwezigen door naar de trap om langs de tribune en de gewelfde overgang naar de Love terug te keren.

Bij hem sloten zich Karel van Denemarken, opperschenker Gervaas van Praet, heer Isaac van Voormezele en proost Fromold van Veurne aan, gevolgd door een schare dienaars in bonte tunieken en enkele ridders die er wel over waakten dat niemand zich ongevraagd bij het nobele gezelschap voegde. Het merendeel van de Erembalden wandelde, luid babbelend, achter de kanselier aan naar de pandgang om vandaar in de proosdij te komen voor een stevige dronk in afwachting dat de graaf een bode zou sturen om hen uit te nodigen voor de feestelijke maaltijd. De rest van het gezelschap drumde door het zuidportaal naar het Burchtplein. Had de kapelaan het voor een handvol genodigden niet nodig geoordeeld de zuidpoort helemaal open te zwaaien? Vond hij dat het te hard regende? Of was hij het gewoon vergeten? Feit was dat alleen het kleine deurtje in de poort openstond, een situatie die - dat doorzag Evrard op slag - voor problemen kon zorgen. Wel wetend dat hij een der minsten in het gezelschap was - dienaars en knechten niet meegerekend - ging hij alvast opzij staan om iedereen door te laten zodat hij bij het verlaten van de kerk absoluut niemand voor het hoofd zou stoten. Daardoor kwam het dat hij als een der eersten het incident zag aankomen.

Dat het precies met Manakin van Sijsele gebeurde, verbaasde hem geen moment. Manakin was al even hooghartig als de heren van Voormezele zelf, tot wier clan hij zich rekende, en te zien aan de manier waarop hij zijn schouders breed openzette en gezwind naar het smalle deurtje toestapte, was hij niet van plan wie dan ook voor te laten gaan. Zeker Borsiard niet, die schuin achter hem liep en die hij wel degelijk gezien had, maar die hij compleet negeerde. Borsiard wilde, vóór hij zich bij zijn neven en ooms in de proosdij zou voegen, eerst nog even naar zijn huis in de burg gaan om andere schoenen aan te trekken. Toen hij merkte dat hem op brutale wijze de weg zou worden versperd en hij - hoezeer hij ook zijn pas versnelde - niet meer voor Manakin het deurtje zou bereiken, liep hij rood aan en geërgerd gaf hij de edelman met zijn volle vuist een keiharde klap tegen de rechterwang. Die schrok zó dat hij vergat zijn voet op te heffen en struikelend over het deurdrempeltje op straat tuimelde. Vloekend klauterde Manakin overeind.

'Godverdomse dorper,' siste hij, met zijn handschoen het bloed afvegend dat uit zijn onderlip sijpelde. Maar Borsiard hoorde de belediging niet, want precies op dat moment haalde een van Manakins wapenknechten met zijn zwaard vliegensvlug naar hem uit. Door opzij te springen kon Borsiard ternauwernood de slag ontwijken. Blind van woede trok hij zijn zwaard, brieste: 'Kom op!' en stormde op zijn belager af. Terwijl Manakin, die zwijmelend tegen de kerkmuur leunde, door twee dienaars werd afgeschermd, sloegen de twee woestaards op elkaar in. Tegen de grof gebouwde Borsiard, alom bekend om zijn driestheid, had de knecht geen schijn van kans. Hij kreeg een houw vlak onder de linkerschouder en zonk bloedend op zijn knieën. Een tweede slag kloofde zijn schedel zodat de hersens op de omstanders spatten.

'Dat zal je leren een neef van de kanselier te tarten', brulde Borsiard. Met een spottende blik op de omstanders veegde hij zijn zwaard af aan het hemd van de dode knecht, baande zich een weg door het volk en stak, gevolgd door zijn mannen, het Burchtplein over naar de noordkant waar zijn huis stond, zonder Manakin nog een blik waardig te gunnen.

Van bij het open deurtje had Evrard alles gezien. Wel besteed, dacht hij bij zichzelf, met een misprijzende blik op de dode knecht die door twee van zijn makkers aan zijn armen tot tegen de kerkmuur werd gesleept zodat zijn hielen twee strepen bloed op de natte kasseien trokken. Hij draaide zich om om de kerk in te lopen en zo langs de omgang en het hoofdportaal de straat te bereiken, en stond plots oog in oog met Odger die door al het lawaai uit de sacristie naar het portaal was gelopen.

'Borsiard,' zei Evrard. Odger knikte begrijpend.

'Daar zal Manakin het niet bij laten,' mompelde de priester terwijl hij zijn blik liet rusten op de edelman die, nog steeds gesteund door zijn twee dienaars, moeizaam de trap naar de Love besteeg en in het huis van de graaf verdween.

'Dat denk ik ook niet,' antwoordde Evrard. 'Isaac van Voormezele zal hem wel opjutten om genoegdoening te eisen. Die knecht is niets, maar een edelman in het gezicht slaan! Dat kan hem tien stuivers kosten.'

'Goede zaak,' grinnikte Rainier die intussen bij hen was ko-

men staan. 'Dat zijn er dan vier voor Manakin als schadever-
goeding voor die muilpeer en zes voor onze kanselier. Borsiard
moest dat al eens meer doen!' En tegen Evrard: 'Hij vraagt je
direct naar de proosdij te komen.'

'Wie?'

'De kanselier.'

'De kanselier?'

'Ja. Hij wil je dringend spreken over een gewichtige zaak.'

Evrard voelde zijn benen zwaar worden van de schrik.

'Heeft hij gezegd waarover?'

'Neen, maar hij is in een opperbeste stemming. "Ga de hofmeester eens halen," zei hij, "want ik moet hem een gunst vragen."'

'Een gunst, aan mij?'

'Ja,' zei Rainier terwijl hij de poort tussen de kerk en de pandgang weer dicht duwde. 'Meer weet ik ook niet.'

Zompig warm was het in de grote zaal van de proosdij. Evrard
schuifelde achter Rainier naar binnen, trok het deurtje stilletjes
dicht en bleef eerbiedig wachten, met zijn vilten hoed in beide handen. De kanselier stond te midden van zijn broers en neven en
voerde het hoge woord. Hij had zijn scharlaken mantel afgelegd
en droeg nu een lichtblauwe tuniek onder een zwart overkleed.

'Was het een flinke dreun?' hoorde Evrard hem spottend vragen aan Steven, een ridder die hem blijkbaar zopas het verhaal
van de oorvijg aan Manakin in geuren en kleuren had verteld.

''t Was er niet naast,' antwoordde Steven gniffelend. 'Hij geraakte nadien de trappen van de Love bijna niet meer op!'

Terwijl de kanselier geamuseerde blikken met zijn broers uit-
wisselde, kreeg hij Evrard in het oog die zwijgend bij het deurtje
stond.

''t Zal die verwaande zot van Sijsele leren,' besloot hij het gesprek. Hij keerde zich om en liep naar de haard. Hij schoof de
twee armstoelen die de dienaars daar hadden geplaatst, een beetje uit elkaar en nodigde met een breed armgebaar de hofmeester
uit. Die schuifelde naderbij, maar wachtte eerbiedig tot de kanselier was gaan zitten om dan zelf op het randje van de stoel
plaats te nemen.

'Drink een beker wijn, Evrard,' zei de kanselier vriendelijk, ondertussen een teken gevend aan een kamerdienaar die onmiddellijk een dienblad met twee glimmende bekers vooruitstak. Zilver, dacht Evrard bij zichzelf. Waarom zou die man mij met zoveel eerbetoon ontvangen, waarom doet hij zo voorkomend terwijl ik toch maar hofmeester ben en ver na de hofschenker, de kamerheer of de seneschalk kom, laat staan de burggraaf? En toch laat hij die hoge heren daar staan wachten om met mij te spreken. Wat zou daar achter zitten?

Bertulf dronk met lange teugen. Evrard durfde nauwelijks zijn lippen aan de sierlijke beker te zetten. Aan het weinige dat hij binnenkreeg, proefde hij wel dat het om een koele witte Bourgogne ging, van betere kwaliteit nog dan die waarvan hij in zijn kelder twee tonnetjes liggen had.

'Zozo,' zei de kanselier. 'Je bent dus naar Voormezele geweest op weg naar Mesen. Ik wist niet dat je zuster in de abdij zat. Waarom heb je me dat niet vroeger verteld?'

'Omdat het niet te pas kwam, heer kanselier.'

'En je bent haar gaan opzoeken?'

'Ja, ik zal u zeggen, ik moest in Torhout zijn om 's-Gravenwinkel voor de jaarmarkt in orde te brengen. Toen dacht ik...'

'Zaakjes gedaan onderweg?'

'In Ieper, ja, omdat ik daar toch moest passeren. Een kleine partij laken gekocht en doorverkocht aan een Rijnlander - met een schappelijke winst.'

'De zaken gaan blijkbaar goed.'

'Ik heb niet te klagen, heer kanselier.'

'Dat geloof ik. Twee huizen, een opslagplaats, een hoeve, vijftien gemeten land en twee wijngaarden. Geen kleinigheid voor een horige die kort geleden nog maar keldermeester was. Maar ik gun het je, Evrard, het is een grote eer in dienst te mogen staan van je landsheer. En naar ik verneem doe je dat met voorbeeldige ijver. Het is niet voor niets dat de graaf je een mooie merrie geschonken heeft en je geholpen heeft bij de bouw van je stenen huis. Weet je, ik ben blij dat ik aan jou gedacht heb voor die functie.'

'Ik moet u nogmaals bedanken, heer kanselier, voor die gunst.'

'Niet nodig, Evrard, niet nodig. Ik heb dat met plezier gedaan. In Ieper zaakjes gedaan, zeg je?'

72

'Ja, heer kanselier. Een kleine partij...'

'Willem van Ieper gezien?'

'Ja, eventjes.'

'Heeft hij je trouw laten zweren?'

'Neen, dat niet, de hulp van een onbelangrijk man als ik kan hem niet veel baten. Hij zal wel naar machtiger vrienden uitkijken, zeker.'

'Wie bedoel je?'

'Niet speciaal... Ik bedoel alleen maar dat...'

'Dat hij de hulp van de Erembalden zoekt?'

'Hij is vast van plan zijn rechten op de gravenkroon te laten gelden als het geval zich mocht voordoen, heer kanselier. Het zijn uitzonderingen die nog niet begrepen hebben dat Boudewijn kinderloos zal blijven en de kwestie van de opvolging vroeg of laat te berde zal komen. Per slot van rekening is hij de enige rechtstreekse mannelijke nakomeling van de Fries, laat hem dan een bastaard zijn. Blijkbaar is dat voor Clementia ook geen bezwaar, want ze steekt haar genegenheid voor hem niet onder stoelen of banken.'

'En wat is jouw mening daarover?'

Evrard slikte. Nu was het opletten geblazen. Om tijd te winnen nam hij een slok wijn - fruitig en soepel van smaak - en deed alsof hij lang proefde.

'Voortreffelijk,' merkte hij op en zette de beker op het opengeklapte bijtafeltje.

'Auxerre,' lichtte de kanselier vriendelijk glimlachend toe.

'Wel, ja, eigenlijk is het nog veel te vroeg om daar iets zinnigs over te zeggen, heer kanselier. Boudewijn is in uitstekende gezondheid, al hoor ik hem zelf steeds meer de naam van Karel van Denemarken vernoemen.'

'Zozo,' reageerde Bertulf.

'Ik zal u zeggen, heer kanselier, voor mij is die Karel veel te zacht. Een graaf moet een krachtdadig heerschap zijn, een markies die beveelt en die zijn mandaten doet opvolgen. Dat zie ik niet in die jongen. Het ontbreekt hem aan daadkracht, zoveel is zeker. Ik weet het wel, hij is sterk en moedig, onverschrokken zelfs, dat heeft hij naar verluidt bewezen met zijn zegepralen in tornooien, met zijn wapenfeiten in het Heilig Land en met zijn

73

trofeeën bij de jacht. Maar dat is allemaal al lang geleden. Bovendien, de Vrede van de Graaf instandhouden is nog iets anders dan een tegenstander uit het zadel tillen of een Saraceen in het zand doen bijten, laat staan een hinde neerleggen!'

Terwijl hij praatte zocht Evrard koortsachtig naar enige reactie op het gelaat van de kanselier, maar tevergeefs. De geestelijke staarde uitdrukkingsloos voor zich terwijl hij met duim en wijsvinger aan de ring aan zijn rechtermiddenvinger zat te morrelen. Door met een korte ruk zijn hoofd op te heffen en ostentatief in de richting van de smeulende haard te kijken, maakte hij een knecht duidelijk dat het tijd was verse houtblokken op het vuur te leggen. Maar van enige goed- of afkeuring van wat de hofmeester zegde, was niets op zijn gelaat te bespeuren. Nerveus ging Evrard verder.

'Ik zal u zeggen, heer kanselier, ik betwijfel ten zeerste of die Deen, al is hij dan een koningszoon, een prins zal ik maar zeggen, of hij geschikt is voor bestuurszaken. Hij zit meer in Wijnendale dan in Brugge en als hij in de Love is, brengt hij meer tijd door op zijn bidstoel en in de kerk dan in de grote zaal. Mij lijkt hij eerder geschikt voor het klooster. Trouwens, hoe vroom hij ook is, hij blijft een vreemde, een noorderling die onze gewoonten niet kent en geen rekening houdt met wat wij denken en voelen. Zouden de mensen hier te lande goedschiks aanvaarden dat ze een eed van trouw moeten zweren aan een Deen?'

Evrard pauzeerde.

'Misschien,' ging hij aarzelend verder, 'misschien zou er toch één goede kant aan hem zijn.'

De kanselier keek op.

'Naar wat ik hoor, zou hij de adellijke families toch wat meer aan banden willen leggen. Hij is die vetes en vechtpartijen kotsbeu, beweert hij. En meer dan eens heb ik hem aan Hapken horen uitleggen dat er voor de grafelijke inkomsten meer te verwachten is van de poorters dan van de vazallen. Vrede is er nodig in het land, heer kanselier, geloof me. Het moet gedaan zijn met die brutaliteiten van ridders en heren die de boeren en de kooplieden het leven zuur maken en hen om de haverklap uitschudden. We zouden beter een voorbeeld nemen aan de vredesmannen van Valencijn. Die hebben het zover gekregen dat de adel een toontje lager zingt.'

Op Bertulfs gelaat verroerde geen spiertje. Zelfs bij het woord 'Valencijn' liet hij geen enkele emotie blijken, al wist Evrard maar al te goed dat de kanselier zich omstandig had laten inlichten over de vrede die de poorters van de Henegouwse stad nauwelijks een jaar geleden hadden afgedwongen en waarbij graaf en heren aardig wat van hun privilegies hadden moeten inleveren ten voordele van de burgers van de stad.

'Van adel gesproken,' zei Bertulf, 'naar het schijnt heeft Isaac van Voormezele zich nogal neerbuigend gedragen toen je hem bent gaan opzoeken.'

''k Zou het geloven! Alhoewel ik hem duidelijk had gezegd dat ik als afgevaardigde van de graaf kwam en niet uit persoonlijke naam, liet hij mijn gezelschap buiten wachten, weigerde mij persoonlijk te ontvangen, liet mij geen maaltijd opdienen en bood me niet eens een dronk aan. Door mij zo te behandelen vind ik dat hij de graaf beledigd heeft. En alsof dat nog niet genoeg was, moest hij er ook u nog bij betrekken.'

'Mij?'

'Ja, maar niet persoonlijk. Uw naam heeft hij niet vernoemd. Wel die van de Erembalden, de Brugse parvenu's...'

'Zei hij dat? Parvenu's?'

'Ja. Die zich met twijfelachtige praktijken opgewerkt hebben, die de graaf inspinnen in een net van intriges en die overal in Brugge de belangrijke posten bezetten ten nadele van de voorname families die toch als eersten voor die ambten in aanmerking zouden moeten komen. Ik zeg maar wat Isaac zei.'

'Parvenu's, zei hij. Hij gebruikte geen ander woord?'

'Neen, niet dat ik mij herinner.'

'Geloof je de verhalen die over onze familie worden verteld?' vroeg Bertulf plots, de hofmeester scherp aankijkend. Evrard wist maar al te goed waarop de kanselier doelde, hij had het met de woorden 'twijfelachtige praktijken' zelf ter sprake gebracht, heel het graafschap wist het, op alle markten en in alle taveernes was het een bekend verhaal - de gewetenloze Erembald die de brave kastelein Boldran naar de andere wereld had geholpen en dan met zijn vrouw in de koffer was gedoken om zelf bruggraaf te worden - maar dat hier toegeven aan de zoon van Erembald zelf,

75

dat durfde hij toch niet. Om tijd te winnen dronk hij nog eens van zijn beker wijn.

'Ze vertellen zoveel, heer kanselier.'

'Leugens, Evrard. Leugens. Smerige leugens van volk dat jaloers is omdat wij ons allemaal inzetten voor het heil van het grafelijk huis, omdat wij de graaf op een voorbeeldige manier dienen en daarvoor op een gepaste manier beloond worden.'

Bertulf stond op, keek in zijn beker, walste krachtig het laatste restje wijn en dronk het met een snelle beweging op. Evrards beker was nog bijna halfvol. Rechtstaand goot hij de wijn in één teug door zijn keel en wilde dan het zilveren kleinood op het vouwtafeltje terugzetten, maar voor hij zover kwam zei de kanselier plots: 'Hou die beker. Hij is voor jou. Beschouw hem als een geschenk van iemand die bezorgd is voor de toekomst van ons graafschap. God weet wat ons de komende jaren te wachten staat als Hapken zonder erfgenaam komt te overlijden. Een strijd tussen Karel van Denemarken en Willem van Ieper kunnen we best missen. Het komt erop aan te gepasten tijde de juiste beslissing te nemen, maar het is nog veel te vroeg om nu al een keuze te maken.'

De kanselier keek de hofmeester vlak in de ogen.

'Toch ben ik je dankbaar, Evrard, om wat je me vandaag toevertrouwd hebt. Het heeft me een dieper inzicht gegeven. Mag ik erop rekenen dat je me geregeld raad geeft? Iemand die zo dicht bij de graaf leeft, die dag in dag uit hoort wat Hapken en Karel met elkaar bespreken, zo iemand kan zich een juist oordeel vormen over wat er in het graafschap omgaat. Zijn raad is kostbaar, niet omdat die gebaseerd is op wijsheid of op studie, maar op kennis. Kom me geregeld opzoeken, Evrard, en houd me op de hoogte van die dingen waarvan jij, op grond van de informatie die je in het grafelijk huis opdoet, meent dat ze voor mij als kanselier van Vlaanderen van belang kunnen zijn.

Tussen haakjes, Odger wist me te vertellen dat je ervan droomt je ambt als hofmeester erfelijk te maken. Ik moet je niet uitleggen dat dat in principe een onmogelijke zaak is. Maar omdat ik je hoog acht, wil ik voor jou toch een uitzondering maken. Geef me de tijd om de zaak eens te bekijken, al beloof ik niets. Een bescheiden financiële inbreng van jouw kant ter dekking van de kosten zou de zaak wel kunnen bespoedigen...'

'Vanzelfsprekend, heer kanselier. Hoe kan ik u danken voor zoveel vertrouwen?'

'Niet nodig, Evrard,' antwoordde de kanselier terwijl hij zijn gezicht in een ernstige plooi trok en een teken gaf aan een dienaar om de hofmeester naar de deur te vergezellen.

'Heer kanselier.'

'Ja.'

'Mag ik u nog om een raad vragen?'

'Zeker, vriend.'

Evrard keek even terzijde naar het gezelschap dat nog steeds luidruchtig stond te praten. Niemand scheen op hen te letten, maar voor alle zekerheid schoof hij toch zo dicht mogelijk onder de hoge schoorsteenmantel en dempte lichtjes zijn stem.

'Mijn dochter, Mathilde, is achttien en het wordt tijd om uit te kijken naar een geschikte echtgenoot. U bent een geëerd en geacht man, heer kanselier, u hebt toegang tot de hoogste kringen en u hoort en weet veel. Mathilde...'

'Ik ken haar, Evrard. Het is een verdomd mooie meid, dat moet gezegd zijn. Maar een goede bruidegom? Tja... En liefst nog een van goede afkomst, zeker?'

'Ik ben een vrij man, heer kanselier, of toch omzeggens.'

'Je familie komt uit Assebroek, niet?'

'Ja, maar ik schik me vrij te kopen.'

In zijn baard krabbend keerde Bertulf zich naar de haard.

'En hoe moet ik je daar bij helpen? Je staat toch zelf in een meer dan behoorlijke positie om een geschikte man voor je dochter te zoeken.'

'Zeker, heer kanselier, zeker, maar Mathilde is niet alleen een bekoorlijke jonge vrouw, ze krijgt ook een stevige bruidsschat mee. Tenslotte heb ik door hard werken al een stuiver gespaard.' Bertulf zette de beker op tafel en legde zijn handen op zijn rug. Hij wandelde een beetje weg van Evrard.

'Hoeveel denk je haar mee te geven?'

'Ten minste honderd pond zilver, heer kanselier.'

'Dat is een flinke som.'

'Daarom zult u wel begrijpen dat ik haar graag zou uithuwelijken aan een ridder. En nog liefst aan iemand van een voorname Brugse familie.'

De kanselier zweeg. Hij tuurde ingespannen door het raam alsof er iets belangwekkends op de Reie te zien was. Zonder zich om te draaien zei hij bijna tot zichzelf: 'Of ze dat nu een goede partij gaan vinden?'

'Ik schik ook een huis voor haar te bouwen, heer kanselier.'

'Ik heb zoveel om mijn oren, vriend. Moet ik mij daar nu ook al mee gaan bezighouden?'

'Door uw goede raad zult u mij ten stelligste verplichten, heer kanselier.'

'Goed, ik zal eens uitkijken,' besloot Bertulf plots, zich omdraaiend naar de hofmeester. 'Maar verwacht niet meteen een antwoord. Tot ziens.'

Dat is in orde, flitste het door Evrards hoofd terwijl hij diep buigend achter de dienaar het vertrek verliet en door de voorhal op straat stapte. Ik zal wel alles moeten overbrieven wat ik in de Love zie en hoor, en ik zal drie keer moeten betalen, één keer aan die bruidegom voor Mathilde, één keer aan Bertulf voor zijn bemiddeling en nog een keer voor zijn steun om mijn functie als hofmeester erfelijk te maken. Maar geld is geen probleem. Want ik heb een paar fraaie zaakjes op het oog!

Zo dicht mogelijk tegen de muur van de kerk lopend om niet nat te worden, haastte de hofmeester zich naar de Love. Lang zou het nu niet meer duren alvorens de graaf in de grote zaal zou verschijnen voor de feestelijke maaltijd. En dan moest hij op post zijn om ervoor te zorgen dat de schenkers hun werk deden.

LIGIER

Niets is zo moeilijk als lopen in de duinen. Zeker als er wat wind staat en het lang geleden is dat het geregend heeft zodat het mulle zand bij de minste windstoot opvliegt en in de ogen en aan de mondhoeken blijft plakken.

Zo nijdig vlogen die voormiddag de vlijmscherpe korrels in het gezicht van Robrecht en zo hoog moest hij zijn voeten opheffen om vooruit te komen, dat hij geregeld ging zitten om het grijze zand van zijn gezicht te vegen en een beetje uit te blazen. Zijn bovenlip aflikkend met de tip van zijn tong proefde hij het zout van de zee, alhoewel die nog in geen velden of wegen te bekennen viel.

Aan de zon te zien was hij al zeker twee uur aan het stappen, maar nog steeds kwam het doel van zijn tocht - de hut van de kluizenaar Ligier en de priorij die er zich naar verluidt rond ontwikkelde - niet in zicht. Zo ver kon het nochtans niet meer zijn. Volgens de laatste boer die hij op zijn weg had ontmoet, was het maar een boogscheut meer, maar de boogscheuten van de Vlaamse boeren - dat is bekend - vallen een flink stuk langer uit dan die van de stadsmensen.

De jongen begon al ontmoedigd te geraken, toen het pad, of wat daarvoor moest doorgaan, tegen een hoog duin begon op te klimmen. Als ik daarboven niets zie, nam hij zich voor, maak ik rechtsomkeer. Ik zal dan op een andere keer terugkomen, en te paard. Waar die heilige mannen het toch gaan zoeken!

Uit de wind was het warm voor een junidag. Er hing geen wolkje aan de hemel en al dagen was er geen druppel gevallen. Naarmate hij klom, kreeg hij een beter gezicht links op de drassige vlakte van de Grote Moere en rechts op de Oude Zeedijk, die van Lo tot Oostduinkerke dwars op de kust stond en zo Veurne Ambacht beschermde tegen de zee als die bij storm diep in het onbeschermde mondingsgebied van de IJzer binnendrong en het achterland genadeloos blank zette.

Hijgend van de inspanning - zijn blik reikte al over de rand - verhaastte hij zijn stap. Boven bleef hij verbijsterd staan. Wat een schouwspel! Tot aan de einder bolde, als een machtige zwelling,

79

de zee, grijs en groot, met lange, smaragdgroene vegen erin, alleen aan de rand uitrafelend in aanrollende golven die onder witte schuimkoppen oversloegen en in grillige lijnen doodliepen in het zuigen van het zand. Op het geruis van de verre branding na en het schelle gekrijs van de kokmeeuwen, die tegen de wind in onbeweeglijk boven de branding zeilden, was het stil.

Dichterbij, op de top van een lage duin, stonden drie scheefgezakte tenen hutjes, en iets meer landinwaarts, in de luwte van de pan, lag een kapelletje met daarnaast een schuur en een huis, allemaal in hout met een strooien dak.

Ten Duinen!

Bijna twee maanden droomde Robrecht ervan dit kloostertje te bezoeken. Sinds hij op de terugweg van Mesen besloten had zich onder de hoede van de Heilige Maagd te plaatsen en monnik te worden, had hij veel nagedacht over zijn toekomst. Goed zestien was hij nu, op zijn zeventiende, en volgens magister Radulfus oud genoeg om de kapittelschool te verlaten en ofwel naar Chartres, Parijs of Laon te gaan studeren en priester te worden en vervolgens kanunnik aan het kapittel van Sint-Donaas en, wie weet, later bisschop, ofwel als novice het habijt aan te trekken in een van de grote kloosters van Vlaanderen. Sint-Pieters of Sint-Baafs in Gent, Sint-Bertijns in Sint-Omaars, Sint-Vaast in Atrecht. Keuze genoeg.

Maar ze trokken hem niet aan, die machtige abdijen waar zogezegd de strenge regel van de Heilige Benedictus werd gevolgd, maar waar in feite een comfortabel leventje van weelde en luiheid, van gulzigheid en pronkzucht werd geleid. Aan het grafelijk hof had hij er vaak horen over klagen - terecht! - want hij had het genoeg vastgesteld in Oudenburg. Hoe dikwijls was hij niet meegereden op de kar, want af en toe verkocht vader nog de producten van de Sint-Pietersabdij op de markt in Brugge, en veel armoe of nederigheid had hij daar niet gezien, laat staan devotie.

Aan niemand had hij zijn teleurstelling laten blijken, ook aan zijn vader niet, omdat hij zijn gevoelens niet wilde verraden zolang hij niet precies wist wat hij wilde. Misschien ook omdat hij bleef hopen met een van de broeders te kunnen spreken. Wie weet bezorgde die hem een andere kijk op het leven in dit kleine klooster. Toen hij dan de kans kreeg er iemand over aan te klampen - het was dan nog de abt zelf, Hariulf van Sint-Rikiers, die genietend in de boomgaard achter de oostvleugel van het kloosterpand kuierde en zich gewillig tot een praatje leende - sloeg Robrechts teleurstelling om in regelrechte ontgoocheling. De hoge geestelijke luisterde niet eens naar zijn vragen, maar hield hem prompt het exempel voor van de stichter van zijn abdij, Arnoldus van Tiegem. Eerst was die een dapper ridder geweest om nadien vroom kluizenaar, abt en bisschop te worden. Na een heilig leven was hij in Oudenburg komen sterven, zodat hij met recht en reden de stichter van dit klooster genoemd kon worden. En hoeveel had Arnoldus door zijn tussenkomsten bij graaf Robrecht de Fries niet voor de vrede in Vlaanderen gedaan?

In geuren en kleuren vertelde abt Hariulf hoe de relieken van de dierbare afgestorvene meer dan twintig jaar geleden bijna geroofd waren door monniken uit de Sint-Medardusabdij van Soissons en hoe hij door zijn niet aflatende tussenkomsten bij de bisschop van Terwaan ervoor gezorgd had dat Arnoldus binnen afzienbare tijd tot de eer der altaren zou worden verheven.

'Zodoende,' besloot hij, de jongen triomfantelijk bekijkend, 'zal ik van onze Sint-Pietersabdij een bedevaartsoord maken dat van heinde en verre gelovigen aantrekt om te bidden en de voorspraak van de heilige af te smeken en om rijke giften te doen.'

Robrecht had snel begrepen dat hij van deze geleerde monnik niet veel soelaas moest verwachten. Zittend naast de abt onder een bloeiende perenboom had hij beleefd geluisterd en heel het voorbeeldige leven van Arnoldus van Tiegem over zich heen laten gaan, zonder hem ook maar één keer te hebben onderbroken.

'Laat Arnoldus je leven beheersen,' zei Hariulf tot besluit terwijl hij opstond, zijn gouden kruis schikte en het vuil van zijn pij klopte. 'Je bent welkom in onze abdij. Zal ik alvast de novicemeester verwittigen?'

'Neen, neen, heer abt,' had hij al zijn moed bijeenrapend geantwoord, 'ik moet er eerst nog eens over nadenken.'

Niets was er ter sprake gekomen van alles wat hem aan het hart lag en waarover hij zo vaak had nagedacht: de stilte, het gebed, de ootmoedigheid, de meditatie, de devotie tot de Heilige Maagd. Niets! Neen, Oudenburg zou het nooit worden, net zomin als een van die andere abdijen. Maar wat dan wel? Hij had zijn zinnen gezet op een kleine gemeenschap - zonder eigenlijk te weten of hij die ooit zou vinden - op een handvol gelijkgezinden voor wie armoede en nederigheid geen ijdele woorden waren, maar dagelijkse praktijk. Die samen, onder het gezag van een abt of een prior, van hun handenarbeid leefden en dag en nacht de lof van de Heer zongen. Bestond zo'n gemeenschap wel?

Het antwoord kwam uit een onverwachte hoek. Toen hij een paar weken geleden, het was begin mei en lauw weer, zijn boezemvriend Wouter ging opzoeken in de Love waar die zijn intrek had genomen om er als schildknaap van Karel van Denemarken opgeleid te worden tot ridder, liep hij Wouters vader, Evrard, tegen het lijf. De hofmeester hield toezicht op het lossen van enkele tonnen Rijnse wijn. Hoe het ter sprake gekomen was, herinnerde Robrecht zich niet meer, maar op zeker moment vroeg Evrard of hij nu al een beslissing genomen had, want magister Radulfus vertelde in heel Brugge dat Robrecht als beste leerling van de kapittelschool absoluut naar Laon moest om er te studeren.

'Als hofmeester kan ik er wel voor zorgen dat de kanselier of misschien wel de graaf een deel van de kosten voor zijn rekening neemt,' suggereerde Evrard.

Verbijsterd had Robrecht er uitgeflapt: 'Ik ga helemaal niet naar Laon, ik wil kluizenaar worden!'

'Heremiet? Dan kun je je aansluiten bij die rare snuiters in Koksijde!'

'In Koksijde?'

'Ja, ik zal u zeggen, Robrecht, in de duinen bij Veurne leeft een handvol geestelijken bijeen die zich *pauperes Christi* noemen. En, naar Lambrecht van Sint-Bertijns mij ooit verteld heeft, hebben ze op een of andere manier iets te maken met een hervormer uit Bourgondië van wie ik mij de naam niet meer herinner, maar die absoluut de broeders op het land wil doen werken, iets wat duidelijk niet naar de zin van Lambrecht is. Het is niet langer geleden dan verleden week dat ik proost Fromold van Veurne nog heb horen klagen over dat ruige volkje. Hij vertrouwt ze niet, zegt hij, en is ze liever kwijt dan rijk. Je zal je dus moeten haasten als je daar kluizenaar wilt gaan spelen, haha!'

Het was de eerste keer dat Robrecht over Ten Duinen had

gehoord. Niet de laatste keer, want toen hij kort nadien de *pauperes Christi* ter sprake bracht bij grafelijk secretaris Odger, kreeg hij een woordenvloed over zich heen die erop neerkwam dat hij alles kon doen wat hij wilde, desnoods aansluiten bij de hervorming van Bruno in de Alpen of bij de Camaldulen in de Apennijnen, maar zeker niet de volgeling worden van die Franse kluizenaar Ligier.

'Weet je dan niet dat hij een valse heremiet is?' had de priester uitgeroepen.

'Hoe zou ik? Ik ken hem niet.'

'Ik wel. Let op voor dat soort bedriegers. Valse lammeren zijn het die niets te maken hebben met echte religiositeit. In plaats van hun leven in te richten in een klooster, onder het gezag van een abt, en zich daar te verrijken met lectuur of onderwijs, lopen ze buiten in weer en wind en dienen tot niets. De pest van deze tijd, zo kun je ze wel noemen. Het is niet omdat iemand in een habijt steekt dat hij vroom is, Robrecht. *Pia reddit vita beatam, non vestis.* Of ze nu schoenen dragen met omgeslagen boorden of hun kruin tot aan hun oren kaal scheren, parasieten zijn het. Geen heremieten. Voor leken hebben ze een hartsgrondig misprijzen - wist je dat? Ze wrijven hen een te weelderige leefwijze aan. Ze spotten er zelfs mee dat velen pas de monnikspij aantrekken in het aanschijn van de dood. Zo hypocriet zijn die valse kluizenaars dat ze verzwijgen dat er ook aan het leven van een leek eerlijke en lovenswaardige kanten zitten. Verwaand als ze zijn, vergelijken ze hun zogenaamd sublieme, teruggetrokken en strenge levenswijze met het epicurisme dat ze de leken toedichten. Maar als dat zo is, waarom houden ze dan zo van de stad, van het bijeengelopen volk, van de terechtstellingen, van het tafelgenot, allemaal vreugden die de woestijn, waar ze zogezegd graag vertoeven, niet schenkt? Is er ergens een concilie, ze komen er het eerst op af, 't is net of ze het ruiken! En ze zijn direct op de hoogte van alle nieuwtjes.

Ligier is van dat soort. Van een kanunnik uit Chartres heb ik vernomen dat hij geregeld in Bourgondië en Champagne rondhangt, om maar te zwijgen van Parijs, en er iedereen lastigvalt met zijn praatjes over armoe en ascese terwijl hij de eerste is om zijn voeten onder tafel te schuiven en smakkend en slobberend het allerbeste naar binnen te werken, besproeid uiteraard met meer dan een beker wijn. Hij beroemt er zich op dat hij graag met de jeugd omgaat. Dat klinkt mij verdacht in de oren. Hij verdedigt zich naar verluidt door te beweren dat hij de jongeren dichter bij Christus brengt, maar dat is nog een schurkenstreek er bovenop. Een onbeschoft en ruw volkje is het, ze tooien hun egoïsme met godsdienstigheid zoals de ezel pronkt met de vacht van een leeuw. Wie zich met hen afgeeft, komt in wanorde terecht. Laat je niet misleiden, jongen.'

'Maar,' had Robrecht in het midden gebracht, 'abt Lambrecht van Sint-Bertijns beweert dat ze aansluiting zoeken bij een hervormingsbeweging uit Bourgondië die de armoede hoog in het vaandel draagt...'

'Des te erger! Ken je die beweging niet? Nog nooit gehoord van de witte monniken van Cîteaux? De pseudo-profeten van deze tijd! De realisatie van de plagen die aangekondigd zijn in de Apocalyps. Het wit van hun pij is het wit van de hypocrisie, de vale kleur van de dood. Twintig jaar bijna zijn ze bezig de zwarte monniken, die leven volgens de regel van de Heilige Benedictus, af te schilderen als onvoldoende streng. Allerlei verwijten slingeren ze deze edele kloosterlingen naar het hoofd: lanterfanters zouden het zijn, nietsnutten, veelvraten. Terwijl het precies die heremieten zijn die de echte waarden van het kloosterleven niet kennen. Neen, Robrecht, laat Ligier en zijn valse heremieten maar links liggen. Lang zal hun liedje trouwens niet meer duren, want ik heb vernomen dat proost Fromold van Veurne ze bij de eerste de beste gelegenheid wil wegjagen en hun bezittingen in beslag nemen.'

'Welke bezittingen?'

'Hun kerkje en hun schuren.'

'Hebben ze een kerkje?'

'Dat zou er nog aan mankeren!'

'Aan wie is het toegewijd?'

'Aan Onze-Lieve-Vrouw ten Duinen.'

Dat is precies waar ik moet zijn, had hij toen gedacht, zonder er iets aan Odger over te zeggen. Maar hoe geraakte hij daar? En opnieuw kwam het geluk hem te hulp. Of was het de Voorzienigheid? Verleden week vroeg vader of hij meewilde naar Veurne voor de jaarlijkse inkoop. De vrijheid die vader als ministraal van de abdij van Oudenburg genoot, was zo ruim geworden dat hij zich steeds meer kon gaan toeleggen op de handel in ruwe wol. Elk jaar in juni, het moment waarop de rammen en ooien geschoren werden, trok hij voor enkele dagen naar de kustvlakte waar de kudden op de zoute schorren graasden, om er scheerwol op te kopen en ze met een stevige winst in Gent te verkopen.

Prompt was hij op vaders voorstel ingegaan en toen ze vanochtend voor dag en dauw uit Veurne naar Ghivelde vertrokken, deelde hij onverwachts mee dat hij een kijkje wilde gaan nemen in Ten Duinen en zich later, in de namiddag, weer bij het gezelschap zou voegen. Vader keek wel vreemd op, maar opperde geen bezwaren zodat Robrecht zijn paard aan een knecht overgaf en de tocht naar zee begon. En hier stond hij nu, boven op het duin, met voor zich de zee, het strand en de priorij van Ten Duinen. Opgewekt liep hij naar beneden. Zijn droom ging in vervulling.

De ontvangst was hartelijk. Robrecht kreeg in het reftertje een kom lauwe geitenmelk en een homp bruin brood voorgezet en werd, nadat hij gegeten en gedronken had, door een jonge lekenbroeder naar het lage duin gebracht.

De heremiet woonde in een hutje dat hij lang geleden met eigen handen had opgetrokken van bussels twijgen en bedekt met een strooien dak. Voor zijn nederig verblijf had hij een linde geplant die, aan de dikte van de stam te zien, nog maar een goeie tien jaar oud was, maar toch al voldoende kruin had om in de zomer de vrome eenzaat schaduw te bezorgen. De twee andere hutjes waren van kluizenaars die zich bij hem hadden gevoegd om zijn leven van ontbering en gebed te delen. Zo dichtbij lag de zee dat het geruis van de branding van daarstraks hier geraas was, zodat de jonge broeder met zijn vlakke hand hard tegen de wand moest slaan om de kluizenaar duidelijk te maken dat hij naar buiten moest komen.

Met een boek in de hand - een beduimeld exemplaar van de *Moralia in Job* van Gregorius de Grote - verscheen de geestelijke in het deurgat. Bij het zien van de onverwachte bezoeker legde hij de band binnen op de grond en vouwde de handen samen.

85

Daarop boog hij diep, maakte een kruisteken, wachtte tot de ander begrepen had dat hij eveneens een kruisteken moest maken, en verzonk dan met gesloten ogen in gebed. De lekenbroeder knielde vluchtig en maakte zich uit de voeten. Zoals Ligier daar voor zijn hut stond te prevelen, kon Robrecht hem van top tot teen opnemen. Eigenlijk was het een schriel ventje, graatmager, met ingevallen wangen en ver uitstekende jukbeenderen. Zijn kort habijt, dat zijn onderbenen en voeten onbedekt liet, hing als een zak rond zijn lichaam, maar was, in tegenstelling tot wat Robrecht verwacht had, helemaal niet smerig of ongewassen zodat het geen lijfgeur afgaf. Zelfs zijn benen en handen waren zuiver.

Na een poosje opende Ligier de ogen, omarmde de jongen en zoende hem bij wijze van vredeskus op de wangen. Zonder een woord te zeggen ging hij zijn bezoeker voor tot op de top van het lage duin, maakte opnieuw een kruisteken, knielde, wachtte tot Robrecht dat ook gedaan had, en hervatte zijn gebed, de blik strak naar het oosten gericht. Hoelang ze daar zo naast elkaar gezeten hadden, zwijgend, biddend en genietend van het weergaloze gezicht op de golvende duinen met daarachter de kerktoren van Veurne terwijl een zwoel briesje hen om de leden woei, kon Robrecht moeilijk schatten, maar de zon stond al behoorlijk achter hen toen de kluizenaar, een kruisteken makend, ging zitten, even zijn hand tegen zijn linkeroor legde en zich tot hem wendde met fluweelzachte stem.

'Wie ben je en wat kom je hier doen?'

'Ik ben Robrecht, de oudste zoon van Giselbrecht Ruese en Johanna Gheliaert; mijn vader is wolkoopman en wij wonen in Brugge, ik heb retorica en grammatica gestudeerd aan de kapittelschool van Sint-Donaas, en... ik wil monnik worden.'

De heremiet scheen niet verbaasd over het verlangen dat Robrecht er uitgeflapt had. Hij bekeek de jongen met een milde glimlach.

'Waarom?'

'Omdat ik mijn leven onder de hoede van de Heilige Maagd wil plaatsen, de *Alma Redemptoris Mater*, over wie de nonnen in Mesen zo hemels zingen.'

'De ster der zee,' zei Ligier en hij wendde zijn hoofd naar de branding. 'Heeft het gezang van de zusters je zo aangegrepen?'

'Ja, eerwaarde vader.'

'En waarom kom je dan naar mij toe? Er zijn toch genoeg abdijen in Vlaanderen? Ik ben een kluizenaar, Robrecht, een heremiet.'

'Dat weet ik, eerwaarde vader, maar Evrard, de grafelijke hofmeester, wist me te vertellen dat zich rond uw persoon een groep vrome monniken vormt die de hele dag de lof van God en de Heilige Maagd zingen. En omdat ook zij in armoe en eenzaamheid leven, dacht ik dat het goed was naar hier te komen.'

'Ik weet het,' zuchtte Ligier, zijn blik van de jongen afwendend naar het kerkje in de duinpan. 'Lang zal ik dit leven als anachoreet niet meer kunnen volhouden. Ze worden steeds talrijker, daar beneden, van heinde en ver komen ze en ze hebben mijn hulp en leiding nodig. De dag is niet ver meer dat ik mijn geliefde kluis moet verlaten en me bij hen zal voegen.'

'Wat is dat, eerwaarde vader, een anachoreet?'

Ligier was zichtbaar opgezet met de vraag.

'De wijze en geleerde schrijver Joannes Cassianus gebruikt in zijn boek over de monniken de term *anachoresis* voor het leven van de heremiet, wat betekent: de tocht naar een woeste plaats in de eenzaamheid, zoals ze ons is voorgedaan door de enige, echte anachoreet, Jezus, na de dood van Johannes de Doper. Maar de wereld is hardnekkig, Robrecht, en blijft de mens achtervolgen. Zo ook bij Jezus. Toen Hij zich had teruggetrokken in de eenzaamheid, kwam dat ter ore aan de scharen en ze gingen Hem uit de steden te voet achterna. Toen Hij al dat lawaai hoorde en te voorschijn trad, zag Hij een talrijke menigte en Hij had medelijden met hen en genas hun zieken.'

Ligier zuchtte diep. Aan de einder was een zeil verschenen en dat trok ineens de volle aandacht van de asceet. Met de hand boven het hoofd bleef hij een hele poos in de verte turen, tot het schip iets groter was geworden.

'Een Engelsman,' mompelde hij tussen zijn tanden. 'Die stevent op Brugge af.' En dan weer tot Robrecht: 'Hoe meer de heremiet vast en bidt, hoe sneller de roep van zijn heilig leven zich verspreidt en hoe meer andere vrome mensen zich tot hem aangetrokken voelen en zijn zoete bestaan van ontbering wensen te delen. Hij kan hen wegjagen, maar is hij dan een christen?

Hij leeft toch niet voor zichzelf alleen. Moet hij, denkend aan Jezus, hun ware ziekte, hun zonden, niet genezen? En zo ontstaat, willen of niet, rond de persoon van de anachoreet wat diezelfde Joannes Cassianus een *coenobium* noemt: een gemeenschap van eenzaten die samen de eenheid met God zoeken in de zuiverheid des harten. Kijk daar, in de duinpan, die mannen in dat kloostertje. Stuk voor stuk zijn ze gekomen om mijn leven te delen. Maar het resultaat zal zijn dat ik het hunne deel.'

'Is het bestaan van de heremiet dan zo zoet?'

In de holle ogen van de magere man vonkte een koortsachtige glinstering op.

'De krachten van de duivel, jongen, kunnen we best bestrijden op zijn eigen terrein, in de woestenij of op een ijzingwekkende plaats van eindeloze verlatenheid, zoals ze door het boek *Deuteronomium* wordt genoemd. Daar leveren we strijd met de demon, man tegen man, lijf aan lijf, een genadeloze worsteling die wij winnen door de beoefening van de ascese, de armoede en de eenzaamheid.'

'Ja, maar bij de Romeinse filosoof Cicero heb ik gelezen dat de mens niet van eenzaamheid houdt en altijd op zoek is naar steun. Hij verwijst, als ik mij niet vergis, naar een wijsgeer uit Tarente, een Griek die zegt: als iemand alleen zou opstijgen naar de hemel en daar het universum en de sterren in al hun volle pracht zou aanschouwen, dan zou aan het bewonderen van dat schouwspel voor hem geen aardigheid zijn; het zou daarentegen een waar feest voor hem betekenen, mocht hij iemand hebben aan wie hij het kon vertellen!'

Het was Ligier aan te zien dat die opmerking hem prikkelde. Zijn hand opnieuw tegen zijn linkeroor leggend, keek hij eerst naar de grijsgroene zee - het zeil aan de einder groeide - en dan naar de diepblauwe hemel.

'Een kluizenaar legt het er precies op aan alleen te zijn met God en zijn schepping,' hervatte hij zonder in te gaan op de verwijzing naar Cicero. 'We kunnen verrukt zijn over het eeuwige drijven van de wolken en het ononderbroken aanrollen van de golven, maar vergeet niet wat de heilige bisschop Augustinus gezegd heeft: de mensen gaan erop uit om met verbijstering te kijken naar de machtige golven van de zee, naar de brede stroom van de rivieren, naar de weidsheid van de oceaan en de banen van de gesternten, maar voor zichzelf hebben ze geen aandacht! Een kluizenaar zoekt niet alleen de uitwendige eenzaamheid, ook de inwendige.'

En met de blik op het schip dat almaar groter werd, vertelde de asceet hoe hij in een heerlijk visioen de plaats had gezien waar hij zich moest vestigen - aan het strand, op een duin - en na lange omzwervingen die plek hier bij Veurne had gevonden, hoe hij een leven van honger leidde, as onder zijn brood mengde omdat het nooit zwart genoeg kon zijn - eten de rijken geen wit brood? - hoe hij zich kleedde in wat hij een *melota* noemde, een ongekleurd en ongeschoren habijt, en hoe hij elke dag die God verleende, winter en zomer, tweemaal in zee ging en zich helemaal onderdompelde om zijn lichaam te kastijden. Drie jaar lang had hij een wacht aan zijn mond gesteld, drie jaar lang had hij in de absolute afzondering geleefd, alleen onderbroken door het bezoek van mensen uit de naburige steden en dorpen die zijn raad kwamen inwinnen of om een gebed verzoeken - een keer had hij zelfs Jan, de bisschop van Terwaan, over de vloer gekregen - drie jaar lang had hij regen en kou, hagel en sneeuw, stormwind en zomerhitte alleen getrotseerd, moederziel alleen, tot twee broeders uit de abdij van Savigny in Normandië zijn heremietenleven kwamen delen en ze wel moesten spreken om het samenleven te organiseren.

Twaalf jaar was het geleden dat hij vertrokken was uit Artesië om hier voorgoed neer te strijken, om te bidden en te lezen, te vasten en te waken; intussen had zich een gemeenschap van twee kluizenaars, vier monniken en zes lekenbroeders rond hem gevormd en nog geregeld kwamen mannen naar de duinen om zich aan te sluiten bij de *pauperes Christi* die tot ver in het binnenland de roep hadden heilig te zijn en deemoedig. Laatst nog had een boer uit Hondschote zijn hele hebben en houden meegebracht. Vrouw en vier kinderen werden in een hut wat verderop ondergebracht - even zovele handen om mee op het veld te werken - en hijzelf werd opgenomen als lekenbroeder.

'Ze zeuren me de oren van mijn kop om hun prior te worden,' besloot de heremiet zijn verhaal, 'en omdat ik een oud man ben voor wie het kluizenaarsleven zwaar begint te vallen - die verduivelde oorsuizingen doen me zo'n pijn - zal ik na de zomer mijn intrek nemen in het klooster en leiding geven aan de kleine communauteit. We leven hier in armoe en afzondering, in de geest van Cîteaux...'

'Van Cîteaux? Bedoelt u van die valse witte monniken uit Bourgondië?' Het was eruit voor Robrecht het besefte. 'Dan heeft Odger toch gelijk.'

'Welke Odger?'

'De grafelijke secretaris. Hij waarschuwde me voor u omdat u omgang hebt met die pseudo-profeten.'

De verbazing was van Ligiers gelaat te scheppen.

'Dat zijn helemaal geen valse profeten! Denk je dat ik valse profeten gezien heb toen ik zes jaar geleden bij abt Stephen Harding in Cîteaux was? Denk je dat ik bedriegers of oplichters heb ontmoet bij Bernardus in de abdij van Clairvaux? Denk je dat ik met schurken te doen had verleden zomer in de stichting van Trois-Fontaines? Vals? De witte monniken vals! Wie durft er zo'n onzin vertellen?'

Robrecht was geschrokken van de heftige reactie en voelde intense spijt, schaamte zelfs omdat hij de naam van Odger had laten vallen. De grafelijke secretaris had zich blijkbaar wat op de mouw laten spelden, want het leek toch onmogelijk dat deze heilige man die brandde van godsvrucht, valse monniken voor vroom zou houden. Aan de namen te horen die de heremiet had opgesomd, waren er trouwens al meer abdijen van die nieuwe orde dan Cîteaux alleen.

Ligiers ogen schoten vuur.

'Denkt men zo aan het grafelijk hof over de hervorming?' riep hij geïrriteerd uit, nog maar eens zijn hand op zijn linkeroor leggend. 'Dan kennen ze daar Bernardus nog niet. Dan weten ze daar nog niet dat hij een vader van barmhartigheid is! Dan beseffen ze daar nog niet dat het er in zijn abdij niet aan toe gaat zoals in Sint-Bertijns of in Sint-Baafs.' En dan plots bedaarder, met warmer stem: 'Ik ken abt Bernardus, beste Robrecht, hij is vader, moeder, broeder en zuster tegelijk voor zijn monniken. Zijn medebroeders zijn de vreugde van zijn hart, de helft van zijn ziel, zijn ingewanden, het licht van zijn ogen, ja zijn hart zelve. Hij bemint ze vurig, heftig, onstuimig. Als abt eist hij absolute gehoorzaamheid, maar toch kent die volmaakte gehoorzaamheid geen wet. Ze wordt niet ingeperkt binnen grenzen. Ze neemt geen genoegen met het benepen kader van de monastieke geloften. Dat is het verschil met de zwarte monniken! Een breder verlangen drijft die gehoorzaamheid voort naar de weidse ruimtes van de liefde. Ze snelt spontaan toe bij alles wat bevolen wordt, in de kracht van een edelmoedig en wakker hart, zonder acht te slaan op grenzen noch maat, totdat ze op oneindige vrijheid mag uitlopen.'

Ligier zweeg, als vermoeid van de hoge vlucht die zijn woorden hadden genomen, en keek naar het schip dat nu heel dichtbij was, maar lichtjes van koers veranderde en de steven naar het noordoosten wendde.

'Weet je,' hervatte hij zakelijk, het hoofd naar Robrecht draaiend, 'dat ook zij zich onder de hoede van Onze-Lieve-Vrouw hebben geplaatst?'

'Gaat Ten Duinen zich aansluiten bij die hervormingsbeweging?'

'We volgen de regel van de Heilige Benedictus, al richten we ons leven in naar de geest van Cîteaux. Als je monnik wil worden, Robrecht, en een afkeer hebt van die grote abdijen - en die afkeer deel ik volkomen - dan kun je intreden in dit kloostertje. Maar voor je hierheen komt, moet je gaan studeren in Laon. Niet in Chartres, want dat is een broeinest van verzet tegen de hervorming. Ik zal een brief schrijven naar Radulfus...'

'Magister Radulfus van het kapittel?'

'Neen, Radulfus van Laon, de broer van de grote magister Anselmus die onlangs is gestorven, om hem te vragen in 't bijzonder op jou te letten en je te onderwijzen in de logica, de filosofie en de theologie. Speciaal Dionysius en Eriugena moet hij met jou lezen zodat je de wegen leert kennen om tot God te komen, de Naamloze.'

'Maar hoe zal het leven in Laon zijn, eerwaarde vader? Ik ben bang voor de stad en haar bekoringen. Zal ik door de studie en de omgang met geleerden nog nederig genoeg zijn om later een vroom en ijverig monnik te worden?'

'Als je door vrienden naar taveernen wordt gelokt voor drank, spel en vrouwen, denk dan aan wat onze vader Benedictus heeft gezegd: sla slechte gedachten die in het hart opkomen onmiddellijk te pletter tegen Christus.'

'Mag ik u iets schenken, eerwaarde vader?'

Ligier keek verrast op.

'Zeker, jongen. Maar besef dat ik geen geld wil aanraken en dat ik alles wat ik ontvang, aan de armen zal wegschenken.'

'Dat weet ik,' antwoordde Robrecht terwijl hij zijn goedgevulde beurs van zijn riem liet glijden en in de warme handpalm van de kluizenaar legde. Ligier opende ze, tuurde er ingespannen in, haalde er met twee voorzichtige vingers een zilveren kruisje uit en reikte het aan Robrecht, maar trok zijn hand terug toen die een afwerend gebaar maakte.

'Houd het, eerwaarde vader,' zei de jongen. 'Maar schenk het niet weg. Ik heb het van Walburga gekregen, de tante van mijn vriend Wouter, toen we haar gingen opzoeken bij de dames van Mesen. Bewaar het als teken van mijn belofte dat ik na mijn studies in Laon naar hier terugkom, naar Onze-Lieve-Vrouw ten Duinen, om het witte, ongeschoren habijt aan te trekken.'

Ligier antwoordde niet meer. Hij stond op, gaf Robrecht de vredeskus, liep naar zijn hut, bukte zich om het boek op te rapen en verdween naar binnen.

De weg terug leek stukken korter. De zee was grijzer geworden, met meer zilveren glinstering dan vanochtend. Van het schip was geen spoor meer te bekennen. Van krijsende meeuwen evenmin. Ook rond het kloostertje was het vredig.

Hier kom ik terug, nam Robrecht zich voor.

'Hé, Robrecht!'

Van ver zag hij dat er iets op handen was. Vader stond voor de herberg aan Ghivelde-kerk te praten met een man die een paard aan de leidsels hield, maar keerde zich direct naar zijn zoon, hield beide handen als een toeter voor de mond en schreeuwde: 'De graaf is dood!'

Robrecht zette er stevig de pas in. Hapken dood! Dat kon toch niet. Het was toch maar een oppervlakkige wond, hadden ze in Brugge verteld. Wat moest er nu gebeuren?

'Graaf Boudewijn?' vroeg hij hijgend toen hij bij zijn vader aankwam.

'Ja, hij is gisteren gestorven, in Roeselare.'

92

'Waar zijn de knechten?'

'Met de kar naar Veurne. Wij rijden achterna.'

'Onze graaf dood! Die wond was toch niet erg?'

'Erg genoeg om eraan te sterven,' kwam de man tussenbeide die zo-even nog met vader had staan praten, maar nu de leidsels van zijn merrie doorgaf aan een sjofele knecht en in de herberg verdween.

'Kom,' zei vader, 'we zullen het direct gaan horen.' En terwijl hij naar binnen liep: 'Dat is Gillis Coelman, een paardenkoopman uit Roeselare. Bij hem heb ik onze schimmel gekocht.'

Gillis had al plaatsgenomen aan een tafel en al wie binnen was, een vijftiental mannen, voor het grootste gedeelte boeren maar ook een paar scheerders en dagloners, schaarde zich rond de paardenkoopman.

'Laat de mensen eens drinken,' zei Robrechts vader tot de waard die prompt gruitebier uit een tonnetje begon te tappen terwijl zijn dochtertje de nappen ronddeelde.

'Jullie weten,' begon Gillis, het bier van zijn lippen vegend, 'dat Hapken al een paar dagen in Roeselare ligt...'

'Neen,' werd er hier en daar geroepen. 'Waaraan is hij gestorven?'

'Aan een houw van een Engels zwaard tijdens de bestorming van de stad Eu.'

'Waar ligt dat, Eu?'

'Ik zou het niet weten.'

'In Picardië, aan de kust,' kwam de waard tussenbeide.

'Zwijg, laat hem vertellen.'

'Onze graaf is gestorven als een christenmens, als een vroom monnik, dat kan ik jullie verzekeren. De chirurgijns hebben gedaan wat ze konden, maar hun kruidenmengsels hebben niet veel uitgehaald, de wond is gaan zweren. Ze was op de duur zo rot als een mispel.'

'Heeft hij afgezien?'

'Veel. Maar hij heeft het manmoedig gedragen. Een houw in zijn linkerzij, niet diep.'

'Ik heb horen zeggen,' riep een oude boer, 'dat hij voor de Franse koning vocht.'

'Neen,' merkte een ander op, 'mij hebben ze verteld dat hij

93

optrok tegen de graaf van Sint-Pol.'

'Laat Gillis toch vertellen,' bezwoer Giselbrecht.

'Onze graaf,' hervatte de koopman plechtig, 'is zijn plichten als vazal van zijn leenheer, de koning van Frankrijk, altijd stipt nagekomen. Ook deze keer toen Lodewijk de Dikke hem opvorderde tegen Hendrik, de koning van Engeland.'

'Die schurk,' brulde een scheerder.

'Zwijg!'

'En dan te weten dat die Hendrik Vlaams bloed in zijn aderen heeft,' ging Gillis onverstoord verder, 'als zoon van de edelgeboren Mathilde, de dochter van onze graaf Boudewijn V en gravin Adela...' - de stichtster van het klooster van Mesen, dacht Robrecht - '...en van de machtige Willem, de hertog van Normandië, die vijftig jaar geleden Engeland te vuur en te zwaard veroverde en onderwierp. Jaren al ligt hij in ruzie met zijn broer Robert. Echte kemphanen zijn het! Want met de Engelse troon die hij van zijn vader zaliger geërfd heeft, is Hendrik niet tevreden. Hij wil mordicus ook het hertogdom Normandië, dat aan zijn broer is toegevallen, in handen krijgen. En weten jullie wat hij gedaan heeft?'

De meesten wisten het - min of meer - maar hoorden het graag nog eens vertellen door iemand die blijkbaar uitstekend op de hoogte was.

'Hij wachtte tot zijn edele broer het rode kruis op zijn wapenrok had genaaid en naar het Heilig Land was vertrokken voor de strijd tegen de Saracenen om hem zijn wettig eigendom te ontfutselen.'

'De lafaard', riep dezelfde scheerder van daarnet.

'Toen Robert, beladen met roem, terugkeerde, was hij zijn bezit kwijt. Vanzelfsprekend liet hij dat niet over zijn kant gaan. Hij trok met zijn baronnen het Kanaal over en landde in Engeland om zijn broer te bekampen, maar het geluk was niet aan zijn zij, want hij verloor een zware veldslag van Hendrik en werd gevangengenomen en in de ijzers geklonken. In Normandië! Dertien jaar al zit die ongelukkige hertog in een donkere krocht. Gelukkig is er nog zijn zoon, Willem Clito. Die zocht zeven jaar geleden zijn toevlucht aan het hof van onze graaf in Brugge, waar hij iedereen de kop zot maakt over het onrechtvaardige lot van zijn vader en over de dwingende noodzaak Normandië te heroveren. Is het niet, Giselbrecht?'

'Ja,' antwoordde die, een tikkeltje fier dat hij bij het verhaal werd betrokken. 'Mijn zoon Robrecht, hier, komt vaak in de Love, want hij is een gunsteling van Karel van Denemarken...' Er ging een gemompel op in de zaal. 'Die vreemde luis,' gromde een man die vlak achter Gillis zat.

'...en van de graaf zelf, en hij kent die Willem goed. Is het niet, Robrecht?'

'Goed is veel gezegd,' antwoordde Robrecht, licht kleurend, 'ik heb hem al vaak gezien en hij trekt veel op met mijn vriend Wouter die schildknaap is van Karel.'

De jongen voelde de bewonderende blikken van sommige aanwezigen op hem branden. Anderen monsterden hem vijandig. Het was duidelijk dat de naam Karel van Denemarken gemengde gevoelens opriep. Toch liet hij zich niet van de wijs brengen en vervolgde: 'Willem Clito is eerzuchtig en hij wil niet alleen zijn vader bevrijden, maar - denk ik - ook zijn oom van de troon verdrijven en zelf koning van Engeland worden.'

'Hoe dan ook,' nam Gillis de draad weer op, 'verleden maand trok Lodewijk de Dikke op tegen Hendrik om Normandië te heroveren, recht en orde te herstellen en Robert uit de kerker te bevrijden om hem zijn rechtmatig bezit terug te schenken. Met dat doel vorderde hij zijn leenmannen op, wat zijn recht is. Onze graaf liet zich niet pramen. Met tweehonderd zwaar bepantserde ridders, onder wie de vechtlustige Willem Clito, voegde hij zich bij Lodewijk. De zorg over het graafschap vertrouwde hij naar gewoonte toe aan zijn neef Karel.'

'Wat heeft hij toch gezien in die Deen?' vroeg de waard voorzichtig, en nam meteen een slok bier, als wilde hij zich achter de nap verbergen voor zoveel driestheid.

'Hij wordt onze nieuwe graaf,' antwoordde Gillis, waarop een loden stilte viel.

'Karel?' vroeg Giselbrecht, naar zijn zoon kijkend.

'Ja. Karel,' bevestigde Gillis.

'We moeten Willem hebben,' schreeuwde een boerenknecht. 'Willem van Ieper moet onze graaf worden!'

'Bijlange niet,' beet een oude scheerder hem toe. 'Die zal platte broodjes bakken met Hendrik en nog meer *Leicester* en *Lincoln* invoeren, waardoor onze wol niets meer waard is en we ons brood verliezen.'

'Het is Karel,' herhaalde Gillis met nadruk. 'Karel van Denemarken. En dat komt omdat Hapken het zelf zo gewild heeft. Op zijn sterfbed heeft hij hem aan zijn baronnen voorgesteld als zijn opvolger en de machtigen van Vlaanderen, pairs en burggraven, verplicht hem ter plaatse onvoorwaardelijke trouw te zweren, wat ze gedaan hebben, duidelijk tegen de zin van Clementia - dat moet gezegd zijn. Maar de wil van de graaf is heilig en daar kan zelfs de weduwe van wijlen Robrecht van Jeruzalem niet tegenop.'

'Nu weten we nog altijd niet hoe onze graaf gestorven is,' opperde Giselbrecht.

'Ik heb het toch al gezegd, bij de bestorming van de stad Eu in Picardië! Als naar gewoonte vocht hij in de voorste gelederen toen hij van een Engelsman een zwaardhouw onder de linkerarm kreeg. Niet diep, hoor, want ik heb later met een wapenknecht gesproken die zijn maliënkolder gezien heeft en die was maar op een kleine plaatsje kapot. Omdat het er allemaal niet zo erg uitzag en onze graaf absoluut naar Vlaanderen wilde terugkeren, brachten zijn dienaars hem in een wagen vol kussens voorzichtig naar Roeselare en daar werd hij in een haastig klaargemaakt vertrek op een bed gelegd in de hoop dat hij na een paar dagen weer te been zou zijn. Ons Heer heeft er anders over beschikt. De wond begon te etteren zodat onze nobele prins onmenselijke pijn leed en snel verzwakte. Niets heeft men onverlet gelaten om hem te genezen.'

'Hebben ze er een lap ongezouten spek opgelegd?' vroeg een dagloner. 'Dat doet wonderen. Mijn zuster...'

'Dat weet ik niet,' vervolgde Gillis. 'Gravin Agnes heeft dag en nacht aan zijn bed gewaakt en gebeden, ze heeft de Heilige Amandus aangeroepen, ze heeft zijn wonde eigenhandig ingesmeerd met geurige zalf, maar het heeft allemaal niet mogen baten.'

Gillis pauzeerde en keek om zich heen, duidelijk genietend van het dramatische effect dat zijn woorden op de aanwezigen maakte. Zo onbehaaglijk stil bleef het dat het dochtertje van de waard luidkeels begon te wenen. Teken voor de paardenkoopman om met een krop in de keel zijn verhaal af te maken.

'Toen onze edele graaf dan zijn einde voelde naderen, verzocht hij om monnik te worden van de abdij van Sint-Bertijns. Gisteren is hij in de Heer ontslapen. Vandaag wordt zijn lichaam, volgens zijn laatste wens, bekleed met het habijt van Sint-Benedictus, en plechtig naar de abdij van Sint-Bertijns overgebracht om er begraven te worden.'

'Dat is schoon,' sprak de oude scheerder met gebroken stem. 'We moeten allemaal bidden voor zijn zielenzaligheid. God weet wat de toekomst brengt.'

'Zickte en hongersnood,' krijste de dagloner. 'De dood van de graaf is een slecht teken.' Zijn geroep ging verloren in algemeen tumult. Iedereen begon door elkaar te praten en sommigen haastten zich de herberg uit om het nieuws voort te vertellen.

'Laat de mensen nog eens drinken,' riep Gillis naar de waard.

'Kom,' zei Giselbrecht tot zijn zoon. 'We gaan ervandoor. We moeten nog voor het donker in Veurne zijn.'

In datzelfde jaar 1119 trouwde Mathilde, de dochter van hofmeester Evrard, in Sint-Donaas met een van de neven van de kanselier van Vlaanderen.

De hele zomer al gonsde Brugge van de geruchten. Vooral de bemoeienis van Clementia met de opvolging van haar zoon Boudewijn VII ging over de tongen. De gravin-moeder - de feeks noemden de Bruggelingen haar - was erin geslaagd een handvol edelen uit Zuid-Vlaanderen rond zich te scharen met de bedoeling Willem van Ieper op de graventroon te plaatsen, want met de keuze van wijlen haar zoon voor Karel van Denemarken kon ze zich helemáál niet verzoenen. Op ieders lippen lag de vraag: wat gaat de kanselier doen? Welke kant zou hij kiezen?

Bertulf liet niet in zijn kaarten kijken. Sommigen beweerden dat hij in het geheim Willem van Ieper steunde omdat hij hem vroeger al trouw gezworen had en omdat hij op die manier hoopte de bijstand van de machtige Clementia te winnen en zijn eigen invloed nog uit te breiden. Er werd gefluisterd dat de gravin-moeder hem beloofd zou hebben de ogen te sluiten als hij nog meer kerkelijke goederen ontvreemdde, wat hij voordien al met grote schaamteloosheid had gedaan. Bertulf zou ook grof geld gekregen hebben van de Engelse koning om Willem van Ieper te steunen, van wie algemeen geweten was dat hij een anti-Franse politiek voorstond en Lodewijk de Dikke in elk geval niet meer zou steunen in zijn strijd tegen Hendrik en diens onwettelijke aanspraken op het hertogdom Normandië. Via Bertulf kon Hendrik een dubbelslag slaan: een Engelsgezinde graaf in Brugge installeren en zich ontdoen van de lastige Willem Clito die almaar zijn vader uit de kerker wilde bevrijden. Niet iedereen deelde die mening. In Brugge - en in heel Vlaanderen trouwens - liepen er nogal wat rond die er rotsvast van overtuigd waren dat Bertulf voor de Deen had gekozen, omdat hij hem voor een zwakkeling hield en hem wat graag op de graventroon zou laten zitten, wetend dat hij het dan helemaal alleen voor het zeggen zou hebben.

Kon er van Willem van Ieper nog enige dreiging uitgaan - de kerel was woest en onberekenbaar - van de fijnbesnaarde en aristocratische Karel was niet het minste gevaar te duchten. Die zat meer in de kerk dan in de Love! Door zijn huwelijk met Margaretha van Clermont was hij bovendien ook heer van Encres en graaf van Amiens geworden en het viel te verwachten dat hij een groot gedeelte van zijn tijd in die bezittingen zou doorbrengen. Wat Bertulf nog meer ruimte zou laten om zijn zin te doen. Neen, van Karel van Denemarken had de kanselier niets te vrezen.

Ook over het nakende huwelijk werd er in Brugge een aardig stukje geroddeld. Volgens de enen had de hofmeester voor zijn bevallige dochter bij de Erembalden een gunstig huwelijk kunnen afkopen. Anderen wisten te vertellen dat de kanselier zelf op een verbintenis van zijn neef met de dochter van Evrard had aangestuurd. Het was toch algemeen bekend dat de hofmeester er warmpjes inzat en dat Bertulf niet vies was van geld. Op de markt en in de taveernen werd gefluisterd dat Mathilde zwanger was geweest van de kanselier zelf, maar een miskraam had gehad en dan maar gauw aan een neef van hem werd uitgehuwelijkt.

Van Wouter wist Robrecht hoe de vork in de steel zat. Lambrecht van Aardenburg, de broer van de kanselier, zou Evrard herhaaldelijk hebben gepolst over een huwelijk van Mathilde met zijn zoon Walter, een ridder. Lambrecht zou het meisje een uitstekende partij gevonden hebben omdat haar vader, hoewel niet van adel, toch een vrij poorter was, lakenkoopman, lid van de schepenbank en bovendien hofmeester van de graaf en een van de rijkste en machtigste mannen van Brugge. Iedereen zou voordeel hebben met dat huwelijk: Evrard omdat hij zich voortaan kon beroepen op hechte familiale banden met de Erembalden en zodoende ook met de burggraaf van Brugge en de kanselier van Vlaanderen; de Erembalden omdat ze zich verzekerd konden weten van de steun van een hoog grafelijk ambtenaar die niet alleen door zijn functie, maar ook door de plaats van zijn zoon Wouter als schildknaap en binnenkort als ridder aan het grafelijk hof, voortdurend in de onmiddellijke omgeving van Karel van Denemarken vertoefde en alles wist wat zich in de Love afspeelde.

Toen de dag van het huwelijk aanbrak, een zaterdag vroeg in september, was het snikheet. Samen met vader, moeder en zijn broertje Christiaan stond Robrecht op de eerste rij aan het hoofdaltaar van Sint-Donaas en volgde nauwlettend de hele ceremonie. In de kerk was het koel, de kapelaan had de poorten van de portalen en de doorgang naar het klooster wagenwijd opengezet om een zuchtje tocht te maken. Voor het eerst merkte Robrecht hoe aantrekkelijk Mathilde wel was. Door haar blauwe jurk met lange sleep heen tekenden zich de vaste contouren af van haar soepel lichaam: haar ronde schouders, haar borsten, haar smalle taille die nog was geaccentueerd door een gordel met gouden gesp, en haar strakke achterwerk. Hoge jukbeenderen, een recht neusje met beweeglijke neusvleugeltjes, bleekrose lippen en een sensueel kinnetje gaven haar gelaat iets teders, iets kwetsbaars bijna. Met haar zwarte wimpers - dat ondervond hij nu ook - kon ze zo knipperen dat elke man er slappe benen van kreeg.

De kanselier had het op prijs gesteld zelf de huwelijksgeloften in ontvangst te nemen. Voor de gelegenheid had hij zich gehuld in een zwartfluwelen en met goud bestikte mantel die dicht werd gehouden door een zware gouden mantelspeld. Ook zijn bonnet was van zwart fluweel. Hij werd geassisteerd door de deken van het kapittel die over zijn rode kovel ook een zwarte en met goud bestikte koormantel droeg. Omdat de graaf in Rijsel verbleef, had hij aan zijn kamerheer Isaac, nog een broer van de kanselier, gevraagd hem te vertegenwoordigen.

Terwijl het gemeen zich aan de open poorten verdrong - het werd met moeite buiten gehouden door knechten gewapend met houten knuppels - hadden de genodigden zich verzameld voor het hoofdaltaar onder de tribune. De kanselier en de deken stonden met de rug naar het altaar; links voor hen had Evrard zich opgesteld. Hij hield Mathilde bij de hand en stond met het gelaat naar Walter gekeerd die rechts voor de kanselier had postgevat. Plechtig stak Bertulf de rechterhand in de hoogte om het geroezemoes van de genodigden en het geschreeuw van het volk te bedaren.

'Sst, de kanselier gaat beginnen!'

'Walter, zoon van ridder Lambrecht van Aardenburg en Eufemia van Bondues, wilt gij Mathilde, dochter van Evrard Lodemare en Beatrijs Verbrugghe, hier aanwezig, tot uw vrouw nemen?'

Walter, die naar het gezelschap gekeerd stond en de aanwezigen triomfantelijk bekeek, draaide tergend traag zijn hoofd naar de kanselier en antwoordde luid: 'Ja, ik wil.'

'Mathilde, dochter van Evrard Lodemare en Beatrijs Verbrugghe, aanvaardt gij Walter, zoon van ridder Lambrecht van Aardenburg en Eufemia van Bondues, hier aanwezig, als uw man?'

Mathilde knikte: 'Ja, ik aanvaard.'

'Dan vraag ik aan Evrard Lodemare of hij zijn dochter aan Walter wil schenken.'

Met een lichte zwaai liet Evrard de hand van zijn dochter los en deed een stap achteruit zodat Mathilde haar hand in de rechterhand van Walter kon leggen als teken van eeuwige trouw.

'Met deze ring trouw ik je,' mompelde de jonge ridder, terwijl hij het kleinood voorzichtig over de vinger van zijn bruid schoof en haar verliefd aankeek. Mathilde wachtte tot de ring goed zat en liet zich dan, ten teken van eeuwige onderdanigheid, traag op de grond neerzijgen aan de voeten van haar man die zich prompt bukte, haar beide handen vastnam en haar hielp opstaan. Daarop vervolgde de bruidegom: 'Met dit goud eer ik je en met deze bruidsschat begiftig ik je.'

Hij liet Mathildes handen los, overhandigde dertien duiten aan de deken van het kapittel die het geld later op de dag aan de armen zou uitdelen, en nam een oorkonde uit de handen van zijn vader die inmiddels naderbij was gekomen. Met een plechtig gebaar overhandigde hij ze aan zijn schoonvader.

'Dan verklaar ik jullie voor eeuwig verbonden in de band van het huwelijk,' besloot de kanselier glimlachend, maar zijn laatste woorden gingen verloren in het spontane gejuich van de aanwezigen. Nadat iedereen bruid en bruidegom omstandig had gekust en gefeliciteerd en Beatrijs, Mathildes moeder, haar tranen de vrije loop had gelaten, verliet het gezelschap druk babbelend langs het westportaal Sint-Donaas. Tussen het opdringende volk door dat luidkeels commentaar leverde op de kledij en het kapsel van de dames, begaf het zich langs de brug over de Reie en de Markt op weg naar het huis van het pasgetrouwde paar voor de zegening van het bed.

Geen echtpaar kan gelukkig door het leven gaan, geen pasgehuwd stel kan gespaard blijven van het onheil van de onvruchtbaarheid of van het dodelijke gif van echtbreuk door de vrouw zonder die broodnodige benedictie. Gedwee gingen Mathilde en Walter op het grote bed zitten terwijl de priester in aanwezigheid van hun verwanten plechtig de zegening uitsprak. Lang rekte de deken van het kapittel de ceremonie niet, wel wetend dat alle genodigden maar één ding verlangden: zo snel mogelijk terug in de kerk zijn voor een korte mis om dan als de bliksem aan te schuiven voor het feestelijke banket in de proosdij waaraan de hele clan van de Erembalden zou aanzitten samen met de ouders van het jonge paar en hun familieleden.

De kanselier had zich langs zijn beste kant laten zien. De dag voor hun huwelijk had hij Mathilde en Walter elk een fraai geschenk gegeven - een zijden jurk voor haar en een met edelstenen bezette dolk voor hem - en hen grootmoedig meegedeeld dat hij een gedeelte van de kosten van de bruiloft voor zijn rekening nam. Onder bewonderend gemompel van de genodigden kondigde hij vlak voor de maaltijd aan dat de jonggehuwden al het zilveren tafelgerei dat voor het feestmaal zou worden gebruikt - schalen, kannen, bekers, messen - achteraf als hun eigendom mochten beschouwen.

'Dank u, heer kanselier, u doet ons te veel eer aan,' stotterde Evrard met van emotie dichtgesnoerde keel, want al overtroffen de geschenken lang niet de som die hij neergeteld had voor de regeling van het huwelijk, ze maakten ongetwijfeld een diepe indruk op de aanwezigen en bevestigden het beeld dat die van hem hadden: een machtig man die zelfs in de hoogste kringen - bij de kanselier van Vlaanderen - bewondering en vrijgevigheid wist af te dwingen.

'Wel neen, Lodemare,' wuifde Bertulf de dankwoorden weg, 'als ik zie met wat een bloem mijn neef trouwt, is mij geen inspanning te veel.' En dan de stem verheffend terwijl hij voor de haard ging staan, op precies dezelfde plaats waar Evrard vier jaar voordien het huwelijk had geregeld: 'Beste genodigden, laat ons drinken op het geluk van Walter en Mathilde, op ons aller gezondheid en op het heil van onze graaf, Karel van Denemarken. Leve de graaf!'

'Leve de graaf,' antwoordde het gezelschap als uit één mond.

LAON

Als een akropool torent Laon boven het omliggende land uit. Van ver al valt de stad in het oog, want ze ligt op een heuvel en het schip en de torens van haar bisschopskerk domineren de krans van houten huisjes. Vanop de stadswallen - dat ondervond Robrecht de eerste dag van zijn verblijf al - is het uitzicht overweldigend: rechts het plateau van Saint-Vincent waarop de gelijknamige abdij is gebouwd - elk jaar op Paasmaandag trekt de geestelijkheid er processiegewijs heen - en aan de einder een stoet van heuvels die de scheiding vormen tussen de vallei van Laon en die van de Ailette.

Even was er nog sprake geweest van een mogelijke omweg over Barisis, een dependentie van de machtige abdij van Saint-Amand, om er enkele weken Romaans te gaan leren bij een monnik die als leraar wijdverbreide faam genoot, maar Odger had daar een stokje voor gestoken. Drie redenen had hij daarvoor opgegeven. Ten eerste: om de lessen in de kathedraalschool te volgen was dat niet nodig, want magister Radulfus doceerde in het Latijn. Ten tweede: Robrecht sprak naar zijn oordeel meer dan voldoende Romaans om met de mensen in Laon te kunnen praten. Hij converseerde toch geregeld met de graaf in die taal? En ten derde: nog niet zo lang geleden waren twee Vlaamse jongens door hun ouders naar die monnik gestuurd, maar door een zekere Gerard, advocatus van de nonnen van Saint-Jean in Laon, ontvoerd en pas losgelaten nadat hun moeder hem een hermelijnen mantel als losprijs had geschonken. God had de man zwaar gestraft voor die wandaad, dat moest Odger wel toegeven, want precies op het moment dat hij de kostbare mantel droeg, werd Gerard door kornuiten van bisschop Gaudry van Laon in de Onze-Lieve-Vrouwkathedraal vermoord. Maar dat wilde niet zeggen dat je opnieuw het risico mocht lopen een kind van een gegoede Brugse familie naar dat klooster te sturen. Anderen konden eens op de gedachte komen Gerards voorbeeld te volgen.

Ook het gastgezin was Odgers keuze. Hij had een brief naar Guibert, abt van Nogent-sous-Coucy geschreven, en de mogelijkheden die de hoge geestelijke had opgegeven grondig bestudeerd.

Na veel wikken en wegen had hij geopteerd voor een kinderloos echtpaar dat in de straat van de schoenmakers woonde, vlakbij de kathedraal en waarvan Guibert verzekerde dat het erg oplettende mensen waren. De man, Jean, verdiende zijn kost als leerlooier en de vrouw, Bertha, behoorde tot de familie van de keldermeester van het refugehuis dat de monniken van Nogent in de stad bezaten.

Meteen na zijn aankomst werd Robrecht ondergebracht in een benepen kamertje met een bed en een wankele tafel, terwijl zijn knecht een plaatsje in de stal kreeg toegewezen. Het hele huis stonk naar leer. Bertha was een charmant, mollig vrouwtje, altijd in de weer, altijd aan het woord en eeuwig lachend. Bepaald proper was ze niet, maar het eten dat ze hem voorzette, was smakelijk en de wijn van puike kwaliteit. Bij haar voelde Robrecht zich op zijn gemak. Bij haar man niet. Die liep er doorgaans nors bij en liet geen kans onverlet om de jonge student uit te dagen en te sarren. De eerste dag was het al raak.

'Zozo, u bent Vlaming,' merkte Jean op.

'Ja,' antwoordde Robrecht, die de misprijzende bijklank wel gehoord had. 'Is daar iets verkeerd mee, misschien?'

'Neen... Of toch, ja.'

'Wat mankeert er aan de Vlamingen?'

'Dat ze geen respect hebben voor de Heilige Maagd!'

'Wablief?'

Robrecht voelde zich diep beledigd. Als er een landstreek was waar Maria vereerd werd, dan was het wel Vlaanderen!

'Zeker de wolkoopmannen niet.'

Nu werd het helemaal te gortig. Vader was verre van een heilige - daarvoor proefde hij te graag van bier - maar van gebrek aan devotie voor de Moeder Gods kon hij zeker niet verdacht worden. En zijn gezellen in de wolhandel evenmin.

'Die van Laon hebben meer respect, zeker,' schamperde hij.

'Jazeker,' antwoordde de ander ernstig. 'U weet toch dat hier enkele jaren geleden erge troebelen zijn geweest?'

'Ik heb ervan gehoord, ja, maar wat er precies gebeurd is, weet ik niet,' bekende Robrecht.

'Wel, geïrriteerd door het bandeloze gedrag van zijn bisschop is het volk van Laon in opstand gekomen en heeft het die verdorven man vermoord en zijn paleis in vuur en vlam gezet. Om de schade te betalen die dat stel goddelozen toen aanrichtte - hele delen van de stad, van de abdij en van onze kerk brandden af - heeft een groep geestelijken van bij ons een reis gemaakt met een gouden schrijn waarin onze beste relieken werden bewaard: fragmenten van de spons die onze Heiland aan de lippen kreeg toen Hij aan het kruis hing, stukken van dat kruis en - vooral - haarlokken van Onze-Lieve-Vrouw en lapjes linnen van haar onderkleed. Krachtige relikwieën, geloof me vrij. Overal waar onze stadsgenoten aankwamen, en waar ze gastvrij werden onthaald en met respect behandeld, deden zich wonderen voor. In Angers was er een vrouw die als piepjong meisje getrouwd was en aan haar vinger dag en nacht een ring droeg als getuige van haar vroege verbintenis. Met de jaren werd ze zo dik dat het vlees rond de ring opzwol en er van het metaal bijna niets meer te zien was. Elke hoop hem ooit nog van haar vinger te krijgen, was verzwonden. Toen onze mensen in Angers aankwamen, haastte ze zich naar de kerk. Na het sermoen schoof ze met de andere vrouwen mee naar voren om een offerande te brengen. Net op het moment dat ze haar hand uitstak om het geld neer te leggen, sprong de ring open en viel op de grond voor de relikwieën. Ik hoef u niet te zeggen dat zoveel genade van de Goddelijke Moeder het volk, en dan vooral de vrouwen, uitermate vrijgevig maakte. Van alle kanten stroomden de giften toe, massa's muntstukken, maar nog meer juwelen: halskettingen en ringen.

Waar onze geestelijken daarentegen slecht werden onthaald, aarzelde de Almachtige niet om gerechte straffen uit te delen. Zo arriveerden ze eens in een dorp waar de priester hen de toegang tot de kerk ontzegde en de inwoners hetzelfde deden met hun woningen. Van armoe namen ze hun intrek in twee leegstaande huizen. In het ene installeerden ze zich met hun bagage, in het andere plaatsten ze hun heilige relieken. Omdat de dorpsbewoners volhardden in hun weerspannigheid, trokken onze geestelijken 's anderendaags al verder. Nauwelijks waren ze in het open veld of het begon vreselijk te donderen. Bundels bliksemschichten schoten uit de wolken op het dorp en legden alle huizen in de as. Maar - en dat is dan weer Gods onvolprezen onderscheidingsvermogen - de twee huizen waar de onzen hadden gelogeerd, bleven miraculeus intact, hoewel ze midden in het dorp stonden!'

'En wat heeft dat nu met Vlamingen te maken?' vroeg Robrecht, nog altijd gepikeerd door de onvriendelijke opmerkingen van daarnet.

'Wel, toen onze mannen met hun relikwieën het Kanaal overstaken, zaten er aan boord ook kooplui uit Vlaanderen die, net als zij, ingescheept waren in Wissant. Ze gingen wol kopen in Engeland en droegen een som van driehonderd zilvermark bij zich. Het was stil weer en de zee was kalm. Plots kwamen piraten recht op hen afgestevend, de zee schuimde onder hun roeispanen en hun boeg kliefde als een mes door de baren. Doodsbang probeerden onze stadsgenoten bescherming te zoeken bij de bemanning, maar die had de schrik nog meer te pakken. De galeien waren al vlakbij, toen een van onze priesters te midden van de opvarenden postvatte, het kistje met de relieken van de Hemelse Koningin in de hoogte stak en de aanvallers in de naam van de Zoon en zijn Moeder verbood te naderen. De Vlamingen beloofden, luid biddend, dat ze al hun zilver zouden offeren aan de Maagd als ze uit hun benarde situatie gered werden. Op slag wendden de piraten de steven en gingen er even snel vandoor als ze gekomen waren. U kunt zich voorstellen hoe daar op de wijde zee de lof van Maria werd gezongen, hoe daar werd gejubeld! Wilde vreugdetonelen speelden zich af en menig opvarende stuurde een vurig dankgebed ten hemel.'

'Wat valt er de Vlamingen dan te verwijten?'

'Dat ze bij het ontschepen weigerden het geld dat ze zo plechtig beloofd hadden, af te geven!'

Robrecht voelde een schok door zich heen gaan.

'Wanneer is dat gebeurd?' vroeg hij met benepen stem.

'Zes jaar geleden.'

Neen, vader was pas twee jaar geleden voor de eerste keer naar Engeland wol gaan kopen. Hij kon dus niet aan boord zijn geweest. En daarbij, hij scheepte altijd in Brugge in.

'Zo zie je maar,' spotte Jean, 'je moet niet te fier zijn op je landslui. Bij dreigende tegenslag zijn ze vroom en vrijgevig, maar zodra het gevaar geweken is, gedragen ze zich weer als hooghartige parvenu's. Hun devotie tot de Heilige Maagd hangt fel af van de omstandigheden.'

'Je overdrijft,' beet Robrecht van zich af. 'Ik ken veel Vlamingen die een diepe en welgemeende devotie voor de Heilige Maagd koesteren. Weet je dat onze graaf elke dag de mis bijwoont aan het altaar van Maria op de tribune van Sint-Donaas? Trouwens, die van Laon moeten niet zo hoog van de toren blazen met hun verering voor de Maagd. Grafelijk secretaris Odger heeft me verteld dat hier ooit een man is vermoord in de kathedraal van Notre-Dame. Voor het altaar van de Gekruisigde Heer dan nog wel. Zoiets is bij ons in Vlaanderen onmogelijk.'

Die zat. Jean slikte, bekeek zijn gast met een venijnige blik, en stond op.

'Uw knecht,' zei hij van onderwerp veranderend, 'wat moet die doen?'

'Mijn spullen in orde houden, mijn kleren wassen, onze rijdieren verzorgen. Ik zou hem niet meegebracht hebben, als de graaf er niet op aangedrongen had. Waarom?'

'Die kan daar zijn dagen toch niet mee vullen? Let op mijn woorden, hij zal meer op straat rondhangen en in taveernen dan in huis. Tenzij... Ik zou best wat hulp kunnen gebruiken. Mocht u akkoord gaan dat hij mij een handje toestak.'

'Ik heb daar geen bezwaar tegen,' zei Robrecht verzoenend, blij dat de bitsige sfeer van daarnet wat was weggeëbd. 'Als hij maar ter beschikking is als ik hem nodig heb.'

'Zeker, zeker,' haastte Jean zich te zeggen. 'Nu ga ik de beesten eten geven.'

Robrecht bleef alleen achter in de kamer. Hij brak een stukje af van het brood dat op de tafel was blijven staan en stak het in zijn mond.

'Nog een slokje wijn?' vroeg Bertha die net binnenkwam en haar handen aan haar schort afveegde. 'U zal het hier wel snel gewoon worden, jonge heer.'

Ja, dacht Robrecht, op het brood kauwend. Hier zit ik dan in Laon, bij Jean en Bertha in de straat van de schoenmakers. Met de opdracht vijf jaar lang de Heilige Schrift, de kerkvaders en de oude schrijvers te bestuderen. Met musica, aritmetica en geometrica er bovenop. Om priester te worden, had Odger gezegd, en later kanunnik. Misschien wel deken van het kapittel. Heel

Brugge dacht daar trouwens zo over. Je had moeten horen wat er allemaal geroddeld en geschreeuwd werd toen het nieuws bekend was geraakt.

'Daar zie, onze bisschop,' had een wolkaarder hem achternageroepen toen hij op een keer van de vroegmis naar huis terugkeerde. En Guimar, de gebrekkige bedelaar die altijd op één been door de straten huppelde omdat zijn ander aan zijn achterste zat vastgegroeid, had hem met twinkelende oogjes voor de bekoringen gewaarschuwd. 'Laon! Jongen toch!' had hij gekrijst zodat de hele straat het hoorde. 'Zorg maar dat je daar niet in de armen van een of andere gezonde meid valt, want dan is het gedaan met kanunnik spelen. Ze hebben daar schoon gerief, vrouwvolk waar je een stevige pak aan hebt.'

Het had hem allemaal niet geraakt. Achter al het gescherts en geplaag raadde hij zowel jaloersheid als bewondering. Het was inderdaad niet iedereen gegeven naar Laon gestuurd te worden, al vormde hij niet echt een uitzondering. Zeker vijf Bruggelingen kon hij opnoemen die de jongste jaren naar het zuiden vertrokken waren om er zich te bekwamen in de vrije kunsten. Het belette niet dat hij Odger dankbaar was voor de inspanningen die die zich getroost had. En de graaf omdat die zich spontaan bereid had verklaard de kosten van het verblijf helemaal op zich te nemen. Alleen Evrard Lodemare kon hij naar de duivel wensen. Overal was die gaan vertellen dat hij ervoor gezorgd had dat de graaf die studies betaalde, dat hij als hofmeester was tussenbeide gekomen, want dat er anders van een verblijf in Laon niet veel zou zijn terechtgekomen, dat hij de graaf ertoe overgehaald had voor de jonge student een paard te kopen en hem een knecht uit 's graven persoonlijk gevolg toe te wijzen en dat hij belast was met de betaling van de jaarlijkse toelage die Robrecht moest in staat stellen in de verre bisschopsstad een onbezorgd leven te leiden...

Evrard had nérgens voor gezorgd.

Of beter gezegd, hij had het wel geprobeerd, maar eerst in de proosdij, bij de verkeerde - de kanselier toonde niet de minste belangstelling - dan in de Love, hopeloos te laat, want alles was al beslist en geregeld toen hij erin slaagde met zijn verzoek tot de graaf door te dringen. Het was wel waar dat Evrard de uitdrukkelijke opdracht had gekregen hem bij elk verblijf in Brugge het geld voor het volgende jaar te bezorgen.

Goede graaf! Op de burg wist iedereen dat de landsheer een zwak voor hem had en hem in aanwezigheid van zijn baronnen en hoge geestelijken een schitterende toekomst voorspeld had. Dat hij bij die gunstige vooruitzichten eerder zwijgzaam was gebleven, werd door het grafelijk hof spontaan geïnterpreteerd als schroom of zelfs schuchterheid. Typisch, zo luidde het commentaar, voor een jongen met een goedaardig en vreedzaam karakter die meer met schrijfstift en perkament bezig is dan met tornooien, paarden, bonte kleren en mooie vrouwen. Hij had dat allemaal met groot genoegen aangehoord, zonder een woord te lossen over zijn ware plannen. Want meer dan ooit was zijn hart in de kleine priorij van Onze-Lieve-Vrouw ten Duinen waar hij zich na zijn terugkeer in Vlaanderen zou terugtrekken om er een leven van stilte, studie, soberheid en godsvrucht te leiden, ver van alle gewoel, ver van de stad met haar onbenulligheden, ver van het grafelijk huis met zijn overdaad aan praal, ver van de hogere geestelijkheid met haar hang naar macht en geld. Zijn toekomst zag er inderdaad stralend uit.

'Nog wat wijn?' herhaalde Bertha haar vraag, de kan uitnodigend in de hoogte houdend.

'Neen, dank je,' antwoordde Robrecht terwijl hij opstond. 'Waar liggen de kaarsen?'

'Die zijn niet bij de prijs inbegrepen!' De opmerking kwam van Jean die juist op tijd was binnengekomen om de vraag te horen.

'Maar man toch!' berispte Bertha hem. 'Zie je niet dat de jonge heer moe is. Hij is hier pas. Het kan toch op die paar kaarsen niet aankomen.'

'Ik zal er mijn knecht morgen om sturen,' merkte Robrecht op.
'Neen, neen,' reageerde Jean verontschuldigend. 'Bertha heeft gelijk. Het zal op die paar kaarsen niet aankomen.'

Van zijn leermeester ondervond Robrecht veel genegenheid. Bij het eerste bezoek al viel het hem op hoe grondig deze goedmoedige Radulfus verschilde van de Radulfus bij wie hij als kind grammatica en dialectica had gevolgd! Waar de Brugse kanunnik bij elke bewering die hij van gewicht achtte - en dat waren

109

er nogal wat - zijn puntbaardje in de lucht stak en zijn ogen hemelwaarts sloeg als om de Allerhoogste tot getuige te maken van zijn gelijk, kwam de geleerde uit Laon, hoe beroemd hij ook was, over als een voorzichtig man die, met zijn hand over zijn grijze baard wrijvend, angstvallig vermeed de indruk te wekken dat hij de wijsheid in pacht had.

Robrecht was nauwelijks aangediend, of de magister, die net met smaak een koppel duiven aan het verorberen was, diepte twee brieven uit een kistje. Een van Odger met een zwierig verwoorde en kunstig geschreven aanbeveling waarin vooral op de hoge verwachtingen werd gewezen die de graaf van Vlaanderen in deze student stelde, en een van Ligier met een warm pleidooi voor wat de kluizenaar noemde 'een vrome en verstandige jongeman' die later grote diensten zou kunnen bewijzen aan de jonge priorij van Onze-Lieve-Vrouw ten Duinen bij Koksijde, en met de dringende vraag hem vooral te bekwamen in de lectuur van de werken van de grote Dionysius de Areopagiet.

'Waarom vooral deze Dionysius, meester?' probeerde Robrecht voorzichtig.

Magister Radulfus gunde zich ruim de tijd om het vet van zijn kin te vegen en een slok van zijn beker wijn te nemen alvorens te antwoorden.

'Omdat Dionysius ons de hemelse hiërarchie beschrijft, Robertus. Omdat hij ons de weg toont naar de ware kennis van God. Wij moeten de ogen van onze geest oprichten naar de bron van het Licht die uit deze Goddelijke bron straalt.'

'Dat begrijp ik niet goed, meester.'

'Maakt niets uit, jongen. Nog een paar maanden en de gedachten van deze theoloog hebben voor u geen geheimen meer. Je moet weten dat de Heilige Dionysius - gemeenzaam *Saint-Denis* genoemd - eerst bisschop was van Athene, later van Parijs tot hij abt werd van de abdij buiten de stad die nu naar hem is vernoemd en waar zijn gebeente rust. Een van zijn opvolgers, Hilduin, schreef een *Passio* over zijn leven en over de mirakelen die gepaard zijn gegaan met de overbrenging van zijn wondere geschriften.'

'Overbrenging?'

'Wel ja, toen Pippijn de Korte tot koning van de Franken was gezalfd, heeft de Heilige Vader hem, uit erkentelijkheid voor de

hulp die de vorst hem had verleend bij zijn strijd tegen de Longobarden, een kostbaar exemplaar van de werken van Dionysius
geschonken en enkele jaren later zond de Griekse keizer Michael
de Stotteraar vanuit het verre Byzantium dezelfde teksten naar
onze keizer Lodewijk de Vrome in Compiègne.'

'Waren die werken geschreven in de taal der Longobarden,
meester?' Robrecht stelde de vraag spontaan omdat hij zich, bij
het horen van de naam van dat volk, herinnerde dat hij ooit, in
Ieper, Lombardisch had horen praten en dat die taal nogal goed
op het Latijn geleek. Misschien kon hij die boeken zelf ontcijferen.

'Wel neen, Robrecht. De Longobarden hebben met de Heilige
Dionysius niets van doen. Hij schreef in het Grieks.'

'In het Grieks? Dan kunnen we ze niet lezen! Van magister Jo-
zefus van Affligem heb ik gehoord dat het Grieks niet te ontcijferen valt. *Graecum est, non legitur*, beweert hij met grote
stelligheid.'

Radulfus moest lachen.

'In Vlaanderen misschien niet,' grapte hij, 'maar in Frankenland wel. Abt Hilduin, over wie ik je daarnet gesproken heb,
heeft de traktaten van Dionysius in het Latijn vertaald en onder
de regering van Karel de Kale heeft Eriugena...'

'Wie zegt u, meester?'

'Johannes Scotus - ze noemen hem Eriugena omdat hij uit Ier-
land komt. Wel, die heeft ze opnieuw overgezet naar het Latijn,
zonder pauselijke goedkeuring weliswaar, maar beduidend beter.'

'Wat leert Dionysius, meester?'

'Dat God licht is, Robertus. Dat alles bij Hem begint en in Hem
terugkeert. Maar dat is voor later. Laten we eerst overeenkomen
hoe we de volgende jaren gaan werken, want als ik het goed
begrepen heb, wil je monnik en priester worden en ben je van
plan toch een vijftal jaar hier in Laon te verblijven.'

'Ja, meester.'

'Ik zie je elke dag in de kerk voor de priemen. Onmiddellijk na
de vroegmis vatten we de lectuur aan van de teksten. Je hebt
geluk, want we zijn pas twee weken geleden begonnen met de
lectuur van een belangrijk werk van Dionysius: *De namen van
God*. In het begin zal het moeilijk zijn, maar je moet thuis, op je
studeerkamer, de eerste kapittels maar zelf eens doornemen. Als

111

er iets is wat je begripsvermogen te boven gaat, vraag je me dat de dag daarop, na de les. Dit jaar lezen we voorts nog *Over de hemelse hiërarchie*. Tussendoor nemen we ook delen van de Heilige Schrift door, en dan vooral de Psalmen. Met de methode van mijn betreurde broer Anselmus zullen we de woorden en de zinnen ontleden en de verschillende betekenissen ervan proberen te achterhalen. Voor de aritmetica lezen we mijn traktaat en voor de musica bestuderen we Boëthius. Uiteraard buigen we ons ook over Vergilius en Cicero. Heb je voldoende wastafeltjes om notities te maken?'

'Ik denk het wel, meester.'

'Thuis moet je die dan overschrijven op perkament en geregeld doornemen zodat je de denkwijze van Dionysius onder de knie krijgt, want die gaan we later terugvinden in de traktaten van Eriugena. Het komt erop aan op de stevige grondvesten van ons geloof de juiste redenering op te bouwen om de realiteit beter te begrijpen en om weerstand te kunnen bieden aan de valse meesters die in de schijn wel geleerd zijn, maar die boeken schrijven met titels die meer op hen van toepassing zijn dan op de theologen die ze aanvallen.'

Robrecht had van bij het begin al moeite gehad met de gedachtegang van magister Radulfus, maar nu kon hij helemaal niet meer volgen.

'Wie bedoelt u?' vroeg hij, meer uit respect dan uit nieuwsgierigheid.

'Die gek van een Gaunilo van Marmoutier. Die beweert in zijn *Boek voor een dwaas* - en wie is hier de dwaas? - dat, als iets door het verstand kan worden gedacht, daaruit nog niet volgt dat het ook in werkelijkheid bestaat. Kijk, ik zal het je uitleggen. Ken je Anselmus van Canterbury?'

'Neen,' antwoordde Robrecht. Zijn hoofd begon te duizelen van al die namen.

'Anselmus komt uit Aosta. Hij was abt van Bec in Normandië en stierf als aartsbisschop van Canterbury. Zijn uitgangspunt is correct: de dialectiek mag gebruikt worden in de theologie voor zover men eerst gelooft om vandaar uit een waar begrip van de werkelijkheid te krijgen. Het verstand mag dus te hulp worden geroepen om het bestaan van God te bewijzen.'

'Ik geloof in God,' gooide Robrecht ertussen, gebruikmakend van de stilte die viel omdat Radulfus een slok wijn nam. 'Bewijzen heb ik niet nodig.'

'Wat wij onder God verstaan,' ging Radulfus voort, zonder acht te slaan op de opmerking, 'is een zijnde dat groter is dan welk ander denkbaar zijnde ook. Ja?'

'Ja.'

'Als wij over God denken, hebben we dit begrip voor ogen. Dat godsbegrip is derhalve in het denken aanwezig, want het is zelfs onmogelijk het niet te denken. Ja?'

'Ja.'

'Welnu, het mag duidelijk wezen dat iets dat niet alleen in het denken, maar ook in de werkelijkheid bestaat, groter moet zijn dan iets wat alleen in het denken bestaat. Ja?'

Door het open raam zag Robrecht een zwarte merel laag aanvliegen en na een opwaartse zweefvlucht met een wip op de tak van een egelantier landen. Daar zat hij dan - zijn kopje rekkend - in het rond te kijken. Radulfus kuchte.

'Ja,' zei hij snel.

'Als God derhalve het grootst denkbare is, moet Hij niet alleen in ons denken, maar ook in werkelijkheid bestaan. Tegen dat onomstootbare godsbewijs is nu precies die dwaze monnik, Gaunilo van Marmoutier, in het geweer gekomen. Weet je wat hij beweert?'

'Neen, meester.'

De merel vloog weg, weer met een wipje zodat de tak nog even bleef natrillen.

'Dat men met deze redenering ook het bestaan van fabelachtige wezens zoals centauren, sirenen en harpijen kan bewijzen. Ja, zelfs het bestaan van Atlantis! En zeggen dat anderen hem in die dwaasheid volgen. Roscellinus van Compiègne met zijn stelling dat de algemene begrippen slechts namen zouden zijn die door de mens zijn uitgedacht. En Petrus Abelardus die hier een paar jaar geleden de lessen van mijn broer Anselmus is komen volgen. Maar hij heeft ze niet ter harte genomen en is volkomen de verkeerde weg ingeslagen. Let op mijn woorden, Robertus: het loopt nog slecht af met die man. Volg hem niet, lees zijn geschriften niet, ga niet met hem om, want, ook al schaart hij veel studenten om zich heen, vroeg of laat worden zijn stellingen veroordeeld. Met Roscellinus is dat trouwens al gebeurd, meer dan terecht. Bij wie logeer je?'

'Bij Jean de leerlooier en Bertha,' antwoordde Robrecht, opgelucht dat de magister van onderwerp veranderde.

'Zeer goed,' zei Radulfus, 'Bertha zal je wel prima verzorgen. Kom, het is tijd voor de vespers.'

Bij valavond vatte de jonge student met loodzware benen de terugtocht naar huis aan. Van het godsbewijs van Anselmus had hij bitter weinig begrepen en dat drukte op zijn gemoed. Tijdens de vespers had hij geprobeerd de redenering te reconstrueren, stap voor stap, maar hoe hij zijn geest ook had gepijnigd, het bleek compleet vruchteloos. Als dat zo voortging, zou hij van die lessen niet veel snappen en was het beter dat hij naar Vlaanderen terugkeerde en meteen intrad in de priorij van Onze-Lieve-Vrouw ten Duinen.

Van ver al zag hij dat Bertha op hem stond te wachten. Zodra ze hem in de gaten kreeg, zwaaide ze een paar keer met haar armen om hem duidelijk te maken dat hij zich moest reppen. Daarop verdween ze vliegensvlug in huis.

'Wat is er?' vroeg Robrecht bij het binnenkomen.

Hoogrood van opwinding kwam ze op hem toegelopen: 'Een dienaar van de bisschop is komen melden dat Vlaamse kooplui die op weg waren naar de Champagne, een brief van secretaris Odger voor u hebben meegebracht. Morgenvroeg mag u hem gaan ophalen. En het eten is klaar.'

November van 1119 was nat en stormachtig. Op een ochtend ploegde Robrecht door de modder naar de kathedraal toen hij vlak voor zich een schim zag die eveneens in de richting van de kerk liep. Wat doet die hier zo vroeg? dacht Robrecht. Omdat de maan van achter de zwarte wolken schoof, kon hij de man iets beter zien. Hij liep blootsvoets en had lang, zwart haar dat in klissen tegen zijn hoofd plakte. Een geestelijke kon het niet zijn, anders zou hij de tonsuur hebben gehad. Een student evenmin. Die had hij wel herkend.

Uitkijkend waar hij zijn voeten zette om zijn schoenen niet te diep in het slijk te laten wegzinken, bedacht Robrecht dat het opnieuw een zware dag zou worden. Beginnen in de koude, lege kerk met de priemen, dan - onder geestelijke lezing - een schraal ontbijt in de refter met grof brood en aangelengde wijn, vervolgens de vroegmis en ten slotte een hele voormiddag ingespannen lectuur van de Schrift. Vandaag zou magister Radulfus de lezing van Psalm 118 aanpakken, *Beati immaculati in via*, gelukkig zij die, rein in woord en daad, hun leven gaan volgens Gods wet. Een lange psalm - tweeëntwintig strofen van elk acht verzen - maar Robrecht kende hem integraal uit het hoofd. Vooral de tweede strofe sprak hem aan omdat de jongeman daarin vraagt welk onderricht Jahwe hem kan geven.

Uw geboden blijf ik overwegen,
Uw paden blijf ik gaan,
Ik wil me aan uw wet verkwikken,
Uw woord nooit achteloos overslaan.

Welke toelichting zou de magister bij deze verzen van koning David geven? Natuurlijk kan een jong mens zijn reinheid alleen bewaren en zijn levensweg gaan door zich te houden aan Gods woord. En door nooit Gods geboden te overtreden.

Plots werd hij uit gepeins gerukt door een zwijn dat zich midden op straat in de modder en de drek wentelde en onverwachts opsprong en luid knorrend op de man voor hem afstormde. Die maakte een afwerend gebaar, maar zou zeker door het woeste dier gebeten zijn, had Robrecht het niet een brutale schop tegen de muil gegeven zodat het al kelend wegwaggelde. Geschrokken leunde de onbekende tegen een staldeur en veegde een klis nat haar van voor zijn ogen. Het was een volwassen man van middelmatige lengte, gekleed in een grove tuniek, graatmager, met een lange baard.

'Dank u,' stamelde hij. 'Ik ben Norbertus.'

'Ik ben Robrecht, de zoon van Giselbrecht van Brugge. Grafelijk secretaris Odger heeft me naar hier gestuurd om de lessen van magister Radulfus te volgen. Ik logeer bij Jean de leerlooier en bij Bertha.'

'Vlaming?' vroeg de ander verwonderd. En van zijn pover Romaans op Rijnlands overschakelend: 'Dan kan ik met u in mijn eigen taal spreken. Ik ga ook de lessen van Radulfus volgen. Hij begint vandaag aan Psalm 118, is het niet?'

'Ja.'

'Ik wil zijn commentaar horen.'

'Waarom?'

'Omdat ik in die psalm mijn levensweg uitgetekend zie.'

'Waar komt u vandaan?'

'Dat heeft geen belang. Ik ben een pelgrim die naakt de naakte Christus volgt.'

Al pratend hadden ze de ingang van de kapittelschool bereikt waar de leerlingen elke ochtend bijeenkwamen om samen de priemen en de vroegmis te volgen. Norbertus liet zich prompt op de knieën zakken en zei luidop: 'Vrede zij dit huis.' De anderen keken verbaasd om, maar magister Radulfus schoot als een pijl op de nieuw aangekomen leerling toe en vatte hem bij de handen.

'Norbertus van Gennep! U doet me een grote eer aan. Monseigneur had me verwittigd dat u vanaf vandaag de lessen zou volgen. Welkom.'

Tijdens de uiteenzetting viel het Robrecht op dat Norbertus geen notities nam, maar ingespannen de uitleg van Radulfus volgde. Van een medeleerling vernam hij dat het een rijkemanszoontje uit Xanten aan de Rijn was die zich van al zijn aardse goederen had ontdaan en al predikend op zoek was naar volgelingen om een leven van vasten en gebed te leiden.

Het duurde tot na de middag eer hij de kans kreeg een gesprek met hem aan te knopen. Omdat het voor de tijd van het jaar nogal warm was en het niet meer regende, waren ze buiten voor de kathedraal op een laag stenen muurtje gaan zitten. Norbertus wiebelde met zijn benen waardoor Robrechts aandacht op zijn voeten werd getrokken. De nagels krulden lang vooruit en de hielen zaten onder een dikke, gelige eelt.

'Bedankt voor vanochtend,' begon Norbertus terwijl hij zijn tenen bekeek. 'Zonder jou..'

'Maakt niets uit,' onderbrak Robrecht hem.

'Ben je hier al lang?' vroeg Norbertus.

'Neen. Nog maar twee maanden. De tijd om me wat aan te passen en de mensen te leren kennen. En jij?'

'Pas aangekomen. Met de bedoeling naar de uitleg te luisteren van magister Radulfus. Tegen de zin van Drogo weliswaar.'

'Wie is dat?'

'Drogo? De prior van Sint-Nicasius in Reims. Hij vindt de school van Laon veel te werelds. Hier studeren is volgens hem een zonde waarvoor geen vergiffenis bestaat. Je kent die monniken toch. Ze zijn pisnijdig op de kathedraalscholen.'

'Weet ik,' knikte Robrecht. 'Ken je Guibert?'

'De abt van Nogent?'

'Ja. Wel, in maart had grafelijk secretaris Odger hem een brief gestuurd met de vraag naar een goed gastgezin voor mij. In zijn antwoord somde hij drie of vier mogelijkheden op, ik weet het niet meer, en stak hij een tirade af tegen de kathedraalscholen met hun beestig slechte leraars, al moest hij toegeven dat Anselmus en Radulfus rechtzinnige theologen waren.'

'Verwondert mij niets. Voor de volgelingen van Benedictus bestaat alleen de School van de Heilige Geest die in de tekst ligt uitgedrukt. Commentaar achten ze overbodig. Het is trouwens van Drogo dat ik weet dat Radulfus Psalm 118 zou lezen, en dat is een van de redenen waarom ik naar Laon ben afgezakt.'

'Waarom wil je zo nodig die psalm horen?'

'Omdat ik vurig hoop dat de verklaring me de weg wijst die ik in het leven moet gaan. Geef toe dat het een diepzinnige psalm is. De jongeman die koning David bezingt, voelt zich een vreemdeling op aarde, een pelgrim die zoals Abraham weggetrokken is uit zijn land, en zonder vorm van bezit het voorbeeld van Christus volgt. Zo voel ik mij ook. Na alle tegenslag die ik de jongste tijd heb moeten incasseren, richt ik mij naar vers 19: al ben ik maar een zwerver op aarde, verberg me uw verboden niet. En naar vers 54: als muziek ruisen uw zangen mij tegen in het huis van mijn ballingschap. Gods wil, Robrecht, daar gaat het om. Die wil ik kennen. Ik hoop dat magister Radulfus me kan helpen.'

'Je spreekt over tegenslag.'

Norbertus bekeek hem van terzijde, trok zijn benen op, liet zijn hielen op het muurtje rusten, omklemde met beide handen zijn knieën en vertelde hoe hij geboren was als zoon van Heribert, graaf van Gennep, aan het hof vertoefde van keizer Hendrik V en tijdens een tocht naar Vreden, in de buurt van Xanten, door een vuurbal van zijn paard was geslagen en meer dan een uur voor dood op de grond had gelegen. Die gebeurtenis had zijn leven veranderd. Hij bekeerde zich en werd door prins-bisschop Frederik van Keulen tot priester gewijd. Vurig had hij de onthechting gepreekt en de clerus aangezet tot hervormingen, maar dat was hem slecht bekomen, want op het concilie van Fritzlar beschuldigde de geestelijkheid hem ervan een nieuwlichter te zijn die het wel mooi kon zeggen, maar zijn levensideaal niet in de praktijk bracht. Getuige zijn immens fortuin. Het was toch algemeen bekend dat iemand wiens gedrag niet overeenstemt met zijn leer, geen toelating zou mogen krijgen om te prediken.

Daarom had hij alles weggeschonken aan abdijen en armen - zijn laatste tien mark in Hoei - en zich met twee dienaars en een muilezel als een onthechte pelgrim op weg begeven, weg uit het Rijnland waar men hem zo had gedwarsboomd. Gekleed in een wollen tuniek en een mantel, met als enige bagage zijn misgewaden, was hij door het Maasdal en langs de Rhône naar het zuiden getrokken, naar Saint-Gilles du Gard, waar hij in november van vorig jaar bij paus Gelasius II zijn biecht had gesproken en van de Heilige Vader de toelating had gekregen om te preken. Met de bedoeling naar Keulen terug te keren om daar het volk tot een godvruchtig leven op te roepen - zijn gebrekkige kennis van het Romaans was een onoverkomelijke handicap om dat in Frankrijk te doen - was hij langs de vallei van de Loire in Orléans terechtgekomen waar zich een derde gezel bij hem had aangesloten, een subdiaken die sterk aangetrokken werd tot de levenswijze die hij aanprees. Zo zwaar was de reis, zo guur het weer, zo streng het vastenregime - één maaltijd per dag - dat zijn drie gezellen in Valencijn bezweken waren. Een nieuwe volgeling, kapelaan Hugo van Fosses, die hij op 26 maart van dit jaar in Kamerijk had ontmoet, was zeven maanden lang met hem in de streek van de Maas rondgetrokken, maar had hem eind oktober verlaten, zogezegd om schikkingen te treffen voor zijn persoonlijk bezit.

'En hier zit ik dan,' besloot Norbertus mistroostig. 'Alleen. Zonder volgelingen. Zonder vaste plaats. Zonder levensdoel.'

'Dat is inderdaad tegenslag,' opperde Robrecht.

'Neen, geen tegenslag. Het was verkeerd van mij dat woord te gebruiken. Gods wil is het. Maar wat is zijn bedoeling met mij, Robrecht? Waarom heb ik mij bekeerd? Waarom heb ik mijn geboortegrond verlaten? Waarom heb ik al mijn aards bezit weggeschonken? Waarom heb ik hoge kerkelijke ambten afgewezen? Waarom?'

Norbertus' stem klonk wanhopig en Robrecht kon niet meteen een antwoord bedenken.

'Misschien moet ik tot de diepste wanhoop afdalen,' ging Norbertus voort, 'om daaruit hernieuwde hoop te putten.'

De twee zaten zwijgend naast elkaar, met hun blik een kar volgend, getrokken door twee ossen.

'Gelukkig ondervind ik veel steun van de bisschop hier, Bartholomeus van Joux, die me onderkomen verschaft. Hij is zo bekommerd om mijn lichamelijke gezondheid dat hij me heeft aangemaand mezelf minder boete op te leggen. Alsof de gezondheid van mijn geest mij niet meer bekommert! Neen, ik zal niet ophouden mijn lichaam te kastijden, te vasten en de kou te verdragen.'

Er was iets in deze magere man dat Robrecht aantrok. De hang naar ascese, de vroomheid, het godsverlangen. Dat herkende hij. Dat kwam dicht bij zijn levensideaal. Maar er was ook iets dat hem afstootte: die drang om te leiden, om discipelen rond zich te scharen, om als een pelgrim door het land te trekken, te preken, mensen te bekeren. En, misschien nog het meest van al, de complete afwezigheid van enige devotie tot de Heilige Maagd.

'Kan ik je helpen?' vroeg hij.

'Neen,' antwoordde Norbertus, aan wiens gelaat te zien was dat hij met zijn gedachten elders vertoefde. 'Vóór ik een definitieve vestigingsplaats heb gevonden, wens ik geen nieuwe volgelingen.'

Als je de straat van de schoenmakers westwaarts volgt, kom je uit op een pleintje vanwaar links een steeg pal naar het zuidportaal van de kathedraal voert. In dat gangetje ligt een taveerne waar Robrecht op de terugweg van de kathedraalschool elke dag een kroes witte wijn ging drinken. De eerste dag had hij dat gedaan, en de tweede, en het was een gewoonte geworden, een traditie zeg maar. Bezwaar tegen dat bezoek kon er nauwelijks bestaan, want het ging om een deftige gelegenheid, waar niet al te veel vrouwen van lichte zeden kwamen en waar de waard, een atletisch gebouwde Elzasser, krachtdadig ingreep als er dreigde gevochten te worden bij het dobbelspel.

Die woensdag dronk hij uitzonderlijk twee kroezen. Moe en suf van al het geredeneer over de stelling *Cur Deus homo?* - waarom is God mens? - liet hij zich wat achterover zakken en sloeg met een half oog de avances gade van een jonge deerne die, tuk op geld, een dronken Engelsman in haar netten probeerde te strikken. Zes maanden was hij nu al in Laon en hij begon zich in zijn schik te voelen. In die korte periode had hij hier al meer meegemaakt dan in zijn hele leven in Brugge! Vooral de persoonlijkheid van Norbertus had een diepe indruk op hem gemaakt. Devoot en ascetisch, behept met een onblusbare liefde voor zijn evenmens en met een niets ontziende gestrengheid voor de vijanden van de Kerk, welsprekend, fraai van lijf en leden, begiftigd met een vief verstand, maar koppig als een ezel. Zodra het commentaar was geleverd op de verzen 19 en 54 van Psalm 118, die hem in het bijzonder interesseerden, was hij weggebleven uit de lessen van magister Radulfus. En hoe Robrecht hem tijdens een van hun gesprekken op het muurtje ook had proberen te overtuigen, het was al boter aan de galg.

Enkele weken later bleek dat zelfs een paus de stijfkop niet op andere gedachten kon brengen. Onder impuls van Bartholomeus hadden de reguliere kanunniken van Sint-Maarten de Rijnlander tot hun abt verkozen. De bisschop vroeg namelijk niet liever dan dat Norbertus in Laon bleef, omdat hij in hem een bondgenoot zag bij de hervormingen van zijn diocees. Maar Norbertus was niet van plan de opgedrongen keuze te aanvaarden. 'Ze gaan toch niet denken, zeker,' had hij aan Robrecht gezegd, 'dat ik in Keulen afstand heb gedaan van grotere rijkdommen om er hier in Laon kleinere na te streven. Ik heb veel nagedacht over mijn levensideaal en het staat me nu klaar voor de geest dat ik dat nooit zal bereiken in een stad. Mijn plaats is in een verlaten en onontgonnen gebied.'

'Zoals de witte monniken?' probeerde Robrecht.

'Ja,' antwoordde de asceet, maar er klonk enige aarzeling in zijn stem. 'Maar dan alleen om daar tot rust te komen en te bidden. Niet om er een contemplatief leven te leiden. Ik wil naar de mensen, naar de kinderen Gods om boetvaardigheid te preken en vrede te stichten.'

'Wat zegt bisschop Bartholomeus?'

'Ik heb hem nog geen definitief antwoord gegeven, voorlopig kijk ik de kat uit de boom.'

Enkele weken later, op 14 november, arriveerde Calixtus II in Laon. De Heilige Vader kwam van Reims waar hij op het feest van Sint-Lucas plechtig een concilie had geopend en na de sluiting ervan, op 31 oktober, Norbertus in audiëntie had ontvangen en hem een hernieuwde toestemming tot preken had verleend. Omdat er nog zoveel andere, voorname lieden op een ontmoeting met de paus aandrongen en er dus geen tijd was voor een lang onderhoud, beloofde de Heilige Vader hem een rustig gesprek in Laon. De hele stad was uitgelopen en Robrecht had zich tot op de eerste rij gewrongen toen de paus, omringd door kardinalen, bisschoppen en abten, van zijn paard steeg en, het volk zegenend, de kathedraal binnenging om er te bidden en God te danken voor de voorspoedige reis.

Guido - want zo heette Calixtus - had de nobele trekken van een aristocraat. Geen wonder voor een zoon van graaf Willem van Bourgondië. Zijn broer Hugo was aartsbisschop van Besançon en hijzelf was jarenlang aartsbisschop geweest van Vienne. Zijn zuster was niemand minder dan Clementia, de weduwe van Robrecht van Jeruzalem, graaf van Vlaanderen. De hele christenheid had de verkiezing van Guido van Bourgondië tot het hoogste ambt met vreugde begroet, omdat ze in hem de man zag die de verscheurende strijd tussen het pausdom en het keizerschap eindelijk zou doen ophouden.

Lang was Calixtus niet in Laon gebleven. Lang genoeg toch om samen met bisschop Bartholomeus zware druk uit te oefenen op Norbertus om de abtsverkiezing van Sint-Maarten te aanvaarden. Tevergeefs. Niet dat Norbertus weigerde. Daar was hij te verstandig voor. Hij stelde wel een voorwaarde waarvan hij maar al te goed wist dat ze voor de kanunniken van Sint-Maarten onaanvaardbaar was: dat hij zijn levensideaal niet moest laten varen.

121

'En wat was dat ideaal?' wilde de Heilige Vader weten.

'Vrede,' antwoordde Norbertus. 'Andermans bezit niet nastreven, het ontvreemde niet met processen terugeisen, voor geen enkele belediging of onrecht iemand in de kerkelijke ban slaan, kortom...' - en hij keek de Heilige Vader eerbiedig maar vastberaden aan - 'een zuiver evangelisch en apostolisch leven leiden.'

Voor zoveel overtuigingskracht was de paus gezwicht. En ook Bartholomeus had ingezien dat zijn pogingen om Norbertus voorgoed in Laon vast te kluisteren, tot mislukken gedoemd waren. Vandaar dat hij niet eens het einde van de winter had afgewacht om met de eigenwijze Rijnlander op zoek te gaan naar een gunstige plaats voor een nieuwe vestiging. Verleden week waren ze vertrokken.

Gesnurk wekte Robrecht uit zijn gepeins. De Engelsman had zich zo bezopen dat hij in slaap was gevallen waardoor de deerne alle belangstelling voor hem had verloren en zich nu concentreerde op een wijnkoopman die haar al een paar keren met begerige blikken had bekeken.

Alles bij elkaar vond Robrecht dat hij het in Laon best naar zijn zin had. Bertha vertroetelde hem inderdaad alsof hij haar bloedeigen zoon was. Onvermoeibaar sloofde ze zich uit om elke dag lekker eten op tafel te brengen - gestoofde paling, gebraden hoentjes, eierkoeken met champignons, heerlijke taarten, noem maar op. Bij elke maaltijd stond ze nauwlettend naast hem en als hij niet alles oppeuzelde, trok ze een pruilmondje en jammerde dat hij zijn gezondheid tekortdeed en dat ze in Brugge zouden zeggen dat hij op een slechte stal had gestaan. Met haar zurige man was hij tot een modus vivendi gekomen. In ruil voor de diensten van zijn knecht, die al even erg naar leer begon te stinken als Jean zelf, bleven schimpscheuten op de Vlamingen achterwege en werd er over kleinigheden niet meer gezeurd. Al liet de heer des huizes geregeld verstaan dat het gastgeld naar zijn smaak wel aan de lage kant was voor de uitstekende verzorging die werd geboden.

Het dagelijkse bezoek aan de taveerne was een verpozing in het zware programma dat de kathedraalschool hem oplegde. Daar, tussen lallende dronkelappen, ruziënde dobbelaars, zingende studenten en lonkend jong vrouwvolk, zat hij graag te mediteren en de stellingen te overpeinzen die hij met meester Radulfus en zijn medestudenten had gelezen en bediscussieerd. Soms liet hij zijn gedachten tot in Vlaanderen drijven, tot bij moeder en vader, tot bij zijn broertje Christiaan en tot bij Odger die hem - op last van de graaf ongetwijfeld - van nabij volgde en geregeld brieven schreef met de laatste nieuwtjes uit Brugge, uit het kapittel en uit het grafelijk hof. Ook aan Ligier dacht hij vaak en aan de priorij. Hij stelde zich dan voor hoe hij, gekleed in het witte, ongeschoren habijt, met de kluizenaar op het duin zat om te bidden en te mediteren en naar de zee en de meeuwen te turen, of hoe hij 's nachts in het kerkje met de andere broeders de metten zong en het *Alma Redemptoris Mater*, de welluidende lofzang op de milde Moeder van de Heiland.

Maar voor het zover was, moest hij eerst hier, in Laon, zijn studies afmaken. Godvruchtig de kerkdiensten volgen, goed opletten tijdens de lectuur met magister Radulfus, 's avonds bij kaarslicht de notities aandachtig overschrijven op perkament en de ontlede teksten grondig nalezen en, vooral, niet te veel kroezen wijn drinken. Met dat goede voornemen dronk hij zijn beker leeg, betaalde de waard en liep de straat op, recht in de armen van een bende jonge kerels die luid pratend in de richting van de kathedraal stapten. Robrecht kende ze. Eergisteren hadden ze voor de eerste maal de les van magister Radulfus bijgewoond. Hun aankomst, vorige week, was niet ongemerkt voorbijgegaan. Met open mond had het samengestroomde volk hen aangegaapt: zeven vermogende jongemannen uit Brabant, uitgedost in de fijnste kledij, te paard en omringd door een leger knechten. Achteraf bleken ze uit de streek van Leuven te komen en Diets te spreken.

'Ha, Robrecht,' riepen ze bijna in koor toen ze de jonge Vlaming in het oog kregen. 'Ga je mee?'

'Waarheen?' vroeg Robrecht verbaasd, want het was late namiddag en de lessen waren voorbij.

'Naar Norbertus luisteren.'

'Ik dacht dat die vertrokken was?'

'Hij is terug,' riep Rombout, de oudste van de zeven, die zowat de leiding van het groepje had. 'Hij gaat preken en we willen er geen woord van missen.'

123

'Bertha wacht met het eten,' probeerde Robrecht nog, maar de geestdrift straalde zo van hun gezichten dat hij spontaan mee opstapte.

Het weerzien was hartelijk. Norbertus liep onmiddellijk op de jonge Vlaming toe, sloot hem in zijn armen, kuste hem enthousiast op de wangen, informeerde naar zijn toestand en ging dan op het muurtje staan waar ze samen zo vaak hadden zitten praten. Op het voorplein van de kathedraal had zich een kleine menigte gevormd: jong volk uit Laon, steenkappers die herstellingen uitvoerden aan het bisschoppelijk paleis, een handvol vrouwen, enkele kapelaans en kanunniken, magister Radulfus en bijna alle studenten. Zoals hij daar stond, op dat muurtje, blootsvoets, de armen wijd open en het lange haar golvend tot over zijn schouders, zag Norbertus er uit als een gekruisigde Christus.

'Broeders en zusters,' begon hij. Het gebabbel hield nog even aan en hier en daar werd er tot stilte gemaand. 'Broeders en zusters in Christus,' herhaalde hij. 'Tweeënzeventig leerlingen stelde de Heer aan en zond ze twee aan twee de wereld in. Met de woorden: de oogst is groot, maar werklieden zijn er weinig. Gaat heen, zie Ik zend u als lammeren midden onder de wolven. Draagt geen beurs mee, geen reiszak, geen schoenen. Wanneer gij een huis binnenkomt, zeg dan: vrede aan dit huis. Dat zegt de Heer en wij, christenen, wij moeten zijn voorschriften - wat zeg ik? - we moeten Hém navolgen. Niet schoorvoetend, niet af en toe, niet gedeeltelijk. Neen, we moeten Hem volgen met volle overgave, altijd en helemaal. Sedert de dag dat God mij een onmiskenbaar teken heeft gegeven, heb ik mijn leven onvoorwaardelijk in zijn dienst gesteld. Onthecht, zonder reiszak en blootsvoets ben ik langs de wegen gegaan bij de mensen en heb zijn Woord gepredikt, mij naar zijn geboden geschikt. En dit weet ik zeker: alle dagen die God mij verleent, zal ik de liefde uitdragen en vrede stichten. Want intens is de vreugde, broeders en zusters, die de liefde schenkt. Geen vuur kan zo'n warmte geven, geen kaars zo'n licht, geen bloem zo'n bedwelmende geur, geen huis zo'n gastvrijheid, geen wijn zo'n zoete roes als de liefde. En wie heeft ons schoner voorbeeld geschonken dan Christus zelve?

Wat wil God met mij? Lang heb ik hierover nagedacht. Aan monniken, priesters, abten, bisschoppen, ja zelfs aan pausen heb ik raad gevraagd, naar geleerde mannen heb ik geluisterd, gebeden heb ik onafgebroken, maar het antwoord heb ik in de Heilige Schrift gevonden. In het boek Deuteronomium: *in loco horroris et vastae solitudinis*, hij vond Hem in een woestenij, in de eenzaamheid, bij het huilen van de wilde dieren in de steppe. God wil - dat weet ik nu zeker - dat ik mij terugtrek op een eenzame plaats om daar, samen met mijn gezellen, te bidden en te vasten, een leven van onthechting te leiden, zodat we als werklieden voor de oogst, gesterkt door het gebed, naar de mensen kunnen gaan om hen het woord van God te brengen en vrede te stichten.

Met de hulp van een heilig man, uw bisschop Bartholomeus, heb ik die plaats gevonden, broeders en zusters, onherbergzaam, verlaten en woest, ver van de mensen verwijderd. Dicht bij God. Dagen heeft onze tocht geduurd. In het noorden hebben we gezocht, in het woud van Thiérache. In het zuiden hebben we gezocht, in het woud van Vois. In Prémontré hebben we gevonden wat we zochten. Een plek naar mijn hart, die door God voor mij vóór alle tijden was voorbestemd. Die nacht had ik immers een visioen gehad. Een immense menigte in het wit geklede mannen die zilveren kruisen, kandelaars en wierookvaten droegen, trok zingend rond die plaats. Aan uw bisschop heb ik gezegd: hier zal ik blijven, heer vader, want ik weet dat deze plaats voor mij door God is bestemd. Hier zal ik rust en verblijfplaats vinden en hier zullen door Gods genade velen gered worden. Maar waar zijn die velen? Waar zijn zij die samen met mij Hem willen volgen? Deze week vertrek ik voorgoed naar Prémontré. Zal ik alleen gaan? Zal ik alleen in het kapelletje Gods lof zingen?

Ho, denk niet dat het een gemakkelijke opdracht zal zijn. Ik wil dat mijn volgelingen het hele jaar door vasten en zich tevredenstellen met één maaltijd per dag. Dat ze op een ezel rijden als ze een korte afstand moeten afleggen. Dat ze wollen kleding dragen, behalve bij de goddelijke diensten. Dat ze ervoor zorgen dat rondom het altaar reinheid heerst, dat overtredingen en nalatigheden in het kapittel bestraft worden. En dat ze slechts uitzonderlijk wijn drinken, want water is hun lafenis. Kortom, dat zij die bij mij willen blijven, volgens het evangelie leven en volgens de uitspraken van de apostelen. Iedereen mag mee. Naar het woord van de Heer - wie tot Mij komt, zal Ik niet buitenwerpen - zal ik niemand uitstoten en alle kandidaten aanvaarden, uit alle naties, edelen en onedelen, rijken en armen, ouderen en jongeren, wijzen en ongeletterden. Allen zijn welkom. Om de Heer te dienen. Want de oogst is groot, maar waar zijn de werklieden?'

'Hier!' riep Rombout, de voorman van de Brabanders die nog maar pas in de stad waren aangekomen.

'Ja, hier!' antwoordden zijn gezellen.

Er ging een bewonderend gemompel op. Alle blikken waren gericht op de zeven jongemannen die zich, als in extase, voor Norbertus op hun knieën wierpen en zijn zegen afsmeekten. De menigte drong op en enkele steenkappers die al weg waren gewandeld, keerden terug om niets van het schouwspel te missen. Magister Radulfus sloeg het tafereel met nauwelijks verholen afkeer gade. Voor Robrecht was de reactie van de Brabanders meer dan welgekomen. Tijdens de gloedvolle preek had Norbertus geregeld met verwachtingsvolle blik in zijn richting gekeken, en dat had hem stilaan met angst vervuld. Bang dat hij met de vurige predikant geconfronteerd zou worden, maakte hij zich ongemerkt uit de voeten.

Later die avond, toen hij na de maaltijd op zijn kamer zat, overdacht hij nog eens de woorden van Norbertus. Natuurlijk trok dat ascetisch ideaal hem aan. Ligier had ook over die woestenij gesproken, over die ijzingwekkende plaats van eindeloze verlatenheid, waar de duivel het best te bestrijden is. Maar die plaats diende om zich definitief terug te trekken, als onthechte mens die dood is voor de wereld. Niet, zoals bij Norbertus, als pleisterplaats om te bidden, als uitvalbasis om te gaan preken, als tijdelijk verblijf om vandaaruit naar de wereld te gaan.

Neen, dacht Robrecht. Dit is het niet. Als ik nu, in een impulsieve bui, Norbertus naar Prémontré volg, gooi ik mijn hele levensplan door elkaar. Om te beginnen beschaam ik mijn heer, de graaf van Vlaanderen, die mijn verblijf uit eigen beurs betaalt. Maar ik ontgoochel ook Odger en Ligier die mij bij magister Radulfus met zoveel ijver hebben aanbevolen. Als volgeling van Norbertus zal ik nooit het contemplatieve leven kunnen leiden dat volkomen overeenkomt met mijn ideaal. Preken en

126

parochiedienst zijn niet aan mij besteed. Laat dat over aan hen die daar geschikt voor zijn. Ik ben een monnik. Een man van God die leeft naar de regel van de Heilige Benedictus en die de zuiverheid betracht, de armoede en de gehoorzaamheid. Die verzaakt aan de vrouw, aan het gewin en aan de macht om dag in dag uit de lof van de Almachtige te zingen. Meer kan ik niet. Meer wil ik ook niet. Dus zit er niets anders op dan met blij gemoed verder de lessen van magister Radulfus te volgen en te doen wat hij van mij verlangt.

Hij legde het wastafeltje naast zich neer waarop hij de tekst van een stelling van Anselmus van Laon - *De conjugio inter adulteratos*, Over het huwelijk tussen overspeligen - had genoteerd, scherpte zorgvuldig zijn pen, probeerde ze uit op een stukje perkament en begon dan op een nieuw vel de sententia over te schrijven: 'Noteer twee tegenstrijdige stellingen. Paus Leo zegt dat, als een man overspelig is met een vrouw, het hem later niet geoorloofd is haar tot echtgenote te nemen, zelfs niet als haar man overleden is. Er kan immers geen huwelijk zijn met de vrouw met wie hij overspelig is geweest. Augustinus daarentegen zegt dat het wel kan. Wat aldus te verklaren is. Er zijn twee wetten: de ene van de welwillendheid, de andere van de natuur. Paus Leo heeft gesproken volgens de welwillendheid, Augustinus volgens de natuur. Want de natuurwet verbiedt niet eender welke vrouw tot echtgenote te nemen, zelfs een die men al bekend heeft. Maar de kerkelijke wet verbiedt dat wel. Daarom is het vastgesteld in de katholieke Kerk dat verwanten niet met elkaar mogen huwen, omdat er van nature al onder hen een grote liefde bestaat. Maar zij die geen verwanten zijn, huwen met elkaar om de liefde te vergroten.'

In de zomer van 1124 was Robrecht terug in Brugge. Het duurde een poosje vooraleer hij zijn draai vond, want de wereld was behoorlijk veranderd. Abt Hariulf van Oudenburg had zijn ouders voorgoed de vrijheid geschonken en die kans hadden ze met beide handen aangegrepen om zich op te werken tot gerespecteerde burgers in Brugge. Vader verdiende goed geld met zijn scheerwol. En de graaf had hem voor Brugge beleend met de handel van gruit, het geurige mengsel van gagel en wilde rozemarijn dat de brouwers met de wort koken om hun bier langer te bewaren. 'Telkens als ik een kroes drink, word ik een paar stuivers rijker,' placht vader bij zijn vrienden te pochen. Te meten aan de keren dat hij beschonken het huis binnen zwaaide, moest dat al een hele berg stuivers zijn. Hun gestaag groeiende rijkdom was ook te merken aan de fijne kleren die moeder droeg en aan het nieuwe huis met een stenen benedenverdieping dat ze dicht bij de Markt hadden laten optrekken. Robrecht voelde zich een beetje beschaamd bij al die weelde en liet horen dat hij liever was blijven wonen in het houten huis waarvan de geuren en de geluiden hem zo dierbaar waren. Het viel op een koude steen bij vader.

'Eindelijk zijn we verlost van dat varkensgeknor en ganzengesnater!' riep die vertwijfeld uit. 'En jij komt zeggen dat je dat mist! Nu nog mooier. Ik werk me te pletter om mijn familie rijkdom en aanzien te geven, en mijn oudste zoon weet dat niet naar waarde te schatten. Mijnheer mist de zwijnenstank. Is het dat wat je geleerd hebt in Laon? Neem een voorbeeld aan je jongere broer, Christiaan. Die is tenminste trots op ons huis.'

Robrecht hield wijselijk zijn mond, maar kreeg een stille bondgenoot in moeder toen die de haan en het koppel hennen dat ze bij een buurvrouw gekocht had, zeer tegen haar zin de nek moest omwringen.

'Geen kippen meer voor mijn voeten,' besliste vader kordaat. Op de opwerping van zijn vrouw dat ze nu niets meer in huis had om te eten, gromde hij: 'We zullen onze eieren op de markt kopen zoals alle burgers doen.' En om duidelijk te maken dat ze helemaal geen reden tot klagen had, voegde hij er giftig aan toe: 'Kijk maar eens goed naar je broodoven. Hoeveel bakkers in Brugge kunnen zeggen dat ze zo'n prachtstuk in huis hebben?'

Op de burg was de toestand al evenzeer veranderd. Karel van Denemarken hield het graafschap krachtig in zijn greep. De koningszoon was blijkbaar uit een ander hout gesneden dan zijn voorgangers die er vooral op uit waren geweest te schitteren in kruistochten en expedities in dienst van de Franse koning. Genadeloos joeg de landsheer op roofridders, keek er persoonlijk op toe dat geweld en diefstal ten nadele van arme sloebers zwaar werden bestraft, verbood het dragen van slingers, bogen, pijlen en ander wapentuig en bemoeide zich met het dagelijks bestuur, wat danig op de zenuwen werkte van kanselier Bertulf die zijn ergernis niet onder stoelen of banken stak. In tegenstelling met Boudewijn Hapken trok Karel zich ook minder terug op het grafelijk slot van Wijnendale zodat de kanselier het gevoel kreeg dat hij vanuit de Love voortdurend op de vingers werd gekeken. Hij smaalde dan wel dat die Karel van Denemarken zonder zijn zegen nooit graaf zou zijn geworden - wat waar was, want ingewijden wisten dat hij er bij Boudewijn op aangedrongen had om de Deen als opvolger te kiezen omdat hij die voor zwak hield, en niet Willem van Ieper die hij duchtte - maar langzaam won de gedachte veld dat het einde van de ongebreidelde macht van de Erembalden in zicht was.

Robrecht had de zaak thuis ter sprake gebracht, maar vader was niet happig om er veel commentaar bij te leveren.

'God weet wat de toekomst brengt,' gromde hij ontwijkend. En dan, bezorgd: 'Let op dat je niet te zeer in het vaarwater van een van beide partijen terechtkomt, jongen. Vroeg of laat komt het tot een botsing en het zal hen die aan de verkeerde kant staan, zuur opbreken.'

Piekerend ging Robrecht op weg naar de Love. Toen hij over de Reiebrug wandelde, herinnerde hij zich in een flits dat hij hier als kind eens flink misselijk was geweest toen hij met het gezelschap van hofmeester Evrard Lodemare naar Torhout was vertrokken. Wouter en hij zaten averechts in de kar en zijn maag was wel tien keer omgedraaid, zeker toen ze onder de gewelfde overgang waren doorgereden die het huis van de graaf over de straat met Sint-Donaas verbindt.

'Robrecht!' Het was toch wel Evrard, zeker, die recht op hem afkwam, gevolgd door twee dienaars. 'Terug uit Laon?'

'Ja, voorgoed deze keer. Magister Radulfus kon mij niets meer bijbrengen.' En dan schertsend: 'De *Glossa interlinearis* van Anselmus heeft geen enkel geheim meer voor mij. En met Willem van Champeaux betoog ik dat, als ik zeg dat Evrard een mens is, het enige wat in Evrard werkelijk bestaat, zijn mens-zijn is.'

De hofmeester begreep er geen snars van. Hij glimlachte zenuwachtig en gebood zijn knechten naar de overkant van de straat te gaan.

'Je weet dat Wouter door Karel zelf tot ridder is geslagen?'

'Ja, Odger heeft het mij geschreven.'

'En dat de graaf hem een goed in Oostkamp in leen heeft gegeven?'

'Ja.'

'En dat mijn oudste zoon Willem mijn taak als hofmeester zal mogen overnemen zodat ik me volledig kan toeleggen op de lakenhandel?'

'Neen.'

'De kanselier zegt dat het nog een kwestie van tijd is. Hij staat er vierkant achter en dan is de beslissing van de graaf maar een formaliteit, beweert hij.'

'Zegt hij dat?'

Evrard keek Robrecht onderzoekend aan.

'Hij is proost van het kapittel van Sint-Donaas en kanselier van Vlaanderen, vriend. Als hij iets wil, gebeurt dat ook. Tussen haakjes, wat ga jij nu doen?'

'Ik heb in Laon al de eerste wijdingen ontvangen.'

'Dan zal ik bij deken Helias tussenbeide komen om je zo snel mogelijk tot diaken te wijden.'

'Niet nodig. Dat is al geregeld. Nog voor het einde van het jaar moet ik naar Noyon om mij door bisschop Simon priester te laten wijden. Op beslissing van de graaf.'

'Ha, zo.'

Evrard gaf een teken aan zijn knechten dat ze weer moesten oversteken.

'Bij gelegenheid verzoek ik de kanselier je een prebende te

131

verlenen. Als kanunnik...'

'Dat hoeft niet.'

Evrard verstijfde.

'Zoals je wil,' antwoordde hij, in een poging om zijn stem hautain te laten klinken. 'Ik heb nu geen tijd meer. Ik moet naar mijn stapelhuis, want we verwachten een partij laken van de fijnste kwaliteit uit Ieper. Maar als ik je een raad mag geven: breng de kanselier zo snel mogelijk een bezoek en informeer hem over je plannen. Hij zal het hoog opnemen als hem vanuit de Love iemand wordt opgedrongen in Sint-Donaas.' En dan plots weer vriendelijker: 'Ik zal je zeggen, Robrecht, hoe vroom en hulpvaardig Bertulf ook is, hij laat niet met zich sollen. Als proost van het kapittel rekent hij op de trouw en de aanhankelijkheid van de lagere geestelijkheid. Tot ziens.'

God, wat zal ik blij zijn als ik in Ten Duinen ben, bedacht Robrecht terwijl hij zich naar Sint-Donaas repte. Hij liep de trappen op en knielde neer voor het altaar van Onze-Lieve-Vrouw voor een kort gebed. Dan haastte hij zich naar het klooster.

Odger had zijn functie als grafelijk secretaris neergelegd en hield zich nog uitsluitend bezig met het kopiëren van boeken. In de zuidelijke pandgang had hij een lessenaar geïnstalleerd en een opbergkast en toen Robrecht hem begroette, was hij net begonnen met een droge stift schrijflijnen te trekken op een blad perkament in kwartoformaat waarvan de bladspiegel al was afgebakend. Onmiddellijk kwam hij van zijn houten voetbankje om de jongen te begroeten.

'Ha, Robrecht,' riep hij blij verrast.

'Dag, Odger. Aan de slag?'

'Zoals je ziet. Deken Helias heeft me gevraagd het leven van de Heilige Gregorius de Grote over te pennen. Acht katernen, op zijn minst.'

'Daar zul je wel een poosje zoet mee zijn.'

'Allicht wel, ja. Dit jaar raakt het niet meer voltooid, daar heb ik me al bij neergelegd. In de winter schrijf ik niet, weet je, dan berg ik schrijfplank en inktkokers op, want de ijzige kou maakt mijn vingers stijf. En hoe was de reis?'

'Goed. Ik moet je de groeten overbrengen van magister Radulfus.'

'En van abt Guibert?'

'Ook ja, maar die is ziek.'

'Erg?'

'Ik denk het wel, ja. Na mijn laatste brief aan jou heb ik hem nog eens opgezocht in Nogent, maar hij is erg verzwakt en spreekt met moeite. Maar nog goed genoeg om mij omstandig te onderhouden over het lichtende voorbeeld van Évrard, de graaf van Breteuil, die na lange meditatie zijn luxueuze leventje opgaf om zich aan God te wijden. Bijna een uur heb ik moeten luisteren naar het voorbeeldige leven van de rijke edelman. Hoe hij eerst een zondig leven leidde, dan met enkele vrienden naar Vlaanderen uitweek, waar hij zich in leven hield met de verkoop van bruinkool, en hoe hij later - nadat hij op wonderlijke wijze zichzelf had ontmoet en begrepen dat dit niet zijn roeping kon zijn - naar zijn geboortestreek terugkeerde om er zich met zijn gezellen voorgoed aan het monastieke leven te wijden.'

'Ik ken die Évrard,' zei Odger, 'hij is abt in Saint-Calais. Jammer dat Guibert zo ziek is. Ik zal Onze-Lieve-Vrouw om een snelle genezing bidden. Weet je dat hij een formidabele lofzang geschreven heeft op de Heilige Maagd?'

'En of ik het weet. Ik heb hem gelezen.'

'Ik heb aan de kanselier gevraagd of ik hem mocht kopiëren, maar die vond het maar niks. Hij wil daar geen geld in steken, zegt hij.'

'Die zou beter het leven van Évrard van Breteuil tot voorbeeld nemen,' merkte Robrecht op, omzichtig over zijn schouder kijkend of er niemand in de buurt was. 'Als ik verneem wat hij uitgeeft aan kleren en wijn...'

'Precies daarover heeft graaf Karel onlangs nog een opmerking gemaakt,' antwoordde Odger, en hij dempte zijn stem omdat een kanunnik de pandgang inliep. Het was deken Helias die zich naar de proosdij repte. Terwijl hij hem met zijn blik volgde, vroeg Odger plots abnormaal luid: 'En is er nieuws over Abelard?'

'Abelard? Die is beroemder dan ooit. De scheiding van Heloïse en de veroordeling door het concilie van Soissons hebben daar niet veel aan veranderd. Door hem zo hardnekkig te vervolgen zijn zijn vijanden erin geslaagd de glans van zijn naam nog meer te doen schitteren in plaats van hem uit te doven.'

Odger verloor Helias geen ogenblik uit het oog.

'Hij heeft zich teruggetrokken in Le Paraclet,' ging Robrecht voort, 'en van alle kanten zijn studenten opgedaagd die de geneugten van de stad blijkbaar misprijzen om die mooiprater vrijwillig naar de eenzaamheid te volgen. Een van hen vertelde aan magister Radulfus dat hij aan een *Theologia Christiana* schrijft.'

'Als hij ze maar afwerkt,' merkte Odger op en hij keek Helias na tot die in de proosdij verdween. En dan weer met gedempte stem: 'Die vertrouw ik voor geen haar.'

'Helias?'

'Ja.'

'Waarom niet?'

'Omdat hij meer in de proosdij zit dan in de kerk. Over Bertulf krijgt hij geen kwaad woord over zijn lippen, hoewel die aaneen hangt van lagen en listen. 't Is altijd: de kanselier hier, de kanselier daar. Maar voor onze wijze en godvruchtige graaf kan er nooit een complimentje af. Hoe kan een deken, die een voorbeeld zou moeten zijn van deugd, die een voortrekker zou moeten zijn van het christelijk geloof, beweren - zoals hij onlangs in de refter deed - dat de kanselier groot gelijk heeft door kwaad met kwaad te vergelden?'

'Zegt hij zoiets? Als deken van het kapittel? Dat is ongehoord. Zelfs de Saracenen leren anders. In Laon heb ik een boek gelezen van Pedro Alfonso, een bekeerde jood, dat vol staat met raadgevingen en parabels die hij gevonden heeft bij Arabische filosofen. En weet je wat een van die wijze mannen zegt? Wie beweert dat kwaad met kwaad moet worden vergolden, is een leugenaar en een bedrieger. Doof je vuur met vuur?'

Odger knikte van neen.

'Wel, zoals water vuur dooft, zo overwint het goede het kwade.'

'Mag jij boeken lezen die door ongelovigen zijn geschreven?' vroeg Odger, Robrecht bezorgd aanstarend.

'Ik zei je toch dat hij een bekeerde jood is. Hij heeft zich laten dopen door de bisschop van Huesca en heet nu niet meer Mosje Sefaradi maar Petrus Alfonsus. Hij is lijfarts van koning Hendrik van Engeland.'

'Het zal wel, maar voor mij blijft een jood een jood. Heeft magister Radulfus je toegelaten dat boek te lezen?'

'Hij heeft het mij gegeven.'

'Soms denk ik dat je beter naar Chartres was geweest. Maar goed, gedane zaken nemen geen keer. Wacht niet te lang om naar de Love te gaan. De graaf zal blij zijn je terug te zien. Hij kijkt ernaar uit om te vernemen wat je allemaal in Laon hebt opgestoken. Naar ridderromans gaan luisteren?'

Odgers ogen flikkerden.

'Ja.'

'Welke?'

'De *Geste de Guillaume*. Maar dat zal wel weer een heidens boek zijn, zeker? Want Guibourc, de schone vrouw van de dappere graaf van Toulouse, is een bekeerde Saraceense.'

'Welnee. Ik weet ook wel dat die avonturen niet altijd waar zijn, maar dat belet niet dat ze ons toch duidelijk tonen wat we moeten doen als we voortreffelijk willen leven. Jonkvrouwen horen graag vertellen over Galiene of Blancefloer. En jonge mannen over Gawein naar wiens zuiverheid ze zich kunnen richten. Vertel op.'

'Nu niet,' jende Robrecht hem lachend. 'Kom luisteren als ik het aan de graaf vertel. Die is dol op ridderavonturen. Dan kan ik in één moeite door ook het verhaal doen van Gormont en Isembart.'

'Dat ken ik,' snoefde Odger. 'En de graaf ook. Maar dat geeft niet. Vertel het toch nog maar eens. Hij wordt telkens weer mistroostig als hij hoort hoe de trotse abdij van Sint-Rikiers door de boze Gormont werd verwoest.'

'Hoe gaat het met de graaf?'

'Uitstekend. Hij praat vaak over jou, Robrecht, en ik denk dat hij veel van je verwacht.'

'Van mij?'

Odger keek om zich heen en kwam een stap dichter bij de jongen staan.

'Je bent lang weggeweest, Robrecht, dus weet je het niet, maar het graafschap staat er verduiveld slecht voor. Hier is maar plaats voor één graaf. En op dit moment zijn er twee. Een echte en een die zich gedraagt alsof. Vroeg of laat moet één van beiden de baan ruimen. Allebei zijn ze op zoek naar betrouwbare bondgenoten tegen de beslissende dag. Voor Bertulf is dat geen probleem. Zo gul is die met geld en gunsten dat hij al een hele horde rond zich heeft verzameld die, als het ooit zover komt, met het wapen in de vuist voor hem zal vechten. Bondgenoten zat, als er ooit iets gebeurt. Voor de graaf ligt dat anders. Op de adel moet hij niet al te veel rekenen. Op de rijke poorters ook al niet. En wat het gemeen zal doen, weet niemand. We moeten hem helpen, Robrecht, we moeten God en de Heilige Maagd smeken dat ze onze graaf bijstaan. Ik ben zo bang dat er nare dingen te gebeuren staan.'

Er waren inderdaad verschrikkelijke gebeurtenissen op til. Dat bleek al in de oogstmaand van datzelfde jaar uit niet mis te verstane voortekenen. Op een donderdag, tegen de middag, was iedereen getuige van een verdonkering van de zon en een abnormaal tekort aan licht. De oostelijke rand van de zonneschijf raakte in duisternis gehuld en wierp van lieverlee vreemde nevels op de rest van het hemellichaam. Eigenaardig genoeg werd niet de complete zon verduisterd, maar slechts een gedeelte ervan, hoewel de nevels zich toch over de hele zonneschijf van oost naar west verspreidden zodat ze door het ringvormige centrale gedeelte schoven. Wie op straat liep, bleef er verbijsterd naar staan turen. Wie binnen was, werd door de kreten van angst en verwondering van zijn bezigheid gehaald: vrouwen lieten het eten boven het vuur in de steek, schoenmakers schoven de lappen leer opzij, bakkers gooiden het gegiste deeg terug in de trog, wolververs bekommerden zich niet meer om de wouw en monniken legden hun schrijfstift neer.

Groot en klein stormde het huis uit om het wonder met eigen ogen te aanschouwen en nauwelijks waren de nevels opgetrokken en straalde de zon weer haar licht uit of het gonsde van de geruchten, het een al fantastischer dan het andere: de koning van Frankrijk stond op het punt Vlaanderen te overvallen om het te vuur en te zwaard in te nemen en rechtstreeks onder de kroon te plaatsen; er was een vreselijke ziekte op komst die massa's doden zou eisen; graaf Karel zou kinderloos sterven met een bittere oorlog als gevolg en Willem van Ieper zou zich daarbij niet onbetuigd laten omdat hij nog steeds zijn aanspraken op de graventroon niet had opgeborgen; de rode haan zou kraaien over Sint-Donaas en over de hele stad zodat alle huizen tot op de grond zouden afbranden en vele arme drommels in de vlammen zouden omkomen; er was storm op komst die de dijken zou wegvegen en de zee diep het land in zou jagen waardoor mens en dier zouden verzuipen en de gewassen op het land zouden wegrotten. Iedereen had zo zijn idee en zijn versie van de komende gebeurtenissen. Van één zaak was heel Vlaanderen overtuigd: er stonden zware tijden voor de deur.

Kanunnik Galbrecht, klerk van de grafelijke kanselarij, wist aan zijn medekanunniken en kapelaans te vertellen waarom God dit voorteken had gestuurd. Het had allemaal te maken met verdorven lieden, beweerde hij, die misbruik maakten van de politiek van voorspoed die de vrome graaf had gevoerd. Dat de mensen zichzelf weer volgens wet en recht konden besturen, was te danken aan Karel van Denemarken die de vrede had hersteld zodat al wie op de markt of in de stad vertoefde, geen wapens meer moest dragen - sterker nog, geen wapens meer mocht dragen. Vandaar, legde Galbrecht uit aan de ademloos luisterende omstanders, dat de partijen in rechtsgedingen - klagers zowel als verweerders - weer argumenten konden aandragen en die volgens de regels van de retorica uiteenzetten. Jammer genoeg werd de redekunst niet alleen beoefend door mensen die hadden gestudeerd, maar ook door hen die daarvoor een natuurlijke aanleg tentoonspreidden. Veel ongeletterden beheersten zo goed de stijlmiddelen en de spitsvondigheden ter argumentatie dat ze zelfs geschoolde deskundigen uit hun lood konden slaan. Daar en nergens anders, school, volgens de geleerde klerk, de wortel van alle kwaad. Door hun bedrog en misleiding leidde dit slag van mensen in rechtsgedingen voortdurend de minder behoedzame gelovigen en schapen van Christus om de tuin, en daarom had God, die alles ziet vanuit den hoge, besloten hen te straffen. Met de zonsverduistering had Hij aan hen die hij de gave van het woord had verleend om hun zaligheid te bewerken, nu door zijn geselslagen duidelijk gemaakt dat zij die gave hadden misbruikt tot hun eigen verderf en ondergang.

Galbrechts woorden gingen als een lopend vuurtje door het klooster en de Love, later door de stad, en maakten ongemeen diepe indruk. Maar toen er na verloop van enkele weken niets gebeurde, begonnen sommigen het voorteken weg te lachen en openlijk de spot te drijven met de nochtans overtuigende uitleg die de klerk aan de gebeurtenissen had gegeven. Ze kregen ongelijk, want in de lente van het jaar 1125 kwam de honger. En met de honger de dood.

Na een afgrijselijk harde winter waarin alom mensen en dieren van de bittere kou vergingen en de vruchten op het land bevroren, begon het in maart van 1125 te regenen en het bleef water gieten tot in mei zodat wegen en akkers in een modderpoel werden herschapen en de oogst deerlijk mislukte. Van het weinige dat in de zomer werd binnengehaald, moest dan nog een vierde opzij worden gelegd als zaaigoed voor het komende jaar. Op veel reserve moest men niet rekenen, want door de schrale opbrengst van het jaar voordien waren de graanschuren al bijna halfleeg. En wie zijn heil dacht te zoeken in de vlucht, kwam bedrogen uit, want ook in Frankrijk, in Lotharingen en in Engeland woedde de hongersnood. In een paar weken steeg de prijs van het brood tot het tienvoudige en voor een mud rogge moest op de markt veertig schellingen worden neergeteld, achtmaal de normale prijs. Zo wreed knaagde de honger dat sommigen er zich door een totaal gebrek aan brood niet voor schaamden in het midden van de vasten vlees te eten.

Graaf Karel reageerde bliksemsnel. Zodra hem de ware omvang van de ramp duidelijk voor ogen stond, trok hij zich een poos terug in Sint-Donaas om te bidden en vervolgens in zijn slaapvertrek om na te denken. Dan liet hij de twaalf pairs van Vlaanderen naar Brugge komen om hun raad in te winnen waarna hij de hoogste ambtenaren van het graafschap bij elkaar riep in de zaal van de Love. Door een bode liet hij ook Robrecht ontbieden. Die was nog niet zolang terug uit Noyon waar hij door bisschop Simon, de zwager van graaf Karel, tot priester was gewijd. Kort nadien had de graaf hem met een kapelanie in Sint-Donaas begiftigd en hem in eerder geheimzinnige termen duidelijk gemaakt dat hij hem binnenkort zou belasten met een belangrijke opdracht.

In aanwezigheid van een schare grafelijke ambtenaren en edelen, onder wie hofschenker Gervaas van Praet, grafelijk secretaris Fromold de Jonge, kanselier Bertulf en diens broers, burggraaf Disdir Haket en kamerheer Isaac, legde Karel omstandig uit wat hij van hen verwachtte.

138

'Door Gods beschikking,' begon hij zijn toespraak, 'ben ik, Karel, zoon van koning Knut van Denemarken en kleinzoon van graaf Robrecht de Fries, bloedverwant en opvolger van graaf Boudewijn, boven u gesteld als graaf van heel Vlaanderen. Van bij het begin van mijn regering heb ik er mij op toegelegd het recht te verschaffen en de vrede te herstellen. Door de heilige diensten persoonlijk bij te wonen en voor te zitten, heb ik steeds getracht op alle mogelijke manieren de eredienst van de Kerk te bevorderen. Zolang ik, met Gods hulp, graaf van Vlaanderen ben, zal mijn voornaamste bekommernis de verdediging blijven van de gerechtigheid. Vandaag echter treft Vlaanderen een zware beproeving. Goddelozen hebben door hun hardnekkigheid de gesel van de misoogst en de honger over ons graafschap gehaald. Voor ik graaf werd, trok ik als vrome pelgrim naar het Heilig Land. Ik stak de diepten van de zee over, trotseerde uit liefde voor Christus menig gevaar en onheil en bereikte, hoogst verblijd, de plaats waarnaar ik vurig had verlangd: Jeruzalem, waar ik hardnekkig tegen de vijanden van het christelijke geloof vocht.

In de behoeften en beklemming van die pelgrimstocht heb ik, als vrome slaaf van de Heer, geleerd in wat voor bittere nooddruft de arme wroet, met welke trots de rijke zich verheft en hoe de hele wereld beeft van ellende. Naar de machtigen en vermogenden moet onze zorg dus niet uitgaan. Zij hebben gehandeld zoals Jozef in Egypte en voorraden aangelegd waardoor zij voldoende voedsel hebben om de moeilijke tijden door te komen. Als ze een gedeelte van de opgespaarde levensmiddelen verkopen, kunnen ze hun rijkdom zelfs nog vermeerderen. Maar geen moeite mag ons te veel zijn om de nooddruftigen bij te staan. Als we de zwaksten niet helpen, zullen ze omkomen van honger en ellende. Daarom gebied ik dat in al mijn domeinen uit de voorraden van de graanschuren elke dag tot na het binnenhalen van de nieuwe oogst, die als het God belieft overvloedig zal zijn, een brood wordt uitgedeeld aan elke behoeftige die zich aandient. Ik geef presbyter Robrecht, hier aanwezig, de opdracht zonder verwijl naar die domeinen af te reizen en er ter plaatse de bedeling te organiseren. Uit de grafelijke schat zal Fromold de Jonge hem het nodige geld overhandigen zodat hij kleren kan kopen om uit te delen en - als er op de plaatselijke markt brood mocht te krijgen zijn - aalmoezen kan geven zodat de armen het kunnen kopen.'

De graaf pauzeerde, keek in de richting van Robrecht en vestigde dan zijn blik op Fromold de Jonge.

'In Brugge, dat naar ik verneem zwaar getroffen is, zal elke dag aan honderd dertien hongerlijders een brood worden gegeven. Daartoe zal Fromold geld overhandigen aan hofmeester Evrard die er moet voor zorgen dat dagelijks in de keuken van de Love voldoende broden worden gebakken. De hofmeester drage er zorg voor dat de broden groot zijn zodat de behoeftigen er niet alleen zichzelf maar ook hun vrouw en hun kinderen mee kunnen voeden. Ook gebied ik dat Fromold geld ter beschikking stelt van de hofmeester om dagelijks één arme te voorzien van nieuwe kleren, te weten: een hemd, een onderkleed, dierenvellen, een mantel, een broek, kousen en schoenen. Ikzelf zal de arme hier in de zaal van de Love ontvangen en hem eigenhandig die kleren overhandigen.'

Het was de kanselier aan te zien dat de beschikkingen van de graaf hem helemaal niet zinden. Zijn kinnebak zakte nog dieper toen de landsheer zich rechtstreeks tot hem richtte.

'Omdat ik vernomen heb dat in Picardië nog voorraden van koren liggen opgeslagen, gebied ik de kanselier de volgende beslissing bekend te laten maken: de maximumprijs voor een kwart wijn zal voortaan zes penningen bedragen.'

'Zou u niet beter een maximumprijs op het koren instellen?' vroeg de kanselier met een vleugje spot in zijn stem.

'Zes penningen voor een kwart wijn,' herhaalde de graaf geïrriteerd. 'Als de prijs van de wijn laag blijft, zullen de kooplieden ervan afzien deze drank in te slaan en hem vervangen door koren dat ze in overvloediger hoeveelheden in Picardië kunnen inkopen en met een gepaste winst in Vlaanderen verkopen. Voorts verbied ik voortaan zowel in de stad als op het platteland bier te brouwen.'

Ai, schoot het door Robrechts hoofd. Een slechte zaak voor vader. Als er geen bier mag gebrouwen worden, moet er geen gruit meer geleverd worden en valt zijn zaakje stil. Tenzij hij genoeg kan verdienen met de wol tot de hongersnood voorbij is. Ook de kanselier had zijn bedenkingen.

'Bier te brouwen?' herhaalde hij verwonderd de woorden van

140

de graaf, zich tot zijn broers richtend. 'Waarom zouden de mensen nu geen bier meer mogen brouwen? Bier is eten en drinken en als ze er genoeg van naar binnen gieten, kunnen ze ook hun zorgen vergeten.'

'Er wordt, kanselier, geen druppel bier meer gebrouwen,' hernam de graaf krachtdadig, zijn fijne lippen op elkaar persend. 'En wel om de volgende reden: de haver die hierdoor vrijkomt, kan gemengd worden met tarwe of met rogge waardoor de bakkers meer meel krijgen voor brood; zo kunnen de armen hun bestaan tenminste met brood en water voortzetten tot het ergste voorbij is. En tot slot gelast ik Fromold de Jonge met het opschrijven van deze beslissingen en iedereen hier aanwezig met het gewetensvol en stipt uitvoeren ervan.'

'Geen maximumprijs voor graan,' hoorde Robrecht burggraaf Disdir Haket binnensmonds tot kanselier Bertulf mompelen. 'Prachtig!'

Overal vormden zich groepjes waarin de grafelijke beslissingen druk becommentarieerd werden, maar Robrecht vertrok onmiddellijk uit de zaal en trof dezelfde dag nog alle voorbereidselen voor zijn tocht. Hij liet door de stalmeester een sterk rijdier uitkiezen, haalde geld op bij Fromold, ging zijn ouders groeten - vader was al op de hoogte van het bierverbod en liep te foeteren op Karel - en begaf zich op weg, samen met zijn vriend Wouter, die als ridder in dienst van de graaf over hun veiligheid zou waken, en met vier knechten, voorzien ook van een oorkonde waarin de landsheer hem machtigde in zijn naam op te treden en alle beslissingen te nemen die hij nodig achtte om zoveel mogelijk armen te helpen.

Zijn hele leven lang zou deze tocht in Robrechts geest gebrand blijven. De ellende die hij in Brugge de jongste weken had gezien, was niets vergeleken bij wat hij op het platteland meemaakte. Overal trokken haveloze mensen graatmager en lijkbleek al bedelend van hoeve naar hoeve. Wie te zwak was om te been te blijven, viel uitgeput neer en stierf een vreselijke en eenzame dood van honger en kou. Van hoopjes ellende die in de modder langs de kant van de weg lagen te kreunen en te klagen, keek niemand meer op. Vandaar dat Wouter en de knechten er al voorbij waren toen Robrecht, vlak voor Maldegem, in de wegberm de tengere

141

contouren van een kind zag. Het lag op zijn buik met zijn hoofd steunend op zijn rechterarm waarvan de hand uitgestoken was voor een aalmoes. Zonder de anderen te verwittigen steeg Robrecht af, peuterde een paar penningen uit zijn beurs, en wilde die in de open handpalm leggen. Tot zijn ontzetting was die versteven. Het kind was dood.

Voor de eerste keer in zijn leven voelde Robrecht zich rot. Mensen zien heengaan - broertjes, zusjes, familieleden, vrienden, buren - hij was het gewoon van in zijn jeugd. De weeë lucht van de dood was hem verre van vreemd, net als de stank van de armoe. Maar dit had hij nooit meegemaakt. Overal las hij uit de holle ogen de wanhoop: help ons, wij sterven van de honger! En nu dit kind. Uitgemergeld, als een dier gestorven in het slijk. God, dacht hij, waarom? Hij wist wel dat de Almachtige ons straft om onze zonden, om onze verwaandheid, om onze listen en lagen. En dat Hij niet alleen de afzonderlijke mensen slaat die de zonden hebben bedreven, maar het hele volk. Toen Manasses, koning van Juda, altaren oprichtte voor Baal, geestenbezweerders en toekomstvoorspellers aanstelde, zich schuldig maakte aan waarzeggerij en wichelarij en zijn zoon in het vuur offerde, bracht de moegetergde Jahwe zo'n onheil over Juda dat de mensen hun oren ervan tuitten. Jeruzalem waste hij uit zoals men een schotel wast en omlegt. Waarom zou Hij dan Vlaanderen niet slaan, en Brugge, als overal verwaande ongeletterden - heren zowel als horigen - zich in rechtsgedingen bedienden van gemene streken en bedrog om hun zaak te winnen ten nadele van minder behoedzame christenmensen, zoals klerk Galbrecht had uitgelegd? Veel slachtoffers van de hongersnood - daar was hij rotsvast van overtuigd - hadden zich schuldig gemaakt aan bedriegerijen of tenminste niet verhinderd dat ze konden gebeuren. Maar dit kind?

En zijn rijdier aanporrend om de anderen in te halen, bad hij tot de Maagd: 'Heilige Maria, Moeder Gods, ik smeek u om voorspraak bij uw Zoon voor de arme sukkelaars die door zijn toorn zijn getroffen en weerloos ten onder gaan. Vooral voor de kinderen die nog nooit in gedingen zijn betrokken en onschuldig de dood worden ingejaagd voor de zonden van hun ouders en familieleden.'

Diep geschokt was de jonge priester. Des te groter was de voldoening toen hij eerst in Maldegem, later in Zomergem, Tielt, Rijsel, Kassel en Veurne de ergste nood kon lenigen door de voedselbedeling te organiseren. Het hele najaar en het voorjaar van 1126 kon hij met de reserves uit de graanschuren van de graaf, die weliswaar beduidend lager waren dan hij had gedacht, toch voldoende brood laten bakken om elke dag ten minste aan een honderdtal behoeftigen een broodje uit te delen. Hij hield zich daarbij scrupuleus aan een pas afgekondigde verordening van de landsheer: bakkers mochten geen broden meer bakken van één penning, zoals gebruikelijk, maar wel van een halve penning. Zodoende wilde de graaf de armsten de kans geven zich met het allerkleinste muntstukje dat ze in handen konden krijgen, wat brood aan te schaffen. Wijze graaf, dacht Robrecht. Hoe bekommerd is hij om het lot van zijn volk. Hoe weloverwogen zijn zijn beslissingen. Hoe doeltreffend zijn de maatregelen die hij uitvaardigt om de meest berooiden van zijn onderdanen te helpen deze barre tijden door te komen. Hoe weinig denkt hij aan zichzelf.

Eind oktober was Robrecht terug in Brugge. Precies op tijd om te vernemen dat Karel naar Gent was vertrokken om er persoonlijk de Gentenaars de mantel uit te vegen omdat ze hongerlijders, die ze ruimschoots van brood en vlees hadden kunnen voorzien, voor de drempel van hun huis hadden laten omkomen.

Van hofmeester Evrard vernam hij dat de graaf nog een maatregel had getroffen met het oog op de oogst van volgend jaar. Van elke twee gemet zaaigrond moest er één bestemd worden voor bonen en erwten die, zoals iedereen weet, sneller rijpen dan rogge en vlugger geoogst kunnen worden zodat er voldoende voedsel zou zijn op het moment dat de graanoogst van 1125 uitgeput was en die van 1126 nog niet kon worden binnengehaald. Wijze graaf, dacht Robrecht opnieuw. Hij denkt niet alleen aan de noden van de dag van vandaag, zijn zorgzame blik reikt verder. Hij is waarlijk een vader voor zijn onderdanen. Een groot vorst.

Op een ochtend, laat in het jaar 1125, net toen deken Helias zich naar het altaar van de Heilige Calixtus begaf om er mis te lezen, liep Robrecht Sint-Donaas binnen met een bussel kaarsen voor de sacristie. Veel volk was er niet in de kerk zodat het ranke figuurtje van Mathilde hem meteen opviel. Wat doet die hier? vroeg hij zich af. Normaal hoort ze toch mis in Sint-Salvator? Hij hield de pas in en keek nog eens goed, maar er was geen twijfel mogelijk: ze stond vooraan, de dochter van de hofmeester, goed in het zicht, kaarsrecht, haar sjaal met haar rechterhand strak om het hoofd houdend, de blik terneergeslagen.

Het was 27 november, feestdag van de Heilige Acharius. Robrecht had een zwak voor deze bisschop en belijder, omdat hij een heilige was van bij ons. Ingetreden als monnik in het klooster van Luxeuil in Bourgondië, was hij in 626 tot bisschop van Noyon en Doornik gekozen, dus ook van de Vlaamse gewesten. Zelfs de machtige en gevreesde koning Dagobert had hij voor zijn plannen tot evangelisatie weten te winnen.

Haastig bracht de jonge priester de kaarsen weg, drukte de deur van de sacristie zachtjes dicht en keerde tussen de banken van de kanunniken terug naar het zijaltaar om de mis te volgen. Althans, dat maakte hij zichzelf wijs, want al snel besefte hij dat hij meer de jonge vrouw in het oog hield dan de celebrant.

'*Dominus vobiscum,*' sprak de deken

'*Et cum spiritu tuo,*' antwoordde de misdienaar. Nu kwam de aanroeping van de Heilige Acharius.

'*Oremus,*' bad Helias. 'God, gij die U verwaardigd hebt de dorre schoot van Sarah zó door het zaad van Abraham te laten bevruchten dat haar tegen alle hoop in toch nog een nakomeling werd geboren: zie genadig om naar de gebeden van uw dienares Mathilde, die U smeekt wegens haar onvruchtbaarheid. Schenk, zoals U bij onze voorvaderen placht te doen, ook aan haar vruchtbaarheid en zegen het kind dat U haar geeft. Door onze Heer Jezus Christus.'

'Amen,' zei de misdienaar.

Dat was het! Deken Helias droeg helemaal geen mis op voor een belijder-bisschop. Hij droeg een votiefmis op speciaal voor Mathilde, om vruchtbaarheid af te smeken. Pas nu realiseerde Robrecht zich dat ze inderdaad nog geen kinderen had, na zes jaar huwelijk. Hij kon zich best voorstellen dat de Erembalden en in het bijzonder haar schoonvader, Lambrecht van Aardenburg, en diens broer, kanselier Bertulf, daar niet mee opgezet waren.

Nauwelijks had Helias het *Ita missa est* uitgesproken, of Mathilde draaide zich om en liep door de achthoekige omgang naar het zuiderportaal. Zo betraand was haar gezicht dat ze Robrecht niet eens opmerkte toen ze langs hem heen liep.

'Mathilde?'

Kijk eens hier,' lachte ze verrast, met de rug van haar hand onder haar oog wrijvend, 'de beste vriend van mijn broer. De geleerdste geestelijke van Brugge.'

'Komaan,' reageerde de priester verveeld. 'Wat een verrassing je hier te zien. Het is zeker zes jaar geleden dat ik je nog gesproken heb. Van bij je huwelijk.'

'Je ziet hoe het met mij gesteld is,' antwoordde ze zuchtend. 'Mijn schoot is onvruchtbaar gebleven, Robrecht.'

'Dat weet ik, ja.'

'Ik moest van Walter aan deken Helias vragen een mis te lezen in Sint-Donaas zodat heel Brugge op de hoogte zou zijn van mijn onvruchtbaarheid. Hij wil dat ik - en ik alleen - de schande draag.'

'Maar je hebt toch nog geen kind gebaard?'

'Natuurlijk niet. Om een kind te baren, moet je een man hebben.'

'Die heb je toch.'

'Hij is impotent.'

Robrecht stond sprakeloos. De deken en de misdienaar waren verdwenen in de sacristie en de enkele misgangers hadden de kerk verlaten. Alleen kapelaan Boudewijn liep heen en weer op de tribune en een kanunnik zat te soezen in het koorgestoelte.

'Impotent?' Walter die wijd en zijd bekendstond als een woest en strijdvaardig ridder, die zelfs niet aarzelde te zondigen door deel te nemen aan tornooien! 'Impotent?' herhaalde Robrecht, hulpeloos de kerk rondkijkend. De slapende kanunnik had een andere houding aangenomen en liet nu zijn hoofd rusten op zijn linkerhand.

'Hij heeft mij nog niet één keer bekend. Hij kan ook niet. Het mooiste bewijs: geen van onze meiden heeft een kind van hem. Iedereen weet toch, als een man geen kinderen bij zijn vrouw kan winnen, dat hij ze dan elders gaat zoeken. Maar hij mag zoeken waar hij wil, het zal nooit lukken.'

'Dan kun je toch de kruisproef vragen?'

Mathilde reageerde niet.

'Je moet een klacht indienen bij de vierschaar en vertrouwen hebben in de Almachtige. En dan moeten Walter en jij met uitgestrekte armen tegen het kruis gaan staan. Je hoeft niet bang te zijn, want God staat aan je kant. Je zal zien dat Walter het eerst de armen zal laten zakken, wat meteen je gelijk bewijst. Dan ben je vrij.'

'Geen sprake van, hij slaat me bont en blauw.'

'Tegen een kruisproef kan hij niet op!'

'Ik sta alleen, Robrecht,' barstte ze plots uit, terwijl glinsterende tranen in haar ogen schoten. 'Moederziel alleen. Kanselier Bertulf vindt dat ik maar moet vasten en bidden; die kinderloosheid is volgens hem Gods straf voor mijn zondig leven. Erger is de bijtende spot van mijn schoonvader. Ik ben zijn zoon onwaardig, beweert hij, als dochter van een horige die niet eens kan wat elke boerenmeid kan: kinderen krijgen.'

'En je vader, Evrard?'

'Ach, Robrecht, je zou eens moeten weten...'

'Wat weten?'

Mistroostig sloeg ze haar groene ogen op. Haar zwarte wimpers trilden.

'Vader wil niet naar mij luisteren. Hij vindt dat ik mijn lot geduldig moet dragen omdat ik getrouwd ben met een neef van de kanselier, met een dapper ridder van de edele familie der Erembalden. Een groot geluk noemt hij dat en een hele erkenning voor onze familie. Dat ik slechter als een dienstmeid word behandeld, schijnt hem niet te deren. Ik begrijp dat hij naar eer en rijkdom streeft, maar moet ik dan dienen als betaalmiddel?'

'Betaalmiddel?' Robrecht viel van de ene verwondering in de andere.

'Dat huwelijk met Walter heeft vader dertig zilvermark gekost, mij mijn eer...'

Robrecht kreeg een naar gevoel. Mathilde die hij van kleins af kende en van wie hij altijd had gedacht dat ze de voordelige echtverbintenis die haar vader voor haar had afgesloten, met blijdschap en fierheid had aanvaard omdat ze haar eer en welstand zou brengen, die Mathilde stond hier als een klein meisje bij hem te huilen. Dat de hofmeester zijn beurs had geopend om zijn dochter aan een Erembald te mogen uithuwelijken, verbaasde hem geen zier. Heel Brugge kende de man als geldzuchtig en mateloos ambitieus. Maar daarmee was de eer van zijn dochter toch niet te grabbel gegooid?

'Ik moet zoveel verdragen,' zei Mathilde omdat Robrecht niet meteen reageerde.

'Van wie?'

'Van de kanselier!'

'De kanselier is een hoge geestelijke, Mathilde, de hoogste hier in Brugge, vergeet dat niet. Het is normaal dat hij je kinderloosheid uitlegt als een gevolg van een zondig leven. Trouwens, welke mens is vrij van zonde?'

'Hij zeker niet.'

'Wat bedoel je daarmee?'

Ze keek schichtig in het rond. De kanunnik was verdwenen en van kapelaan Boudewijn was geen spoor meer te bekennen.

'Hij verlustigt zich aan mij.'

'Wie?'

'De kanselier.'

Robrecht voelde zich misselijk worden.

'Het is een publiek geheim dat kanselier Bertulf een vrouw heeft,' zei hij met benepen stem. 'Ze woont in Veurne, in een huis van hem. Maar dat hij zich aan andere vrouwen vergrijpt, neen, dat kan ik niet geloven.'

'En toch is het zo,' zei Mathilde. Ze perste haar rozige lippen op elkaar en keek de jonge priester onverschrokken aan.

'Heeft hij je verplicht het spel van de liefde te spelen?'

'Ja. Het begon enkele weken na mijn huwelijk. Walter wist het, maar zei niets. En het duurt nog steeds.'

'Hoe komt het dan dat je geen kind van hem hebt? Zie je wel dat je onvruchtbaar bent.'

'Omdat hij...' Ze begon weer te wenen, te snikken deze keer. 'Omdat hij...'

'Omdat hij wat?'

'Omdat ik van bij het begin hardnekkig weerstand geboden heb en hem nooit in mij heb toegelaten. En, hoe verdorven hij ook is, geweld durft hij niet gebruiken. Ik moet gewoon bij hem gaan staan en dan laat hij overal zijn handen over mijn lijf lopen, onder mijn kleren. Zo begaat hij geen zonde, zegt hij. Want hij slaapt niet met mij.'

'En weet je vader dat?'

'Ja.'

'En hij doet niets?'

'Neen.'

'Waarom niet?'

'Omdat hij doodsbang is van de kanselier. Geen strobreed durft hij hem in de weg leggen. Integendeel, hij beweert dat het mijn schuld is, dat ik de geestelijke verleid en voor die zonde zwaar zal worden gestraft.'

'Wat moet er dan gebeuren?'

'Ik weet het niet, Robrecht. Niemand kan mij helpen.'

'Ik kan er met de deken van het kapittel over praten, of met de graaf.'

'In 's hemelsnaam, neen. Zwijg als vermoord. Als Walter erachter komt dat ik mijn mond heb voorbijgepraat! Neen, Robrecht, asjeblieft, zwijg erover.'

'Maar ik wil je helpen.'

'Je kan me niet helpen. Niemand kan me helpen.'

Snikkend liep ze weg, keerde op haar stappen terug, drukte hem vluchtig een kus op de wang en fluisterde: 'Je moet maar eens langskomen.' Dan verdween ze in het zuiderportaal.

Fromold de Jonge zat met zijn voeten bijna in het vuur, zo koud was het in de zaal. De ijzige vorst had bloemetjes getekend op de vensters en het binnenvallende licht was hard en wit door de weerkaatsing op het sneeuwtapijt buiten. De Love gonsde van de activiteit, maar in de zaal was het stil. De graaf had alle personeel weggestuurd en zowel voor de hoofdingang aan de straat als voor de deur die uitgaf op de trap naar zijn persoonlijke vertrekken, een wapenknecht laten posteren met de opdracht niemand binnen te laten. Op een zijtafeltje had een dienaar een kan warme melk neergezet met honing waaruit Karel zich bediende. Peinzend goot hij de dampende melk in een teil en slurpte eraan terwijl hij zich voorzichtig liet zakken in de klaarstaande stoel aan de haard.

'Ik heb jullie beiden bij mij geroepen,' begon hij, de melk van zijn korte baard vegend, 'omdat ik groot vertrouwen heb in jullie. Toch wens ik vooraf de eed van verzekerde trouw die ons met elkaar verbindt, te hernieuwen. Fromold?'

'Ik, Fromold junior, grafelijk secretaris, beloof op mijn woord dat ik u, heer graaf, in alle omstandigheden getrouw zal zijn, zonder bedrog.'

'Robrecht?'

'Ik, Robrecht, priester en kapelaan, beloof op mijn woord dat ik u, graaf Karel, altijd getrouw zal zijn en die trouw nooit zal beschamen.'

Beiden stonden op en kusten de graaf die tevreden hervatte: 'De gesel van de honger is verschrikkelijk geweest, veel mensen zijn gestorven, en zoals jullie gezien hebben is de hulp die ik van de adel en van de Erembalden mocht verwachten, grotendeels achterwege gebleven. Iedereen was begaan met zijn lot, met zijn familie, maar vergat de plicht ook voor de naaste te zorgen. Het zou oneerlijk zijn niet toe te geven dat de Vlaamse abdijen flinke inspanningen hebben geleverd en velen van een gewisse dood hebben gered door vrijgevig te zijn jegens de armen. Ze hebben niet geaarzeld bossen en landerijen en zelfs zilver te verkopen om met de opbrengst voedsel in te slaan en uit te delen. Sommige abten, zo is mij ter ore gekomen, zijn zover gegaan schulden te maken en hoge sommen te lenen om aan hun plicht van naastenliefde te voldoen. God zal het hen lonen. Het voorbeeld dat heer Thankmar van Straten gegeven heeft door zijn complete voorraad graan ter beschikking van het volk te stellen, strekt tot eer van zijn familie. Het steekt schril af tegen dat van edelen en poorters en - God betere het - ook van hoge geestelijken die van de toestand schaamteloos misbruik hebben gemaakt om zich op de rug van de schamele te verrijken.

Het volk heeft zwaar geleden, het lijdt nog, al is het allerergste voorbij, maar de ellende die ik niet gewild heb en die ik hen zoveel mogelijk heb willen besparen, heeft een goede kant gehad. God heeft het volk naar mij toegekeerd, Hij heeft het doen begrijpen dat ze van niemand anders heil te verwachten hebben dan van hun graaf.'

'En of de mensen dat weten,' onderbrak Robrecht voorzichtig

de graaf. 'Niet voor niets noemen ze u Karel de Goede.'

'Noemen ze mij zo?'

'Zeker, heer graaf. Overal waar ik in uw dienst ben geweest om de bedeling te organiseren werd uw lof gezongen en noemden de boeren, maar ook de poorters, u niet meer Karel van Denemarken, maar Karel, de goede graaf.'

Zichtbaar in zijn schik met dat nieuws vervolgde Karel, met de toppen van zijn vingers over zijn dunne lippen wrijvend: 'Ik heb jullie, mijn vertrouwelingen, hier bij mij geroepen omdat ik mijn plannen wil uiteenzetten. Zowel jij, mijn goede vriend Fromold, als jij, Robrecht, voor wie ik buitengewone achting koester, spelen daarin een voorname rol. Later zullen ook andere getrouwen een taak krijgen, maar vooraf moeten wij gedrieën tot overeenstemming komen en dientengevolge handelen.'

Robrecht had geen flauw idee wat de graaf in het schild voerde, maar voelde instinctief aan dat dit de bijzondere opdracht moest zijn waarover Karel vorig jaar had gerept, en niet de organisatie van de voedselbedeling, zoals hij wel eens had gedacht.

'Vlaanderen,' ging Karel voort, 'zit geprangd tussen het keizerrijk, Frankrijk en Engeland. Als leenman ben ik trouw verschuldigd aan de koning van Frankrijk, wat vroeger al vaak tot moeilijkheden heeft geleid. Hoef ik eraan te herinneren dat zowel Boudewijn Hapken als Robrecht van Jeruzalem gesneuveld zijn toen ze in dienst van de koning van Frankrijk met het kruim van hun ridders deelnamen aan een veldtocht, die hen dan wel roem bracht, maar voor Vlaanderen geen enkel voordeel opleverde? Met Hendrik van Engeland hebben we een overeenkomst, maar hoelang zal ze standhouden? Zolang Lodewijk de Dikke mij als zijn vazal kan opeisen om nog maar eens een veldtocht in Normandië te beginnen en Hendrik te sarren, bestaat het gevaar dat de Engelsman de Vlaamse kooplieden uit zijn land verjaagt. De gevolgen moet ik jullie niet uitleggen. Onze wevers raken verstoken van Engelse wol om fijn laken te maken en de armoede slaat weer toe.

Toen ik, in weerwil van de lage bemoeienissen van Clementia om haar troetelkindje en aangetrouwde neef, de bastaard Willem van Ieper, op de graventroon te krijgen, Boudewijn opvolgde, was het wel omdat ik er mij bewust van was dat ik, als koningszoon en wettig nakomeling van een Vlaamse graaf, de taak had dit land voorspoedig te maken en zijn bewoners gelukkig, wat trouwens de plicht is van een heerser. In het geschrift van Cyprianus over de twaalf wantoestanden in de wereld - ik heb een exemplaar gekocht dat geschreven werd in de abdij van Sint-Medardus - komt een passage voor die ik uit het hoofd geleerd heb en die mij de komende jaren steeds voor de geest zal staan als ik beslissingen moet nemen over de toekomst van ons geliefde vaderland.'

Karel sloot de ogen als zocht hij in zijn geheugen naar de juiste woorden. Dan begon hij monotoon te declameren.

''s Konings gerechtigheid bestaat hierin: niemand ten onrechte met geweld te onderdrukken; zonder aanzien des persoons over de mensen en zijn naasten te oordelen; vreemdelingen, wezen en weduwen te verdedigen; diefstal te beteugelen; echtbreuk te bestraffen; de onrechtvaardigen niet te verheffen; de schaamtelozen en de speellui niet aan te moedigen; de goddelozen ten gronde te richten; moordenaars en meinedigen het leven niet te sparen; de kerken te beschermen; de armen met aalmoezen te spijzen; de rechtvaardigen met de staatszaken te belasten; zich te omringen met ervaren, wijze en bezonnen raadgevers; zich niet te richten naar bijgelovige praktijken van tovenaars, sterrenwichelaars en waarzegsters; driftaanvallen te onderdrukken; het vaderland krachtig en doelmatig tegen vijanden te verdedigen en in alles op God te vertrouwen.'

Waarom citeert hij die passage nu, vroeg Robrecht zich af. Hij mag dan wel zoon van een koning zijn, prins zogezegd, en markgraaf van Vlaanderen, maar monarch is hij toch nog niet. En deze tekst uit het negende boek van het geschrift van Cyprianus - *De duodecim abusivis saeculi*, hij kende het maar al te goed - handelde expliciet over de *rex iustus*, de rechtvaardige koning, die werd geplaatst tegenover de *rex iniquus*, de onrechtvaardige vorst. Maar voor hij iets kon vragen opende Karel de ogen en vervolgde zijn uiteenzetting

'Ik heb veel gebeden en God en de Maagd om hulp gesmeekt en meer dan ooit ben ik ervan overtuigd dat mijn taak hier in Vlaanderen ligt. In geen geval mag ik dit land en zijn goede mensen in de steek laten, want ze hebben me nodig. Daarom heb ik drie jaar geleden, na beraad met mijn getrouwen, de kroon van het koninkrijk Judea afgewezen die mij door een schriftelijke boodschap van kruisvaarders uit Palestina was aangeboden. Daarom ook heb ik de kroon van het Heilig Roomse Rijk niet aanvaard toen de kanselier van de aartsbisschop van Keulen en graaf Godfried ze mij in naam van de keurvorsten van het Duitse Rijk kwamen aanbieden. Ik ben een telg uit een aristocratisch geslacht, vergeet dat niet, een geslacht dat teruggaat tot een ver en glorieus verleden, tot bij de vorst der vorsten, de nobele prins Priamus, de aanvoerder van de Trojanen. Hebben jullie al over die machtige koning gehoord?'

Dolgelukkig dat Troje ter sprake kwam, riep Robrecht: 'En of, messire! In Laon heb ik het boek gelezen over de ondergang van Troje waarin de priester Dares uit Frygië uitvoerig vertelt wat er zich allemaal heeft afgespeeld in Azië bij de belegering van dat kasteel door Diomedes en de andere Griekse ridders. Dares kon het weten, want hij was zelf bij de strijd aanwezig en tekende alle gebeurtenissen nauwkeurig op. Weet u dat hij Helena met eigen ogen gezien heeft? Ze was van een weergaloze schoonheid met een vlekje tussen haar wenkbrauwen. En Paris met zijn zijige lokken van puur goud. Tien jaar, zes maanden en twaalf dagen heeft de oorlog geduurd en er zijn meer dan 880.000 Grieken gesneuveld en zeker 670.000 Trojanen!'

Robrecht wilde nog iets zeggen over Polyxena, de Trojaanse koningsdochter die Achilles verleid had, maar hij zweeg, want over het gezicht van de graaf schoof een zweem van ongeduld. 'Wel,' viel Karel in, 'toen de Grieken lafhartig de burcht te vuur en te zwaard hadden verwoest en de meeste inwoners gedood, zijn de Trojanen uit Frygië gevlucht en na veel omzwervingen met twaalfduizend manschappen in Pannonië beland. Daar overwon hun koning Priamus, een afstammeling van de grote koning Priamus en naar hem vernoemd, als bondgenoot van keizer Valentianus, het volk der Alanen, waarop de Romein hem en zijn strijders *Franken* noemde, wat "dapperen" betekent. Trots op hun overwinning weigerden de Franken belastingen te betalen aan de keizer en stonden op tegen Rome. In dat gevecht sneuvelde Priamus - hij was de moedigste van allemaal, geloof me - zodat zijn volk zich genoodzaakt zag nieuwe woonplaatsen aan de Rijn te zoeken, in het uiterste deel van Germanië. Daar bouwden ze versterkte burchten en besloten, zoals alle andere volkeren, een koning te kiezen om te zorgen voor rechtvaardigheid en vrede. Op raad van de zoon van de edele Priamus, Macomirus, viel hun keuze op diens zoon, Faramundus. Zo is de kleinzoon van de afstammeling van de Trojaanse vorst de stamvader van een roemrijk geslacht van door goddelijke hand gekroonde heersers - Childeric, Chlodovech, Chlotharius, Dagobert, Pippijn. Stuk voor stuk machtige koningen die aan Karel de Grote zijn voorgegaan.'

'Groter vorst dan Karel de Grote is er nooit geweest, heer graaf.'

'En heiliger! Hij is ons allen voorgegaan in de strijd tegen de goddeloze Saracenen. Daarom is het zo belangrijk dat de mensen weten dat wij, graven van Vlaanderen, zijn erfgenamen zijn langs Judith, zijn achterkleindochter, echtgenote van Boudewijn de Eerste, de stamvader van onze dynastie die het land tussen de Noordzee en de Leie in leen hield van haar vader, Karel de Kale. Welnu, dat ik geboren ben uit een regerend vorst, dat mijn moeder een rechtstreekse afstammelinge is van Karel de Grote en dus van de Trojaanse koning Priamus, dat ze mij de naam Karel heeft gegeven en dat men mij eerst een koningschap en later de keizerstroon heeft aangeboden, beschouw ik als even zoveel tekenen van de Allerhoogste dat Hij mij wil zien regeren als monarch.'

Hij veranderde plots van toon.

'Het valt niet te ontkennen: sedert paus Gregorius zijn hervormingen heeft doorgevoerd en paus Calixtus II met keizer Hendrik een concordaat heeft afgesloten, is de eertijds onaantastbare macht van de Roomse keizer danig ingeperkt. Van één imperium is geen sprake meer. Voortaan staat elke landsheer in de uitoefening van zijn heerschappij in dienst van de Kerk en dus onder het rechtstreekse gezag van de paus, de dienaar der dienaren Gods. Eigenlijk heeft de bisschop van Rome zich bekleed met de keizerlijke waardigheid en staat hij toe dat de heersers in de christenheid de waardigheid aannemen die bij de grootheid van hun land past. Beloofde hij aan de Hongaar Geza niet dat het koninkrijk Hongarije zijn eigen vrijheid zou bezitten zoals alle andere edele koninkrijken? En dat het niet onderworpen zou zijn aan enige koning van een ander koninkrijk, met uitzondering van de Heilige en Universele Moeder, de Kerk van Rome, die geen slaven heeft als haar leden, maar alleen zonen toelaat? Als Vlaanderen de achting geniet van heel Europa, als onze steden en markten de bewondering opwekken van buitenlandse kooplui, als ons laken gerekend wordt tot het fijnste dat wordt geweven, als de vechtkracht van onze ridders doorgedrongen is tot in het Heilig Land en bij de Saracenen, als ons gravenhuis beschouwd wordt als een der edelste van de christenheid en als er naast de keizer plaats is voor andere koningen, waarom dan niet voor een Vlaamse koning?'

Karel zweeg en monsterde zijn vertrouwelingen om de indruk van zijn woorden te meten. Opstaand om nog een teil melk in te schenken - wat niet zo best lukte omdat er een dik vel op stond - hield hij zijn zwarte ogen strak op hen gericht.

'Koning?' mompelde Fromold om de hinderlijke stilte te doorbreken. 'Wie...'

'De paus,' antwoordde Karel vóór de secretaris zijn vraag kon afmaken. 'Heeft Gregorius in 1077 Michael van Servië niet de kroon geschonken? En is Servië machtiger dan Vlaanderen? Streeft mijn halfbroer, graaf Rogier II, de zoon van wijlen mijn moeder, er niet naar om koning van Sicilië, Apulië en Calabrië te worden? Het is mij bekend dat hij daartoe al stappen heeft ondernomen in Rome en zeker in zijn opzet zal slagen. Is Apulië grootser dan Vlaanderen?'

'Heeft u de paus al een brief geschreven in die zin?' vroeg Robrecht.

'Neen,' antwoordde de graaf resoluut. 'Daarvoor is het nog te vroeg. Eerst moeten enkele hindernissen worden opgeruimd en daarvoor heb ik jullie ontboden. Samen moeten we de weg vrijmaken om mij binnen twee tot drie jaar te laten zalven tot koning van Vlaanderen bij de gratie Gods.'

'Welke zijn die hindernissen, heer graaf?' De stem van Fromold klonk plots krachtig. Hij zat helemaal overeind op het puntje van zijn stoel en boog zijn bovenlichaam naar voren als wilde hij dichter bij de graaf komen. De kou scheen hem niet meer te deren. Hij mocht dan al de echtgenoot van een van Erembalds kleindochters zijn, hij kon er niet van verdacht worden een partijganger van de Erembalden te zijn. Integendeel, door de warme vriendschap die de graaf hem toedroeg, was hij diens trouwste gezel geworden, raadgever bij moeilijke staatszaken, toeverlaat bij persoonlijke problemen.

'Nu het gemeen mij duidelijk erkent als zijn weldoener en on-voorwaardelijk aan mijn zijde staat, is de tijd gekomen om af te rekenen met hen die mijn trouwste dienaars zouden moeten zijn, maar zich ontpopt hebben tot mijn ergste vijanden: de Erembalden.'

Het gelaat van Fromold klaarde op en onwillekeurig legde hij zijn handpalm rond het gevest van zijn zwaard.

'Neen,' zei de graaf, die de beweging gezien had. 'Geen bloed. Ik wil dat de zaak verstandig wordt aangepakt. Luister: nog niet zo lang geleden heeft mijn oude kamerknecht Gerard mij iets uitermate belangrijks toevertrouwd. Toen hij nog een kind was, heeft hij eens een gesprek afgeluisterd van zijn oom met een schipper die bij hoog en bij laag beweerde met eigen ogen gezien te hebben hoe Erembald de edele burggraaf Boldran in het water duwde. Uit angst voor represailles had hij tot vandaag zijn mond gehouden. Als zijn verhaal waar is - en ik hcb geen enkele reden om daaraan te twijfelen - ben ik er zeker van dat God aan mijn zijde staat en dat de Erembalden hun gerechte straf voor deze misdaad niet zullen ontlopen. En nog iets. Staat er in *Exodus*, waar Jahwe tot Mozes spreekt, niet te lezen: "Ik ben de Heer uw God die misdaden, fouten en zonden vergeeft zonder ze onge-straft te laten, maar de ongerechtigheden der vaderen op hun zonen tot in het derde en vierde geslacht wreekt?"'

Robrecht knikte bevestigend.

'En is Disdir Haket niet de vierde burggraaf van Brugge uit hetzelfde geslacht? Na zijn vader Erembald, zijn broer Robrecht en zijn neef Walter?'

'Nochtans hebt u, heer graaf, nooit erfelijkheid toegestaan,' opperde Fromold. 'Uw voorganger, Boudewijn Hapken evenmin.'

'Ze moeten eruit,' riep Karel, zijn sereniteit verliezend. 'Ik ben niet vergeten hoe Bertulf de edele graaf Boudewijn beledigde en belachelijk maakte en hoe hij met Clementia zoete broodjes bakte telkens als het hem uitkwam Hapken te dwarsbomen. Ik ben het niet vergeten hoe ze mij indertijd de valse raad gaven het Roomse keizerschap toch te aanvaarden in weerwil van de waarschuwingen van alle wijze edelen en pairs die mij oprecht genegen waren en mij als een vader vereerden. Die voorspelden dat mijn vertrek uit Vlaanderen catastrofale gevolgen zou hebben voor het vaderland. Maar zij - de ellendige schoften - spiegelden mij roem en faam voor als ik de kroon aanvaardde en het graafschap verliet. Hun ware bedoeling was mij kwijt te spelen zodat ze Willem van Ieper op de troon konden hijsen en voortgaan met het leegplunderen van het land.

Was je niet verbaasd, Robrecht, toen je bij de bedeling van brood vaststelde dat mijn graanschuren minder vol waren dan verwacht? Daarvoor is maar één man verantwoordelijk: de kanselier. Een van mijn rentmeesters heeft het uitgezocht: elk jaar laat Bertulf tersluiks een deel van de graanoogst van mijn akkers naar zijn schuren brengen. Ook in de opgegeven oogstcijfers bedriegt hij zijn graaf en verkoopt wat hij verdonkeremaant tegen woekerprijzen. Alle middelen zijn goed voor die verdorven en hebzuchtige geestelijke om geld te verzamelen. Moet ik er jullie aan herinneren hoe hij zelfs prebenden verkocht en de aanstelling van kanunniken niet langs een canonieke verkiezing liet verlopen, maar met geweld doordrukte? Wie durft die arrogante kerel nog heimelijk of openlijk tegenspreken? Vroeger ja, toen de oude kanunniken nog leefden! Die remden zijn aanmatiging nog enigszins af en hielden hem binnen de perken zodat hij in de kerk niets oneerbaars kon verrichten. Maar vandaag doet hij gewoon zijn zin.

Het beste bewijs is zijn houding tijdens de hongersnood. Als geestelijke, proost van Sint-Donaas en kanselier van het graafschap, had hij zich moeten inzetten voor armen en behoeftigen, maar wat heeft hij gedaan? Graan tegen woekerprijzen verkocht! Ik weet wel, hij ontkent het halsstarrig, maar ik heb voldoende getuigenissen verzameld om te weten dat het wel degelijk waar is, al is mij niet duidelijk wie van de broers hij deze keer voor zijn kar gespannen heeft.'

Robrecht luisterde maar met een half oor naar de tirade van de graaf tegen de Erembalden. Zijn gedachten waren afgedwaald naar Mathilde en naar wat de kanselier haar aandeed in zijn sombere proosdij. De graaf zou het eens moeten weten. De schoft moest inderdaad worden afgezet, en liefst zo vlug mogelijk.

'Hoe denkt u Bertulf uit te schakelen?'

Fromolds vraag bracht Robrecht weer bij de zaak.

'Het komt er niet op aan alleen Bertulf uit te schakelen,' antwoordde de graaf, zijn kalmte herwinnend. 'Het komt erop aan het hele nest uit te roeien. Want ze zitten overal. De helft van Brugge hebben ze omgekocht. Tot in mijn naaste omgeving zijn ze doorgedrongen. Jijzelf, Fromold, hebt me onlangs nog gewaarschuwd voor Evrard, de hofmeester. Wie is er nog te vertrouwen? Maar ik zal ze hebben! En ik weet al hoe. Uit het gesprek met mijn oude kamerknecht heb ik nog andere waardevolle informatie verkregen. Gerard beweert dat de Erembalden horigen zijn. En nog wel van de graven. Van mij dus. Als we erin slagen op een of andere manier bewijzen te verzamelen dat dit hele geslacht inderdaad onvrij is, zijn ze meteen aan mij overgeleverd. Ik kan hun bezittingen in beslag nemen en elk van hen - Bertulf als kanselier, Disdir Haket als burggraaf en Isaac als kamerheer - afzetten en vervangen door getrouwen.'

'Horigen?' herhaalde Robrecht halfluid. 'Dat zal veel poorters mishagen, heer graaf. Aan hun oude staat worden ze niet graag herinnerd, bang dat hun voormalige heer hen zou terugeisen om hun bezittingen in te pikken. Velen hebben aanzienlijke sommen vergaard met de handel en het zou onbillijk zijn mochten hun vroegere....'

'Ik begrijp je bezorgdheid, Robrecht,' onderbrak de graaf hem. 'Maar het zal me niet van mijn doel afleiden. Ik ben van plan in het Veurnse en het Brugse een onderzoek in te stellen bij ouderen die zich volgens mijn kamerknecht zeker nog herinneren dat Erembald slaaf was toen hij in dienst kwam bij Boldran. Het is alleen nog wachten op een aanleiding, al is de driestheid van Bertulf de jongste tijd van die aard dat we er niet lang zullen moeten op wachten.'

Fromold was niet weinig opgezet met het plan van de graaf. Dat was te merken aan zijn gespannen houding. Voortdurend neigde hij met zijn bovenlichaam naar Karel toe. Er brandde een vraag op zijn lippen, maar hij wachtte geduldig tot zijn landsheer was uitgesproken.

'En wat is onze taak in dit plan, heer graaf?'

'Ik heb besloten, Fromold, dat jij Bertulf zult opvolgen als proost van Sint-Donaas en kanselier van Vlaanderen.'

'Ik?'

'Zint het je niet?'

'Toch, toch, heer graaf.'

'Een van jouw eerste taken zal zijn me te vergezellen naar Noyon, naar mijn zwager, bisschop Simon van Vermandois. Met zijn hulp wil ik de paus ervan overtuigen Vlaanderen te geven waar het recht op heeft: de kroon. Dat is de enige manier om me te ontdoen van de vazalbanden met Lodewijk de Dikke en om van ons land een krachtig rijk te maken dat eens en voorgoed verlost is van de eeuwige Franse drang naar expansie. Het zal ons ook in staat stellen een eigen politiek te voeren tegenover Engeland zonder voortdurend rekening te moeten houden met de loyauteit tegenover de Franse koning. Simon moet ook overtuigd worden me te helpen bij mijn volgende stap.'

'En die is?' informeerde Robrecht.

'Het noordelijk deel van Vlaanderen onderbrengen in een bisdom met zetel in Brugge. Dat moet het prestige van ons land ten goede komen en duidelijk maken dat we een macht zijn waarmee rekening moet worden gehouden. Het zal ook mijn aanzien bij de Europese vorsten verhogen. Ergens heb ik gelezen dat de mensheid in zeven trappen is ingedeeld: graven staan, samen met de vrije heren, pas op de vierde plaats na de vorstelijke adel, de kerkvorsten en - helemaal bovenaan - de koning. Het kan niet zijn dat een koningszoon die het keizerrijk en de kroon van Jeruzalem heeft aangeboden gekregen, op die vierde trap blijft staan. Dat is ons vaderland onwaardig. Daarom zal ik mij in de oude kapittelkerk laten zalven door de aartsbisschop van Reims - of misschien wel door de paus - tot Karel de Eerste, bij de gratie Gods koning van Vlaanderen, steun en schild van de christenen, erfgenaam en kleinzoon van de grote graaf Robrecht I. En net zoals in de Akense Paltskapel zal mijn troon op de tribune staan, omgeven door twee marmeren zuilen. Zodra ik gezalfd ben, zal ik niet alleen de Vlaamse adel, de burggraven en de kanselarij onder mijn gezag houden, maar ook de kerkelijke hiërarchie. Als koning zal ik zelf de bisschoppen kunnen benoemen. En voor Brugge is mijn keuze al gemaakt.'

Robrecht voelde de blik van de graaf op zich wegen. Opkijken durfde hij niet, want hij wist dat zijn bedroefde gelaat de landsheer zou mishagen. Net nu hij met zichzelf in het reine was en zijn ouders en de deken van het kapittel wilde meedelen dat hij besloten had in te treden in de priorij van Ten Duinen om er zich in een geest van armoede en onthechting onder de hoede van de Heilige Maagd te plaatsen... net nu bestemde de graaf hem voor een opdracht waaraan hij zich, dat voelde hij maar al te goed, niet kon onttrekken.

'Ik ken je ootmoed en schroom, Robrecht,' zei de graaf zacht, 'maar ik weet dat het in je binnenste jubelt om de verheven taak die ik op je schouders leg. Bedenk, mijn getrouwen, wat dit voor Vlaanderen zal betekenen. Eindelijk zal ons land de plaats innemen die het in de christenwereld verdient: die van een onafhankelijk vorstendom dat niet alleen in macht en welvaart met Frankrijk en Engeland kan wedijveren, maar ook in aanzien. De koning van Vlaanderen zal met geen vazallenbanden meer geketend liggen aan de koning van Frankrijk of aan de keizer van het Duitse rijk. De vorsten van Engeland en Hongarije zal hij als een gelijke tegemoet kunnen treden en toespreken. De abten van Sint-Pieters en Sint-Bertijns zullen kunnen wedijveren met die van Saint-Denis of Saint-Germain-des-Prés, de bisschop van Brugge zal in genen dele moeten onderdoen voor die van Sens. Zeker niet wat zijn kathedraal betreft.

Want ook daarvoor heb ik plannen. Van mijn echtgenote Margaretha heb ik vernomen dat bisschop Hendrik het Everzwijn zijn oude kerk heeft afgebroken om een andere op te trekken volgens nieuwe, vooruitstrevende ideeën. Je reist dus best binnenkort naar Sens, Robrecht, want ik wil die ideeën kennen, omdat ik Sint-Donaas, dat toch al zwaar beschadigd is door die brand van enkele jaren geleden en er maar bouwvallig bijstaat, wil vervangen door een grotere kathedraal, een bisschop en een koninkrijk waardig.'

Terwijl hij Karels woordenvloed over zich liet gaan, zat Robrecht te denken aan een probleem dat de graaf over het hoofd had gezien of dat hij moedwillig verzweeg: de erfopvolging. Het grafelijke paar had geen kinderen en het begon ernaar uit te zien dat de vervelende situatie van Boudewijn Hapken en Agnes zich zou herhalen. Van Clementia viel geen last meer te verwachten.

Die was, na haar huwelijk met de hertog van Brabant, uit de onmiddellijke buurt verdwenen. Maar in Ieper en in het kustgebied hing nog altijd Willem van Ieper rond, wachtend op een geschikte gelegenheid om zich van de graventroon meester te maken, desnoods met de hulp van de Erembalden. Toch durfde hij het probleem niet luidop te berde brengen. Wellicht had de graaf er toch een oplossing voor, zonder die aan zijn ondergeschikten mee te delen.

'Hoe moet het nu verder?' vroeg Fromold, zijn voeten weer in de haard stekend.

'Voorlopig gebeurt er niets,' antwoordde Karel. 'Alleen wil ik absolute zekerheid over jullie verkleefdheid aan mij.'

'Wij hebben hou en trouw gezworen,' zei Robrecht, kordater dan hij eigenlijk wilde. 'En we zullen ons daaraan houden.'

'Rainier, afruimen!'

Kanselier Bertulf dronk zijn beker leeg en stond op om zijn handen te wassen. Het geklop en gehamer dat vanuit het klooster tot in de proosdij doordrong, werkte hem op de zenuwen. Timmerlui waren houten ramen aan het steken in een deel van de pandgang om die helemaal af te sluiten, zodat wind en regen er geen vrij spel meer kregen en de kopiisten en verluchters ook de komende herfst en winter konden blijven doorwerken, als het niet te bitter koud was tenminste.

'Zeker, heer kanselier,' antwoordde Rainier, diep buigend. Vier dienaars en twee meiden schoten binnen en haalden razendsnel het eetgerei weg, vouwden het linnen kleed op, plooiden de tafel dicht en zetten de planken tegen de muur. Zich lui rekkend en met zijn blik het achterwerk van een van de jonge meiden strelend, liep de kanselier naar de trap om boven andere kleren te gaan aantrekken, toen plots zijn neef Isaac, kamerheer van de graaf, door het deurtje van het klooster binnenviel.

'Oom Bertulf!'

'Wat is er, vriend? Je doet zo gejaagd.'

'Dat zal wel! Heb je het nieuws al gehoord?' Bertulf schudde verbaasd van neen. 'Karel is in heel het graafschap aan het uitzoeken wie in zijn dienst staat.' De kanselier werd wit.

'Wie in zijn dienst staat?'

'Wel ja, wie van horige afkomst is.'

'Twee stoelen!' brulde de kanselier naar Rainier. 'Een bode naar burggraaf Disdir en een naar Borsiard. Ze moeten direct naar hier komen!' En tegen zijn neef: 'Vertel op.'

'Overal woont hij persoonlijk rechtszittingen bij en als duidelijk wordt dat iemand onvrij is, laat hij meteen de hand op hem leggen en hem terugbrengen naar zijn horige staat.'

'Hoe komt hij erachter of iemand onvrij is?' Isaacs antwoord ging verloren in het gehamer van de timmerlieden. 'Spreek eens wat luider, man!'

'Soms is het geluk aan zijn kant,' herhaalde de kamerheer zijn stem verheffend. 'Je kent onze vrije burgers. Die achten zich soms

te goed om horigen van antwoord te dienen tijdens een geding en dan weet hij het meteen. Maar hij schijnt ook ouderen te ondervragen.'

'Godverdomme! Godverdomme!' De kanselier vloog uit zijn stoel, ijsbeerde door de zaal, wierp een vertoornde blik in de richting van de pandgang en ging weer zitten. 'Hij zoekt ons, Isaac. Het kan hem niet om dat handvol boeren te doen zijn. Het is om ons te doen.'

'Maar wat wil hij daarmee bereiken?' vroeg Isaac onnozel.

'Hij wil ons liquideren.'

'Dat kan toch niet, heeroom. Denk eens na. Daarvoor zijn wij toch te machtig. Wie zal er aan de kanselier van Vlaanderen durven raken? Jij hebt honderden medestanders die zich door een eed van trouw aan jou verbonden hebben. Ik heb mijn mannetjes in de Love zitten, Haket heeft Brugge in handen, Lambrecht Aardenburg. Veurne en Ieper staan aan onze kant. En moet ik opsommen wie er van de adel allemaal onze zaak genegen is dankzij de huwelijken die jij zelf hebt gearrangeerd? Robrecht van Kerseca, Adelard van Waasten, Walter van Vladslo, Walter van Lissewege, Guido van Steenvoorde, Christiaan van Gistel...'

'Ja maar, we hebben ook geduchte tegenstanders: Isaac van Voormezele, Rijkaard van Woumen, Diederik van Diksmuide, Theinard van Broekburg... En Thankmar van Straten, Gervaas van Praet, ik ga ze niet allemaal opnoemen, maar ze zullen de graaf beslist niet in de steek laten. Ze hebben te veel aan hem te danken.'

Isaac raakte niet onder de indruk van de rij namen die de kanselier opsomde. Hij keek zijn oom strijdlustig aan, maar die was door het slechte nieuws blijkbaar zijn alom bekende veerkracht en arrogantie voor een poosje kwijtgespeeld. Hij zat zielig in de vlammen van de haard te staren en de schrik was van zijn gelaat af te lezen.

'Wij zijn horigen. We zullen het altijd afstrijden, daar niet van. Maar draai en keer het zoals je wilt, wij zijn horigen!'

'Kan best dat wij lijfeigenen zijn. Dat mijn grootvader onvrij was. Maar dat is al veel jaren geleden en wie herinnert zich dat nog? Trouwens, ik zou eens willen zien wie er tegen ons durft getuigen. Ik haal hem eigenhandig de darmen uit het lijf.'

'Hij wil ons geslacht ten gronde richten, Isaac. Hij zal niet opgeven voor hij ons te pakken heeft. En zeggen dat, als ik maar had gewild, deze man nooit graaf van Vlaanderen was geworden. Indertijd heb ik Boudewijn ertoe aangezet die Deen als zijn opvolger aan te wijzen en ik heb mij daarmee nog de woede van Clementia op de hals gehaald ook - omdat ze die zotte Willem van Ieper de gravenkroon wilde geven. Ik had beter die kaart getrokken. Dan zaten we nu niet geschoren met die ondankbare hond uit Denemarken die onze goede diensten vergeten is.'

'Je kunt niet ontkennen,' ging Isaac onverstoord voort, 'dat er een hele afstand ligt tussen het bewijs aanbrengen dat een paar stomme boeren onvrij zijn en aantonen dat de kanselier van Vlaanderen, de hoogste ambtenaar in het graafschap, een horige is! Bij mijn weten zijn we op dit moment in geen enkel rechtsgeding betrokken en mocht dat binnenkort wel het geval zijn, welke vrije man, in Brugge of waar ook te lande, zal weigeren te antwoorden als iemand van ons hem iets vraagt of een verzoek tot hem richt? Wie zal dat wagen?'

'Niemand,' gaf Bertulf toe.

'Wel dan, zouden we niet beter...'

Opnieuw werden Isaacs woorden overstemd, maar deze keer niet door lawaai uit de pandgang - het hameren was stilgevallen - maar door de binnenstormende Borsiard die met een wilde blik de twee bekeek.

'Wat is er aan de hand?'

'De graaf wil ons geslacht in de onvrijheid wringen,' antwoordde Isaac.

'Is dat waar, heeroom?'

Bertulf knikte bevestigend en maakte een vermoeid gebaar naar Rainier.

'Laat ons een beker wijn brengen,' beval hij bars.

'Ik heb het altijd gezegd,' brieste Borsiard, 'dat stuk graaf is voor geen haar te betrouwen. Hij zit maar te prevelen in de kerk of te fezelen met zijn vriendje Fromold, die dan nog een aangetrouwde neef van mij is én jouw schoonbroer, Isaac. Iedereen van onze familie staat aan onze kant, je kunt niemand opnoemen die niet volkomen te betrouwen is, behalve die lafbek van een Fromold die wel met een kleindochter van Erembald getrouwd is, maar zich allesbehalve als een Erembald gedraagt.'

'Het gaat nu niet over Fromold,' merkte Isaac geïrriteerd op. 'Het gaat over onze status, over het feit of we vrij zijn of niet.'

'Vanzelfsprekend zijn we vrij,' riep Borsiard brutaal uit.

'We zijn niet vrij,' zei de kanselier.

'Hoe, niet vrij?' Borsiard trok een verbaasd gezicht. De kanselier opende zijn mond om te antwoorden, maar zweeg toen Rainier haastig in zijn richting kwam en hem iets in het oor fluisterde.

'Disdir is niet thuis,' bromde hij daarop tot Isaac. 'Zijn vrouw laat weten dat hij naar Torhout is. Ze zal hem vragen om vanavond langs te komen. Ik breng hem wel op de hoogte. Nu moet ik naar de proost van Sint-Salvator.' En zich tot Borsiard wendend: 'We mogen niets aan het toeval overlaten. Ik zal je geld geven om wapens en paarden te kopen. Verwittig mijn broers Wulfric Cnop en Lambrecht van Aardenburg en onze neven dat ze zich klaar houden met hun personeel om over te gaan tot de actie. De eerste de beste gelegenheid die we krijgen om de graaf een slag toe te brengen, grijpen we aan.'

'Thankmar!' juichte Borsiard. De ogen van de kanselier lichtten op. Als er één lid was uit de vermaledijde adelstand wiens ondergang hij hartsgrondig wenste, dan was het wel Thankmar. De man barstte van verwaandheid omdat hij uit het oude geslacht van de heren van Straten stamde en lid was van het grafelijke hof en omdat hij in een machtige burcht woonde even buiten de stad, vlak naast die van Borsiard overigens. Zijn halsstarrige houding in een eindeloze reeks burenconflicten en zijn trouw aan de persoon van de graaf hadden van de trotse edelman vijand nummer één gemaakt van de clan der Erembalden.

'Ja,' knikte Bertulf instemmend, 'Thankmar.'

'Dit is de kans om af te rekenen met die hooghartige lafaard die ons al jaren tart en bij de graaf loopt te flikflooien.' Borsiards stem klonk triomfantelijk. 'Wie heeft er onze boeren getergd en geduveld? Wie heeft er mijn boomgaard vernield? Wie perst ons telkens weer zware tol af als we de weg naar Ieper willen nemen? Wie verplaatst er altijd omheiningen en pikt ons valselijk grond af? Wie heeft onze beesten vergiftigd? Toch wel die schoft van een Thankmar, zeker! Nu is het moment van de wraak gekomen. We halen hem uit zijn hol, we roken hem uit. Het zal hem leren de kant van de graaf te kiezen en ons het leven zuur te maken. We jagen zijn volk over de kling, we branden zijn kot af, we hakken al zijn fruitbomen om, we gooien de hekken en heggen omver, we slachten zijn vee af en we maken hem zo belachelijk dat hij zich niet meer in Brugge durft te vertonen. Als hij het ongeluk heeft voor mijn zwaard te lopen, haal ik zijn balg open.'

Borsiards tirade had op de kanselier het effect van een zweepslag. De angst en de onzekerheid van daarnet waren in één klap verdwenen. In plaats daarvan maakte een verbetenheid zich van hem meester. Zijn oogjes schoten vuur. Om zijn mond lag een bittere trek en de groeven in zijn voorhoofd waren dieper dan ooit. Hij legde zijn arm rond Borsiards schouder.

'Uitstekend idee, vriend,' siste hij. 'Pak die arrogante nar van een van Straten maar eens duchtig aan. Ha, mijnheer de graaf wil ons geslacht ten gronde richten en mij afzetten als proost en kanselier. Hij zoekt de confrontatie. Wel, hij kan ze krijgen. We zullen hem eens laten voelen wie hier de baas is en hoe weinig wij, Erembalden, ons aantrekken van zijn beslissingen. Niemand ter wereld, zelfs de graaf niet, dompelt ons in horigheid.'

De Voorzienigheid kwam graaf Karel te hulp. Op quatertemperzaterdag in de derde week van de advent hield de grafelijke rechtbank zitting in een zaak van Robrecht van Kerseca tegen een zekere Godeschalk, een ridder van nobele afkomst. Robrecht van Kerseca was een man van aanzien, burggraaf van Rijsel, telg uit een oud adellijk geslacht, lid van de clan van de Erembalden door zijn huwelijk met Briardis, een van Bertulfs nichten. Veel had de zaak niet om het lijf. Robrecht beschuldigde er zijn tegenstrever van een van zijn boeren deerlijk te hebben mishandeld en diens hoeve te hebben platgebrand waardoor hij flink wat schade had opgelopen. Overeenkomstig het geldende bewijsrecht daagde hij de ander uit tot een gerechtelijke tweekamp die zou worden uitgevochten in aanwezigheid van de graaf. Tot Robrechts verbijstering weigerde Godeschalk hooghartig. 'Ik denk er niet aan,' verklaarde hij aan de rechters, 'om op voet van gelijkheid in het krijt te treden tegen een lijfeigene.'

'Een lijfeigene? Robrecht van Kerseca een lijfeigene?' De rechters konden een glimlach nauwelijks onderdrukken.

'Een lijfeigene,' herhaalde de ridder ijzig kalm. 'Iedereen weet toch dat volgens 's graven recht een man - zelfs van edele afkomst - die een onvrije vrouw huwt, na een jaar zelf de status van lijfeigene krijgt!'

Van alle kanten ging gemompel op. Sommigen meenden zich inderdaad te herinneren dat er vroeger zo'n regel bestaan had. Even liep het commentaar hoog op. Dan viel een akelige stilte in. Met een schok begrepen de aanwezigen waar de edelman op aanstuurde. Zou dat wat iedereen al jaren wist, wat een publiek geheim was, maar door niemand luidop gezegd werd uit angst voor represailles, zou dat hier worden uitgesproken? Voor een grafelijke rechtbank? Ten overstaan van rechters? Zouden hier de rampzalige woorden vallen die het graafschap in een bodemloze crisis konden storten?

Onverschrokken keek de verweerder in het rond, lachte fijntjes en begon dan tergend traag te spreken.

'Het is een algemeen bekend feit dat Briardis, als kleindochter van Erembald van Veurne, onvrij is. Zodoende is de klager Robrecht van Kerseca, omdat hij al meer dan een jaar met haar samenleeft, eveneens onvrij en verwaardig ik mij niet met hem een tweegevecht aan te gaan.'

Het hele graafschap daverde op zijn grondvesten. Tegen de avond was er in Brugge zelfs geen kind meer dat niet wist dat het lot van de Erembalden bezegeld was. Partijgangers van de kanselier hielden zich koest, waren plots van de aardbodem verzwonden. Tegenstanders proestten het uit, schreeuwden het van de daken: die verwaande zotten van Veurne gaan binnenkort hun verdiende loon krijgen!

En de proosdij was te klein.

Als een getergde leeuw liep Bertulf te briesen. De oorkonde die hij aan het doornemen was op het moment dat Isaac hem het nieuws bracht, vloog in een hoek van de zaal en een halfvolle beker wijn trapte hij met tafeltje en al tegen de grond. Kamerheer Olgier die in de voorhal klaarstond om een stel nieuwe tabbaarden te presenteren, zag prompt van zijn voornemen af en maakte zich haastig uit de voeten.

'Nu heeft die rotzak van een graaf wat hij nodig heeft,' raasde de kanselier. 'Moest die dwaas van een Kerseca nu per se een

rechtszaak beginnen? En dan nog voor zo'n prul. De godverdomse ezel. Nu zijn we gezien. Nu zijn we gezien!'

Zijn vuisten ballend en koortsachtig rondspeurend naar iets
waarop hij kon kloppen, stapte Bertulf door de grote zaal. Met
een zwaai schopte hij de beker voor zijn voeten weg - de paarse
druppeltjes waaierden in het groene karpet - liep naar de haard,
legde beide handen op de schoorsteenmantel, rekte zijn lichaam
en liet zijn hoofd op zijn armen rusten. Zo bleef hij een tijdje onbeweeglijk staan en keerde dan zijn gezicht naar Isaac die de hele
tijd stom aan het deurtje van de kloostergang was blijven staan.

'Laat Borsiard komen. We moeten handelen.'

'Zeker, heeroom,' antwoordde Isaac en hij haastte zich door de
pandgang en de kerk naar het Burchtplein om vandaar het huis
van Borsiard te bereiken. Voorbij de Love lopend, zag hij kapelaan Robrecht, met twee treden tegelijk de trap opstormen. Smeerlappen, schoot het door zijn hoofd, daar weten ze het ook al.

En of ze het wisten! Fromold had meteen Robrecht ontboden
en twee paarden laten zadelen. In de namiddag al stonden ze in
Wijnendale om het verrassende nieuws aan de graaf te melden,
maar tot hun verbazing had die al weet van de uitspraak. Sinds
kort liet hij zich zorgvuldig op de hoogte houden van elke rechtszaak om uit te vissen of er geen horigen van hem bij betrokken
waren. Hij keerde juist terug van de jacht en stond op de binnenplaats met Gervaas van Praet, Theinard van Broekburg en
Diederik van Diksmuide wijdbeens de uitgestalde buit te mon-
steren: drie reeën, twee everzwijnen, een wolf, konijnen en patrijzen. Zijn gezicht straalde.

'De buit is vetter dan ik had gedacht,' grapte hij tegen Robrecht, zijn handschoenen uittrekkend. 'Nu gaan we ze het vel
afstropen.'

Dezelfde dag nog vertrokken dienaars naar alle windstreken
met de opdracht oude mensen op te zoeken die een helder geheugen hadden en zich nog details van vroegere gedingen konden
herinneren. De graaf zou ze persoonlijk ondervragen. Wie te oud
was om zich nog te verplaatsen, zou hij in zijn woning opzoeken. 's Anderendaags leidde men in Wijnendale een bejaarde stalknecht binnen die in geuren en kleuren het wondere verhaal vertelde van Gertrudis, de zuster van Boudewijn II van Aalst. Echt

gebeurd, verklaarde de man plechtig en hij was zelfs bereid het meteen onder ede te bevestigen.

Toen Gertrudis in het jaar 1095 van de menswording trouwde met Arnulf II, heer van Ardres, bracht ze uit haar vroegere woonplaats Oostburg een handvol dienaars mee die niet horig waren, maar door hun kolerieke meesteres zo vaak uitgescholden werden voor het vuil van de straat dat ze op de lange duur als horigen doorgingen. Toch waren het naar rechte vrije lieden. Op een dag werd Eremburgis, een beeldschoon jong meisje uit de streek, smoor op een van die mannen. Wat ze in hem gezien had, begreep niemand, maar ze wilde koste wat het kost met hem trouwen. Daarom wrong ze zich in alle bochten, maakte openlijk avances, kleedde zich uitdagend, probeerde op de duur zelfs de man schaamteloos te verleiden, allemaal boter aan de galg. Haar uitverkorene bleef de andere kant opkijken. Ten einde raad riep de dolverliefde Eremburgis de hulp van Gertrudis in. Als de edele vrouwe een handje wilde toesteken bij het strikken van de jongeman, was zij bereid haar lijfeigene te worden. Gertrudis die niets liever vroeg, ontbood prompt de bewuste dienaar. De man stribbelde hevig tegen, beweerde dat zijn ouders al een ander meisje voor hem hadden uitgekozen, jammerde dat ze hem zouden afranselen als hij niet met haar trouwde, maar de edelvrouw liet zich niet vermurwen. Ze verplichtte hem te trouwen met de aantrekkelijke, maar nu onvrije Eremburgis. Toen de echtgenoot-tegen-wil-en-dank twee jaar later voor een rechtbank als vrije man een eed wilde afleggen, bleek dat hij door zijn huwelijk met Eremburgis naar aloud grafelijk recht die vrijheid had verspeeld. Ook zijn kinderen waren tot lijfeigenschap vervallen. Niemand, zo benadrukte de stalknecht, twijfelde daaraan. Hij kon het weten want hij was afkomstig uit de streek van Sint-Omaars.

Hij kende trouwens nog een ander geval van een vrouw die in plaats van een schaap een van haar zeven kinderen aan diezelfde Gertrudis had afgestaan, later bleek dat het kind lijfeigene was geworden. De graaf onderbrak hem vriendelijk en zei dat het voldoende was. Er was geen twijfel meer mogelijk. Elke man die een vrouw trouwt die niet vrij is, verliest zijn vrijheid één jaar na zijn huwelijk.

De volgende getuige die voor de graaf werd geleid, was zijn

eigen kamerknecht Gerard. Het mannetje trilde van emotie en kon op sommige momenten zijn tranen niet bedwingen, maar in zijn uitlatingen was hij formeel. Als kind had hij meermaals horen zeggen door mensen aan wier betrouwbaarheid niet kon getwijfeld worden, dat Erembald van Veurne een horige was. Gerards bloedeigen vader had van niemand minder dan de burggraaf van Veurne vernomen dat Erembald indertijd in zijn huis schaamteloos had gelogen toen de Brugse burggraaf Boldran hem vroeg of hij een vrij man was en in zijn dienst wilde treden. Zonder verpinken had hij bevestigend geantwoord hoewel heel Veurne, de burggraaf op kop, wist dat de familie horig was en tot de lijfeigenen van het grafelijk huis behoorde. Met die slinkse en leugenachtige praktijken had Erembald zich een weg gebaand naar het ridderschap.

'Moet ik ook vertellen wat mijn vader ooit van een schipper heeft gehoord?' vroeg de kamerknecht.

'Neen, Gerard,' haastte de graaf zich te antwoorden. 'Dat volstaat.'

Na de kamerknecht kwamen nog vier ouderen uit Veurne onder ede hetzelfde bevestigen zodat het nu wel zonneklaar was dat kanselier Bertulf en alle leden van zijn familie lijfeigenen waren, de aangetrouwde edelen incluis. Fromold de Jonge noteerde alles op wassen tabletten. Op het einde van de zitting dicteerde de graaf ter plekke zijn beslissing die - en daar drukte hij fel op - pas met Palmzondag bekend mocht worden.

'In acht nemende wat de getuigen hier onder ede hebben verklaard, neem ik, Karel, bij de gratie Gods graaf van Vlaanderen, het besluit dat het grafelijke hof op paaszaterdag een plechtige zitting zal houden in Rijsel. Tijdens die bijeenkomst zal ik het horige geslacht van de Erembalden als mijn knechten opeisen met alle gevolgen die daaraan verbonden zijn. Bertulf, zoon van Erembald, wordt vervallen verklaard van zijn titel van proost van het kapittel van Sint-Donaas en kanselier van Vlaanderen. In zijn plaats stel ik Fromold de Jonge aan als proost en kanselier. Gedaan op de dinsdag voor Kerstmis van 1126.'

Het twee verdiepingen tellende huis van ridder Walter en Mathilde stak boven alle andere woningen uit en gelijk welke

Brugse straatjongen kon ook verklaren waarom: hofmeester Evrard had op geen stuiver gekeken om aan Jan en alleman te laten zien dat hij steenrijk was en voor niemand moest onderdoen. Ook voor Lambrecht van Aardenburg niet, een van de roemruchte broers van de kanselier, aan wiens zoon hij zijn knappe dochter had uitgehuwelijkt. Dat huis met neerhof en grond en een pak zilver, zo ging de mare in Brugge, was de prijs die Evrard had betaald aan de kanselier om zijn functie als hofmeester erfelijk te maken zodat zijn oudste zoon Willem hem kon opvolgen en hijzelf nog meer geld kon verdienen als lakenkoopman. Leep was hij wel, die Lodemare. Door zijn dochter bij Walter in bed te leggen, had hij zich van de steun van de Erembalden verzekerd en door zijn jongste zoon, Wouter, als schildknaap aan de graaf te verbinden, had hij zijn boontjes te week gelegd in de Love.

Robrecht kende die verhalen. Toen hij de maandag na het fameuze rechtsgeding, op weg naar de kleermaker langs het imposante huis kwam en zijn blik bewonderend langs de gevel omhoog liet glijden, botste hij bijna tegen Mathilde op. Ze kwam haastig naar buiten en deed heel verrast over de toevallige ontmoeting.

'Robrecht!' riep ze uit. 'Hoe is het met je?'

'Goed,' stamelde de priester, nog niet helemaal bekomen van de verrassing.

'Je weet dat er moeilijkheden op komst zijn,' zei ze plots op fluistertoon, schichtig in het rond kijkend.

'Ik weet het, ja. Is Walter thuis?'

'Neen. Die is vertrokken in volle wapenuitrusting, samen met Borsiard en met andere neven van de kanselier. Hij komt de eerste dagen niet naar huis. Ze gaan de graaf een lesje geven, heb ik hem horen zeggen.'

'Wat gaan ze doen?'

'Ik weet het niet. Kom binnen. Dan kunnen we ongestoord praten.' En zodra de deur achter hen was dichtgevallen, op een heel andere toon: 'Eindelijk krijg ik eens de kans je in ons huis te ontvangen. Wat ben ik blij. Maanden al kijk ik naar deze dag uit.'

Ze liet haar mantel van haar schouders glijden in de handen van een dienaar en ging Robrecht voor naar de grote kamer.

'Je vindt het toch niet vervelend met mij alleen te zijn?'

Eigenlijk wist Robrecht niet goed wat zeggen. Liefst was hij meteen weer weggegaan, maar iets hield hem tegen. Was het de warme gezelligheid van het vertrek met de smeulende haard, het delicate parfum van viooltjes dat hij in vlagen rook, de zilveren schaal met karmijnrode kersen, het bijna onhoorbaar heen-en-weergeschuif van de meiden, of was het Mathilde?

Het was Mathilde. Ze had haar zwarte haar opgebonden met zilverdraad en droeg een oranje kleed dat soepel over haar lichaam viel en nauwelijks iets van haar schoonheid verborg. De scheiding van haar borsten was duidelijk zichtbaar en Robrecht had moeite er zijn ogen af te houden. Al babbelend was ze op een bank gaan zitten en klopte met haar vlakke hand op het glimmende hout om de jonge priester duidelijk te maken dat hij naast haar moest komen zitten. De gelukzalige uitdrukking op haar gelaat van daarnet was vervlogen. In haar donkere ogen blonk bezorgdheid.

'Het is een ramp, Robrecht,' zuchtte ze. 'Die dwaze Robrecht van Kerseca heeft ons aan de schandpaal genageld. Niets kan de graaf nog tegenhouden ons ten gronde te richten. Als hij zijn plannen doorzet en de Erembalden opnieuw in de horigheid dwingt, is het voor ons definitief afgelopen. Dan zijn we alles kwijt.'

'Er is nog niets gebeurd.'

Mathilde bekeek hem ongelovig.

'Ha neen, zeker. Was het gerechtelijk vonnis misschien niet duidelijk genoeg? Je had ze moeten horen razen! Nu weet iedereen dat Erembald uit Veurne een horige was. Naar het schijnt heeft de graaf dat zelfs door getuigen laten bevestigen. Wie zal er hem dan nog verhinderen beslag te leggen op zijn lijfeigenen en hun bezittingen te confisqueren? Allemaal gaan ze voor de bijl, de kanselier op de eerste plaats, en met hem het hele nest: kamerheer Isaac, Wulfric Cnop, mijn schoonvader Lambrecht van Aardenburg, burggraaf Disdir Haket, mijn schoonbroer Borsiard en mijn man. En ik.' Er viel een stilte. 'Tenzij...'

'Tenzij wat?'

'Tenzij het tot een krachtmeting komt. Je denkt toch niet dat die bende zich zomaar zal laten uitschakelen, zeker? Ze zijn al meer dan eens bijeengekomen, hier, in ons huis, en de manier

171

waarop ze samenspannen, voorspelt niet veel goeds. Van de kanselier hebben ze geld gekregen om zich wapens aan te schaffen en om getrouwen van de graaf om te kopen. Let erop: naar buiten zal de kanselier doen alsof hij er niets mee te maken heeft, meer zelfs, hij zal hun gedrag publiekelijk afkeuren. Binnenskamers stookt hij ze op om Karel een lesje te leren. Wat ze precies in het schild voeren en wanneer ze zullen toeslaan, weet ik niet, maar wees gerust, niets of niemand zullen ze sparen. Er zal bloed vloeien en een hoop sukkelaars zullen het met hun leven bekopen. Kun jij Karel niet tot andere gedachten brengen?'

Robrecht wist niet wat antwoorden. Natuurlijk wenste hij vurig dat Karels inspanningen zouden worden beloond. Dat was de enige manier om Vlaanderen voorgoed van die vraatzuchtige rovers te bevrijden en op te tillen tot een vorstendom. Maar over die plannen mocht hij met geen woord reppen en dat deerde hem ook niet, want door de Erembalden te helpen uitschakelen, verloste hij tegelijk Mathilde van de smeerlapperij van de kanselier! Dat ze mee ten onder zou gaan, daar had hij nooit aan gedacht.

'Zo'n vaart zal het wel niet lopen,' zei hij, om iets te antwoorden.

'Jij hebt goed praten, jij! Jouw familie is veilig. Mijn broer Wouter, toch jouw beste vriend, heeft me verteld dat abt Hariulf van Oudenburg je ouders drie jaar geleden definitief de vrijheid heeft geschonken. Giselbrecht Ruese en Johanna Gheliaert en hun twee zonen zijn vrije burgers. Jullie kan niets meer overkomen. Maar dat kun je van ons niet zeggen.'

'Evrard Lodemare is toch ook een vrij man. Hij heeft zelfs zitting in de schepenbank.'

'Mijn vader vrij? Vergeet dat maar. Hij heeft zich nooit vrijgekocht. Hij vond het niet nodig omdat hij dacht dat de heren van Assebroek hem allang vergeten waren en hij dat zilver voor andere en nuttiger zaken kon gebruiken. Robrecht, jongen, wat hangt ons boven het hoofd?'

Ze keek naar hem op en knipperde met haar zwarte wimpers. De welving van haar borsten was nu duidelijk zichtbaar en ineens voelde Robrecht een onweerstaanbare aandrang om met zijn blote hand haar naakte huid te strelen en een kus te drukken op haar rozige lippen. Er liep een rilling door zijn lijf en zich afwendend vroeg hij met matte stem: 'Ga je nog naar de kanselier?'

'Neen,' zei ze, en het klonk alsof ze opgelucht was dat hij het eindelijk ter sprake bracht. 'Het is zeker al twee maanden geleden dat hij me nog heeft laten komen. Ho, Robrecht, wat ben ik blij dat die ellende achter de rug is. Die hete, zoekende hand, die marteling. Ik bid vurig dat het voorgoed gedaan is.'

Robrecht voelde zich bloedrood worden van schaamte. Daarnet nog had hij precies hetzelfde verlangd als dat waarmee die geile kanselier haar leven tot een hel had gemaakt. Geen haar beter was hij! Hij die droomde van een leven van soberheid en kuisheid in Ten Duinen, hij die door de graaf bestemd was om bisschop te worden, hij zat hier tersluiks in het decolleté van een vrouw te kijken. Een geluk dat hij zich nog had kunnen bedwingen. God, wat zou ze wel van hem gedacht hebben?

'Het zijn verzengende vegen op mijn vel,' ging ze voort, 'gloeiende striemen van een zweep. Heel mijn leven zal ik ze voelen. Tot iemand anders ze wegveegt. Maar vertel eens, Robrecht, nu we eindelijk eens de kans hebben rustig met elkaar te praten. Is Laon een mooie stad?'

'Mooi is veel gezegd. Bisschop Bartholomeus doet alles wat in zijn macht ligt om de gebouwen die na de troebelen van enkele jaren geleden in de as zijn gelegd, weer op te trekken. Hij spreekt ook van een nieuwe kathedraal.'

'Een nieuwe kathedraal? Hoezo?'

Mathilde bekeek hem met ondervragende ogen en schoof wat dichter naar hem toe zodat hij de warmte voelde die uit haar lichaam straalde. Opschuiven durfde hij niet, zo dicht bij haar blijven zitten evenmin. Dus vloog hij recht en zei gejaagd: 'Nu niet, Mathilde, ik heb geen tijd. Ik moet ervandoor.'

Hij liep naar de deur, maar keerde op zijn stappen terug omdat ze, haar oranje kleed van de grond tillend, meteen achter hem aan dribbelde. De vertwijfeling stond op haar gezicht te lezen.

'Ik kom je nog wel eens opzoeken,' stelde hij haar gerust.

Ze kwam naast hem staan, legde haar hand op zijn voorarm en keek hem vlak in de ogen.

'Ik ben bang, Robrecht.'

'Ik laat je niet in de steek, Mathilde, wat er ook gebeurt.'

'Wacht niet meer tot ik je toevallig moet ontmoeten. Beloof me dat je snel terugkomt.' Ze omklemde zijn pols met haar lange vingers.

'Dat beloof ik, ja.' Vlak voor de deur gaf ze hem een vluchtige zoen op de wang.

'Wees voorzichtig,' fluisterde ze. En met gesmoorde stem: 'Het hart van een vrouw is niet van staal, Robrecht.'

De aanval op de burcht van heer Thankmar van Straten kwam er 's anderendaags, in de vroege voormiddag. Met vijftig gewapende ridders en een massa voetvolk bestormden ze de burcht van de nietsvermoedende edelman. Hoog op zijn ros, fors, razend, woest, ontembaar en blakend van lichaamskracht, gaf Borsiard, het zwaard in de lucht, het teken tot de aanval. Joelend en briesend stortte de bende zich op de versterkte burcht, verbrijzelde de sloten en forceerde zich een weg naar binnen. Meiden en knechten stoven als hennen uit elkaar. Sommigen slaagden erin te ontsnappen, maar de meesten vielen onder het flikkerende staal van de aanvallers.

'Niemand sparen,' brulde Borsiard tot Walter die aarzelde om een knechtje, een kind nog, neer te steken. Brutaal duwde de woestaard zijn neef weg en sloeg de kleine met een krachtige houw het hoofd af.

Enkele ridders die in dienst van heer Thankmar stonden, boden verwoed weerstand en slaagden er zelfs in de trap naar de eerste verdieping van de toren zo lang te verdedigen dat de heer des huizes zich langs een klein raam uit de voeten kon maken, samen met zijn vrouw en zijn neven. Maar dan was er geen houden meer aan. Twee verdedigers braken door de aanvallers heen en namen de benen, de andere gaven zich over en beloofden een rijkelijk losgeld voor hun leven. Tegen de middag was het hele domein in de handen van Borsiard en zijn bende. In de stal vonden ze nog een kreupele die in doodsangst onder het stro was gekropen, maar door twee wapenknechten werd ontdekt en voor Borsiard gesleurd.

'Wel, vriend,' spotte de neef van de kanselier. 'Niet goed te been, neen?'

'Mijn voeten, heer,' stamelde de man op zijn knieën zinkend.

'Mijn voeten. Ze hebben onder de wielen van een kar gezeten, toen ik nog klein was.'

'We zullen dat eens rap oplossen, zie,' lachte Borsiard en met twee krachtige slagen hakte hij de man de misvormde voeten af.

'Wedden dat je er geen last meer zult van hebben!'

Onder bulderend gelach van het wapenvolk sleepte de kreupele zich tegen de muur, waar hij huilend van de pijn bleef liggen.

'Hé,' riep een van de wapenknechten, 'je vergeet je voeten!' En met een brede zwaai slingerde hij hem de bloedende stompen naar het hoofd.

Na verzameling te hebben geblazen, verdeelde Borsiard zijn volk in drie groepen. Een moest al de beesten in de stallen afmaken, een tweede alle omheiningen naar beneden halen en een derde kreeg tot opdracht de toren en de gebouwen aan spaanders te slaan en alle fruitbomen om te hakken.

'Maar wij hebben niet genoeg bijlen!' merkte een van de ridders op.

'Dan moet er iemand rap naar de kanselier om die te halen,' antwoordde Borsiard.

'Dat zullen wij wel doen,' keelde Walter, de man van Mathilde.

In gestrekte draf reed hij met zijn mannen langs het Zand, de Steenstraat door en zo naar de burg, waar ze hun paarden aan de ijzeren ringen in Sint-Donaas bonden en door de kerk en het klooster naar de proosdij stormden.

'Bijlen,' bulderde de kanselier. 'Waar moet ik die halen? Ha, hier zie!'

Met Walter en diens knechten in zijn kielzog repte de geestelijke zich naar de timmerlui die nog altijd bezig waren ramen te steken in de zuidelijke pandgang: 'Kom, jongens, geef hier dat ijzeren gereedschap. We kunnen het voor betere doeleinden gebruiken.'

Het leverde vier bijlen op.

'Niet genoeg,' oordeelde Walter.

'Dat de knechten er dan nog in de voorburg gaan ophalen,' reageerde de kanselier spontaan. 'Komaan, jongens, ga alle huizen af en vorder op wat je kunt vinden.' En tot Walter: 'Hoe piepte hij?'

'Wie?' De ridder bekeek zijn oom een beetje dwaas.

'Thankmar, verdomme.'

'Hij is gaan lopen.'

'Dan heeft hij geluk gehad. Anders was hij er geweest. Hebben jullie een van zijn neven te pakken gekregen?'

'Neen.'

'Spijtig. Zie maar dat je de boel kort en klein slaat. Hij moet voelen dat de bescherming van de graaf niets voorstelt. Dat wij de baas zijn.'

Kort na de middag reden Walter en zijn mannen, uitgerust met een twintigtal bijlen, naar Straten terug. Urenlang daverde de omgeving van de doffe slagen tot de hele boomgaard tegen de vlakte lag. Voor het donker kregen ze nog een stal tegen de grond, maar toen besloot Borsiard het er bij te laten en naar Brugge terug te keren.

Het was al nacht toen de bende zegevierend de stad binnentrok. Aan het Zand stond Rainier hen op te wachten.

'Kom maar naar de proosdij,' riep hij naar Borsiard. 'Kanselier Bertulf wil jullie persoonlijk spreken. Hij begrijpt wel wat jullie bezield heeft tot dit drastische optreden, maar hij kan het met de beste wil van de wereld niet goedkeuren. Daarom verzoekt hij iedereen die aan de expeditie naar Straten heeft deelgenomen, nu direct naar het klooster te komen en daar naar zijn opmerkingen te luisteren.'

'Ga maar melden dat we op komst zijn,' antwoordde Borsiard met een knipoogje van verstandhouding, waarop de bediende het op een lopen zette.

Veel tijd om de kanselier van de komst van het wapenvolk te verwittigen kreeg hij niet, want luid geroezemoes maakte duidelijk dat de bende al de brug over de Reie aan het oversteken was en linksaf, voor de oostgevel van Sint-Donaas weg, een zij-ingang van het klooster bereikte. Uit de eerste rangen steeg algemeen gejuich op zodat de laatsten begonnen te dringen en hun hals rekten om te zien wat er gaande was. De binnenhof baadde in een zee van licht, geleverd door honderden kaarsen en fakkels en de pandgang en de refter van de kanunniken stond vol rijkelijk gedekte tafels.

Gekleed in een prachtige paarse mantel afgezoomd met zilvervos wachtte de kanselier hen op, stralend van tevredenheid.

176

Links en rechts schudde hij handen, kuste hier een ver familielid, klopte daar een ridder bemoedigend op de rug, gaf ginder een kwinkslag ten beste. Als iedereen was gaan zitten, vroeg hij met een gebaar om stilte en richtte zich tot hen.

'Goede neven, edele ridders, beste vrienden. Ik verneem zopas van mijn trouwe dienaar Rainier dat jullie terugkeren uit Straten van een aanval op de burcht van de edele heer Thankmar. Bij dat treffen zou heel wat volk gedood en gekwetst zijn - ook aan onze zijde - en zou de doening van Thankmar gedeeltelijk verwoest zijn. Ik ben er zeker van - daarvoor ken ik mijn neven te goed - dat dat niet zomaar is gebeurd, maar dat er vanuit die burcht genoeg provocatie is geweest om tot zo'n drastische stap over te gaan. Toch kan ik deze handelwijze niet goedkeuren. Het is niet omdat een man van adel zich gedraagt als een zwijn, omdat hij als een gemene dief grond steelt door omheiningen geniepig te verzetten of omdat hij bij de graaf valse verklaringen over ons gaat afleggen, dat jullie hem zo zwaar mogen aanpakken. Een dergelijke strafexpeditie mag alleen gebeuren op uitdrukkelijk verzoek van de graaf, die onze landsheer is en achter wie wij tot nader order onvoorwaardelijk staan. Dat verzoek is er bij mijn weten niet gekomen, zodat ik durf te vrezen dat de graaf in deze tot represailles zou kunnen overgaan. Ik zal proberen hem daarvan af te brengen en hem duidelijk te maken dat het vrije geslacht der Erembalden niet met zich laat sollen, ook niet door een man van adel.

Thankmar heeft wel geluk gehad, want zijn huis is gespaard en hijzelf is aan een gewisse dood ontsnapt. Dat is wellicht de reden waarom, naar ik merk, jullie woede niet helemaal gekoeld is. Bij mijn weten is het platteland nog niet verwoest en geplunderd. Zoiets zou nog altijd kunnen gebeuren en om eerlijk te zijn, ik vermoed dat sommigen van jullie met de idee spelen daar morgen aan te beginnen. Ook dat kan ik niet goedkeuren, want nu gaat het niet meer over Thankmar van Straten, maar over de lijfeigenen van de graaf. Hen uitplunderen zou gemakkelijk kunnen geïnterpreteerd worden als een aanval op de graaf zelf, wat ik natuurlijk niet wens. Al besef ik maar al te goed dat de verbolgenheid en het ongenoegen zo diep geworteld zijn dat ik jullie met de beste wil van de wereld niet zal kunnen tegenhouden.

Genoeg gepraat. Vergeef me als ik jullie te lang heb laten wachten op de welverdiende spijs en drank, maar ik rekende het tot mijn plicht mijn onverbloemde afkeuring uit te spreken over de spijtige gebeurtenissen.'

Waarop de kanselier de volle beker wijn die Rainier had klaargezet, opnam en in de hoogte stak.

'Ik drink op jullie gezondheid, mijn dappere neven, ridders en vrienden, en laat het jullie smaken!'

'Prosit!' klonk het hier en daar, want ondertussen waren de meiden en de knechten begonnen de kroezen op de tafels te vullen.

De dag daarop stuurde Borsiard zijn trawanten opnieuw op pad. Zodra het licht was, zette hij een groep wapenknechten op weg en later op de dag een bende gewapende ridders die hij persoonlijk aanvoerde. In hun spoor liet hij enkele ossenkarren uitrukken om het geroofde op te halen en onder escorte naar zijn verblijf over te brengen. Elke hoeve waar ze langskwamen, liet Borsiard grondig plunderen. Mannen, vrouwen en kinderen werden in een stal bijeengedreven en zo geterroriseerd dat ze er de eerste uren niet meer durfden uit te komen. Om er de schrik in te houden werd hier en daar een boer de hand afgehakt of een oor afgesneden. De beesten werden naar buiten gedreven en ter plaatse afgeslacht. Vaardige handen versneden de kadavers in kwartieren en laadden die op de karren. Overal haalden de mannen de hutten leeg en stalden de huisraad op het erf uit tot Borsiard persoonlijk kwam uitkiezen wat hij voor zichzelf bestemde en wat onder de ridders of onder de wapenknechten verdeeld mocht worden. Doorgaans waren het prullen en schoof de neef van de kanselier ze achteloos opzij, maar af en toe zat er een zilveren kan bij of een zijden sjaal. Een keer zelfs een fraaie bontmuts die hem aardig paste. Het hoofddeksel schuin op de kruin, ging hij in de stal tussen het samengedreven volk speuren naar een frisse meid.

'Die daar,' beval hij, met zijn wijsvinger naar een jonge boerin priemend. Twee wapenknechten sleurden de tegenstribbelende vrouw naar buiten tot achter de afgebrande hut waar ze de kleren werd afgestroopt. Grinnikend zat de bende mee te genieten van het geschreeuw en gejammer van de boerin en het gekreun van Borsiard.

De Erembalden waren nog volop bezig met roven en brand-
schatten, toen de aanval op de burcht van Thankmar de graaf
ter ore kwam. Hij was met een uitgebreid gevolg op weg naar
Amiens, maar besloot rechtsomkeer te maken en naar Brugge
terug te rijden omdat de toestand te onzeker was en het graafschap bij zo'n wandaden niet onbeschermd achtergelaten mocht
worden.

In de namiddag hield het gezelschap halt in Ieper. Het was er
jaarmarkt en de graaf maakte van de onverhoopte gelegenheid
gebruik om de uitgestalde waren te bekijken en een praatje te slaan
met de poorters. Bij het kraam van een zekere Giovanni, een
koopman uit Lombardije die een partij vaatwerk had aange-
voerd, bleef Karel gefascineerd staan kijken naar een zilveren kruik.
De handelaar had het terstond in de gaten en tilde het kostbare
stuk op.

'Kijken, heer graaf,' zei hij in gebroken Diets. 'Kruik wonderbaarlijk. Fantastico!'

Met een soepel gebaar goot hij vanuit een aarden pot theatraal
de zilveren kan vol wijn, draaide er even mee en hield ze voor de
ogen van de graaf die een verbaasd gezicht trok. De wijn was
verdwenen!

'Momento,' zei Giovanni, en hij gebaarde dat de graaf dichterbij moest komen. De andere omstanders moesten achteruit. Ze
zagen de landsheer ingespannen naar de uitleg van de koopman
luisteren, in de kan kijken, nog eens luisteren, weer in de kan
kijken en dan breed glimlachen.

'Eenentwintig mark, heer graaf,' zei Giovanni met forse stem.

'Verkocht,' zei de graaf. En tot Fromold de Jonge die zich bescheiden terzijde hield: 'Betaal hem.'

De nacht werd doorgebracht in de woning van de burggraaf.
Die was kort voordien door een ijlbode verwittigd. Naar aloud
gebruik stond hij zijn slaapkamer af aan het grafelijk paar en besloot nog dezelfde avond een banket te geven ter ere van het hoge
bezoek dat hem zo onverwachts te beurt was gevallen. In de kortste keren baadde het huis in een zee van geel kaarslicht. Koks en
keukenpersoneel gingen onverwijld aan de slag en dienstknechten holden het donker in om het edelvolk en de belangrijkste
poorters uit te nodigen.

179

Wijdbeens gaf burggraaf Fromold zijn bevelen. In minder dan geen tijd werden in de zaal drie wandtapijten opgehangen - het *Oordeel van Paris*, de *Roof van Helena* en de *Val van Troje* - werden schragen binnengedragen en open geplooid, banken bijgesleurd, tafellakens opgelegd, wasbekkens, handdoeken en wijnkannen aangebracht en zilveren bekers op tafel gezet. Te midden van door elkaar warrelende meiden en knechten draaiden de eerste genodigden wat onwennig rond. Ze geraakten links en rechts aan de praat met leden van het gevolg van graaf Karel die met mondjesmaat de zaal binnensijpelden. Robrecht had zijn zware reisjas verwisseld voor een lichtere, korte mantel en onderhield zich samen met Reinier van Wingene en aartsdiaken Walter van Terwaan bij de haard met de abdis van Nonnebossche die de heren, blakend van trots, met een klok van een stem meedeelde dat het nu bijna zeker was dat binnenkort de belangrijke relikwieën van de Heilige Pharaïldis naar haar klooster zouden worden overgebracht.

Toen de graaf en de gravin eindelijk binnentraden, ging er een gemompel door de rangen van de aanwezige gasten. De Ieperlingen waren veel gewoon, maar dit hadden ze nog niet dikwijls mogen aanschouwen. Prompt staakten ze hun gesprek en duwden elkaar weg om beter te zien. Margaretha glimlachte innemend zonder iemand bepaald aan te kijken. Bevallig schreed ze aan de zijde van haar man naar de middelste tafel waar twee armstoelen voor hen waren klaargezet. Van haar glanzend bruine haar waren slechts twee gladde lokken te zien die aan beide zijden van haar voorhoofd weggetrokken werden door de witte zijden doek die van haar hoofddeksel over haar oren heen strak onder haar kin was vastgebonden. Een zilveren halsketting maakte haar blote hals nog langer dan hij al was. Omdat ze met de rechterhand haar gitzwarte mantel bevallig openhield - met de linker klemde ze het snoer vast waarmee hij naar Franse mode was dichtgeknoopt - konden de aanwezigen niet alleen de hermelijnen pelsvoering zien, maar ook haar kleed van groene oosterse zijde dat boven de taille zo strak om haar lichaam zat dat haar ribben en tepels er duidelijk door te zien waren. De mouwen spanden om haar armen, maar vielen aan haar polsen zo breed uit dat ze tot aan de grond reikten. Haar taille was geprononceerd door een zijden gordel die over de hele lengte was bestikt met blanke parels en dicht werd gehouden met een zilveren gesp waarin een smaragd was verwerkt. Daaronder golfde haar kleed in rijke plooien tot op de grond. Achteraan was het zo lang dat het van onder haar mantel over de vloer sleepte.

Robrecht merkte dat veel aanwezigen diep onder de indruk waren van de sensuele schoonheid van de Franse. En van de modieuze snit van haar kleren. Het was een publiek geheim dat ze die zelf maakte. Vanzelfsprekend liet ze zich door helpsters bijstaan, maar van een van haar jonkvrouwen had hij gehoord dat ze vingervlug was en iedereen in ijver en nauwgezetheid overtrof. Voor het kapittel van Sint-Donaas had ze een zwarte, met goud bestikte kazuifel gemaakt die zijn weerga niet kende in het hele graafschap.

Om de graven te laten zien dat ook hij een beschaafd en geraffineerd man was, had burggraaf Fromold naar de allerlaatste Franse gebruiken zijn gasten paarsgewijze geschikt zodat zelfs de geestelijken het gezelschap kregen van een tafelvrouw. Voor Robrecht was dat Agathe, de echtgenote van de heer van Flesselles, een fris ding met blinkend blauwe kijkers en een wipneusje. De vuurrode vlam van haar lippen deed hem onwillekeurig aan een gedicht denken waarin Marbod, die achteraf bisschop van Rennes was geworden, de teder zwellende lippen van zijn geliefde bezong. Later had de geestelijke zich herinnerd dat kussen te verachten zijn en zo was hij tot de droeve vaststelling gekomen dat die zoentjes, precies door dat voortdurende verachten, nog heviger in zijn gedachten rondspookten. Wat moet het heerlijk zijn zo'n mond te zoenen, bedacht Robrecht, en zo'n goudblond haar te strelen. Maar hij vermande zich. Het paste niet dat een priester begerige blikken wierp op een vrouw.

Haar echtgenoot had over hem verteld en ze wist dat hij kapelaan was en tot de intieme kring van het grafelijk echtpaar behoorde.

'De gravin straalt adel en bekoorlijkheid uit,' begon ze het gesprek, intussen de landsvrouw bekijkend die zich, geholpen door twee dienstmeisjes, in haar zetel liet zinken.

'Ik draag gravin Margaretha een grote achting toe,' antwoordde Robrecht.

'Praat u vaak met haar?'

'Bijna elke dag. Ze vraagt me geregeld om raad.'

'U bent vast een geleerd man.'

'Ik heb het geluk gehad in Laon te mogen studeren.'

'In Laon? Bij die *vilains* die hun bisschop hebben vermoord?'

Robrecht negeerde de allusie op de dramatische gebeurtenissen van enkele jaren voordien. Het verwonderde hem trouwens niet van de vrouw van een edelman.

'Ik heb de lessen van magister Radulfus gevolgd, en ik kan u verzekeren dat niet alleen de diepte van zijn gedachten en de vlugheid van zijn geest, maar ook de verfijning van zijn verwoording elke menselijk maat overstijgt, mevrouw. U zou verbaasd staan van de scherpzinnigheid van de moderne leermeesters: Anselmus van Canterbury, Anselmus van Laon - de betreurde broer van mijn leermeester - Willem van Champeaux, Alberic van Reims...'

'Als u zich over hun filosofische en theologische traktaten hebt gebogen,' zei ze met een naïef gezichtje, 'dan bent u vast ter ontspanning ook naar ridderverhalen gaan luisteren?'

'Ja.'

'En liederen?'

'Zeker.'

'Ook over de liefde?'

Robrecht voelde zich rood worden. Agathe zag het en nam een slok van de beker wijn waarna ze die naar hem doorschoof. Robrecht dronk zolang tot hij voelde dat zijn wangen weer hun normale kleur hadden.

'Het is u toch niet onbekend dat er een hemelsbreed verschil bestaat tussen slechte en echte liefde,' hervatte ze, hem onbeschaamd aankijkend.

'Hoe bedoelt u?' Ze antwoordde niet. 'Liefde is een ziekte, mevrouw, de Romeinse dichter Ovidius meldt het ons, het is een kwaal die de man verteert. Lees er de Heilige Augustinus op na. Vóór hij in de dienst van de Heer kwam, was hij een tijd verliefd op het liefhebben. Hij raakte vast in rampzalige strikken en werd - in die woorden vertelt hij het ons - geranseld met de gloeiende ijzerroeden van jaloersheid, achterdocht, angst, verbittering en ruzie. Geloof me, in elke relatie tussen man en vrouw wordt de liefde best achterwege gelaten, zeker bij echtgenoten. Anders leidt ze tot zondige wellust.'

Agathe schudde ontkennend het hoofd alsof ze wilde duidelijk maken dat hij er geen snars van begreep.

'Ik heb het niet over het huwelijk,' zei ze zakelijk. 'Dat dient om kinderen groot te brengen die het geslacht kunnen voortzetten. Ik heb het over de liefde. In de slechte liefde, Robrecht, die hier in Vlaanderen nog altijd welig tiert, is de vrouw een bloem die door een man brutaal wordt geplukt. Een van de vele bloemen. De wei wemelt ervan. *Au joli mois de mai chaque galant change d'amie!* Maar wat heeft de bloem eraan om geplukt te worden? Ze verwenst de hand die haar uit de vochtige grond rukt, en ze verwelkt. In de echte liefde, zoals ze, naar men mij vertelt, wordt bezongen in nieuwe liederen in de zuidelijke gewesten rond de Middellandse Zee en waarvan ik verwacht had dat u, die in Laon hebt gestudeerd, ze kende, kust de heer de zoom van het kleed van zijn dame en drinkt het water waarin ze haar leden gewassen heeft. Hij staat in dienst van zijn vrouw en is bereid desnoods voor haar te sterven. Zij beloont hem voor die dienst. Maar hij plukt de bloem niet onbeschoft, hij rukt ze niet uit de grond. Neen, hij ademt beschroomd haar parfum in.' En dan op een samenzweerderig toontje, terwijl ze haar kleine, warme handje op de zijne legde:

'Vorige week heeft een troubadour mij een nieuw lied gezongen van Guillaume, de graaf van Poitiers. Ken je hem? Neen? Luister hoe het gaat.

> *Ma dame me met à l'essai et m'éprouve*
> *pour savoir de quelle façon je l'aime.*

Ik heb alleen die twee regels onthouden, maar dat is ruimschoots genoeg. *Ma dame me met à l'essai.* Je hoort het: de dame onderwerpt zich niet of levert zich niet willoos over. Neen, zij weerstreeft hem, zij geeft hem onmogelijke opdrachten te vervullen en zij stelt zijn beheersing op de proef. En hij gehoorzaamt, hij behaagt haar, hij vereert haar, hij aanbidt haar, hij oefent geduld tot zij hem het verlossende teken geeft. Zalig, niet? Al die mannen hier...' - ze liet haar glanzende ogen rondgaan over de tafels met druk pratende mensen - 'zijn lomperiken; ze denken

183

maar aan drie dingen, aan vechten, aan drinken en aan...'

Ze schonk hem een glimlach, brak een stuk van het broodje dat voor hen lag, stak het in haar mond en blikte dan ostentatief naar haar echtgenoot die juist zijn beker over zijn schouder in de hoogte stak om hem weer te laten vullen. Robrecht was ten prooi aan een wondere mengeling van opwinding en ergernis. Hier zat een bekoorlijke edelvrouw hem schaamteloos uit te dagen en over de liefde te spreken en het wond hem danig op. Het ergerde hem tegelijk, want ze wist maar al te best dat hij een geestelijke was en dat ze hem in een zondige verleiding bracht.

'Dergelijke hartstocht is slavernij,' flapte hij er boos uit. 'Ze ketent een man voor zijn hele leven en geeft de vrouw een plaats die haar niet toekomt.'

'Helemaal niet, *mon ami*,' antwoordde ze rad. 'Die liefde is een zoete dienst voor hem en een bron van genoegen en erkenning voor haar.'

'Liefde is overspelig.'

'Daarom is ze liefde.'

'Een vrouw verliest haar waardigheid, als moeder en als echtgenote, als ze een minnaar neemt.'

'Onzin.'

'Als ze met meer mannen slaapt, verlept ze.'

'Dat leren ons de priesters en de bisschoppen. Maar ze begrijpen er geen sikkepit van. De schoonheid van een bloem verdwijnt niet omdat meer dan één man wellust beleeft aan haar bedwelmende geur. Integendeel, ze wordt nog mooier, ze laat haar blaadjes trillen en spert haar kelkje nog wijder open.'

'Ik ben een priester, mevrouw. Ik ben gebonden aan het celibaat.'

'Komaan, Robrecht. Maak dat de ganzen wijs. Ook geestelijken kunnen in de dienst van een schone vrouw treden. Zeker als ze knap zijn, zoals jij. De gevolgen moeten ze er dan maar bijnemen. *Car en enfer vont les beaux clercs!*'

Haar zilveren lachje rinkelde over de tafel en tal van hoofden draaiden zich in hun richting zodat Robrecht opnieuw een kleur kreeg. Hij werd gered door gestommel aan het eind van de zaal waar een stoet in rode livrei gestoken dienstknechten zich in beweging zette met grote schotels op hun schouders, volgestapeld met fazanten, ganzen, spreeuwen, patrijzen, houtsnippen, karpers, snoeken...

Ze aten - hij sneed met zijn mes het vlees voor haar in stukken - en zwegen. Af en toe wierp ze een olijke blik op hem. Plots stootte ze hem met haar schouder aan en knikte in de richting van haar man. Die was kennelijk al behoorlijk dronken en had zijn arm om het middel van de vrouw naast hem geslagen.

'Dat bedoel ik,' zei Agathe, haar mond met de rug van haar hand afvegend. En dan, zonder enige overgang: 'Wat zijn je plannen voor de nabije toekomst?'

'Ik reis binnenkort naar Sens.'

'Naar Sens?'

'Ja, de graaf wil dat ik kennis neem van de plannen van bisschop Hendrik voor een nieuwe kathedraal.'

'Beloof me dat je bij ons komt logeren.'

Robrecht aarzelde. Een luide bons gaf hem respijt. De echtgenoot van Agathe was van de bank getuimeld en ruggelings op de grond gevallen. Zijn tafelvrouw die haar hand had uitgestoken om hem recht te trekken, was, al even dronken, boven op hem getuimeld zodat de hele zaal in een daverende lach uitbarstte.

'Beloofd?' fleemde ze.

'Beloofd,' zei hij.

Het begon al te klaren toen er gestommel weerklonk aan de deur voor de slaapzaal waar het grafelijk echtpaar de nacht doorbracht.

'Wat is dat?' vroeg Margaretha, zich oprichtend en haar golvend haar met een hand achteruit strijkend.

'Ik weet het niet,' antwoordde de graaf. Hij zwaaide zijn benen uit bed en schoof met beide handen de voorhang weg.

'Gerard! Ga eens kijken wie daar is.'

De oude kamerknecht krabbelde overeind van zijn slaapstee bij het raam en opende de deur op een kier.

'De burggraaf en zijn huismeester, heer graaf. Ze vragen om direct naar beneden te komen.'

'Zeg dat het nog te vroeg is.'

Die kans kreeg Gerard niet, want burggraaf Fromold duwde de deur open en liep tot bij het grote bed. De kamerknecht die hem wilde tegenhouden, schoof hij met een brede armzwaai opzij.

'Vergeef me, heer graaf, dat ik u zo vroeg stoor, maar beneden wachten honderden van uw boeren. Ze vragen u te zien.'

'Nu?'

'Ja, heer.'

'Wat komen ze doen?'

'Uw hulp afsmeken. Ze zijn uitgeplunderd door Borsiard en zijn bende.'

Karel verbleekte. Hij liet de voorhang vallen en veerde recht. Gerard kon hem niet snel genoeg in zijn kleren helpen.

'Trommel Gervaas van Praet en Diederik van Diksmuide uit hun bed,' riep hij Arnold toe, zijn tweede kamerknecht die er een beetje verdwaasd was komen bijstaan. 'En mijn kapelaans!'

De burggraaf had niet overdreven. Beneden drongen inderdaad een tweehonderdtal haveloze plattelandsmensen samen. Ze vulden de zaal, de voorhal en de trappen voor het huis. Hoewel het winter was en bitter koud liepen sommigen blootsvoets. Bijna allemaal droegen ze een smerig hemd en een broek die met een koord werd opgehouden. Vooraan in de rij stonden er drie die een bebloede doek tegen het hoofd hielden.

Niet zo gauw was de graaf gaan zitten in een inderhaast bijgehaalde zetel en hadden zijn getrouwen zich rond hem geschaard, of vier boeren kwamen naar voren en wierpen zich voor hem op de grond. Zo bleven ze liggen tot een van hen zich oprichtte en met een stem trillend van ontzag sprak: 'Goede heer graaf, gij die voor ons als een vader zijt, gij die ons bevrijd hebt van roofzuchtige ridders, gij die ons geholpen hebt tijdens die bittere dagen van honger en ellende, gij die ons beschermt tegen al wie ons belaagt, wij smeken u naar ons te luisteren, want er is vreselijk onheil gekomen over ons, uw lijfeigenen.'

'Spreek zonder vrees,' zei de graaf.

'Wij weten,' ging de boer verder, 'dat gij, zoals uw nobele voorgangers, in uw rijk nooit plundertochten hebt geduld omdat ze zo vaak aanleiding gaven tot moordpartijen en twisten. Wij weten dat gij de plaatsen van bijzondere veiligheid altijd in stand hebt gehouden en boeren op het platteland en kooplieden op de wegen en in de steden onder uw bescherming hebt genomen. Daarom zijn we vannacht naar hier gekomen om ons tot

186

u te richten en om uw vaderlijke, vertrouwde hulp te smeken. Gisteren hebben ridders en wapenknechten van Borsiard onze hoeven geplunderd, ons vee afgeslacht en onze bezittingen geroofd. Als wilde beesten zijn ze tekeergegaan. U kunt zelf vaststellen, heer graaf, hoe ze sommigen hebben toegetakeld.'

De drie namen het doek weg en wendden hun hoofd naar de landsheer zodat die de plek met geronnen bloed kon zien waar eens hun oor had gezeten.

'Geloof me, heer graaf,' hernam de boer, 'wij overdrijven niet. Met een overmacht aan volk zijn die woeste neven van de kanselier op ons afgekomen. Alles hebben ze ons ontnomen: onze hutten platgebrand, onze vrouwen misbruikt, onze huisraad weggesleept.'

'Gebeurde dat samen met de aanval op de woning van heer Thankmar?' vroeg de graaf streng.

'Neen, heer graaf, die overval was eergisteren. De plundertocht tegen ons was gisteren. Naar het schijnt...'

De boer zweeg en keek om, want een grafelijke bode baande zich een weg door de menigte, liep recht op de landsheer toe en maakte een diepe buiging.

'Ja?' zei de graaf.

'Ik ben gestuurd om u zonder verwijl het volgende mee te delen, heer graaf: eergisteravond heeft de kanselier van Vlaanderen in het klooster van de kanunniken met veel pracht en praal en een overvloed aan rijke spijzen en kostbare dranken zijn neven en hun verwanten en ridders ontvangen die terugkeerden van Straten waar ze de woning van heer Thankmar hadden aangevallen en geplunderd.'

'De kanselier heeft die euveldaad toch veroordeeld?' vroeg Karel.

'Neen, heer graaf. Integendeel. Volgens priester Odger die vanuit de kapittelzaal alles gadegeslagen heeft, heeft kanselier Bertulf zijn neven er persoonlijk toe aangezet om het niet te laten bij de aanval op het huis van heer Thankmar. Ook uw boeren moesten worden uitgeplunderd, zei hij.'

'Dat is een regelrechte aanval op mijn persoon,' mompelde de graaf. 'Die man is zo verwaand dat hij zich tegen zijn landsheer durft te verzetten. Wie waren de leiders?'

'Borsiard, heer, en in mindere mate ridder Walter, de zoon van Lambrecht van Aardenburg.'

'Is dat juist?' vroeg Karel streng aan de woordvoerder van de boeren.

'Ja, heer graaf. Daarom zijn we naar hier gekomen en gooien we ons voor u neer. Om Borsiard plechtig aan te klagen en om te smeken dat u, heer graaf, ervoor wilt zorgen dat wij, uw lijfeigenen, onze bezittingen zouden terugkrijgen, ons vee, onze kudden, onze kleding, ons zilverwerk en al het overige dat de neven van de kanselier en de andere mannen die dag en nacht aan de belegering en de plundertochten hebben deelgenomen, hebben meegesleept.'

'Ik zal deze klacht ter harte nemen,' antwoordde de graaf, beide handen op de armleuning leggend. 'In afwachting dat jullie genoegdoening wordt verschaft, zal burggraaf Fromold van Ieper zorgen voor een maaltijd en zal Robrecht aan elk van jullie een kleine som uitbetalen om de eerste kosten te dekken.' En zich tot Gervaas van Praet wendend: 'Roep al mijn raadsmannen bijeen, morgen in Wijnendale.'

's Anderendaags maakte de graaf er korte metten mee. De vraag die hij zijn raadsmannen voorlegde, was eenvoudig: hoe en hoe streng moest het recht deze misdaad wreken? Het advies luidde al even ondubbelzinnig: brand het huis van Borsiard onverwijld plat, want zolang het overeind blijft, zolang zal hij strijd, plundering en moord uitlokken en het gebied aan verdere verwoesting prijsgeven.

Afgaand op dat advies trok de graaf 's anderendaags op naar de versterkte woning van Borsiard in Straten.

Het huis van Borsiard brandde als een bussel stro. Pikzwarte rook wolkte van tussen de oranjerode vlammen omhoog in de koele winterlucht en bleef door de windstilte als een kolom bovenop de brand staan. De graaf zat er van op zijn paard goedkeurend naar te kijken.

'Het zal hem leren,' mompelde hij meer tot zichzelf dan tot de leden van zijn gevolg die naast hem van het schouwspel zaten te genieten. 'Hiermee heeft Borsiard zijn verdiende loon gekregen. Binnen een paar dagen reken ik met Walter af en op paasdag met de kanselier en het hele zootje. Niets zal me ervan weerhouden de nakomelingen van Erembald op hun plaats te zetten.' Zijn rug rechtend stak Karel zijn hand omhoog ten teken van vertrek en gaf zijn paard de sporen.

In de vroege namiddag al bereikten ze Brugge. Tot ergernis van hofmeester Evrard Lodemare die er zenuwachtig bijliep en klaagde dat hij niet de tijd had gekregen om de terugkeer van de landsheer behoorlijk voor te bereiden. Het slaapvertrek van het grafelijk paar was nog niet in orde, er was niet voldoende vers vlees ingeslagen en de voorraad beste wijn raakte op en zou pas over enkele dagen worden aangevuld. Toen Robrecht voorbijliep, stond de hofmeester toe te kijken hoe dienaars de reiswagens aflaadden en de koffers doorgaven aan een leger knechten en meiden die ze naar binnen sjouwden.

'Hij was beter naar Amiens doorgereisd,' sakkerde hij tegen de priester.

'Om die Erembalden vrij spel te geven, zeker?' Evrard trok zijn schouders op. 'Onze heer kan het graafschap niet onbeheerd achterlaten als een bende rabauwen met de steun van de kanselier de godsvrede schendt.'

'Wie zegt er dat Bertulf achter die wandaden staat?' vroeg Evrard.

'Wil jij nog beweren dat het niet waar is?'

'Ik weet van geen bewijzen.'

'Bewijzen? Hij heeft die bende een gastmaal aangeboden na hun wandaden!'

'Om ze te kapittelen, ja.'

'Neen, om ze heimelijk op te stoken.'

'De kanselier is een eerbaar en godvruchtig man, Robrecht. Het past niet dat iemand van de lagere geestelijkheid een oordeel uitspreekt over de proost van het kapittel en nog veel minder dat hij hem verdacht maakt.'

Evrards kwetsende opmerking trof Robrecht als een kaakslag. 'Een godvruchtig man?' snauwde hij. 'Een wolf ja, die zich verrijkt op de rug van het volk en van de Kerk, een intrigant die het gezag van onze graaf ondermijnt. En een hitsigaard die met zijn handen niet van de vrouwen kan blijven.' Het was eruit voor hij het besefte. Evrard werd wit.

'Als de kanselier ooit te weten komt dat je zoiets durft zeggen...'

'Ik dacht dat jij hofmeester van de graaf van Vlaanderen was en geen waterdrager van de kanselier!'

Evrard kwam een stap dichterbij, blikte de jonge priester vrank in de ogen en haalde diep adem. Dan sprak hij traag: 'Mijn trouw en gedienstigheid voor graaf Karel beletten me geenszins een grote achting te koesteren voor kanselier Bertulf. Is de eerste de leenheer van mijn zoon, dan is de tweede de aangetrouwde oom van mijn dochter en de weldoener van hun gezin.'

'Weldoener!' Robrecht voelde een onbedaarlijke drang om de hofmeester de wrange waarheid in het gelaat te slingeren, om hem te vernederen, om hem - zoals je dat met een hond doet - met zijn neus in eigen drek te wrijven. Maar hij beheerste zich en zei alleen: 'De macht van Bertulf en zijn achterban is gebouwd op moord en bedrog, op arglist en omkoperij. Wat de kanselier ook doet, Gods toorn kan hij niet ontlopen. Als ik jou was, Evrard, zou ik wel weten welke partij ik zou kiezen. Zeker als je wil dat je functie erfelijk wordt.'

'En als ik jou was, Robrecht, zou ik op mijn woorden letten. De tijden zouden wel eens vlugger kunnen veranderen dan je denkt en dan ziet het er allesbehalve rooskleurig uit voor hen die het aangedurfd hebben de proost van het kapittel van Sint-Donaas, voorman van zo'n machtige familie, te tarten.'

'Is dat een bedreiging?'

'Je neemt het op zoals je wilt,' snauwde Evrard en hij had daar zeker nog iets aan toegevoegd, ware het niet dat hij Fromold de

boeien te klinken.'

'Neen,' zei de graaf. 'Ik heb mijn plan zorgvuldig uitgetekend en ik zal daar onder geen beding van afwijken. Borsiard heeft zijn verdiende loon gekregen. De anderen zullen rechtvaardig worden gestraft. Met Pasen wordt Bertulf afgezet als proost van het kapittel en als kanselier van Vlaanderen. Ik betwijfel dat ze voordien nog iets tegen mij zullen ondernemen. Wellicht gaat het om niet meer dan wilde plannen, om uitbarstingen van razernij of loze bedreigingen en zoals jullie weten ligt er meer dan één el tussen droom en daad. Dat ze me naar de duivel wensen, weet ik al lang. En zelfs dat ze tegen mij samenzweren. Eergisteren, in Ieper, heeft aartsdiaken Walter van Terwaan mij daar al voor gewaarschuwd.'

'Een reden te meer om de pairs van Vlaanderen bijeen te roepen,' stelde Gervaas van Praet vastberaden. 'Zo denk ik erover. Als dit niet het geschikte moment is om de twaalf voornaamste edelen van Vlaanderen in het hoogste rechtscollege in Brugge of in Wijnendale bijeen te roepen, dan weet ik het niet meer. Als de opperste leiders, op wie u onvoorwaardelijk kunt rekenen omdat ze u manschap hebben gedaan, onder uw gezag tot het besluit komen dat de kanselier beschuldigd moet worden van hoogverraad, dan is het probleem in één klap opgelost. Dan kunnen we die hond, samen met zijn vervloekte neven, zonder verwijl aan de hoogste paal laten ophangen.'

'Neen,' herhaalde de graaf beslist. 'Het zou onverstandig zijn de pairs nu bijeen te roepen. Je weet net zo goed als ik, Gervaas, dat Daneel van Dendermonde een dikke vriend van de kanselier is. Als hij verneemt waarover het gaat, vliegt dat nieuws dezelfde dag nog naar de proosdij en maken we misschien slapende honden wakker. Neen. Ik wijk niet af van mijn besluit. Pasen en geen dag vroeger.'

'U staat me toch toe enkele voorzorgsmaatregelen te treffen, heer graaf?' opperde Robrecht. 'Ik laat Wouter een extra wacht organiseren rond uw persoon. Het is best dat u niet meer zonder uitgebreide en gewapende escorte uit de Love weggaat.'

'Neen,' antwoordde de graaf korzelig. 'Geen ridder zal me beschermen tegen dat gespuis. God is mijn beste schild. Ik zal blijven naar buiten gaan, en onder Gods bescherming zal ik gerust

gaan. Mocht mij dan toch de dood wachten, dan zal er in elk geval roem te vinden zijn in sterven voor de gerechtigheid.' En dan, vriendelijker: 'Overigens, ik zou niet de eerste uit ons vorstelijk geslacht zijn die voor waarheid en rechtvaardigheid de martelaarspalm bemachtigt. Is mijn edele vader, Knut de Vierde, niet gestorven terwille van de gerechtigheid onder de slagen van een bende lafaards in Sint-Albanus in Odense? Wat eenenveertig jaar geleden in een kerk op Funen is gebeurd, kan vandaag ook hier op het Burchtplein in Brugge gebeuren.'

'Dan zullen wij u wreken, heer graaf!'

'Neen, Gervaas. God zal in de vergelding voorzien.'

Het bleef even stil tot Robrecht omzichtig het woord nam: 'Ik buig het hoofd, voor uw onwrikbaar godsvertrouwen, heer graaf. Terecht heeft Petrus Pictor in zijn mooie gedicht over onze geboortegrond geschreven: *pia Flandria, terra piorum*, vroom Vlaanderen, land der vromen.'

'Ja, Robrecht, maar ook *bona Flandria, terra bonorum*, goed Vlaanderen, land der goeden. Voor de rechtschapen mensen - edelen, geestelijken, burgers, ambachtslui, boeren, ja zelfs horigen - wil ik een zorgzame graaf zijn. Niet voor de Erembalden die een belemmering zijn geworden voor een behoorlijk bestuur van ons graafschap. Het kan niet zijn dat horigen, die zich door misdaad en bedrog een weg hebben gebaand naar de hoogste ambten, diezelfde ambten misbruiken om hun landsheer te dwarsbomen, de Kerk te plunderen en het volk uit te zuigen. Ik heb een andere voorstelling van wat een kanselier van Vlaanderen moet zijn.'

Fromold spitste zijn oren.

'Hij moet in de onvoorwaardelijke dienst staan van de landsheer die God boven hem heeft gesteld. Hij moet scherp toezicht houden op de kanselarij, hij moet de grafelijke domeinen als een goede vader beheren en de inkomsten integraal in de grafelijke kas storten. Het is hoog tijd dat dit ambt niet aan de leider van een obscuur geslacht, maar aan een integer man wordt toevertrouwd die zich niet boven zijn heer verheven acht. En dan is hij ook nog proost. In die hoedanigheid moet hij mij bijstaan om van het kapittel van Sint-Donaas opnieuw een college van rechtschapen en vrome kanunniken te maken die hun leven inrichten volgens de *ordo novus*, de regel van de Heilige Augustinus.

194

Ga nu maar, vrienden. Maak jullie niet ongerust. Gevaar deert me niet. Nu de misdaden van de Erembalden de jongste weken open en bloot zijn gelegd voor alle inwoners van ons graafschap en aan hun echte staat van horigheid niet meer getwijfeld kan worden, moet het ook voor iedereen duidelijk zijn dat God, die alles leidt, dit niet ongestraft kan laten. Nu ga ik eten.'

Nauwelijks was Robrecht thuis of zijn knecht bracht hem op de hoogte van een eigenaardig bezoek dat hij had gekregen. Een jonge vrouw, diep in een kapmantel gedoken, had zich aangeboden en voorgesteld als de kamerdienares van Mathilde, dochter van hofmeester Evrard en echtgenote van ridder Walter. Ze wilde weten of zijn meester thuis was. Toen ze te horen kreeg dat die met het grafelijk gevolg naar Amiens vertrokken was, bleek ze diep ontgoocheld.

'En wat wilde ze precies?' vroeg Robrecht.

'Ik weet het niet,' antwoordde de knecht. 'Ze is er direct vandoor gegaan. Moet ik uw koffer uitpakken?'

'Doe maar. Ik ga onderwijl deken Helias verwittigen dat ik weer thuis ben.'

'Mag ik nog iets zeggen, eerwaarde heer?'

'Zeker, Dirk.'

'Ik denk niet dat die vrouw de dienares van mevrouw Mathilde was.'

'Waarom niet?'

'Daarvoor was ze te rijkelijk gekleed. Ook haar trekken waren niet die van een maarte. En toen ik zei dat u voor een hele tijd weg was met de graaf, trok ze zo'n bedroefd gezicht dat ik medelijden met haar kreeg. Ik denk...'

'Wat denk je?'

'Dat het mevrouw Mathilde zelf was.'

'Laat die koffer staan en ga onmiddellijk naar haar toe met de boodschap dat ik thuis ben en haar kom opzoeken als ze dat nodig acht.'

Dirk stoof het huis uit en Robrecht haastte zich naar zijn slaapkamer om zijn reiskleren te verwisselen voor verse hozen en een proper hemd.

Wat had Mathilde ertoe aangezet om hem op te zoeken? Het

had natuurlijk met de herrie rond de Erembalden te maken. Haar man had deelgenomen aan de wandaden tegen de versterkte burcht van Thankmar van Straten. Waarschijnlijk was ze bang dat de graaf ook maatregelen tegen hen zou treffen en daarom was ze om bijstand of raad komen vragen. Ze stond er alleszins slecht voor. Het was maar een kwestie van weken meer eer de toorn van de graaf de Erembalden ongenadig zou treffen. De macht van de clan zou eens en voorgoed gebroken worden zodat Karel vrij spel kreeg om zijn plannen uit te voeren. Niemand tart straffeloos een landsheer die door God zelf aan het hoofd van zijn volk is geplaatst. Eindelijk zou de laffe moord op de edele Boldran gewroken worden, eindelijk zou aan de arrogantie van kanselier Bertulf een einde worden gemaakt, zou Disdir Haket als burggraaf worden afgezet en zou een halt worden toegeroepen aan de brutaliteit van Borsiard en zijn horde woestelingen die het graafschap terroriseerden. Het stemde Robrecht tevreden.

Tegelijk huiverde hij voor de consequenties: Evrard Lodemare zou als hofmeester worden weggestuurd; daar had de graaf vroeger al niet de minste twijfel over laten bestaan. Gedaan met de mooie droom om de functie erfelijk te maken en te laten overgaan op zijn oudste zoon Willem. Gedaan ook met de goede sier van zijn schoonzoon, ridder Walter, die met de andere leden van die vervloekte familie in de horigheid zou worden gedompeld en zijn riant huis en rijkdom zou verliezen.

Arme Mathilde. Hij moest dringend met de graaf over haar praten. Hem vertellen hoe zij door haar hebzuchtige vader verkwanseld was, door haar impotente man vernederd en door die onkuise kanselier geschonden. Dan zou de landsheer tenminste erbarmen hebben met haar en misschien de straf voor haar vader of voor haar man verlichten.

'Heer Robrecht!' Nog hijgend van het lopen schoot Dirk het huis binnen. 'Ze is dolgelukkig dat u weer thuis bent.' En dan een beetje beschaamd om zijn vrijpostigheid: 'Mevrouw Mathilde vroeg me u de volgende boodschap over te maken. Vanavond nog komt ze naar hier. Viermaal zal ze kort op de deur kloppen. Ze rekent erop u alleen te spreken, over belangrijke aangelegenheden. Niemand mag van haar bezoek op de hoogte worden gebracht, ook de graaf niet.'

'Dank je, Dirk. Zeg aan de keukenmeid dat ik wil eten. Ik rammel van de honger. Mocht ze nog een kapoen hebben, het zou me smaken.'

Tijdens het eten - brasem en kapoen - en de hele verdere avond kon Robrecht Mathilde niet uit zijn hoofd zetten. Om zich te verstrooien liep hij naar zijn leesstoel en zette de lectuur verder van de *De amicitia*, het traktaat van Cicero over de vriendschap dat hij van Odger in bruikleen had gekregen en waaraan hij voor zijn vertrek naar Amiens begonnen was.

'Soms,' las hij luidop, 'herkent een gelijkgestemde persoon de uitstraling van het nobele in iemands wezen.'

Dat was met Mathilde het geval. Zeker en vast. Vroeger, als kind al, toen hij bij Evrard Lodemare aan huis kwam, had hij iets edels in haar gezien, iets verhevens waarvoor hij bewondering koesterde, zonder te kunnen zeggen wat het precies was.

Nu was hij weer aan haar aan het denken! Zijn vinger op de tekst leggend verplichtte hij zichzelf voort te lezen: 'Door dit signaal aangetrokken voelt deze persoon dat er een onderlinge genegenheid bestaat. Uit zo'n ervaring groeit als vanzelf een band van hart tot hart. Is er iets absurder dan zich wel opgezet te voelen met veel ijdele zaken zoals roem en eer, een versterkte burcht, een verzorgd uiterlijk of fraaie kleren, maar niet dolblij te zijn met een levende mens, oprecht van karakter, in staat tot liefde en wederliefde?'

Stond hier op perkament niet precies wat er met hem aan de hand was? Want - wat hij zichzelf ook had wijsgemaakt over een sober en heilig leven in een kleine priorij - eigenlijk was hij niet weinig opgezet met het vooruitzicht aan het hoofd te staan van een diocees, bisschop te zijn, in een paleis te wonen, de fijnste kleren te dragen, na de graaf de belangrijkste man van Vlaanderen te zijn. In plaats van zijn volle aandacht te schenken aan een mens die hem nodig had. Aan een vrouw van vlees en bloed, oprecht van karakter, in staat tot liefde en wederliefde. Die al zoveel noodkreten naar hem had uitgezonden zonder dat hij erop gereageerd had. Want van al de mooie beloften om haar te gaan opzoeken, was nooit iets in huis gekomen. Daarvoor had hij het te druk gehad met de opdrachten die hij van de graaf kreeg en - niet te vergeten - met de voorbereiding van zijn reis naar Sens.

Toch viel het niet te ontkennen dat de Heer grootse plannen met hem had. Na Pasen zou bisschop Simon van Noyon hem tot aartsdiaken wijden zodat hij zich volop kon toeleggen op de taak die de graaf hem op de schouders had gelegd. Daar mocht Mathilde zich toch niet tussen wringen! Bovendien had hij als geestelijke de gelofte van zuiverheid afgelegd en mocht hij zich niet verheugen op het samenzijn met een vrouw.

En toch.

Toch bezorgde de gedachte dat ze straks hier zou zijn, daar zou zitten, dicht bij hem, dat hij haar stem zou horen, haar lichaam zou zien, hem zo'n gevoel van behaaglijkheid dat hij zich van binnen zalig warm voelde. Het was met haar zoals met de zoentjes van Marbod van Rennes: *oscula dum sperno, spernens tamen oscula cerno.* Door te proberen niet aan haar te denken, zit ik voortdurend aan haar te denken!

Hola, vermaande hij zichzelf. Van haar aanwezigheid genieten, is vast geen zonde, haar aanraken wel. Dat mag niet gebeuren.

Vier harde tikken deden hem opschrikken. Hij draaide zich om, maar Dirk was hem voor. In een wolk van kou viel Mathilde het huis binnen. De knecht nam haar mantel af en duwde de deur van de kamer onmiddellijk achter haar dicht zodat ze alleen waren. Als een wervelwind vloog ze op hem af en voor hij het besefte, hield hij haar in zijn armen. Zwijgend stonden ze daar een poosje. Haar hoofd lag tegen zijn schouder en hij voelde warme tranen op zijn handen druppelen.

'Eindelijk,' snikte ze. En het hoofd opheffend drukte ze haar zachte lippen op zijn mond en sloeg haar armen rond zijn hals. Omdat Robrecht in een eerste opwelling toegaf aan de kus, voelde hij een hevige aandrift om haar dicht tegen zich aan te trekken, waardoor hij zo verward raakte dat hij haar losliet en zich uit haar omarming bevrijdde.

'Mathilde!' Ze zei niets, maar lachte hem toe. 'Dit is zonde.'

'Ik wil bij jou zijn, Robrecht. Jij bent de enige die me begrijpt, de enige die me kan helpen, die me uit die ellende kan verlossen. Kijk eens hier!'

Met beide handen tilde ze haar hoofdhaar op en draaide haar hals naar hem toe. Er stond een rij paarsblauwe vlekken op.

'En hier!'

Haar oranje kleed optrekkend - hetzelfde dat ze die keer droeg bij haar thuis - stak ze haar been vooruit waarop rode striemen zaten.

'En dat is niet alles. Ik draag de sporen over heel mijn lichaam. Hij slaat en schopt op mij als op een kafzak. Hij ranselt mij af, hij wil mij wurgen, zegt hij.'

'Wurgen. Waarom?'

'Omdat hij mij haat. Van alles ben ik de schuld: van mijn kinderloosheid, van zijn onmacht, van de dreiging die boven onze familie hangt. Maar ik ben niet van plan met hem mee ten onder te gaan in de stinkende vergeetput van de slavernij. Als Karel van Denemarken zijn dreiging doorvoert en de Erembalden breekt, vraag ik de kruisproef. God zal me bijstaan. Ik wil weg van die man, ik wil weg uit dat huis.'

Hij hoorde haar diep inademen.

'Ik wil bij jou zijn.'

'Maar dat kan toch niet, Mathilde.'

'Waarom niet?' Heel haar gelaat straalde verwondering uit.

'Ik ben priester.'

'Er zijn zoveel priesters die een vrouw hebben.'

'De graaf wil...' Hij zweeg.

'Wat wil de graaf?'

'Dat ik een hoge post bekleed.'

'Dan laat je me vallen,' zei ze plots op een berustende toon terwijl ze haar lokken vastnam en in een wrong draaide.

Voor het eerst in zijn leven voelde Robrecht zich radeloos. Dat hij zijn oorspronkelijke opzet - intreden in Ten Duinen - noodgedwongen had moeten laten varen voor de plannen die de graaf met hem koesterde, tot daaraan toe. Als priester en bisschop kon hij evengoed zijn leven onder de hoede van de Heilige Maagd plaatsen dan als monnik. Nu dreigde ook dat plan te mislukken. Stel dat hij Mathilde daadwerkelijk hielp en Brugge dat te weten kwam, dan zouden de tongen rap loskomen en kon niets verhinderen dat men er overal - in de stad, op de burg, in het klooster, in de proosdij en in de Love - van overtuigd zou zijn dat hij als priester een verhouding had met een getrouwde vrouw, de echtgenote nog wel van een van de neven van kanselier Bertulf. Dan mocht hij zijn mooie toekomst vergeten.

Maar het was Mathilde! Haar in de steek laten kon niet. Hij nam haar schouders met beide handen vast - door het kleed heen voelden ze stevig en warm aan - dirigeerde haar in de richting van zijn stoel bij de haard en drukte haar neer tot ze werktuiglijk ging zitten, het hoofd naar hem opgeheven.

'Luister eens goed, Mathilde,' zei hij resoluut, 'Er is geen sprake van dat ik je laat vallen.'

'Ha,' zei ze en schudde met haar hoofd.

'Beloof je me dat alles wat hier wordt gezegd tussen ons beiden blijft?'

'Dat beloof ik je.'

'Ik ga er geen doekjes omwinden. Onze situatie is hopeloos. Geen van beiden is vrij en we zitten bovendien in verschillende kampen die recht op een moordende confrontatie afstevenen. Jij bent door je huwelijk vastgeklonken aan de Erembalden, ik door mijn priesterschap en mijn eed aan onze graaf. Hoe zielsveel ik ook van je hou, hoe aantrekkelijk ik je ook vind, hoeveel bewondering ik ook heb voor je ware adel - die van het bloed is mij zoveel minder waard - hoe mijn handen ook jeuken om je te liefkozen, hoe mijn lichaam ook verlangt naar dat van jou, er kan geen sprake zijn van een verhouding tussen ons beiden.'

'Waarom niet?'

'Omdat ze geen toekomst heeft, Mathilde. Er zijn maar twee mogelijkheden. Ofwel houden we ons samenzijn verborgen - vooropgezet dat we daarin slagen - en dan leven we in de verstikkende sfeer van de leugen, in een web van verzinsels en fabels. Hoe moet het dan verder? Moeten we jarenlang leven als dieven in de nacht? Als gelieven die elkaar ontmoeten in het duister van de zonde? En met welk gemoed moet ik dan tot de Heilige Maagd bidden? De tweede mogelijkheid is nog erger. Stel dat we het toch doen, maar dat onze verhouding bekend raakt. Dan rijdt Mathilde op de tongen als overspelige vrouw en Robrecht als onrein priester. Dan vernietigt onze verhouding mijn en jouw leven. Neen, van een intieme band tussen ons kan geen sprake zijn. Van bijstand wel, al weet ik nog niet hoe. Veel tijd rest mij niet meer om erover na te denken, want binnen een paar weken geeft graaf Karel de kanselier de genadeslag. Borsiard heeft zijn harde hand al gevoeld. Gisteren hebben we zijn huis platgebrand.'

'Ik heb het gehoord.'

'Jouw man is een van de volgenden. De graaf wil van geen gratie horen, niet voor Bertulfs neven, en niet voor hun handlangers. Ze zullen naar rechte worden gevonnist. Ook Walter, want hij is naar de burg bijlen komen halen om de fruitbomen van Thankmar om te hakken. Toch beloof ik je dat ik alles zal doen wat in mijn macht ligt om je te redden, om je uit de klauwen van Walter en van de Erembalden te halen en om de graaf ervan te overtuigen je ouders niet al te zwaar te straffen.'

'Mijn ouders,' zuchtte ze, haar handen in haar schoot leggend. 'Mijn moeder luistert niet eens naar mij. Hoeveel keer zou ik niet geprobeerd hebben haar mijn problemen uit te leggen, haar in vertrouwen te nemen en haar te vertellen over die brutale Walter en die vunzige kanselier, maar ze gooit het van zich af als ik erover begin. Veel bidden, dat is het enige waarover ze praat. En vader verwenst mij. Tot alles is hij bereid, als hij maar in de gunst van de kanselier blijft.'

'Weet ik. Daarstraks hebben we een bitsige woordenwisseling gehad. Hij beseft niet dat de graaf geen genade zal kennen en Bertulf zal vernietigen.'

'Denk je dat?'

'Ik weet het. Karel kan dit niet blijven gedogen.'

'Wat gaat er gebeuren, Robrecht? Zal het verschrikkelijk zijn? Ik ben zo bang. Ik zou zo graag bij jou blijven. Ik heb dorst.'

'Dirk!' De deur vloog open en de knecht stak zijn hoofd naar binnen. 'Breng een kom warme melk met honing.'

'Direct, heer Robrecht.'

Het duurde een poosje voor Dirk binnenstapte met een teil dampende melk die hij met lange armen voor zich hield. Hij zette ze voorzichtig neer op het tafeltje dat Robrecht had opengeklapt. Achter Dirk kwam, schoorvoetend, de keukenmeid die een kroes en een lepel in de hand hield.

'Zal ik inschenken?' vroeg ze, Mathilde met open mond aangapend.

'Neen,' antwoordde Robrecht, 'dat doe ik wel. Jullie mogen gaan.'

Nauwelijks was de deur dichtgevallen, of Mathilde begon

stilletjes te snikken. Robrecht schepte de kroes vol en stopte ze in haar handen. Terwijl ze dronk, ging hij achter haar staan en liet zijn hand in een troostend gebaar op haar schouder rusten tot ze zich bukte om de kroes terug te zetten. Zijn hand schoof weg, maar ze greep ze vast en drukte ze ferm op haar schouder.

'Weet je wat ik denk?' zei ze met gesmoorde stem.

'Neen.'

'Dat mijn man dood moet. Dat is de beste oplossing om mij te bevrijden van dat huwelijk en van die Erembalden.'

'Onzin,' repliceerde Robrecht. 'Haal geen stommiteiten uit. Ik heb je gezegd dat ik er grondig zal over nadenken en er met de graaf zal over spreken. Misschien schrijf ik wel een brief naar bisschop Simon van Vermandois. Je hebt het daarstraks zelf gezegd dat de kruisproef de enige oplossing is om van die man verlost te raken. God zal je niet in de steek laten. Hij staat onvoorwaardelijk aan de kant van hen die de waarheid spreken. Ga nu naar huis. En wees van één ding zeker: ik laat je niet in de steek.'

Mathilde stond op, greep zijn hand, nam ze van haar schouder zonder ze te lossen, draaide rond de zetel tot bij hem en zei met stevige stem: 'Het is me al gelijk wat je doet. Als ik maar bij jou kan zijn. Roep nu Dirk maar.'

'Dirk!' De deur zwaaide open.

'Geef me een teken als de straat vrij is zodat ik kan vertrekken,' commandeerde Mathilde. De knecht staarde verbaasd naar de in elkaar gestrengelde handen.

'Komt in orde, mevrouw,' zei hij, met een glans van verstandhouding in zijn blik.

Niet zo gauw was Dirk buiten, of Mathilde draaide zich vliegensvlug om zodat ze ruggelings tegen hem kwam staan en ze legde zijn hand om haar middel.

'We zouden het heerlijk hebben, samen,' zuchtte ze, achteruit naar hem opkijkend. 'Waarom moet het toch allemaal zo ingewikkeld zijn?'

'Omdat God dat zo wil,' antwoordde Robrecht die een poging deed om zijn lichaam van het hare weg te houden.

Met haar linkerhand nam ze zijn andere hand vast en trok die eveneens om haar middel. En dan, terwijl ze haar handen kruise-

lings over zijn armen legde zodat hij haar wel moest stevig vast-
houden, zei ze met een verbeten klank in haar stem: 'Wat God
wil, weet ik niet. Maar wat ik wil, dat weet ik maar al te goed.'

Het nieuws dat de graaf het huis van Borsiard met de grond
gelijk had gemaakt, kwam in de proosdij hard aan. Niet zo gauw
had de kanselier vernomen dat de graaf uit Wijnendale was teruggekeerd, of hij besliste onmiddellijk bemiddelaars naar de Love
te sturen.

'Om wat te doen?' vroeg burggraaf Haket, een van zijn broers,
die met hem aan tafel zat te eten.

'Om de aandacht af te leiden, Disdir,' antwoordde de kanselier. 'De strijd is losgebarsten, wees daar maar zeker van. Als die
rotzak van een graaf onze neef Walter voor de rechters sleept
wegens diens aandeel in de aanval op het kot van Thankmar, bestaat de kans dat we nog eens publiekelijk te schande worden
gezet, en dat wil ik absoluut vermijden. Omdat we nog geen weloverwogen plan hebben, moeten we tijd zien te winnen. Hoe ik
het aan boord ga leggen, weet ik nog niet, maar één ding is zeker: voor Pasen moet de zaak geregeld zijn.'

'Gelukkig hebben we die Evrard Lodemare in de Love. Anders
hadden we van het plan om je af te zetten niets gehoord en waren we erin geluisd. Isaac wist van toeten noch blazen, en die
onderkruiper van een Fromold...'

'Wil je nu wat weten? De graaf heeft hem beloofd dat hij mijn
proostschap krijgt.'

'Wablief?'

'Jaja. Het is van je aangetrouwde neef dat je het moet hebben.
Wacht maar, hij zal zijn straf niet ontlopen. - Rainier!'

'Ja, heer kanselier.'

'Roep Olgier.'

'Zeker, heer kanselier.'

De kamerheer kwam buigend naar binnen.

'Wat verlangt u, heer kanselier?' vroeg hij onderdanig.

'Ga naar deken Helias en geef hem de opdracht een groep samen te stellen met mensen die met een eed van hou en trouw aan
mij verbonden zijn. Ik heb geen tijd om me daarmee bezig te
houden, want ik wil vanavond overleggen met mijn familieleden

en vrienden. Het zou me niet mishagen mocht Helias kanunnik Fulco als leider aanwijzen, want die staat nog altijd op een goed blaadje bij de graaf. In orde?'

'Zeker, heer kanselier.'

'Zodra de groep gevormd is, moet Helias kanunnik Fulco naar hier sturen om richtlijnen in ontvangst te nemen. Begrepen?'

'Ja, heer kanselier.'

De kamerheer schoot door het deurtje dat rechtstreeks toegang verschafte tot het kloosterpand van de kanunniken en haastte zich naar de vertrekken van de deken die zich juist aan het klaarmaken was voor de vespers.

Twee uur later - het begon al te donkeren - trok een groepje van vijf naar het grafelijk steen en klopte aan. De graaf kwam van tafel waar hij lang had zitten keuvelen met Gervaas van Praet, toen een dienaar hem de komst meldde van de bemiddelaars en meedeelde dat ze om een dringend onderhoud met hem verzochten.

'Zo laat nog?' vroeg Karel.

'Ja, heer graaf, ze willen u koste wat het kost vandaag nog spreken.'

'Wie is het?' vroeg de landsheer streng.

'Ze zijn met z'n vijven, heer graaf: kanunnik Fulco, de ridders Frowolf en Joris, Lambrecht Berakin, een burger, en Olgier, de kamerling van de kanselier.'

'Laat ze binnen. Ik kom zo dadelijk.'

Het was bitter koud in de grote zaal, want er was geen ontvangst voorzien en het haardvuur lag te smeulen. Dienaars staken gauw een paar kaarsen meer aan, legden verse blokken hout op het vuur en trokken de grafelijke zetel dicht bij de haard. Links en rechts ervan installeerden ze een zitbank voor de raadsheren van de landsheer en ertegenover stelden ze vijf krukjes op voor de gasten.

Toen Karel binnenkwam, stonden de bemiddelaars op en wachtten eerbiedig tot de graaf zich in zijn zetel had geïnstalleerd. Rechts van hem gingen Gervaas van Praet en burggraaf Theinard van Broekburg zitten, links grafelijk secretaris Fromold de Jonge en notarius Galbrecht die een wastafeltje op de schoot hield om notities te nemen van het gesprek.

'Wel?' begon de landsheer vanuit de hoogte.

Vier van de bemiddelaars wendden hun hoofd naar Fulco die zijn keel schraapte en buigend het woord nam. De anderen gingen zitten.

'Wij groeten u eerbiedig, heer graaf, en brengen u de nederige en welgemeende groet van de proost van het kapittel van Sint-Donaas en kanselier van het markgraafschap Vlaanderen, eerwaarde heer Bertulf, uw dienaar. Toen hem vanmiddag het bericht bereikte dat u, op advies van uw raadsheren, het versterkte huis van zijn neef, Borsiard, hebt platgebrand en met de grond gelijkgemaakt, besliste hij terstond deze strenge maatregel ootmoedig te aanvaarden omdat ook hij met het voortvarende gedrag van zijn neef niet akkoord kon gaan. Tegelijk droeg hij ons op als zijn bemiddelaars naar u toe te komen om u te smeken het bij deze harde, maar verdiende straf te laten en zijn andere neven en familieleden niet meer te verontrusten voor deze onbezonnen daad. Hij verzekert u dat hij hen persoonlijk ter verantwoording zal roepen en hij verbindt er zich plechtig toe hen voortaan in toom te houden zodat ze hen die in uw gunst staan, niet meer schaden. Wij begrijpen uw woede, heer graaf, maar we vragen u: wend uw verontwaardiging af van ons en ontvang ons in uw barmhartige vriendschap.'

'Zeg aan de kanselier dat ik, Karel, bij de genade Gods graaf van Vlaanderen, geenszins van plan ben iets aan mijn besluit te wijzigen,' antwoordde de graaf afgemeten. 'Reeds bij andere gelegenheden heb ik duidelijk gemaakt dat er geen sprake kan zijn van wraak of plundering ongestraft te laten. Borsiard heeft zijn verdiende straf gekregen. Als hij zijn moord- en roofexpedities staakt en ermee ophoudt de plattelandsmensen te plunderen, wil ik er mij zelfs toe verbinden hem een ander en beter huis te schenken, maar niet meer in Straten. Want dit zweer ik: zolang ik graaf ben, zal en mag Borsiard nooit meer enig bezit hebben op de plaats waar zijn versterkte burcht gestaan heeft. Als buur van Thankmar heeft hij nooit iets anders gedaan dan in twist en tweedracht met iedereen geleefd en is hij er nooit voor teruggeschrokken te moorden en te plunderen. Deze keer was hij niet alleen om zijn wandaden te bedrijven. Ook Walter heeft zijn deel gedaan. En nog enkele ridders van wie de namen mij door mijn sergeanten zijn meegedeeld. Zij zullen hun straf niet ontlopen. Deel dus mee aan de kanselier dat ik zijn smeekbede naast mij neerleg en met hen volgens het heersende recht zal handelen.'

Terwijl de graaf sprak, had hofmeester Evrard die geruisloos binnen was gekomen en zich bij de deur ter beschikking hield, de keldermeester discreet opdracht gegeven witte wijn te halen voor de aanwezigen. Een stel bedienden stond klaar om de drank uit de kannen in de bekers te scheppen en die rond te dragen.

Op een teken van de graaf begonnen ze te serveren en zodra ze Karel en zijn raadsheren hadden bediend, reikten ze Fulco, als eerste van de bemiddelaars, een beker aan. Dorstig van het spreken, zette de kanunnik hem meteen aan de lippen, dronk een paar teugen en trok dan een zurig gezicht.

'Zeg eens, Evrard,' riep hij tot de hofmeester, 'wat is dat voor azijn! Kan de graaf ons niets beters schenken?'

Karel had de opmerking gehoord en wendde zich prompt tot zijn hofmeester.

'Is er wat met de wijn?' vroeg hij, terwijl hij zijn beker opnam en eraan rook.

'Ja, heer graaf,' antwoordde Evrard. 'Het zit zo. Eigenlijk is het niet van de beste wijn, maar dat komt omdat u onverwachts van Amiens, enfin van Ieper bent teruggekomen. Er is een lading Rijnlandse op komst, maar die arriveert pas ten vroegste overmorgen. Ik dacht....'

'Vanwaar komt deze wijn?'

'Van mijn wijngaard, heer.'

'Dat is wijn voor de knechten!'

'Jawel, heer, maar...'

'Is dit dan alles wat er in mijn kelder ligt?'

'Neen, heer. Er zijn nog enkele vaatjes Bourgondische in voorraad, maar die is gereserveerd voor uw gastmalen.'

'Haal die op.'

'Zeker, heer.'

Evrard boog, schoof achterwaarts van de graaf weg en haastte zich met de keldermeester naar beneden. Over zijn schouder wierp hij nog rap een boze blik op Fulco, die zich opnieuw tot de landsheer wendde.

'Heer graaf, in het hele markgraafschap en tot ver daarbuiten staat u bekend niet alleen als een dapper ridder en moedig strijder voor ons geloof, maar ook als een rechtvaardig en nobel heerser, het meest nog als een milde meester. Veel is ons gelegen aan uw vriendschap en genegenheid. Sta ons toe om nogmaals een beroep te doen op uw goedertierenheid om deze zaak te laten rusten en de ridders die zich door Borsiard hebben laten verleiden tot enkele wandaden, niet meer ter verantwoording te roepen, temeer omdat hun leider genoegzaam is gestraft. De kanselier verzekert u plechtig dat hij hen op zijn manier duchtig de mantel zal uitvegen.'

'Geen sprake van,' antwoordde de graaf kortaf. 'Ik heb mijn besluit genomen en ik zal daar niet van afwijken. Ik schenk geen gratie. Niet aan de neven van de kanselier, noch aan hun handlangers. Zij zullen naar rechte worden geoordeeld.'

Fulco voelde dat de graaf onverzettelijk bleef en deed geen verdere moeite om hem tot andere gedachten te brengen. In plaats daarvan concentreerde hij zich op de verse beker wijn die hem werd aangereikt. Hij keurde al walsend de kleur, snoof eraan, nam een slok, kauwde erop alsof het een mispel was en keek dan goedkeurend in het rond.

'Voortreffelijk,' was zijn oordeel. 'Dit is een heel stuk beter. De hofmeester mag best zo'n vaatje naar de kelder van het klooster brengen.' En tot de dienaar die hem de beker in handen had gegeven: 'Doe hem nog eens vol, vriend.'

De man keek vragend naar de graaf die bevestigend knikte. Daarop wendde de landsheer zich tot Fromold en Galbrecht voor een onderonsje dat een hele poos duurde. Aan zijn beker raakte hij niet. Toen hij opstond om de aanwezigen zijn laatste groet te brengen, waren de vijf bemiddelaars stomdronken.

'Het zal de kanselier niet veel deren dat u zijn neven geen genade schenkt,' lalde Fulco terwijl hij zich recht hield aan Lambrecht Berakin die zelf vervaarlijk stond te zwaaien. 'Die lost dat wel op zijn manier op.'

Gelukkig had graaf Karel die laatste opmerking niet gehoord. Hij was al de grote zaal uitgelopen en beklom de trap naar de eerste verdieping. Tegen Theinard en Fromold die met hem waren meegekomen, zei hij mat: 'Ik ga nog eens naar de kerk om te bidden. Roep mijn geestelijken Boudewijn en Godbert.'

'Wenst u een escorte?' vroeg Theinard bezorgd.

'Neen,' antwoordde de graaf.

'Sta mij dan toe u te vergezellen,' drong de burchtheer aan, daarbij de graaf uitnodigend bekijkend. 'Ook ik wil voor onze Heiland gaan knielen en bidden.'

'Zoals je wil,' bromde de graaf berustend. 'We zullen Gods hulp goed kunnen gebruiken.'

De kanselier liet er geen gras over groeien. De bemiddelaars die met een dikke tong het antwoord van de graaf hadden overgebracht, stuurde hij met een kwart wijn als beloning naar huis en dezelfde avond nog belegde hij een geheime bijeenkomst met zijn broer Wulfric Cnop, zijn neven Isaac, Borsiard en Walter en zijn trawanten Willem van Wervik en Ingelram van Esna. Later voegde zich daar nog ridder Eric bij.

'De toestand noopt ons tot spoed,' begon de kanselier, niet voordat hij alle dienaars voor een poosje naar buiten had gestuurd. 'Als we willen vermijden dat Walter gestraft wordt, moeten we bliksemsnel handelen. Ik kan uiteraard geen deel hebben aan de plannen die jullie gaan uitbroeden. Er zitten verraders onder mijn personeel, dat weet ik absoluut zeker, en het zal snel in de Love bekend zijn dat we hier een besloten bijeenkomst houden waarop ook ik aanwezig ben. Daarom mogen we niet lang hier beneden blijven. Om alle verdenking af te wenden, heb ik het volgende plan uitgekiend. Jullie praten in mijn slaapvertrek en ik houd de wacht. Dat betekent dat ik heen en weer loop tussen de overloop boven en de grote zaal beneden zodat het personeel mij voortdurend ziet. Van een samenzwering kan dus geen sprake zijn.'

'Ze zullen toch snappen dat we boven beraad houden,' merkte Isaac droogjes op.

'Dat zal wel,' antwoordde de kanselier. 'Maar zonder te weten waarover. Ik heb een list bedacht om hen op het verkeerde been te zetten. Ik heb Rainier om Robrecht het Kind gestuurd, zoon van wijlen mijn broer, Robrecht.'

'Robrecht het Kind?' Het gezicht van Borsiard drukte opperste verbazing uit. 'Als er één is die smelt van liefde voor onze graaf, dan is het toch wel Robrecht het Kind, zeker! Hij mag dan een kleinzoon zijn van Erembald, een partijganger van ons kun je hem moeilijk noemen.'

'Precies daarom,' lachte Bertulf fijntjes. 'Als het knechtenvolkje die naïeveling hier over de vloer ziet komen, zal het in de verste verte niet denken aan een samenzwering tegen de graaf! En door hem bij het complot te betrekken, raken we op de koop toe een gevaarlijke tegenstander binnen onze familie kwijt.'

'Goed bedacht,' oordeelde Ingelram, 'maar hoe moeten we hem overtuigen?'

'We maken hem wel iets wijs,' antwoordde de kanselier met gedempte stem terwijl hij de anderen voorging op de trap. Met veel gedruis opende hij de deur van zijn slaapvertrek, stuurde de meiden met een kwinkslag naar beneden en zei luidop: 'Hier kunnen jullie rustig praten en een voor iedereen aanvaardbare oplossing bedenken voor de bouw van het nieuwe huis van Borsiard.'

Al sprekend liep hij mee naar binnen en liet de aanwezigen onmiddellijk de handen ineen slaan en elkaar verzekerde trouw beloven, waarop hij het vertrek verliet, de deur zorgvuldig afsloot en de trap afliep recht in de armen van Robrecht het Kind.

'Goedenavond, oom Bertulf,' zei de jongen. 'Waarmee kan ik u van dienst zijn?'

'Ha, Robrecht!' riep de kanselier luid. 'Ben je daar? Je neven vragen naar je. Ze bespreken iets gewichtigs en daar moet jij bij zijn, vinden ze.'

Een beetje onwennig liet de jonge man zich meetronen naar boven waar hij plots voor de samenzweerders stond.

'Eerst met ons de handen ineenslaan voor de zaak die we hier willen bespreken,' commandeerde Isaac.

'Welke zaak?'

'Dat zeggen we straks wel.'

'Niets van. Weet oom Bertulf hiervan?'

'Komaan, de handen ineenslaan.'

'Als jullie niet willen zeggen waarvoor we elkaar hou en trouw moeten zweren, dan ben ik weg,' snauwde Robrecht en hij keerde zich om en liep naar de deur toe.

'Oom Bertulf!'

'Ja?' kwam het gesmoord door de deur.

'Laat hem niet lopen.'

Robrecht schoot naar buiten, maar verder dan de overloop kwam hij niet.

'Vooruit,' beval de kanselier. 'Maak dat je terug bij je neven bent.'

'Ja, maar...'

'Niets te maren. Als je niet doet wat ik zeg, zorg ik ervoor dat je binnen de kortste keren zo arm bent als Job.'

Onwillig keerde de jonge man terug en zwoer verzekerde trouw. Steunend op zijn handpalmen ging hij dan zitten op het grote bed en keek vragend naar de samenzweerders.

'Het gaat om graaf Karel,' begon Isaac voorzichtig. 'Die zoekt op alle mogelijke manieren ons geslacht te vernietigen. Geen moeite is hem te veel om ons in de horigheid te dompelen. Wij hebben gezworen hem te verraden. Met raad en daad moet jij nu met ons dit verraad voltrekken.'

'Onze meester en de graaf van ons vaderland verraden?' riep Robrecht het Kind uit terwijl hij in tranen uitbarstte. 'Dat mogen we toch niet doen! Echt waar, als jullie daar niet mee ophouden, zal ik het aan de graaf vertellen. En aan iedereen! Neen, daar doe ik niet aan mee. Als het God belieft, tenminste.'

Snikkend en jammerend sprong hij van het bed en probeerde hij naar de deur te vluchten, maar Borsiard grabbelde hem bij de arm en wrong die om.

'Hier, kameraad,' blafte hij.

'Luister, vriend,' kwam Isaac sussend tussenbeide. 'We hebben je maar verteld dat we zogezegd van plan zijn dit verraad echt te voltrekken, om na te gaan of je in gewichtige kwesties nog aan onze kant wilt blijven staan. Maar het gaat in feite om iets anders waarvoor je ons hou en trouw bent verschuldigd, iets dat we je later nog zullen verklappen.'

De hele groep barstte in smakelijk lachen uit en de jongen staarde hen verbouwereerd aan.

'Jullie gaan dus niets tegen de graaf ondernemen?'

'Natuurlijk niet,' antwoordde de kanselier die, gealarmeerd door al dat lawaai, binnen was gekomen.

'In dat geval...'

Maak maar dat je snel thuiskomt en hou je bek,' beet de kanselier hem toe. En toen hij de deur uit was: 'Oef, dat is goed afgelopen.'

'Ik weet niet of het zo'n best idee was,' probeerde Isaac bij zijn oom, maar die schudde glimlachend het hoofd.

'Iedereen hier in huis heeft gezien dat Robrecht het Kind erbij was. We hebben hem in onze zak. Nooit ofte nooit zal hij kunnen ontkennen dat hij bij de samenzwering betrokken was. Niet onbelangrijk, jongens, want zijn persoon in onze rangen kan ons aanzien bij de burgers en bij de twijfelaars straks zeker ten goede komen. Spreek nu verder af en ga dan naar huis. Roep vannacht de mannen bij elkaar die met de uitvoering belast worden en geef hen de instructies. Niet hier, in de proosdij. Dat is veel te gevaarlijk. Bij een van jullie, thuis.'

De neven voerden de consignes van hun oom stipt uit. Thuisgekomen deed Isaac alsof hij ging slapen en wachtte geduldig af tot er in huis en op straat geen gerucht meer te horen was. Dan stond hij op, glipte de slaapkamer uit, besteeg zijn paard en keerde terug naar de burg waar hij Borsiard en zijn mannen ging ophalen. Samen reden ze naar de woning van ridder Walter en doofden er alle vuren zodat het lichtschijnsel hen in het holst van de nacht niet kon verraden. Even was er paniek toen Mathilde onverwachts het vertrek binnenkwam, zichzelf bijlichtend met een brandende kaars, maar Walter veerde recht en gaf haar zo'n klinkende oorvijg dat de jonge vrouw hevig schrok en zich beschaamd omdraaide. Door haar luchtige nachtkleed tekenden zich scherp de contouren van haar lichaam af.

'Schoon wijf,' zuchtte ridder Eric luidop.

'Schoon wijf?' Walter grijnslachte terwijl hij weer ging zitten. 'Een stuk geitenvel, ja. Ze kan nog niet eens kinderen krijgen.'

'Ze kan misschien iets anders,' grinnikte Eric.

'Die? Bijlange niet.'

'Komaan, jongens,' onderbrak Isaac ongeduldig. 'We zijn hier niet om over vrouwen te zeveren. Het gaat hier over een gewichtige zaak.'

Met de koppen bij elkaar zaten ze urenlang te fluisteren. Besloten werd het verraad diezelfde morgen nog te voltrekken. Uit het personeel van Borsiard werden de dapperste en vermetelste lieden uitgekozen. Ze kregen een rijkelijke beloning in het vooruitzicht gesteld: vier mark voor de ridders, twee voor de handlangers.

211

Zwijgend gingen de samenzweerders uit elkaar. Elk naar zijn woning om zich daar op de komende gebeurtenissen voor te bereiden. Want om nog te gaan slapen was het al te laat.

2 maart 1127. De eerste dagen van de tweede week van de vasten waren voorbij en de woensdag brak aan. De straatstenen glommen van het nat en de wolken hingen zo laag boven de stad dat de torenspitsen van Sint-Donaas nauwelijks te zien waren. Verder dan een speerworp kon geen mens iets onderscheiden. Bij vlagen roffelde de regen tegen de ramen van de Love.

Als naar gewoonte stond de graaf vroeg op en riep zijn twee kamerdienaren, Gerard en Arnold, bij zich.

'Ga Boudewijn halen,' beval hij kribbig aan Arnold. 'En breng ook Robrecht mee.'

De knecht snelde de kamer uit. Toen hij door de gewelfde overgang naar Sint-Donaas liep, zag hij in een flits beneden op straat twee wapenknechten staan die hun blik strak omhoog op de gaanderij gevestigd hielden, maar hij sloeg er verder geen acht op. Ondertussen hielp de oude Gerard de landsheer in zijn kleren.

Kort daarop verschenen beide kapelaans in de slaapkamer van het grafelijk paar. Terwijl Margaretha door haar dienaressen naar het belendend vertrek werd geleid om zich daar te baden en te kleden, las de graaf, knielend voor het beeld van de Heilige Maagd, met hen het ochtendgebed.

'*Populum tuum, quaesumus Domine,*' bad Boudewijn. 'Wij vragen U, o Heer, geef genadig acht op uw volk, en nu Gij ons beveelt ons te onthouden van spijs, laat ons ook verre blijven van onze zonden.'

De ogen sluitend en de handen samenvouwend, antwoordde de graaf daarop: 'Sla genadig acht op de offergaven die wij U, o Heer, straks zullen opdragen en ontbind door deze heilige omgang de boeien van onze zonden. Door Onze Heer Jezus Christus.'

'Amen.'

'Vandaag, heer graaf,' lichtte Robrecht de vastendag toe, 'voorspelt de Heer zijn lijden en verrijzenis. Hij nodigt ons uit zijn kelk te drinken, Hem te volgen in nederigheid en geduld. Zo naderen we dichter tot God in een geest van boete en vertrouwen. Het epistel eindigt met de bede: sluit niet de mond van hen die U lof zingen.'

'En het evangelie met woorden die mij danig dierbaar zijn,' vulde de graaf aan. '"Wie onder u groot wil worden, moet uw dienaar zijn. En wie onder u de eerste wil wezen, moet uw dienstknecht zijn. Gelijk ook de Mensenzoon gekomen is, niet om gediend te worden maar om te dienen en zijn leven te geven als losprijs voor velen." Dat zei Jezus tot de moeder van de zonen van Zebedeus. En dat zeg ik ook tot jullie: als graaf van Vlaanderen wil ik de dienstknecht zijn van mijn volk.'

Opstaand strekte Karel zijn armen wijd open zodat Gerard hem zijn mantel kon omhangen. Pas nu viel het Robrecht op dat de graaf er niet bijzonder fit uitzag. Zijn gelaat was getrokken, zijn ogen zaten diep in hun kassen en - wat hij nog nooit had opgemerkt - er zaten wallen onder.

'Goed geslapen, heer graaf?' vroeg hij bezorgd, terwijl hij met de landsheer de trap afliep naar de grote zaal voor de dagelijkse armenbedeling.

'Neen,' antwoordde Karel, op de laatste trede stilhoudend en zijn stem dempend zodat de dienaars aan de deur het niet konden horen. 'Ik kon gisteravond de slaap moeilijk vatten, Robrecht. Het warrelde al door mijn hoofd: de weerspannigheid van de Erembalden, het aanstellerige van de kanselier, de brutaliteit van Borsiard, de plechtige zitting van Pasen... Al die gedachten bestookten me en kon ik geen goede houding vinden. Nu eens ging ik op mijn ene zij liggen, dan op de andere. Ik heb zelfs een hele tijd rechtop in bed gezeten. Ik voel me uitgeput, jongen. Ook de gravin heeft slecht geslapen. Door al dat gewoel van mij is ze vaak wakker geworden, wat haar toestand van zwakte beslist niet heeft verbeterd. Ze mag niet mee naar de kerk, in de kou en de vochtigheid. Ik wil dat jij voor haar de mis leest aan het huisaltaar.'

'Dat is moeilijk, heer graaf. Volgens de beurtrol ben ik uw celebrant aan het Maria-altaar in Sint-Donaas.'

'Zorg dan voor een vervanger.'

'Ik zal het aan Boudewijn vragen.'

Zonder het antwoord van Karel af te wachten, liep Robrecht de trap weer op om zijn collega Boudewijn te verwittigen.

In de grote zaal had zich het gezelschap gevormd dat de graaf straks voor de vroegmis naar Sint-Donaas zou vergezellen: de abdis van Origny, Theinard van Broekburg, geflankeerd door zijn twee kloeke zonen, hofschenker Gervaas van Praet, Walter van Loker en zijn broer Eustaas van Loker, de priesters Odger en Godbert, ridder Hendrik en nog een handvol ridders uit het gevolg van Karel onder wie Wouter, zoon van hofmeester Evrard en Robrechts trouwe vriend. Er hing een muffe geur. Hij werd verspreid door de natte kleren van de bedelaars die, opdringerig tussen een dubbele haag knechten, aanschoven om geknield, uit de handen van de graaf een brood, een hemd en een kleine som geld in ontvangst te nemen. Derde in de rij liep een jonge vrouw die uitdagend rondkeek en het brood argwanend monsterde alsof de landsheer haar een brok vergif in de handen had gestopt.

Op slag had Robrecht, die intussen alweer beneden was, de dochter herkend van een van zijn vaders vroegere huisknechten, Dikke Jozef, die behoorlijk wat geld had verdiend met de handel in meekrap, een verfstof voor de wevers. De man had openlijk de kant van de Erembalden gekozen en hing voortdurend rond in het huis van Borsiard. Wat komt dat jong hier doen, schoot het door zijn hoofd. Die hebben toch geen tekort, laat staan honger. Zijn aandacht werd afgeleid door een dompelaar die, nog voor hij op de hoogte van de graaf was, jammerend op de knieën zonk en de landsheer met uitgestoken armen om hulp smeekte voor zijn vrouw die melaats was geworden en buiten de stad in een loofhouten hutje omkwam van kou en ellende.

Karel gaf een teken aan Fromold de Jonge en die reikte hem een extra som geld over die de graaf in de handpalm van de sukkelaar legde met de vriendelijke woorden: 'Koop een warme mantel voor haar en bid God dat ze berouw krijgt over haar zonden.'

Bijeengedreven door de knechten lummelden de schamelen achteraan bijeen, naast de buitendeur, om daar beschroomd te wachten tot de graaf met zijn gevolg de zaal had verlaten en de trap was opgegaan om zo de gaanderij te bereiken en naar Sint-Donaas te gaan. Omdat hij toch niet meeging en Fromold wilde uitnodigen voor de maaltijd, straks, bleef Robrecht beneden rondhangen. Zo kwam het dat hij de dochter van Dikke Jozef als een bliksemschicht naar buiten zag vliegen. Haar brood had ze in de handen van een verbaasd vrouwtje gestopt. Het hemd gooide ze op de grond.

'Ha, Robrecht.' Rammelend met de sleutels keerde Fromold

van de schatkamer terug waar hij de overschot van het geld had opgeborgen. 'Waar kijk je zo naar?'

'Naar de dochter van Dikke Jozef. Als dat soort volk nu ook al bij de graaf komt bedelen. Wie selecteert tegenwoordig de armen?'

'Evrard, de hofmeester.'

'Wat kwam die hier in 's hemelsnaam doen? Het zal voor het geld geweest zijn. Hoewel, zo'n aalmoes.'

'Een geluk dat onze graaf er warmpjes inzit,' grapte de secretaris.

'Is hij dan zo rijk?'

'Immens rijk, Robrecht. In de schatkamer liggen duizenden zilvermark, gouden en zilveren voorwerpen, edelstenen en een overvloed aan prachtige sieraden en juwelen opgetast. Niet voor niets is ze afgegrendeld met een zware ijzeren deur. Er zijn te veel handen in het graafschap die daar eens zouden willen in graaien. Maar zolang de sleutels aan Fromolds gordel hangen....'

'Kom je bij mij eten?'

'Graag.'

'Dan ga ik nu de mis opdragen voor de gravin. Tot straks.'

De deur van het grafelijk slaapvertrek stond open en binnen waren meiden druk in de weer het bed op te maken en de nachtemmers uit te dragen. Margaretha zat in het vertrek ernaast in een stoel, de benen uitgestrekt met de hielen op een rustbankje zodat haar hemelsblauwe jurk in brede plooien op de grond waaierde. Haar gelaat was lijkbleek en haar ogen stonden flets. Met de linkerhand omklemde ze de gulden gordel die rond haar taille was gesnoerd en met de rechter steunde ze haar vermoeide hoofd. Een van haar jonkvrouwen haastte zich om een kussentje te halen om voorzichtig onder haar hoofd te stoppen. De komst van de priester deed haar gezicht opklaren.

'Robrecht,' steunde ze. 'Mijn hoofd duizelt en mijn ogen doen me pijn. Ik voel me zo zwak. Wat moet ik toch doen?'

'Straks een stevige maaltijd nemen, mevrouw. Op vraag van uw echtgenoot heb ik Evrard boomganzen doen klaarmaken.'

'Ganzen?' Er klonk afkeuring in haar stem. 'In de vasten mogen we geen vlees eten, Robrecht!'

'Boomganzen zijn geen vlees, mevrouw. U mag ze niet vergelijken met andere dieren die uit de gemeenschap des vlezes zijn geboren. Boomganzen komen voort uit hout. Ik heb ze zelf meermaals waargenomen toen ik met vader naar de kuststreek ging om scheerwol te kopen. Kijk, door hevige stormen worden geregeld bomen geveld die dicht bij de branding staan. Van de nattigheid gaat het hout rotten en daaruit groeien, door de natuurlijke vettigheid, ganzen die met hun bek aan de stronk vastzitten. Als ze volgroeid zijn, breken ze zich los en vliegen direct naar het water. Anders sterven ze in de kortste keren.

De boodschap die God ons door deze wonderlijke wezens geeft, is onmiskenbaar. Zoals boomganzen niet uit een ei groeien zoals de andere vogels, maar uit hout, zo is onze Heer, Jezus Christus, niet geboren uit het zondige vlees, zoals alle andere mensen, maar uit het lichaam van de Maagd Maria. Maar nog een tweede goddelijke les geven deze schepselen ons. Zoals boomganzen niet uit de gemeenschap des vlezes zijn gegroeid, zo is de eerste mens niet uit geslachtsgemeenschap ontstaan, maar door de Almachtige geboetseerd uit stof en slijk. Daarom heeft deken Helias bij het begin van de vasten, toen hij het askruisje op uw voorhoofd tekende, gezegd: *memento homo*, gedenk, o mens, dat gij stof zijt en dat gij tot stof zult wederkeren.'

De gravin boog het hoofd en knikte.

'U zult nu begrijpen, mevrouw, waarom boomganzen geen vlees zijn en tijdens de vasten opgediend mogen worden. Maar nu is het tijd voor de mis.'

Als er iets Karel aan het hart lag, dan waren het wel de zeven boetpsalmen. Elke ochtend in de vastentijd zegde hij ze op, één na één, terwijl zijn kapelaan de getijden las ter voorbereiding van de vroegmis. Geknield op een schamele houten bank en de ogen strak op zijn psalter gericht, hield de graaf naar oude gewoonte zijn rechterhand gestrekt om aalmoezen uit te delen met de penningen die de kapelaan op de lezenaar voor hem had neergelegd. Intussen verdeelden de leden van zijn gevolg zich over de verschillende altaren, boven zowel als beneden, om er te bidden tot de heiligen wier eerbiedwaardige resten er bewaard werden. En om er mis te horen, want de graaf stond erop dat alleen hij neerknielde voor het altaar van Onze-Lieve-Vrouw op de tribune.

Dat het die woensdagochtend inderdaad kil en vochtig was in de kerk, ondervond Robrecht toen hij in de sacristie gauw de misgewaden ging aantrekken. Huiverend liep hij de trap op om door de overgang naar de Love terug te stappen en onwillekeurig gingen zijn gedachten naar de gravin die gelukkig in haar warme kamer was gebleven. In het huis van de graaf aarzelde hij even omdat hij beneden aan de trap schimmen meende te zien, maar hij liep door met de geruststellende gedachte dat het wachters moesten zijn die daar door Fromold voor alle zekerheid waren geposteerd.

In de kerk ging alles zijn gewone gang. De priemen waren voorbij, het responsum van de terts was afgelopen en kapelaan Boudewijn bad het *Pater Noster*. De graaf reciteerde Psalm 51:

> *Zie, Gij bemint de oprechtheid des harten,*
> *Daarom brengt Gij mijn geweten tot inkeer.*
> *Gij besprenkelt mij met hysop en weer ben ik rein.*
> *Gij wast mij schoon en ik ben blanker dan de sneeuw.*

Ondertussen legde hij een penning in de verschrompelde hand van een oud vrouwtje dat diep buigend voorbijschoof, maar zich dan verbaasd omdraaide en met grote ogen naar iets achter de graaf staarde.

Het waren drie mannen, van wie één - Borsiard - zijn zwaard van onder zijn pelsmantel haalde en met het plat een tik gaf op de schouder van de biddende landsheer. Die keek verstoord om en zag nog in een flits het lemmet omhoog gaan. De gil van de vrouw kwam gelijk met de houw.

Kreunend kromp de graaf van Vlaanderen ineen. Zijn schedel was open gespleten, de hersenen tot op het altaar gespat. Met een gebaar van afgrijzen deed kapelaan Boudewijn een stap achteruit. Het vrouwtje dribbelde, zich met beide handen vastklemmend aan de reling van de tribune, huilend weg zodat ze niet meer zag hoe nu ook de twee anderen hun zwaard van onder hun wijde mantel haalden.

Van bij de eerste klap was Karel voorover gestuikt, met zijn hoofd op het psalter waarvan de openliggende bladzijden, rijkelijk versierd met bladgoud, doordrenkt raakten van het bloed dat uit de hoofdwond gutste. Om beurten staken de drie aanvallers hun zwaard in het sidderende lichaam van hun slachtoffer, tot die van zijn bidstoel rolde, moeizaam de blik ten hemel richtte, in een uiterste krachtsinspanning nog de rechterhand ophief en met een diepe zucht de geest gaf.

Onmiddellijk draaiden de drie samenzweerders zich om en keerden zich tegen Theinard van Broekburg die met getrokken dolk briesend op hen af kwam gestormd. De burggraaf had pas zijn zonden gebiecht en, naar christelijke gewoonte, het lichaam en het bloed van Christus genuttigd, toen hij het tumult hoorde en het staal zag bliksemen. Zo onbesuisd stak hij om zich heen dat Borsiard niet de minste moeite had hem een dodelijke slag toe te brengen.

Niet meer te stuiten in hun bloeddorst lieten de moordenaars de zieltogende burggraaf achter op de gaanderij en stormden naar beneden, om in de kerk en in de burg de andere leden van het gevolg van de graaf te lijf te gaan. De eerste die ze in het oog kregen, was Hendrik, een ridder van wie Borsiard vermoedde dat hij zijn broer Robrecht had omgebracht. Ze dreven hem op de vlucht door het zuidportaal in de richting van het grafelijk huis. Gelukkig was daar juist de broer van de kanselier, Disdir Haket, aangekomen om zoals afgesproken met zijn mannen de Love te bezetten. Hendrik stoof de grote zaal in en knielde voor zijn voeten, smekend om genade. Prompt nam de burggraaf hem in bescherming en redde zijn leven uit de handen van de binnenstormende aanvallers. Die blikten wild in het rond en stormden weer naar buiten, net op tijd om te zien hoe de twee zonen van de burggraaf van Broekburg, Walter en Giselbrecht, zich op hun paard slingerden. In volle galop staken ze het Burchtplein over en reden over de Reiebrug de Markt op. De twee jongens die in heel het graafschap goed aangeschreven stonden om hun ridderlijke slagvaardigheid, waren, zodra ze van de moord op de graaf en hun vader hadden gehoord, de kerk uitgelopen, het brood des Heren nog in hun mond, om zich zo snel mogelijk uit de voeten te maken naar hun huis buiten de stad.

'Pak ze!' schreeuwde Borsiard.

Twee ridders en een wapenknecht reden achter de vluchtelingen aan en grepen ze bij het Zand. Een van de ridders, Eric, een man van twijfelachtig allooi die tot de kring van de verraders behoorde, lichtte Giselbrecht van zijn rijdier en maakte hem af. De andere jongen wist te ontkomen, gebruikmakend van de verwarring, maar werd bij de ingang van zijn verblijf door lieden die hem vanuit de tegenovergestelde richting tegemoet snelden, met zwaarden doorboord. Hij viel voor dood neer, wat kennelijk niet volstond voor Lambrecht Berakin, welstellend burger en partijganger van de Erembalden, die met zijn bijl op hem inhakte alsof het een stuk brandhout was.

Een ander groepje samenzweerders achtervolgde over één mijl afstand Rijkaard, de heer van Woumen. Zijn dochter was met een neef van Thankmar getrouwd en daardoor behoorde hij in de ogen van de samenzweerders tot het verkeerde kamp. Zoals vele vooraanstaanden uit het Brugse die zich die dag gereed maakten om naar het grafelijk hof te vertrekken, was Rijkaard met zijn ridders naar de Love gekomen. Hij slaagde erin zich van de achtervolgers te ontdoen en bereikte ongedeerd zijn machtige veste waar hij meteen de brug liet optrekken.

Rijkaard was niet de enige die wist te ontkomen. Gervaas van Praet, de hofschenker van de graaf en een van zijn intiemste raadgevers, vluchtte te paard naar zijn verwanten in Vlaanderen. Johannes, de persoonlijke dienaar van de graaf die er de dag voordien nog nauwkeurig had op toegezien dat Karel ongestoord kon praten met zijn vertrouwelingen, joeg zijn paard langs binnenwegen en bereikte tegen de middag Ieper waar hij het bericht van de moord verspreidde. Het was omstreeks het feest van Sint-Pietersstoel en de jaarmarkt was nog altijd aan de gang. Giovanni, de koopman uit Lombardije bij wie de graaf twee dagen voordien een heel speciale zilveren kruik had gekocht, begon luidop te lamenteren en raapte, samen met zijn landgenoten, ijlings zijn koopwaar bijeen en maakte zich uit de voeten. Ook de Friese kooplui en de Rijnlanders pakten hun biezen. Overal droegen ze het bericht met zich mee van het schandaal dat zich in Vlaanderen had afgespeeld.

De ochtend van de tweede dag na de moord al, wekte het bericht van de rampzalige dood van de graaf van Vlaanderen beroering in Londen. En de avond van diezelfde tweede dag veroorzaakte het opschudding bij de inwoners van Laon. In heel Europa betreurde men het verdwijnen van een groot vorst, een prins die zijn land voortreffelijk had bestuurd.

Het duurde een poosje voor Robrecht begreep dat er iets aan de hand was. Hij hoorde wel tumult in huis en keek verstoord op, maar onderbrak het misoffer niet omdat de gravin, de handen vroom gevouwen, onverstoord voort bleef bidden. Het *Credo* was voorbij en hij las het *Offertorium*: '*Ad te, Domine, levavi animam meam.* Tot U, Heer, verhef ik mijn ziel. Mijn God, op U vertrouw ik. Laat mijn vijanden niet de spot met me drijven. Niemand die U verbeidt, zal beschaamd worden.'

De pateen met de hostie optillend en zich tot de landsvrouw richtend, sprak hij: 'Aanvaard, Heilige Vader...', maar op dat moment vloog de deur open en viel een meid al krijsend binnen. Margaretha hief verschrikt het hoofd op en keek vragend naar Catharina, haar gezelschapsdame die naast haar geknield zat. Die krabbelde moeizaam overeind, tilde haar rokken van de grond en liep op de waanzinnig gillende werkster toe om haar te kalmeren. Maar die bleef maar krijsen.

'Wat is er toch?' probeerde Catharina de vrouw te overschreeuwen terwijl ze haar bij de schouders pakte en wild door elkaar schudde.

'Ze hebben de graaf vermoord!'

Op slag loste Catharina de meid en staarde haar ongelovig aan.

'Waar?' bracht ze nog uit.

'In de kerk. Borsiard!' gilde de vrouw.

Als van de hand Gods geslagen draaide de gezelschapsdame zich om en keek roerloos toe hoe Margaretha, steunend met beide handen op haar bidstoel, half overeind kwam, haar mond opendeed om iets te zeggen en ineenzeeg. Robrecht zei nog werktuiglijk '...almachtige, eeuwige God...' en liet de pateen uit zijn handen vallen.

De graaf vermoord!

Wezenloos staarde hij naar de sneeuwwitte hostie voor hem op het altaar. Even leek het alsof hij afwezig was uit deze wereld, alsof hij in een apathische droom wegzonk, dan drong de verschrikkelijke werkelijkheid tot hem door. Ze hadden het gedaan, de lafbekken! Ze hadden hun bedreigingen uitgevoerd en hun landsheer vermoord. Hoe juist was het voorgevoel van de graaf geweest! Als een martelaar was hij gevallen in zijn eigen kerk, voor het altaar van Onze-Lieve-Vrouw. Omgebracht door een stel vuige verraders. Zoals zijn vader.

De gedachte dat de graaf er niet meer was, dat er geen graaf meer was, ook geen gravenkind, zelfs geen troonopvolger en dat de kanselier ineens vrij spel kreeg, was als een gapende kloof waarin alles wat zich in zijn leven als verwachting had opgestapeld, reddeloos wegschoof: de afzetting met Pasen van Bertulf, de benoeming van Fromold, de eliminatie van de Erembalden, zijn bisschopswijding, de bouw van een nieuwe kerk, de zalving van de graaf tot koning, de wenkende toekomst van Vlaanderen. Alles was weg.

In een spontane opwelling stak hij de nog niet geconsacreerde hostie in zijn mond, dronk de wijn op, trok de kazuifel over zijn hoofd, ontdeed zich van manipel en albe, gooide alles op het altaartje en zette het op een lopen langs de in onmacht gevallen gravin en de handenwringende gezelschapsdame naar de overloop en door de gewelfde overgang tot op de tribune van Sint-Donaas. Onderweg botste hij tegen Wouter aan die hem toeschreeuwde: 'Ze hebben de graaf doodgestoken!' - en tegen een oud wijfje dat weeklagend haar hoofd onophoudelijk tegen de wand sloeg.

Bij het Maria-altaar zag hij in één oogopslag wat er gebeurd was: kapelaan Boudewijn was verdwenen, het lijk van de graaf lag in een plas bloed met het psalter er omgekeerd bovenop en bij de borstwering boog de abdis van Origny zich over het lichaam van de zwaargewonde en hevig bloedende burggraaf van Broekburg. Toen ze de priester zag komen, hief ze het hoofd op en toonde hem een ring.

'Voor zijn vrouw en zijn zonen,' bracht ze er met een door tranen gesmoorde stem moeizaam uit. 'Hij heeft me zijn laatste wilsbeschikking toevertrouwd. Deze ring geldt als bewijs voor hen.' Overeind komend stak ze het kleinood in de wijde mouwen van haar habijt en stapte dan hevig snikkend naar het grafelijke huis.

Ontzet knielde Robrecht naast de reutelende edelman. Met zijn duim vlug een kruisje op diens voorhoofd drukkend, prevelde hij: 'Door deze heilige zalving vergeve u de Heer al wat gij misdaan hebt...' Verder kwam hij niet, want beneden klonk plots zo'n getier dat hij verschrikt opveerde. Een snelle blik maakte hem duidelijk dat er maar twee uitwegen waren: de trap naar het hoofdportaal, maar dat waagde hij niet uit angst recht in de armen van de moordenaars te lopen, en de Love. Dus holde hij terug, wurmde zich in de overgang langs de voortsloffende abdis van Origny die niet eens opkeek, en glipte de trap af naar beneden. Door een achterdeur schoot hij naar buiten en repte zich naar huis.

Het getier was afkomstig van Borsiard en zijn trawanten die de kerk weer waren binnengestormd. Als razend liepen ze her en der rond en zochten bij de koffers en de banken van de kanunniken naar slachtoffers. Met hun nog van bloed druipende zwaarden in de vuist sprongen ze de trappen op en vonden daar de graaf van Broekburg die nog ademde. Bij zijn voeten sleepten ze hem van de gaanderij naar de kerkdeur en slachtten hem buiten af. Dan gingen ze op zoek naar Walter van Loker die ze meer dan wie ook haatten en van wie ze vermoedden dat hij nog steeds in de kerk zat. Walter maakte deel uit van de grafelijke raad en had zich daar ontpopt als een van de hardnekkigste tegenstanders van de Erembalden. Onophoudelijk had hij Karel aangespoord de hand te leggen op de familie van de kanselier.

Het vermoeden van de woestelingen was gegrond, want Walter had zich op raad van een van de kosters verstopt in de orgelkast, daar waar de pijpen zitten, op dezelfde galerij waar het lijk van de graaf lag. Vanaf de moord op de landsheer tot tegen de middag was hij daar blijven zitten, weggedoken in een koormantel. Maar toen hij het wapengekletter hoorde en zijn naam hoorde roepen, bracht doodsangst hem in verwarring. In de waan dat hij zich in de kerk beter kon redden, wrong hij zich uit de benauwde orgelkast, sprong van de tribune op het hoge verhemelte van de zangschool en vandaar naar het midden van de kerk. Ontzet zeeg hij op de knieën neer en riep in smartelijk gejammer God en al zijn heiligen te hulp. Groot en grimmig van gestalte kwam Borsiard op hem af, greep hem bij het hoofdhaar en hief zijn zwaard op om hem neer te slaan.

'Toch niet in de kerk!' riep kapelaan Boudewijn vertwijfeld van bij het hoofdaltaar waar hij samen met een andere geestelijke van de graaf, Godbert, toevlucht had gezocht en als verlamd stond toe te kijken. Vloekend sleurde Borsiard zijn slachtoffer naar buiten.

'God, ontferm u over mij!' schreeuwde Walter.

'Ontferming?' schamperde Borsiard, hem voor zich uitdrijvend.

223

'Ontferming? Je verdient van ons zoveel ontferming als je aan ons hebt betoond.'

En met een woeste kreet leverde hij hem over aan de wapenknechten die hem afmaakten onder een regen van zwaarden, knuppels, knotsen en stenen. Triomfantelijk snelde Borsiard naar zijn broer Isaac in de centrale ruimte terug en keek moordzuchtig in het rond. Wie moest er nog een kopje kleiner gemaakt worden? Wie zat er nog verstopt?

'Doorzoek de sacristie!' snauwde hij tegen de commandant van een handvol wapenknechten die hem om instructies kwam vragen. Dan richtte hij zijn aandacht op het hoofdaltaar. Niet voor Boudewijn en Godbert die daar nog altijd als standbeelden gebeiteld stonden, wel voor Eustaas van Loker, broer van Walter en geestelijke, die zich met trillende benen bij de twee priesters was komen voegen in de hoop dat hij bij de relieken van de Heilige Donatianus veilig zou zijn. Borsiard hief dreigend zijn zwaard op, maar Isaac hield hem tegen.

'Hoeveel?' vroeg hij aan Eustaas.

'Twintig zilvermark,' antwoordde die met overslaande stem.

'Twintig maar?'

'Honderd.'

'Morgen komen betalen,' knikte Isaac.

'We hebben Fromold!' klonk het vanuit de sacristie.

Het was de leider van de knechten. Zijn mannen hadden de deur opengebeukt, de gordijnen ondersteboven gehaald en alle koffers doorzocht. De gewaden, boeken, karpetten en palmen die de kanunniken er bewaarden voor Palmzondag, hadden ze in het rond gestrooid. Onder een tapijt hadden ze Odger ontdekt en Arnold, de jongste van de twee kamerdienaars van graaf Karel. En achter een bos palmtakken Fromold de Jonge, grafelijk secretaris en in de ogen van de Erembalden meer dan verdacht door zijn intieme omgang met de graaf.

Toen de naam Fromold door de kerkruimte klonk, kreeg Isaac een aanval van razende woede. 'Die zijn leven kan niet vrijgekocht worden,' brieste hij tot Borsiard. 'Zelfs niet met een hoop goud zo hoog als deze kerk. Wacht tot ik hem beet heb. De rotzak die ons zo zwart gemaakt heeft bij de graaf.'

Met de anderen in zijn spoor stoof hij naar de sacristie, greep

Fromold in de kraag en sleurde hem naar buiten. Overtuigd dat de kamerheer van de graaf hem kwam redden van een gewisse dood, schreeuwde Fromold: 'Isaac, makker, ik bid u, bij de vriendschap die tot nu toe tussen ons heeft bestaan, spaar mijn leven voor mijn kinderen die zogezegd uw neven zijn. Want als ik sterf, blijven ze zonder bescherming achter.'

Maar Isaac antwoordde: 'Nu ga je de barmhartige behandeling krijgen die je verdiend hebt door ons bij de graaf op zo'n schandalige manier zwart te maken.'

'Biecht je zonden!' riep Godbert.

Als een blok viel Fromold op zijn knieën voor de priester die zich onmiddellijk over de hevig bevende secretaris boog om zijn biecht te horen en hem de absolutie te geven. Intussen overlegde Isaac met Borsiard wat ze zouden doen: Fromold ter plaatse vermoorden of zijn leven sparen. Borsiard wilde er korte metten mee maken, maar Isaac, wiens woede kennelijk bekoeld was, bracht een ander idee te berde.

'We gaan hem sparen,' fluisterde hij. 'Samen met Arnold. Weet je waarom?' Borsiard schudde ontkennend het hoofd. 'Omdat die twee ons informatie kunnen leveren over de bergplaats.'

'Welke bergplaats?'

'Van de grafelijke schat!'

In de proosdij heerste die voormiddag een opgewekte stemming. De kanselier had een tafel laten openplooien met een damasten tafelkleed en daarop een zilveren kan vol beste wijn en een tiental bekers. Breeduit zittend in zijn mooiste zetel ontving hij de leden van zijn familie om op de hoogte te blijven van de gebeurtenissen. Geregeld slurpte hij een oester.

In Sint-Donaas had hij zich die ochtend niet laten zien. Deken Helias had zijn uitgebreide verontschuldigingen met een begrijpend hoofdknikje in ontvangst genomen en zich zonder verdere vragen uit de voeten gemaakt. Het verlossende nieuws van de gelukte aanslag werd hem gebracht door zijn broer Wulfric Cnop.

'Goed werk,' reageerde de kanselier met nauwelijks verholen jubel in zijn stem. 'De dag van de afrekening is aangebroken. Eindelijk zijn we verlost van die vervelende Deen die ons in horigheid wilde dompelen. Vanaf nu delen wij de lakens uit.'

Kort nadien verschenen burggraaf Disdir Haket, Lambrecht van Aardenburg en Willem van Wervik in de proosdij. Er werd uitgebreid gedronken op het succes en Rainier zorgde ervoor dat de bekers geregeld werden bijgevuld en dat er verse oesters op tafel kwamen.

'Nu Karel van Denemarken uit de weg is geruimd en de dreiging van de slavernij boven ons hoofd is weggenomen, moeten we zo snel mogelijk het initiatief naar ons toetrekken,' begon de kanselier. 'Disdir, jij draagt er als burggraaf zorg voor dat het rustig blijft in de stad en dat zoveel mogelijk partijgangers van de graaf worden overgeleverd aan Borsiard en zijn mannen. Vergeet Gervaas van Praet niet...'

'Die is ervandoor,' kwam Willem van Wervik tussenbeide.

'Verdomme. En Theinard van Broekburg?'

'Die is dood.'

'Goed. Dat ze ook op Fromold de Jonge jagen.' Disdir knikte.

'En op Odger.'

'Jaja.'

'En op die valse kapelaan Robrecht.'

'Niet allemaal tegelijk, Bertulf. Die gaat toch niet lopen. Vanmiddag of morgen halen we hem wel uit zijn kot.'

'Lambrecht, jij stuurt onverwijld een bode naar Willem van Ieper. We moeten hem zo snel mogelijk aan onze kant krijgen.'

'Komt in orde,' antwoordde Lambrecht. 'Ga je hem de graventroon aanbieden? Want dit is toch zijn allerlaatste kans.'

Er speelde een spotlachje om de mond van de kanselier. Met zijn rechterhand over de buik van zijn beker wrijvend zei hij: 'Willem zal natuurlijk denken van wel, en we gaan voorlopig niets doen om hem van die gedachte af te helpen.' Omdat hij merkte dat de aanwezigen hem stomverbaasd aanstaarden, gaf de kanselier uitleg.

'Het komt er in de allereerste plaats op aan Willem in Ieper te houden. Als hij het in zijn hoofd krijgt met zijn volk naar Brugge op te trekken, dan zou het Vlaamse gemeen wel eens kunnen denken dat hij Karel komt wreken en zich achter hem scharen. In dat geval wordt hij een geducht tegenstander in plaats van een bondgenoot. Neen, Willem moet in Ieper blijven, maar hij moet denken dat hij van ons de gravenkroon zal krijgen als beloning

226

voor zijn steun. Zet er hem toe aan een eed van hou en verzekerde trouw los te krijgen van zoveel mogelijk Vlamingen - burgers, handelaars, vazallen - met geld of met geweld, het doet er niet toe. Zo verzekeren we ons via hem van bondgenoten en van rust in die kant van het graafschap. Stuur ook een bode naar onze familie in Veurne en geef hen de opdracht zich te organiseren en zich als getrouwe vazallen achter Willem van Ieper te scharen. Verwittig ten slotte onze aangetrouwde familieleden, Robrecht van Kerseca, Guido van Steenvoorde, Walter van Lissewege en de anderen dat ze hun huizen en bijgebouwen extra versterken tot ik Willem van Ieper heb aangesteld.'

'Je gaat hem dan toch graaf maken,' riep Lambrecht uit.

'Bijlange niet,' lachte Bertulf. 'We verspreiden het gerucht dat we hem de troon aanbieden, maar zodra we het graafschap volledig onder controle hebben, ontbieden we hem in het grootste geheim naar Brugge. Een handvol mannen onder leiding van Borsiard zorgt ervoor dat hij hier nooit geraakt. Gesnapt?'

'En wie wordt er dan graaf?' vroeg Disdir.

'Ik heb geen graaf meer nodig. Ik word zelf graaf.'

In opperste verbazing opende Wulfric Cnop zijn mond om iets te vragen, maar sloot die toen er gestommel weerklonk vanuit het klooster. Het deurtje vloog open en Fromold de Oude, de oom van de grafelijke secretaris, werd naar binnen geduwd door een paar kanunniken die eerbiedig in de deuropening bleven staan. De oude man viel neer voor de voeten van Bertulf.

'Wat komt die hier doen?' vroeg de kanselier spottend aan zijn broers.

'Isaac en Borsiard hebben mijn neef Fromold de Jonge gevangengenomen, heer kanselier,' jammerde de oude man, 'en ze willen hem de kop inslaan. Spaar toch zijn leven. Als geestelijke, als proost van het kapittel van Sint-Donaas, kunt u toch niet toestaan dat ze de echtgenoot van uw nicht wreed om het leven brengen.'

'Ha neen?' antwoordde de kanselier onnozel. 'Waarom zou ik dat niet kunnen toestaan? Je weet maar al te goed, Fromold, dat jouw neef de eerste was om tegen ons te intrigeren bij de graaf. Daarom verwondert het me helemaal niet dat Isaac en Borsiard hem een kopje kleiner willen maken. Ik zou het ook doen, mocht ik in hun plaats zijn. Zeg eens: heeft hij ooit een vinger uitgestoken om ons te beschermen?'

'Ik smeek u, heer kanselier,' bad de oude met bibberende stem, 'spaar zijn leven.'

''t Is al goed,' gaf Bertulf grootmoedig toe. En tegen Rainier: 'Loop naar Sint-Donaas en zeg dat ze Fromold voorlopig in leven laten.'

Rainier duwde de twee kanunniken die nog altijd in het deurgat stonden te gapen, uit de weg en rende door de pandgang naar de kerk.

'Dank u, heer kanselier, dank u,' mompelde Fromold en krabbelde overeind. Achterwaarts schuifelend, bereikte hij de deur waar hij een diepe buiging wilde maken alvorens te verdwijnen, maar die kans kreeg hij niet want Rainier was al terug.

'Ze willen niet, heer kanselier,' hijgde hij. 'Geen genade, zegt Isaac, zelfs al komt u in hoogsteigen persoon.'

Luid lamenterend gooide Fromold zich weer op de knieën voor de kanselier die hij bij God en de Heilige Maagd en de Heilige Donatianus en de zalige Basilius de Grote smeekte persoonlijk naar de kerk te gaan om het leven van zijn neef te redden. Bertulf had zichtbaar moeite om zijn lach in te houden.

'We zullen eens gaan kijken,' grinnikte hij, en zette zich sloom in beweging op de voet gevolgd door Fromold de Oude en de twee kanunniken die moeite moesten doen om niet tegen de hoge geestelijke op te botsen omdat die, de handen rustig op de rug gevouwen, met tergend trage tred door de pandgang drentelde in de richting van de poort die het klooster met Sint-Donaas verbond.

In de kerk troffen ze Isaac en Borsiard aan die met hun zwaard drie mannen in bedwang hielden: Fromold de Jonge, Odger en Arnold. Van bij het hoofdaltaar keken Boudewijn en Eustaas met verwilderde blik toe. Alleen Godbert leek niet onder de indruk van de gevaarlijke situatie.

'Wel, wel,' begroette de kanselier zijn neven. 'Groot wild gepakt, zie ik.'

'Deze hier slepen we dadelijk naar buiten om hem als een hond af te maken,' bulderde Isaac. Omdat alle ogen op Fromold de Jongere gericht waren, knipoogde hij naar zijn oom en voegde er koeltjes aan toe: 'Van genade is geen sprake.'

Toen deed de geestelijke Godbert een stap vooruit. Onverschrokken ging hij voor Isaac en Borsiard tot bij Bertulf staan en zei: 'Heer kanselier. Er is al genoeg bloed gevloeid in dit sanctuarium. Van heilige handelingen is er vandaag nauwelijks sprake geweest. Wel van verdorvenheid en wandaden. Ik verzoek u met aandrang deze gevangenen met u mee te nemen en in verzekerde bewaring te nemen.'

'Op één voorwaarde,' kwam Isaac tussenbeide, duidelijk onder de indruk van het waardig optreden van de geestelijke.

'En die is?' vroeg Godbert.

'Dat onze oom hen uitlevert, als we hen terugvorderen.'

De kanselier knikte bevestigend, gaf een teken dat de drie hem moesten volgen, en liep door de poort naar de proosdij terug waar hij ze in een kleine kamer liet opsluiten, niet vóór eerst de grafelijk secretaris nog eens onder handen te hebben genomen.

'Ha, Fromold,' zei hij zeemzoet. 'Nu zul je weten dat je aanstaande Pasen mijn proostschap niet zult verkrijgen, zoals je had gehoopt! Dat had ik toch niet verdiend, dat je zo tegen mij zou intrigeren.'

Fromold zwoer bij hoog en bij laag dat hij daar volkomen onschuldig aan was. 'Ik heb helemaal niets tegen u ondernomen,' probeerde hij de kanselier te overtuigen. 'De graaf was het, en niemand anders, die mij dat aangeboden heeft.'

'Kom, kom,' lachte Bertulf. 'Maak dat de ganzen wijs. Ik heb de oorkonde met eigen ogen gezien, vriend. Hofmeester Evrard heeft ze me getoond. En van wie was het handschrift? Van Fromold, de grafelijk secretaris.'

'Maar...'

'Zwijg, intrigant. Jij denkt zeker dat ik een onnozelaar ben. Toen onlangs je huis afbrandde, heeft de graaf je dan geen nieuw laten optrekken? Een vorstelijk gebouw, mag ik wel zeggen. Beter en mooier heb ik nooit gezien. Gerieflijker zelfs dan het mijne! Dat was voor jouw mooie ogen zeker? Neen, kameraad. De kanselier van Vlaanderen bedrieg je niet. Ik heb je wel door. Je krijgt je verdiende loon.'

'Spaar mijn leven, heer!'

'Dat zullen we wel zien. Vooruit!' En hij verkocht Fromold een trap onder de broek zodat die bij de twee anderen vloog. Daarop sloeg hij de deur dicht en liet ze vergrendelen. Door het spionnetje observeerde hij hen heimelijk en luisterde hoe ze de graaf beweenden en zuchtten dat ze beter met hem waren omgekomen, dan te moeten beleven dat deze verraders zouden gedijen onder het beheer van een andere landsheer.

Deze keer was het wel degelijk een meid van Mathilde die zich bij de huisknecht van Robrecht aandiende. De kapelaan moest direct naar het huis van haar meesteres komen, berichtte ze hijgend, haar zwarte sjaal van voor haar mond nemend. Mevrouw had erop gedrukt: direct.

Dirk keek verwilderd in het rond.

'Dat kan toch niet,' protesteerde hij. 'Dan loopt hij recht in de armen van de Erembalden. Van ridder Walter nog wel!'

'Ik kan maar zeggen wat mevrouw Mathilde zegt,' antwoordde de maarte en ze haalde haar schouders op. 'Nog een goeie dag.'

'Zeg dat ik kom,' riep Robrecht gejaagd van achter de rug van zijn knecht.

Hoewel het tegen de middag liep, was het behoorlijk donker buiten. Het regende niet, maar door het laaghangende wolkendek leek het alsof het avondduister was ingevallen. Overal klonk geroep en getier en over het Burchtplein joeg een groepje schimpende knechten een man voor zich uit die hevig bloedde uit zijn mond en uit een gapende wonde aan zijn schouder waar zijn arm was afgehakt.

'Ga toch niet buiten, heer Robrecht,' jammerde Dirk toen hij zag dat zijn meester zijn kapmantel omsloeg en zijn leren schoenen aantrok. 'Ze zijn op jacht naar de getrouwen van de graaf. Als ze u zien!'

'Tot straks,' gromde Robrecht en hij schoof de straat op. Om uit de handen van de moordenaars te blijven en het riskante Burchtplein te mijden, liep hij achter het klooster om, over de burchtbrug en langs de kerk van Sint-Kristoffel naar het huis van ridder Walter. De meid die de boodschap had gebracht, had zich gehaast, want ze stond op vinkenslag en zodra ze de priester zag aankomen, gaf ze een bons op de deur die prompt openzwaaide. Achter de bezoeker gleed ze mee naar binnen.

Robrecht gooide zijn mantel op een kist en liep het woonvertrek binnen. Mathilde was alleen. Ze zag er afgemat uit. Haar

haar was niet opgemaakt en hing los over haar schouders, haar wangen waren bleker dan anders, ze droeg een oude, flesgroene jurk met een diepe uitsnijding en ze liep blootsvoets. Robrecht nam haar bij de ellebogen en zoende haar op haar malse, warme lippen. Weer voelde hij die zwaarte in zijn lichaam en die vreemde drang om haar tegen zich aan te trekken, maar hij vermande zich.

'Ze hebben de graaf vermoord!'

'Ik weet het.' Ze draaide zich om en liep naar de schoorsteen-mantel. Met haar grote teen duwde ze een stuk houtskool dieper in de haard en zei dan over haar schouder: 'En weet je dat die moordenaars dat hier bekokstoofd hebben, vannacht?'

'Hier?'

'Ja. Ik heb ze betrapt. Het heeft me wel een klap in mijn ge-zicht gekost, maar ik heb hun gezichten gezien.'

'Wie waren het?'

'Borsiard, en Walter natuurlijk, en Isaac.'

'Isaac? De kamerheer van de graaf?'

'Ja.'

Verrader, dacht Robrecht. Verdomde verrader. Zoveel gunsten van de graaf gekregen en nog zijn meester een dolk in de rug steken!

'Ingelram was er ook bij. En Dikke Jozef.'

Daarom stond zijn dochter vanochtend in de rij bedelaars, schoot het door Robrechts hoofd. Om de gangen van de graaf na te gaan en snel aan de buitenwacht mee te delen wanneer de landsheer de grote zaal verliet op weg naar Sint-Donaas! Zij was de bood-schapper. Daarom moest ze dat brood niet hebben en gooide ze het hemd weg.

Mathilde keek Robrecht zorgelijk aan omdat die er het zwij-gen toe deed. Maar zijn redenering was al zover voortgeijld dat hij zijn mond niet meer durfde te openen. Want wie had de be-delaars geselecteerd? Wie had haar in de rij gesmokkeld? De hof-meester. Evrard! Haar vader zat dus wel degelijk in het complot.

'Is er wat?' vroeg Mathilde omdat ze merkte dat Robrecht lijk-bleek werd.

'Neen, neen,' zei hij, zich hervattend. 'Ik word er misselijk van als ik bedenk dat die Dikke Jozef ooit nog dienstknecht van mijn vader is geweest. Hij krijgt vast het monopolie op de meekrap voor bewezen diensten. Dan kan hij zich nog rijker maken.'

'Ik heb ook namen gehoord van andere samenzweerders.'

Bij de laatste woorden liet Mathilde haar stem zo laag zakken dat Robrecht dichterbij moest komen om haar te verstaan, temeer omdat ze nog altijd haar gezicht van hem afgewend hield. Zijn ogen vragend naar haar opgericht, ging hij op de bank zitten.

'Willem van Wervik,' fluisterde ze. 'En Robrecht het Kind.'

'Dat kan niet.'

'De kanselier heeft hem gedwongen.'

'Wil je daarmee zeggen dat Bertulf ook in het complot zit?'

Ze keek hem verbaasd aan, schudde meewarig het hoofd en begon weer heen en weer te lopen.

'Ik heb nog andere verschrikkelijke dingen gehoord.' Hij volgde haar gretig met zijn blik. Voor het eerst viel het hem op dat ze de neiging had op haar tippen te lopen wat haar stap iets veerkrachtigs gaf. Het hoofd hield ze fier rechtop en de ellebogen en schouders lichtjes achteruit zodat de sierlijke kromming van haar achterwerk nog meer in het oog viel. 'Jouw naam staat op hun lijst.'

'Welke lijst?'

'De lijst van de ter dood veroordeelden.'

'Maar ik heb niemand iets misdaan.'

'Vader heeft je aangeklaagd bij de kanselier.'

'Mij? Waarom?'

'Omdat jij in de stad zogezegd hebt rondgebazuind dat de kanselier met zijn handen niet van de vrouwen kan blijven. Dat is hij in de proosdij gaan vertellen. En ook dat je de kanselier tegenover de graaf een moordenaar en een bedrieger hebt genoemd. Naar het schijnt is Bertulf razend en heeft hij aan zijn neven opdracht gegeven je te pakken en bij hem te brengen. Vader beweert ook dat jij de kanselier en de deken van het kapittel slecht hebt gemaakt bij bisschop Simon in Noyon. En dat jij vader persoonlijk geld aangeboden hebt om een prebende te krijgen, maar dat hij dat afgewezen heeft.'

'Je vader is een leugenaar. Ik heb hem nooit geld aangeboden. Integendeel. En dat van die vrouwen heb ik helemaal niet rondverteld. Ik heb het alleen tegen hem gezegd. En het is toch waar, zeker? Wat heeft die smeerlap met jou niet uitgestoken?'

'Ik weet het wel, Robrecht. Maar daar gaat het niet om. Zij

zijn nu baas.'

'De graaf...'

'De graaf is dood, jongen! Snap je dat niet? Jij bent vogelvrij. Bertulf en zijn neven gaan je opjagen en afmaken als een ordinair stuk wild. Dat heb ik ze vannacht zelf horen zeggen. God, wat moeten we doen? Ik hou zo van je, je bent me zo dierbaar. Ik wil je niet verliezen. Dat mijn eigen vader...'

'Ze mogen me gerust komen halen. Ik zal me wel verdedigen.'

'Er valt niets te verdedigen. Ze zullen niet eens luisteren naar wat je vertelt. Ik mag er niet aan denken.'

'Maar Wouter weet toch dat ik je vader nooit belasterd heb.'

'Wouter is machteloos. Die houdt zich gedeisd.'

'Wat moet ik dan doen?'

Terwijl hij het zei, drong het tot hem door dat hij nu plots diegene was die geholpen moest worden. Dat de rollen omgekeerd waren. Gisteren nog had hij zijn hersenen zitten pijnigen hoe hij Mathilde zou redden als de Erembalden eenmaal uitgeschakeld waren en welk pleidooi hij bij de graaf zou houden voor haar ouders. En nu was Karel dood. Vermoord door die schurken... Het wenen stond Robrecht nader dan het lachen en het was alleen door het zien van Mathilde, die onvermoeibaar heen en weer bleef lopen, dat hij zich kon beheersen. Diep snuivend om de tranen weg te houden - er liep een siddering van emotie door zijn borst - wilde hij nog iets zeggen over de kanselier, maar plots besefte hij dat hij zich in het huis van een van de moordenaars bevond. Die kon elk moment binnenkomen!

'Waar is Walter?' bracht hij er moeizaam uit.

'Naar het steen van Thankmar in Straten. Maak je maar niet ongerust. Die zien we het eerste uur niet terug.'

'Naar Thankmar?'

'Ja. Wie zal hen nu nog beletten de hele familie uit te moorden? En al hun boeren? En hun huis plat te branden?'

Ze kwam voor hem staan. Vertwijfeld sloeg hij zijn armen om haar middel en legde zijn hoofd tegen haar boezem. Die rook naar viooltjes. Half bedwelmd van de geur, draaide hij zijn hoofd en schoof met zijn lippen over haar borst omhoog, tot aan de rand van de uitsnijding van haar jurk en dan erover op haar huid. Terwijl ze met haar vingers door zijn haar streelde, drukte ze zoetjes

233

zijn hoofd dichter tegen zich aan.

Het was een zalig gevoel. Voor altijd wilde hij hier blijven zitten. De rest speelde geen rol meer. Met zijn mond nog steeds op haar huid schoof hij weer naar beneden, naar de rand van de uitsnijding, om die weg te duwen, maar ze trok zich zachtjes terug.

'Ik wil je liefkozen.'

'Nu niet,' zuchtte ze.

Zijn hoofd weer tegen haar borsten drukkend, streelde hij met zijn handen langs haar rug, over haar achterwerk dat stevig en hard aanvoelde. Plots laaide de passie wild in hem op. Met zijn handpalmen langs haar middel schuivend, drukte hij zijn mond tegen haar tepel die hij door de jurk heen voelde spannen. Ze duwde hem weg.

'Robrecht!'

Ten prooi aan verwarring veerde hij op.

'Ik ga naar huis.'

'Geen sprake van. Jij blijft hier tot ze uitgeraasd zijn. Hier ben je veilig. In het huis van een Erembald zullen ze je beslist niet zoeken. Is dat geen goed idee van mij?'

Ze schudde met haar hoofd. De priester keek hulpeloos in het rond.

'Hier, in huis?' hakkelde hij.

'Ja, maar niet hier beneden, natuurlijk,' zei ze op een grappig toontje. 'Alles is geregeld. Anna!' De dienstbode van daarnet schoof geluidloos binnen. 'Anna is mijn vertrouwelinge. Ze weet nauwkeurig wie er in huis te vertrouwen is en wie niet. Ze neemt je mee naar boven, naar een vertrek dat weinig gebruikt wordt en waar Walter nooit komt.'

'Ja, maar mijn knecht gaat mij zoeken.'

'Maak je daar geen zorgen over. Dirk wordt verwittigd. We vertellen hem dat je voor een paar dagen buiten de stad vertoeft tot het ergste voorbij is. Slechts twee mensen in huis weten dat je hier zit. Anna en Kaatje, mijn kamermeid. Ze hebben er een bed gespreid en brengen je tweemaal per dag eten. Hou je muisstil en kom de kamer niet uit. Ga nu.'

En omdat hij haar met een treurige blik bekeek, voegde ze eraan toe: 'Zodra de kust vrij is, kom ik je daar opzoeken. Dan zijn we samen.'

Intussen lag het lijk van de graaf nog altijd op de tribune. Opgelucht omdat zijn neef uit de klauwen van de moordenaars was gered, overlegde Fromold de Oude met deken Helias en de kanunniken Fulco en Radulfus wat er hen te doen stond. Opnieuw trokken ze naar de proosdij en vroegen om een onderhoud met de kanselier die nog altijd in volle beraad was met zijn broers. Of ze tenminste het lichaam van de graaf mochten opbaren. De kanselier maakte geen bezwaar. Hij stond erop om nog even met hen te praten voor ze naar de kerk terugkeerden. Met een blik van verstandhouding stuurde hij de aanwezigen voor een poosje weg en nodigde de kanunniken vriendelijk naar binnen. De oude Fromold moest in de pandgang wachten.

'Het is verschrikkelijk wat er gebeurd is,' sprak hij met ernstige stem, voor de haard heen en weer lopend, alsof hij hevig bezorgd was. 'Natuurlijk waren wij geen vrienden van de graaf. Daarvoor heeft hij ons te veel de duivel aangedaan. Niets heeft hij onverlet gelaten om ons in de horigheid te dwingen, geen inspanning was hem te veel om de macht van de proosdij te breken, om de kanselier van Vlaanderen in een slecht daglicht te plaatsen, om de Erembalden van de aardbodem te vegen. Gaf hij niet uitgerekend zijn steun aan hen die onze bitterste vijanden waren? Aan die zot van een Thankmar die door zijn gemene streken het leven van Borsiard tot een hel maakte? Koesterde hij aan zijn boezem niet hen die gezworen hadden ons van de macht te verdrijven: Fromold de Jonge die hij mijn proostschap had beloofd, Gervaas van Praet die hij de functie van burggraaf in het vooruitzicht had gesteld - goed wetend dat die al vier generaties lang tot het erfgoed van onze familie behoort?

Neen, hij wilde onze ondergang. Hij was niet van plan te rusten voor hij ons de nek had gebroken. Maar dat wil nog niet zeggen dat ze hem moesten vermoorden. Ik kan het wel begrijpen, maar niet goedkeuren. Ik verzeker jullie en ik zou het op prijs stellen mochten jullie dat aan iedereen in de stad ook zeggen: ik was niet op de hoogte van dit complot. Anders had ik het verijdeld. Toch wens ik mij te verontschuldigen voor wat er is gebeurd. Het is een zware zonde zich tegen zijn landsheer te keren. De schuldigen zullen te gelegener tijd worden gestraft. Maar eerst moet de graaf begraven worden en moet de kerk opnieuw gewijd worden, want het past niet dat er godsdienstige plechtigheden worden gehouden in een gebouw waar bloed is gevloeid. Ga nu, en doe jullie plicht.'

Gesterkt door de opdracht van de kanselier gingen de kanunniken en Fromold meteen aan het werk. Bijgestaan door enkele vrouwen wikkelden ze het lichaam in een linnen doek, droegen het voorzichtig de trappen af en legden het op een baar in het midden van de kerk. Eromheen plaatsten ze vier kandelabers en staken de kaarsen aan, zoals hier in Vlaanderen de gewoonte is. De vrouwen gingen rond de baar zitten en waakten met vroom geweeklaag de rest van de dag en de hele nacht bij de dode.

Tegen de avond kwam kanunnik Galbrecht, die indertijd zo juist Gods voorteken van de verschrikkelijke hongersnood had uitgelegd, bij het lichaam bidden. Ook deze keer had hij aan de schrikwekkende voortekenen een geloofwaardige uitleg gegeven - er was bloedend water verschenen in de grachten van Brugge en volgens hem was dat een onmiskenbare aanwijzing van het naderende bloedbad - maar niemand had naar hem geluisterd, de enen omdat ze al in een zorgeloze toekomst zonder Erembalden leefden, de anderen omdat ze fanatiek aan het samenzweren waren.

Ook Godbert, de geestelijke van de graaf die zich zo kranig gedragen had ten overstaan van de kanselier, kwam bij het lijk neerknielen om een vurig gebed te storten. Galbrecht schraapte zijn keel en sprak dan een beetje plechtig zodat zijn stem in de hoge koepel weergalmde: 'Laten wij, inwoners van Vlaanderen, de dood van deze graaf oprecht bewenen. Karel was een nobel en voortreffelijk graaf wiens voorvaderen behoorden tot de beste en machtigste bestuurders in Frankrijk, Vlaanderen, Denemarken en het Roomse Rijk. Zoals zijn edele vader heeft deze glorieuze vorst zijn leven als martelaar beëindigd. Stromen bloed hebben zijn zonden weggespoeld. Iedereen in ons graafschap, wie het ook mag zijn, moet vurig bidden dat zijn ziel de heerlijkheid van het eeuwige leven en de altijddurende zaligheid met de heiligen zou verwerven.'

De vraag van Fromold de Oude om het lichaam van de graaf op te baren, had intussen in de proosdij een discussie op gang gebracht over wat er met dat lijk moest gebeuren. Eén zaak was voor iedereen duidelijk: ze moesten er zich zo snel mogelijk van ontdoen. Over de manier waarop dat moest gebeuren, raakten ze het niet eens.

'Stiekem weghalen en ergens buiten de stad op een onbekende plaats begraven,' stelde Disdir Haket voor.

'Geen sprake van,' wedervoer Isaac. 'Als het gemeen het graf vindt, maken ze er een bedevaartplaats van en dan zijn we gezien.'

'Ik heb een ander idee.' Er twinkelden lichtjes in de ogen van de kanselier die zich tot dan toe nauwelijks in de discussie gemengd had. 'We sturen iemand naar Gent. Naar Arnulf van Munte, de abt van de Sint-Pietersabdij. Verleden jaar nog heeft hij mij toevertrouwd dat hij op zoek is naar relikwieën voor zijn kerk. Wie kan zich een betere relikwie voorstellen als het lichaam van een vermoorde graaf van Vlaanderen? Ik ken Arnulf. Hij trapt er gegarandeerd in. We moeten er wel voor zorgen dat hij hier morgen al staat en dat hij vliegensvlug met dat vervloekte lijk verdwijnt, voor iemand kan ingrijpen. Stuur vanavond nog een bode naar Gent om hem te ontbieden. Zeg hem ook dat hij niets hoeft te betalen. En plaats gewapende wachtposten in de kerk om te vermijden dat rovers er vannacht met dat lichaam vandoor gaan. Posteer ze op de gaanderij, aan de toren en aan de portalen. Zorg ervoor dat de overdekte overgang onder permanent toezicht staat zodat niemand het lijk langs daar naar buiten kan smokkelen.'

Bertulf wou nog wat zeggen, maar neeg gewillig naar Rainier die hem iets in het oor kwam fluisteren.

'Walter is terug,' riep hij enthousiast uit. 'Die is met zijn volk naar Straten gereden om Thankmar een kopje kleiner te maken.'

Walter kreeg nauwelijks de tijd om binnen te komen. Met vijf tegelijk vlogen ze op hem af.

'En? Heb je hem te pakken?'

'Neen, hij was al gaan lopen. Zijn neven ook. Maar we hebben zijn steen leeggeplunderd en alle wapens, huisraad en vee meegepakt.'

Het geestdriftige verhaal dat Walter afstak over hoe ze dat stom boerenvolk een kopje kleiner hadden gemaakt, de hoeven platgebrand en de kooplieden uitgeschud die op weg waren naar Ieper, had niet het verhoopte effect bij de kanselier. Het nieuws dat zijn gezworen vijand, Thankmar, erin geslaagd was te ontsnappen, versomberde Bertulfs gelaat.

'En Borsiard zal er weer een huis hebben,' ging Walter voort. 'Weten jullie nog dat Karel aan onze bemiddelaars wist te vertellen dat, zolang hij graaf was, Borsiard nooit meer een huis in Straten zou hebben? Wel, hij is geen graaf meer. We gaan die woning opbouwen van de grond af, mooier en trotser dan ze ooit geweest is. Met de stenen van Thankmars huis.'

De kanselier glimlachte flauwtjes. Naar het venster wandelend leek hij plots op een gedachte te komen.

'Breng Fromold bij mij,' beval hij Rainier.

Sidderend van angst sloop de grafelijk secretaris binnen achter de wapenknecht die hem was gaan halen.

'Waar zijn de sleutels van de grafelijke schatkamer?' vroeg Bertulf streng.

'Ik weet het niet, heer kanselier.'

'Ha, je weet het niet. Ik wel.'

Bliksemsnel gaf Bertulf de secretaris met zijn losse hand een mep in het gezicht. Die greep met beide handen naar zijn mond - er sijpelde een straaltje bloed uit - waardoor de geestelijke de kans kreeg hem ruw rond het middel te betasten. Zijn gezicht klaarde op toen hij onder Fromolds bovenkleed een bos sleutels voelde. Hem van de gordel schuiven, was een werkje van niets.

'Hier zijn ze,' riep Bertulf triomfantelijk en gaf de bos door aan burggraaf Haket die gnuivend de sleutels één voor één van de ring haalde, ze keurde en zich dan tot Fromold wendde om uitleg. Onwillig antwoordde die: 'Van de voordeur van de Love, van de klerenkoffer van de graaf, van de koffer met zilverwerk, van de wijnkelder, van de voorraadkelder, van de kerker.'

'En deze?' snauwde Disdir en duwde een extra groot exemplaar onder Fromolds neus.

'Van de schatkamer,' zuchtte de secretaris.

In de vroege ochtend van donderdag 3 maart reed een ruiter, vergezeld van vier dienaars, op de weg van Maldegem naar Brugge. Het was een koude en regenachtige dag en over de heide hingen witte nevelslierten. Van ver leek de man een roofridder, zo zwart was zijn kledij. Van dichterbij verraadde het blinken van het gouden kruis op zijn borst dat het om een hoge geestelijke ging.

Arnulf van Munte, abt van de Sint-Pietersabdij in Gent, was geboren uit edel bloed. Zijn vader was niemand minder dan de om zijn wijsheid geroemde edelman Askirk I, heer van Munte, vriend en raadsman van Robrecht de Fries, en befaamd in heel Vlaanderen om zijn vrijgevigheid. Nauwelijks hadden de broeders van Sint-Pieters zijn zoon tot abt verkozen - met algemeenheid van stemmen nota bene - of Askirk schonk een partij grond uit zijn eigen bezit in Vroondijke aan de abdij.

Tot verrassing van velen ontpopte de vrome Arnulf zich tot een verstandig leider en een doortastend organisator. Met de steun van graaf Boudewijn VII en diens moeder, gravin-weduwe Clementia, voerde hij tijdens een plechtige zitting op 31 januari 1117 een grondige hervorming door, die erop neerkwam dat in zijn klooster de gewoonten van Cluny werden ingevoerd. Geen kleinigheid - als men weet dat de Gentse monniken gesteld waren op een rustig leventje van comfort en overvloed. Voor de concrete uitvoering van zijn reorganisatie deed Arnulf - uitgeslapen als hij was - een beroep op abt Lambert van Sint-Bertijns die zich op dat moment beijverde om de Cluniacenzer gewoonten in de Vlaamse abdijen in te voeren en zich daarvoor niet weinig verliet op de bijstand van het grafelijke huis. De impulsieve Lambert reageerde enthousiast en stuurde twaalf monniken naar Gent om de Pieterlingen vertrouwd te maken met de strengere gebruiken. Vanzelfsprekend riep dat weerstand op en sommige monniken stikten zo van woede, dat ze het klooster verlieten. Toch zette Arnulf door, flink gesteund door zijn collega van Sint-Baafs die zich dit keer niet opstelde als een rivaal - wat vroeger maar al te dikwijls het geval was geweest - maar als een bondgenoot. Abt Wulverik verscheen in vol ornaat op de plechtige zitting van 31 januari, waaraan ook verschillende bisschoppen en edelen deelnamen. Hij onderhield zich lang met Lambert van Sint-Bertijns en kort daarop voerde hij de hervormingen ook in zijn eigen klooster door.

Zo had Arnulf van Munte alle redenen om een gelukkig man te zijn. Door schenkingen en aankopen was zijn abdij machtiger geworden dan ooit tevoren. Ze was omgeven door boomgaarden, lusthoven en groentetuinen en bezat tolrechten op de Schelde en landerijen in Gent, het Land van Waas, het Land van Aalst, het Kortrijkse, rond Doornik, ja, zelfs tot in Engeland. En na jaren van verslapping en geestelijke verkommering had ze onder zijn impuls haar vroegere faam als centrum van monastieke vernieuwing teruggekregen. Wat kan een abt meer verlangen? En toch knaagde er iets. Sedert enkele generaties lieten de graven van Vlaanderen en hun echtgenoten zich niet meer begraven in de Mariakapel van zijn conventkerk waardoor de Sint-Pietersabdij haar titel als geestelijk centrum van het graafschap verspeeld had.

Nu deed zich een onverhoopte kans voor om weer bij die oude gewoonte aan te knopen en de traditie te herstellen. Gisteravond had een ijlbode uit Brugge een brief gebracht waarin de proost van het kapittel van Sint-Donaas, tevens kanselier van Vlaanderen, hem aanbood het lichaam van Karel van Denemarken te komen ophalen. Geen moment had hij getwijfeld. Stel je voor, het stoffelijk overschot mogen bewaren van Karel de Goede! Het complete gebeente van een graaf die naar verluidt gevallen was als een martelaar en die door het gemeen als een heilige werd vereerd. Als er íets pelgrims zou aantrekken, en daarmee rijkdom en faam voor zijn abdij, dan was het wel dit. Terstond had hij aan de schrijnwerkers opdracht gegeven om een berrie te maken en na middernacht had hij zich op weg begeven naar Brugge, de stad waarvan hij nu de torens boven de vervallen stadsmuur zag uitpriemen. Diep ademen moest hij, om het niet uit te jubelen van vreugde. Instinctief keek hij om naar de vier dienaren die hem op hun rijdieren volgden en naar de witte schimmel die tussen hen inliep en waarop de berrie was gebonden.

Voor de middag nog - daar bestond geen twijfel over - zou hij met zijn kostbare lading naar Gent terugkeren en door zijn monniken als een weldoener ontvangen worden. Hij stelde zich al de luisterrijke processie voor waarmee de onschatbare relikwie, onder het zingen van welluidende hymnen, plechtig de kerk zou worden binnengedragen tussen een dubbele haag bewonderend kijkende Gentenaars. En het schitterende gastmaal dat hij de edelen en hoge geestelijken van de stad zou voorzetten om de overbrenging van 's graven gebeente naar zijn abdij passend te vieren. Dat abt Wulverik van Sint-Baafs groen zou uitslaan van afgunst, streelde zijn ijdelheid en trots nog meer. Het was niet omdat Wulverik de Cluniacenzer gewoonten had ingevoerd dat hij zich nu plots moest inbeelden dat zijn abdij het machtige Sint-Pieters naar de kroon kon steken!

Voorzichtig stuurde Arnulf zijn paard door de straat vol plassen en uitwerpselen en stak de Markt over naar het Burchtplein. Voor de proosdij steeg hij af en gaf de leidsels over aan een van zijn dienaars. De kanselier had waarschijnlijk iemand op de uitkijk gezet, want hij kwam prompt toegelopen.

'Heer abt,' riep hij. 'Blij dat u er bent.'

'Waar ligt het lijk?' vroeg Arnulf, die niet veel ophad met Bertulf en zijn familie en maar één zorg had: zo snel mogelijk het stoffelijk overschot op de berrie binden en er de stad mee uitkomen.

'Volg mij,' fluisterde de kanselier en hij troonde de abt mee naar de proosdij. Onderweg legde hij uit hoe hij de zaken zag. Arnulf moest in de kerk ostentatief gaan neerknielen voor het opgebaarde lichaam om er te bidden voor de zielenzaligheid van de ongelukkige graaf terwijl zijn bedienden stiekem langs de proosdij en de kloostergang de berrie de kerk zouden binnensmokkelen. Na de bidstonde moest de abt, samen met de proost, naar het hoofdportaal gaan om er aalmoezen uit te delen aan de armen, zodat de aandacht van het lijk zou worden afgeleid en de bedienden de kans kregen het haastig op de berrie te binden en via het zuidportaal naar het rijdier te brengen. Ondertussen zou een knecht het paard van de abt naar het plein voor de kerk brengen zodat Arnulf onmiddellijk kon vertrekken en zich bij zijn mannen voegen. De broers en de neven van de kanselier zouden ervoor zorgen dat er geen ongewenste bezoekers in de buurt kwamen die alarm zouden kunnen slaan, en dat er onderweg ridders en wapenknechten stonden opgesteld om eventuele belagers ver van de abt en het stoffelijk overschot te houden. Als iedereen deed wat van hem verlangd werd, kon er volgens de kanselier niets mislopen.

Arnulf van Munte luisterde met gespannen aandacht, monsterde de kanselier met enige argwaan wegens de geheimzinnigheid die hij helemaal niet verwacht had, en knikte uiteindelijk ten teken van goedkeuring. De zaak was blijkbaar prima voorbereid want Rainier, de persoonlijke dienaar van de kanselier die zich in de buurt had gehouden, snelde op een teken van zijn meester onmiddellijk naar de vier wachtende bedienden om hen op de hoogte te brengen van het plan. Bertulf wandelde met de abt door de kloostergang naar Sint-Donaas.

Het liep mis zodra ze de kerk wilden binnengaan. De armen stonden reikhalzend uit te kijken naar de kanselier in de verwachting dat hij aalmoezen zou uitreiken tot zielenheil van de graaf. Toen ze de twee geestelijken zagen aankomen, drumden ze de pandgang in en begonnen luidkeels te bedelen. Op dat moment draafden de vier bedienden, zich van geen kwaad bewust, met de berrie door het poortje van de proosdij. Ze hadden opdracht gekregen van Rainier in de kloostergang te wachten op een seintje.

'Kijk eens daar,' gilde een van de armoedzaaiers. 'Ze zijn daar met een berrie.' En dan met overslaande stem: 'Ze komen het lijk van onze graaf stelen!'

Op slag trok alle kleur weg uit het gelaat van de kanselier. Met een scheefgetrokken mond siste hij: 'Verdomme, ze hebben het gezien'.

Het effect van die woorden was verbluffend. Een paar vrouwen lieten zich op de grond vallen en begonnen te kermen, een blinde schreeuwde onophoudelijk 'dieven, dieven!' en Vuil Stafke, een vunzig mannetje dat aan een etterende ziekte leed waardoor hij een weeë walm verspreidde, zette het op een lopen. De kanselier grabbelde hem nog met een vertwijfeld gebaar bij de schouder, maar het ventje kon ontglippen door zich aalvlug te bukken. Hij schoot door het zuidportaal naar buiten, over de Reiebrug recht naar de Markt om daar het nieuws te verspreiden.

Het toeval wilde dat er een groepje burgers stond te praten over de gebeurtenissen van de dag voordien. Ze waren net tot de vaststelling gekomen dat de schuld voor de catastrofe volledig bij de Erembalden gelegd moest worden en dat er dus geen enkele reden meer was om nog met die verraders om te gaan. In minder dan geen tijd wist de hele stad dat een bende Gentenaars onder leiding van de abt van Sint-Pieters en met de hulp van de Erembalden bezig was het lijk van de graaf te stelen. Van overal stroomden ze naar het Burchtplein, elkaar opjuttend, Bertulf en zijn neven verwensend en dure eden zwerend dat ze het lichaam van de geliefde landsheer nooit zouden afgeven.

Intussen was Bertulf met de andere bedelaars als een zwerm horzels achter zich aan de kerk binnengestapt.

'Mijn heer,' riep er een met schorre stem, 'sta toch niet toe dat de resten van onze vader en glorieuze martelaar uit onze stad worden weggehaald. Anders zal deze plaats compleet met gebouwen en al genadeloos worden vernietigd. Als het lichaam van onze graaf hier in al zijn waardigheid begraven ligt, zullen de vijanden en vervolgers die mogelijk deze burg zullen aanvallen, misschien nog wat schroom en barmhartigheid betonen en de kerk niet helemaal verwoesten.'

'Laat mij gerust, bende schoeljes,' brieste de kanselier. 'Buiten, allemaal. Buiten!'

Als een wildeman sloeg hij om zich heen zodat de schooiers verschrikt uiteenstoven en de kerk verlieten, ook al omdat ze in de gaten kregen dat een paar ridders uit het gevolg van de kanselier dreigend op hen afkwamen. Zonder zich nog om iemand te bekommeren, liep de kanselier hen achterna en voegde zich bij zijn neven Borsiard en Walter die met hun mannen op het Burchtplein stonden.

'Komaan,' snauwde abt Arnulf die begon te vrezen dat zijn plan zou mislukken. Hij knipte met de vingers naar de vier bedienden die nog altijd stonden te wachten en gaf hen een teken dat ze de berrie bij het hoofdportaal moesten neerzetten. De ridders die het schorremorrie naar buiten hadden gejaagd en weer binnenkwamen, gaf hij het bevel de baar met de graaf in het midden van de kerk op te tillen en naar de ingang te brengen. Een misrekening van formaat, want met een schreeuw van afschuw snelden vijf kanunniken toe, duwden de verbouwereerde ridders weg en plaatsten de baar hardhandig terug.

'Zo,' blafte magister Radulfus. 'Hier staat ze en hier blijft ze.'
'Geen sprake van,' beet de abt hem hautain toe. 'Ik heb de toe-
stemming van de kanselier van Vlaanderen om het lichaam van...'
'Van wie hebt u toestemming?'
'Van de kanselier.'
'Dat willen we dan wel eens uit zijn eigen mond horen.'

Brutaal greep de kanunnik de abt bij de mouw en sleurde hem
mee de kerk uit, over het Burchtplein naar Bertulf die daar nog
altijd bij zijn neven stond. Zo ver raakten ze niet, want op dat
moment klauterde Gillis Vernaechtenzone, een van de oudste burgers van de stad, gerespecteerd voor zijn wijsheid en rechtschapenheid, op de trappen van de Love en verhief zijn stem.

'Heer proost,' richtte hij zich tot de kanselier van Vlaanderen.
'Als het uw bedoeling was geweest juist te handelen, zou u niet
afgegaan zijn op uw eigen oordeel, maar het advies en de toestemming gevraagd hebben van de kanunniken. In dat geval zou
u nooit zo'n kostbaar martelaar hebben afgestaan, zo'n wijs bestuurder van ons land, zo'n waardevolle schat van onze Kerk die
de goddelijke goedertierenheid ons heeft geschonken. Er is vol-
strekt geen reden om zijn lichaam van bij ons weg te halen. Want
wij hebben hem zien opgroeien, met ons heeft hij het grootste
deel van zijn leven doorgebracht en onder ons zijn ook die mensen opgestaan die hem, door Gods beschikking, hebben verraden om zijn rechtvaardig optreden. Neen, er is geen reden om
zijn lichaam weg te halen. Integendeel!

Hij moet bij ons blijven. Door zijn voorspraak zal God ons
sparen en medelijden betonen voor de misdaden van de jongste
dagen. Als hij wordt weggenomen daarentegen, zal de Heer het
verraad dat hier onder ons is gepleegd, genadeloos wreken en
staan we - zo vrees ik - voor de verwoesting van stad en kerk.'

Waar van bij het begin hier en daar goedkeurend gemompel
was opgegaan, werd het einde van de toespraak van Gillis onthaald op daverend gejuich. En toen, tot aller verrassing, de klokken van Sint-Donaas feestelijk begonnen te beieren, barstte het
gemeen uit in een ware ovatie. Het oproer zwol aan en als een
onstuitbare vloedgolf stroomde de massa de kerk binnen, precies op tijd om te zien hoe de kanunniken, geholpen door de geestelijken van de graaf, tafels, banken, kandelaars en ander kerke-

244

lijk meubilair aansleepten om zich erachter te verschansen. Zieken en kreupelen kropen onder de baar en op aanwijzing van Gillis Vernaechtenzone gingen burgers er met getrokken zwaard omheen staan, paraat om elke poging tot roof ter plekke te verijdelen.

Midden in de volkstoeloop ging plots een ijselijke schreeuw op. Hij kwam van Guimar, de gebrekkige bedelaar die iedereen kende omdat hij altijd op één been door de straten huppelde. Zijn ander zat aan zijn achterste vastgegroeid.

'Ik ben genezen. Loof de Heer! Ik ben genezen.'

Verstijfd staarden de omstanders naar de kreupele die zwaaide met zijn been dat door een goddelijke beschikking van zijn lichaam losgekomen was, zodat hij weer normaal kon lopen. Wat hij prompt demonstreerde door ostentatief heen en weer te wandelen en de mensen met een gelukzalige glimlach te bekijken.

'Mirakel! Mirakel!' klonk het van alle kanten.

Het gerucht van de wonderbaarlijke genezing verspreidde zich nog sneller dan een lopend vuur door de stad en nog meer mensen kwamen aangelopen. Iedereen was ervan overtuigd dat de Heer ten aanschouwen van allen aan Guimar de natuurlijke manier van lopen had teruggeschonken, louter en alleen omwille van de verdiensten van de vrome graaf. Wie zou het nu nog aandurven het gebeente weg te halen?

De kanselier had tijdens de toespraak van de oude Gillis Vernaechtenzone al gesnapt dat de zaak verloren was. Hij haastte zich met zijn broer, burggraaf Disdir Haket, en zijn neven naar het huis van de graaf en ontving er in de grote zaal een delegatie van burgers aan wie hij de verzekering gaf dat wat het lijkvervoer betrof, niets tegen hun wil ondernomen zou worden. En abt Arnulf van Munte, op wie niemand nog lette, had van de verwarring handig gebruikgemaakt om zich, samen met zijn vier dienaars en de witte schimmel, gauw uit de voeten te maken en in gestrekte draf naar Gent en zijn abdij terug te rijden, blij dat hij er levend van afgekomen was.

Het werd stil in de stad.

De hele middag ijsbeerde de kanselier door de zaal van de proosdij. Zijn neven hielden zich gedeisd. Alleen zijn drie broers, Lambert van Aardenburg, Wulfric Cnop en Disdir Haket waagden het hem aan te spreken. Want hoe je het ook draaide of keerde, de zaak moest besproken worden. Sedert de ochtend was er genoeg gebeurd om te gewagen van een nieuwe, en gevaarlijke toestand.

In de kerk hadden de kanunniken intussen niet stilgezeten. Ze ontboden vaklieden en arbeiders aan wie ze opdracht gaven op de tribune, precies op de plaats waar de edele graaf de martelaarspalm in ontvangst had genomen, een praalgraf te bouwen zodat het lichaam daar zo snel mogelijk kon bijgezet worden en veilig geborgen zou zijn.

Zo eindigde deze dag. Een dag vol verwarring en misdadige pogingen om de stoffelijke resten van de vermoorde graaf van Vlaanderen weg te roven.

Vrijdag, 4 maart. Op straat was het de hele dag beangstigend kalm. Wie niet absoluut buiten moest zijn, bleef thuis, opgelucht dat hij niemand moest aanspreken en zo zijn gezindheid verraden. Op de markt werd weinig verkocht en nog minder gebabbeld. De partijgangers van de Erembalden lieten zich wel zien, maar het hoge woord voerden ze beslist niet. Zeker niet na wat er de dag voordien was gebeurd. Zij die het altijd al met de graaf gehouden hadden, roerden zich nog minder. Niemand wist wat er de komende uren en dagen te gebeuren stond en de kans dat Bertulf het graafschap in een ijzeren greep zou houden, was niet denkbeeldig. Er werd zelfs gefluisterd dat hij Willem van Ieper had gevraagd om de gravenkroon te aanvaarden. Anderen gingen ervan uit dat hij zelf graaf wilde worden en ridder Walter, de schoonzoon van de rijke Evrard Lodemare, als zijn opvolger zou aanwijzen.

Toen de klokken van Sint-Pieters-buiten-de-muren begonnen te luiden om de Bruggelingen op te roepen voor een lijkdienst voor de graaf, daagde er dan ook weinig volk op. Uit de burg kwamen alleen kanselier Bertulf, proost van het kapittel van Sint-Donaas, vergezeld van deken Helias en de kanunniken. Voor een bijna lege kerk droeg de pastoor een dodenmis op. Er gingen bitter weinig mensen ten offer. Behalve de kanunniken eigenlijk alleen kapelaan Boudewijn, en de priesters Odger en Godbert, geestelijken van de graaf. Het viel Bertulf op dat Robrecht, de zoon van Giselbrecht Ruese, nochtans ook een van de kapelaans van graaf Karel, in geen velden of wegen te bekennen viel. Verwonderlijk vond hij dat niet. Die lafaard zat natuurlijk nog in zijn huis, beducht als hij was voor de wraak van de Erembalden die hij zo slecht had gemaakt bij de graaf.

Thuisgekomen ontbood de kanselier onmiddellijk zijn neven Borsiard en Walter en gaf hen de opdracht onverwijld met een bende wapenknechten de priester uit zijn huis te halen en voor hem te leiden.

'Behandel hem vooral niet te zacht,' gnuifde hij. 'Sleep hem eerst over de Reiebrug naar de Markt. Doe daar of je hem gaat verzuipen in de poel. Steek zijn kop maar eens goed in het water en als hij om genade smeekt, breng hem dan naar hier. Zo ziet iedereen wat er gebeurt met hen die zich tegen mij durven te verzetten.'

Terwijl de kanselier zich zorgvuldig verkleedde om naar Sint-Donaas te gaan, trokken de neven en hun volk joelend naar het huis van Robrecht, dat iets verder op de burg lag, vlak achter dat van Borsiard. Onderweg voegde zich nog wat gespuis bij hen dat nieuwsgierig informeerde naar het doel van de tocht. Bij hun aankomst waren ze zeker al met veertig en in de verte kwam nog een groepje aangehold onder leiding van ridder Joris die geen enkele afrekening wilde missen.

Omdat een paar bonken met de vuisten niet de gewenste reactie uitlokten, werd de deur prompt ingetrapt. Dirk, de knecht van de priester, die in paniek kwam aangerend, kreeg geen kans zijn mond open te doen. Een welgemikte slag van Walter tegen zijn slaap deed hem als een blok in elkaar stuiken. Met getrokken zwaarden stormden de mannen over het roerloze lichaam van de knecht naar binnen.

'Waar is Robrecht?' brulde Borsiard tot de keukenmeid die met beide handen tegen haar hoofd stond te jammeren.

'Hij is niet thuis, mijn heer.'

'Je liegt!'

'Echt waar, mijn heer. Hij is al twee dagen weg van huis.'

Meer om te dreigen dan om toe te slaan, hief de woesteling zijn zwaard op zodat de vrouw, dol van angst, op de knieën zeeg.

'Genade, edele heer,' smeekte ze terwijl van onder haar overkleed een geel beekje sijpelde en de geur van urine zich verspreidde.

'Zoek het kot af,' beval Borsiard kort, de meid met zijn voet opzij duwend.

Alle vertrekken werden uitgekamd, meubels omvergegooid, kisten opengebroken, maar geen Robrecht.

'Gooi alles buiten,' brulde Walter vertwijfeld.

Langs de meid, die huilend Dirk aan zijn voeten naar de keuken trok, sleepten de wapenknechten de hele huisraad naar buiten en gooiden hem in het slijk. Tegelijk plunderde het schorremorrie de woning grondig leeg tot en met de keuken waar de meid, weggekropen in een hoekje, moest toezien hoe haar hele voorraad werd weggesleept en de laatste man de brandende blokken uit de haard stampte met de duidelijke bedoeling het huis in lichterlaaie te zetten. Toen ze weg waren, kroop de keukenmeid overeind, ging buiten een emmer water putten, gooide hem over de brandende blokken en hurkte dan neer bij het lichaam van Dirk. Eerst wreef ze nog een paar keer met een vochtige doek over zijn voorhoofd, en toen hij de ogen opende en zich kreunend oprichtte, begon ze onbedaarlijk te schreien.

Inmiddels waren Walter en Borsiard naar de proosdij teruggekeerd. Het gezicht van hun oom betrok bij de mededeling dat ze Robrecht niet hadden gevonden.

'Hebben jullie het hele huis afgezocht?' vroeg de kanselier ongelovig. Borsiard trok een verongelijkt gezicht.

'Misschien heeft iemand hem gewaarschuwd,' opperde Walter.

'Bijlange niet,' reageerde Borsiard. 'Dat wijf wist toch te vertellen dat hij al twee dagen weg was. Heb je gezien dat ze zich bepiste van de schrik?'

De kanselier lachte flauwtjes. Hij liep op de haard af, legde zijn handen op de schoorsteenmantel en rekte zijn lichaam uit, het hoofd tussen beide armen naar beneden duwend. Dan wendde hij zich tot zijn broer, de burggraaf.

'Jij vindt dus dat we de graaf moeten laten bijzetten in dat stom graf op de tribune?'

'Ja,' antwoordde Haket beslist. 'Dat is de enige manier om de burgers tot bedaren te brengen en het zaakje onder controle te houden. Ik zal je zelfs meer zeggen: jij moet aanwezig zijn bij de overbrenging van het lijk naar de gaanderij.'

'Vind je?'

'Ja. En je moet daar in het openbaar de graaf bewenen en beloven dat je de schuldigen zult straffen.'

'Ben je nu helemaal?'

'Moet ik je aan de gebeurtenissen van gisteren herinneren? Heb je gezien hoe snel het gemeen stormliep en hoe dreigend de stemming tegen ons werd? Neen, we moeten het volk aan onze kant krijgen. Laat de graaf bijzetten en maak een eind aan het opjagen en vermoorden van tegenstanders. Dat soort wraakacties zet de mensen tegen ons op.'

'Ze moeten voelen wie hier de baas is.'

'Maar, Bertulf, denk toch eens na! Als ze in Gent en in Ieper alleen berichten horen over klopjachten en lynchpartijen, zal de stemming snel tegen ons omslaan en krijgen we de rest van Vlaanderen op onze nek. Is het dat wat je zoekt?'

Disdir Haket stond op, spuwde in de haard en liep naar de deur. Voor hij het vertrek verliet, draaide hij zich om en zei nadrukkelijk: 'Als je wilt dat we het graafschap stevig in de knel houden, dan moet je in het openbaar duidelijk afstand nemen van de moord en het vertrouwen in recht en orde herstellen.'

De kanselier richtte zich op, knikte en verliet de proosdij langs het deurtje van het klooster. Met vermoeide stap liep hij naar Sint-Donaas en gaf bevel de poorten te openen voor de behoeftigen. Kort daarop stond Fromold de Oude bij de baar geld uit te delen dat hem door de proost werd aangereikt. Daarbij deed hij zijn uiterste best om vrome tranen te plengen. Volgens sommigen meer dan penningen.

Na de bedeling werden de stoffelijke resten van Karel de Goede plechtig naar de gaanderij overgebracht. De baar werd gedragen door de kanselier, Fromold de Oude, deken Helias en kapelaan Boudewijn.

Wat de vaklui gemaakt hadden, was eigenlijk niet zoals het hoorde. Dat was natuurlijk op rekening te schrijven van de dringende omstandigheden. Hun werkstuk, dat wel van gedegen vakmanschap getuigde, leek meer op een sarcofaag dan op een praalgraf. Vooraleer het lichaam erin werd gelegd, vatte de kanselier post bij het monument en schraapte zijn keel alsof hij iets wilde zeggen. Tot verrassing van de aanwezigen begon hij zachtjes te wenen.

'Ik heb mij vergist,' snotterde hij, zijn tranen met zijn mouw wegwissend. 'Nu de passie is uitgewoed en de rede teruggekeerd, moet ik bekennen dat deze graaf wel degelijk de vader van het hele Vlaamse land is geweest, dat hij een rechtvaardig bestuurder was en een vroom christen. Zo verstokt als mijn gemoed vroeger was zodat ik hem weigerde te erkennen als onze weldoener, zo hevig beween ik hem nu. Zij die hem in een opwelling van razernij om het leven hebben gebracht, zullen op een gepaste manier berecht worden. Het kan niet dat opstand tegen de landsheer ongestraft zou blijven. Geef me de tijd om alles uit te zoeken en de schuldigen aan de nieuwe graaf uit te leveren zodat ze volgens de wetten van ons land rechtvaardig worden geoordeeld. Laat ons bidden voor de zielenzaligheid van de nobele dode. Door het louterend martelaarschap gezuiverd, bezit zijn ziel nu ongetwijfeld het loon van zijn verdienstelijke werken bij Hem die het door zijn goddelijke beschikking zo regelde dat hij deze wereld verliet om te leven in het opperste graafschap bij God zelve, de Heer, aan wie heerschappij is, lof, eer en glorie in alle eeuwen der eeuwen. Amen.'

Hevig aangegrepen door de emotie keken de aanwezigen toe hoe twee priesters het in een wit laken gewikkelde lichaam van de graaf voorzichtig in het graf lieten zinken en er vervolgens de sluitsteen op legden.

Zwijgend gingen ze uiteen. Buiten begon het te donkeren.

Zaterdag 5 maart. Nog steeds leek Brugge verlamd. Tegen de avond werd Fromold de Jonge uit zijn gevangenschap vrijgelaten. Dat was het werk van enkele bemiddelaars die de kanselier en zijn neven geen minuut rust hadden gegund en na elke weigering met verdubbelde ijver waren teruggekeerd zodat de hoge geestelijke er tureluurs van werd en toegaf.

'Op één voorwaarde,' zei Bertulf. 'Dat hij zich binnen de acht dagen met ons verzoent. Zo niet moet hij zijn vaderland afzweren en in ballingschap gaan.'

Het was Fromold al gelijk wat hij moest beloven, als hij maar uit dat vunzig hok geraakte waar ze hem met Odger en Arnold hadden opgesloten. Voor de proosdij stonden zijn vrienden en volgelingen hem op te wachten en toen hij in het deurgat verscheen, ging een algemeen gejuich op. Met veel gedruis trok de bende naar Fromolds huis, waar de grafelijk secretaris meteen de maaltijd gebruikte. Zonder een ogenblik zijn aandacht te verliezen voor het stapeltje kwarteleieren, de rogvleugeltjes, het koppel jonge duiven, het hertengebraad en een partij okkernoten die hij met smaak verorberde, overgoten met enkele bekers Loirewijn, bracht hij zijn familieleden en dienaars op de hoogte van zijn beslissing. Van verzoening met de moordenaars kon geen sprake zijn. Het was genoegzaam bekend dat het een eerlijk man zwaar valt vriendschap aan te knopen met zijn vijand, meer zelfs, dat zoiets tegennatuurlijk is. Elk schepsel mijdt zijn tegenstander. Daarom, eerder dan de gevangene te worden van hen die zijn meester hadden verraden, zou hij zijn vaderland verlaten en kiezen voor de eeuwige ballingschap. Want graaf Karel had hij boven allen liefgehad, meer dan zichzelf.

De rest van de avond gebruikte Fromold om schikkingen te treffen aangaande zijn huis en zijn bezittingen en om persoonlijk afscheid te nemen van zijn vrouw en kinderen en van iedereen die zich in zijn woning bevond, waarna hij graan, kaas en vlees uitdeelde aan zijn dienaars zodat ze enige tijd zonder hun meester door het leven konden. Want diep in zijn hart hoopte hij, als het God beliefde, snel te kunnen terugkeren als een vrij man om dan onbekommerd van alles te genieten wat de graaf hem vroeger had geschonken maar dat hij nu noodgedwongen moest achterlaten. In het gezelschap van zijn schoonvader, die door zijn huwelijk met een dochter van Erembald weliswaar een zwager van de kanselier was, maar van nature te bang om deel uit te maken van de bende, verliet hij de burg en de stad. In treurnis en tranen volgden zijn vrienden hem zover ze konden en bevalen hem in hun gebeden bij God aan.

's Anderendaags in de voormiddag - het was 6 maart en de eerste zondag van de maand - arriveerde Godschalk Taihals uit Ieper als gezant bij de kanselier. Hij werd dadelijk naar de grote zaal van de proosdij geleid waar Bertulf met Disdir Haket, Wulfric Cnop, Willem van Wervik en Borsiard de toestand zat te bespreken.

'Mijn heer en uw boezemvriend, Willem van Ieper, zendt u en de uwen openlijk zijn groet, zijn genegenheid en alle hulp waarover hij beschikt,' zei de man, diep buigend voor het gezelschap dat enthousiast in de handen klapte. De deuren werden gesloten, de bedienden naar buiten gestuurd en de bode aan het praten gebracht.

In omslachtige bewoordingen herhaalde Godschalk de heilwensen en het aanbod door Willem van Ieper van parate bijstand met de hele krijgsmacht waarover hij beschikte. Uit zijn mantel trok hij een rol perkament waarin zijn meester dat allemaal schriftelijk bevestigde. De kanselier nam de rol aan, las hem en borg hem zorgvuldig op. Hij trok even zijn wenkbrauwen op en nam het woord.

'Bedankt, Godschalk, voor het gunstige nieuws dat je ons brengt. Breng het volgend antwoord over aan je meester die wij zeer hoog achten. Wij stellen vertrouwen in hem. Het graafschap komt alleen hem toe en als kanselier van Vlaanderen en proost van het kapittel van Sint-Donaas sta ik er persoonlijk borg voor dat hij te gelegener tijd zijn intrek zal kunnen nemen in de Love. Hij moet evenwel wachten om naar Brugge te komen tot wij zeker zijn van de situatie. Pas als ik hem een teken geef, mag hij met zijn gevolg naar Brugge komen. Zodra hij aankomt, zullen de pairs van Vlaanderen de eed van hou en verzekerde trouw zweren en hem manschap doen, zoals zij dat van oudsher voor hun natuurlijke meesters en vorsten doen. Vervolgens zullen ook de burgers hem trouw zweren op de heiligenrelieken die we bewaren in onze kapittelkerk. Ik sta erop dat dit absoluut geheim moet blijven en dat niemand, maar dan ook niemand van deze plannen op de hoogte mag zijn.'

De kanselier sprak bedachtzaam, geregeld blikken van verstandhouding wisselend met zijn broers.

'Leve graaf Willem!' riep Disdir Haket.

'Leve graaf Willem!' herhaalden de aanwezigen.

De stemming was opgewekt, euforisch bijna. De dienaars droegen wijn rond en schalen met mootjes gerookte paling en iedereen had de mond vol van de edele Willem, kleinzoon van Robrecht de Fries, die de volgende graaf van Vlaanderen zou worden.

Maar Godschalk was nog niet buiten, of er ging een zucht van opluchting door de zaal.

'Die Willem van Ieper hebben we op zak,' spotte Bertulf. 'Die blijft wel waar hij zit. Beter kan het niet. Ik mag er niet aan

252

denken wat er gebeurd zou zijn als hij met zijn mannen naar hier was opgerukt en zich tegen ons had gekeerd. De graventroon had hem niet kunnen ontsnappen. Nu mag hij er naar fluiten.'

Tegen de middag zond de kanselier een boodschapper naar de Veurnaars met de dringende opdracht zich achter Willem van Ieper te scharen. Hij stuurde ook een brief met heilwensen naar Simon, de bisschop van Noyon. Tot zijn verontschuldiging voerde hij aan dat hij met raad noch daad betrokken was geweest bij wat hij bestempelde als 'het hemeltergende verraad van onze dierbare graaf' en dat hij niet zou rusten vooraleer de moordenaars een passende straf hadden gekregen. In het tweede deel van zijn brief vroeg hij als proost van het kapittel zijn bisschop dringend, in opperste liefde, de kinderen van de Kerk, dat wil zeggen hemzelf en de kanunniken, te hulp te komen door zo snel mogelijk in Brugge krachtens zijn bisschoppelijk gezag de kerkelijke plaatsen die door het verraad ontheiligd waren, met God te verzoenen en er persoonlijk de goddelijke diensten op te dragen. Een brief van gelijke strekking stuurde hij naar bisschop Jan van Terwaan.

In de waan dat hij zich met zijn boodschap aan Willem van Ieper en met dc brieven aan de bisschoppen voldoende in de rug had gedekt, wijdde Bertulf al zijn krachten aan dc organisatie van de weerstand. Hij wist niet - nog niet - dat de brenger van de brief naar bisschop Simon, een zekere Radulf, monnik van het Sint-Trudoklooster en fanatiek partijganger van de Erembalden, onderweg naar Noyon door de mannen van Willem van Ieper werd gesnapt, van zijn paard gelicht en verplicht de brief af te geven, waardoor de boodschap nooit tot bij de bisschop geraakte. Zich van geen kwaad bewust gebood de kanselier zijn familieleden alles in gereedheid te brengen om weerstand te bieden tegen mogelijke aanvallers.

Aan Robrecht van Kerseca, burggraaf van Rijsel, vroeg hij zijn huis en bijgebouwen extra te versterken en zijn mannen paraat te houden voor een eventuele tussenkomst. Het was deze ridder die vóór zijn huwelijk met de nicht van de kanselier tot de vrije stand behoorde, maar volgens de grafelijke wet in Vlaanderen na één jaar in horigheid verviel en op die manier de Erembalden flink in de moeilijkheden bracht. Robrecht liet antwoorden dat de kanselier op hem mocht rekenen.

Walter van Vladslo, de bottelier van de graaf, kreeg door bemiddeling van een ijlbode de opdracht met zijn gewapend gevolg onverwijld naar Brugge te komen om, op grond van de trouw die hij vroeger aan Bertulf en zijn neven had gezworen, de burgers bij te staan in de verdediging. De kanselier liet hem ook vierhonderd mark zilver afgeven. Walter nam het bedrag gretig aan, zei aan de bode dat de kanselier zijn komst mocht verwachten en bleef waar hij was.

Ook de Vlamingen uit de naburige kuststrook gelastte Bertulf hem en zijn neven met hun bende te hulp te snellen mocht er in het graafschap een wreker opduiken. En om dezelfde reden gebood hij de Bruggelingen zonder verwijl de stadsomwallingen te versterken en waar nodig te herstellen. Het hout en alles wat voor de opdracht dienen kon, liet hij onder leiding van burggraaf Haket uit de bezittingen van de graaf en van Fromold de Jonge halen.

's Nachts werd er gewaakt, overdag gewerkt, zonder versagen, hoewel door iedereen niet met dezelfde overtuiging, tot de stadsomheining was afgewerkt. De kanselier inspecteerde ze en liet aan alle poorten, torens en op de gekanteelde weergangen wachters posteren zodat alleen wie bekend was naar buiten kon en alleen burgers nog werden binnengelaten.

Brugge was in opperste staat van verdediging.

Vier dagen zat Robrecht al in het zolderkamertje en de enige levende zielen die hij te zien had gekregen, waren Kaatje, de kamermeid van Mathilde, die hem twee keer per dag eten bracht, en Anna, de dienstbode, die 's ochtends zwijgend zijn bed opmaakte en de nachtemmer uitdroeg. Mathilde had zich nog niet vertoond en dat begon hem dwars te zitten. In al die dagen had ze toch wel één keer de tijd kunnen vinden om hem, al was het maar eventjes, op te zoeken en te vertellen wat er gaande was in de stad. Want hij kon niets zien. Er zat geen venster in de muur, alleen een smal luchtgat, waardoor hij slechts uitzicht had op een streepje grauwe hemel. Donderdag, de dag na de moord, was er veel tumult op straat geweest en op een bepaald moment had hij stormachtig gejuich gehoord en feestelijk klokkengelui.

De schrik was hem om het hart geslagen, want dat kon niets anders zijn dan een menigte die zich achter de kanselier had geschaard en nu als een vloedgolf de stad overspoelde om voorgoed af te rekenen met en alles en iedereen die tegen de Erembalden was.

Pas nu besefte hij hoe slim het was geweest van Mathilde hem hier te houden. Het steen van ridder Walter was veilig voor het schorremorrie, niemand zou zich ongevraagd binnen wagen, en Walter en zijn gevolg zouden wel meer op het Burchtplein rondhangen of in de proosdij zitten dan hun tijd hier te verbeuzelen. Hij zag ze al lopen, aan de kop van een troep schreeuwers, het zwaard in de hand, klaar om elke tegenstander van de Erembalden een kopje kleiner te maken.

Zouden ze naar zijn huis getrokken zijn? Allicht niet, want Dirk had zeker rondgestrooid dat hij de stad uit was en de eerste dagen niet zou terugkeren. Misschien dachten ze wel dat hij naar Noyon gevlucht was om zich onder de hoede te plaatsen van bisschop Simon, de broer van de ongelukkige gravin Margaretha.

Vluchten naar Noyon! Waarom had hij daar niet eerder aan gedacht? Dat had hij moeten doen. Dan had hij nu niet werkeloos in dit muffe kamertje gezeten, maar dan had hij kunnen ingrijpen. Laten zien dat hij als kapelaan en vertrouweling van de graaf na zo'n verfoeilijke misdaad niet bij de pakken bleef zitten. Een rit naar Noyon had hem de kans gegeven als eerste de zwager van de graaf te verwittigen van de verschrikkelijke gebeurtenissen in Sint-Donaas zodat zijn loyauteit aan de adellijke familie buiten kijf was gebleven. Hij had zich dan definitief in de bisschopsstad kunnen vestigen om toch een kerkelijke carrière uit te bouwen. De kanselier zou wel twee keer nagedacht hebben vooraleer een aartsdiaken en beschermeling van de bisschop te verontrusten.

Ja, eigenlijk was dat het beste wat hij had kunnen doen. Maar hij had het niet gedaan. Hij had er zelfs geen moment aan gedacht. In de eerste uren na de moord was hij verlamd van schrik geweest en op het eerste teken van Mathilde was hij als een klein kind naar haar toe geijld met het gevolg dat hij nu als een rat in de val zat. En geen rol van betekenis meer kon spelen. De kans om op een schoon blaadje te komen bij de bisschop was verkeken.

Door zich te verstoppen had hij zichzelf perfect uitgeschakeld. Tot ergernis waarschijnlijk van zijn medestanders, de partijgangers van de graaf, die hem na al die dagen wel al afgeschreven hadden als een lafaard, een onbetrouwbare bangerik. En tot opluchting van de Erembalden die wel andere zorgen aan het hoofd hadden dan naar de verblijfplaats te zoeken van die kleine garnaal van een Robrecht die ze wel zouden doodknijpen als hij toevallig tussen hun vingers geraakte, maar die voor hen geen echt gevaar vormde.

God weet wat er allemaal gebeurd was. Waren de Erembalden erin geslaagd het hele graafschap onder hun controle te brengen en hadden de pairs van Vlaanderen zich bij hun meesterschap neergelegd? Hoe had Gent gereageerd? En Rijsel? Wat was er met de gravin gebeurd? Wat had Willem van Ieper gedaan? Was die met zijn mannen naar Brugge gekomen om de dood van Karel van Denemarken te wreken en zelf de graventroon te beklimmen? En wat zou de koning van Frankrijk doen? Het was toch ondenkbaar dat die de moord op zijn vazal ongewroken zou laten? En wie zou hij als opvolger naar voren schuiven?

En wat was de positie van de kanselier van Vlaanderen? Er bestond niet de minste twijfel dat Bertulf met zijn boevenbende Brugge in zijn greep hield, anders was Mathilde hem al lang uit zijn zolderkamertje komen halen. Als de straten veilig waren en tegenstanders van de Erembalden Brugge in hun macht hadden, zou ze hem zeker niet in deze benarde positie laten zitten. Het irriteerde hem mateloos dat hij dat zelf niet kon uitzoeken. Maar zolang Mathilde zich niet liet zien, was de situatie voor hem zonder twijfel levensgevaarlijk en kon hij niet weg. En ze liet zich niet zien.

Zijn gedachten dwaalden af naar Evrard. Diens toekomst zag er stralend uit. Nu zou hij met nog meer misprijzen neerkijken op vader die 'maar' wolkoopman was terwijl hij fortuinen verdiende met de handel in laken en zijn functie van hofmeester erfelijk kon laten maken door zijn beschermheer, de kanselier. Plots sloeg de schrik Robrecht om het hart. Als de bende van Bertulf tot het besef gekomen was dat hij niet in de stad was, zouden ze zich dan niet tegen zijn ouders gekeerd hebben? Of tegen zijn bedienden? En hadden ze Fromold te pakken gekregen?

In een flits zag Robrecht de grafelijk secretaris weer met zijn hand op de sleutels van de schatkamer kloppen. Zolang die aan mijn gordel hangen, had hij lachend gezegd, zijn de zilvermarken, de gouden en zilveren voorwerpen, de edelstenen, de sieraden en juwelen van onze graaf veilig voor grijpgrage klauwen. Stel dat de Erembalden die sleutels in handen kregen! Bertulf zou zich ongetwijfeld persoonlijk naar de Love begeven, de ijzeren deur openen en eigenhandig de immense grafelijke schat wegroven. Robrecht gruwde bij de gedachte. Lijfeigenen van de edele graaf Karel, verraders, moordenaars, het allerlaagste van het gepeupel zou zich verrijken met het geld van de landsheer. Het leeuwendeel zou Bertulf wel voor zichzelf houden en de rest uitdelen aan zijn broers en neven. Beeld je in dat de nichten van de kanselier - horigen, net als hun echtgenoten die hun vrijheid verloren waren door met hen te trouwen! - zich zouden tooien met de juwelen van de gravin van Vlaanderen. Beeld je zoiets in! Dat zou het toppunt van onbeschaamdheid en verwaandheid zijn. De kanselier zou nogal triomferen. Op nog grotere schaal zou hij kunnen omkopen en smeergeld uitdelen.

Geen enkele moeite had Robrecht om zich Bertulf voor te stellen met zijn grijnzende tronie, afhangende linkermondhoek en diepe rimpels in het voorhoofd, staand vooraan in Sint-Donaas of breed stappend over het Burchtplein, omringd door zijn broers en neven, opgeblazen van arrogantie, genietend van zijn macht. Hoe kon God toch toestaan dat een man die alles in het werk had gesteld om zijn graaf het leven zuur te maken, die het bestuur van het land in de war had gebracht, die geld had achtergehouden, die schaamteloos kerkelijke goederen had verkwanseld en grove simonie had gepleegd door prebenden te verkopen, die leefde in een weerzinwekkende weelde, die als geestelijke een vrouw had en zich dan nog vergreep aan andere vrouwen, die zelfs meegewerkt had aan de moord op zijn landsheer, hoe kon God toestaan dat zo'n bedrieger, moordenaar, dronkelap, hoereerder en knecht van alle verderf deze momenten van opperste voldoening kon beleven?

Zou er dan niemand opstaan om Karel te wreken? Zou er dan niemand de moed opbrengen om vazallen en knechtenvolk rond zich te verzamelen om dat addergebroed weg te jagen en Vlaan-

257

deren opnieuw onder het gezag te plaatsen van een rechtvaardig vorst? Maar wie moest dat dan wel doen? Diederik van Diksmuide, Thankmar van Straten, Rijkaard van Woumen, Isaac van Voormezele, Gervaas van Praet? En wat zouden de heren van Dendermonde en van Aalst doen? Op hun gat blijven zitten waarschijnlijk, hun volk binnenhouden en de kat uit de boom kijken tot Bertulf zijn kaarten op tafel had gelegd. Tot zijn keuze voor een nieuwe graaf was bekendgemaakt. En wie kon dat anders zijn dan dat addergebroed van een Willem van Ieper? Dat hoerenjong dat al jaren in de Westhoek op zijn kans zat te wachten, wel wetend dat hij altijd kon rekenen op de steun van Clementia, de feeks, die Karel van Denemarken nooit in haar hart gedragen had.

Als dat gebeurde - en wie zou het verhinderen? - als Willem van Ieper heer en meester werd in de Love, dan stonden Vlaanderen droeve dagen te wachten. Dan was het uit met een godvrezend en rechtvaardig bestuur. Want de nieuwe graaf zou de kanselier en zijn meute geen strobreed in de weg leggen zodat simonie, intimidatie, omkoperij, brutaliteit, ja zelfs diefstal en hoererij vanuit Brugge heel het graafschap zouden besmetten. Overal zou de kanselier zijn mannetjes plaatsen, overal zou hij met geld afkopen wat hij met eerlijkheid en rechtschapenheid niet kon krijgen.

Robrecht zuchtte, stond op van het bed, rekte zijn hals voor de zoveelste keer om naar het streepje grauwe hemel te kijken en ging dan weer liggen. Hij legde zijn handen onder zijn hoofd en staarde naar het plafond.

Stel dat de kanselier het laken definitief naar zich toe kon halen en een stroman in de Love op de graventroon kon zetten, wat zou er dan van hem geworden? Van vertrouweling van de landsheren en toekomstig bisschop zou hij weer een simpel priester worden. Het gerieflijke huis dat Karel voor hem had laten bouwen, mocht hij vergeten. Een prebende als kanunnik zou hij van Bertulf nooit krijgen. Zelfs zijn kapelanie in Sint-Donaas zouden ze hem afnemen. Als ze hem de stad niet uitjoegen.

Bisschop! Robrecht prevelde het woord tussen zijn lippen. De brutaliteit waarmee Borsiard de goede graaf Karel had vermoord, had ook zijn stralende toekomst in een ommezien aan diggelen geslagen. Het ergste was dat hij er met niemand kon over praten. Alleen met Fromold. Zelfs als de Erembalden aan het kortste eind trokken en eervolle mannen in Vlaanderen - die moesten er toch zijn, bij de edelen zowel als bij de vrije poorters! - als die erin slaagden hun graaf te wreken en een nieuwe, rechtvaardige landsheer te erkennen, wie zou er hem dan geloven, mocht hij vertellen dat Karel van Denemarken van plan was geweest Brugge tot bisdom te verheffen en Robrecht, de zoon van Giselbrecht Ruese, tot zijn eerste bisschop te laten wijden?

Of mocht hij onthullen dat de graaf het vaste voornemen had gekoesterd de vazallenband met de Franse kroon en de Roomse keizer te verbreken, van al onze kasselrijen een vrij vaderland te maken en zich door de paus in een nieuwe en naar Frans model gebouwde kathedraal tot koning van Vlaanderen te laten kronen? Ze zouden hem nogal uitlachen en stapelzot verklaren. Zelfs Mathilde zou glimlachen bij zo'n verhaal. Het was ondenkbaar dat hij daarover iets zou lossen tegen wie dan ook. Zelfs tegen zijn ouders.

Die zouden hem wel kunnen helpen, natuurlijk. Vader had de jongste jaren goed geld verdiend. De handel in gruit was hij kwijtgespeeld na de hongersnood, dat wel, en het had een behoorlijke tijd en talloze kroezen bier geduurd eer hij die tegenslag te boven was gekomen, maar de verkoop in Vlaanderen van Engelse scheerwol liep zoals nooit tevoren en de vooruitzichten waren uitstekend. Tenzij de nieuwe graaf stokken in de wielen zou steken.

Bij hen kon hij aankloppen en, voorzien van een behoorlijke som geld, misschien toch nog naar Noyon reizen om aan bisschop Simon deemoedig zijn diensten aan te bieden. In ruil voor een benoeming als kanunnik was hij bereid les te geven aan de kapittelschool. Geen parochiewerk. Want daar had hij een hekel aan.

Een andere mogelijkheid was intreden in Ten Duinen. Maar was hij nog wel de man ernaar? Sedert het gesprek met de graaf over het oprichten van een diocees Brugge en de bouw van een nieuwe kathedraal, had hij de gedachte van een contemplatief leven definitief laten varen en - eerlijk gezegd - het zei hem vandaag niets meer. Als hij zijn gezellig en comfortabel huis met zijn twee bedienden vergeleek met het houten kloostertje, dan wist hij wel wat hij moest kiezen.

En er was Mathilde.

Haar naam alleen al was voldoende om haar beeld voor zich te zien opdoemen en weer die pijn in zijn onderbuik te voelen. Ze was zo mooi. Vooral haar groene ogen betoverden hem telkens opnieuw. Hoe ze die wimpers kon opslaan en hem onschuldig aanstaren. En haar rozige lippen waarin die dwarse streepjes zaten. En de bekoorlijke welving van haar boezem. En haar stap, haar heel eigen manier om verend op haar tenen te lopen en haar ellebogen lichtjes naar achter te houden, wat haar iets broos, iets breekbaars gaf.

Stel dat ze vanavond kwam. Wat zou er dan gebeuren? Hij zou haar alleszins met vragen bestoken en ze zou veel te vertellen hebben, over wat er de jongste vier dagen gebeurd was, over de triomf van de Erembalden, over de kansen van Willem van Ieper, over de reactie van de Brugse burgers, over de weerklank die de moord in Vlaanderen had gekregen.

Zou ze naast hem op bed komen zitten? Of rechtop blijven staan? Zou ze hem kussen? Vluchtig? Of innig, zoals bij hem thuis? Zou ze met hem het spel van de liefde spelen? Toen ze de laatste keer samen waren, hier beneden in huis, had hij haar willen liefkozen, strelen, maar ze had hem weggeduwd. Nu niet, had ze gezegd. Dat betekende dat ze wel wilde, maar dat het niet het goede moment was. Ik kom je opzoeken, had ze er nog vlug aan toegevoegd, en dan zijn we samen.

Vooral de laatste woorden waren in zijn geheugen gebrand. Dan zijn we samen! Wat had ze daarmee bedoeld? Zou hij haar dan mogen vastnemen, zoenen, aaien, met zijn lippen haar borst zoeken? Zou ze zich uitkleden? Zou hij haar naakt zien? Met zijn blote handen over haar blote lichaam mogen strijken?

Hij rilde van genoegen en van afgrijzen tegelijkertijd. Mathilde was een gehuwde vrouw. Bezit van een ander. Toegegeven, Walter was impotent en een kruisproef zou zeker een einde aan dat onzalige huwelijk maken, maar dat veranderde niets aan de toestand nu. Hij begeerde een getrouwde vrouw. Als priester dan nog. Plots schoot hem de stelling in het hoofd van Anselmus van Laon over het huwelijk tussen overspeligen - *De conjugio inter adulteratos* - die hij indertijd op zijn kamertje bij Bertha en Jean zo zorgvuldig had overgeschreven en waarover ze tijdens de lessen zolang hadden gediscussieerd.

Als een man overspelig was met een vrouw, was het hem volgens paus Leo niet geoorloofd haar later tot echtgenote te nemen, zelfs niet als haar man overleden is. Dus ook niet als het huwelijk nietig is verklaard, door de kruisproef bijvoorbeeld. Volgens Augustinus, die zich meer op de wet van de natuur had verlaten, kon het wel. Met magister Radulfus en de medeleerlingen waren ze in Laon tot de slotsom gekomen dat de laatste interpretatie een lichte voorkeur genoot. Dus, als hij nu speelde met Mathilde, kon hij haar later toch nog tot vrouw nemen, gesteld dat haar huwelijk door de klaarblijkelijke impotentie van haar man werd ontbonden. Misschien konden ze dan samen vluchten, naar het oosten. De jongste tijd waren zoveel mensen uit Vlaanderen naar streken ver voorbij de Elbe getrokken waar de bevolking hun werklust en daadkracht sterk naar waarde wist te schatten.

Hij kon de bisschop vragen ontheven te worden van zijn gelofte tot zuiverheid en Mathilde trouwen en kinderen met haar hebben. Dan zou ze naast hem staan, de hele dag in zijn nabijheid zijn, helemaal van hem alleen zijn! Het had toch geen zin meer priester te blijven. Hij zou zijn brood wel op een andere manier verdienen. Maar hoe? Als boer? Dat kon hij niet. Dat wilde hij niet. De grond moest worden bewerkt door horigen, niet door vrijen. Wat dan wel? Koopman? Ambachtsman?

Mocht hij nu maar raad kunnen vragen aan iemand. Was het omdat hij aan Laon had liggen denken dat plots de naam van Norbertus van Gennep hem te binnen schoot? Wat zou die hiervan gevonden hebben? Norbertus had ook zolang naar zijn levensdoel gezocht. Geworsteld met de vraag: wat wil God met mij? En die had antwoord gevonden in Psalm 118, *Beati immaculati in via*, gelukkig zij die, rein in woord en daad, hun leven gaan volgens Gods wet.

Rein in woord en daad! Robrecht voelde zich beschaamd worden. Hij was allesbehalve rein, zeker niet in gedachten, straks misschien niet meer in daden. Hij trok zijn handen van onder zijn hoofd, ging overeind zitten en overliep - de ogen gesloten - de tekst van de psalm. De tweede strofe zegde hij helemaal op uit het hoofd.

261

Hoe kan men rein zijn jeugd bewaren?
Door zich te houden aan Uw woord!
Dus zocht ik U, met heel mijn hart
en wil nooit uw gebod verlaten.
Dit woord bewaar ik in mijzelf
om nooit met U te strijden.
Geloofd zijt Gij, o Heer,
Leer mij Uw wensen kennen.
Dan zal ik met mijn woord verspreiden
al de voorschriften van uw mond.
De weg van uw vermaning
is meer waard dan alle schatten.
Uw geboden blijf ik overwegen,
Uw paden blijf ik gaan,
Ik wil me aan uw wet verkwikken,
Uw woord nooit achteloos overslaan.

Zich houden aan Gods woord. Dat was de weg die hij moest gaan. Ontroerd liet Robrecht zich op de knieën vallen. De rug diep gebogen, met het voorhoofd tegen de plankenvloer, bad hij: 'Almachtige en genadige God, Gij hebt gewild dat ik, zondaar, aan Uw heilig altaar zou staan om de macht van Uw heilige naam te prijzen. Schenk mij vergiffenis voor mijn zonden opdat ik U waardig zou kunnen dienen.'

In de Kerk lag zijn taak, nergens anders. Hij zou door het leven gaan als Gods priester. Als verspreider van Gods woord. Met de steun van de Heilige Maagd!

'Gezegend zijt Gij, o Maagd Maria,' sprak hij half hardop, dankbaar dat hij tot zijn geliefde Moeder Gods kon spreken, 'Gij zijt verheven boven alle vrouwen der aarde. Gij zijt de roem van Jeruzalem. De blijdschap van Israël. De eer van ons volk.' Gestommel deed hem vlug weer gaan zitten. Mathilde?

De deur zwaaide zoetjes open en Kaatje glipte naar binnen. Voorzichtig zette ze een teil botermelkpap met appeltjes op de grond. Als betrapt sprong Robrecht overeind. Zijn hart bonsde in zijn keel, maar hij vermande zich en vroeg met een zo onverschillig mogelijke stem: 'Hoe gaat het met mevrouw Mathilde?'

Het meisje legde haar vinger op haar lippen, keek schichtig naar de deur, drukte die dicht en fluisterde: 'Mevrouw heeft ons absoluut verboden te spreken. Iemand mocht het horen. Dan bent u verloren! Ik moet gaan.'

'Is ze beneden?'

'Neen.'

'Waar is ze dan?'

Het meisje aarzelde, begon te blozen en mompelde: 'In de proosdij.' Robrecht kreeg het ijskoud.

'In de proosdij? Al lang?'

'Van gisterochtend. Haar man heeft haar daarheen gebracht. Maar nu moet ik gaan, mijn heer. Straks komt ridder Walter thuis en dan moet ik zeker beneden zijn.'

'Is ze vannacht naar huis gekomen?'

'Niet bij mijn weten.'

Zo hevig begonnen Robrechts benen te trillen dat hij zich nauwelijks overeind kon houden. Mathilde zat weer in de klauwen van de kanselier. Uitgeleverd door haar bloedeigen man onder het goedkeurend oog van haar vader, die valsaard van een Evrard die liever geld zag dan zijn kinderen. Nu was er niets of niemand meer dat Bertulf kon tegenhouden. Wat stond haar te wachten? Wat zou die schoft met haar doen? Met zijn lieve Mathilde?

Het huis, dat hem voordien beschut en warm had toegeschenen omdat zij er rondliep en de zaken beredderde, de woning die een veilige toevlucht leek, werd nu plotseling vijandig en koud. Hij zat hier helemaal alleen! Overgeleverd aan een onverschillige dienstmeid en een schichtig kamermeisje. Beneden krioelde het van vijanden, van tegenstanders die maar één ding verlangden: hem te pakken krijgen en aan de kanselier overleveren. God weet wat die met hem van plan was. Dat kon niet. Dat mocht geen minuut meer duren.

'Ik wil hier weg,' siste hij tot Kaatje die al bij de deur stond.

'Maar mijn heer toch,' antwoordde het meisje vertwijfeld. 'U kunt niet weg. Het huis zit vol knechten en meiden, vrienden en aanhangers van onze meester lopen de hele dag in en uit en de zaal beneden barst van het volk. Als iemand mij betrapt, ben ik verloren. Anna durft al niet meer komen en als mevrouw vanavond niet terug is, kom ik ook niet meer.'

'Een reden te meer,' antwoordde Robrecht. 'Luister, Kaatje.'
De meid aarzelde aan de deur. 'Waar slaap jij?'

'In de kamer van mijn heren.'

'Kun je 's nachts weg?'

'Neen.'

'Slaapt er iemand onder de trap?'

'Ja, Anna en haar dochter.'

'Dat treft! Zeg haar dat ik er vannacht vandoor ga. Druk haar op het hart dat ze niets mag ondernemen als ze lawaai hoort, want dat ik het ben. Zeg haar dat.'

'Ja, mijn heer,' antwoordde Kaatje met een benepen stemmetje, waarop ze geruisloos uit de kamer glipte.

Die nacht sloop Robrecht de woning van ridder Walter uit. Omdat hij doodsbang was in het pikdonker ergens tegen te stoten of de laatste trede niet te voelen en te struikelen zodat het hele huis in rep en roer geraakte, ging hij op zijn achterwerk op de trap zitten en liet zich, al tastend met zijn handen en voeten, trede voor trede omzichtig naar omlaag zakken. Bijna schreeuwde hij het uit van angst toen hij onderaan de trap een roerloze gedaante zag staan, maar het was Anna. Zwijgend ging de dienstmeid hem voor naar een zijdeur die ze net zo ver opende dat hij er zich amper door kon wringen. Het eerste wat hij voelde was de regen die in zijn gelaat zwiepte.

Je kan van Bruggelingen veel zeggen. Dat ze het niet nauw nemen met de reglementen van het stadsbestuur, dat ze hun familieleden al te gretig benoemen op posten waarvoor die niet de vereiste kwaliteiten bezitten, dat ze geneigd zijn meer gewicht toe te kennen aan geld dan aan de deugd. Je kan dat allemaal zeggen. En het zal niet veel bezijden de waarheid zijn ook. Maar beweren dat Bruggelingen zich als lafbekken gedragen, dat ze onrecht ongestraft laten of zich met dieven, moordenaars en hoereerders inlaten, dat zou een grove onrechtvaardigheid zijn.

Zodra de moord op de goede graaf in de stad bekend was, hadden enkele wijze burgers de koppen bij elkaar gestoken en, na lang beraad, besloten het geschikte moment af te wachten om de Erembalden een hak te zetten en het bestuur van het land weer in handen te geven van een rechtschapen en edel graaf, zonder dat ze meteen konden zeggen wie ze voor ogen hadden. Als leider van de groep had zich de bejaarde en om zijn trefzeker oordeel befaamde Gillis Vernaechtenzone opgeworpen, dezelfde die de donderdag na de moord de toespraak had gehouden tot de kanselier met de strenge vermaning het lichaam van de landsheer vooral niet aan de Gentenaars te verkwanselen, maar als relikwie in de Sint-Donaaskerk te bewaren ter afschrikking van hen die het - in hun blinde wraak - zouden in hun hoofd halen de kapittelkerk te vernielen.

Toen Gillis vernam dat Borsiard en Walter de woning van kapelaan Robrecht hadden leeggeroofd, stuurde hij een knecht met de opdracht discreet uit te zoeken waar de raadgever van de vermoorde graaf zich verborgen hield. Het antwoord maakte hem niet veel wijzer, want de bedienden van de priester bleken door de brutale aanval compleet overstuur en het enige wat Dirk kon uitbrengen, was dat zijn meester op de dag van de moord naar het huis van ridder Walter was gegaan om met mevrouw Mathilde te spreken en dat er dan een bode gekomen was met de melding dat hij de stad had verlaten en de eerste dagen niet naar Brugge zou terugkeren.

Gillis wist niet wat hij er van moest denken. Dat Robrecht

gevlucht was, begreep hij maar al te goed. Samen met Fromold de Jonge was de kapelaan de belangrijkste vertrouwensman geweest van Karel en een bittere vijand van de kanselier en van alles wat daar van dicht of van ver mee te maken had. Als je hofmeester Evrard mocht geloven, had hij er Bertulf zelfs openlijk van beschuldigd vrouwen te bepotelen. Van Fromold werd gefluisterd dat hij de nieuwe kanselier zou worden.

Geen wonder dat de Erembalden achter die twee aanzaten. Fromold hadden ze te pakken gekregen en geen andere keuze gelaten dan in ballingschap te gaan. Robrecht was uit hun handen gebleven en uit machteloze woede hadden ze zijn woning geplunderd en alles kort en klein geslagen. Allemaal te begrijpen. Maar wat bazelde die knecht dan over een bezoek aan het huis van ridder Walter en over een gesprek met vrouw Mathilde? Zou de kapelaan een verrader zijn geweest? Een spion van Bertulf in de Love? Een judas die onder de mom van vroomheid en verknochtheid bezweken was voor het blinken van het zilver en zijn meester had verkocht? Gillis kon het niet geloven. Voor hem was die schrandere en doortastende jongeman altijd een gezworen vijand van de Erembalden geweest. Precies daarom had hij hem bij de andere burgers aanbevolen en het voorstel gedaan hem, ondanks zijn jeugdige leeftijd, bij het eedverbond van wijze burgers te betrekken.

Noodgedwongen moest hij daar nu wel van afzien. Want met dat bizarre bezoek aan het huis van ridder Walter had Robrecht zich voorgoed gecompromitteerd en kon hij niet meer als een partijganger van de graaf beschouwd worden. Misschien had hij wel een geheime opdracht voor de Erembalden uitgevoerd en was hij daarom zo snel uit de stad verdwenen. Neen, op hem moesten de burgers niet meer rekenen.

Vandaar zijn verbazing toen de jonge priester maandag, kort na de middag, in zijn woning verscheen. Gillis was net van plan zijn kippen eten te geven en bleef verrast in de deuropening naar het erf staan.

'Gegroet, Gillis,' zei Robrecht.

'Waar kom jij vandaan?' antwoordde de bejaarde, de kapelaan wantrouwig monsterend.

'Van thuis.'

266

'Ik dacht dat je zogezegd de stad ontvlucht was.'

'Ik ben terug. Ze hebben mijn huis leeggehaald en mijn bedienden afgerost. Je had naar mij gevraagd?'

"t Is al niet meer nodig.'

Robrecht staarde bedremmeld naar de grond. Hij voelde zich hoogrood worden en durfde de oude man nauwelijks aan te kijken. Die wreef zijn mond af met zijn mouw, trok zijn schouders op en mompelde: 'Ik weet dat er dezer dagen nog weinig mensen te vertrouwen zijn. Maar de kapelaan van de graaf! Hoe is het in 's hemelsnaam mogelijk? Iedereen hebben ze omgekocht. In wat voor tijden leven wij toch. Nog een goeie dag.'

'Ik ben niet omgekocht,' reageerde Robrecht verontwaardigd.

'Wat had je dan bij ridder Walter te zoeken, woensdag? Het lijk van je heer was nog niet koud en je zat al in het huis van een van zijn moordenaars.'

'Ik, ik...'

'Jaja. Ik heb het al begrepen, vriend. Jouw broodje is gebakken. Binnenkort kanunnik als beloning voor bewezen diensten. Nog een goeie dag, had ik gezegd.'

Pas nu besefte Robrecht in wat voor penibele situatie hij zichzelf had gemanoeuvreerd. Ontkennen dat hij in het huis van Walter was geweest, kon hij niet. Toegeven evenmin. Tenzij...

'Momentje, Gillis,' zei hij diep ademhalend. 'Momentje.'

'Ik ga mijn kippen eten geven.'

'Wacht. Geef me de tijd om het uit te leggen.'

Gillis zag aan de gelaatsuitdrukking van de priester dat de zaak ernstig te nemen was. Hij keerde op zijn stappen terug en bood zijn bezoeker een zitbankje aan. Die begon te vertellen, aarzelend eerst, gedreven later, hoe hij geprobeerd had de dochter van de hofmeester te helpen in haar uitzichtloze strijd tegen haar vader die haar verkocht had, tegen haar impotente man die haar vernederde en sloeg, en tegen de kanselier die haar misbruikte. Hij verklapte ook - maar eiste eerst een eed van stilzwijgen - dat Evrard in het complot tegen Karel zat en daadwerkelijke hulp had geboden bij de moord, dat kamerheer Isaac een van de aanstokers was, dat de graaf koppig alle waarschuwingen in de wind had geslagen, dat hijzelf, Robrecht, op de tribune de stervende burggraaf Theinard van Broekburg de absolutie had gegeven terwijl vlakbij het zielloze lichaam van hun landsheer te bloeden lag en dat hij op vraag van Mathilde naar het huis van ridder Walter was gegaan en daar de hele tijd verborgen had gezeten.

Geen woord repte hij over de plannen van de graaf om zich tot koning te laten kronen, om de kapittelkerk te vervangen door een kathedraal, om Fromold proost van het kapittel en kanselier van Vlaanderen te maken en om hem, Robrecht, tot bisschop te laten zalven. Ook over zijn mateloze liefde voor Mathilde zweeg hij wijselijk.

'Evrard in het complot? En zijn dochter misbruikt door de kanselier?' Gillis keek rond alsof hij bang was dat de muren oren hadden. 'Dan is die vent nog rotter dan ik dacht. 't Was niet genoeg dat hij een wijf had in Veurne. Hoe is het in godsnaam mogelijk? In wat voor tijden leven wij toch.'

Er viel een stilte en Robrecht maakte er gebruik van om al zijn moed bijeen te rapen en traag te zeggen: 'Ik zal niet rusten vooraleer Bertulf dood is.' Gillis spuwde op de grond en keek Robrecht vlak in de ogen. Dan stond hij op en legde een paar dikke takken op het vuur zodat het hevig oplaaide.

'Omdat je de graaf wil wreken,' knikte hij instemmend terwijl hij weer kwam zitten.

'Niet alleen daarom.'

'Ha zo! Waarom dan nog?'

'Omdat Mathilde weer bij hem is.'

''t Is dat ze het wel wil.'

'Absoluut niet. Ze is in de proosdij omdat haar man haar gedwongen heeft naar dat varken te gaan. En deze keer zal het niet bij scharrelen blijven, Gillis! Deze keer zal hij haar nemen. Of ze tegenspartelt of niet. Daar ben ik zeker van. Het evenwicht tussen de Love en de proosdij is verbroken, man. De angst voor de landsheer, de natuurlijke schaamte, de godsvrees, het is allemaal weg. De Erembalden zullen hun ware gelaat laten zien. Dat van rovers, bedriegers, geldwolven, verkrachters. Hoe rapper we hun macht breken, hoe beter.'

'Daarvoor had ik je ontboden, Robrecht, om daaraan mee te werken. Nu ga ik eerst mijn kippen eten geven. Ik ben zo terug. Hier, drink intussen een kroes bier.'

De hele namiddag bleven de twee praten. Besloten werd dat de kapelaan zou toetreden tot de kring van burgers die de terugkeer naar een rechtvaardig bestuur zou voorbereiden en in actie zou treden zodra zich in Vlaanderen iemand meldde die bereid was de moord op Karel van Denemarken te wreken. Gillis bracht de priester ook op de hoogte van de toestand. Met zestien waren ze, en nu Robrecht erbij was, met zeventien. Elk van hen had de opdracht omzichtig uit te zoeken wie nog bij de samenzwering betrokken kon worden. Het kwam erop aan een netwerk te vormen van vrije mannen die verbonden waren door een eed van trouw en die bereid waren elke dappere die zich meldde om de vermoorde graaf te wreken, met alle middelen bij te staan. Gemakkelijk was dat niet, want vele burgers lieten zich verleiden door geschenken en beloften die de Erembalden kwistig rondstrooiden. Toch waren de eerste successen al geboekt.

Door alle raadsbijeenkomsten van de kanselier en de burggraaf bij te wonen, hadden de wijzen de geheime bedoelingen ontdekt die achter hun beslissingen schuilgingen zodat ze, op de hoogte van de lagen en listen van de Erembalden, de passende maatregelen konden treffen. Door vlot mee te werken aan de versterking van de stadswallen waren de gezworenen er ook achter gekomen waar de zwakke plekken en de bressen zaten, en wie belast was met de verdediging en hoe die was georganiseerd. Ze hadden het zelfs zo aan boord weten te leggen dat Heribert Cannaerts een sleutel van de poort aan het Zand in bewaring had gekregen. Een andere burger had door een indiscretie vernomen dat de kanselier de graventroon had aangeboden aan Willem van Ieper, maar dat die nattigheid voelde en zich voorlopig niet in Brugge wilde vertonen. Vanuit zijn schuilplaats in de Westhoek keek hij werkeloos toe, hopend dat de toestand spoedig zou uitklaren en hij de kant kon kiezen van de sterkste aan wie hij dan zijn diensten zou aanbieden in ruil voor de Vlaamse graventroon. Dat wilden de Bruggelingen tot elke prijs verhinderen. Ze waren niet vergeten hoe Willem indertijd, met de hulp van gravin-weduwe Clementia, niets onverlet had gelaten om Karel van Denemarken van de graventroon te stoten die hij van haar zoon, graaf Boudewijn VII, op diens sterfbed in Roeselare had aangeboden gekregen. Neen, Willem mocht het in geen geval worden.

'Vóór we aan een nieuwe graaf denken,' besloot Gillis zijn

uiteenzetting, 'moeten we de Erembalden uitschakelen en de stad zuiveren van hun partijgangers. Zonder hulp van buitenaf kunnen we dat niet. De vraag is wie er bereid is zijn nek uit te steken. Naar het schijnt zou Thankmar van Straten plannen smeden om de stad te belegeren. Veel verwacht ik daar niet van, Robrecht, want bij mijn weten heeft hij niet genoeg volk om zo'n onderneming tot een goed einde te brengen.'

'En de pairs van Vlaanderen?'

Gillis schokschouderde.

'Verlamd van schrik, man. Het succes van een opstand tegen de moordenaars is allesbehalve verzekerd omdat niemand weet of er zich nog anderen bij hun actie zullen aansluiten. Daar zit de sterkte van de Erembalden. Met geld en bedreigingen hebben ze in Vlaanderen een regime van angst en terreur gevestigd zodat niemand nog weet wie er te vertrouwen valt. Allemaal zijn ze in hun schulp gekropen. Ze wachten de gebeurtenissen af, doodsbang voor vergelding. Er is iets of iemand nodig om de zaak in beweging te brengen. Volgens mij kan dat alleen een gezant zijn die wij, als burgers, uitsturen. Hij moet zo snel mogelijk een hechte ketting van bondgenoten smeden, beginnend bij de enige van wie we absoluut zeker zijn dat hij een bitter tegenstander van Bertulf is, Thankmar van Straten.

Dat heeft een dubbel voordeel. Allereerst zijn de edelen, die bereid gevonden worden mee te werken, er absoluut zeker van dat ze niet alleen zijn en dat er op de dag van de wraak bondgenoten naast hen zullen staan die ook uit een adellijk geslacht stammen en met even grote verbetenheid de kanselier willen verjagen. Bovendien - en dat is het tweede voordeel - weten ze dat er binnen Brugge medestanders zitten die over de sleutels van de stadspoorten beschikken en gewapende versterking kunnen bieden. Hoe meer ik erover nadenk, hoe zekerder ik ben dat een geheime gezant de enige manier is om een wraakactie op gang te brengen en de kansen op succes ervan aanzienlijk te verhogen.'

Gillis pauzeerde. Zonder zich af te wenden - wat Robrecht mishaagde - snoot hij op de grond. Even bleef hij gebogen zitten, richtte dan het hoofd op, veegde zijn hand aan zijn broek af en zei onverwachts: 'Heeft iemand je herkend, vanochtend, toen je naar hier kwam?'

270

'Neen. Op Mathilde, haar twee dienaressen en mijn bedienden na weet niemand dat ik in de stad ben.'

'Goed. Dan ben jij de gedroomde man om de geheime opdracht uit te voeren. Wie beter dan de kapelaan en raadgever van onze graaf kan de Vlaamse edelen vertrouwen inboezemen? Komt daarbij dat niemand je zal missen, want ze wanen je al lang de stad uit. Daarom mag je de straat niet meer op. Jij neemt voorlopig je intrek hier en ik stuur mijn knecht om Dirk te verwittigen dat je weer bent ondergedoken. Vanavond komen we met de gezworenen bijeen. Ik zal mijn plan uit de doeken doen en de burgers voorstellen je met die opdracht te belasten. Maar dan moet ik nu al weten of je ze aanvaardt.'

'Ja,' antwoordde Robrecht met vaste stem.

Wat de wijze burgers van Brugge niet konden vermoeden, was dat diezelfde maandag 7 maart, vijf dagen na de laffe moord op graaf Karel de Goede, God het zwaard van de hemelse wraak tegen de vijanden van zijn Kerk eindelijk uit de schede trok en het gemoed beroerde van een dapper ridder om die wraak te voltrekken. Het gebeurde sneller dan in die tijd voor mogelijk werd gehouden. En met beduidend meer wreedheid dan een gewoon mens dragen kan.

Die ridder was Gervaas van Praet, eertijds hofschenker en intiem raadgever van de graaf. Na de moord was hij spoorslags naar zijn landgoed gevlucht en had daar zijn volk opgetrommeld. Razend over de laffe aanslag op zijn geliefde meester, trok hij met een leger van voetvolk en ruiters in dichte gelederen op, maar in plaats van zich rechtstreeks tegen de broeihaard van het verzet te keren, richtte hij al zijn aanvalskracht op de veste Raverschoot tussen Gent en Maldegem die door de verraders extra versterkt was en in optimale staat van verdediging gebracht. Niet dat de opstandelingen beducht waren voor een aanval. Zeker niet. De versterking lag op zo'n ontoegankelijke plek en de muren waren zo dik dat iedereen ervan overtuigd was dat ze niet ingenomen kon worden. Wie zou het overigens wagen tegen de kanselier op te staan? De meesten in het graafschap noemden zich zijn bondgenoot omdat ze er alle belang bij hadden of omdat ze zich schaamteloos hadden laten omkopen. En de weinigen die openlijk de moord afkeurden, waanden zich te zwak om tegen hem op te trekken.

Vandaar de complete verrassing toen Gervaas stormliep tegen het bolwerk. Paniek greep de trawanten van de moordenaars aan en ze dachten er geen moment aan zich te verdedigen. Ze gaven zich over onder voorwaarde dat ze ongedeerd naar lijf en leden konden vertrekken. Bijna allemaal vluchtten ze naar hun woonplaats en verstopten zich, sidderend van angst voor de komende gebeurtenissen. Op enkele moedigen na die - gebruikmakend van de nacht - naar Brugge ijlden, recht naar de proosdij om daar hun wedervaren te vertellen. De kanselier stond juist in de frisse ochtendlucht aalmoezen uit te delen aan zijn deur toen de boodschappers arriveerden. Van ver al riepen ze hem toe dat Raverschoot gevallen was. Het effect op de geestelijke was verbijsterend. Zijn mateloze arrogantie maakte op slag plaats voor een wurgende angst. Hij was al niet van de grootsten en nu leek het alsof hij nog kromp. Wat zojuist nog een zelfverzekerd persoon was, een waardige verschijning, een autoritaire geestelijke die zelfs edelen ontzag inboezemde, ja, die zichzelf edel noemde, was in een ommezien een beverig, oud mannetje geworden. Lijkbleek keerde hij de bedelaars de rug toe en haastte zich naar binnen.

'Raverschoot?' herhaalde hij met schorre stem. 'Maar dat kan niet. Dat kan niet! Daar raakt geen kat binnen.' Zich omdraaiend naar de bezwete mannen die beteuterd aan de deur waren blijven staan zoals het onvrijen past, vroeg hij: 'Wie?'

'Gervaas van Praet.'

'De schoft. Ze hadden hem nooit mogen laten ontsnappen. Met hoeveel waren ze?'

'Met honderden, heer kanselier. Wapenknechten en ridders.'

'Is er hard gevochten?'

'Neen.'

'Hoezo? Neen?'

'Heer Steven heeft de veste overgegeven.'

'Was de strijd zo ongelijk? Hij zat toch achter zware muren!'

'Er is niet gestreden.'

'Je gaat me niet vertellen dat Steven het steen van Raverschoot zonder slag of stoot heeft opgegeven.'

'Zo is het.'

'Waar is hij?'

'Gevlucht naar zijn huis in Aalschoot.'

Moedeloos ging de kanselier aan de haard staan, legde zoals gebruikelijk zijn handen op de schoorsteenmantel, strekte zijn benen achteruit en rekte zijn lichaam uit terwijl hij het hoofd op zijn armen legde. In die houding bleef hij lange tijd staan. Dan hief hij loom het hoofd op. Met een slappe beweging van zijn hand maakte hij de boodschappers duidelijk dat ze konden gaan.

'Rainier!'

'Ja, heer kanselier.'

'Stuur een renbode naar ridder Walter. Dat hij onverwijld naar Aalschoot rijdt, Steven uit zijn kot haalt en aan de eerste de beste boom ophangt. En dat hij verspieders uitstuurt om de gangen van Gervaas na te gaan en ons op tijd te verwittigen. Ontbied Borsiard. En Willem van Wervik. En Disdir Haket. Maar die moet eerst de wachtposten op de stadsmuren controleren en die op de muren van de burg. Nog geen burgers te wapen roepen. Daarvoor is het te vroeg. Geen slapende honden wakker maken. Als burggraaf moet Haket ervoor zorgen dat Brugge compleet in staat van verdediging is, want ik verwacht Gervaas vandaag, of zeker morgen. Hij mag rekenen op een warme ontvangst.'

Borsiard liet niet lang op zich wachten. In tegenstelling met zijn oom, was hij door het bericht van de plotse aanval geenszins van de kook gebracht. Blakend van zelfvertrouwen stormde hij de grote zaal van de proosdij binnen.

'We zullen die Gervaas rap een lesje leren,' begroette hij zijn oom opgewekt, terwijl hij met een breed gebaar zijn mantel op de arm van Rainier gooide. 'Als hij aan de hoogste paal van de Markt hangt, zullen de anderen zich wel wachten om nog op te staan tegen ons. We verpletteren hem, heer oom, we rijden hem tegemoet en jagen zijn leger uiteen, nog voor het aan de stadspoorten staat. Hij zal dan ondervinden dat de burgers van Brugge van een ander allooi zijn dan die broekschijters in Raverschoot.'

'Is Walter van Vladslo al opgedaagd met zijn mannen?'

'Nog niet gezien.'

'Die vierhonderd mark zilver mag ik ook op mijn buik schrijven. De lafaard.'

'Niet te vroeg getreurd, heer oom. Hij komt nog. En komt hij niet, dan is het ook goed. Volk genoeg om Gervaas...'

Gestommel aan de deur deed de kanselier zijn handen van de schoorsteenmantel halen. Isaac schoot naar binnen.

'Raverschoot brandt!'

'Ook dat nog.'

'En het huis van Robrecht het Kind!'

'Zijn ze daar al?'

'Onze neef is bij het verrassende nieuws van de belegering onmiddellijk met enkele manschappen naar Raverschoot opgetrokken, maar toen hij zag met hoeveel ze waren heeft hij zijn aanvalsplan laten varen en is naar huis gevlucht. Een deel van Gervaas' legermacht heeft hem achtervolgd en zijn veste te vuur en te zwaard ingenomen.'

Isaacs woorden waren nog niet koud, of Disdir Haket viel binnen. Nog altijd stond de kanselier voor de haard.

'Gervaas van Praet rukt op naar Brugge,' meldde Disdir gejaagd.

'Dat weten we al,' antwoordde Bertulf mat.

'Ha ja?' zei Haket verstoord. 'En weet je ook al dat het huis van onze broer Wulfric Cnop in brand staat?'

'Godverdomme! Godverdomme!'

'Met vloeken zullen we er niet veel aan veranderen,' bromde Haket terwijl hij een zetel bijtrok en ging zitten. 'We moeten handelen.'

'Zijn de poorten dicht?'

'Ja. En bewaakt. Onze ridders en wapenknechten staan klaar voor de strijd.'

Gejaagd geklop langs de kant van de kloostergang deed iedereen het hoofd wenden. Rainier opende de deur op een kiertje, stak zijn hoofd erdoor en stond een poosje te fluisteren. Dan wendde hij zich tot Bertulf.

'Deken Helias wenst u te spreken, heer kanselier.'

'Ik heb nu geen tijd voor gezever over het kapittel.'

'Het gaat niet over het kapittel, heer kanselier. Deken Helias heeft een belangrijke brief bij zich.'

'Van wie?'

Rainier stak weer zijn hoofd door de kier.

'Van de bisschop.'

'Laat hem binnen.'

274

Met trillende handen stak Helias een rol perkament voor zich uit en overhandigde die aan zijn overste. Het was duidelijk dat hij al op de hoogte was van de inhoud, want hij zag zo bleek als een vaatdoek. Bertulf las ingespannen en hief dan het hoofd op.

'Dat moest er nog bijkomen. De bisschop noemt ons heiligschenners en verraders en slaat ons met het zwaard van de banvloek. Hij verbiedt alle gelovigen ten strengste zich bij ons te voegen of ons te helpen. Wie dat bevel negeert, wordt eveneens in de ban geslagen. De brief moet worden voorgelezen in alle kerken van de stad.'

'Dat zie je van hier,' riep Haket, uit zijn zetel opspringend. 'Als we dat doen, laat de helft van de stad ons in de steek.'

'Heb je over deze brief aan iemand iets gezegd?' vroeg de kanselier, de deken met vlammende ogen bekijkend.

'Neen, heer kanselier. Aan niemand. Dat kan ik u verzekeren.' Diep buigend deed Helias fluks enkele stappen achteruit, draaide om zijn as en maakte zich uit de voeten langs het deurtje naar de pandgang.

De hele middag bleven Bertulf, Isaac, Borsiard en Haket overleggen. Later voegden ridder Eric, Willem van Wervik en Ingelram van Esna zich nog bij hen. Al discussiërend lieten ze zich een stevige maaltijd opdienen met karper, patrijs, reebok, pauw en everzwijn. Daarbij dronken ze zoveel bekers Boergondische wijn dat ze allemaal met een zware tong begonnen te praten en allerlei scenario's bedachten, het ene al fantastischer dan het andere, waarbij hun troepen onveranderlijk zegevierend uit de strijd kwamen en Gervaas schandelijk in het zand beet.

'Ha, Walter,' riepen ze toen de ridder in een wolk van kou de grote zaal binnenviel. 'Kom erbij. Hier, drink een beker wijn.'

Walter ging niet in op de uitnodiging. Hij bleef rechtop staan, hield zijn hand aan het gevest van zijn zwaard en wendde zich tot de kanselier.

'Er is paniek in de stad, heer oom. Ze weten het.'

'Wat weten ze?'

'Dat Gervaas oprukt en dat hij Raverschoot en de huizen van Robrecht het Kind en Wulric Cnop heeft platgebrand. En naar het schijnt is onze familie door de bisschop in de kerkelijke ban geslagen.'

'Weten ze dat ook al?'

'Kanunnik Fulco vertelt dat overal.'

'Helias,' siste Bertulf. 'Die godverdomse deken heeft zijn mond voorbijgepraat. Daar zal hij voor boeten, de valsaard. Die heeft hier brutaal staan liegen! Ben je naar Aalschoot gereden om Steven op te hangen?'

'Neen, heer oom. Daar was geen tijd meer voor. Ik ben toch maar begonnen met het mobiliseren van het gemeenteleger. Van een leien dakje loopt dat niet. De ene heeft geen wapens, de andere is zogezegd ziek, van alles verzinnen ze om niet te moeten meevechten.'

'Wie niet gehoorzaamt, laat je op de Markt opknopen. Je hebt toch verkenners uitgestuurd?'

'Ja, heer oom.'

'En waar ligt Gervaas voor het ogenblik?'

'Vlak voor de stad. We hebben de indruk dat hij aarzelt, dat hij vandaag zeker niet meer tot actie zal overgaan. Zijn ze moe, zijn mannen? Wil hij eerst alle uitvalsmogelijkheden controleren? Wacht hij op versterking? We weten het niet. Maar niets wijst op een spoedige aanval.'

'Morgen is de beslissende dag,' besloot de kanselier, traag van tafel opstaand. 'We moeten Gervaas een verpletterende nederlaag toebrengen. Desnoods wagen we een uitval en jagen zijn leger uiteen nog voor hij een aanval kan beginnen. Dat zal indruk maken in Vlaanderen.' En zich tot Borsiard wendend: 'Ik wil Gervaas levend in handen, begrepen? Dan laten we hem op de Markt folteren en met zijn gat bloot ophangen tot afschrikwekkend voorbeeld van al wie het in het graafschap waagt zich tegen ons te verzetten. Komaan. Iedereen op zijn post. Isaac leidt de ridders, Borsiard het wapenvolk en Walter het gemeentelijk leger. En er gebeurt niets zonder mijn uitdrukkelijke goedkeuring. Begrepen? Want ik heb de leiding. Ik alleen.'

Het bericht van de val van Raverschoot en van het verschijnen van Gervaas van Praet voor de stadsmuren, veroorzaakte bij veel Bruggelingen een gevoel van blijdschap en opluchting. In hun hart verheugden ze er zich over dat God zo snel met de wraak was begonnen. Openlijk durfden ze die vreugde niet uiten, want de verraders hadden nog vrij spel in de straten en op de burg en elk openbaar vertoon van steun aan de wrekers zou bijna zeker represailles uitlokken.

Gillis Vernaechtenzone twijfelde geen moment. Dinsdag, in de vroege namiddag, op hetzelfde moment waarop de Erembalden in de proosdij uitbundig zaten te tafelen, belegde hij in zijn huis een geheime bijeenkomst van de groep van zeventien. Zodra ze allemaal binnen waren, liet hij de deuren zorgvuldig sluiten. Een voor een hernieuwden ze plechtig de eed van hou en verzekerde trouw. Daarop nam Gillis het woord.

'Beste vrienden. Ik dank God dat hij in deze plaats van ontzetting en verwarring zijn barmhartige blikken naar de gelovigen heeft gewend en weldra de vuige moordenaars zal uitroeien. Al te lang hebben de Erembalden het volk Gods geteisterd met plundering, brandstichting, rampen en alle mogelijke ellende. Maar vandaag is de dag van de goddelijke vergelding aangebroken. Voor de uitvoering van zijn plannen heeft de Allerhoogste een edel en dapper ridder uitgekozen, Gervaas van Praet, die zoals we allemaal weten, door graaf Karel erg geliefd was en naar wiens kostbare raad hij graag luisterde. Sneller dan we allemaal gedacht hebben staat hij voor de muren van de stad met het vlammende zwaard van de hemelse wrake in de hand. De eenparige beslissing van gisteravond Robrecht als gezant naar heer Thankmar te sturen om bondgenoten in Vlaanderen te zoeken, is daardoor achterhaald. Gervaas heeft het, met Gods hulp, alleen aangedurfd. Onze plicht is het ervoor te zorgen dat zijn rechtvaardige daad met succes wordt bekroond.

Daarom stel ik u ter beraadslaging het volgende voor. We zenden vannacht een geheim gezantschap naar Gervaas om onderlinge banden van trouw en vriendschap te smeden en elkaar betrouwbare garanties te geven. Dan stellen we voor hem morgen de stad in te laten en zijn mannen als broeders binnen de versterking te ontvangen. Wie geen deel uitmaakt van het gezantschap, verwittigt vanmiddag nog de manschappen die hij kan vertrouwen en zorgt ervoor dat ze morgen klaar staan om andere burgers te overtuigen om, samen met het leger van Gervaas van Praet, de moord op onze dierbare graaf te vergelden. Als de burgers merken dat wij aan de kant van de goddelijke wrekers staan, zullen ze geen ogenblik twijfelen en de Erembalden voorgoed hun steun ontzeggen. Op die manier kunnen we hechte groepen vormen die, tot de tanden gewapend, het leger van Gervaas bijstaan in zijn ultieme aanval tegen dat gespuis. Alleen dan zijn we er zeker van dat morgen alles afgelopen is en Bertulf en zijn broers en neven hun verdiende straf krijgen.'

'Goed gezegd,' riep Roeland Bossuyt. 'Ik wil wel deel uitmaken van het gezantschap.'

'Ik ook,' viel Heribert Cannaerts in, terwijl hij triomfantelijk aan iedereen de grote sleutel toonde van de poort aan 't Zand die hij van burggraaf Disdir Haket in bewaring had gekregen. 'Mij houden ze met geen stokken tegen. Ik loop binnen en buiten als mij dat belieft.'

'Ik zal het gezantschap leiden,' hernam Gillis, die uit de kreten van bijval besloot dat zijn voorstel aanvaard was. 'Het zal verder bestaan uit Heribert Cannaerts, Roeland Bossuyt en priester Robrecht.'

Die nacht glipten de vier langs de poort aan 't Zand de stad uit en haastten zich naar Sint-Andries waar Gervaas met zijn leger kampeerde.

De edelman - een nakomeling van de nobele burggraaf Boldran die eertijds door Erembald laf op een schip in de Schelde was vermoord - ontving hen voor zijn tent. Groot en machtig stond hij daar, met beide handen steunend op zijn enorm slagzwaard dat hij voor zich in de grond had geplant. Op zijn maliënkolder danste de rode weerschijn van de vlammende fakkels. Met dichtgeknepen ogen monsterde hij de afgezanten, maar toen hij de grafelijke kapelaan herkende, plooide zijn gelaat open in een verwonderde glimlach.

'Robrecht,' riep hij uit.

'Heer Gervaas! God zij dank!'

'Ik zie dat de Erembalden je niet te pakken hebben gekregen.'

'Ik wist dat je de laffe moord op onze geliefde graaf niet ongewroken zou laten. Ik wist het! De Heer zij geprezen.'

Uitgebreid brachten beide mannen de vermoorde graaf in herinnering, zijn schoonheid, zijn goedheid, zijn rechtvaardigheid, zijn grootheid, en al pratend raakte hun stem gesmoord door de tranen. Terwijl de andere afgezanten van de burgers op een afstand geduldig bleven wachten, vertelde Robrecht hoe hij op de tribune het levenloze lichaam van de graaf had gezien en hoe hij de stervende graaf Theinard van Broekburg had bijgestaan.

'Je ziet dat ik gelijk had,' onderbrak Gervaas de kapelaan. 'Weet je het nog? Tijdens ons laatste onderhoud geloofde de graaf niet dat Bertulf tot opstand tegen zijn landsheer in staat was. Maar ik ken die schoft. Tot alles is hij in staat. Karel had naar mijn raad moeten luisteren en de pairs van Vlaanderen bijeenroepen. Ze waren zeker tot het besluit gekomen dat de kanselier beschuldigd moest worden van hoogverraad. Dan hadden we hem, samen met zijn vervloekte neven, op de Markt kunnen laten ophangen. En dan was onze geliefde graaf niet door die onreine honden, door die van de duivel bezeten horigen, op een laffe manier omgebracht. Maar zeg me, waarom ben je gekomen? En wie zijn die mannen?'

Een voor een noemde Robrecht de naam van zijn gezellen en liet het woord aan Gillis, de aanvoerder van het gezantschap. Kort en gevat lichtte de oude man de toestand toe. Dat er terreur heerste in de stad, dat de kanselier Willem van Ieper had aangezocht om graaf te worden, dat er in geen honderd jaar sprake kon van zijn om dat smerig hoerenjong in de Love te laten en dat zij een kern van burgers hadden gevormd die klaarstonden om de wrekers van de nobele graaf terstond bij te staan. Hij bracht de edelman er ook van op de hoogte dat de kern beschikte over gewapende medestanders en bereid was bij zonsopgang de poorten te openen zodat het leger zonder slag of stoot de stad kon binnenrukken en meteen naar de burg kon doorstoten waar de Erembalden heer en meester waren. Blij met dat vooruitzicht legden Gervaas en zijn mannen samen met de afgezanten van de burgers de eed af van hou en verzekerde trouw en zwoeren plechtig niet te rusten vooraleer ze de rechtmatige graaf van het land hadden gewroken.

'Ik ben gerustgesteld,' besloot Gervaas. 'Nu weet ik dat mijn onderneming zo door God is beschikt.'

Waarop de vier gezanten naar de stad terugkeerden.

Als Evrard Lodemare met iets niet overweg kon, dan was het wel met het zwaard. Ook al bezat hij twee wijngaarden en wat land, zijn vreedzame, ja zelfs verfijnde stadsleven was niet te vergelijken met het ruwe bestaan van de vechtlustige adel op haar uitgestrekte landgoederen met versterkte burchten. Als hofmeester van de graaf wist hij alles over etiquette en tafelschikking, over zilver en aardewerk, over schapenvlees en snoekbaars, over bier en wijn, en als lakenkoopman moest niemand hem iets wijsmaken over de kwaliteit van scheerwol of van fijn geweven linnen, laat staan over de beste manier om met omvangrijke sommen geld zo om te gaan dat ze gestaag aangroeiden. Maar over het beheer van landerijen en het hanteren van het zwaard wist hij niets.

Toch had hij die ochtend van de negende maart het zwaard omgegord dat hij indertijd met zijn eerste gewin als grafelijk keldermeester gekocht had van een Picardisch edelman. Bij het zien van de zilveren knop bovenop de greep bedacht hij dat de som die hij ervoor betaald had en die hem in die tijd buitensporig hoog had geleken, een peulenschil betekende voor de welgestelde burger die hij vandaag was. Tevreden de rode zijde van de schede strelend, haastte hij zich de trap af en liep, vergezeld van vier dienaars, de voorhal van zijn huis door met de vaste bedoeling zich te melden bij Isaac. Buiten sloeg zijn opgewekte stemming om in ergernis omdat de knechten niet klaarstonden met de paarden. Als rijk koopman en vader van een ridder was zijn plaats niet in het gemeenteleger dat door zijn schoonzoon Walter werd geleid en nog minder bij het wapenvolk dat onder het commando stond van de woeste Borsiard. Zijn plaats was bij het ridderleger. Zeker nu hem uitzicht was gegeven op een erefunctie aan het grafelijk hof. Gedaan met hofmeester spelen bij die hooghartige Karel. Onder de nieuwe landsheer - dat had de kanselier hem beloofd - zou hij benoemd worden tot grafelijk kamerling, een ereambt met dezelfde rang als seneschalk, constabel en hofschenker, dat hem niet meer noopte tot werken en hem alle tijd liet om zich in te laten met zijn zaken. De prijs, duizend zilvermark, was hoog, maar volgens de kanselier slechts een bescheiden bijdrage in de zware kosten die de verbouwing van de Love zou meebrengen.

Want zoveel was zeker: Bertulf zou niemand meer naast zich dulden en de grafelijke troon zelf beklimmen. Het was beter, beweerde hij, dat de man die de macht in handen had, ook met de tekens ervan werd bekleed. Ten overstaan van zijn getrouwen - en tot hen behoorde nu ook Evrard zelf - had hij het voorbeeld aangehaald van Pippijn de Korte die als machtig kanselier onder een krachteloze koning de vraag had gesteld aan paus Bonifatius of het niet beter was dat hij die het daadwerkelijke gezag over de Franken uitoefende, ook de koningstitel droeg. Zoals verwacht had de Heilige Vader instemmend geantwoord, waarop Pippijn zich in Soissons door adel en geestelijkheid tot koning van Frankenland had laten verkiezen.

In Vlaanderen was dezelfde toestand ontstaan. De tijd van de Boudewijns en de Robrechts was voorgoed voorbij. Als Gervaas van Praet vandaag verslagen kon worden, bestond er weinig twijfel over dat de pairs van Vlaanderen zich bij de toestand zouden neerleggen en de voorman van de Erembalden tot nieuwe graaf zouden kiezen. Drie problemen bleven er dan nog over: Willem van Ieper uitschakelen, het verzet breken van de Franse koning die in Bertulf - terecht! - een handlanger van de Engelsen zag en een opvolger zoeken voor de nieuwe graaf die als geestelijke geen nakomelingen had. Voor alledrie had de kanselier een oplossing klaar. Willem zou in een hinderlaag gelokt worden en omgebracht. Lodewijk de Dikke, van wie algemeen bekend was dat hij zich niet ongevoelig toonde voor geld, zou met een pak zilver tot inschikkelijkheid gebracht worden. En de opvolging zou worden opgelost door niemand minder dan Evrards schoonzoon Walter aan te wijzen als toekomstig graaf. Stel je voor. Evrard Lodemare, tot voor kort nog horige van de heren van Assebroek, zou mee stamvader worden van een geslacht van Vlaamse graven!

Want op de opwerping die Evrard zich had veroorloofd dat zijn dochter en schoonzoon kinderloos waren en het probleem dus slechts met één generatie werd verschoven, had de kanselier met een knipoog geantwoord dat hij daar wel raad op wist. Slaap maar op je beide oren, zo had hij Evrard verzekerd. De zaak is al lang geregeld. Na mij en mijn neef komt op de troon van Vlaanderen een rasechte Erembald: is het dan niet de zoon van Walter, het zal wel de zoon van Mathilde zijn. Daar zorg ik wel voor.

Een goed gevoel had het bij Evrard zeker niet nagelaten, maar achteraf was hij tot de slotsom gekomen dat hij toch niet bij machte was om zich tegen de wil van de kanselier te verzetten, als hij dat al zou hebben gewild. Jammer voor Mathilde, maar ook dit moest ze maar doorstaan ten bate van haar ouders en broers. En alles wel beschouwd was er niet zoveel te verduren. Had ze door haar vrouwelijke zinnelijkheid niet al een zondig leven achter de rug? En wie zou erachter komen dat haar kind uit een relatie met een geestelijke was geboren? Voor de hele goegemeente zou het de zoon van Walter zijn, de achterkleinzoon van Erembald de Grote.

Zo bekeken had zijn dochter alle reden om tevreden te zijn en haar lot opgewekt te dragen. Het was niet iedereen gegeven in de gunst te staan van kanselier Bertulf en als gravin van Vlaanderen stammoeder te worden van een roemrijk geslacht! Neen, Evrard twijfelde er niet meer aan dat hij deze unieke kans moest grijpen om zijn familie de status te geven waarop ze door haar rijkdom eigenlijk recht had: die van een adellijk geslacht dat de komende generaties de landsheren van Vlaanderen zou leveren.

Maar zover was het nog niet. Eerst moest Gervaas van Praet worden verpletterd. Veel moeite zou dat niet kosten, want uit de berichten van de verkenners was gebleken dat zijn strijdmacht beslist niet indrukwekkend was en lang niet in staat de muren te bestormen, laat staan de stad in te nemen. Evrard kende de afspraak: Isaac of Borsiard zouden een uitval doen, korte metten maken met het legertje en proberen Gervaas levend in handen te krijgen om hem gevankelijk naar de Markt te brengen en aan de paal te hangen zodat het grauw hem nog wat kon sarren voor hij de geest gaf.

Het gezicht van de hofmeester klaarde op toen hij eindelijk de knechten zag aankomen met de rijdieren. Hoog tijd, want vanuit de burg klonk geroep en getier. En op de stadsmuur renden de wachters zenuwachtig naar één plek vanwaar ze met lange armen naar een zwarte rookkolom wezen die in de verte traag de lucht inklom. Blijkbaar was de strijd al begonnen en dus slingerde de hofmeester zich zonder verder nadenken op zijn paard en gaf het de sporen. Hoe het kwam, wist hij niet, maar op datzelfde moment moest hij terugdenken aan die keer toen hij met zijn hele gezin naar het klooster van zijn zuster Walburga in Mesen was vertrokken.

Ook toen was hij hier, voor zijn gloednieuwe huis aan de weg naar Aardenburg, 's ochtends te paard gestegen en door de burg en de stad naar het Zand gereden om vandaar de weg naar Torhout in te slaan. Waar was de tijd? Beatrijs had nog dat bekoorlijke van een jonge vrouw, Mathilde en Willem waren nog kinderen en Wouter had alleen aandacht voor zijn vriendje Robrecht die ziek was geworden omdat hij omgekeerd op de kar zat. Onwillekeurig sloeg de hofmeester de blik op toen hij door de burchtpoort reed en net op dat moment hoorde hij een schelle kreet achter zich.

'Brand!'

Omkijkend zag Evrard nog juist hoge vlammen uit zijn huis schieten. Hij wendde vloekend zijn paard en reed in razende vaart terug. In een glimp bemerkte hij dat ook de twee huizen naast het zijne ten prooi waren aan de vlammen, maar dan liet hij zich al op de grond glijden en stormde naar binnen.

'Mijn kistje, mijn kistje!' tierde hij, brutaal de knecht van zich wegduwend die nog een poging deed om hem tegen te houden. De brand moest op verschillende plaatsen zijn aangestoken, want aangewakkerd door de strakke wind raasde het vuur als een storm door de woningen en deed eerst het strooien dak en nadien de houten plafonds en de trappen krakend en vonkend ineenstorten zodat het volk dat was toegelopen, weer uiteenstoof en enkelen zich lelijk brandden aan gensters die langs alle kanten wegschoten.

Vanuit de burg kwamen wapenknechten aangerend. En Borsiard.

'Wie heeft dat gedaan?' riep hij van ver.

'De hofmeester is nog binnen,' gilde een meid.

'Evrard?'

'Ja', riep een knecht die het steigerende paard van Lodemare bij de teugels in bedwang hield. 'Met geen stokken was hij tegen te houden. Hij is vast omgekomen. Net als zijn vrouw. Die zat boven in haar slaapvertrek en is niet meer beneden geraakt.'

'Wie heeft dat gedaan?' herhaalde Borsiard.

Omdat niemand reageerde, gaf hij zelf het antwoord, met het hoofd in de richting knikkend van de rookpluimen buiten de muren: 'Dezelfde smeerlappen waarschijnlijk die vanochtend die huizen ginder in brand hebben gestoken! Dat betekent dat ze ons ook al binnen de muren aanvallen.'

'Komaan,' brieste hij tot zijn mannen bij wie zich enkele gewapende burgers hadden gevoegd, 'we gaan ze zoeken. Ver kunnen ze nog niet zijn.'

Daarin vergiste de neef van de kanselier zich deerlijk. Want het commando dat diezelfde ochtend van Gillis Vernaechtenzone de opdracht had gekregen de drie huizen ten oosten van de burg in brand te steken om de aandacht van de Erembalden af te leiden - waarin het uitstekend geslaagd was - had aan de ingestorte watermolen al lang weer de uitgedroogde zuidelijke gracht overgestoken en was langs de Gentpoort de stad binnengeglipt, zonder moeite trouwens omdat juist op dat moment het ridderleger naar buiten stormde voor een uitval.

De aanvoerder, Isaac, eertijds kamerheer van graaf Karel maar aanstichter van het verraad, was er rotsvast van overtuigd dat het legertje van Gervaas een gemakkelijke prooi zou zijn als hij maar bij verrassing kon toeslaan. Na ruggespraak met zijn ooms en neven had hij beslist een omtrekkende beweging te maken en het in de rug aan te vallen. Het best was dus de stad te verlaten langs de Gentpoort, een tijdje naar het zuiden te rijden om dan naar het westen af te buigen.

Van een verrassing bleek geen sprake te zijn. Nog minder van een onbeduidende strijdmacht. Wat Isaac na de middag in de gaten kreeg, was een indrukwekkend eskadron van zwaar bewapende ridders dat meteen in beweging kwam en met vervaarlijk gedreun in zijn richting oprukte. Veel tijd kostte het de verrader niet om uit te maken dat hij met zijn handvol strijders geen schijn van kans maakte, temeer omdat achter de ridders nog een massa wapenvolk stond te dringen om aan de strijd deel te nemen. Prompt beval hij de aftocht. Ze werd al snel een vlucht, want de belegeraars zetten in gestrekte draf de achtervolging in.

Het was al laat in de namiddag toen Isaac, compleet in de war door de onjuiste informatie en beschaamd over de mislukking van zijn opdracht, de stad binnenreed. Voor het huis van Disdir, zijn broer, steeg hij af omdat hij daar Borsiard zag staan praten met een groepje gewapende burgers.

'Wat raaskalden die godverdomse verkenners?' vloekte hij, zijn helm afnemend. 'Die lopen zeker met hun ogen op hun gat. Of met hun zakken vol smeergeld! Een handvol ridders en een haveloos troepje wapenknechten? Mijn voeten. Een fameus leger, ja. Dat Haket er maar voor zorgt dat de poorten goed gesloten zijn. Anders worden we binnen de kortste keren onder de voet gelopen.'

'Ze wagen zich al heel dichtbij,' onderbrak Borsiard zenuwachtig zijn neef. 'Daarstraks op de weg naar Aardenburg hebben ze het huis van Evrard in brand gestoken. En de twee belendende huizen.'

'Wie?'

'Wie? Handlangers van Gervaas natuurlijk! Wie gaat er anders het steen van Evrard in brand steken?'

'Waarom?'

'Dat weet ik ook niet. Wat ik wel weet, is dat Evrard dood is.'

Isaac keek zijn neef stomverbaasd aan.

'Evrard dood?'

'Ja. En Beatrijs. De slimmerik wou zijn geld nog uit huis halen. Hij was net vertrokken om zich bij jou te komen melden....'

'Bij mij?'

'Ja, hij wilde meevechten met de ridders.'

'Die zot tussen de ridders?' Isaac lachte schamper. 'Zijn zoon, ja, Wouter, die had zijn plaats bij ons. Maar niemand weet waar hij uithangt. Me dunkt dat hij Brugge is ontvlucht om zich bij het leger van Gervaas te voegen. Van een voormalig schildknaap van graaf Karel kun je niets anders verwachten. Maar Evrard...'

'Toen hij de vlammen zag, is hij halsoverkop teruggekeerd en naar binnen gerend.'

'Veel zijn we aan die blaaskaak niet verloren. Weet Walter het al?'

'Ja, maar hij schijnt het zich niet al te veel aan te trekken. Hij is te druk in de weer met zijn gemeenteleger. Weerspannig dat die smeerlappen zijn! Als hij al honderd gewapende burgers bijeengekregen heeft, zal het veel zijn. Weet je, Isaac, op die lafaards moeten we niet rekenen. Gelukkig heeft heer oom verleden week de stadsmuur laten herstellen. Waar zouden we anders gestaan hebben? Laat die verwaande Gervaas maar aanvallen. Als zijn

285

wapenknechten zich in de buurt wagen, krijgen ze een regen pijlen over hun verdommenis. Daar zorgt Lambrecht Archei met zijn detachement boogschutters wel voor.'

Al pratend waren Isaac en Borsiard een beetje gekalmeerd en toen ook Walter en burggraaf Disdir Haket zich met hun schild-knapen bij hen voegden, beraadslaagden ze hoe ze de kanselier van de mislukking van de uitval op de hoogte zouden brengen en hoe ze de wacht voor de nacht zouden organiseren, want zo met-een zou het gaan donkeren en een aanval moest vandaag niet meer verwacht worden. Juist toen ze uit elkaar wilden gaan, klonk geraas en getier van de kant van het Zand zodat ze allemaal tegelijk in die richting keken.

Wat ze zagen deed het bloed in hun aderen stollen.

Het plan van Gillis Vernaechtenzone was tot in de puntjes uitge-voerd. Wel wetende wat hem precies te doen stond, had Gervaas van Praet slechts een deel van zijn ridderschaar de achtervolging van Isaac laten inzetten. Het gros van zijn troepenmacht had hij direct rechtsomkeert laten maken en in de buurt van de stad verdekt opgesteld en zelf was hij met enkele getrouwen naar de westelijke stadspoort gereden.

De wachters die bij het naderen van de edelman alarm wilden slaan, werden door gewapende burgers geruisloos uitgeschakeld en even later zwaaiden de houten deuren open en kon Gervaas het Zand oprijden waar Gillis Vernaechtenzone, Heribert Can-naerts, Roeland Bossuyt en kapelaan Robrecht op hem stonden te wachten. Snel wisselden de afgezanten van de goede burgers van Brugge en de door God gezonden wreker van de zalige graaf opnieuw de eed van trouw uit, waarop Gervaas een teken gaf en de voorhoede van zijn leger zich met veel geroep en wapen-gekletter toegang verschafte tot de stad. Het liep tegen de avond en de meeste burgers, niet op de hoogte van het complot, zaten aan tafel voor het avondmaal zodat de straten er verlaten bij-lagen. Bij het plotse tumult grepen ze verschrikt naar de wapens en haastten zich naar de muren om hun stad te verdedigen. Op dat moment hadden de andere leden van het eedverbond ge-wacht. In kleine groepjes doken ze overal op en informeerden hun onwetende stadsgenoten over de geheime overeenkomst met

Gervaas en de trouw die hij hen gezworen had.

In een ommezien sloeg de stemming om. Op enkele twijfelaars na sloot iedereen zich aan bij de mannen van Gervaas. Tierend dat het moment van de vergelding was aangebroken en dat ze Bertulf en alle Erembalden over de kling zouden jagen, stormden ze als één man naar de burg. Het was die razende bende, gewapend met speren, lansen, bogen en pijlen, die de neven van de kanselier in de verte op zich zagen afkomen.

Ontdaan door de onverwachte wending, zetten ze het op een lopen. Isaac repte zich naar zijn versterkte woning en vernielde de brug die zijn huis van de stad scheidde, zodat hij, voorlopig althans, onbereikbaar was. Borsiard, Walter en burggraaf Haket vluchtten naar de ommuurde burg waar ze zich veilig waanden. Op de brug over de Reie bood een detachement wapenknechten van Borsiard hardnekkig weerstand, maar moest wijken onder de slagen van de overmacht. Op een andere brug, die naar het huis van de kanselier leidde, was er een hevig handgemeen, een strijd van man tegen man met speer en zwaard. En op een derde brug aan de oostkant van de burg kwam het tot een uitermate zwaar treffen.

Omdat de verdedigers beseften dat ze machteloos stonden tegen de overmacht, staakten ze de strijd, vluchtten naar binnen en deden de poorten achter zich dicht. Velen waren gewond en ontdaan door wurgende angst. Maar toen ze van op de weergangen zagen wat zich in de stad afspeelde, prezen ze zich gelukkig dat ze uit de handen waren gebleven van de woeste meute die belust was op wraak. Want niet iedereen raakte tijdig achter de burchtmuren. Joris, de ridder die samen met Borsiard de graaf had neergestoken, draafde als een gek door de straten in de hoop zich over de burchtbrug in veiligheid te brengen, maar hij werd door Disdir van zijn paard gelicht en beide handen afgehakt.

Deze Disdir was weliswaar een telg uit het geslacht van de Erembalden, broer van Isaac, maar raakte nooit bij de samenzwering betrokken omdat hij zoveel weldaden van graaf Karel had ondervonden, dat niemand het gewaagd had hem over de moordplannen in te lichten uit angst dat hij ze zou verraden.

Huilend van de pijn vluchtte de ellendige Joris te voet verder en poogde zich te verbergen in een kippenhok waar het joelende grauw hem al vlug ontdekte. Een ridder van Gervaas haalde hem uit zijn schuilplek - de hoenders fladderden kakelend in het rond - sleepte hem naar de Markt en leverde hem uit aan een jonge, woeste wapenknecht. Die stortte zich op de jammerende man, doorstak hem met zijn zwaard, gooide hem op de grond, nam hem beet bij zijn voeten, wierp hem in de poel en liet hem verzuipen. Waarmee deze moordenaar, volgens de omstanders, zijn verdiende loon had gekregen.

Ondertussen hadden enkele burgers de dienstknecht Robrecht gegrepen, een renbode uit het huispersoneel van burggraaf Haket. Ze schopten en sloegen hem, doodden hem in het midden van de Markt en sleurden het lijk door de moerassige plekken. Een andere schoft uit Borsiards aanhang, een zekere Fromold, onderging een nog triester lot. In het besef dat men hem wegens zijn alom beruchte wreedheid niet zou sparen, had hij zich ter vermomming in een vrouwenmantel gehuld en tussen twee matrassen verborgen. Ze vonden hem, haalden hem eruit en dreven hem naar de Markt. Daar trokken ze de spartelende man ten aanschouwen van allen op aan de galg nadat ze eerst een stok door zijn kniegewrichten en scheenbenen hadden gestoken. Zo hing hij daar met zijn hoofd ondersteboven en met zijn schaamdelen en bloot gat naar de burg gekeerd ter beschimping en ontluistering van de verraders.

De belegerden stonden in de grafelijke galerij en op de weergangen van de burgmuur en sloegen ontzet het schouwspel gade in het besef dat het hier om een eerloosverklaring ging die alleen henzelf betrof.

Tenslotte viel de nacht. Over Brugge daalde een vreemde stemming neer. Een sfeer van achterdocht, van angst en schichtige waakzaamheid. Belegerden en belegeraars beloerden elkaar. Wie zat er binnen? Wie had de kant van de verraders gekozen? Zou iemand het wagen naar buiten te sluipen om aan zijn straf te ontsnappen? Of omgekeerd: zou er iemand heimelijk over de muren proberen te klauteren om de verraders bij te staan en op een goed blaadje te komen bij de kanselier? Feitelijk was die achterdocht al opgedoken van bij het begin van het beleg tijdens de strijd in de straten en op de bruggen. Aan beide kanten keek men al vechtend voortdurend in het rond om te zien wie welke kant koos. Of wie, naar gelang van de uitkomst van de strijd, van kamp veranderde. Toen de posities dan min of meer duidelijk waren, staken in elke groep de discussies de kop op. Voor de belegeraars bestond er geen twijfel dat zij volkomen in hun recht waren, dat ze de graaf totterdood hadden liefgehad. Het viel op dat sommigen die daarstraks nog met het wapen in de vuist liepen om de stad tegen Gervaas te verdedigen, zich nu tot de vurigste wrekers van de dode graaf rekenden.

Over de manier en het tijdstip waarop 's anderendaags de burg zou worden bestormd en ingenomen en over het lot dat de verraders moest worden beschoren, bestond er geen eensgezindheid. Maar dat ze uit hoofde van hun liefde voor graaf Karel het recht hadden op hun deel van de grafelijke bezittingen en, vooral, van de schat, daar waren ze het allemaal roerend over eens. Al vond iedereen dat dat recht in de allereerste plaats zijn eigen persoon betrof.

Binnen de burg liepen de woordenwisselingen nog hoger op. In de grote zaal van de proosdij, waar hij zijn broers, neven en getrouwen had verzameld, foeterde de kanselier op Isaac omdat die de strijd buiten de muren had ontweken, op ridder Walter omdat die zich door de burgers in de luren had laten leggen en op Disdir Haket, die als burggraaf niet eens in staat was geweest om de poorten van de stad te bewaken. Niemand durfde iets ter verontschuldiging inroepen en het was uitsluitend aan de tussenkomst van Borsiard te danken dat de stemming niet helemaal tot het nulpunt zakte. Alles was nog niet verloren, betoogde de woesteling met aanstekelijke gloed. Verre van! Eigenlijk zaten de burgers en de mannen van Gervaas in de val. Want diezelfde nacht nog zouden renbodes worden uitgestuurd naar Willlem van Ieper om hem te hulp te roepen en naar Veurne om zo snel mogelijk detachementen ter versterking te sturen. Robrecht van Kerseca en Walter van Vladslo zouden aangemaand worden onverwijld naar Brugge op te rukken en ook het kustvolk, dat eertijds trouw gezworen had aan de kanselier van Vlaanderen, zou worden gemobiliseerd. Met als gevolg dat de rollen werden omgedraaid en Gervaas, in plaats van de stad aan te vallen, ze zou moeten verdedigen tegen de aanrukkende versterkingen, maar dan wel met de bezetters van de burg in zijn rug. Hij zat ingesloten, hij kon vooruit noch achteruit en moest ook niet rekenen op steun van buitenuit. Want wie zou het in zijn hoofd halen om deze man, die zichzelf in een hopeloze positie had gemanoeuvreerd, te komen ontzetten? Neen. Niet hún positie was hopeloos, wel die van Gervaas van Praet! Zo moest de zaak bekeken worden.

Borsiards gloedvolle pleidooi maakte voldoende indruk op de aanwezigen om hier en daar kreten van instemming te ontlokken, maar de kanselier reageerde geïrriteerd. Hij liep weg van de groep en draaide, zijn karakteristieke houding aannemend - de handen gespreid op de schoorsteenmantel, het lichaam gestrekt achteruit - het hoofd in de richting van zijn broer Lambrecht van Aardenburg en gaf met een hoofdknik een teken dat hij naderbij moest komen.

'Heeft Walter het huis van Evrard laten doorzoeken?'

'Ja,' antwoordde Lambrecht. 'De knechten hebben zijn verkoolde lijk gevonden. Hij lag boven op zijn kistje.'

'Gesmolten?'

'Neen. Het geld is intact.'

'Hoeveel?'

'Dik vierduizend zilvermark.'

'Waar zit zijn oudste zoon, Willem?'

'Hier binnen in de burg.'

'Laat hem door een wapenknecht afmaken. Doe hetzelfde met Wouter, zijn jongste zoon. Zodra we hem te pakken krijgen, tenminste, want hij vecht waarschijnlijk mee met Gervaas. Als die twee ons niet meer voor de voeten lopen, komt alles toe aan Mathilde en zo aan onze Walter: huizen, wijngaarden, stapelplaats en geld. Snap je?'

Lambrecht knikte. Hij wou nog iets zeggen, maar zweeg omdat Rainier zich door de aanwezigen wurmde en lijkbleek op de kanselier toeliep. Zijn stem bibberde.

'Heer kanselier?'

'Ja? Wat is er?'

'Vrouw Mathilde is weg.'

Bertulf monsterde zijn huisknecht ongelovig.

'Hoe, Mathilde weg?'

'Ik weet ook niet hoe het is gebeurd, heer kanselier. Maar ze is ervandoor.'

Plots besefte de geestelijke de volle draagwijdte van de mededeling.

'Dwaas kieken,' tierde hij, zodat de aanwezigen verschrikt opkeken. 'Hoe is het in godsnaam mogelijk dat je die teef laat lopen. Godverdomme! Eerst laten die sukkels daar zich in de doeken doen door die schurk van een Gervaas en nu laat jij mijn wijf lopen! Stommerik. Ezel!'

'Ik heb alles gedaan wat ik kon, heer kanselier. Echt waar. Ik heb de meiden afgerost, maar ze weten van niets. Ik heb knechten erop uitgestuurd. Maar ze is nergens in de burg te vinden. Ze moet van de verwarring gebruikgemaakt hebben om de proosdij te ontvluchten en uit de burg naar de stad te ontkomen.'

'Wacht als we Brugge weer in handen hebben,' gromde de kanselier. 'Ik sla ze een ongeluk, de feeks.' En dan dreigend tot Rainier: 'Maak dat je wegkomt, verdomde dorper, of ik geef je een paar meppen tegen je smoel.'

Tandpijn kan tergend zijn. Al vier dagen zat ridder Wouter ermee geplaagd. Na de moord op de graaf had de jongste zoon
van Evrard zich op zijn paard geslingerd en was de stad ontvlucht naar Oostkamp, waar hij van Karel van Denemarken een
hoeve en tien gemeten land in leen hield. De horigen die voor
hem de grond bewerkten - een knecht, zijn wijf en hun drie snot-
jongen - ontruimden zonder morren het lemen huisje en gingen
in de houten stal bij de beesten slapen. In het begin wist Wouter
niet goed wat aanvangen. Naar zijn huis in Brugge terugkeren
durfde hij niet, maar dagenlang in de weerzinwekkende walm
van die dorpers zitten, trok hem nog minder aan. Daarom stuurde hij de knecht naar de stad met de opdracht poolshoogte te
nemen. Het nieuws dat de kinkel meebracht, was niet erg bemoedigend. De Erembalden waren heer en meester en niemand
waagde het tegen hen in het verweer te komen. De mare ging dat
Willem van Ieper de nieuwe graaf zou worden en dat de kanselier iedereen zou laten halsrechten die het riskeerde om Karel te
wreken.

Dus bleef Wouter waar hij was. Zondagnamiddag, toen hij uit
verveling nog maar eens zijn rijdier met de roskam bewerkte,
kwam die tandpijn op. Ze knaagde diep in zijn linkeronderkaak
waar twee rottende kiezen zaten. 's Anderendaags kocht Maria,
het wijf van de knecht, op de vismarkt in Oudenburg haaientan-
den en reeg ze aan een snoer dat hij om zijn hals moest dragen.
Maar het bracht geen soelaas. Meer verlichting ondervond hij
van een middeltje dat de knecht hem verklapte: 's ochtends de
mond spoelen met een slok eigen urine. De weeïge smaak deed
hem kokhalzen, maar het had kennelijk een weldoende invloed,
want de pijn ebde weg, voor een poosje althans.

Dinsdag bij valavond raakte hij aan de praat met een rond-
trekkende monnik die wist te vertellen dat bisschop Simon van
Noyon de Erembalden in de ban had geslagen en dat Gervaas van
Praet de dag tevoren Raverschoot had ingenomen, de huizen van
Robrecht het Kind en Wulfric Cnop had platgebrand en onge-
hinderd naar Brugge oprukte. Wouter wist niet waar hij het had

van vreugde. Eindelijk was het moment van de vergelding aangebroken.

Om diezelfde avond nog te vertrekken was het te laat, maar woensdag, in de vroege middag, reed hij, nagegaapt door de horigen die eerst nog een versterkend maal voor hem hadden klaargemaakt, in volle galop uit Oostkamp weg en sloot zich kort nadien bij de wrekers aan. Gervaas zelf kreeg hij niet meer te zien, want die was al al naar Brugge vertrokken met een delegatie. Vanzelfsprekend bevond hij zich in de voorste gelederen toen het leger de stad binnendrong. En nu reed hij door de Steenstraat in de richting van de burg, vastbesloten mee een einde te maken aan het schrikbewind van Bertulf en zijn bende en een rechtvaardige graaf op de Vlaamse troon te helpen zodat hijzelf weer zijn plaats in de Love kon innemen. Jammer genoeg had wat hij zich had voorgesteld als een triomftocht, meer weg van een lijdensweg, want de tandpijn was van diep knagen overgegaan in slopend kloppen zodat hij nauwelijks uit zijn ogen kon kijken van ellende.

Overal liepen bendes joelende mensen die op jacht waren naar medestanders van de Erembalden om ze ter plekke af te maken of naar de Markt te drijven en daar dood te martelen.

'Kom, heer Wouter,' riepen ze, want ze kenden hem maar al te goed. Wie hem zag, dacht automatisch aan Karel van Denemarken omdat hij van in zijn prille jeugd in de Love had gewoond en aan de persoon van de graaf verbonden was geweest, eerst als schildknaap, later als ridder en paladijn. Aan zijn loyauteit viel niet te twijfelen, ook al wist iedereen dat zijn vader Evrard een gatlikker van Bertulf was en zijn zuster Mathilde de vrouw van die verafschuwde ridder Walter.

Maar Wouter had niet de minste zin om met het stadsgrauw op zoek te gaan naar arme drommels die, om God weet welke reden, met de verraders hadden meegeheuld. Hij wilde vechten, zijn zwaard in dienst stellen van de nobele wreker en de daders zelf een kopje kleiner maken. Daarom reed hij naar de Markt, steeg af, bond zijn paard aan een galg en gooide zich zonder dralen in de strijd rond de burg. Zo verbeten vocht hij dat al dadelijk twee medestanders van de Erembalden onder zijn slagzwaard sneuvelden. Het zouden er meer geweest zijn, als niet iemand hem in het heetst van de strijd had toegeroepen dat hij beter naar zijn vader en zijn moeder zou hebben omgekeken. Ontzet liet hij zijn zwaard zakken en rende over de Reiebrug naar de Markt waar hij op Heribert Cannaerts botste die zich met enkele burgers in het gevecht wilde mengen.

'Wat is er met mijn ouders?' vroeg hij ongerust, zijn linkerhandschoen uittrekkend om zijn hand tegen zijn mond te drukken, want ineens vlamde die verdomde kiespijn weer op.

'Weet je dat nog niet?' antwoordde Heribert.

'Neen.'

'Ze zijn dood. Verkoold in hun huis.'

'Is het steen van mijn ouders afgebrand?'

'Ja. Vanmorgen.'

Helemaal in de war door het slechte nieuws, hees Wouter zich op zijn paard en draafde naar de burg terug waar hij zich opnieuw in de strijd stortte in de hoop snel de poort binnen te dringen en zich vechtend een doortocht te banen naar hun steen op de weg naar Aardenburg. Maar net op dat moment trokken de belegerden zich massaal terug en grendelden de poorten af zodat die weg compleet was afgesloten.

Honderd vragen schoten door zijn hoofd. Hoe kon zo'n steen plots afbranden? Was het in brand gestoken? Was het een ongeluk geweest? Een onvoorzichtige knecht of meid die een kaars had laten vallen? En hoe kwam het dat vader en moeder niet naar buiten gevlucht waren? Waar was zijn oudste broer Willem? Had die niet gepoogd zijn ouders te redden? En hoe verging het Mathilde?

Mathilde!

Ja, die zat nu in het verkeerde kamp. Vertonen kon ze zich alleszins niet. Mogelijk was ze zelfs mee de burg ingevlucht. Tenzij ze zich in haar huis had opgesloten. Maar dan bestond de kans dat een van die op wraak beluste bendes erheen trok om de inboedel kort en klein te slaan en de inwoners naar buiten te halen en te molesteren. De vrouw van een van de meest gehate neven van de kanselier zouden ze zeker niet sparen. Net zomin als zijn dienstpersoneel. Door angst aangegrepen gaf Wouter zijn paard de sporen. Als zijn zuster niet naar de burg was gevlucht, kon hij haar misschien beschermen tegen de volkswoede... Behalve als haar man ook thuis was. Die zou zich met zijn volk zeker onmiddellijk tegen hem keren en hem doodslaan.

Geschrokken hield hij zijn rijdier in, keek over zijn schouder naar Sint-Donaas en bedacht dat de kans eigenlijk klein was dat een neef van de kanselier aan zijn haard zou zitten op het moment dat er zo hevig gevochten werd en zijn familieleden in gevaar waren. Het kon toch niet anders dan dat hij met de andere Erembalden de burg was ingevlucht. Opgelucht wilde hij zijn weg voortzetten toen hij zijn naam hoorde roepen. De stem herkende hij onmiddellijk. Robrecht! Hij steeg af en de twee omhelsden elkaar onstuimig.

'Wouter!' riep de jonge geestelijke. 'Waar kom jij uitgekropen?'

'Ik zat in Oostkamp, op mijn gedoen. Ik ben meegekomen met de mannen van Gervaas.'

'Je weet dat je vader....'

'Ze hebben het mij verteld, ja. Wat is er gebeurd? Was het een ongeluk?'

'Ja en neen. Zijn steen is samen met de twee huizen ernaast vanochtend in brand gestoken op bevel van Gillis Vernaechtenzone, de leider van de goede burgers. Een afleidingsmanoeuvre. Maar het was beslist niet de bedoeling je ouders om te brengen. Hoe het komt dat Beatrijs niet beneden is geraakt, weet ik niet. Evrard was al buiten en hij is weer naar binnen gelopen.'

'Waarom toch?'

'Ze zeggen dat hij zijn kistje met geld wilde halen.'

Wouter zweeg. Tranen vielen op zijn hand die hij weer voor zijn mond hield omdat de bijtende kou bij het inademen de tandpijn aanwakkerde. Zo stonden ze daar in de straat zonder een woord te spreken. Het was de ridder die de stilte verbrak.

'Ik was op weg naar Mathilde,' mompelde hij.

'Die is er niet.'

'Zit ze in de burg?'

'Ja. Bij de kanselier. Weet je, Wouter, dat je zuster...'

'...kinderloos is en daardoor onze familie te schande maakt. Dat weet ik wel.'

'Neen, dat ze...' Robrecht zweeg.

'Dat ze wat?'

'Dat ze, hoe zal ik het zeggen, dat ze door Bertulf misbruikt wordt.'

Wouter nam zijn vriend op met een ongelovige blik.

'Hoe weet jij dat?'

'Omdat ze het me zelf verteld heeft.'

'Zie jij mijn zuster dan geregeld?'

'Ja.'

'Toch geloof ik het niet.'

'Het is al jaren bezig, vriend. De kanselier maakt schromelijk misbruik van het feit dat haar man impotent is.'

Wouter stond sprakeloos. Hij nam zijn hand van voor zijn mond en schoof ze weer in zijn handschoen.

'Gelukkig weet vader daar niets van,' bracht hij moeizaam uit, met zijn blik een groepje burgers volgend die met stokken een gevangene voor zich uit joegen.

'Je ouders zijn dood, Wouter. Ze hebben deze wereld verlaten en staan nu voor hun Opperste Rechter. Wij, stervelingen, moeten het oordeel aan Hem overlaten, hoezeer wij ook beseffen dat ze gezondigd hebben, vooral je vader.'

'Hij was schraapzuchtig, ik weet het.'

'Dat was niet het ergste.'

'Wat bedoel je?'

'Hij liet zich te fel door de Erembalden... Hoe zal ik het zeggen... Hij stond niet afwijzend tegenover het verraad.'

Wouters mond viel open.

'Dat is niet waar, Robrecht. Je hecht te veel geloof aan de praatjes van de mensen. Vader betoonde veel respect voor de kanselier, dat weet ik ook wel, overdreven zelfs, maar een verrader? Dat kan ik niet geloven.'

'Nochtans is het zo. De jongste tijd had hij zelfs openlijk de kant van Bertulf gekozen.'

'Daar heb ik nooit iets van gemerkt.'

'Ik wel. De dag voor de moord heeft hij mij nog bedreigd en ik weet zeker dat hij op de hoogte was van de aanslag.'

'Ik vind dat je wel begint te overdrijven met je beschuldigingen aan het adres van mijn familie. Sedert onze jeugd zijn we vrienden, verbonden door menige eed van trouw en door onze verknochtheid aan onze goede graaf Karel, jij als kapelaan en raadgever, ik als ridder en paladijn. Maar dat geeft je nog niet het recht de reputatie van mijn ouders en mijn zuster door het slijk te sleuren.'

Omdat Robrecht merkte dat Wouter geïrriteerd raakte, gooide hij het over een andere boeg.

'Je bent het toch eens met hen die vinden dat de kanselier en zijn bende zo snel mogelijk moeten uitgeschakeld worden?'

'Ja.'

'En dat het onze plicht is ervoor te zorgen dat morgen, als de burg wordt aangevallen en ingenomen, Mathilde uit de handen van de wrekers wordt gehouden?'

'Natuurlijk.'

'Dan zal ik aan je zijde staan om je daarbij te helpen.'

'Niet nodig. Gervaas kent mij, hij weet dat mijn zwaard onvoorwaardelijk in zijn dienst staat en hij zal mij dus niet trotseren als ik mijn zuster in bescherming neem, ook al is ze de echtgenote van een van die verraders.'

Al pratend had de ridder zijn paard bij de leidsels genomen. Hij begon te stappen. Robrecht liep zwijgend met hem mee, op de voet gevolgd door Dirk, zijn knecht. Kort daarop stonden ze voor het steen van Walter en Mathilde. Op twee oude wijven na die schichtig langs de huizen slopen, was er geen mens op straat te bespeuren. Vanop de Markt klonk gejoel, gevolgd door daverend gejuich.

Het geluid van de deurklopper was al een tijdje uitgestorven toen Kaatje de deur op een kier opende.

'Och here, mijn heer Robrecht,' riep ze uit. 'Mevrouw zal gelukkig zijn.'

'Hoezo, gelukkig zijn?' stotterde de kapelaan, eerst het meidje en dan zijn metgezel ongelovig bekijkend. 'Ze is hier toch niet.'

'Toch wel. Ze is pas thuisgekomen. God in de hoge hemel, wat ben ik blij dat u er bent. Kom gauw binnen.'

De grote zaal was koud en leeg en er brandden slechts vier kaarsen.

'Ik zal mevrouw verwittigen, maar ik vrees dat ze niet dadelijk naar beneden zal kunnen komen,' meldde Kaatje enigszins verontschuldigend, terwijl ze een paar toortsen aanstak. 'Ze is zo in de war.'

Dirk verdween naar de keuken en Wouter trok zijn handschoenen uit - de kiespijn vlamde nog maar eens op - en ging zitten, maar stond meteen op omdat hij op de trap razendsnelle passen hoorde. Hij verwachtte dat zijn zuster in de deur zou verschijnen en hem vol blijdschap zou begroeten. Zijn mond viel open toen ze recht op Robrecht afstoof en zich in zijn armen wierp.

'Lieve vriend,' fluisterde ze en barstte in onbedaarlijk snikken uit.

'Kom,' suste de priester, met zijn hand almaar over haar golvend haar strelend. 'Ik ben bij jou. Nu zit je in het goede kamp. Er kan je niets meer overkomen.' Hij duwde haar iets van zich af.

'Maar hoe ben je hier geraakt?'

'Ik ben gaan lopen.' Ze richtte het hoofd op en nu pas zag ze haar broer. Die wist niet beter dan eerbiedig het hoofd te buigen ten teken van begroeting.

'Wouter,' prevelde ze, zich opnieuw tegen Robrecht aandrukkend. 'Weet je het al van vader en moeder...'

'Ja,' antwoordde de ridder mat. 'Er moeten schikkingen getroffen worden voor de begrafenis. Maar we kunnen niet eens bij hun lichamen. Waar is Willem?'

'Ik denk dat hij in de burg zit, bij die smeerlappen. Ho, Robrecht, je weet niet wat ik doorgemaakt heb de voorbije dagen. Hij heeft me verkracht, tien-, twintigmaal verkracht. Altijd maar verkracht, verkracht!' Ze schreeuwde het uit.

'De kanselier?' De vraag kwam van Wouter.

'Ja, de kanselier!' krijste ze. 'Wie anders?'

'Dan is het toch waar,' mompelde de ridder, zijn vriend monsterend die Mathilde nog steeds in zijn armen hield.

'Zijn jullie minnaars?'

'Neen,' antwoordde Robrecht terwijl Mathilde bevestigend knikte.

Het gesprek dat zich toen ontwikkelde, was voor Robrecht een nare ervaring omdat hij zijn vriend de krenkende waarheid moest meedelen. Zittend naast Mathilde, die geen ogenblik zijn hand losliet, en voorzichtig zijn woorden wikkend en wegend, bracht hij Wouter op de hoogte van alles wat er de jongste jaren binnen de beslotenheid van dit huis en van de proosdij was gebeurd. Hij vertelde hoe Evrard al van bij het begin weet had van de impotentie en de brutaliteiten van zijn schoonzoon en van de schunnigheid van de kanselier, maar hoe de hofmeester zijn mond hield uit schrik voor Bertulf en op de duur zó verstrikt raakte in het web van de Erembalden dat hij zelfs zijn steentje had bijgedragen in het verraad en de moord. Hij vertelde ook hoe Mathilde hem al twee jaar geleden deelgenoot had gemaakt van haar bittere strijd tegen de drie en hoe hij haar had bijgestaan zodat er op de duur tussen hen een hechte band was ontstaan.

'Dus zijn jullie toch minnaars?' herhaalde Wouter zijn vraag.

'Mocht ik geen priester zijn en als je zuster vrij was, dan zouden wij waarschijnlijk trouwen, ja,' bracht Robrecht er aarzelend uit. Omdat hij voelde dat hij rood aanliep, veranderde hij snel van onderwerp: 'Zou het niet beter zijn dat jullie afspreken voor morgen? Als we weer door de burg naar de weg naar Aardenburg kunnen en zo bij het afgebrande huis, moet er van alles geregeld worden. De begrafenis van Evrard en Beatrijs, de verdeling onder de erven, de afkoop van de successierechten...'

'Zeker,' viel Mathilde in. 'Bij dageraad komt er een einde aan zoveel jaren ellende. Eindelijk wordt het gevecht tussen de Love en de proosdij beslecht. Ik hoop dat ze geen enkele van die verraders sparen. Zeker de kanselier niet.'

'Natuurlijk niet,' schamperde Wouter. 'Die wordt opgehangen op de Markt. Net zoals Borsiard, en Disdir Haket en Lambrecht van Aardenburg.'

'En Walter?'

'Ja, die zeker ook.'

'Dan ben ik morgen weduwe.'

Iedereen zweeg. Robrecht bekeek Mathilde van opzij en zag haar schouders rillen onder het parelgrijze linnen van haar jurk. Ze heeft het koud, dacht hij - kan ook niet anders, hier brandt geen vuur; ze moeten iets halen. Even later kreeg Mathilde een warme mantel van oranje fluweel, gevoerd met witte pels, over de schouders. Ze bedankte de meid met een flauw glimlachje en trok zelf de kap over haar hoofd.

'Nu vader is weggevallen,' hernam ze, 'moet Willem kordaat de leiding van onze familie op zich nemen. Zijn eerste taak is Gervaas van Praet en de stadsmagistraat aan het verstand brengen dat de kinderen van wijlen grafelijk hofmeester Evrard Lodemare en zijn vrouw Beatrijs Verbrugghe vierkant achter de wrekers staan en dat al hun bezittingen binnen en buiten de stad gevrijwaard moeten blijven als straks have en goed van de Erembalden in beslag wordt genomen. Ik zeg dat omdat over dit huis betwisting zou kunnen rijzen. Zeker nu er rechteloosheid heerst en iedereen zoveel mogelijk buit zal willen binnenhalen. Mensen tonen pas hun ware gelaat als ze de kans krijgen ongestraft te pakken. In dit huis zit geen stuiver van de Erembalden, alleen zilver van vader. Iedereen weet het. Dus is en blijft het onze eigendom en mijn woonst.'

Enkele kaarsen begonnen te walmen, teken voor Wouter om op te staan.

'Mijn plaats is bij Gervaas en zijn mannen,' verklaarde hij, en stapte naar de kist waarop zijn helm en handschoenen lagen. 'Morgen lopen we storm tegen de burg om de moord op onze geliefde graaf te wreken.'.

'En ik ga aan Gillis Vernaechtenzone meedelen dat Mathilde in haar woning is en zich ondubbelzinnig schaart achter hen die de moord op de graaf willen wreken. Ik móet dat doen, want het is niet onmogelijk dat enkele burgers het in hun hoofd krijgen om het woonhuis van ridder Walter met een bezoek te vereren!'

'Ja, ja,' haastte Mathilde zich te antwoorden terwijl ze de dienstmeiden een teken gaf dat ze Wouter de deur moesten uitwerken. Ze wachtte tot ze hoefgetrappel hoorde, sloeg haar zwarte wimpers op en fluisterde: 'Blijf bij mij.'

Die nacht zou voorgoed in Robrechts geheugen gebrand blijven. Nauwelijks was Wouter de straat uit gegaloppeerd, of Mathilde leidde hem met zachte druk naar de grote zaal terug waar ze Kaatje opdracht gaf de haard aan te maken, nieuwe kaarsen aan te steken en de dienstvrouw Anna te roepen.

'Er zijn alleen nog meiden in huis,' zei ze tussendoor tot Robrecht die niet goed wist hoe hij zich moest gedragen en dan maar op de kist tegen de muur ging zitten, ver van de stookplaats waar Kaatje druk doende was met rijshout. 'Alle knechten zijn met Walter en de huismeester mee de burg ingevlucht. Die zien we niet meer terug. Van nu af aan ben ik hier de baas. Dirk kan natuurlijk een handje toesteken. Ik hoop...' - ze pauzeerde en schudde met haar hoofd - '...ik hoop uit de grond van mijn hart dat ze die bende uitroeien, tot de laatste man. Wat een geluk dat ik weggeraakt ben uit de proosdij zodat ik niet met die oproerkraaiers mee ten onder moet gaan. Van nu af aan heb ik met de Erembalden niets meer te maken.'

Ze kwam naderbij en dempte haar stem.

'Het is erg dat mijn ouders zo aan hun einde moesten komen, Robrecht, maar ik kan er met de beste wil van de wereld geen traan om laten. Van mijn vader had ik mogen verwachten dat hij een ander huwelijk voor mij had geregeld, een voordelige echtverbintenis - daar niet van - maar een waarbinnen ik mijn waardigheid kon bewaren. En was het te veel gevraagd van mijn moeder dat ze haar huiselijke bezigheden voor één keer zou onderbreken en het spinrok zou laten om naar mijn klachten en smeekbeden te luisteren? Het heeft niet mogen zijn. Ze zijn dood, en van de doden niets dan goeds, zegt men. Dus zal ik erover zwijgen. Maar Walter is niet dood. Nog niet. Morgen hebben ze hem zeker te pakken, samen met die andere kornuiten. Wat ze met dat uitschot uithalen, kan me niet schelen, maar hem moeten ze op de Markt aan een paal hangen, niet te hoog dat ze zijn billen kunnen bewerken met een leren riem en hem met de volle vuist een paar stompen in zijn smoel kunnen geven.'

'Heeft hij dat met jou gedaan?'

Robrecht hief het hoofd op en keek haar aan. Ze reageerde niet op zijn vraag.

'Voor de kanselier wil ik dat ze hem omgekeerd ophangen, aan zijn tenen, met zijn kop omlaag en zijn benen open, dan kunnen ze met stenen en alles wat ze oprapen naar zijn vuil lijf gooien en dan loopt het bloed in zijn neus en ogen. Alleszins moeten ze ervoor zorgen dat hij lang blijft leven. Dan ziet iedereen dat hij ten langen leste zijn gerechte straf krijgt voor de moord op de graaf en dan kan ik dikwijls gaan kijken om me erin te verlustigen hoe dat zwijn gepijnigd wordt voor zonden die alleen ik ken.'

Anna verscheen in de deuropening.

'Ja, mevrouw. U had me geroepen?'

Mathilde keek over haar schouder.

'Loopt Maria, het wijf van Koene, hier nog rond?'

'Ja, mevrouw.'

'Stuur ze naar onze boerderij in Snellegem. Met haar twee dochters. Ze kunnen gaan wroeten op het land.'

302

Aan Anna's nauwelijks verholen glimlach was te merken dat dat bevel haar niet ongelegen kwam.

'En Trui, mag die blijven? Met haar giftige tong...'

'Neen. Stuur ze mee. Vanaf nu doe jij de keuken. Zorg meteen voor een stevig maal voor mij en voor heer Robrecht.'

'Zo laat nog?'

De vlammende blik van Mathilde deed de meid ogenblikkelijk achteruitwijken.

'Anna!'

'Ja, mevrouw.'

'Nog iets. Laat je dochter een bed in gereedheid brengen voor heer Robrecht.'

De meid boog en verdween. Ook Kaatje maakte zich geruisloos uit de voeten.

'Weet je het nog,' zei Mathilde, zich weer tot Robrecht richtend, 'hier, op deze plaats, heb ik je ooit verteld over die hete zoekende hand van Bertulf.'

De kapelaan knikte.

'Dat ik zijn strelingen voelde als verzengende vegen op mijn vel. Als gloeiende striemen van een zweep.'

'Ja, dat herinner ik me.'

'Sindsdien is het nog veel erger geworden, Robrecht. Nu voel ik het walgelijke zaad branden waarmee hij mijn schoot heeft volgestort. Het is begonnen toen jij hierboven verborgen zat. Denk niet dat ik je ga vertellen hoeveel keer ik geprobeerd heb tot bij jou te geraken, hoe ik ernaar verlangde - zoals ik je beloofd had - met jou samen te zijn. Maar telkens was er wel een of andere belemmering, een of andere onvoorziene hinderpaal, net alsof de duivel ermee gemoeid was. Zorgen maakte ik me daarover niet. Jij was veilig, uit de klauwen van de Erembalden, in goede handen bij Anna en Kaatje, en ooit zou Walter toch voor langere tijd naar de burg vertrekken. Maar wie had gedacht dat hij mij zou meenemen? Dat hij mij als een sloerie aan de kanselier zou uitleveren? De schoft beschouwde mij niet meer als zijn vrouw, maar als zijn meid, als zijn lijfeigene met wie hij kon uitrichten wat hij wilde. Ingaand tegen elk goddelijk bevel en tegen elke menselijke wet schonk hij mij aan de kanselier en hij zei dat ook met even woorden. Voortaan is ze van u, heer oom, snoefde hij.

Weet je wat hun plan was?'

Robrecht keek vragend op.

'Ik moest een kind van hem baren.'

'Een kind?'

'Ja, en dat zou dan de wereld zijn ingegaan als de zoon van graaf Walter en gravin Mathilde van Vlaanderen, als de erfgenaam van de Vlaamse troon.'

Robrecht vloog overeind.

'Walter, graaf? Hij was toch van plan Willem van Ieper...'

'In geen honderd jaar. Bertulf wil zelf de graventroon bestijgen en Walter aanwijzen als zijn opvolger. Ik moest een kind baren dat voor de buitenwereld van Walter zou zijn, maar in werkelijkheid het zijne was zodat na hem en Walter op de graventroon niemand anders zat dan zijn zoon. Ja, dat riep hij telkens als hij mij verkrachtte.'

Haar groene ogen schoten vol glinsterende tranen. Ze wendde zich af en begon heen en weer te lopen.

'Wat riep hij?'

'Mijn zoon,' riep hij, 'ik schiet mijn zoon in jou. Altijd maar opnieuw: mijn zoon, ik schiet mijn zoon in jou! Je had die bloeddoorlopen ogen moeten zien, Robrecht. En die klamme handen moeten voelen waarmee hij mij in bedwang hield. Verschrikkelijk! Maar als blijkt in de komende weken dat ik zwanger ben van die rotzak, dan zal ik dit kind eigenhandig uit mijn buik sleuren. Ik zal het door een engeltjesmaakster met priemen laten doodsteken en in stukken laten scheuren en als ik ervan verlost ben, zal ik ze op de Markt aan de raven voederen. Jammer dat hij er dan niet meer zal zijn. Anders had ik ze hem in het gezicht geslingerd.'

Ze staakte haar heen-en-weergeloop en keek naar Robrecht, maar die hield het hoofd gebogen. Van de stilte maakte Kaatje gebruik om naar binnen te schuiven en met een vragende blik een tafel open te plooien.

'Zet ze hier bij de haard,' beval Mathilde. 'Wat heeft Anna laten klaarmaken?'

'Brasem, mevrouw, en gans. U moet begrijpen dat er niet veel op de schapraai lag en het is al zo laat.'

Mathilde trok haar schouders op en ging naast Robrecht zitten zonder nog acht te slaan op Kaatje die met Dirk een wit laken over het blad spreidde en druk rondliep om tafelgerei en brood aan te dragen.

'Breng ook wijn,' riep ze, waarna ze het gesprek met de jonge priester op fluistertoon voortzette. 'Besef je, Robrecht, hoe ellendig ik mij voel? Hoe gekwetst ik ben, hoe vernederd tot in het diepste van mijn wezen? En ik sta er alleen mee. Bij niemand kan ik kwijt dat die smerige Bertulf mij keer op keer onteerde. Aan niemand kan ik iets vertellen over zijn duivelse plan om met zijn horige kont op de troon van Vlaanderen te gaan zitten en mij zwanger te maken. Mocht het ooit uitkomen, er zou nogal gelachen worden in Brugge: Mathilde, de dochter van hofmeester Evrard, gravin van Vlaanderen! Ik zou niet meer op straat durven komen. God in de hoge hemel. Bij wie kan ik die ellende kwijt? Bij niemand, Robrecht, bij niemand tenzij bij jou. Jij zult me toch niet uitlachen?'

Ze drukte zich tegen hem aan en hij voelde de warmte van haar dij. In een opwelling wilde hij haar vertellen dat hij in hetzelfde straatje zat, dat ook de graaf met hem een plan had gekoesterd waarin hij een rol te spelen had als bisschop van Brugge en dat hij dat evenmin aan iemand kon vertellen zonder zich bespottelijk te maken, maar hij beet op zijn lippen en zweeg. In plaats daarvan hoorde hij zichzelf fluisteren: 'Ik hou zielsveel van je. Wat zou ik je uitlachen.' Ze antwoordde met een stralende glimlach, keek snel in het rond, zag dat er geen meiden binnen waren en drukte haar vochtige lippen tegen de zijne.

Aan tafel werd er weinig gezegd. Kaatje en Dirk bleven in de buurt, klaar om aan elke wens van hun meesters te voldoen, en het ander dienstvolk liep gestaag af en aan met de gerechten.

Nadat er afgeruimd was en de meiden waren weggestuurd, trok Mathilde Robrecht bij de hand mee de trap op.

'Kaatje!'

Het meisje kwam haastig uit de keuken gelopen.

'We gaan boven nog wat praten. Zorg ervoor dat Anna's dochter straks in de buurt van heer Robrecht slaapt en voor hem zorgt. Zie ook dat er stro ligt voor Dirk. Jij slaapt straks bij mij.'

Zonder het antwoord af te wachten liep ze naar boven en nam de deurknop van de grote slaapkamer in de hand. De priester bleef aarzelend op de overloop staan.

'Kom,' lachte ze, 'Je bent hier toch al geweest!'

'Inderdaad,' grinnikte Robrecht. 'Heeft Anna het je verteld? Op mijn achterwerk ben ik van de trappen naar beneden gegleden, trede na trede. Mijn hart bonsde zo luid dat ik dacht dat het hele huis er wakker van zou worden.'

'Neen, Anna heeft me nog niets verteld, maar dat bedoelde ik niet.'

Robrecht bekeek haar verrast.

'Kijk eens.'

Ze duwde de deur helemaal open.

'Herken je dit niet?'

Robrecht deed enkele stappen vooruit en wilde ontkennend het hoofd schudden toen hij plots het enorme bed zag staan. In een flits stond het beeld weer helder voor zijn ogen. Deken Helias die op de huwelijksdag, acht jaar geleden, de echtelijke sponde zegende om geluk af te smeken over de echtverbintenis en om alle onheil van onvruchtbaarheid of echtbreuk door de vrouw ver weg te houden. Hij zag hen nog zitten, die warme zaterdag in september, Mathilde en Walter op dat hoge bed omstuwd door verwanten en vrienden terwijl de priester de zegening uitsprak. Omdat hij in de deuropening was blijven staan, keek hij vlak in het gelaat van de bruid. Hij had discreet geknikt en zij had geantwoord met een innemende glimlach.

Zestien was hij toen, bijna zeventien, en heel zijn wezen hunkerde naar het klooster van Onze-Lieve-Vrouw ten Duinen. Aan trouwen of zelfs maar aan een vrouw dacht hij in de verste verte niet. Hij herinnerde zich zelfs dat hij vurig had meegebeden met de priester om voor Mathilde het geluk af te smeken. Het geluk was weggebleven. Het onheil gekomen. De kinderloosheid, de echtbreuk...

Hij bleef als versteend in de deuropening staan.

'Kom,' herhaalde Mathilde haar uitnodiging.

'Neen,' zei Robrecht beslist.

'Waarom niet?'

'Ik brand van liefde voor jou, Mathilde. Ik hunker naar je liefkozingen, dat beken ik. Dagelijks bid ik tot de Heer je te beschermen en je niet uit mijn leven te nemen. Ik weet dat ik hiermee

306

een zware zonde bega, want een priester hoort zich niet te bekommeren om één vrouw, maar om de zielenzaligheid van alle mensen die hem zijn toevertrouwd. Ik ben een slechte geestelijke, dat is waar, maar ik zal niet de man zijn die jou in deze kamer de kans geeft een echtbreekster te zijn.'

Mathilde stond voor hem, beide handen langs haar lichaam. Even opende ze haar rozige lippen, alsof ze iets wou zeggen. Dan perste ze die weer op elkaar. Uit heel haar houding sprak ontgoocheling.

'Ben je boos?' vroeg Robrecht ongerust.

Ze kwam op de topjes van haar tenen vlak voor hem staan.

'Ik heb je nodig, mijn lieve vriend. Ik wil bij jou zijn omdat jij naar mij luistert. Omdat jij begrip kunt opbrengen voor een domme gans als ik.'

'Ik acht je hoog, Mathilde, hoewel je een vrouw bent en dus van nature geneigd tot het slechte.'

Ze keek peinzend voor zich uit en zei dan op neutrale toon: 'Misschien is het inderdaad beter dat je uit deze kamer blijft. Want zolang ik geen zekerheid heb over mijn toestand, ik bedoel zolang ik niet weet of ik zwanger ben, kan er van minnekozen toch geen sprake zijn. Eerst moet dat gif uit mijn buik. En Walter aan de galg. Dan bestaat er geen echtbreuk meer. Kaatje!'

Verrassend dichtbij, beneden aan de trap, klonk een stem.

'Ja, mevrouw Mathilde.'

'Breng heer Robrecht naar zijn slaapstee.'

Donderdag 10 maart. Verbaasd gaapten de Bruggelingen naar de burg. Van de torenspitsen van Sint-Donaas wapperden in de klare vrieslucht lange vaandels met het wapenschild van Vlaanderen: een rode driehoek, omgeven door een stralenkrans van twaalf spits opengaande driehoeken, afwisselend van geel en azuur. Op de hoogste punt van het grafelijk huis, op drie kleinere torentjes, op de galerij van de proosdij en aan de poorten stonden eveneens wimpels geplant met het wapen van Vlaanderen en dat van wijlen burggraaf Erembald.

De opdracht voor het aanmatigende vlagvertoon was afkomstig van de kanselier zelf die, overtuigd van de uiteindelijke overwinning, erop stond dat iedereen in de omtrek zou zien dat de

Erembalden heer en meester waren van de burg die, met de kapittelkerk van Sint-Donaas, het gravenhuis, het klooster en de proosdij, toch wel het kloppende hart was van Vlaanderen. Tevens wilde Bertulf met de vaandels een bemoedigend teken geven aan de rijksgroten die onwankelbaar met hem verbonden waren en nu, naar hij vurig hoopte, heel snel met hun krijgsmacht het beleg zouden komen breken zodat de aanslag op de graaf ongewroken kon blijven.

Er was grond voor dat optimisme. Een bode had het bericht gebracht dat Walter van Vladslo, de bottelier van de graaf die na de moord vierhonderd zilvermark had gekregen in ruil voor steun maar zich de eerste dagen verdacht stil had gehouden, nu toch te hulp zou komen, en verkenners waren erachter gekomen dat Daneel van Dendermonde, een van de pairs van Vlaanderen die de Erembalden gunstig gezind was, met zijn leger naar Brugge oprukte. Beide berichten bereikten nog voor zonsopgang de geestelijke en oefenden een heilzame invloed uit op zijn humeur. De angst die hem de avond voordien nog had terneergedrukt, maakte plaats voor zelfvertrouwen en arrogantie. Alle ootmoed liet hij varen. Het moest maar eens gedaan zijn met schipperen en manoeuvreren. Zodra hij de stad weer in handen had, zou hij de pairs bijeenroepen en zich meteen tot markgraaf van Vlaanderen laten uitroepen. Dat zou de adellijke families die nog treuzelden, definitief de wind uit de zeilen nemen. Door zich met geld of intimidatie - om het even - van de steun te verzekeren van zoveel mogelijk burggraven en door alle vazallen aan hem plechtig manschap te laten doen en de eed van hou en trouw te laten zweren, kon hij als nieuwe landsheer zijn gezag vestigen nog voor de Franse koning de kans kreeg zich te verzetten. Om elke weerstand te breken moesten Isaac, Walter en Borsiard in Brugge iedereen die verzet bood of zich negatief over hem uitliet, genadeloos uit de weg ruimen.

Maar nu was het eerst wachten op de versterking.

Aanvankelijk bleef alles stil. Op de weergangen van de burg liepen de wachters hun ronde, de handen kruiselings om de borstkas slaand tegen de bittere kou. Uit vrees voor een vroege aanvalspoging had Borsiard hun aantal verdubbeld en hen het consigne meegegeven elke verdachte beweging onmiddellijk te signaleren.

Maar tegen de verwachting in, liet Gervaas zich niet zien. Ongerust over die onheilspellende kalmte, klom ridder Walter op de muur. Het was nog vroeg in de ochtend maar al licht. Postvattend naast Lambrecht Archei, de commandant van de boogschutters, liet hij zijn ogen over de Markt dwalen. De knecht Fromold hing nog steeds ondersteboven aan de galg, zijn billen verstijfd door de vrieskou. Het lijk van Joris stak met hoofd en schouders in de poel. Een bende straatjongens gooide er met stenen naar, waagde zich dan gestaag dichterbij tot een haantje-de-voorste er plots op af liep, het een wilde schop gaf en snel weer wegrende.

Van het stilstaan kreeg Walter kou. Hij keek nog eens naar zijn huis - machtiger steen stond er in Brugge niet, tenzij dat van zijn neef Isaac - wond zich op over die stomme geit van een Mathilde die uit de burg was gaan lopen en zich daar nu waarschijnlijk verscholen hield, en wilde dan over de weergang teruglopen toen vanop de stadsmuur geroep en geschreeuw klonk. De wachters hadden blijkbaar iets opgemerkt. Waarschijnlijk Walter van Vladslo of Daneel van Dendermonde die waren aangekomen. Eindelijk. Nu ging het spel op de wagen!

Vliegensvlug liep Walter de dichtstbijzijnde weertrap af, haastte zich achter de Love naar het Burchtplein, stak het over, en repte zich door Sint-Donaas en het kloosterpand naar de proosdij om zijn ooms en neven het lang verbeide nieuws te melden. Terstond stuurde de kanselier een renbode uit om contact op te nemen met de pas gearriveerde versterking. Dan liet hij zich in zijn zetel vallen.

'Het werd tijd,' zuchtte hij. 'Rainier!'

'Ja, heer kanselier.'

'Breng ons wijn. Disdir?' De burggraaf, die bij het raam met Lambrecht van Aardenburg en Ingram van Esen stond te praten, kwam naderbij. 'We moeten dringend overleg plegen. Walter? Borsiard? Kom hier bij me zitten. Dan kunnen we praten. Ik hoop dat het Walter van Vladslo is die voor de poorten staat, want die is meer te vertrouwen dan Daneel. Maar goed, wie het ook is, het zal erop aankomen hem snel zoveel mogelijk informatie te bezorgen over de toestand van de verdedigingswerken van de stad en over de sterkte van de troepen van Gervaas. Zodra we zeker zijn dat Brugge in een ijzeren greep ligt, moeten we ook renbodes sturen naar Robrecht van Kerseca, Adelard van Waasten, Walter van Eine, Walter van Lissewege, Guido van Steenvoorde en Christiaan van Gistel en hen meedelen dat Gervaas in een onmogelijke positie zit en dat ze zonder verwijl met hun volk naar Brugge moeten oprukken.'

'Komt in orde,' antwoordde Disdir Haket. 'Ondertussen houden we ons hier gedeisd in de burg en laten we Walter van Vladslo de kastanjes uit het vuur halen.'

'Ha neen,' repliceerde Borsiard. 'Op het moment dat de aanval op de stad wordt ingezet, breken wij uit.'

'Ben je zot,' smaalde Haket. 'Dat is zelfmoord. Je hebt het gisteren toch gezien, slimmeke. Tegen die overmacht maken we geen kans.'

Borsiard was helemaal niet onder de indruk van de opmerking van zijn oom.

'Je vergeet dat de toestand compleet veranderd is,' beet hij terug. 'Een juist geplaatste uitval heeft veel voordelen. Gervaas en zijn trawanten moeten zich in twee richtingen verdedigen, wat voor verwarring in hun gelederen zal zorgen. Wat zeg ik? In twee richtingen? Neen, in drie, want jullie vergeten dat Isaac, die met zijn volk verschanst zit in zijn huis, ook zal uitbreken. Het komt er niet op aan zomaar wat te vechten. Neen. We moeten direct doorstoten naar de stadsmuren en een van de poorten openen zodat Daneel kan binnenrukken. Jullie zullen zien, nog voor de middag is Brugge compleet in onze handen.

En er is nog een voordeel. Zelfs als we de stadsmuur niet kunnen bereiken - wat me zou verbazen - zal onze uitval over de Reie naar de Markt en de Steenstraat de aandacht afleiden van de oostkant van de burg. De weinige burgers die die flank verdedigen, jagen we over de kling en de weg naar Aardenburg ligt open om een gedeelte van Daneels troepen langs die kant de burg binnen te smokkelen. Zal dat onze positie niet verstevigen, neen?'

Borsiard keek triomfantelijk rond. Haket wilde reageren, maar de kanselier smoorde elke discussie in de kiem.

'Gelijk heb je,' zei hij bars. 'Ik zal verdomd blij zijn als de kop van Gervaas in de strop steekt en we de stad weer helemaal controleren. Dan kunnen we eindelijk beginnen met het vestigen van ons gezag en met de voorbereiding van de ceremonie om mij tot graaf te laten zalven. Had mijn vader, burggraaf Erembald, dit nog mogen beleven! Hoe trots zou hij geweest zijn dat zijn kinderen en kindskinderen overal in het graafschap "edelen" genoemd worden, dat de fiere Erembalden eindelijk krijgen waarop ze al drie generaties aanspraak maken: het recht een edel geslacht te worden genoemd. Gedaan met deemoedig het hoofd te buigen voor een hooghartige graaf die ons behandelt als horigen. Gedaan met onderdanig de rijksheren te begroeten en terzijde te wachten tot de edele heren hun beraadslagingen met de landsheer hebben beëindigd en mij een blik waardig gunnen. Gedaan met machteloos de spot te ondergaan van die snoever van een Thankmar van Straten, die eeuwige ruziestoker die ons zoveel miserie bezorgd heeft. Wacht tot ik die rotzak te pakken krijg. Ik laat hem aan zijn ballen omhoog spijkeren. Tot ze afscheuren! Voortaan delen wij, het edele geslacht der Erembalden, in Vlaanderen de lakens uit. Dat ze daar maar zeker van zijn. Al wat in mijn weg loopt, al dat smerig boerenvolk, die stinkende dorpers, die verraders van burgers, zal ik laten voelen wie hier de baas is. Bij de minste tegenstand laat ik ze halsrechten. Borsiard?'

'Ja, heer oom.'

'Vanmiddag, als alles achter de rug is, lever je mij Wouter uit, dat verraderlijk zoontje van Evrard, dat riddertje van niemendal... Ja! Terwijl ik eraan denk: hebben jullie zijn broer Willem al te pakken gekregen?'

'Jaja,' antwoordde Lambrecht van Aardenburg die bij het deurtje naar het klooster heen en weer liep. 'We hebben niet ver moeten zoeken. Hij stond aan de oostpoort op de burgmuur naar de ruïnes van zijn vaders huis te staren. Ik heb hem weggelokt met een smoesje. Twee wapenknechten hebben hem achter het klooster onder handen genomen. Lang heeft het niet geduurd...'

'Goed. Van hem zijn we verlost. Wie jullie alleszins moeten pakken is Gillis Vernaechtenzone. En alle burgers die deel uitmaakten van die groep van zeventien. Laat ze direct opknopen. Ook dat kapelaantje Robrecht. Naar het schijnt was hij bij die delegatie verraders die de stad aan Gervaas hebben uitgeleverd. Ik zal hem leren mij te tarten! Laat me nu alleen. Rainier!'

'Ja, heer kanselier.'

'Odger moet direct komen. Dat hij een wastafel meebrengt.

Want ik ga een brief schrijven aan bisschop Simon.'

'Ik ga de wacht inspecteren,' bromde Disdir Haket, nog altijd slecht gezind omdat hij aan het kortste eind getrokken had bij de discussie met Borsiard. 'Uitval of geen uitval, winnen doen we toch. Ik zal niet weinig blij zijn als ik vanavond weer in mijn eigen bed kan slapen.'

'En als we straks de zaak onder controle hebben en ik weer in mijn huis kan, breng ik gegarandeerd Mathilde naar hier terug,' zei ridder Walter voor hij als laatste de grote zaal van de proosdij verliet. De ogen van de kanselier lichtten op.

'Hé, ja. En sluit ze deze keer goed op, dat ze niet meer weg kan.'

Er schoof een zalige glimlach over het gelaat van Bertulf en daardoor leek het alsof de groeven op zijn voorhoofd en in zijn wangen iets minder diep lagen. Nog intenser werd die uitdrukking van voldoening toen hij van zijn beker dronk en vaststelde dat het wijn was van voortreffelijke kwaliteit.

'Heer kanselier?'

'Ja, Rainier.'

'Buiten staat een poorter die beweert dat hij iets belangrijks kan vertellen als hij een beloning krijgt.'

'Wie is het?'

'Een volder, hij heet Jan.'

'Jan hoe?

'Jan Verpaele.'

'Steek een stuiver in zijn poten en laat hem tot in het deurgat komen.'

'Ja, heer kanselier.'

Bertulf deed niet eens de moeite om te kijken toen de deur openging en een vernepeld ventje in de donkere opening verscheen.

'Ja?' riep hij bars.

Het mannetje kneep zijn muts tussen zijn handen en boog diep.

'Ik weet wie er aangekomen is, heer kanselier.'

'Ha, dat is goed, vriend. Is 't Walter van Vladslo? Of Daneel van Dendermonde?'

'Neen, neen, heer kanselier.'

Met een ruk draaide Bertulf zich om.

'Hoe, neen?'

''t Is Wenemar, heer, de burggraaf van Gent, met zijn krijgs-

312

macht. Ze zijn al binnen. Op het Zand. En Iwein is er ook bij, de broer van Boudewijn van Aalst.'

Bertulf vloog overeind. Hij zag lijkbleek.

'Wat zeg je? Dat ze al in Brugge zijn! En Iwein is erbij? Godverdomme! Godverdomme!'

'Ze zeggen...'

'Wat zeggen ze?'

'Mag ik het zeggen?'

'Ja.'

'Ze zeggen dat ze gekomen zijn om de verraders van graaf Karel te belegeren.'

'Verraders! Zeggen ze dat? En jij durft dat te herhalen, stinkende dorper? Scheer je weg, of ik sla je tot moes.'

Zijn stoel een stamp gevend, beende de kanselier naar de haard, legde als naar gewoonte bij een teleurstelling zijn handen op de schoorsteenmantel, schoof zijn voeten achteruit en strekte zijn lichaam lang uit zodat de voorpanden van zijn zwartfluwelen mantel op de grond sleepten.

'Godverdomme,' mompelde hij nog eens, onhoorbaar bijna, en liet het hoofd tussen de armen zakken. Zo bleef hij zwijgend staan.

Toen kort nadien Robrecht het Kind met het bericht kwam dat Isaac de afgelopen nacht op de vlucht was geslagen, alleen vergezeld van een schildknaap, en dat zijn vrouw, zijn dienaars, zijn dienstmeiden en al zijn personeel huis, hof en huisraad hadden achtergelaten en er eveneens vandoor waren gegaan, hief de kanselier niet eens het hoofd op.

'De lafaard,' was het enige wat hij uitbracht.

'Ik heb met zijn huismeester gepraat,' probeerde Robrecht het Kind nog enige toelichting te geven. 'Die is daarstraks ongezien vanuit de stad bij ons hier in de burg binnengeglipt. Isaac geloofde niet meer in de zaak. Hij beschouwde zichzelf en de zijnen als veroordeeld. Naar het schijnt was hij door doodsangst aangegrepen.'

'Waarheen is hij gevlucht?'

'Ik zou het niet weten,' antwoordde Robrecht het Kind.

De hele verdere voormiddag regende het slecht nieuws bij zoverre dat de kanselier op de duur niet meer luisterde naar de onheilsboodschappen en zich mismoedig in zijn zetel liet zakken. Wat kon het hem nog schelen dat burggraaf Wenemar van Gent en Iwein van Aalst door Gervaas van Praet en de burgers met veel vertoon de stad waren binnengeleid en aan de Bruggelingen plechtig beloofden mee de burg te zullen belegeren? Hij dronk aan één stuk door en toen Borsiard hem kwam melden dat Wenemar en Iwein het steen van Isaac waren binnengevallen en alles wat niet te heet of te zwaar was hadden buiten gesleurd, was hij al aan de achtste beker toe en te dronken om nog te luisteren. Daardoor maakte hij niet mee dat even later iedereen naar de burchtmuren snelde om de brand te zien. De mannen van Iwein en Wenemar hadden fakkels onder de daken gezet zodat Isaacs huis en hof in geen tijd in lichterlaaie stonden. Met verbazing stelde iedereen, ook de burgers in de stad, vast hoe razendsnel de riante woning door de vlammen werd verteerd. Niets ontsnapte aan de vernietiging.

Op vrijdag 11 maart kwam Daneel van Dendermonde haastig aangesneld. Niet om de Erembalden te ontzetten, verre van. Hij kwam om zich bij de belegeraars te voegen en de verraders uit hun wijkplaats te halen. Diezelfde dag arriveerden ook Rijkaard van Woumen, burggraaf Diederik van Diksmuide en Walter van Vladslo. Vooral de aankomst van de laatste wekte in Brugge enig wantrouwen, want het was algemeen bekend dat Walter vroeger met Bertulf had geheuld. Hij beweerde dan wel dat hij gekomen was om de moord op zijn betreurde heer, graaf Karel, te wreken, maar hij kreeg net als de anderen te horen dat hij met zijn krijgsmacht buiten de stad moest wachten.

Gillis Vernaechtenzone trommelde nog maar eens een delegatie op en trok samen met de leiders van het beleg, Gervaas, Iwein en Wenemar, naar de pas aangekomen edelen. Die bevestigden onder ede dat ze als één man op de vijand zouden stormlopen, de godvergeten moordenaars zouden bevechten en bedwingen en dat niemand zou worden gespaard. Geen enkele verrader zou de kans krijgen door list te ontsnappen en zijn leven te redden. Tevens beloofden de nieuwe bondgenoten dat ze naar de eer van het rijk en naar het heil van de inwoners zouden handelen en zwoeren ten slotte dat ze het hebben en houden van de burgers, van henzelf en van ieder die zich voor de belegering inzette, zouden respecteren.

Nu de stad wemelde van het krijgsvolk, verwachtten de burgers dat de ultieme aanval niet lang meer op zich zou laten wachten. Ze hadden het bij het rechte eind. Want op zaterdag 12 maart ging er van de aanvoerders dit bevel uit: alle belegeraars moeten de burg langs alle toegangen aanvallen. Tegen de middag begon de stormloop. Weggedoken onder het overhangende gedeelte van de poortgebouwen stapelden burgers droog hooi en stro op voor de houten deuren en ridders poogden er onder bescherming van hun helmen en schilden de brand in te jagen - wat hier en daar lukte, maar dan wel ten koste van veel gewonden, want de verdedigers van de burg bestookten de aanvallers onophoudelijk met stenen, lansen en pijlen. Aan de kant van de belegerden was de eerste die sneuvelde een schildknaap die een pijl midden in de borst kreeg en neerstortte met een schreeuw die door merg en been ging. Bij de belegeraars waren het vooral burgers die met verbrijzelde schedels aan de voet van de muren lagen te kermen en te jammeren.

De hele dag liep de ene golf na de andere zich te pletter tegen de burg, maar ondanks veel geschreeuw en wapengekletter slaagde niemand erin vaste voet te krijgen op de transen. Tegen de avond luwde de strijd. Ontzet over het groot aantal doden en gewonden trokken de aanvallers zich terug. Gervaas verzamelde zijn troepen en organiseerde een wacht om te beletten dat de Erembalden bij nacht een uitval zouden wagen. Want één zaak was nu wel zeker: door de mislukte aanvallen hadden de belegerden niet weinig aan moed gewonnen. Met voldoening zagen ze hoe de muren en de poorten de stormloop doorstonden en hoe hun manschappen zich onverschrokken tegen de belegeraars verdedigden.

De volgende dag, een zondag, werd door beide partijen in het teken van de vrede doorgebracht. Overal luidden de kerkklokken om de gelovigen op te roepen voor de mis. In Sint-Donaas werd die opgedragen door deken Helias in aanwezigheid van de kanselier van Vlaanderen en alle leden van zijn familie. De edelen die gekomen waren om Karel van Denemarken te wreken, hoorden mis in Sint-Pieters-buiten-de-muren, de kerk waar twee dagen na de vuige moord de lijkdienst voor de graaf was gehouden. Nadien kwam elk voor een gastmaal bijeen, de Erembalden in de grote zaal van de proosdij, de edelen in de abdij van Sint-Andries. Gervaas herinnerde in een korte toespraak aan het onwrikbare godsgeloof van de betreurde graaf en aan diens rechtvaardig bestuur waarna hij de lagen en listen van de kanselier hekelde en besloot met een oproep tot alle adellijke families en in het bijzonder tot de pairs om te helpen de orde in het graafschap te herstellen en een waardig opvolger te kiezen voor Karel die Vlaanderen zonder erfgenaam had achtergelaten.

Aan tafel ontspon zich een discussie over mogelijke pretendenten. Niemand waagde het de naam van Willem van Ieper over zijn lippen te laten komen omdat die onder één hoedje speelde met de Erembalden. Toch wist menig aanwezige dat hij de steun had van koning Hendrik I van Engeland en zeker nog niet uitgeteld was. Een minuscuul groepje hield het bij de zoon van de zuster van Karel de Goede, Arnulf van Denemarken, die langs zijn grootmoeder Adela een achterkleinzoon was van Robrecht de Fries. De reactie daartegen was voorspelbaar. Voor velen moest het niet zo ver gezocht worden: Diederik van den Elzas, langs zijn moeder Geertrui een kleinzoon van de Fries, was een betere keuze. Anderen tipten op graaf Boudewijn van Henegouwen, die het dichtst bij de oud-Vlaamse dynastie stond. Was hij langs zijn overgrootvader, Boudewijn VI van Vlaanderen, geen rechtstreekse afstammeling van de fameuze Vlaamse graaf Boudewijn V?

En dan bleef er nog Willem Clito, de kleinzoon van Willem de Veroveraar en diens Vlaamse vrouw Mathilde. Al jaren vocht deze ambitieuze jongeman aan de zijde van de Franse koning een bittere strijd uit tegen Hendrik I van Engeland om zijn vader weer op de troon van het graafschap Normandië te krijgen. Van hen die het bij deze Willem hielden, was ridder Wouter de luidruchtigste. Niet te verwonderen, want die twee waren vrienden. Toen de jonge Normandiër, na de gevangenneming van zijn vader, in 1112 naar het hof van de graaf van Vlaanderen in Brugge was gevlucht, maakte hij daar kennis met de jongste zoon van Evrard die als schildknaap in dienst van graaf Boudewijn Hapken was. Hoe vaak waren die twee niet op jacht gegaan in de bossen van Wijnendale of hadden ze het platteland afgeschuimd en stomme boeren de stuipen op het lijf gejaagd. Meer dan één tweegevecht hadden ze uitgevochten en de meisjes die ze achternagezeten hadden en gepakt, waren niet op twee handen te tellen.

Clito zou ook de goedkeuring wegdragen van de Franse koning, met wie zeker rekening moest worden gehouden. Vanochtend nog had het bericht de stad bereikt dat Lodewijk de Dikke met een klein gevolg Parijs had verlaten en op 8 maart in Atrecht was aangekomen. Niemand twijfelde eraan dat hij op weg was naar Brugge om zich te mengen in de strijd rond de opvolging. In het hevigste van de discussie, toen zelfs een handgemeen dreigde tussen de voorstanders van Diederik van de Elzas en Willem Clito, bracht burggraaf Wenemar van Gent met een gebiedend gebaar het rumoer tot bedaren.

'Edele heren, hier aanwezig,' sprak hij, zijn stem verheffend. 'Baronnen en ridders. Wees rustig, mag ik vragen. Luister naar iemand die over deze gewichtige onderwerpen nieuws te melden heeft.' Het geraas bedaarde op slag. 'Zopas viel hier de naam van Lodewijk, bij de gratie Gods koning van Frankrijk. Zoals jullie weten heeft hij als suzerein van Vlaanderen het recht een nieuwe leenman aan te wijzen. Hij zal dat beslist niet doen zonder de raad in te winnen van de Vlaamse edelen zowel binnen als buiten de kroonraad. Maar de vorst en de nobelen zijn niet de enigen die menen een stem in het kapittel te mogen hebben. Ook de steden eisen inspraak in de keuze van een nieuwe graaf.'

'Van zoveel verwaandheid moet ik kotsen,' brulde Thankmar van Straten. 'Die gemeentenaren bemoeien zich hoe langer hoe meer met aangelegenheden waar ze geen zaken mee hebben. Luister wat ik ervan zeg: de keuze van een graaf is de taak van de vorst, bijgestaan door de adel, niet van een paar omhooggevallen kooplui die wel stapels zilver bezitten, maar geen afstamming. De enige adel is die van het bloed.' Van diverse zijden steeg goedkeurend gemompel op. Daardoor aangemoedigd stond Thankmar op en ging verder: 'Aan de adelstand komt het toe de leiding te nemen en het rijk te besturen. Niet aan horigen of aan lijfeigenen die wederrechtelijk hun grond verlaten hebben voor de stad en door de goedgunstigheid van hun heren enige vrijheid hebben gekregen die ze meteen misbruiken om zich met allerlei smerige handeltjes te verrijken. Ze willen zelfs dat we hun "commune" - ik gruw van het woord! - erkennen en ons aloud rechts-

317

systeem aanpassen aan hun noden. Ik zeg jullie, bij hen zal je geen gerechtigheid of eerlijkheid vinden. En dat zijn toch de deugden die nodig zijn voor een billijk bestuur.'

'Er zit veel waarheid in uw woorden, heer Thankmar,' antwoordde Wenemar. 'Het is Gods wil dat de vorst en de edelen het land leiden. Dat is waar. Maar moet dat ons beletten onze steden inspraak te verlenen in aangelegenheden die ook voor hun burgers van levensbelang zijn? En het moet gezegd dat de keuze van een landsheer toch wel zo'n gewichtige kwestie is. Er zijn onderhandelingen aangeknoopt tussen afgevaardigden van Gent, Brugge en het Brugse Vrije om in de kwestie van de opvolging van graaf Karel solidair te handelen.'

'Zouden we niet eerst die paljassen uit de burg jagen vooraleer we over een nieuwe graaf twisten?' merkte Gervaas van Praet enigszins gepikeerd op.

'Precies,' hernam Wenemar, dankbaar dat zo de netelige kwestie van de opvolging was afgevoerd. 'Daarover wilde ik het juist hebben. De stormloop van zaterdag was een complete catastrofe en dat heeft me aan het denken gezet. We hebben dringend behoefte aan mensen die verstand hebben van belegeringstactiek. Als die érgens te vinden zijn, dan is het in Gent. Vanochtend heb ik een renbode gestuurd met het bevel het gemeenteleger te verzamelen en naar Brugge te laten oprukken. Het zal een tweetal dagen duren eer ze hier zijn en daarom stel ik voor tot woensdag geen nieuwe poging meer te wagen om de Erembalden uit de burg te jagen, want dat zou alleen maar leiden tot verlies van nog meer manschappen.'

Het voorstel van Wenemar kon rekenen op de bijval van nagenoeg alle aanwezigen en zo kwam het dat het, tot de verbazing van de belegerden, maandag en dinsdag compleet stil bleef. Woensdag brak het kabaal los.

Voor de muren van Brugge verscheen wat Wenemar als het Gentse gemeenteleger had aangekondigd, maar wat beter omschreven kon worden als een goor allegaartje. Want na het nieuws dat ze de burg mochten aanvallen, hadden zich in Gent niet alleen burgers verzameld - boogschutters en gespecialiseerde handwerkers - maar ook moordenaars, struikrovers en profiteurs van oorlogsgruwel. Bij hen had zich het plunderzieke grauw uit de omliggende dorpen gevoegd. Dertig wagens werden beladen met wapens. Te voet en te paard kwamen ze aangezet, honderden mannen en vrouwen, vrijen en horigen, ridders en dienstvolk, gezonden en kreupelen, handwerkslui en dieven, moedige strijders en schorremorrie, allemaal belust op één ding: munt slaan uit de overmeestering van de belegerden.

Bij de poorten van Brugge drongen de eerste gelederen, opgestuwd door het janhagel dat volgde, meteen de stad binnen, schreeuwend en tierend: 'Dood aan de verraders van graaf Karel!' en 'Dood aan de Bruggelingen!' Op al dat rumoer stroomden de stedelingen toe, wapens in de hand. Grimmig stonden beide legers tegenover elkaar - frontaal - en het zou zeker tot een bloedig treffen gekomen zijn, hadden de wijze mannen uit beide kampen zich niet door de rangen naar voren gewurmd om met elkaar tot een akkoord te komen. Ter plekke sloeg men de handen ineen en zwoer elkaar de eed van trouw. De Gentenaars zouden zich met dezelfde bedoeling, met dezelfde wapens en volgens hetzelfde belegeringsplan bij de anderen aansluiten. Ze verbonden er zich toe de plaats en de bezittingen van de inwoners te eerbiedigen. Er werd overeengekomen dat de Gentse burgers, hun dienstpersoneel en de specialisten in oorlogvoering zouden blijven. De rest werd naar huis teruggestuurd.

Gerustgesteld trokken de Bruggelingen zich terug waarna een menigte Gentenaars de stad binnenstroomde en zich in de buurt van de burg installeerde. Met het meegebrachte materiaal begonnen de vakmensen en werklui prompt ladders te timmeren om de muren te beklimmen. Van aanvallen kwam niets meer terecht omdat diezelfde dag - toevallig de vigilie van Sint-Geertrui - Geertrui, de gravin van Holland, arriveerde die vergezeld van haar zoon en een uitgebreid gevolg de belegeraars een hart onder de riem kwam steken. Ze hoopte dat de leiders van het beleg haar zoon tot graaf zouden uitverkiezen. Dat was haar namelijk voorgespiegeld door vele burgers en edelen. Om haar doel te bereiken had ze meer gunsten dan argumenten op zak. Nog voor ze zich goed en wel geïnstalleerd had, deelde ze al geschenken en beloften uit om de vooraanstaanden voor haar plannen te winnen. Maar ze had buiten de waard gerekend. De ridders Frowolf en Boudewijn van Zomergem deden alsof ze van Willem van

Ieper kwamen en, huichelachtig als ze waren, disten ze deze leugen op: de Franse koning had het graafschap aan Willem van Ieper geschonken. Zo probeerden ze de opschorting te bereiken van de toezegging door de aanvoerders aan de gravin dat zij haar zoon als graaf zouden aanvaarden.

Het bericht dat de verraderlijke kerel uit de Westhoek het graafschap zou hebben verkregen, veroorzaakte onrust in de rangen van de medestanders van de gravin van Holland. De aanvoerders van het beleg toonden zich hoogst verontwaardigd. Ze gingen een verbond aan en onder de eed van trouw besloten ze gezamenlijk dat ze nooit ofte nimmer zouden strijden onder het gezag van dat verdacht sujet zolang hij graaf van Vlaanderen bleef. Ze stuurden een ijlbode naar Atrecht om bij de koning te informeren naar de precieze stand van zaken en zonden, op voorstel van abt Hariulf van Oudenburg, een brief aan de belegerden met de vraag de heiligenrelikwieën uit de Sint-Donaaskerk vrij te geven.

Plechtig schreed Fromold de Oude over de marktbrug, zich bewust van het gewicht van de missie die hem was toevertrouwd. Hij was nog zeker vijftig passen verwijderd van het poortje in de burgmuur dat toegang gaf tot de proosdij, toen dat al openging en het hoofd van deken Helias door de kier naar buiten kwam. Er werd wat gefezeld en met een brief gezwaaid en even later verdween de geestelijke naar binnen.

Het was donderdag 17 maart en een regenachtige dag. De kanselier had positief gereageerd op de brief van de leiders van het beleg en toestemming gegeven om de relieken der heiligen naar buiten te brengen om ze te beschermen tegen het wapengeweld. Hij had zich tevens akkoord verklaard met de aanwijzing van Fromold de Oude als bemiddelaar. Zo kwam het dat in de late voormiddag de kanunniken van Sint-Donaas ladders lieten zakken van de muren en daarlangs de schrijnen naar buiten droegen. Het ging om de kostbare overblijfselen van de martelaar Maximus die drie doden tot leven had gewekt, van de zalige Basilius de Grote, van de Heiligen Cornelius en Cyprianus, van de Heilige Calixtus, van de Heilige Nicasius en zijn zuster Eutropia, van de Heilige Remigius en niet te vergeten de belangrijkste, die van de schutspatroon van de kapittelkerk zelf, de Heilige Donatianus, eertijds aartsbisschop van Reims. In één moeite door brachten de kanunniken ook de wand- en vloerkleden in veiligheid, de met zijde gevoerde koormantels, de gewijde gewaden, liturgische voorwerpen, een stapel boeken en wat verder de kerk nog toebehoorde. Buiten stonden de kapelaans van de graaf, Boudewijn en Robrecht, hen op te wachten. In stoet, maar zonder het gebruikelijk ceremonieel, ging het dan naar de Sint-Kristoffelkerk in het midden van de Markt waar al dat kostbaars voorlopig zou worden ondergebracht. Ze weenden, Fulco en Radulfus en de andere koorheren, de smart was van hun gelaat te scheppen. Een vreemde processie was het. Olgier, de kamerling van de kanselier, die danig voor zijn leven begon te vrezen, had - zoals gebruikelijk bij de clerus - een koormantel aangetrokken en schreed met een kruis in de hand en een ernstige plooi in het gezicht mee met de kanunniken. Zo vermomd slaagde hij erin uit de proosdij te ontsnappen.

Behalve de geestelijken en enkele anderen mocht niemand de burgmuren naderen, wat niet belette dat op de Markt een menigte zich verdrong om een glimp op te vangen van de heilige voorwerpen. De mensen knielden, maakten een kruisteken en baden, verheugd als ze waren dat de dragers van de relieken een veilige doortocht kregen.

Omdat de kanselier ook de toestemming had verleend het kerkelijk meubilair weg te brengen, stond de Sint-Donaaskerk er verlaten en leeg bij, op het graf van landsheer Karel na, dat nog steeds op de plaats lag waar de vrome dienaar Gods het martelaarschap had ondergaan. Op aandringen van Fromold de Oude willigde de kanselier het bijkomende verzoek in om de rekeningen en de documenten van de graaf naar de stad over te brengen. Hij had ze voor zichzelf bewaard en eventueel voor Willem van Ieper, met de bedoeling er later gebruik van te maken, maar nu hij zag dat de kansen gekeerd waren, liet hij het - niet zonder enig tegenpruttelen - toe.

In al die verwarring lette niemand op kanunnik Galbrecht. Die zocht voortdurend een geschikte plek op waar hij zich installeerde en notities maakte van alles wat hij om zich heen zag gebeuren. De geestelijke had zich namelijk voorgenomen een beknopt verslag van de gebeurtenissen op wastafeltjes te zetten om die nadien in de benauwenis van zijn kamertje - hij was de burg al een tijdje geleden ontvlucht en logeerde bij een familielid - te ordenen en er een vloeiend verhaal van te maken. Zijn werkmethode was nieuwerwets. Liever dan op te tekenen wat iedereen afzonderlijk deed - het was allemaal zo overweldigend en onoverzichtelijk - noteerde hij wat bij het beleg door collectieve beslissingen en de uitvoering ervan bijdroeg tot de strijd en zijn oorzaak. Zo werkte op dat moment in Brugge een uitzonderlijk Vlaams geschiedschrijver. Dankzij hem zouden deze unieke feiten in herinnering blijven, maar toen besefte niemand dat.

Het was de burgers van Brugge en hun bondgenoten inmiddels niet ontgaan dat velen die in de burg zaten ingesloten, in feite niet schuldig waren aan de moord op de graaf. Dat was zeker al het

322

geval voor hen die zich bij de aankomst van Gervaas van Praet binnen de burgmuren bevonden, hetzij in hun woning, hetzij in een van de grote gebouwen - de Love, de proosdij, het klooster, Sint-Donaas - en daardoor volkomen buiten hun wil mee waren opgesloten. Voorts waren er de aanhangers van de Erembalden die, hoewel ze met de moord zelf niets te maken hadden, uit eigen beweging met de misdadigers naar binnen waren gevlucht omdat ze het in hun hart eens waren met de schuldigen. Ten slotte waren er de eeuwige profiteurs, de klaplopers die van de eerste dag al naar binnen waren geglipt, zuiver uit geld- en winstbejag.

Onder hen bevond er zich een jong kereltje, een zekere Benkin, rijzig, snel en trefzeker in het boogschieten. Constant bereid tot de strijd liep hij de muren rond, nu eens hier, dan weer daar opduikend zodat je de indruk kreeg dat er niet één, maar massa's Benkins waren! Vanaf de muren verwondde hij er veel en hij wist niet van ophouden. Telkens wanneer hij een schot loste op de belegeraars, wist iedereen van wie het kwam omdat het hen die onbeschermd rondliepen zwaar verwondde en hen die een maliënkolder droegen, deed neertuimelen zodat ze verbijsterd de vlucht namen.

Met de medeplichtigen was ook de krijger Weriot mee binnengeraakt, van kindsbeen af een dief en een rover. Hij richtte een ware slachting aan onder de belegeraars door hen te bekogelen met stenen. Het viel op dat hij daarbij alleen zijn linkerhand gebruikte.

De grote hoop binnen werd vanzelfsprekend gevormd door de schuldigen en hun trawanten. Dag en nacht spanden ze zich in met wacht lopen, vechten, aanvallen en allerlei afbeulende taken. Tegen de binnenkant van de burgpoorten stapelden ze torenhoog vrachten aarde, stenen en afval om te beletten dat iemand zou kunnen binnendringen als de poorten zouden afbranden en instorten. Een goede tactiek zo bleek, want toen men aan de oostkant vuur stookte en de poorten bijna helemaal verkoolden, zou er zeker een grote bres zijn geslagen, mocht de berg materiaal de toegang niet hebben afgesloten.

Over al die werken had burggraaf Disdir Haket de leiding. Onvermoeibaar draafde hij van de ene ploeg naar de andere, gaf hier een opdracht, deelde daar een mep uit en liet niemand de kans om te luieren of te lanterfanten. Tussendoor bracht hij verslag uit bij Bertulf die hoe langer hoe meer geplaagd werd door vlagen van moedeloosheid.

'Barricadeer ook Sint-Donaas,' beval de kanselier hem tijdens een van die neerslachtige buien.

'Sint-Donaas?' Haket nam de beker wijn van zijn lippen en bekeek zijn broer niet begrijpend.

'We moeten er rekening mee houden dat de krijgskansen keren en dat we het Burchtplein verliezen. Mijn huis, het klooster, de kerk en via de overwelfde overgang ook de Love vormen één aaneengesloten complex dat uitstekend te verdedigen valt tot er versterking komt opdagen. Barricadeer dus alle toegangen die op het Burchtplein uitkomen, de kerkpoorten van het zuidportaal, de deuren van het grafelijk huis en de kloosterdeuren, want daar zit onze zwakke plek.'

'Ja maar, de muur van de burg is toch stevig genoeg,' probeerde Haket nog in het midden te brengen, maar het was boter aan de galg.

'Doe wat ik zeg,' beet Bertulf. 'We moeten vechten tegen de hele wereld? Welaan dan, we zullen vechten. Tot het bittere einde.'

'Heer oom!' Ridder Walter viel binnen langs het deurtje tussen de grote zaal van de proosdij en het kloosterpand. Hij hijgde van het lopen. 'Er staat een delegatie van de belegeraars voor de muren. Ze willen onderhandelen.'

'Ik kom,' riep de kanselier uit zijn zetel opspringend. 'Rainier!'

'Ja, heer kanselier.'

'Breng mijn mantel, nu meteen!'

'De blauwe?'

'Neen, de scharlaken. Disdir! Jij neemt de leiding van onze delegatie. Ik houd me op de achtergrond. Begrepen?'

De zet van de belegeraars was meesterlijk. Zij gingen ervan uit dat er binnen in de burg, samen met de schuldigen, een aantal ridders waren die de eerste de beste kans zouden aangrijpen om er vandoor te gaan en zich zo te ontdoen van de stempel van verrader.

Bij monde van Gillis Vernaechtenzone gaven de belegeraars een bevel: zij die manifest onschuldig waren, moesten op de muur te voorschijn komen. Wie het wilde, kreeg de toestemming en de mogelijkheid om, ongedeerd naar lijf en leden, de burg te verlaten. De anderen - behalve de schuldigen uiteraard - mochten naar buiten komen, hun onschuld bewijzen en zich onderwerpen aan het oordeel van de leiders van het beleg. De schuldigen moesten niet rekenen op genade. Allen die aan de schandelijke misdaad hadden deelgenomen, als dader of als handlanger, zouden worden afgemaakt met een tot dan toe ongehoorde stervenspijn.

De boodschap miste haar effect niet. Binnen de burg barstte een discussie los die aanzwol - eerst tot onenigheid, later tot slaande ruzie - en voor zoveel verwarring zorgde dat, vooraleer de Erembalden konden ingrijpen, de eersten zich aan touwen van de muren lieten zakken of langs een van de kleinere poortjes naar buiten glipten. Hoe de neven van de kanselier ook probeerden de deserteurs op andere gedachten te brengen, spoedig was de stroom afvalligen zo groot dat ze het nutteloze van hun inspanningen inzagen en onder elkaar begonnen te redetwisten. Wellicht konden ook zij van die maatregel profiteren. Na ellenlange palavers werd besloten dat de kanselier en zijn broer, burggraaf Haket, een poging zouden ondernemen om een eervolle aftocht los te krijgen waarbij alles in het werk zou worden gesteld om het getal der onschuldigen zo hoog mogelijk te maken door valse getuigenissen, en voor de schuldigen een gunstige regeling af te dwingen door aan te bieden hen in ballingschap te sturen of op bedevaart naar Santiago de Compostela of naar Jeruzalem.

'Als ze erin trappen,' grinnikte Bertulf, 'kunnen Borsiard en de zijnen zich een poosje koest houden in Picardië en kan ik mijn functie als proost van het kapittel en kanselier van Vlaanderen redden. Dat geeft ons de kans de aanwijzing van een nieuwe graaf af te wachten en vanuit een gunstige positie en steunend op de vroeger afgesloten bondgenootschappen het rijk opnieuw in handen te krijgen. Wacht maar, Gervaas, het spel is nog lang niet uit.'

Verbazing dus bij de belegeraars toen het poortje aan de proosdij openzwaaide en de kanselier - deemoedig en met immense droefheid op het gelaat - in het gezelschap van Haket naar buiten kwam voor een gesprek. Van de majesteitelijke gestrengheid en trots die hij vroeger zo graag uitstraalde, was niets meer te merken. Veeleer gaf hij de indruk verbijsterd te zijn. Zo verbijsterd dat niet híj het woord nam - hij duwde zijn broer als woordvoerder naar voren. Disdir Haket sprak als volgt tot de leiders.

'Heren en vrienden van ons die zich zeker over ons hadden ontfermd, mocht het anders met ons zijn verlopen, u moet op grond van wat nog rest van die vroegere genegenheid zoveel mogelijk uw vriendenplichten tegenover ons nakomen, voorzover uw eer u dat toestaat uiteraard en voorzover het in uw mogelijkheden ligt. Leiders van dit land, wij vragen en wij smeken u, herinner u toch hoeveel vriendschappelijke weldaden u van ons hebt ontvangen en ontferm u over ons. Net zoals u treuren wij om de graaf, we bewenen hem, we veroordelen de schuldigen en we zouden ze wel ver van ons gehouden hebben, mochten we, tegen wil en dank weliswaar, de bloedbanden niet onderhouden die ons met hen verbinden. In 's hemelsnaam, luister naar ons als het over onze familieleden gaat die u schuldig acht. Laat ze alvast toe vrij de burg te verlaten en laat ze, nadat bisschop en magistraten hen voor deze ontzaglijke misdaad een straf hebben opgelegd, in eeuwige ballingschap vertrekken om zich op welke manier ook in volle berouw te verzoenen met God die ze zo zwaar beledigd hebben.

Wij echter, en dan bedoel ik mezelf, de kanselier en Robrecht het Kind en al onze familieleden, wij zijn bereid om, volgens gelijk welke gebruikelijke rechtspleging, eenieder te overtuigen dat we geenszins schuldig zijn aan medewerking of goedkeuring van dit verraad. En we zijn op de koop toe bereid op alle mogelijke manieren onze onschuld te bewijzen als onder deze hemel ook maar één mens ons de kans zou geven met onze bewijsmiddelen voor de dag te komen. Mijn heer de kanselier, tevens proost van het kapittel, stelt voor ten overstaan van de voltallige clerus het bewijs te leveren van zijn onschuld: hij wil aantonen dat zijn geweten zuiver is.

Opnieuw vragen wij u dat u onze schuldige en door verraad gebrandmerkte bloedverwanten zou toestaan ongedeerd naar lijf en leden in ballingschap te gaan en dat u ons de kans zou bieden ons vrij te pleiten met een gepaste bewijsvoering, de ridders volgens het wereldlijke, de geestelijken volgens het kerkelijk recht. Als u ons voorstel verwerpt, willen we liever samen met de schuldigen de belegering doorstaan dan ons aan u over te geven en schandelijk te sterven.'

Toen burggraaf Haket zijn toespraak beëindigd had, kwam Wouter naar voren, de jongste zoon van hofmeester Evrard. Hij wendde het hoofd naar Gervaas van Praet die goedkeurend knikte, keek Haket en vervolgens Bertulf vlak in het gelaat en begon luid te spreken, zodat iedereen het duidelijk kon horen.

'We moeten ons helemaal geen weldaden van jullie herinneren en er zijn dus geen oude banden van solidariteit in acht te nemen. Jullie zijn het die de graaf hebben verraden en ons met geweld verhinderd hebben hem op een passende wijze te begraven en te bewenen. Samen met de schuldigen hebben jullie de schatkist van het rijk geplunderd. Jullie houden de vorstelijke woning wederrechtelijk bezet. Goddeloze verraders van uw heer! Niets in het rijk of graafschap behoort jullie nog toe. Alles, eigen leven zowel als vermogen, bezitten jullie ten onrechte. Jullie hebben jezelf buiten de trouw en buiten de wet gesteld. Alle christenmensen hebben jullie vertoornd omdat jullie onze landsheer die het goddelijk en menselijk recht wou handhaven, hebben verraden tijdens de heilige vasten, op een heilige plek, toen hij verzonken was in heilig gebed tot God. Daarom, de banden van hou en trouw die we tot nog toe met jullie onderhielden... we verbreken ze, we veroordelen ze, we verwerpen ze!'

Het gejuich dat uitbrak in de voorste rijen werd overgenomen door alle belegeraars en iedereen greep naar halmen, brak ze en wierp ze weg als teken van de verbroken banden van hou en verzekerde trouw.

'Honden,' schreeuwde de kanselier, die zijn zelfbeheersing verloor. 'Rotzakken! Lafaards! Schoften! Wat? Wij jullie geen weldaden bezorgd? Kijk daar: Daneel! Zie hem daar staan, de onderkruiper, duizend zilvermark heb ik hem gegeven, niet om hem om te kopen, dat doe ik niet, wel om hem te helpen de trouw die hij mij gezworen had om te zetten in daadwerkelijke hulp.'

'Die banden van trouw zijn verbroken,' riep Daneel vanop zijn paard. 'Ik heb niets te maken met uitschot dat zijn landsheer vermoordt en de grafelijke kas plundert.'

'Uitschot? Toen ik geld in je poten stopte, was ik geen uitschot, hé, profiteur? En toen je mee in het complot zat tegen Karel, was ik ook geen uitschot, hé. Kazakdraaier.'

Daneel van Dendermonde verbleekte en schuimbekte: 'Ik zit helemaal niet in het complot, leugenaar.'

'Jij bent de leugenaar,' brieste de kanselier, zijn vuist opstekend terwijl hij achter zijn broer naar het poortje terugliep. 'Wacht, vriend, tot ik je te pakken krijg. Ik laat de darmen uit je lijf halen, stinkende bedrieger, ik laat je levend roosteren. Ik laat je kloten...'

De laatste verwensingen gingen verloren omdat Haket zijn broer naar binnen sleurde en het poortje dichtklapte.

Van onderhandelingen of van een verzekerde aftocht voor de Erembalden was nu wel geen sprake meer. Het zou vechten worden. Tot de laatste snik.

Vrijdag 18 maart. De ladders werden naar de muren gebracht en de stormloop barstte in alle hevigheid los. Het moet gezegd dat de Gentenaars uitstekend werk hadden geleverd. Hun stormladders waren hoger dan de burchtmuren - zestig voet - en flink breed - twaalf voet. Aan de zijkanten waren wanden aangebracht, gevlochten uit sterke twijgen. De voorzijde werd met eenzelfde wand die dienst deed als dak afgedekt, zodat het geheel een soort tunnel leek.

Nauwelijks was men van weerszijden begonnen elkaar te bestoken met pijlen en stenen, of de sjouwers, beschermd door schilden, trokken vooruit, elkaar aanvurend met ritmisch geroep. Achter hen drong een groep nieuwsgierigen op om te zien of ze die ladders tegen de muur zouden krijgen. Want het hout was nog groen en vochtig en woog loodzwaar. Met de wapens in de hand vormden de Gentenaars met hun schilden een dak boven het hoofd van de sjouwers, want de belegerden slingerden onophoudelijk stenen en schoten pijlen af op de aanvallers. Die weldoordachte maar trage manier van werken viel niet in de smaak van een stel heetgebakerde, vermetele jonge Bruggelingen die snoefden dat ze binnen zouden zijn voor de zware ladders goed en wel geplaatst waren. Ze kwamen aangedraafd met kleine ladders om de actie van de Gentenaars voor te zijn. Man na man klommen ze gezwind omhoog, maar nog voor ze op de weergang konden springen, werden ze door belegerden van binnenuit met lans, pikhaak of speer opgevangen en weggeduwd. Zoveel tuimelden er naar beneden en braken hun nek, dat niemand, hoe vermetel of vlug hij ook was, het nog aandurfde om langs de lichtere ladders naar de belegerden te klauteren.

Ondertussen poogde een andere groep gaten in de muur te maken met metselaarshamers en alle mogelijke ijzeren gereedschap en hoewel ze erin slaagden een groot gedeelte van de muur los te kappen, staakten ze toch hun inspanningen en keerden onverrichter zake terug omdat het duidelijk werd dat ze vóór het donker geen echte bres meer konden slaan. Van de sjouwers was niet één groep erin geslaagd een zware ladder op te richten, zodat de aanval onder een vracht stenen en pijlen vastliep. Nadat ze de schade hadden opgemeten, beslisten de leiders van het beleg de volgende dag af te wachten voor de ultieme aanval. Ze kwamen overeen dat er meer volk zou worden ingezet om de stormladders tegen de muren te plaatsen.

Aan de kant van de belegerden heerste algemene voldoening. Uitgeput door het gevecht, maar gerustgesteld omdat ze de aanval met zoveel gemak hadden afgeslagen, legden ze zich verspreid over de burg te rusten. Zo veilig voelden ze zich en zo zeker, dat de wachters zich bij het ochtendgloren gingen warmen bij het vuur in het huis van de graaf, verkleumd als ze waren door de bittere kou en de snijdende wind. De muren en het Burchtplein lieten ze onbewaakt achter.

Dat was het moment van Gillis Vernaechtenzone. De hele nacht had hij de burg scherp in het oog laten houden en toen zijn verkenners hem meldden dat ze er verlaten bij lag, rook hij zijn kans. Hij liet de lichte ladders halen waarmee het jonge volk zich de dag voordien zo onbesuisd te pletter had gelopen en beval zijn burgereenheden langs de zuidkant binnen te klimmen op dezelfde plek waarlangs de relieken van de heiligen waren weggebracht. In doodse stilte voerden de goede Bruggelingen de opdracht uit en verzamelden zich op het Burchtplein, wapen in de vuist, klaar voor de strijd. Enkele secties kregen het bevel de stapels stenen en aarde voor de poorten te verwijderen om de doorgang vrij te maken. Eén poort, aan de westkant, vonden ze stevig gesloten met sleutel en ijzeren grendel zonder dat er een versperring was aangebracht. De verraders hadden die poort vrijgelaten, zo konden ze iedere gewenste gast ontvangen of buitenlaten.

Op een teken van Gillis braken de burgers de toegang met

zwaarden en bijlen open en maakten zoveel kabaal dat het leger dat rondom de burg lag en van de ochtendlijke inval niets wist, in opschudding geraakte en halsoverkop de stormloop inzette. Honderden belegeraars stroomden de burg binnen. Sommigen om te strijden, het grootste gedeelte om te graaien wat er binnen te vinden was, en enkelen om de kerk binnen te dringen en beslag te leggen op het lichaam van de zalige graaf Karel om het naar Gent over te brengen. De aanvoerders van het beleg wisten namelijk niet dat abt Arnulf van Sint-Pieters een stel handlangers met het Gentse gemeenteleger had meegestuurd om met geweld tot een goed einde te brengen wat enkele dagen voordien met overreding mislukt was.

Van overal kwamen de belegerden op het kabaal aangelopen, maar de overmacht was te groot. De ridders die de oostpoorten bewaakten, werden door het binnenstormende wapenvolk overspoeld en zagen geen andere uitweg dan zich over te geven aan de barmhartige genade - en de geldzucht! - van hen die hen gevangennamen. Zij die wat op hun kerfstok hadden en vreesden dat ze het er niet levend zouden van afbrengen als ze door de burgers werden gegrepen, lieten zich van de muur zakken. Eén van hen, ridder Giselbrecht, stortte daarbij naar beneden en gaf de geest. Een paar vrouwtjes, tuk op beloning, sleepten hem mee naar hun woning en begonnen hem daar alvast op te baren, maar burggraaf Diederik van Diksmuide kwam het te weten en stuurde knechten om het lijk op te halen. Die bonden het aan een paardenstaart, sleurden het door de straten tot op de Markt waar ze het in de poel gooiden en er uitdagend op urineerden.

Niet iedereen gaf zich over. Een groep verraders die de nacht had doorgebracht in het grafelijk huis, stortte zich op zijn wapens en vatte post bij de toegangsdeuren om daar stand te houden. Dat lukte niet, want burgers beklommen de trappen, sloegen de deuren met bijlen aan spaanders en dreven de belegerden dwars door de grote zaal tot op de eerste verdieping bij de overwelfde doorgang waarlangs de graaf gewoonlijk naar Sint-Donaas ging. Daar greep een hevig treffen plaats. In een bitsig gevecht van man tegen man bewezen beide kampen van geen wijken te weten. Hoe de burgers ook maaiden en hakten met hun zwaard, de verraders weken niet. Ze trokken zich op aan Borsiard die de aanvallen frontaal weerstond - fors, razend, woest, ontembaar, blakend van lichaamskracht. Bij elke mokerslag van zijn zwaard velde of verwondde hij een tegenstander.

In een ultieme poging om door te breken deinsden de aanvallers terug, eventjes maar, en stormden dan in één blok op de vijand af. Dat was te veel voor de verraders die halsoverkop op de vlucht sloegen. Alleen Robrecht het Kind bleef pal. De burgers aarzelden. Niemand wou hem grijpen. Bij Jan en alleman stond hij in de gratie en daarenboven ging het gerucht dat hij onschuldig was aan het verraad. Op aandringen van zijn vrienden zette hij het uiteindelijk toch op een lopen en verdween met de anderen in de kerk.

In plaats van door te zetten en definitief af te rekenen met de moordenaars, staakten de burgers de achtervolging en gingen op roof- en plundertocht. In de hoop zich meester te maken van de schatkist en de huisraad draafden ze door de woning van de graaf, door de proosdij, door de slaapzaal van de kanunniken en door het kloosterpand en sleepten alles mee wat onder hun handen viel. Ze sleurden met matrassen, tapijten, gewaden, bekers, vaten, en ook met ketens, grendels, boeien, voetkluisters, riemen, halsringen, handboeien - kortom de hele gevangenisuitrusting. Ze lichtten de ijzeren deuren van de grafelijke schatkamer uit hun hengsels en demonteerden de loden goten die het water van de dakgoten afvoerden. Uit de woning van de proost roofden ze bedden, koffers, banken, kleren, vaten en al het huisraad. Zowel uit de kelders van de graaf als uit die van de proost en de kanunniken stalen ze graan, vleeswaren, wijn en bier en uit de slaapzaal van het klooster kostbare weefsels. Tot diep in de nacht liepen ze heen en weer te sjouwen tot alle panden binnen de burg waren leeggeplunderd.

De slachtoffers bleven niet uit. De belegerden, die geen ander toevluchtsoord meer hadden dan de kerk, klommen op de toren en gooiden vanuit de vensters zware steenblokken op al het volk dat daar beneden rondliep en buit wegsleepte. Velen stierven, dodelijk getroffen, weliswaar zonder dat het enige invloed had op de hardnekkigheid waarmee anderen voortgingen met plunderen. Reactie lokte het wel uit. Onmiddellijk mikten boogschutters op de torenvensters. Niemand kon nog zijn hoofd door een opening steken of er werden tientallen pijlen op hem afgeschoten en evenveel stenen geslingerd. Op de duur stond de toren borstelig van de projectielen die in de ontelbare reten vastzaten. Als vergeldingsmaatregel wierpen de belegerden vuur op het dak van de kapittelschool, in een poging de proosdij die aan dat dak grensde, in brand te steken. Knarsetandend moesten ze toezien hoe hun opzet mislukte.

Sommige belegeraars was het opgevallen dat de kanselier nergens te bespeuren viel. Dat hadden ze goed gezien, want de geestelijke was de nacht ervoor gevlucht. Zodra hij bekomen was van zijn woede-uitbarsting tegen Daneel van Dendermonde en weer kalm over de toestand kon nadenken, kwam hij tot de conclusie dat de zaak verloren was. De enige die hem nog kon redden, was Walter van Vladslo - en in hem behield hij een zeker vertrouwen. Daarom stuurde hij zijn dienaar Rainier naar de bottelier met de vraag hem te helpen bij de vlucht. De knecht diende uitgebreid de vroegere weldaden van zijn meester in herinnering te brengen en ook de familiebanden. Die argumenten moest hij kracht bijzetten met veertig rinkelende zilvermarken. Kort na middernacht stond Rainier al terug in de proosdij die op dat ogenblik nog in handen was van de verraders. Walter had het geld aangenomen en zich bereid verklaard de kanselier op te vangen en buiten Brugge in veiligheid te brengen.

Om niet gezien te worden door zijn broers of neven die beneden zaten te bekvechten, had Bertulf het niet aangedurfd langs de voordeur te vluchten. Hij liet zich via touwen aan de onderkant van de galerij van zijn huis naar beneden zakken en gleed door het poortje naar buiten waar - tot zijn opluchting - de mannen van Walter van Vladslo inderdaad stonden te wachten. Als gids kreeg hij een woeste ridder, de broer van kanunnik Fulco, die hem uit de stad moest helpen. Zo had de kanselier in blind vertrouwen zijn lot in de handen van een man gelegd die hem al een paar keer schromelijk bedrogen had.

De zaterdag begon met een smartelijk ongeluk. Een jonge Gentenaar klom op een ladder naar het hoofdvenster van het sanctuarium van de kerk. Met piek en zwaard brak hij het glas en het ijzer open en glipte naar binnen. Zijn stadsgenoten hadden hem vooruit gezonden als de dapperste omdat ze met zijn hulp de kerk wilden binnendringen en het lichaam van de graaf stelen. In plaats van eerst zijn opdracht uit te voeren, ging de jongen op zoek naar buit. Hij opende een van de koffers van het sanctuarium, leunde voorover en doorzocht, met zijn hand van links naar rechts graaiend, de inhoud. Het bekwam hem slecht, want het deksel sloeg dicht en trof hem op het hoofd zodat hij morsdood neerstortte.

De Gentenaars stonden beneden aan de toren te wachten en wisten niet wat zich binnen had afgespeeld, want het ongeluk werd pas later op de dag vastgesteld. Ongeduldig omdat hun verkenner niet opdaagde, probeerden ze zich stiekem een weg te forceren door het venster. Een Bruggeling kreeg het in de gaten en sloeg alarm - waarop zijn stadsgenoten gewapenderhand kwamen toegesneld.

'Halt,' riep Heribert Cannaerts, en hij trok zijn zwaard. 'Wat is er hier aan de hand?'

'Zie je dat dan niet?' antwoordde Volker uten Boomgaarde, een driftige Gentenaar. 'Wij proberen tenminste in de kerk te geraken.'

'Om het lijk van onze graaf te stelen, zeker?'

'Wij hebben dat recht,' schreeuwde Volker die ook zijn zwaard uit de schede trok. 'Wij mogen het lichaam van de graaf mee naar Gent nemen.'

'Ha ja?'

'Zeker. Als wij hier niet waren geweest, waren jullie nooit binnen in de burg geraakt. Wij hebben de belegerden de schrik op het lijf gejaagd met onze ladders en wij hebben ze doen vluchten in de kerk.'

'Uw ladders? Grove leugens, ja! Jullie hebben die blokken lood nog niet eens tegen de muur omhoog gekregen, laat staan gebruikt om binnen te dringen. *Wij* hebben de burg ingenomen en niemand anders. Het enige wat jullie gedaan hebben, is stelen en onze stad op hoge kosten jagen. Als je nog één keer iets durft te zeggen over het wegvoeren van onze goede graaf, maken we jullie tot de laatste man af.'

'Probeer dat maar eens,' schreeuwde Volker uten Boomgaarde. Maar van de sprong voorwaarts die hij wilde maken, kwam

333

niet veel terecht, want vlak naast hem spatte een steen van de belegeraars in stukken uiteen en verwondde hem aan de knie.

Op dat moment wrongen zich enkele wijze mannen naar voren, Christiaan Wymeersch van de kant van de Gentenaars en Gillis Vernaechtenzone van de kant van de Bruggelingen. Ze bedaarden het tumult.

'Vecht niet,' zei Christiaan over zijn kalende schedel wrijvend. 'Laten we liever samen wachten tot God ons en ons vaderland een goede en wettige graaf heeft geschonken. Die zal in overleg met de groten van het rijk, met onze bisschoppen en met de clerus regelen wat er met het lijk moet gebeuren.'

Nadat ze de rust hadden hersteld, verzamelden de leiders gewapende en strijdvaardige mannen om tot de aanval op de kerk over te gaan. Met vereende krachten forceerden ze de kerkdeur die uitkwam op het kloosterpand, stormden onstuimig naar binnen en joegen de belegerden de trappen naar de gaanderij op. De Gentenaars repten zich naar het sanctuarium achter het hoofdaltaar, op zoek naar de jongeman die ze in de vroege morgen door het hoofdvenster hadden uitgezonden als verkenner. Ze troffen hem aan, verpletterd en dood, met zijn hoofd nog in de kist. Uit machteloze woede begonnen ze op slag het hele sanctuarium leeg te plunderen, te beginnen met de kist waarin hun onfortuinlijke stadsgenoot zo jammerlijk het leven had gelaten.

Intussen leverden de anderen slag op de trappen naar de tribune. Op de begane grond, in de middenruimte, durfde niemand zich te wagen, want de belegerden gooiden eerst massa's stenen op de vloer. Bij gebrek aan stenen trokken Borsiard en de zijnen daarop de wandbekleding van de muren en haalden het glas uit de ramen - allemaal om er de belegeraars mee te bekogelen. Toen ook dat was verbruikt, keilden ze koorbanken en zetels van de kanunniken naar beneden. De verwoesting was compleet.

Op de gaanderij hadden de belegerden een versperring opgeworpen met koffers, altaartafels, koorzetels, stoelen en ander kerkelijk meubilair, alles samengebonden met klokzelen. De klokken zelf sloegen ze aan stukken om aan projectielen te geraken. Ze gooiden zelfs met het lood waarmee de kerk van oudsher bedekt was. Ook vanaf de toren werd onophoudelijk een slachting aangericht onder het volk op het Burchtplein. Zoveel sneuvelden er dat de hele burg, maar vooral de portalen en het middendeel van Sint-Donaas bezaaid lagen met doden en stervenden.

Terwijl wapenvolk en burgers bij de tribune probeerden te geraken om de verraders voorgoed uit te schakelen, nam Gervaas van Praet met een indrukwekkende legermacht bezit van het bovenste gedeelte van het grafelijk huis en liet zijn standaarden op het dak planten. De vaandels van de kanselier liet hij onmiddellijk weghalen. Het lagere gedeelte van het grafelijk huis - de grote zaal en de kelders - werd bezet door Disdir, de broer van Isaac, dezelfde die ridder Joris, een van de moordenaars van de graaf, de week voordien van zijn paard had getild en beide handen afgehakt. Fier over zijn aandeel bij de belegering bevestigde hij zijn vaandel op de grote galerij van de Love die uitzag op het Burchtplein. Robrecht het Kind, die hem vanuit de toren door de burg zag lopen, riep hem toe, terwijl hij zijn handen voor zijn mond zette als een toeter:

'Ha, Disdir, ben je vergeten dat jij het bent die ons hebt aangezet om de graaf te verraden? Jij hebt ons daarover toch verzekerde trouw gezworen, niet?' De jongen riep zo luid dat iedereen het kon horen en aangezien niemand een woord wilde missen, werd het stil in de burg.

'Ja,' vervolgde Robrecht het Kind, zo mogelijk nog harder. 'Jij hebt ons verzekerde trouw gezworen, en nu je ons in het ongeluk ziet, ben je daarover in je schik en vervolg je ons. Kon ik hier maar uit, vriend! Dan daagde ik je uit tot een duel. Bij God, ik zweer het, jij bent een grotere verrader dan wij. Eerst heb je de graaf verraden, nu verraad je ons!'

Disdir stond daar maar te grinniken, in een krampachtige poging de gênante aantijgingen van Robrecht het Kind in het belachelijke te trekken. Te zien aan de reacties van de omstanders lukte dat niet. Bij de meesten kwam onweerstaanbaar de gedachte op dat Disdir alles wel beschouwd een van de Erembalden was en dat de verwijten van Robrecht het Kind, hoe men ze ook interpreteerde, voor hem een blaam betekenden.

Inmiddels hadden de neven van Thankmar van Straten, gebruikmakend van het tumult, hun vaandels op het huis van de kanselier geplant. Voor hen was het moment gekomen van opperste zegepraal, nu ze wraak konden nemen op het hoofd van de bende die hun kwelgeest, Borsiard , zo lang de hand boven het hoofd had gehouden. Bij de belegeraars en dan vooral bij de Brugse burgers kwam het over als een arrogant vertoon van bluf en macht. Ze staken hun ongenoegen niet onder stoelen of banken. Alsof die verwaande kereltjes met eigen mankracht de burg hadden veroverd! Terwijl iedereen goed wist dat ze op het moment van de beslissing thuis op hun landgoed in bed lagen te slapen!

Bij het nieuws dat ze beslag begonnen te leggen op alles wat ze in de proosdij vonden, zogezegd ter compensatie voor de schade die ze door Borsiard en de andere Erembalden hadden geleden, groeide die ergernis nog en ze sloeg om in toorn toen de brutale plunderaars 's avonds ijverig in de weer waren graan en wijn uit de kelders van de kanselier te slepen en naar hun landhuis te transporteren. Met getrokken zwaard viel een groep burgers hen aan in het kloosterpand. Een voetknecht kreeg een steek in de buik en een vat werd aan diggelen geslagen zodat de wijn over de tegels van de pandgang gulpte. Van mond tot mond werd het bevel doorgegeven: sluit de stadspoorten! Laat ze niet ontsnappen, de schurken! Vanop de toren moedigden de belegerden de burgers aan om die lafhartige edelen een kopje kleiner te maken. In de plotse wending zagen ze een gedroomde kans hun vroegere aartsvijanden een loer te draaien.

'Zij zijn verantwoordelijk voor ons vergrijp,' brieste Borsiard. 'Het zijn de neven van Thankmar die ons hebben aangezet de graaf te vermoorden. Sla ze dood!'

Thankmar zelf, die begreep dat de volkswoede zich tegen hem en de zijnen aan het keren was, zette het op een lopen, recht naar een poortje om de burg te ontvluchten, maar toen het gesloten bleek, naar een klein huisje waar hij zich verborgen hield om van daaruit te zien wat er met zijn neven gebeurde. Van alle kanten kwamen burgers aangelopen - wapens in de hand - om de Reiebrug en de Sint-Pietersbrug over te steken en zich bij hun stadsgenoten te voegen in de gemeenschappelijke strijd tegen Thankmar en zijn aanhang. Ze botsten op Walter van Vladslo en de andere leiders van het beleg die een uiterste inspanning deden om het oproer tot bedaren te brengen.

De toestand was bijzonder gespannen. Op de Markt stonden zoveel lansiers opeengepakt dat de bovenkant van hun lansen een ondoordringbaar woud leek. Verwonderlijk was dat niet: uit Vlaanderen waren die dag nog massa's volk de stad binnengestroomd, belust op buit of wraak, of om het lichaam van de graaf te stelen, of uit nieuwsgierigheid om toch maar niets te missen van wat zich die dagen in Brugge afspeelde. Overal klonk geroep en getier. Thankmar en zijn neven moesten worden opgeknoopt! *Zij* waren toch de oorzaak van de moord op de graaf? *Zij* lagen aan de oorsprong van al de ellende van de jongste dagen. *Zij* waren de echte verraders, de ware daders van het verschrikkelijke vergrijp waardoor het hele graafschap in verwarring en wanorde was geraakt.

Burggraaf Haket, Robrecht het Kind en hun medestanders - vrienden en verwanten van diezelfde burgers - stonden op de toren met arm- en handgebaren de Bruggelingen op te stoken om tot de aanval op de neven van Thankmar over te gaan. Met veel moeite slaagden de leiders van het beleg erin, bijgestaan door Gillis Vernaechtenzone en Roeland Bossuyt, de opgewonden burgers te paaien met een compromisvoorstel dat ze na lange palavers met de bezetters van de proosdij hadden uitgewerkt: Thankmar en zijn familieleden zouden gespaard blijven op voorwaarde dat ze terstond het huis verlieten, in alle bescheidenheid de vaandels verwijderden en zich uit de voeten maakten. Ze vertrokken, onder geleide van de aanvoerders, tussen een haag dreigende mensen die met van haat verwrongen gezichten stonden te joelen, en ze zouden zeker gelyncht zijn geweest, had niet elk van de neven een begeleider meegekregen die achter hen op zijn paard had plaatsgenomen. Zo werd de proosdij achtergelaten onder de hoede van de ridders en de burgers van de stad Brugge die prompt de wijn en het graan onder henzelf en de aanvoerders verdeelden als beloning voor de zegepraal die ze die dag hadden behaald.

Bij het vallen van de avond groeide de onrust. Er moest 's nachts gewaakt worden op het binnenplein, in het kloosterpand, in het huis van de proost en in de refter en de slaapzaal van de kanunniken, want de belegerden hadden het plan opgevat de daken van het klooster en de gebouwen rond de kerk in brand te steken om zo buiten het bereik van de belegeraars te blijven. Vrijwilligers meldden zich nauwelijks en de nachtwacht stond er maar beverig bij. Bovendien waagden de verraders af en toe een nijdige uitval en tussendoor maakten ze gebruik van een beproefde tactiek: ze lieten bestendig trompetten en klaroenen schallen en onafgebroken op de hoorn blazen. Dat maakte zo'n hels geschetter dat de mensen in de stad nauwelijks de slaap konden vatten en de ridders en wapenknechten de godganse nacht lagen te bibberen en te beven van de schrik.

Niet weinigen vroegen zich af waar de belegerden de moed en de durf vandaan haalden om zich zo hardnekkig te blijven verzetten. Ze beseften niet dat de angst voor een wrede dood een rol speelde. En dat de verraders nog steeds hoopten op een kans om te ontsnappen. Daarvoor rekenden ze op enkele rijksgroten die dubbel spel speelden en hen met aan pijlen bevestigde brieven hun vriendschap en hulp aangeboden hadden, en - niet te vergeten! - op de kanselier die was ontsnapt en zonder twijfel in de weer was met het optrommelen van versterkingen.

Ze waren zwaar aangeslagen, de Erembalden, dat stond buiten kijf, maar verslagen waren ze nog helemaal niet.

Robrecht had zich ver van het strijdgewoel gehouden. De hele zaterdag was hij samen met de pastoor van Sint-Kristoffel in de weer geweest met het opbergen van de relikwieën in de sacristie. Sint-Kristoffel was een bescheiden kerkje met één toren. Het stond midden op de Markt vlakbij de poel en was opgetrokken in ruwe Scheldesteen. De rondboog aan het ingangsportaal droeg geen enkele versiering en de kale zijbeuken werden van het centrale schip gescheiden door zware vierkante pijlers zonder kapiteel. In de muren van de middenbeuk, die met een houten zadeldak overdekt was, zaten bovenaan smalle vensters die een schaars licht wierpen op het sobere interieur. Vanuit het kerkschip werd de blik naar de apsis getrokken waar, tegen een diepblauwe achtergrond, een in rood en goud geschilderde Christus troonde in al zijn majesteit, omgeven door de symbolen van de vier evangelisten. Daaronder prijkten in vier geschilderde nissen met rondboog de profeten Ezechiël, Daniël, Jesaja en Jeremias en daaronder in vijf geschilderde nissen met fries de afbeelding van de voornaamste graven van Vlaanderen, links Boudewijn I met de IJzeren Arm en Arnulf I de Grote, rechts Arnulf II en Boudewijn IV met de Baard, en in het midden, boven het hoofdaltaar, Boudewijn V van Rijsel.

Donderdag in de late voormiddag hadden de kanunniken stoetsgewijze de relikwieën en een deel van het liturgische toebehoren van Sint-Donaas naar dit bedehuisje overgebracht met de bedoeling ze in verzekerde bewaring te geven tot de vijandelijkheden waren uitgewoed. De wand- en vloerkleden, de met zijde gevoerde koormantels, de gewijde gewaden, de liturgische voorwerpen en de stapel boeken werden voor alle veiligheid opgeborgen in de woning van de pastoor. De kostbare overblijfselen van de heiligen had de parochieherder, na ruggespraak met de proost van het kapittel van Sint-Salvator, de hele vrijdag en de zaterdagvoormiddag in de middengang laten staan waar ze het voorwerp uitmaakten van voortdurende verering van vrome burgers, vooral vrouwen, die hoopten op mirakelen en daartoe gul giften - munten en juwelen - in een met zijde gevoerd korfje gooiden dat de koster speciaal met dat doel voor het hoofdaltaar had geplaatst.

Zaterdag na de middag werden de relieken in de sacristie opgeborgen. De pastoor had gezorgd voor enkele handwerkslui om het karwei op te knappen. Onder toezicht van Robrecht droegen ze de precieuze stukken op een draagbaar naar hun voorlopige bergplaats. Laatst van al het schrijn van de Heilige Remigius. Het was uitgevoerd in cederhout, rustte op vier rechthoekige poten en had de vorm van een huisje met een zadeldak. Aan de voor- en achterzijde was de beeltenis geschilderd van de Heilige Remigius in vol ornaat als aartsbisschop van Reims. De zijkanten waren ingelegd met ronde saffieren, robijnen en smaragden, elk gevat in een gouden ring, zo geschikt dat er telkens drie boven elkaar stonden met tussen elke rij juwelen een afbeelding in goudplaat van de gemijterde bisschop. De zijden van het dak waren precies op dezelfde manier versierd zodat er niet minder dan achtenveertig edelstenen in het schrijn verwerkt zaten, samen met twaalf gouden afbeeldsels van de heilige. Een kleinood was het, door de ambachtslui terecht met de allergrootste zorg gemonteerd en bewerkt tot een waardige houder voor de verheven overblijfselen van de vereerde heilige: een teen en een nagel van zijn linkerpink.

Robrecht had een diepe devotie voor de vrome bisschop die het Frankenland en zijn vorst Chlodovech bekeerd had tot het ware geloof en die - naar hij vast geloofde - ook de landsheren van Vlaanderen onder zijn hoede had genomen. Als hij aan dat altaar de mis opdroeg, gingen zijn gedachten onveranderd naar Laon, de streek waar Remigius geboren was, en waar hijzelf vijf mooie jaren had doorgebracht. En telkens weer kwam hem dan de schriele figuur van Norbertus voor de geest, de ascetische Rijnlander die - naar hij had vernomen van abt Hariulf van Oudenburg - intussen alweer vertrokken was uit Prémontré, een rist kloosters had gesticht, ook in onze gewesten, in Floreffe, Luik en Antwerpen, en zich door paus Honorius II had laten overtuigen om aartsbisschop te worden van Maagdenburg. Hoeveel zou hij niet gegeven hebben om eens rustig met Norbertus te kunnen praten en hem zijn zielslast voor te leggen. Hem zijn levensverhaal te vertellen, zijn mislukkingen, zijn tegenslagen, al herinnerde hij zich nu dat Norbertus van het woord tegenslag niet had willen horen, hoewel hij het zelf tijdens hun gesprek op het plein voor de kathedraal eerst te berde had gebracht. Dat woord mocht niet gebruikt worden omdat het de ware vraag verborg: wat wil God van mij?

Ja, wat wilde God van hem? Wat moest hij aanvangen met zijn leven?

Moest hij in Brugge blijven, zijn kapelanie weer opnemen en het bij de nieuwe graaf van Vlaanderen en de nieuwe kanselier - want de Erembalden waren uitgeteld, God kon een dergelijk vergrijp niet ongewroken laten - zo aan boord leggen dat hij een prebende kreeg en kanunnik werd bij het kapittel van Sint-Donaas? Moest hij toch naar Noyon gaan, zich aandienen bij bisschop Simon, de zwager van Karel de Goede, en zijn bijzondere relatie met de graaf en zijn rol bij de belegering aanwenden om een kerkelijke loopbaan af te dwingen? Of moest hij zijn jeugddroom realiseren en intreden in de priorij van Onze-Lieve-Vrouw ten Duinen om er een leven te leiden van stilte, studie, soberheid en godsvrucht, ver van alle gewoel, ver van Brugge, ver van het grafelijk huis, ver van de hogere geestelijkheid, ver van... Mathilde?

Er liep een rilling over zijn rug. Sedert de ontmoeting in haar woning had hij niet meer met haar gesproken. Hij had haar wel gezien bij de begrafenis van haar ouders en van haar oudste broer. Willem was in de burg laf vermoord, waarschijnlijk door de ver-

raders. Hij had haar en Wouter zelfs getroost voor het smartelijk verlies, maar tot een gesprek was het niet gekomen. Ze had
hem liefdevol aangekeken en was na de kerkdienst tussen haar
dienaressen haastig naar huis teruggekeerd.

Mathilde wilde hij niet verliezen. Een leven zonder haar kon hij
zich niet voorstellen. Maar hoe moest dat dan verlopen? Kon
Norbertus maar hier zijn, dacht hij opnieuw. Hoewel.

Zou hij het met die heilige man over Mathilde hebben? Zou
hij die vrome pelgrim deelgenoot durven maken van zijn liefde
voor een vrouw? Zou Norbertus hem niet vertellen dat het de
duivel was die hem met het bekoorlijke lichaam van Mathilde
probeerde te verleiden, en zou Norbertus dan geen gelijk hebben?
Elke christenmens kende de zwakke natuur van de vrouw. Was
zij niet de zondares bij uitstek? De vrouw - elke vrouw - was een
instrument van de duivel: Eva die Adam tot ongehoorzaamheid
aanzette, de dienstmaagd van de hogepriester tegenover wie Petrus Jezus verloochende, en ook Mathilde die hem probeerde te
verleiden. De zonde - dat was algemeen geweten - was de enige
poort tot de vrouw. Had Maria Magdalena, die net als alle andere vrouwen draagster van de zonde was, zich na de dood van
de Heer niet dertig jaar lang in de woestijn teruggetrokken om
door zelfkastijding al het vrouwelijke in haar persoon volkomen
te vernietigen zodat ze haar plaats kon innemen aan de poort
des hemels en niet aan die van de hel? Moest hij niet op zijn plaats
blijven, in de orde waarin God hem had geplaatst: die van de
geestelijkheid? Moest hij geen weerstand bieden aan het genoegen een vrouwenlichaam te liefkozen en een nageslacht te ver-
wekken? Natuurlijk kende hij geestelijken die een concubine hadden, onwettige gezellinnen waartegen de bisschoppen zo vreselijk
tekeergingen - alsof ze er zichzelf niet aan bezondigden. Ver
moest hij die zielzorgers niet zoeken. Ze leefden in zijn onmiddellijke omgeving: de kanselier, kanunnik Henricus en, nog dichter, de pastoor van Sint-Kristoffel. Waarom zou hij dat dan niet
doen? Als hij een prebende loskreeg en zijn intrek nam in het
klooster, kon hij Mathilde ongestraft blijven zien zo vaak hij
maar wilde. Hij kon dan zijn lust de vrije loop laten, wel wetende dat het uiteindelijk toch maar om een lichte zonde ging,
zeker als haar man, ridder Walter, de neef van de kanselier, was

opgeknoopt wegens zijn aandeel in het verraad en zij als weduwe door het leven ging.

Haastig betaalde Robrecht de handwerkslui het overeengekomen loon uit, sloot de sacristie dubbel af en liep de kerk in. Hij wendde zich naar het altaar om een kruisteken te maken en zijn blik bleef haken aan de triomferende Christus in de apsis, één en al schittering in zijn rood en goud tegen donkerblauw. Hij zeeg op de knieën, keek in het hiëratische gelaat van de Heiland en moest onwillekeurig terugdenken aan het gesprek dat hij, een paar dagen voor de vuige moord, met Odger had gevoerd over Gods gestrengheid en rechtvaardigheid.

God - zo had Odger hem voorgehouden - was de opperste rechter. Gods voorschriften zijn voor eeuwig gegeven en moeten op straffe van eindeloze pijniging worden nageleefd. Door de zonde had de mens zijn eed van hou en verzekerde trouw geschonden, zich vrijwillig van zijn opperste leenheer afgekeerd en was hij naar diens tegenstander, de duivel, overgelopen. Zo had de mens zijn eigen ondergang bewerkt en kon hij uit vrije wil niet meer naar God terugkeren. Pas toen de duivel door de veroordeling van de Messias een rechteloze daad stelde, kon God ingrijpen om de mens te bevrijden.

Hijzelf had die stelling vriendelijk, maar daarom niet minder krachtdadig van de hand gewezen, verwijzend naar wat hij in Laon had geleerd. Het was helemaal geen titanenstrijd geweest tussen de hemel en de hel, tussen God en de duivel - met de mens als machteloze getuige. Neen. Het was Christus die door zijn lijden de mensheid verlost had. Christus die op aarde was gekomen, die hier had geleefd en de kruisdood was gestorven. De lijdende mens.

Ter staving van zijn stelling had hij er een boek van Anselmus van Canterbury bijgehaald, *Cur Deus homo?* - Waarom is God mens geworden? - en er enkele ter zake doende passages uit voorgelezen.

'Het zou een vergissing zijn,' had hij tot slot gezegd, 'Christus weg te laten alsof er van Hem nooit sprake was geweest. Alsof de hele heilsgeschiedenis buiten Hem om was gebeurd. Dit boek van Anselmus bewijst met dwingende argumenten dat het onmogelijk is dat enig mens zonder Hem gered wordt. Maar dan

342

moet ook de mens een inspanning doen. De lijdende Jezus nodigt hem uit om met Hem de eeuwige glorie te delen. Een uitnodiging waarop de mens in vrijheid kan ingaan. Hij moet niet werkeloos toezien, de dingen ondergaan, neen, hij moet zich het goddelijk heilsplan toeëigenen.'

Jezus als de lijdende Godmens, Robrecht was al jaren vertrouwd met die gedachte. Ook nu, bij het zien van de triomferende Christus in de apsis van deze kerk, overweldigde ze hem weer. Jezus in vrijheid tegemoettreden! Antwoorden op zijn uitnodigend gebaar in het besef dat Hij niet ongenaakbaar en bovenmenselijk is, maar een persoon van vlees en bloed die pijn heeft geleden, en die wellicht ook getreurd heeft en geweend en... gelachen. Bij die laatste gedachte schrok de jonge priester.

Spontaan keek hij op naar de majesteitelijke Christus in de apsis. Die lachte helemaal niet. Integendeel. Hij keek streng voor zich uit in het ijle, met zijn voeten rustend op de wereld als rechter aan het einde der tijden.

Diep in Robrecht speelde zich een strijd af.

Zou hij, uit angst voor de hellepijnen, de verschrikkingen bij de duivels die hem zeker te wachten stonden na een zondig leven als priester met een vrouw, verzaken aan Mathilde en vluchten voor de wereld door zich terug te trekken in het klooster van Onze-Lieve-Vrouw ten Duinen? Of zou hij de ruimte gebruiken die de Godmens hem liet - de lachende Christus! - die vrijheid waarover Anselmus het had, de mogelijkheid, het recht de dingen zelf te ordenen, om zijn leven een wending ten goede te geven door godvruchtig en vol ijver zijn taak in Brugge op te nemen? Door het kwaad niet lafhartig te ontvluchten, maar het met open vizier te bevechten en te overwinnen?

Hij koos voor het laatste.

Omdat het hem de moedigste keuze leek. Ze leek op die van een edelman die dapper vecht, het blanke wapen in de vuist, rotsvast overtuigd van de overwinning, en meer nog op die van een burger die zijn eigen bestaan uitbouwt door zijn brood te verdienen met hard maar eerlijk labeur dat hem het tienvoudige opbrengt van wat hij geïnvesteerd heeft. Niet op die van de horige, die uit angst voor de straf zijn werk keurig uitvoert, maar diep in zijn hart de wereld verwenst omdat hij een lijfeigene is en gebonden

343

blijft aan de grond en aan zijn meester.

Hij wist het nu zeker. Hij zou niet meer naar Mathilde gaan. Hij zou morgen poolshoogte nemen in de burg, controleren of alles in zijn huis nog in orde was en of het zonder al te grote aanpassingen opnieuw bewoonbaar kon worden gemaakt. Dan zou hij Dirk en de keukenmeid van bij zijn ouders weghalen en in die woning installeren, nieuwe huisraad kopen en met Pasen bij Odger zijn biecht spreken. Gezuiverd van zijn zonden en met een licht gemoed zou hij naar Noyon afreizen om er een knieval te doen voor bisschop Simon en hem ootmoedig te verzoeken hem in Brugge of in het Vrije, als penitentie voor zijn zonden, dan toch maar een kerk of kapel te zoeken waarvan de leenheer akkoord ging hem voor een tijdje als pastoor te aanvaarden.

Er kwamen bestendig parochies bij, de jongste jaren, en betrouwbare parochiepriesters waren zeldzaam. Ofwel kenden ze niets van theologie en kerkelijk recht, ofwel brachten ze meer tijd door op hun veld en bij hun beesten dan in hun kerk, ofwel - en dat was nog het meest het geval - maakten ze zich meer zorgen om hun concubine en hun kinderen dan om hun gelovigen.

Hij zou het anders aanpakken. Als de bisschop wilde tenminste. En de nieuwe graaf.

344

Zondag 20 maart, op de vigilie van de Heilige Benedictus, zond koning Lodewijk de Dikke van Frankrijk vanuit Atrecht aan de baronnen en bevelhebbers van de belegering zijn heilwensen, zijn belofte van trouw en bijstand en bovenal zijn dank voor het wreken van Karel van Denemarken, zijn verwant, de rechtschapen graaf van Vlaanderen die - naar hij uitdrukkelijk verklaarde - veeleer een koning had verdiend te zijn dan een graaf van vuige verraders.

'Ik verkeer nu niet in de gelegenheid om mij bij jullie te voegen,' schreef hij voorts. 'Ik ben inderhaast naar hier gekomen met slechts een klein gevolg om mij over de gebeurtenissen en de belegering te informeren. Het lijkt mij niet verstandig om in de handen te vallen van de landverraders, want naar we begrepen hebben zijn er nog veel die het lot van de belegerden betreuren, hun wandaden verdedigen en er alles voor doen om ze de kans te geven te vluchten. Daarom, omdat er wanorde heerst in het land en er is samengezworen om Willem van Ieper met geweld het rijk in handen te spelen, maar ook omdat vrijwel alle steden gezworen hebben Willem onder geen beding als graaf te aanvaarden, want hij is een bastaard, geboren uit een edele vader en een onedele moeder die zolang ze leefde wol kaardde, wil ik en gebied ik dat jullie zonder verwijl naar hier komen en ten overstaan van mij en in gezamenlijk overleg een graaf kiezen die jullie geschikt achten en aanvaarden als heer over land en volk. Want Vlaanderen kan niet lang meer voort zonder graaf, anders stelt het zich bloot aan nog grotere gevaren dan die welke het nu bedreigen.'

De brief werd voorgelezen op het Zand voor een dicht opeengepakte menigte in het bijzijn van de leiders van het beleg en het zag ernaar uit dat er zou worden gedebatteerd over de vraag of men al of niet op het aanbod van de koning zou ingaan, toen er een siddering door het volk ging. Een andere gezant trad naar voren en schalde dat hij uit de Elzas gekomen was om in naam van een neef van graaf Karel van Denemarken een gewichtige mededeling te doen. Fluks ontrolde hij zijn perkament en vóór een van de leiders tussenbeide kon komen, begon hij voor te lezen.

'Ik, Diederik, zoon van Diederik, graaf van de Elzas, en van Geertrui van Vlaanderen, zend aan de aanvoerders van het beleg mijn heilwensen en aan alle landgenoten mijn welgemeende gevoelens van genegenheid. Jullie weten allen ongetwijfeld dat het rijk van Vlaanderen volgens het verwantschapsrecht na de dood van mijn heer en graaf aan niemand anders dan aan mij toekomt en onder mijn gezag valt. Daarom wil ik dat jullie bedachtzaam en met overleg handelen wat de verkiezing van mijn persoon betreft.

Nu jullie op de hoogte zijn van mijn rechtmatige eis, verzoek ik jullie mij niet van de macht verwijderd te houden. Als jullie mij ontbieden, kom ik onmiddellijk, mij steunend op het recht en op mijn familieplicht, als toekomstig graaf, rechtvaardig, vredelievend, inschikkelijk en begaan met het gemeenschappelijk belang en welzijn.'

'Wie is die Diederik?' klonk het van verschillende kanten.

'Een kleinzoon van de Fries,' antwoordde de gezant en zette daarbij een hoge borst op.

'Geertrui, zijn moeder, en Adela, de moeder van Karel, waren zussen, allemaal kinderen van de grote graaf Robrecht I. Als iemand aanspraak kan maken op de graventroon, dan is hij het wel, met zo'n edele afstamming.'

'En Willem Clito dan?' riep een oude man die op de eerste rij stond.

'Diens verwantschapsbanden moeten veel verder gezocht worden. Daarvoor moet je opklimmen tot graaf Boudewijn V,' antwoordde de gezant met een misprijzend trekje om zijn mond.

'Ja maar, Mathilde, zijn grootmoeder, was toch een zuster van de Fries?' riep een ander.

'Diederik is de enige die naar recht aanspraak kan maken op de troon van Vlaanderen,' keelde de gezant, zijn geduld verliezend. 'Hier, zie...' - en hij klopte met zijn kneukels op het perkament - 'deze brief, daarin staat het.'

'Leugens!' riep Iwein van Aalst die bij de andere leiders met gekruiste armen de woordenwisseling stond te volgen.

'Ja, leugens,' vielen anderen in.

'Leugens?' De gezant liep paars aan van woede. Zwaaiend met

het document probeerde hij boven de massa uit te schreeuwen dat zijn meester de brief zelf had gedicteerd en eigenhandig van zijn zegel had voorzien, maar het hielp niet.

'Een verzinsel,' herhaalde Iwein van Aalst zijn aantijging. En zich tot de andere edelen richtend: 'Een vals document, heren, een gemene streek. Overigens, wat hebben wij te maken met de zoon van de graaf van de Elzas? Hij mag nog honderd keer de kleinzoon van de Fries zijn. Nooit zal onze koning die man aanvaarden.'

Het protest van Iwein lokte bij de omstanders zoveel tumult uit dat de gezant van Diederik niets anders overbleef dan, de handen bezwerend voor zich houdend, haastig naar zijn paard te lopen en weg te galopperen.

Gervaas van Praet deed enkele stappen naar voren en in een oogwenk was het stil.

'Edele heren,' sprak hij, 'aanvoerders van het beleg, baronnen, burgers van Brugge en van Gent en andere inwoners van het rijk. Ik ben helemaal niet van plan om op die brief te antwoorden. Of hij echt is, betwijfel ik evenzeer, maar zelfs als hij door Diederik van de Elzas is bezegeld, dan nog is hij voor ons van generlei waarde. Ik moet jullie niet uitleggen hoeveel zweet en tranen onderhandelingen over de verkiezing van dit familielid van graaf Karel zouden kosten en hoelang ze zouden aanslepen. En dat terwijl koning Lodewijk in de onmiddellijke buurt is en er bij ons op aandringt dat we in zijn aanwezigheid en onder zijn toezicht een algemene spoedvergadering zouden organiseren waar we vrij en zonder inmenging, maar op zijn voordracht vanzelfsprekend, onze nieuwe landsheer kunnen kiezen.

Edele heren, dappere ridders, goede burgers, het algemeen welzijn en het lot van Vlaanderen staan op het spel en we mogen geen overhaaste beslissingen nemen. Wat wij, vorsten en baronnen, nu moeten doen is klaar: de koning een antwoord sturen waarin we hem op de hoogte brengen van ons besluit in te gaan op zijn uitnodiging en een delegatie kiezen die morgen, of uiterlijk dinsdag afreist naar Atrecht.'

De menigte ging uiteen, druk commentaar leverend op de beslissingen. Het edelvolk reed, op uitnodiging van abt Hariulf, naar de abdij van Oudenburg waar het zich een succulent gastmaal liet voorzetten en tussendoor beraadslaagde over de samenstelling van het gezantschap. Van een leien dakje liep dat niet, want zelfs de beslissing om naar de koning te gaan, die Gervaas op eigen houtje had aangekondigd, kwam onder kritiek te liggen. De mening deed namelijk opgeld dat het een zware vergissing zou zijn op dit cruciale moment de belegering op te schorten en de leiders naar Atrecht te laten vertrekken.

'Zo gauw de Erembalden het te weten komen,' merkte Rijkaard van Woumen op, 'zullen ze de gelegenheid te baat nemen om uit de toren te ontkomen. Er zitten verraders onder de burgers, dat weet iedereen. Omgekocht schorremorrie dat niets liever vraagt dan Borsiard en zijn trawanten een handje toe te steken om er vandoor te gaan. Die kans geven jullie hen nu op een blaadje. Let op mijn woorden. Terwijl onze leiders in Atrecht zijn, zal de aandacht verslappen en kunnen ongure elementen door de linies glippen en de belegerden bereiken. Jullie houden er blijkbaar geen rekening mee dat de kanselier zich ergens in Vlaanderen schuilhoudt en hen beslist nieuws wil laten toekomen over wie zal helpen en wanneer die hulp te verwachten valt.'

Rijkaards tussenkomst maakte indruk, maar lang niet op iedereen.

'Onzin,' reageerde Daneel van Dendermonde. 'Het komt er gewoon op aan Sint-Donaas scherp te bewaken en de verraders in een wurggreep te houden. Hoe zouden ze buiten raken? Wij houden de benedenverdieping van de kerk bezet. We hebben zelfs de trappen naar de tribune in handen. Hun enige uitweg is de toren met zijn vensters. Die moeten we dag en nacht in het oog houden zodat niemand het in zijn hoofd krijgt daarlangs te ontsnappen.'

Maar Rijkaard bleef koppig bij zijn stelling.

'Je zult het zien,' waarschuwde hij, met een gezicht alsof hij meer wist dan hij wilde zeggen. 'Let op mijn woorden. Ze gaan ervandoor. Tenzij...'

'Tenzij wat?' Gervaas van Praet bekeek Rijkaard met toegeknepen ogen.

'Tenzij we vandaag een aanval bevelen om de aandacht af te leiden en hen de schrik op het lijf te jagen.'

Dat onverwachte voorstel kreeg algemene bijval. Er werd op geklonken en na wat heen en weer gepraat besloot het gezelschap ridder Wouter naar de leiders van de burgers te sturen om hen tot actie aan te zetten.

De zeventien zaten bijeen in het huis van Gillis Vernaechtenzone waar ze een poging ondernamen om tot een eensluidende beslissing te komen over de benoeming van een graaf. Ze waren in een verhitte discussie gewikkeld toen de jonge ridder werd aangediend. Hij lichtte het plan van de leiders van het beleg toe en riep Gillis op onverwijld zijn manschappen op te trommelen en het bevel van Gervaas uit te voeren.

'Niet doen,' bezwoer Robrecht zijn vrienden. 'Het is zondag en tot nog toe hebben wij op de dag des Heren altijd de vrede bewaard, zoals graaf Boudewijn V dat indertijd met de bisschop van Terwaan in een plechtig verbond is overeengekomen. Iedereen in het graafschap weet dat. Waarom zouden we daar nu verandering in brengen? Deel aan heer Gervaas mee dat het niet past dat christenmensen op zondag andere christenen verwonden of doden.'

'Kletskoek,' spotte Heribert Cannaerts, terwijl hij aan zijn kroes cider nipte. 'Die moordenaars verdienen de naam christenmens niet. Ze zijn geëxcommuniceerd door bisschop Simon van Noyon, Robrecht, ben je dat soms vergeten? Trouwens, we gaan ze alleen maar wat treiteren, wat tarten, ze uitdagen tot ze uit hun kot komen...'

'En dan doodslaan, zeker?' merkte Robrecht op.

'Ja, waarom niet?' Wouter streelde het heft van zijn zwaard. 'Verdienen de verraders van onze graaf en de moordenaars van mijn broer iets beters misschien? Zover hoeft het eigenlijk niet eens te komen. Ze zullen niet op een stormloop beducht zijn en wie weet raken we op de tribune en kunnen we ze gevangennemen.'

'Ja,' riepen enkele aanwezigen. 'Laten we ze bestoken, die schoften. We slaan ze de kop in. Naar de burg!' Er was geen houden meer aan, hoe Robrecht ook probeerde boven het geschreeuw uit de aanwezigen te bezweren toch de godsvrede in ere te houden. Ze stormden naar huis om hun wapens en vandaar naar Sint-Donaas ten aanval.

Voor de belegerden, die rustig op de tribune zaten te eten, kwam de stormloop als een complete verassing. Ze hadden een gedeelte van de voedselvoorraad die ze destijds in de kerk hadden aangelegd - wijn, vlees, meel, kaas en groente - kunnen redden en verorberden nu een smakelijke schapenbout met een flinke scheut Rijnlandse. Bij het onverwachte rumoer sprongen ze op en trokken hun zwaard, stomverbaasd dat ze zich op een zondag moesten verdedigen. Het werd een heftig treffen en er vielen aan beide kanten talrijke gewonden zonder dat er evenwel verandering kwam in de posities. Als leeuwen verdedigden de Erembalden de toegangen tot de tribune en de aanvallers slaagden er ondanks herhaalde stormlopen niet in vaste voet te krijgen op de verdieping zodat ze tegen de avond hun inspanningen staakten.

Wel was het doel bereikt. De belegerden waren opgeschrikt en verkeerden zo in paniek dat ze besloten voortaan ook een wacht te organiseren op de dagen die hen anders volkomen veilig hadden geleken. Dat ze daardoor nog verder uitgeput zouden raken en door het vele waken op de duur het verschil niet meer zouden kennen tussen dag en nacht, ontging hen volkomen.

Met Palmzondag in het verschiet wilden ze geen enkel risico lopen, temeer daar ze de dag daarvoor nog een geheime brief hadden gekregen van een van de leiders van het beleg die hen in ruil voor een flinke greep zilver uit de grafelijke schatkamer een vrijgeleide beloofde zodat ze zich bij hun meester, de kanselier, konden voegen. Die wachtte - volgens de brief althans - veilig in Vlaanderen op hun komst om, samen met Willem van Ieper, een leger op de been te brengen en Brugge te heroveren.

Isaac werd opgepakt en opgeknoopt op woensdag 23 maart, *Liberator meus*, dag op dag drie weken na de moord op de graaf. Tijdens de intocht van Gervaas van Praet was hij in paniek naar zijn eigen woning gelopen in plaats van met zijn ooms en neven mee naar de burg te vluchten en vandaaruit strijd te voeren. Wanhopig en ten einde raad had hij er niets beters op gevonden dan er in het holst van de nacht vandoor te gaan. Zijn vrouw en al zijn personeel liet hij achter. Urenlang draafde hij, slechts vergezeld van één schildknaap, over de heide tot hij de omstreken van Ieper bereikte, al dacht hij in Gent te zijn aangekomen. Vandaar ging de tocht naar Steenvoorde, het dorp van Guido, die getrouwd was met zijn zus, een van de Erembaldenmeisjes. Op advies van zijn zwager vertrok hij nog diezelfde nacht naar Terwaan waar hij heimelijk de monnikspij aanschoot en zich in de abdij onder de broeders mengde.

Lang kon hij zich daar niet verborgen houden, want zijn reputatie en het algemene opsporingsbevel dat van de leiders van het beleg was uitgegaan, achtervolgden hem. Zodra de mare ging dat een der verraders zich in de stad schuilhield, vormde zich al snel een meute die, gewapend met stokken en messen, schreeuwend naar het klooster trok. Toen Isaac hen hoorde aankomen en begreep dat ze het op hem gemunt hadden, richtte hij zich tot de abt.

'Mijn heer, het ligt niet in mijn bedoeling een gevecht te leveren, want zonder een grote slachting aan te richten zou ik mij niet in de kraag laten vatten. Omdat ik beken dat ik schuldig ben aan het verraad, omhels ik al het ongeluk dat mij kan overkomen, net als de dood. Dat zal mijn straf zijn voor de zware zonde die ik tegen mijn heer, de graaf van Vlaanderen, heb begaan.'

Veel meer kon hij niet kwijt, want de horde drong al door het portaal naar binnen. Daar werd ze tegengehouden door de zoon van de voogd van het klooster die van de zaak gehoord had en toegesneld was. Hij liep naar de koorbanken en vond daar Isaac die zich onder zijn kovel verborg, alsof hij psalmen zat te herkauwen. Zonder zich om het, overigens flauwe protest van de abt en de andere kloosterlingen te bekommeren, liet de jongeman Isaac in de boeien slaan en voerde hem, op de voet gevolgd door het joelende janhagel, gevankelijk mee naar zijn woning waar hij hem in de kelder in de ketens liet slaan en gruwelijk folterde met de zweep. Hij hield niet op met geselen tot de neef van de kanselier de namen opbiechtte van de medeplichtigen aan de moord op de graaf. Hij gaf zijn eigen schuld toe, en noemde als verraders: Borsiard, Willem van Wervik, Ingram van Essen, Robrecht het Kind, Wulfric Cnop en nog enkele andere moordenaars. Kreunend voegde hij eraan toe dat veel Vlamingen op de hoogte waren van de moordplannen, veel meer nog dan men zou vermoeden.

Hiermee was de zoon van de voogd nog lang niet tevreden. Hij liet knopen in de zweep leggen en kastijdde Isaac nog harder tot die, uitgeput en dol van de pijn, ook de plaats aangaf waar hij zijn eigen geld had verborgen, namelijk aan de voet van een eik in de boomgaard achter zijn huis. Spoorslags reed de zoon van

351

de voogd naar Brugge en begon, bijgestaan door enkele ridders, verwoed te spitten, eerst onder de eik, dan over heel de boomgaard, dieper en dieper tot het terrein bezaaid lag met putten waarin een volwassene rechtop kon staan zonder met het hoofd over de rand te komen. Tevergeefs.

In de krocht in Terwaan waar hij zat opgesloten, had Isaac intussen al zijn hoop gesteld op Willem van Ieper, die zich in het zuiden van Vlaanderen gedroeg alsof hij de wettelijke graaf was en door de stadsmagistraat aangezocht was om hem te komen vonnissen. Hoopvol keek hij uit naar de komst van de bastaard, in de waan dat hij met diens medewerking alsnog zou kunnen ontsnappen en zich bij zijn verwanten in Brugge voegen. Was Willem niet betrokken bij het verraad en dus een bondgenoot van de Erembalden? Als hij zich aan zijn eed van trouw hield, wat te verwachten was, dan zag het er voor de neef van de kanselier nog zo kwaad niet uit.

Maar Willem van Ieper deed alsof zijn neus bloedde. Zonder veel omhaal vond hij Isaac schuldig aan verraad tegen graaf Karel van Denemarken en gaf het bevel hem dezelfde dag nog op te knopen. De eerste uren vloekte Isaac die nog steeds geketend lag, zich een ongeluk. Uitgeraasd verviel hij daarna in diepe neerslachtigheid waaruit hij pas ontwaakte op het moment dat men hem kwam halen voor de uitvoering van het vonnis. Toen leek hij een ander man. Op weg naar de burcht van Ariën, waar hij opgeknoopt zou worden, beleed hij openlijk dat hij zijn heer verraden had en aan de oorsprong lag van het complot. Hij smeekte de menigte hem met slijk, stenen en stokken te bekogelen omdat hij nooit genoeg bestraft kon worden voor een dergelijk misdrijf. En hij bedankte hen die hem met een rake worp hadden getroffen omdat ze zich verwaardigden zo'n een groot zondaar kapot te maken.

Toen hij, druipend van bloed en slijk, het galgenveld had bereikt en het kleine schavot had beklommen dat daartoe was opgetimmerd, groette hij de galg en kuste paal en strop. Vervolgens verzocht hij de toeschouwers - tevergeefs overigens - de handen waarmee hij zijn meester, graaf Karel, vermoord had, af te hakken. Hij vroeg hen ook door hun smeekbeden bij God te bemiddelen voor zijn zielenheil. Redding van zijn leven had hij niet verdiend, geenszins. Hem restte niets anders dan naar best vermogen de almachtige God te smeken hem genadig te zijn. Hij plaatste zelf de strop rond zijn nek met de woorden: 'In de naam des Heren omhels ik mijn folterdood. Ik smeek u allen die hiervan getuigen zijt, om samen met mij tot God te bidden. Dat wat ik, ellendeling, tegen mijn heer heb begaan, door het bittere van de dood worde gestraft.'

Op een teken van Willem van Ieper, die onbewogen de scène had gadegeslagen, werd de strop omhooggehaald. Zo onderging Isaac, voormalig kamerheer van de graaf van Vlaanderen en voornaamste aanstichter van de moord, twee dagen voor Maria-Boodschap, in Terwaan een smadelijke dood in aanwezigheid van honderden mensen die God loofden omdat Zijn gerechtigheid eens te meer getriomfeerd had.

De dag daarop, donderdag 24 maart - het nieuws van de terechtstelling van Isaac had Brugge nog niet bereikt - strooide ridder Woltra Cruval een kwakkel rond die voor aardig wat opschudding zorgde. Hij wist te vertellen dat de koning van Engeland een geheim akkoord had gesloten met Willem van Ieper en hem een ontzaglijke som geld had geschonken plus driehonderd ridders om hem te helpen het graafschap in handen te krijgen. Het verhaal was vals van het begin tot het einde, maar de ridder bracht het met zoveel overtuigingskracht dat het geloofwaardig leek. Zeker voor de partijgangers van Willem die van oordeel waren dat de bastaard onmiskenbaar recht had op de troon omdat hij de enige rechtstreekse afstammeling in mannelijke lijn was van graaf Robrecht de Fries. Dat zijn vader en hijzelf bij een bijzit verwekt waren, vonden ze bijzaak.

En nog iets. Willem van Ieper op de troon betekende vrede met Engeland en een onafgebroken levering van wol van over het Kanaal met een nog sterker en welvarender graafschap als resultaat. Paste dat niet in het kraam van hen die het machtige Vlaanderen niet meer als een leen zagen waarover de Franse koning naar believen kon beschikken alsof het om een gewone heerlijkheid ging of een stom stuk grond? Onder graaf Karel was Vlaanderen een echt vaderland geworden, een soevereine staat zoals Engeland en Frankrijk en Hongarije, anders zouden de Duitse vorsten hem de keizerskroon niet hebben aangeboden en zou hij niet de kans hebben gekregen om koning van Jeruzalem te worden. Natuurlijk was er de formele band met de koning in Parijs, maar dat gaf die vorst alleen het recht tot de rituele overhandiging van een wapenuitrusting aan de nieuwe graaf, zeker niet om zich te mengen in de interne aangelegenheden van het graafschap. Laat staan zijn eigen kandidaat op te dringen. En dat was precies wat dreigde te gebeuren met die delegatie van edelen in Atrecht. Geen moer zouden ze geven om de bekommernissen van de goede burgers, om de zorgen waarmee scheerders, volders, kaarders, noem maar op, dag en nacht geplaagd werden. Willem van Ieper alleen, verkondigden ze met grote overtuiging, bood een garantie voor een onafhankelijk en sterk Vlaanderen. Normaal dat hij een bondgenoot zocht in de Engelse koning.

De waarheid was anders. Willem van Ieper had wel degelijk vijfhonderd Engelse ponden geïncasseerd, maar ze kwamen uit de schatkist van de graaf en ze bereikten hem door toedoen van de neven van de kanselier in een ultieme poging van die godvergeten verraders om de bastaard de leiding in handen te spelen over henzelf en over het graafschap, omdat ze in hem hun laatste kans op redding zagen. Blokkade of niet, ze voerden een drukke correspondentie met hem en wisselden informatie uit over de wederzijdse verwachtingen en plannen.

Waarom Cruval het verhaal over Hendrik dan opdiste? Omdat Willem zich niet wilde verbranden en tot elke prijs verborgen wilde houden dat hij geld had gekregen van de verraders. Hij wist maar al te goed dat de reputatie van de Erembalden van die aard was dat hij nooit ongeschonden uit een nederlaag van de clan zou komen als bekend werd dat hij met hen had geheuld. Daarom liet hij Cruval die kwakkel rondstrooien. Geen haar op zijn hoofd dacht er overigens aan met het geld van Borsiard huurtroepen aan te werven zoals hij ten stelligste beloofd had. Willem van Ieper was niet de enige die konkelfoesde met de verraders. De Gentenaars hadden hun plannen om het lichaam van de graaf te bemachtigen nog niet opgegeven. Bijlange niet. Op aanstoken van de abt van de Sint-Pietersabdij, Arnulf van Munte, die zijn mislukking maar niet kon verkroppen, intrigeerden ze zolang tot ze voldoende bondgenoten hadden verzameld om hun snode opzet uit te voeren. Enkele Brugse burgers zeiden ze honderd zilvermark toe en de belegerden beloofden ze alles wat in hun macht lag om hun leven te redden en hen van lichamelijke pijniging te sparen. In ruil zouden de burgers ervoor zorgen dat de Gentenaars ongehinderd tot op het Burchtplein konden geraken terwijl de belegerden het lichaam van de vrome graaf door de vensters van de gaanderij naar beneden zouden laten vallen. Aan de broeders van het Gentse klooster was het dan om het op te nemen, in mantels en zakken te wikkelen en weg te voeren.

Op Palmzaterdag, 26 maart, vroeg in de ochtend, voerden ze hun plan uit. Op een teken van twee monniken die stonden uit te kijken naar een gunstige gelegenheid, trokken ze onder leiding van de opperste ambtsman, ridder Ansbold, de burg binnen en lieten zich door de monniken de weg tonen. In de waan dat niets hun plannen nog kon dwarsbomen, maakten ze zoveel misbaar dat de bewakers die nog lagen te sluimeren, verschrikt opsprongen en gingen kijken wat er aan de hand was. Toen ze de groep wapenlieden in het gezelschap van de twee broeders om de toren zagen lopen, bliezen ze langs alle kanten op de hoorn.

Schouder aan schouder met de burgers die uit alle straten kwamen aangelopen, wapen in de vuist, stormden ze op de opperste ambtsman af en joegen hem met zijn trawanten op de vlucht. Er werd bitsig gevochten - het ging om het lichaam van de vrome graaf, een relikwie van uitzonderlijke waarde! - zodat menige Gentenaar verwond geraakte en in doodsangst smeekte voor zijn leven.

Opnieuw hadden de gebeurtenissen duidelijk gemaakt dat men op zijn hoede moest zijn voor de Erembalden. Zolang die niet definitief verslagen en uitgeroeid waren, zouden ze geen kans onverlet laten om met geweld of list hun verdiende straf te ontlopen. Een verdubbeling van de wachtposten was noodzakelijk. Het consigne werd gegeven de toren en dan vooral de vensters nauwlettend in het oog te houden.

De verscherpte waakzaamheid kon niet beletten dat nog vóór Palmzondag de chef van de boogschutters, Lambrecht Archei, zich uit de toren liet zakken en op de vlucht sloeg. Lambrecht was een van de raadgevers van Borsiard en alom bekend als een doorgewinterde schurk die altijd wel iets kwaads in de zin had.

Niets of niemand ontzag hij en zijn meesters zette hij aan tot de onmogelijkste gruweldaden. Bij elke onderneming in de burg had hij een vinger in de pap waarbij hij zich liet kennen als een man van buitengewone vaardigheid. Het handigst ging hij natuurlijk om met boog en pijl, zijn specialiteit, al liet hij zich niet onbetuigd bij het gooien van speren of het slingeren van stenen of van gelijk welk ander werptuig. Zoveel had hij er getroffen vanop de burchtmuren, zo'n verschrikkelijke slachtpartij had hij aangericht, dat iedereen hem haatte als de pest.

Hij was nog niet goed uit de toren of Borsiard riep tot de belegeraars waarheen zijn raadgever en vertrouweling was gevlucht zodat die hem al van in de vroege ochtend op de hielen zaten. Met een bootje vluchtte Lambrecht noordelijk naar Michem bij Oostkerke, aan de Sincfal waarlangs de schepen uit Engeland naar Brugge varen. Maar er was geen ontkomen aan. In de namiddag zetten de achtervolgers het dorp af, haalden hem uit zijn schuilplaats en voerden hem gevankelijk naar Brugge terug. In het bootje kreeg Lambrecht het zwaar te verduren. Iedereen wilde hem wel een stomp in het bakkes of een schop tegen het lijf geven als verdiende loon voor zijn aandeel in het verraad tegen de goede graaf Karel of als vergelding voor de dood van een of andere verwante of vriend. Het baatte niet dat de eertijds zo zelfingenomen vertrouweling van Borsiard smeekte om zijn leven te sparen, dat hij aanbood alle namen te noemen van hen die bij het complot betrokken waren en dat hij beloofde de belegeraars te helpen bij de bestorming van de toren. Duizend angsten stond hij uit en toen ze hem naar de Markt joegen wist hij dat zijn einde nabij was.

Tot ontgoocheling van het gepeupel kwam er van een terechtstelling niets terecht. Gerbert, een Brugs burger en familielid van de gevangene, merkte op dat men toch geen halsrecht kon houden bij afwezigheid van de leiders van het beleg, ook al ging het om een ontsnapte verrader. Dat genoot algemene instemming zodat de schurk onder de eed van trouw in verzekerde bewaring werd overgeleverd aan diezelfde Gerbert die hem in de ketens geklonken moest houden tot de terugkomst van de voornaamsten van het graafschap uit Atrecht, waar ze met de koning beraadslaagden. Met een vonnis konden de leiders dan duidelijk maken wat ze met Lambrecht wilden aanvangen.

In Brugge ging het wedervaren van Lambrecht van mond tot mond en algemeen heerste de overtuiging dat het nog een kwestie van tijd was vooraleer de verraders hun verdiende straf zouden krijgen. De stemming op de tribune en in de toren van Sint-Donaas moest wel helemaal tot een dieptepunt zijn gedaald nu de ratten het zinkende schip begonnen te verlaten. Toch draaide de discussie vooral rond de prangende vraag wie de nieuwe graaf zou worden. Een discussie die de Vlamingen allesbehalve gewend waren te voeren. Van bij het begin, dat wil zeggen van Boudewijn I met de IJzeren Arm in de negende eeuw tot Boudewijn VII Hapken, was de erfopvolging steeds in directe lijn verlopen. En zelfs bij de dood van Hapken in 1119 - dat lag bij velen nog vers in het geheugen - was de onzekerheid van korte duur geweest omdat de graaf op zijn sterfbed zelf zijn verwant, Karel van Denemarken, als opvolger had aangewezen, tegen de zin van zijn moeder Clementia weliswaar.

Nu was er alleen een zwart gat. Hoewel hij kinderloos was, had Karel nooit over de opvolging gerept, laat staan de naam van een mogelijke opvolger in de mond genomen. Robrecht en zijn andere raadsheren was het wel opgevallen dat hij geregeld gunstig sprak over Arnulf van Denemarken, de zoon van zijn zuster Ingertha, maar van enige designatie was nooit sprake geweest. De kandidaten moesten dus gezocht worden onder de talrijke erfgenamen in de zijlinie en dat waren er heel wat. De verwarring werd nog vergroot door het feit dat, bij gebrek aan precedenten, niemand goed wist welke procedure moest worden gevolgd. Zeker was alvast dat volgens het leenrecht het graafschap dat voor het grootste gedeelte van zijn territorium een leen was van de Franse kroon, tijdelijk onder het rechtstreekse gezag viel van zijn leenheer, Lodewijk de Dikke. De sleutel tot de oplossing lag bij de koning. Als suzerein had hij het onbetwistbare recht zijn nieuwe leenman aan te wijzen onder de familieleden van de graven van Vlaanderen. Dat hij de vorsten en baronnen in Atrecht bijeen riep, wees erop dat hij niet zou handelen zonder hun raad in te winnen. Dat wel. Maar de kans was inderdaad groot dat hij een anti-Engelse graaf zou voordragen om een dam op te werpen tegen de Anglo-Normandische bedreiging die uitging van koning Hendrik I van Engeland. Met alle gevolgen voor de Vlaamse lakennijverheid.

Op het Zand, in de Steenstraat, op de Markt en de straatjes er-omheen, in de burg, overal woedden de discussies. Dat Vlaan-deren een goede graaf nodig had, iemand die de gewoonterech-ten van de steden eerbiedigde, iemand die de keurrechten naleefde en voor veiligheid op de wegen en de markten zorgde, daar was iedereen het over eens. De tweespalt dook op als er namen te berde kwamen.

Om er zeker van te zijn dat alle stedelingen in Vlaanderen aan één zeel zouden trekken als het over de persoon van de nieuwe landsheer zou gaan, liet Gillis Vernaechtenzone de burgers uit de omgeving samenroepen. Op Palmzondag, 27 maart, na de hoog-mis, vertrok een stoet kanunniken vanuit de Sint-Kristoffelkerk met de relieken die ze enkele dagen voordien uit Sint-Donaas hadden gehaald en op de Markt in veiligheid hadden gebracht. Onder het zingen van liturgische hymnen droegen ze de schrij-nen naar het Zand, het plein binnen de wallen waar doorgaans de openbare bijeenkomsten plaatshadden, en stelden ze zó op dat de afgevaardigden er op konden zweren. Op een teken van Gillis kwam Folprecht, een van de schepenen, naar voren, legde de linkerhand op het schrijn van de Heilige Donatianus, stak de rechterhand in de hoogte en sprak met luide stem.

'Ik, Folprecht, rechter, zweer dat ik als graaf van dit land iemand zal verkiezen die het rijk van de landsheren die hem zijn voor-gegaan behoorlijk zal besturen, die in staat is de rechten van het land tegen zijn vijanden te vrijwaren, die barmhartig is en gena-dig voor de armen, die godvrezend is, wandelend op het pad van de rechtschapenheid, een graaf die voldoende persoonlijkheid heeft om de gemeenschappelijke belangen van het vaderland te willen en te kunnen behartigen.'

Een na een kwamen vooraanstaande burgers naar voren en zwoeren hetzelfde. Wie met de zaak begaan was - en wie was dat niet? - wachtte nu met spanning op de terugkeer van de delegatie uit Atrecht.

Intussen lag de burg er nagenoeg verlaten bij. Nog altijd be-heerste Sint-Donaas, gebouwd in de vorm van een rotonde, met haar imposante volumes en torenspitsen het Burchtplein als de zetel van het rijk, als een stenen oproep tot gerechtigheid door veiligheid en vrede, recht en wet. Van de stad uit was er niets speciaals aan de kerk te merken. Nog steeds wapperden de wimpels met het wapen van Vlaanderen en van de Erembalden op haar torens en 's avonds flikkerde er gelig kaarslicht door de ramen. Maar het interieur was herschapen in een ruïne. In de achthoekige middenruimte lag een berg scherven en stenen met daar bovenop kandelaars en stukken van koorbanken en zetels. Nergens kon je nog iets van de marmeren vloer zien. Bijna al het glas was uit de vensters geslagen en van de fraaie wandbekleding schoot niets meer over. Intact was alleen nog de grote kroonluchter die aan een lang snoer in de bakstenen overwelving hing. Vroeger was de zoldering van hout maar na een brand hadden de kanunniken gekozen voor een veiliger, stenen bedekking.

Op de tribune was de toestand nog rampzaliger. De belegerden hadden er zo lelijk huisgehouden dat er niets meer heel was. Koffers, altaartafels, koorzetels en stoelen hadden ze met klokkenzelen bijeengebonden en als versperring bovenaan de trappen neergepoot en achter de zuiltjes van de open rondbogen hadden ze tapijten gehangen om zich te beschermen tegen stenen en pijlen.

Alleen de graftombe van de vermoorde graaf stond er onaangeroerd bij. Het noodlot wilde dat de horigen die in goddeloosheid en bedrog hun heer hadden verraden, ten langen leste bij hem waren gedreven en dag en nacht zijn aanwezigheid moesten dulden. Dat ze voor het gezegende lichaam geen eerbied hadden, was te merken aan de zakken meel en de bergen groente die rond de grafelijke rustplaats lagen opgestapeld. De eerlijkheid gebiedt te vermelden dat ze, op last van de kanselier, en dat vanaf de eerste dag van het beleg, een waskaars aan het hoofdeinde hadden geplaatst die ze dag en nacht brandende hielden ter ere van de vermoorde graaf.

Op de belegeraars na, die zich schuilhielden in het hoofdportaal en onder de tribune waar ze veilig waren voor de projectielen van de belegerden, waagde niemand zich in de kerk, laat staan in het klooster en in de proosdij. De kans om een steen tegen het hoofd te krijgen of een pijl in het lijf was te groot. De hoofdingang van het grafelijk huis werd al evenmin gebruikt

359

omdat die vlak tegenover Sint-Donaas lag en het geboefte vanuit de vensters op de eerste verdieping de deur onder schot hield.

Zodra het Burchtplein en de benedenverdieping van de kerk waren schoongeveegd van verraders, waagde Robrecht het een kijkje te nemen in zijn huis. Het lag er troosteloos, maar alles wel beschouwd, ongeschonden bij. In de keuken was er kennelijk een begin van brand geweest, maar het gebouw zelf had geen schade geleden. Van de inboedel schoot niets meer over. Een flink pak geld en bijna twee weken had hij nodig om het opnieuw bewoonbaar te maken. Veel tijd ging verloren omdat Dirk en de vaklui telkens opnieuw een vervelende omweg moesten maken vanuit de stad over de Sint-Pietersbrug, om het klooster heen en achter de kerk door. Over de Reiebrug en het Burchtplein lopen was levensgevaarlijk, want de belegerden schoten op alles wat bewoog. Tot dinsdag 29 maart duurde het, voor hij weer in zijn eigen bed kon slapen.

Om verlost te raken van het gezeur van de keukenmeid, die vond dat ze het alleen niet meer kon rooien en dringend hulp nodig had, kocht hij van heer Cono van Vladslo, de broer van Walter de bottelier, een horig gezin met twee kinderen zodat er ineens vier paar handen bijkwamen, wat van pas kwam voor het onderhoud van het neerhof dat Dirk achter de woning aan het aanleggen was.

De grote zaal had Robrecht laten inrichten naar zijn eigen inzicht: tapijten op de stenen vloer, drie houten kisten en een vouwtafel tegen de muur, een borduurwerk erboven met een voorstelling van de Boodschap aan Maria, een stoel bij de haard en een lezenaar bij het raam. Daarop lag de nieuwe foliant - 196 perkamenten vellen dik en in Parijs geschreven - met het boek *Genesis* en het boek *Exodus*, rijkelijk voorzien van *glossa ordinaria*, commentaar op de tekst geleverd door geleerden die hem hadden bestudeerd en uitgelegd, te beginnen bij de kerkvaders en eindigend bij Anselmus van Laon, de broer van zijn leermeester Radulfus. De band had hij van Odger gekocht en opengelegd bij het begin van *Genesis*. De bladzijde was dicht beschreven met twee kolommen glossen. Rechts onderaan prijkte de aanhef van het scheppingsverhaal - *In principio creavit Deus caelum*, in het begin schiep God de hemel - woord voor woord onder elkaar geschreven in een grotere letter met daartussen nog regels met commentaar. Links was een lange hoofdletter I geschilderd waarvan de schacht de achtergrond vormde voor zeven eveneens onder elkaar geplaatste medaillons die de zes dagen van de schepping uitbeeldden en de zevende die God zegende en heilig verklaarde omdat Hij op die dag rustte.

Robrecht had zich voorgenomen de studie van de bijbel te hervatten en dieper in te gaan op het werk van de grote theoloog Anselmus van Canterbury. Zodra hij daarmee klaar was, wilde hij een brief schrijven naar de kapittelschool van Laon om er zijn diensten aan te bieden. Bij een gunstig antwoord zou hij zijn bisschop vragen of hij voor enkele jaren naar de Franse stad mocht terugkeren om er te studeren en te doceren.

Naar Mathilde was hij niet meer teruggekeerd. En hij had ook geen enkel teken van leven van haar meer ontvangen. Het stemde hem tot tevredenheid. Hoewel. Vaak, als hij 's avonds in zijn bed lag en in de verte het getier en geraas van de belegerden hoorde op de bovenverdieping van de kerk en daardoor moeilijk de slaap kon vatten, lag hij aan haar vader te denken die zich zo onbesuisd met de verraderlijke kanselier had ingelaten. En aan haar.

Soms doemde ze voor hem op. Dan liet hij zijn blik over haar figuurtje glijden - haar lelieblanke voorhoofd, groene ogen, zwarte wimpers en wijd uiteenstaande wenkbrauwen, haar ivoorwitte tanden en rozige lippen, die heerlijke lippen met dwarse streepjes erin, haar naar galigaan ruikende adem, haar eigen trant van gaan met de ellebogen lichtjes achteruit, haar gewoonte geregeld kort met het hoofd te schudden, haar smalle handjes en gedrongen, stevige benen, haar onweerstaanbare glimlach - maar dan duwde hij het zoete beeld weer weg, bedenkend dat het niet betaamde dat een priester genoegen schiep in het aftasten van het lichaam van een mooie vrouw.

Zou ze zich veelvuldig laten aderlaten? bedacht hij dan weer. Of zou ze overmatig vasten om zo'n blanke huid te hebben en er niet uit te zien als een boerin? Het kwam hem toch weer voor de geest omdat hij nog maar pas een passage bij Anselmus van Canterbury had gelezen waarin die zich druk maakte over dit soort praktijken. Waarin hij voorname vrouwen waarschuwde tegen het verven van hun lippen, het epileren van hun wenkbrauwen, het blond kleuren van hun haar en het samendrukken van hun borsten om er bekoorlijker uit te zien en zo de mannen nog meer te behagen. Wist de theoloog wel waartegen hij waarschuwde? Had Anselmus ooit de liefde gekend, de zoete minne, de blinde aanbidding van een vrouw? Had hij ooit dat brandende gevoel in zijn lichaam gehad? Die zwaarheid in zijn leden? Die pijn in zijn onderlijf? Die jacht in zijn bloed? Had hij ooit die onrust gewaargeworden, dat loodzware verlangen, die onblusbare hunkering, die de man precies het omgekeerde laat doen van wat zijn verstand hem ingeeft?

Hoe harder Robrecht zich inspande om niet aan Mathilde te denken, hoe vaker haar beeld door zijn hoofd spookte. Soms, als hij wat meer kruidenwijn had gedronken dan betamelijk, was de drang om haar bloemetje te plukken zo heftig dat hij zich met alle macht moest intomen om niet meteen naar haar toe te hollen en in haar armen te vallen. Telkens opnieuw sloeg zijn fantasie op hol, telkens weer stelde hij zich voor hoe hij haar blote borsten zou bevoelen, haar vochtige lippen zou beroeren, haar lichaam zou betasten en zijn hand zou laten glijden..

Bidden was de enige remedie. Op de knieën gaan en luidop het *Onze Vader* en het *Alma Redemptoris Mater* lezen, niet eenmaal, maar tienmaal en dan vijf, zes psalmen achter elkaar en dan het hele officie van de dag om toch maar die zondige gedachten te verdrijven en de rust terug te vinden die hij broodnodig had om zijn geestelijke lectuur voort te zetten. 's Anderendaags, als hij weer in staat was de zaak sereen te overschouwen, kon hij zichzelf wel voor het hoofd slaan om zoveel zwakheid, om zoveel toegeeflijkheid aan de duivelse bekoringen. Dan was hij er heilig van overtuigd dat hij door studie, arbeid en gebed de kracht zou vinden om eens en voorgoed een eind te maken aan het almaar oplaaiende verlangen naar Mathilde. En hij maakte een voornemen. Zodra het gespuis uit de kerk was verdreven en uitgeroeid, zodra de nieuwe graaf zijn intrek in de Love had genomen, de kanunniken weer in het klooster woonden en een nieuwe, betrouwbare kanselier in de proosdij was getrokken, kortom zodra het leven in Brugge zijn normale gang had hernomen, zou hij Mathilde gaan opzoeken en haar uitleggen dat hij van plan was eerst naar Noyon te gaan en vandaar door te reizen naar

Laon, naar de kapittelschool.

Met dat vaste voornemen slaagde hij erin op Palmzondag, na de mis, urenlang te lezen en hij zou daarmee beslist zijn doorgegaan tot laat in de nacht - met onderbreking voor de vespers uiteraard - als de pastoor van Sint-Kristoffel hem niet had verzocht aanwezig te zijn bij de opening van de sacristie voor de plechtige optocht met de relieken naar het Zand. Terwijl hij Folprecht de eed hoorde afleggen over de voorwaarden waaraan de nieuwe graaf moest voldoen, veranderde hij van gedacht. Waarom wachten tot de Erembalden waren verslagen? Dat kon nog weken duren.

Alles wel beschouwd was het beter om nu een brief te schrijven naar de bisschop. Want de dag dat de toestand was genormaliseerd, zou hij niet meer de voormalige kapelaan en gunsteling van de graaf zijn die een actieve rol had gespeeld in de wraak, maar een van die vele schimmige geestelijken die op zoek waren naar een prebende of een parochie en dat voordeel vaak alleen konden vastkrijgen mits ze geld op tafel legden. Zolang de belegering duurde daarentegen en er geen nieuwe landsheer was geïnstalleerd, kon hij zijn persoonlijke banden met Karel van Denemarken bij diens zwager, Simon van Vermandois, laten gelden om een gunst te verkrijgen. En dan kon hij vroeger naar Mathilde. Niet dat hij daarmee toegaf aan de bekoring om bij haar te zijn. Neen, dat niet. Daarvoor voelde hij zich te sterk in zijn voornemen om, tijdelijk althans, de stad te verlaten en zich aan de studie te begeven.

Thuisgekomen stuurde hij Dirk met een boodschap naar haar toe. Of ze hem een dezer dagen kon ontvangen. Het antwoord was kort: liever vandaag dan morgen.

De vierde dag van de Goede Week, schorselwoensdag, 30 maart. De baronnen kwamen terug uit Atrecht. Voorafgegaan door in kleurrijke pakken uitgedoste schildknapen en met veel vertoon van vlaggen en wimpels reden ze onder bazuingeschal traag de stadspoort door, omstuwd door kinderen, schooiers, kreupelen en toegelopen nieuwsgierigen. Terstond lieten ze de burgers bijeenroepen op het Zand om naar de vorstelijke beschikking te luisteren. Robrecht had het feestelijke geschetter gehoord en spoedde zich naar het plein. Hij was nog net op tijd om Walter van

Vladslo de aanhef in het Latijn te horen voorlezen.

'Lodewijk, koning van Frankrijk, aan alle rechtschapen zonen van het rijk, heil, dank en de onwrikbare bijstand van zijn tegenwoordigheid met de koninklijke macht, gestoeld op godsvertrouwen en op de kracht van de wapens. Bedroefd als we zijn omdat we de teloorgang van het rijk onder ogen kregen door de verraderlijke moord op de graaf, hebben wij besloten de wraak te voltrekken met onverbiddelijke gestrengheid en nog nooit vertoonde straffen. Opdat door de nieuwe landsheer, die wij zopas gekozen hebben, het land tot verzoening en herstel zou komen, moet u gehoorzamen aan en handelen naar alles wat u uit de inhoud van deze brief zult vernemen.'

Walter van Vladslo pauzeerde, want her en der gingen stemmen op om de tekst in het Diets te vertalen. Hij stak de door de vorst ondertekende brief in de hoogte ten teken van de authenticiteit van zijn getuigenis en vervolgde met luide stem in de landstaal. 'Luister, waarde burgers, tot welk besluit en voorstel de koning en zijn baronnen na rijp beraad zijn gekomen. De pairs van Frankrijk en de leiders van Vlaanderen hebben, op koninklijk bevel en advies, tot heerser voor u en voor uw land verkozen de jongeheer Willem, geboren in Normandië, uit een nobel geslacht, die van kindsbeen tot de dag van vandaag in uw midden is opgevoed eerst tot kind, later tot flinke jongeman. Hij kan zich zonder twijfel aan elke goede geplogenheid aanpassen en, buigzaam en inschikkelijk als hij is, zult u hem naar wens elk goed gebruik kunnen doen eerbiedigen.'

''t Is Willem Clito,' klonk het van alle kanten en de naam rolde als een golf door de menigte. 'De kleinzoon van Willem de Veroveraar, de achterkleinzoon van Boudewijn V van Rijsel!'

Walter gebood stilte en sprak voort.

'Ikzelf - bedoeld is onze koning natuurlijk - heb hem verkozen. Robrecht van Bethune, Boudewijn van Aalst en zijn broer Iwein, de burggraaf van Rijsel en de overige baronnen hebben hem tot het graafschap verheven. We hebben hem hou en verzekerde trouw gezworen zoals we dat gedaan hebben met zijn voorgangers als graven van Vlaanderen. Hijzelf heeft ons, als beloning voor onze inspanning, land en goed geschonken van de verraders die door het vonnis van de opperste leiders veroordeeld zijn. Het staat nu vast dat hen niets meer rest, geen goed, geen genade, tenzij de allerzwaarste en nog nooit eerder bedachte marteldood.

Dit beveel ik u, stedelingen en allen die hier aanwezig zijt, dit is mijn wil en mijn onbevangen advies: aanvaard de nieuw gekozen graaf Willem als door de koning aangestelde heerser en gebieder over het graafschap. Mocht er iets zijn dat hij op grond van zijn gezag kan kwijtschelden, zoals tol en grondcijnzen, dan zal hij graag die tol afschaffen tegelijk met de cijns op uw bezittingen in de stad zonder enige bijbedoeling.'

Goedkeurend gemompel steeg op uit de menigte. Als de nieuwe graaf zich al direct bereid verklaarde belastingen af te schaffen, konden velen met zijn verkiezing instemmen. Op voorwaarde dat hij dat dan ook onder ede zou bevestigen uiteraard.

Niet iedereen was het daarmee eens. Waren de voorstanders van zijn aanwijzing soms uit het oog verloren dat deze Willem nog maar pas gehuwd was met Adelheid, een zuster van koningin Johanna van Frankrijk? En dat hij al jarenlang ruzie had met zijn oom, de koning van Engeland? Een toegewijder bondgenoot tegen Hendrik kon Lodewijk VI zich toch moeilijk wensen? Vlaanderen was weer eens een pion geweest in het schaakspel tussen de Franse en de Engelse koning. Overal braken discussies los.

Voor Robrecht kwam de verkiezing van Willem Clito geenszins als een verrassing. Wouter, de broer van Mathilde, die een fervent partijganger was van de Normandiër, had hem voor het vertrek van de leiders naar Atrecht al toevertrouwd dat er bij de edelen veel sympathie voor Clito leefde en dat de koning bij zijn aankomst in Vlaanderen rechtstreeks of via brieven diverse baronnen had benaderd om hen voor zijn kandidaat in te nemen. Langs zijn neus weg had Wouter eraan toegevoegd dat hij zijn duit in het zakje had gedaan om zijn jeugdvriend op de graventroon te helpen. Een slechte zaak was die keuze voor Robrecht evenmin. Jarenlang had hij Clito aan het grafelijk hof in Brugge meegemaakt en hij kende hem als een driftig en koppig, maar verstandig kereltje, dat elke gelegenheid te baat nam om te schimpen en te schelden op zijn oom, koning Hendrik van Engeland, die Clito's vader het hertogdom Normandië had ontfutseld. Maar hij kende hem ook als iemand die voor Vlaanderen een zekere sympathie had opgevat al was het maar omdat de landsheer hem met zoveel gastvrijheid aan zijn hof had ontvangen en alle kansen tot ontplooiing had gegeven.

Terwijl hij naar het huis van Gillis wandelde om er deel te nemen aan de beraadslaging, bedacht de jonge priester dat het misschien niet nodig was een brief naar bisschop Simon van Vermandois te schrijven. Met een beetje diplomatie en de voorspraak van Wouter zou er wellicht een plaatsje aan het grafelijk hof te versieren zijn. Het was niet ondenkbaar dat Willem Clito zich de nauwe relatie herinnerde die Robrecht als persoonlijk kapelaan en raadgever met Karel van Denemarken had onderhouden en hem in die functie zou bevestigen.

Hoe langer hij erover nadacht, hoe minder Robrecht aan zijn beslissing twijfelde. Hij zou de keuze van de kroonraad aanvaarden en Clito volmondig steunen. Maar zouden de burgers de Normandiër aanvaarden?

Op die vraag kwam pas 's anderendaags, donderdag 31 maart, een antwoord. Na nog maar eens een tumultueuze bijeenkomst waarop vooral de handvol partijgangers van Willem van Ieper veel kabaal maakte en uiteindelijk briesend van machteloze woede de vergadering verliet, kwamen de burgers eensgezind tot een besluit. Op paaszaterdag zouden twintig ridders en twaalf van de oudere en wijze Bruggelingen de afgevaardigden van de koning bij de veste Raverschoot tussen Gent en Maldegem voor een gesprek ontmoeten. Daar zouden de Gentenaars onze mannen opwachten. De steden van Vlaanderen hadden zich namelijk in een eedgenootschap met elkaar verbonden en afgesproken dat ze voor de keuze van de nieuwe graaf een eensgezind standpunt zouden innemen. Geen enkele beslissing zou worden genomen, geen enkele goedkeuring of afkeuring, zonder inspraak van de buren.

Intussen was koning Lodewijk, die vond dat de kust veilig was, met Willem Clito naar Rijsel getrokken waar hij, zoals in Atrecht, manschap liet doen aan de nieuwe graaf. Vandaar reed de vorst naar het dorp Deinze op de weg naar Gent om er te wachten op de Gentenaars die langs ijlboden al contact hadden genomen met de Bruggelingen en tot het gezamenlijk besluit waren gekomen dat ze de Normandiër als landsheer en beschermer van het hele land zouden aanvaarden.

Zoals afgesproken trok de delegatie, waartoe ook Robrecht

behoorde, op paaszaterdag 2 april naar Raverschoot en koos er samen met de Gentenaars Willem Clito tot graaf van Vlaanderen. Nadat de gemeentenaren volgens het aloude gebruik de landsheer de eed van hou en verzekerde trouw hadden gezworen, benoemde Willem prompt Gervaas van Praet voor zijn verdiensten tijdens de belegering tot burggraaf van Brugge.

Op paaszondag, het feest van de Heilige Theodosia, maagd, terwijl de hele Brugse bevolking met hoopvolle verwachting uitkeek naar de komst van de koning, gebeurde er iets vreemds. Een priester - zijn identiteit is nooit achterhaald - bracht de vuige verraders op de tribune van Sint-Donaas het lichaam en het bloed van Christus. Naar verluidt communiceerden de opstandelingen in alle vroomheid, wat hen niet belette in de namiddag de mensen die het waagden op deze heilige dag van vrede het Burchtplein over te steken, met pijlen te bestoken! De enige Erembald die niet ter Heilige Tafel naderde, was burggraaf Disdir Haket. Twee dagen voordien, op Goede Vrijdag, was hij op zijn eentje uit de toren van Sint-Donaas ontsnapt en naar Lissewege gevlucht waar hij zich, radeloos van angst en niet wetend wat aan te vangen, verborg bij zijn dochter die getrouwd was met Walter van Lissewege, een schatrijk ridder van adellijke afkomst.

De hele week na Pasen werd gevuld met de plechtigheden rond de installatie van Willem van Normandië als nieuwe graaf van Vlaanderen. Op dinsdag 5 april - als introïtus wordt die dag *Aqua Sapientiae* gelezen - bij valavond, arriveerde Willem in het gezelschap van de Franse koning in de stad. Stoetsgewijs gingen de kanunniken hem met de relieken der heiligen tegemoet, verwelkomden hem en trokken met de vorst en de landsheer in plechtige processie de stad binnen.

De dag daarop kwamen de koning en de graaf met hun gevolg, de ridders en burgers van Brugge en alle Vlamingen die zich in de stad ophielden, bijeen op het Zand waar de relieken stonden opgesteld. In ieders aanwezigheid las kanunnik Radulfus de aloude oorkonde voor die de vrijdommen van de kerk en de voorrechten van Sint-Donaas bevatte. Duidelijk werd gesteld dat koning en graaf zich op geen enkele manier mochten verzetten tegen de privilegies die op perkament waren vastgelegd, door de pausen waren bekrachtigd en nog nooit door een katholieke vorst of graaf waren geschonden.

Met de voorlezing van het privilegie benadrukten de kanunniken dat zij, krachtens een pauselijke gunst, de vrijheid genoten zelf, volgens het canonieke recht en zonder simonie, de proost van het kapittel te verkiezen. Bij aanwezigheid zou Lodewijk vanuit zijn koninklijk gezag de proost in de waardigheid van prelaat verheffen en installeren. Bij afwezigheid van de vorst zou de graaf die taak overnemen en de nieuwe proost meteen ook aanvaarden en installeren als kanselier van Vlaanderen.

Meer belangstelling bracht het volk op voor de voorlezing van de oorkonde met de overeenkomst tussen de graaf en de Brugse burgers over de afschaffing van de tol en de belasting op hun erven. In ruil voor de verkiezing en de aanvaarding moest de graaf hen de volgende vrijdom schenken: zij en hun nakomelingen zouden voor immer en altijd aan de graaf en zijn opvolgers geen tol of cijns meer moeten betalen.

Ter bevestiging eisten de Bruggelingen van de koning en de graaf een eed dat zij voortaan niemand meer zouden lastigvallen met enige tol of cijns, niet door persoonlijke tussenkomst of door die van hun ambtenaren. Lodewijk de Dikke en Willem Clito zwoeren op de relieken, ten aanhore van allen, dat ze grootmoedig, zonder achterdocht of voorbehoud, de privileges van de kanunniken en de kwijtschelding voor de burgers ongeschonden zouden bewaren.

Op hun beurt zwoeren de burgers de eed van hou en verzekerde trouw aan de graaf, waarop de nieuwe landsheer - om hun sympathie te winnen - aankondigde dat ze eigenmachtig en naar believen hun gewoonterechten mochten aanpassen en verbeteren wanneer ze dat ook maar wilden. De rest van de woensdag en de volledige donderdag deden de door Karel van Denemarken eertijds beleende vazallen manschap aan de graaf en kregen hun lenen en ambten terug en alles wat daar vroeger mee verbonden was.

Dat ging zo. De graaf vroeg aan de toekomstige vazal of die helemaal zijn man wilde worden. Die antwoordde: 'Dat wil ik.' Vervolgens vouwde hij zijn handen en de graaf legde de zijne daaromheen. Een kus bezegelde het verbond. Waarop de vazal zich van de landsheer verwijderde en tot de ceremoniemeester sprak: 'Ik beloof op mijn woord dat ik trouw zal zijn aan graaf

Willem en dat ik de aan hem gedane manschap ongeschonden zal handhaven tegenover iedereen, te goeder trouw en zonder arglist.' Hetzelfde zwoer hij op de relieken der heiligen. Waarna de graaf tot slot met zijn staf in de hand de investituur verleende aan allen die hem de eed van hou en trouw hadden gezworen.

Diezelfde dag nog schonk de koning driehonderd tachtig pond aan Boudewijn van Aalst voor de prestaties die hij aan het graafschap had verleend. En de dag daarop, zaterdag 9 april, trok hij naar het slot Wijnendale op de weg naar Torhout om er te onderhandelen met Willem van Ieper over een akkoord tussen hem en Willem Clito.

Maar dat viel op een koude steen. Willem van Ieper was niet te spreken over welke overeenkomst dan ook met de man die hij tot in het diepst van zijn gemoed verachtte. De koning trilde van ingehouden woede bij de verwaandheid van de bastaardgraaf die maar één man op de troon van Vlaanderen zag: zichzelf. Geërgerd keerde de vorst naar Brugge terug.

Eén opdracht restte nog: de verraders uit Sint-Donaas halen en hen in de gruwelijkste pijnen de dood injagen.

Op 11 april werd de kanselier van Vlaanderen overgeleverd aan Willem van Ieper. Dagenlang was de hoge geestelijke op de dool geweest. Sedert hij Walter van Vladslo veertig zilvermark had uitbetaald, zich aan touwen van de gaanderij van zijn huis had laten zakken en door een poortje de burg was ontvlucht, was het geluk niet meer aan zijn zijde geweest. Eerst werd hij door de broer van kanunnik Fulco, een woeste ridder die hem door Walter als begeleider was toegewezen, te paard naar Keiem gebracht, het dorp van Borsiard, waar hij zich een tijdje kon schuilhouden bij familieleden. Toen een boerin hem herkende en hysterisch begon te gillen dat ze de moordenaar van de goede graaf Karel had gezien en dat dit ongeluk zou brengen voor beesten en mensen, vluchtte hij met één reisgenoot naar zijn vrouw in Veurne.

Maar ook daar was hij niet veilig. Dat veel Veurnaars bloedverwanten waren of aan zijn kant stonden, baatte hem weinig, want al snel deed het gerucht de ronde dat hij ondergedoken zat in het huis van Emma, zijn bijzit, en dat hij niet van plan was een krijgsmacht op de been te brengen om met gelijkgezinden zijn neven in de Brugse burg te gaan ontzetten, maar een gelegenheid zocht - dat wist een neef van Emma voor absolute waarheid te vertellen - om de wijk te nemen naar Picardië. De volkswoede steeg snel tot het kookpunt. Dat de graaf door een Erembald was verraden, dat was welbesteed. Hij had maar niet moeten proberen de invloedrijke Veurnse familie tot horigheid te brengen om zo haar macht te breken. Maar dat de kanselier, die altijd op steun uit zijn geboortestad had mogen rekenen, zijn eigen familie verraadde en te laf was om zich te verdedigen, dat ging te ver. Van alle kanten klonk de schreeuw om gerechtigheid en het was nog slechts een kwestie van dagen vooraleer het janhagel de geestelijke uit zijn schuiloord zou gaan halen.

Gek van angst vluchtte Bertulf in de nacht van Witte Donderdag op Goede Vrijdag naar Waasten waar hij zich niet durfde bekendmaken en dan maar diezelfde nacht weer verder trok. Zij die hem gezien hadden, vertelden hoe zielig de voorheen zo trotse man er uitzag. Naar verluidt liep hij barrevoets waardoor bij zijn aanhouding het vel van zijn hielen was afgeschuurd en zijn voetzolen onder het bloed zaten, opengereten als ze waren door scherpe stenen. Het was de getuigen ook opgevallen hoezeer hij ten prooi was aan neerslachtigheid, deze geestelijke die tot voor kort nog over alles en iedereen had geregeerd met een niets ontziende arrogantie, die schitterde van aardse glorie en baadde in nooit geziene weelde waardoor hij zo verweekt was dat hij een vlooienbeet duchtte als was het de stoot van een speer!

Willem van Ieper had geen inspanning onverlet gelaten om de voortvluchtige op te sporen en in te rekenen. Het leek hem een uitstekende gelegenheid om zich voorgoed te zuiveren van het luchtje van verraad dat om zijn persoon hing en zo zijn politieke positie te verstevigen. Toen het bericht hem bereikte dat zijn sergeanten de uitgeputte kanselier in de kraag hadden gevat en gevankelijk naar Ieper zouden overbrengen, kende zijn vreugde geen grenzen. Hij geraakte maar niet uitgedacht over het soort martelingen waarmee hij de man, van wie hij de medeplichtige werd geacht, van kant zou maken.

De dag waarop hij de leider van het complot aan zijn beulen uitleverde, was een maandag en een tamelijk warme dag voor de tijd van het jaar. Er woei een lauw windje en tot na de middag scheen de zon. Op het bericht dat Bertulf was gevat en op de markt zou worden gehalsrecht, kwamen ze van heinde en ver af, boeren en poorters, schooiers en ridders. Zoveel volk hadden ze in Ieper nog nooit op straat gezien.

Toen de kanselier uit zijn kerker werd gehaald en naar de markt geleid, huppelde het gepeupel voor en achter hem aan, voerde reidansen rond hem uit en juichte en joelde dat het een lieve lust was. Helemaal naakt, op zijn broek na, bedolven onder modder en stenen hing hij aan lange koorden waarmee mannen hem aan weerszijden van de straat vooruit trokken. Op enkele monniken, priesters en mensen die hem vroeger hadden gekend na, toonde niemand enige deernis.

Aan zijn kanunniken legde de proost van het kapittel van Sint-Walburga met veel omhaal van woorden uit dat Bertulf nu ruim de tijd had om zich - zoals het een goed christen betaamt - al zijn misdaden voor de geest te roepen en zich te herinneren hoe hij zich met geweld en bedrog naar de top had gedrongen, hoe hij

372

het proostschap van zijn voorganger, de eerzame en lankmoe-
dige Ledbrecht, op een oneerlijke manier had verkregen, hoe hij
volgens de ketterij van de simonie met prebenden had gemar-
chandeerd, hoe hij de kerkelijke inkomsten had besteed om zijn
neven te bewapenen voor misdadige acties en hoe hij, tenslotte,
met raad en daad de katholieke graaf Karel, vorst van konink-
lijken bloede, aan zijn moordenaars had overgeleverd.

'Hij had de graaf gemakkelijk voor verraad kunnen behoeden,'
ging de proost van Sint-Walburga met stemverheffing verder,
want er vormde zich een groeiende kring nieuwsgierigen rond
hem. 'Hij had voor zijn geestesoog te voorschijn kunnen halen
hoeveel genade in de geestelijke staat God hem in dat geval had
geschonken en hoeveel eer, roem, rijkdom, macht en eerbewijzen.'

'Maar hij zal het wel niet doen,' besloot de geestelijke. 'Want
deze man is zich nooit bewust geweest van de genade die God in
al zijn vrijgevigheid schenkt, omdat hij erover beschikte alsof het
zijn vanzelfsprekend bezit was. Moet ik er jullie aan herinneren
dat hij zesendertig jaar vergroeid is geweest met de macht en met
zijn ondeugden en dat hij vandaag nog altijd niet beseft hoe gruwelijk hij de Allerhoogste heeft beledigd?'

De omstanders knikten instemmend en wendden zich dan weer
naar de kanselier die bijna op hun hoogte was gekomen, maar
hen geen blik gunde. Hij deed alsof hij de kwetsende opmerkingen niet hoorde, de schunnige gebaren niet zag en de stenen en
kladden modder die hem troffen niet voelde, en hij hield de ogen
ten hemel geslagen. Op zijn gelaat bewoog geen spiertje.

Plots kwam een man op hem toegelopen, verkocht hem met een
stok een klap op het hoofd en snauwde hem, geïrriteerd door zoveel misprijzen, toe: 'Verwaande vent, waarom is het je te min om
naar ons te kijken? Waarom gaat je bakkes niet open, spreek je
niet met de opperste leiders en met ons die je kunnen vernietigen?'

Maar Bertulf deed geen enkele moeite om zijn ogen op zijn belager te richten. Hij schreed onbewogen verder naar zijn folterdood. Daardoor raakte de aanvaller nog meer opgewonden. Hij
zou zijn slachtoffer zeker in elkaar hebben geslagen als niet twee
burgers waren tussenbeide gekomen om hem tot bedaren te brengen en gevankelijk naar de kant te leiden.

Het liep tegen de middag toen de kanselier van Vlaanderen

werd opgehangen in het midden van de Ieperse markt aan de gaffelgalg, zoals men dat met dieven en struikrovers pleegt te doen. Twee mannen trokken zijn broek uit zodat zijn schaamdelen bloot kwamen, wat aan alle kanten spottende opmerkingen uitlokte. Eerst staken ze zijn hoofd door een mik en daarna strekten ze zijn armen uit in kruisvorm en bonden zijn handen aan de kaak vast zodat hij, alleen steunend op die lichaamsdelen, een langzame verstikkingsdood zou sterven. Door met zijn tenen tegen het strafwerktuig te duwen, slaagde de gehangene erin zijn lichaam aanvankelijk nog een beetje steun te geven om zo zijn leven te rekken. Toen kwam van tussen de menigte, omstuwd door zijn schildknapen, Willem van Ieper naar hem toe. Hij beval stilte.

'Wel, mijnheer de proost van het kapittel van Sint-Donaas, zeg mij eens, ik vraag het je terwille van je zielenheil, vertel mij eens, wie zijn, behalve jijzelf en Isaac en behalve de alom bekende verraders, de schuldigen aan de moord op mijn heer en graaf, Karel? Wie zijn de medeplichtigen wier naam ons nog niet bekend is?'

Rochelend, maar zo luid als hij kon opdat iedereen het zou verstaan, antwoordde de kanselier: 'Maar jij kent ze evengoed als ik!'

Waarop Willem van Ieper in zo'n toorn ontvlamde dat hij aan het volk beval de kanselier met stenen en slijk te bekogelen. Het was een verschrikkelijk schouwspel. Zelfs de wijven die naar de markt waren gekomen om vis te kopen, bewerkten het lijf van de man met ijzeren staven en met stokken en staken tot het aan flarden hing. Ze duwden zijn tenen van de paal weg waardoor hij zijn steunpunt kwijtraakte en aan zijn hoofd en handen kwam te hangen zodat hij langzaam stikte. Stervend beschuldigde de kanselier nog ridder Walter uit Zarren, een van zijn vazallen, van verraad omdat die hem niet in veiligheid had gebracht zoals hij had beloofd, maar in handen van Willem van Ieper had gespeeld. Zijn verwensingen vergingen in gereutel omdat de Ieperlingen, belust op zijn dood, hondendarmen in een wrong om zijn hals wonden en een hondenmuil voor zijn mond zetten om te kennen te geven dat hij op een hond geleek en zich honds had gedragen.

Door die muil blies Bertulf, de zoon van Erembald, proost van het kapittel van Sint-Donaas en kanselier van Vlaanderen, op maandag 11 april van het jaar onzes Heren 1127, zijn laatste adem uit.

Helemaal onverwacht was dit erbarmelijk einde niet gekomen, verre van, want Bertulf had van God meerdere voortekens ontvangen die hij jammer genoeg in de wind geslagen had. Toen de koster van Sint-Donaas eens ziek te bed lag in zijn kamer, kwam de kanselier hem een bezoek brengen. Nauwelijks was hij binnen of de balken die het dak ondersteunden braken. Slechts op het nippertje wist de geestelijke zich te redden. Kort nadien viel door een onbekende oorzaak - er stond geen zuchtje wind! - een zware steunbalk van de proosdij in Brugge krakend naar beneden. Het gevaarte kwam terecht op de zetel en het gestoelte waar de kanselier in groot machtsvertoon placht te zitten. Alles wat onder de instorting bedolven raakte, was aan gruzelementen. Bertulf vernam het nieuws toen hij in Veurne verbleef, bij Emma, zijn bijzit, maar het raakte zijn kouwe kleren niet. Nog op een andere keer was de kanselier op doortocht in Ieper. Op de markt kwam hij voorbij de galg waaraan hij nu was opgehangen. Tot een van zijn ridders zei hij: 'Wel God allemachtig, wat droomde ik weer vannacht? Dat ik aan deze galg was opgeknoopt!' Zijn gevolg huiverde, maar hij lachte die nare droom weg en begon luchtig over iets anders te babbelen. Een noodlottige vergissing. Want de Heer zendt aan elk mens voldoende voortekenen vooraleer Hij zijn onverbiddelijk vonnis velt.

Of het gemeen, dat zich luidruchtig verlustigde in de laatste stuiptrekkingen van de hooghartige kanselier, dit onmiskenbare bewijs van Gods nooit falende gerechtigheid ter harte nam, is zeer de vraag, want de man was nog niet dood of de aanwezigen stroomden al naar het hof waar een tweekamp zou plaatsgrijpen tussen Herman de IJzeren en Guido van Steenvoorde.

Guido was een koene ridder die een hoge functie had bekleed in de grafelijk raad van Karel van Denemarken. Hij zat in het complot omdat hij getrouwd was met een nicht van de kanselier, de zuster van Isaac. Vlak na de moord had Herman de IJzeren hem daarom in aanwezigheid van Willem van Ieper uitgedaagd tot een tweekamp. Had Guido zijn heer niet schaamteloos verraden? De betichte vloog uit dat hij steeds bereid was zich tegen de verdachtmaking te verdedigen. Plaats en moment werden vastgelegd voor de tweekamp, en het toeval wilde dat het de dag was waarop de kanselier werd terechtgesteld.

De ridders stonden klaar op hun snuivende paarden, elk aan een kant van het afgebakende strijdperk. De bazuinen schalden en op een teken van Willem van Ieper stormden ze op elkaar af. De speerpunten bonkten tegen de schilden en schraapten het metaal, maar beiden bleven in het zadel. Hun strijdrossen wendend beukten ze op elkaar in tot Guido erin slaagde, onder het gejuich van de omstanders, zijn tegenstrever van zijn paard te stoten. Die poogde zich op te richten maar Guido kon hem telkens opnieuw met zijn lans neerduwen. Uiteindelijk slaagde Herman er toch in overeind te krabbelen. Hij liep op zijn tegenstrever toe, trok zijn zwaard en reet met één haal de buik van diens paard open. De ingewanden puilden eruit. Vliegensvlug liet Guido zich van het dier glijden, trok op zijn beurt zijn zwaard en stortte zich op zijn vijand.

Een tijdlang was alleen het kletteren van de klingen te horen en het hijgen van de kampers. Uitgeput door het gewicht van de wapenrusting, wierpen beiden schild en zwaard ver van zich weg en gingen elkaar met de vuist te lijf. Een dreun tegen zijn borst bracht Herman aan het wankelen, een tweede tegen zijn hoofd deed hem languit op de grond vallen. Guido gooide zich boven op hem en bewerkte met zijn ijzeren handschoen mond en ogen van de ridder.

Zoals de reus Antaeus, de zoon van Poseidon, in zijn strijd met Hercules steeds opnieuw kracht opdeed wanneer hij in aanraking kwam met zijn moeder Gaia, de aarde, zo herwon Herman door het contact met de koele grond zijn krachten. Hij hield zich gedeisd zodat Guido zich gewonnen waande, schoof zoetjesaan zijn hand naar de onderkant van de maliënkolder waar Guido niet beschermd was, greep hem bij zijn kloten en gooide hem in een uiterste krachtsinspanning van zich af. Met een ruk trok hij Guido de ballen van het lijf en gaf hem met zijn linker een stomp in de onderbuik zodat diens bekken geheel vermorzeld werd. Guido stortte als een blok op de grond, gaf zich gewonnen en smeekte om zijn dood.

Bezorgd om zijn reputatie gaf Willem van Ieper het bevel de zwaargewonde ridder naast de kanselier aan dezelfde galg op te knopen.

'Verenigd in het verraad,' smaalde hij, opstaand uit zijn zetel,

376

'verenigd aan hetzelfde marteltuig. Niemand keert zich ongestraft tegen zijn landsheer.'

Later, toen ze al drie dagen dood waren, bond men de lijken van beide Erembalden op een rad, vastgemaakt aan een hoge paal, en stelde ze tentoon aan alle voorbijgangers. Het was alsof ze elkaar innig omhelsden, zo waren hun armen om elkaars hals geslagen, symbool van hun laffe samenzwering tegen het leven van hun heer, de glorierijke en vrome graaf Karel.

Het spreekt voor zich dat het nieuws over de dood van de kanselier zich als een lopend vuurtje door Vlaanderen verspreidde. De koning vernam het als een der eersten van een schildknaap die de terechtstelling met eigen ogen gezien had en achteraf het nieuws ook in geuren en kleuren aan kanunnik Galbrecht vertelde, die nog steeds de gebeurtenissen op de voet volgde en ze eerst in notitievorm op groene wastafeltjes en later in een lopende tekst op perkament vastlegde.

Men schreeuwde het nieuws ook de belegerden in de toren toe, hoe hun meester, de kanselier, gegrepen was en door Willem van Ieper aan de wrede folterdood overgeleverd. Konden ze nu nog iets anders doen dan zich overgeven aan de koning en deemoedig de behandeling ondergaan die ze verdiend hadden door hun schandelijk gedrag? Veel antwoord kwam er niet tenzij een paternoster vloeken en een regen stenen waardoor een van de burgers een lelijke wond aan zijn knie opliep.

's Anderendaags, 12 april, begaf de koning zich met enkele deskundigen en adviseurs naar de slaapzaal van de kanunniken om een geschikte plek uit te kiezen voor de aanval op de kerk. Het dormitorium lag namelijk op de eerste verdieping van het kloosterpand en grensde aan Sint-Donaas. Door met een stootbalk een bres in de muur te slaan kon men zich toegang verschaffen tot de tribune en meteen tot de belegerden. Buiten was er even beroering toen Robrecht het Kind zijn hoofd uit een van de kerkvensters stak en een groepje ridders uit het koninklijk gevolg aansprak. Hij smeekte hen om op te treden als tussenpersoon bij de vorst, want hij wilde zich ootmoedig onderwerpen aan elk vonnis van de opperste leiders en de baronnen van zijn heer, Lodewijk, koning van Frankrijk.

'Geef mij een kans om me vrij te pleiten volgens de wet en te blijven leven,' riep hij smartelijk. 'Ik ben erin geluisd door mijn oom, de kanselier. Hij heeft mij onder valse voorwendsels bij het complot betrokken. Toe, geef mij een kans. Als ik er niet in slaag mijn onschuld te bewijzen, ben ik bereid mij te onderwerpen aan het vonnis van de hoogste leiders en de dood in te gaan.'

Hoewel veel burgers die bij het gebeurde aanwezig waren, en ook de ridders van de koning, de tranen in de ogen kregen toen ze hoorden hoe deemoedig en berouwvol de jongeman een beroep deed op de vorst, toch durfde niemand het aan als bemiddelaar de boodschap over te brengen aan de koning die in zijn grote verontwaardiging de verraders niet eens wilde zien. Hun medelijden toonden de burgers door de Heer te smeken dat Hij zich zou ontfermen over Robrecht het Kind, die vroeger door zijn innemendheid de lieveling van de hele stad was geweest.

De dag daarop zongen de belegerden een ander lied. Ze disten een leugenachtig verhaal op volgens hetwelk Borsiard in een gevecht met Robrecht het Kind met een zwaard zou doorstoken en geveld zijn. Het bleek een ultieme poging om de onverzettelijkheid van de koning te breken en de bestorming, die zeker op til was, te verijdelen. Koning Lodewijk liet zich niet misleiden. Uit het verhaal begreep hij dat de belegerden in doodsangst zaten en hun zelfvertrouwen volkomen verloren hadden. Onwankelbaar in zijn besluit om de belegering met succes af te ronden, beval hij de ridders zich te bewapenen en tot de aanval over te gaan, erop rekenend dat de uitgeputte verraders zich zouden overgeven en de heilige plaats, die Sint-Donaas toch was, aan zijn triomferende troepen zouden overleveren.

Van 's middags werd van weerskanten heftig gestreden. Het regende stenen en pijlen, maar toen tegen de avond de verraders geen vin geweken waren en niet één ridder of wapenknecht erin geslaagd was voet te zetten op de tribune, gaven de leiders het teken de strijd te staken. De slechte afloop van de aanval had hen gesterkt in de overtuiging dat alleen de stormram de Erembalden voorgoed uit de kerk kon jagen.

Terwijl op de trappen van Sint-Donaas de strijd woedde, begaf de koning zich met een klein gevolg naar de Markt. Sedert zijn

378

aankomst in Brugge was hij, de bestorming terzijde gelaten, eigenlijk maar met één gedachte behept geweest: de grafelijke schat. Naar alle kanten had hij speurders en verkenners uitgezonden om in het geniep zoveel mogelijk bij elkaar te brengen. Vruchteloos. En dat terwijl het kleinste kind wist dat de schatkamer onder Karel uitpuilde van geld, goud, zilver, edelstenen en sieraden. Waar was dat allemaal gebleven?

Tot iemand hem in het oor fluisterde dat de rijkdommen verborgen zaten in de relieken die de kanunniken uit Sint-Donaas naar Sint-Kristoffel hadden overgebracht. Geen moment rust had de vorst nog. Hij liet uitzoeken wie de sleutel van de sacristie in handen had en toen het Helias bleek te zijn, de deken van het kapittel van Sint-Donaas, ontbood hij de geestelijke terstond naar Sint-Kristoffel om de deur te openen. De deken had de pastoor van de kerk verwittigd en die had op zijn beurt Robrecht laten halen zodat ze met drie het koninklijke gezelschap stonden op te wachten aan de ingang van de kerk. Veel plichtplegingen kwamen er niet bij te pas, want Lodewijk beende recht naar de sacristie.

De ontgoocheling was groot. Een voor een opende Robrecht de reliekschrijnen en telkens dook de koning er bijna met zijn hele hoofd in, maar nergens was ook maar één zilvermark te vinden, laat staan gouden en zilveren voorwerpen of juwelen. Ontstemd verliet de vorst de kerk, boze blikken werpend in de richting van de sullige pastoor en de deken die geen spiertje in zijn gelaat vertrok. Naar Robrecht glimlachte hij flauwtjes.

Wat de inhalige vorst niet wist - Helias wel - was dat er wel degelijk een kern van waarheid zat in de mare dat de schat, of althans een deel ervan, in de reliekschrijnen verborgen zat. Alleen stond uitgerekend dat bewuste schrijn niet in deze kerk. Bij de verdeling van de grafelijke buit had de kanselier van zijn neven een gouden beker met deksel en een zilveren wijnkan cadeau gekregen. Tijdens de belegering, toen de kanunniken de relieken van de heiligen uit Sint-Donaas naar Sint-Kristoffel overbrachten, had Bertulf met het oog op zijn vlucht de beker en de kan voorlopig aan de deken toevertrouwd. Helias die er angstvallig over waakte dat er altijd een zweem van heiligheid over hem hing, maar in wezen een hebzuchtig man was, had de kostbare stukken in een schrijn gestopt en met de andere relieken mee de burg

379

uit gesmokkeld. In plaats van het schrijn in de sacristie van Sint-Kristoffel te laten onderbrengen, had hij het toevertrouwd aan de simpele priester Eggard in Sint-Salvator, met de mededeling dat het hier de verering van zeer bijzondere relieken betrof. Met aandoenlijke devotie nam de brave geestelijke het kostbare kastje in ontvangst, stelde het op in de sacristie en stortte er onafgebroken vurige gebeden voor het heil van zijn ziel over uit. Volgens zijn medepriesters plaatste hij er elke nacht kandelaars, waskaarsen, toortsen en brandende lampen bij, in het vaste geloof dat hij die relieken niet genoeg kon vereren.

Het spreekt vanzelf dat Helias er met geen woord over repte toen koning Lodewijk trillend van hebzucht alle reliekschrijnen liet openen en grondig controleerde op hun inhoud zonder veel respect voor de overblijfselen van de heiligen. De deken hield de zaak geheim, zeker nu de kanselier was terechtgesteld en zijn bezit nooit meer zou terugeisen - al verdroot het hem dat er iets was over uitgelekt, waarschijnlijk door toedoen van de loslippige Fulco. Hij nam dan ook vluchtig afscheid en spoedde zich weer naar de burg, Robrecht met de pastoor in de sacristie achterlatend. Hen restte niet veel meer dan een voor een de schrijnen dicht te maken en het vertrek zorgvuldig af te sluiten. De sleutel gaven ze aan een knecht met de opdracht die naar deken Helias terug te brengen. Zich omdraaiend zag Robrecht hoe de pastoor met zijn blikken het achterste streelde van een vrouw die een kaars had aangestoken voor het beeld van de Heilige Nikolaas en nu de kerk verliet, elegant haar lange witte kleed optillend.

'Mooi wijfje,' knipoogde de zielenherder.

Robrecht wist niet waar kijken van schaamte. Hij voelde zich vuurrood worden. Temeer omdat de andere helemaal niet gegeneerd bleek. Die blikte nog eens naar de vrouw die instinctief aanvoelde dat ze bewonderd werd en schalks over haar schouder keek, en richtte zich dan weer tot de jonge priester.

'Met zoiets het liefdestornooi spelen. Jongen toch, ken jij iets zaligers?'

'Dat is zonde,' merkte Robrecht droogjes op.

'Zonde, zonde,' bromde de pastoor. 'Dagelijkse zonde, ja. Ik ken zwaarder vergrijpen dan een braambesje plukken. De hebzucht of de hoogmoed, dat is heel wat anders. Trouwens, ons

Heer moest de vrouwtjes maar niet zo mooi gemaakt hebben!'

'Wij, priesters, zijn gebonden aan de zuiverheid.'

'Natuurlijk. Maar dat belet niet dat we af en toe eens bezwijken voor een paar melkwitte borstjes of een marmeren buikje.'

'Ik niet,' snauwde Robrecht, feller dan hij eigenlijk had gewild.

'Komaan,' repliceerde de pastoor lachend. 'Bij de lans van Sint-Joris, je komt me toch niet vertellen dat je nog nooit in de wei bent gaan spelen!'

Robrecht wilde boos ontkennen, maar zover kwam hij niet. Tussen het volk aan het hoofdportaal werd hij plots een gedaante gewaar die hem vertrouwd was. Mathilde schoof de middenbeuk binnen, vergezeld van twee dienstmaagden. Zijn blik bleef aan haar vastgekluisterd.

'Kijk eens aan,' schamperde de pastoor. 'Ik dacht dat je niet naar de vrouwen keek!'

Zonder antwoord te geven, liep Robrecht recht op Mathilde af. Zo betoverend had hij haar nooit gezien. In een groen kleed dat haar schouders en hals volledig bloot liet, met mouwen die tot op de grond reikten en waren omgeslagen zodat de purperen voering, bestrooid met gouden sterren, goed zichtbaar was. Haar taille zat strak ingesnoerd. Op het hoofd droeg ze een fijne, witte kap waarvan de lange zijkanten over haar schouders hingen.

'Blij je te zien,' zei ze, blijkbaar verrast de jonge priester hier te ontmoeten.

'Mathilde.'

Het was alles wat Robrecht kon uitbrengen, zo verward was hij, zo beschroomd ook. Hij keek nog eens over zijn schouder naar de pastoor die hem trakteerde op een spotlachje en langs een zijdeur naar zijn huis verdween.

'Wat brengt je hier?'

'Ik kom een kaars branden voor de Heilige Godelieve. Tante Walburga uit Mesen heeft me een brief geschreven met het verzoek te offeren en te bidden voor de zielenzaligheid van vader en moeder. Weet je, Robrecht, net zoals mijn betreurde ouders is ook Godelieve het slachtoffer geworden van een Bertulf die haat om zich heen strooide in plaats van liefde en genegenheid.'

'Weet ik, Mathilde,' reageerde Robrecht zonder zijn blik van haar af te wenden. 'Maar bij mijn weten staat in deze kerk geen

381

beeld van de Heilige Godelieve. Wel in Sint-Salvator. Tegen de noordwand.'

'Doet er niet toe. Dan steek ik wel voor een ander beeld een kaars aan. Vertel me, wat doe jij hier?'

'De koning wilde absoluut de schrijnen met de relikwieën uit Sint-Donaas persoonlijk controleren omdat men hem had wijsgemaakt dat de schat van de graaf erin verborgen zat.'

'En?'

'Niets natuurlijk.'

Er viel een stilte. Mathilde keek om zich heen, merkte dat enkele oude vrouwtjes hen stonden aan te gapen en sloeg de blik neer. Robrecht wist niet wat zeggen. Toevallig vielen zijn ogen op Dirk die op eerbiedige afstand met de twee dienstmaagden keuvelde en daardoor herinnerde hij zich plots dat hij nog niet gereageerd had op haar antwoord om zo snel mogelijk te komen.

'Ik was van plan je te komen opzoeken,' zei hij verontschuldigend. 'Maar nu we elkaar hier zien, is het niet meer nodig.'

'Wat wilde je me zeggen?'

'Dat ik...' De stem stokte hem in de keel. Ze richtte het hoofd op en keek hem bijna smekend aan.

'Dat ik misschien weer kapelaan word aan het grafelijk hof. Of anders, dat ik naar Laon terugkeer, naar de kapittelschool om er...'

'Dat je me kunt missen, bedoel je.'

'Zo mag je het niet noemen.'

'Hoe dan wel?'

'Ik heb lang over alles nagedacht, Mathilde, en ik ben, niet zonder goddelijke lectuur en innig gebed, tot de slotsom gekomen dat ik als priester een leven van zuiverheid moet leiden. Mijn beslissing is genomen. Hoeveel ik ook om je geef, leven met jou zal ik niet.'

'Was het daarvoor dat je me wilde opzoeken, om me dat mee te delen?'

'Ja.'

'Ik had niet anders verwacht. Maar je bleef weg. Daarom ben ik zelf maar naar hier gekomen om je de kans te geven dat te zeggen.'

De bijna zakelijke toon waarop ze plots sprak, trof Robrecht pijnlijk. Het was alsof ze afstand nam, hem behandelde als een vreemde. Tegelijk drong het tot hem door wat ze net gezegd had.

'Je wist dat ik hier was?'

'Ja,' bekende ze.

Ze zweeg, keek opnieuw om zich heen, en liet dan haar stem zakken.

'Je had het ook helemaal anders kunnen aanpakken, Robrecht.'

'Wat bedoel je?'

'Het is de eerste priester niet die dispensatie vraagt aan zijn bisschop en de geestelijke staat verlaat. Je vader verdient fortuinen met zijn wolhandel en ik ben vermogender dan je denkt. Mijn vader heeft een immens kapitaal vergaard dat ik alleen met mijn broer Wouter te delen heb. Zelfs het kistje met de vierduizend zilvermark dat de Erembalden uit hun verbrande huis hadden gestolen, heb ik gerecupereerd, gedeeltelijk althans, want het spreekt vanzelf dat ik een flinke beloning heb gegeven aan de man die het mij terugbezorgd heeft in ruil voor vrije aftocht uit de burg.'

'Wie was dat?'

Mathilde deed alsof ze de vraag niet gehoord had.

'We hadden het samen goed kunnen hebben, Robrecht. Een stenen huis, kinderen, toegang tot de adel. Wat geeft het dat we misschien in de sacristie moeten trouwen...'

Het emotionele pleidooi oefende een omgekeerd effect uit op Robrecht. Zijn spieren spanden zich en hij voelde een beslistheid in zich opkomen die hem de kracht gaf haar recht in het gezicht te kijken.

'Mijn beslissing is genomen, Mathilde. Het heeft geen zin meer dat we elkaar nog ontmoeten.'

'Kom je nooit meer naar mijn huis?'

In haar groene ogen lag een eindeloos verdriet. Ze knipperde met haar wimpers en wendde het hoofd af. Plots wankelde zijn vastberadenheid.

'Het past niet dat een priester bij een getrouwde vrouw over de drempel komt.'

'Ik word weduwe,' zei ze mat.

'Als de graaf of de bisschop het te weten komen, mag ik een kruis maken over mijn aanstelling als hofkapelaan.'

'Ik begrijp het. Ik ben minder waard dan jouw positie in de Love.' Ze probeerde misprijzen in haar stem te leggen, maar het lukte niet. Het was teleurstelling die erdoor klonk. En gekrenkte trots. Robrecht wist niet waar hij moest kijken, verveeld als hij was door zijn harde houding en haar droef aangezicht, doodsbang tegelijk dat ze zou gaan glimlachen, dat haar gelaat zou openbloeien, haar ondeugende ogen zouden gaan twinkelen en die leuke plooi onder haar koontjes zou verschijnen waarvoor hij gegarandeerd zou bezwijken. Zijn oog viel op de Christus in de apsis, op diens fijne baard, dunne lippen, harde snor, stevige neusvleugels en zwarte, naar de hemel gerichte ogen.

Ik mag niet bezwijken, vermande hij zichzelf. Ik mag niet toegeven. Ik mag geen oorzaak zijn van nog meer lijden voor mijn Heer Jezus. Hoezeer mijn wezen ook naar haar verlangt, het is niet Mathilde die hier voor mij staat, het is de duivel. Het is de demon die mij verleidt, die mij door haar verlokkelijk lichaam heen probeert in het verderf te storten, die mij naar de wellust lokt waar alleen ondergang te vinden is. Geen zonde is er die Christus meer mishaagt dan die van het vlees. Had Sint-Augustinus niet gezegd dat allen die onkuisheid hadden gepleegd in de nacht waarop Jezus op de wereld kwam, een schielijke dood waren gestorven? Van alle beledigingen, blasfemieën en laster die Hem deden lijden, was de wellust die waarin de duivel het meest genoegen schepte, omdat ze het bekoorlijkste en doelmatigste lokaas was om de zielen in de afgrond te sleuren. Van geen enkele zonde waren de gelegenheden zo dodelijk als van de onzuiverheid. Een kruimeldiefstal, een woede-uitbarsting, een leugentje om bestwil, och, dat waren maar dagelijkse zonden. Maar - wat de pastoor ook beweerde - een begerige blik, een onzuivere gedachte, laat staan een aanraking of erger nog... dat waren doodzonden met het eeuwige hellevuur als onvermijdelijke straf. Geen enkel vergrijp had voor zoveel verdoemden gezorgd als de wellust.

'Het heeft niets met jou te maken,' nam hij de draad van het gesprek weer op. 'Het heeft alles te maken met wat God van me verlangt. Ik weet zeker dat het niet het huwelijk is.'

Hij wilde er iets aan toevoegen, maar de woorden bestierven op zijn lippen. Mathilde had zich al omgedraaid, gaf een teken aan haar dienstmaagden en liep traag de kerk uit, haar groene kleed optillend. Plots voelde Robrecht de aandrang om achter haar aan te lopen, zijn hand op haar blote schouder te leggen, haar tegen zich aan te drukken en om vergiffenis te vragen voor zijn onbeholpenheid. En hij had het zeker gedaan, als niet op dat ogenblik een ijlbode op hem afkwam, een buiging maakte en hem aansprak.

'Bent u Robrecht, de zoon van Giselbrecht?'

'Dat ben ik, ja.'

'Gervaas van Praet ontbiedt u terstond.'

In een glimp zag Robrecht Mathilde nog door het hoofdportaal uit de kerk verdwijnen zonder ook maar één keer om te kijken.

Mijn God, schoot het door zijn hoofd, wat houd ik van haar.

Donderdag 14 april. De stormram, vervaardigd uit de grootste balk van de ontmantelde belegeringstoren, werd met man en macht naar de slaapzaal van de kanunniken gesleurd en zó opgesteld dat er een bres kon geslagen worden in de muur die het klooster van de kerk scheidde. Onmiddellijk ontdeden de vaklui de wand van zijn houten lambrisering. Ze richtten de kop van de stormram op een plek onder een kerkvenster dat ten tijde van de bouw van het klooster, zestig jaar geleden, onder graaf Boudewijn V, was dichtgemetseld. Het venster - zo hoopten ze - zou met de bres mee instorten en een gemakkelijke toegangspoort tot de tribune leveren.

Om de wapenlieden te helpen die van plan waren zo snel mogelijk door de bres naar binnen te dringen en de belegerden aan te vallen, bouwden ze over de hele lengte van de muur een trap, breed genoeg om bovenaan plaats te verschaffen aan tien man tegelijk. De kabels waarmee ze de balk aan het plafond ophingen, maakten ze zo lang dat de kop, die versterkt was met ijzer, precies boven de trap stootte. Omdat het niet denkbeeldig was dat het plafond het zou begeven onder dat loodzware gewicht of - erger nog - dat de belegerden pogingen zouden ondernemen om het dak te doen instorten, brachten de vaklui boven de hoofden van de wapenlui schuttingen aan van gevlochten twijgen. Vóór de mannen plaatsten ze houten wanden om hen te beschermen tegen pijlen en speren. En aan de stormram bonden ze lussen om het gevaarte achteruit te trekken.

Op een teken van ridder Wouter, de broer van Mathilde, die de leiding over de operatie had, nam iedereen zijn positie in. Tientallen handen grepen de lussen vast en trokken de balk van de kerkmuur weg, zover hun armen reikten, om hem dan met één stoot en één schreeuw in een uiterste krachtsinspanning tegen de wand te bonken. Niet één keer, maar tientallen keren, in een ritmische beweging. Bij elke stoot stortte een massa stenen en gruis op de grond waardoor de slaapzaal in de kortste keren vol stof hing.

Aan de andere kant, in de kerk, hadden de belegerden al snel door dat de wand het zou begeven en dat er maar één middel was om de aanval te doen stoppen: de belegeraars uit de slaapzaal wegdrijven. Op aanwijzen van ridder Walter, de echtgenoot van Mathilde, besmeerden de Erembalden stukken brandende houtskool met pek, was of boter - wat ze maar vinden konden - en gooiden die op het dak van de slaapzaal. De kolen hechtten zich aan de tegels en vlamden op in de wind. Op verschillende plaatsen tegelijk vatte het dak vuur.

Vanuit de toren gooiden ondertussen andere belegerden zware stenen op het dak van de slaapzaal aan de kant waar de rammei tegen de kerk beukte. Bedoeling was zowel te verhinderen dat iemand het vuur doofde als de beukers te treffen en zo de stormloop te blokkeren. Maar een moedig ridder klauterde op het dak en slaagde erin, ondanks de vele pijlen en stenen, het vuur te doven. De weinige stenen die door het gebinte vielen, bleven steken in de schutsels van gevlochten twijgen. Vlugger dan verwacht werd een bres geslagen. Dat kwam omdat de muur zo goed als verrot was, want na de brand die de houten bedekking eertijds had verteerd, had de kerk een hele tijd blootgesteld gestaan aan regen en binnensijpelend vocht.

Aan alle kanten werd de aanval ingezet. De strijders die buiten op het Burchtplein waren gebleven of zich beneden in de kerk onder de tribune schuilhielden en die het gedaver hoorden van de instortende muur, lieten een schreeuw van blijdschap en zetten met verse moed de aanval in op de gebarricadeerde trappen. Deze keer achtervolgden ze de belegerden niet voor de schijn, zoals ze vroeger, uit angst voor verwondingen, maar al te vaak gedaan hadden. De ridders, wapenknechten en jonge Bruggelingen die zich klaar hadden gehouden op de houten trap in de slaapzaal, stortten zich dwars door de bres en bonden vermetel de strijd aan met de belegerden.

Hun inval gebeurde zo wanordelijk, wars van elk overleg, dat de tribune het toneel werd van een onvoorstelbare chaos. Sommigen stormden al vechtend voort, anderen botsten ergens tegenaan, nog anderen vielen neer en poogden weer op te staan, enkelen liepen wild heen en weer. De kerk, zelfs de hele burg, was gevuld met geroep en geschreeuw, wapengekletter, gedruis van instortend gesteente. Schouder aan schouder trokken de belegerden zich terug van hun verdedigingsposten, beklommen de torentrap en grendelden de deur achter zich af zodat niemand hen kon volgen. Tegelijk zaten ze natuurlijk als ratten in de val, want op slag barricadeerden de aanvallers de deur met planken, stenen, koffers, balken en alles wat ze maar konden vinden.

Toen werd het stil in Sint-Donaas. Vergezeld van een gevolg betrad de koning de kerk, beklom de trappen naar de tribune en begaf zich, voorzichtig zijn delicaat beschoeide voeten tussen het puin zettend, naar het graf van Karel van Denemarken die op diezelfde plek zes weken geleden was neergestoken. Door Robrecht liet de vorst zich uitvoerig de omstandigheden van de moord uitleggen. Knielend stortte hij vrome tranen en betoonde zijn diepe rouw. Dan stelde hij een wacht aan om de toren nauwlettend in het oog te houden zodat de belegerden niet konden ontsnappen. Hij was de trap nog niet af, of de aanvallers begonnen te graaien en te grabbelen. In een ommezien was de tribune leeggeplunderd. Alleen de kandelaar met de brandende kaars aan het graf bleef onaangeroerd. Door het tumult was de vlam gedoofd.

De volgende die zijn heer kwam bewenen was niemand anders dan Fromold de Jonge, die uit zijn ballingsoord was teruggekeerd - hij was niet verder geraakt dan Sijsele waar hij de gebeurtenissen had afgewacht - en die eindelijk zijn vurigste hartenwens kon vervullen: aan God zijn gebeden opdragen voor het heil van graaf Karel, het offer aanbieden van zijn tranen en van een rouwmoedig hart en met intense vreugde de plaats aanschouwen waar zijn heer in vrede rustte. Knielend tussen het steengruis - zijn bedienden en ridders bleven eerbiedig achter hem staan - sprak hij met luider stem zodat de belegerden die achter de torendeur scherp toeluisterden, geen woord moesten missen. 'Mijn meester en vorst, uw lichaam kan ik niet zien, slechts de buitenkant van dit graf waarin u al meer dan veertig dagen ligt. Ik smeek God in mijn hart en met deze woorden dat ik u mag aanschouwen op de verrijzenis des vlezes, verheerlijkt in tweevoudige glorie tussen de christelijke heersers en de kerkvorsten, ik smeek dat ik met u voor altijd mag toeven in hemelse aanschouwing van de Heilige Drievuldigheid en dat ik met u de eeuwige zaligheid mag ingaan. Ik beschouw het als een uitzonderlijke eer, mijn meester en vorst, dat ik u naast uw graf kan bewenen, dat ik de verwording van ons vaderland kan bejammeren, en dat ik u van ganser harte de laatste eer kan bewijzen, u, die mij tijdens uw leven als geen ander hebt liefgehad en die bent verraden door een smerige bende horigen die alleen belust waren op geld en macht.'

Het gelaat nat van de tranen stond Fromold op en gaf aan zijn personeel uitgebreid instructies voor de rouwdienst die hij voor Karel van Denemarken in Sint-Donaas schikte te laten opdragen. Zijn aandacht werd afgeleid door de hoofden van Radulfus en Fulco die boven de balustrade van de tribune verschenen. De kanunniken hadden er niets beters op gevonden dan ladders te plaatsen in de achthoekige benedenruimte naar de gaanderij om zo gemakkelijker bij het graf te komen.

Ze klauterden enigszins moeizaam over de borstwering en keken in het rond om opgelucht vast te stellen dat de altaren en de altaarbladen, God zij dank, nog steeds op hun plaats stonden. Het kerkelijk meubilair was wel vernield, maar hier en daar vonden ze nog stukken die aan de aandacht van de plunderaars waren ontsnapt. Ze namen ze opgeruimd in bezit - niet, zoals Radulfus zei, als iets wat hen toekwam op grond van enig recht of verdienste, wel als een gave Gods.

Tegen de avond namen drie soorten wachtposten hun posities in: kanunniken om onophoudelijk te bidden bij het graf van de graaf, ridders aan de deur van de toren om te beletten dat de belegerden bij nacht zouden ontsnappen en Erembalden langs de andere kant van dezelfde deur om te verhinderen dat de aanvallers van het duister zouden gebruik maken om de toegang te forceren en de toren te bestormen. Geen haar op hun hoofd dacht aan opgeven of capituleren. Integendeel. Alsof ze die dag een triomf hadden behaald en daarvoor de Heer wilden bedanken, lieten ze de hele nacht op de hoorn blazen. Het kwam zo arrogant over bij burgers en strijders dat de meesten meewarig het hoofd schudden bij zoveel blindheid.

Wat Robrecht had gehoopt, werd werkelijkheid. Willem Clito benoemde hem tot grafelijk kapelaan en raadgever en ontbood hem naar Sint-Omaars om aanwezig te zijn bij zijn blijde intocht. Ook Wouter ging mee en zo vertrokken beide vrienden - de priester en de ridder - op vrijdag 15 april naar Terwaan waar de landsheer vertoefde. Ze reden de hele dag, overnachtten in Ieper en kwamen 's zaterdags tamelijk laat aan, doodvermoeid, maar opgetogen dat ze zich bij het grafelijk gezelschap konden voegen.

Zondag 17 april, na de vroegmis - als introïtus wordt die dag *Surrexit pastor bonus* gelezen - vertrok de graaf met zijn gevolg naar Sint-Omaars. Het was een milde lentedag. Overal kwamen landlui aangelopen om de nieuwe landsheer spontaan te groeten. Ze smeekten hem de vrede in het graafschap te herstellen, de veiligheid van boeren en kooplui te verzekeren en de belagers - binnenlandse zowel als buitenlandse - gepast van antwoord te dienen. Voor dat laatste - maar dat wist nog niet iedereen - had Willem Clito al schikkingen getroffen.

Want de dag voordien hadden Hugo, de graaf van Saint-Pol, en Walter van Vladslo met hun aanhang de burcht van Ariën aangevallen waar Willem van Ieper zich had teruggetrokken. De bastaard bleef koppig de grafelijke macht opeisen en had al grote delen van zuidelijk Vlaanderen met geweld ingenomen: de burcht van Ieper, de vesting van Voormezele, de burchten van Kassel, Veurne en Ariën met de hele streek eromheen, de burcht van Bergen en nog veel meer versterkte plaatsen.

Willem - dat was genoegzaam bekend - was de enige mannelijke afstammeling in rechte lijn van het grote geslacht der Vlaamse graven. Daarover kon geen betwisting bestaan, alleen: zijn moeder was geen edele dame, maar een bijzit. De steden wilden hem niet, het edelvolk nog minder en de mensen op het platteland hadden een heilige schrik van hem omdat hij bekendstond als wreed en schraapzuchtig.

Terzelfder tijd belegerden Boudewijn van Aalst en Raas van Sint-Gillis met een machtig leger Gentenaars de burcht van Oudenaarde. Daar had zich nog een andere troonpretendent genesteld: de graaf van Henegouwen die een kleinzoon was van graaf Boudewijn VI en die er vast van overtuigd was dat Vlaanderen, op grond van het verwantschapsrecht, hem toebehoorde. Naast Oudenaarde had hij ook de burcht van Ninove ingenomen en daar zijn sterkste bondgenoten geïnstalleerd.

Geen van beide expedities, vernamen Robrecht en Wouter achteraf, mocht een succes genoemd worden. Hugo van Saint-Pol en Walter van Vladslo dropen af nadat ze twee ridders hadden geveld en vijf paarden buitgemaakt. En Boudewijn van Aalst en Raas van Sint-Gillis stootten op verwoede tegenstand. De graaf van Henegouwen, bijgestaan door een riddermacht en de burgers van Oudenaarde, deed onverwacht een uitval, stormde onverschrokken op de meute Gentenaars in en dreef ze op de vlucht. Een paar doden, veel gewonden en een massa gevangenen waren het resultaat. En tientallen drijvende lijken op de Schelde, want in hun haast om bij de schepen te geraken waarmee ze naar Oudenaarde waren gekomen, verdronken hele secties vluchtende Gentenaars in de golven.

Wouter had erop gerekend te kunnen meerijden met Boudewijn van Aalst en deel te nemen aan het beleg van Oudenaarde, maar de koning had hem opgeëist voor het slaan van de bres in de kerkmuur. Een karwei waarvan hij zich plichtsgetrouw had gekweten met het gevolg dat het handvol Erembalden dat nog weerstand bood, veilig en wel opgesloten zat in de toren van Sint-Donaas.

'Daar kunnen ze nog wat sudderen in eigen vet ,' merkte de jonge ridder op, terwijl hij met zijn vlakke hand de nek van zijn ros streelde.

'Denk je dat ze het nog lang uithouden in hun toren?' vroeg Robrecht.

'Een kwestie van dagen. Veel voedsel kunnen ze niet meer hebben en hun voorraad wijn moet ver op zijn.'

'Maar aan arrogantie ontbreekt het hen nog bijlange niet. Ik versta niet waar ze de schaamteloosheid vandaan blijven halen, de verwaandheid om de leiders van ons land zolang te weerstaan. God noch mens kunnen goedkeuren wat ze doen. Het is gewoon hatelijk. Verwerpelijk.'

'Ze zullen hun straf niet ontlopen,' bromde Wouter meer tot zichzelf dan tot de andere. 'De vraag is alleen welk lot de koning hen zal toebedelen. Ik hoop dat het gruwelijk genoeg is om het gemeen duidelijk te maken dat wie zijn landsheer verraadt, op geen medelijden hoeft te rekenen.'

'Lodewijk zal ze op de Markt laten ophangen, denk ik.'

'Dat denk ik niet. De galg is veel te barmhartig. We moeten iets hardvochtigers vinden, iets wat nog nooit is vertoond en waarbij de toeschouwers de boodschap duidelijk verstaan: keer je nooit tegen je landsheer of je ondergaat hetzelfde lot.'

'Ook voor Robrecht het Kind?'

Wouter antwoordde niet meteen. Robrecht het Kind was de lieveling van de Brugse burgers en velen zeiden onbeschroomd het spijtig te vinden dat hij zich door de Erembalden had laten meeslepen in dit onzalige verraad.

'Misschien toont de koning enig mededogen en moet het Kind niet dezelfde kwellingen ondergaan als de anderen,' reageerde Wouter. 'Al zou ik er niet te veel op rekenen. Lodewijk is onverzettelijk in zijn voornemen de Erembalden voorbeeldig te straffen. Hoe onaangenaam het voor ons ook is, we moeten de vorst daarin bijstaan. Ter wille van onze nieuwe graaf.'

'Zeker. Want we staan in de gratie van Willem Clito en we moeten het zo houden. Als het maar geen jaloezie opwekt. Dan kan het ons vergaan als Amelis en Amijs.'

Wouter keek hem onderzoekend aan.

'Dat waren twee gezworen vrienden. Als een tweede Abraham was Amelis zelfs bereid zijn bloedeigen kinderen op te offeren, maar dan niet op verzoek van Jahwe maar om zijn kameraad te helpen.'

'Vertel op. Je hebt nog de tijd, want we zijn nog lang niet in Sint-Omaars.'

'Een engel had voorspeld dat Amijs melaats zou worden...'

'Wat had hij misdaan?'

'Je moet weten dat die twee wonderlijk goed op elkaar geleken, hoewel ze geen broers waren. Zo goed dat zelfs hun moeders niet eens in staat waren hen van elkaar te onderscheiden. Toen ze aan het hof vertoefden, wisten ze Karel de Grote zo te imponeren door hun adellijk voorkomen en hoofs gedrag dat de keizer voor hen een bijzondere genegenheid opvatte. Een zekere Arderik sloeg groen uit van afgunst en zocht een gelegenheid om beide jongelingen uit de weg te ruimen. Het toeval wilde dat hij in de buurt was toen Amelis bezweek voor de verleidelijke schoonheid van Belisarde, de dochter van de keizer; in de tuin bij een egelantier bekende hij haar zijn liefde. Arderik had het tafereel gadegeslagen, hij verraadde de geliefden en beschuldigde hen van zoveel slechtheid dat er Amelis niets overbleef dan zijn onschuld te bewijzen door een godsoordeel: een tweekamp op leven en dood met de aanklager.

Omdat Amelis allesbehalve handig was met het zwaard, nam Amijs zijn plaats in en hij versloeg Arderik in een ongemeen harde strijd. Als dank kreeg hij van de opgetogen keizer diens dochter als bruid. Nog steeds zonder zijn ware identiteit bekend te maken, aanvaardde hij Belisarde. Als straf voor dat bedrog voorspelde een engel dat hij melaats zou worden. Toen Amijs kort nadien inderdaad ziek werd, joeg zijn vrouw hem weg. Slechts vergezeld van twee knechten zwierf hij rond in Europa, verbleef een tijdje in Rome bij zijn peetvader, de paus, en trok dan van streek tot streek. Hij werd almaar zieker en verspreidde een ondraaglijke stank. Tot hij in de stad van zijn vriend aankwam. Aan de drinkbeker waarmee hij om voedsel bedelde, herkende Amelis de afschuwelijk misvormde Amijs. Door medelijden getroffen namen hij en zijn vrouw de leproos op en gaven hem een liefdevolle verzorging.

Toen verscheen de engel opnieuw. Amijs zou genezen, beloofde hij, als Amelis zich bereid toonde diens verminkte lichaam te wassen in het bloed van zijn kinderen. Geen moment aarzelde Amelis. Hij sloeg zijn beide zoontjes het hoofd af en spoelde het lichaam van de melaatse overvloedig met hun bloed. De ziekte verdween prompt en de lijder herrees als het volmaakte evenbeeld van zijn vriend, tot grote ontsteltenis van diens vrouw en het gemeen. De verbazing werd ontzetting toen Amelis de wrede moord op zijn zoontjes bekende. Iedereen spoedde zich naar hun kamer om er de twee lijkjes te bewenen. Opnieuw verbijstering: de kinderen zaten vrolijk te spelen, zo gezond als een visje. Wel viel het de aanwezigen op dat een rood litteken als een koord om hun hals liep. De enige verwijzing naar het offer dat hun vader had gebracht ten bate van zijn vriend.'

'En hoe eindigt het verhaal?' wilde Wouter weten.

'Toen de keizer optrok tegen de koning der Longobarden, sneuvelden ze in Mortara. Uit erkentelijkheid voor hun dapperheid liet Karel voor elk van hen een kerk bouwen waarin ze werden bijgezet. Wonderlijk genoeg vonden bedienden van de keizer beide vrienden 's anderendaags naast elkaar in hetzelfde graf!'

'Mooie geschiedenis,' besloot Wouter. 'Was Belisarde dan zo mooi?'

'Beeldschoon,' repliceerde Robrecht. 'Ze had stralend groene ogen, bruine wenkbrauwen, een fijn opgeheven voorhoofd, een lang en recht aangezicht, zo wit als sneeuw met een vleugje rood, rode lippen, een nauwe mond, witte tanden en borstjes als appeltjes, klein, rond en mooi opgericht...'

Wouter bekeek zijn vriend van terzijde, ging even rechtop staan in de stijgbeugels om naar de kop van het gezelschap te kijken dat naar zijn oordeel niet voldoende opschoot en vroeg dan glimlachend: 'Aan wie denk je?'

'Aan Mathilde,' bekende Robrecht zuchtend.

'Je hebt de witte koorts flink te pakken, man!'

'Ik vecht ertegen, zonder versagen. Ik bid de Heer alle dagen...'

'Mag ik je een raad geven?'

'Zeg op.'

'Ik zou niet al te veel bidden, als ik jou was. Bidden is goed voor nonnen in hun klooster en broeders in hun abdij, die hebben daar tijd voor; niet voor een priester die verbonden is aan het hof van de graaf van Vlaanderen en die geacht wordt zijn landsheer desgevraagd deugdelijke raad te verschaffen. Je weet zo goed als ik dat de graaf binnenkort, als compensatie voor je trouw en inzet in de strijd tegen de Erembalden, aan de nieuwe proost van het kapittel van Sint-Donaas zal vragen je een prebende te bezorgen. En dat de kans er dik inzit dat je over enkele jaren, als je Clito trouw hebt gediend, het proostschap zelf zult kunnen bemachtigen.'

393

'Ja, en dan?'

'Wel. Moet je in zo'n positie een vrouw als Mathilde versmaden?'

'Mijn priesterschap...'

'Komaan,' smaalde Wouter. 'Van Simon van Vermandois zelf wordt verteld dat hij allesbehalve ongevoelig is voor vrouwelijk schoon. Waarom zou een simpele priester niet mogen proeven van dat waarvan zijn bisschop met volle teugen geniet? Zeker nu je elk jaar met Pasen je zonden kunt opbiechten en er nog vergiffenis voor krijgt ook!'

Hij heeft gelijk, flitste het door Robrechts hoofd. Wat lig ik mezelf te kwellen voor iets wat eigenlijk doodnormaal is.

'Ik heb met Mathilde gepraat.'

Robrecht keek verrast opzij.

'Ze is diep ontgoocheld over je afwijzende houding. Ze dacht dat je na de dood van Karel en de nederlaag van de Erembalden dispensatie zou vragen aan de bisschop en haar tot vrouw zou nemen, of desnoods tot concubine als je priester wilt blijven. Je beseft niet hoeveel je voor haar betekent.'

'Ik zal zien. Als we weer in Brugge zijn.'

'Wacht niet te lang. Binnen enkele dagen is ze weduwe en dan duiken gegarandeerd de kandidaten op. Wie wil niet jagen op zo'n wild: jong, mooi, rijk...? Ik zie haar nog trouwen met een of andere ridder als ze zich door jou afgewezen voelt.'

Paniek greep Robrecht aan. Zover had hij nog niet gedacht. Stel je voor dat een of andere vent, het mocht dan nog iemand van adellijke afkomst zijn, met zijn poten aan haar zou zitten!

'Maandag zoek ik haar op,' verklaarde hij plots luidop. Maar Wouter hoorde het niet meer, want hij draafde naar voren, naar de graaf die hem door een schildknaap bij zich had laten roepen.

De blijde inkomst in Sint-Omaars werd in de annalen van het graafschap Vlaanderen opgetekend als een luisterrijke gebeurtenis. Met boog en pijl liepen knapen in groepjes de graaf tegemoet, lenig en fluks, simulerend dat ze al vechtend weerstand wilden bieden tegen zijn intrede. Zoals ze daar stonden, ten strijde gegord, boog opgeheven, pees gespannen, leken ze vastbesloten de graaf en zijn gevolg met pijlen te bestoken. Hoewel dat

394

spelletje ook bij de blijde intocht van zijn voorgangers was op-
gevoerd, kende Willem het gebruik niet en daarom stuurde hij
een bode op de knapen af om te informeren wat ze van hem verlangden. Hun voorman deed enkele stappen vooruit en riep de
landsheer toe dat de jongens van zijn voorgangers altijd een bijzonder voorrecht hadden verkregen.

'Wat mag dat privilegie dan wel zijn?' vroeg Willem Clito.

'We willen van u het recht verkrijgen dat we op feestdagen en
in het zomerseizoen vrij in de beboste heuvels mogen rondlopen
om er vogels te vangen, eekhoorns en vossen te schieten en ons
te vermaken met jongensspelletjes. Tot nog toe was ons dat toegestaan en nu wensen we dat u het voorrecht hernieuwt.'

Het gezicht van de graaf bloeide open. Zelf nauwelijks de jon-
gensleeftijd ontgroeid, begonnen zijn ogen te glinsteren van
guitigheid. Hij steeg af en mengde zich onder de knapen waarop
hij joelend met hen begon te stoeien en hen schertsenderwijs hun
banier en standaard afnam. De kinderen reageerden enthousiast.
Ze omstuwden de landsheer, complimenteerden hem met zijn
knap uiterlijk en elegante kleding, zongen zijn lof als nieuwe
graaf en hieven van puur plezier de eerste tonen van de drie-
pasdans aan.

De gewapende burgers, die zich op een eerbiedige afstand hadden gehouden, zagen vanuit de verte Willem Clito verdwijnen in
een pak dansende kinderen en ze oordeelden dat het moment was
aangebroken om hun graaf tegemoet te gaan. De wederzijdse
begroeting en kennismaking was hartelijk. Daarop naderde de
geestelijkheid in processie, met wierook en kaarsen tot meerdere
eer en glorie van de landsheer, zoals dat vanouds het gebruik was
bij de intocht van nieuwe graven. Het gemoed van menig toe-
schouwer werd beroerd door het gewijde karakter van de begroeting. Onder het applaus van de burgers hieven de geestelijken met jubelende stem prachtige hymnen aan, ze ontvingen de
graaf in hun midden en leidden hem - nog steeds zingend - plechtig tot in de kerk. Onder het oog van alle inwoners van Sint-
Omaars toonde Willem Clito daar dat hij als katholiek gekozen
vorst devoot tot God kon bidden. Geestelijken en volk baden dan
weer voor hem en smeekten dat de Heer hem tijdens zijn bewind
zou leiden en beschermen zodat ze voortaan in alle veiligheid en

vrede aan graaf en God mochten geven wat hen toekwam.

Op de markt zwoeren de burgers hou en trouw aan de nieuwe landsheer, waarop Willem Clito de edelen, de hoge geestelijkheid en de stadsmagistraat uitnodigde voor een banket dat tot diep in de nacht duurde en zo overvloedig was dat ook schamele lieden, die buiten hongerig samentroepten, er door de vrijgevigheid van het keukenpersoneel een graantje van konden meepikken. Algemeen applaus ook, toen een bode kwam melden dat in Brugge een schildknaap zich met een touw uit de toren had laten zakken, maar onmiddellijk door de burgers was gegrepen en naar de kerker gesleurd waar hij met de anderen de dag van zijn ondergang kon verbeiden. De Erembalden liepen op hun laatste benen. Daar waren alle disgenoten heilig van overtuigd, ook Robrecht en Wouter. Met reden. Want als zelfs Willem van Ieper zich van de moordenaars afkeerde, zoals bij de terechtstelling van Bertulf was gebleken, van wie konden ze dan nog hulp verwachten in hun benarde positie?

Naarmate de avond vorderde en de graaf, opgemonterd door meerdere bekers lekkere wijn, zich gemoedelijk met de aanwezigen onderhield, maakte nog een andere overtuiging zich van de genodigden meester: met de nieuwe landsheer, Willem Clito, zou voor Vlaanderen een periode van vrede en voorspoed aanbreken.

Daarin vergisten ze zich.

DE TOREN VAN DE LOVE

De dag voor de plechtige intocht van de nieuwe graaf in Sint-Omaars verschenen de Bruggelingen voor koning Lodewijk van Frankrijk en wierpen zich, uit ontzag voor zijn vorstelijke waardigheid, ter aarde met het dringende verzoek acht te slaan op hun smeekbeden en verdiensten en Robrecht het Kind, van wie ze zoveel hielden, toestemming te geven de toren te verlaten en met alle wettelijke middelen het bewijs van zijn onschuld te leveren. Hun smeekbede viel op een koude steen. Lodewijk de Dikke was er de man niet naar om stedelingen snel hun zin te geven. Hij antwoordde fijntjes dat hij wel op hun verzoek wilde ingaan, maar dat het hem onmogelijk was zijn eigen eer en waardigheid te schenden. En ook niet die van de leiders van het land, want zonder hun inspraak had hij besloten niets te ondernemen.

's Anderendaags, zaterdag 16 april, was het de burggraaf van Gent die, vergezeld van Arnold van Grimbergen en de verzamelde vooraanstaanden uit de streek, op aanstichten van de Bruggelingen bij de vorst in alle toonaarden kwam smeken om Robrecht het Kind vrij te laten. Opnieuw maakte de koning er zich vanaf met de stelling dat hij het verzoek niet op eerbare wijze kon inwilligen zonder het eensgezinde akkoord van de leiders. Anders zou hij zijn woord van eer breken.

Op maandag 18 april omvatten de Bruggelingen alweer de knieën van de koning om hem met aandrang te smeken Robrecht het Kind vrij te laten. Nu was voor Lodewijk de maat vol. Mateloos geïrriteerd omdat ze hem niet met rust lieten, liet hij de lastposten op straat gooien en gaf, razend van woede, zijn dienaars bevel op te schieten en met hun ijzeren gereedschap de toren onverwijld te ondermijnen. Het knechtenvolk beukte en kapte tot het bouwwerk zo begon te trillen en te schudden dat doodsangst zich van de belegerden meester maakte. Hun einde was nakend, daar twijfelden ze geen ogenblik meer aan.

Op dinsdag 19 april beseften ze dat de toren voor het grootste deel ondergraven was en ieder moment kon instorten. Bij elke hamerslag voelden ze de trillingen en verschuivingen en meer dan eens hadden ze het gevoel dat het bouwsel begon te wankelen.

Door de omstandigheden gedwongen, hielden ze beraad.

Ridder Walter, de zoon van Lambrecht van Aardenburg, voerde het hoge woord. Nu de kanselier en Isaac dood waren, burggraaf Disdir Haket bij zijn dochter in Lissewege zat en Borsiard er tussenuit was geknepen, had de man van Mathilde zich opgeworpen als de leider van de Erembalden. Elke suggestie tot overgave wees hij resoluut van de hand. Standhouden tot de laatste man was zijn devies. Op de opwerping van ridder Eric dat er niet veel meer stand te houden viel in een toren die op instorten stond, luidde zijn antwoord: uitbreken, vechten als leeuwen en sterven, het wapen in de vuist. Alles liever dan ingerekend te worden en als honden aan de gaffelgalg te worden gehangen.

'Erembalden zijn geen lafaards,' betoogde hij. 'Kijk naar oom Bertulf. Met gevaar van zijn leven heeft hij de burg verlaten om te pogen een leger op de been te brengen om ons te ontzetten. Ware hij niet verraden geweest door die gluiperd van een Willem van Ieper, dan was de toestand zeker in ons voordeel uitgedraaid. Geloof me, alles is nog niet verloren. Disdir Haket is stellig bezig volk te verzamelen voor een beleg van Brugge en hij zal wel al in contact staan met mijn vader die met zijn mannen nog steeds standhoudt binnen de muren van Aardenburg. We zijn nog niet verloren.'

Robrecht het Kind schokschouderde.

'Kletskoek,' sneerde hij. 'Oom Haket? Die heeft zich verborgen ergens in de buurt van Lissewege en die verroert geen vin. En je vader zit als een rat gevangen in zijn burcht. Maak jezelf niets wijs, Walter. We moeten op geen steun meer rekenen. Ons lot is bezegeld. Als je dat niet inziet, ben je stekeblind. Overgave is het enige wat ons rest.'

'Jij hebt goed spreken,' brieste Walter. 'Jou zullen ze sparen!' En zich tot de anderen wendend: 'Voor meneertje daar lopen ze zelfs naar de koning omdat hij het lievelingetje is van de burgers. Maar ons zullen ze de gruwelijkste pijnigingen doen onderaan. Wie weet wat ze bedenken. Ik zie ze daar al staan glunderen op 't Zand, ik zie ze al genieten van onze ellende...'

'Ik heb de graaf niet verraden,' onderbrak Robrecht het Kind hem. 'Jullie hebben mij in dit complot gelokt. Moet ik je eraan herinneren hoe ik mij in de slaapzaal van oom Bertulf indertijd

398

tegen dit plan verzet heb? Hoe ik geprobeerd heb jullie aan het verstand te brengen dat er geen enkel heil te verwachten viel van een moord?'

'Jij hebt juist niets. Jij hebt dapper meegedaan.'

'Dat is niet waar. Ik ben zelfs gaan lopen omdat het mij niet zinde, maar oom Bertulf heeft me weer naar binnen gejaagd!'

''t Is al goed,' kwam Wulfric Cnop tussenbeide. Naar hem luisterden ze, want hij was de enige broer van de kanselier die zich nog bij de belegerden bevond, en in die zin een beetje de aartsvader van het gezelschap. 'Ik versta Walter maar al te goed en ik geef hem hierin gelijk dat de Erembalden geen lafaards zijn. Maar we mogen niet vergeten dat de moordenaars zelf - Borsiard en Joris - niet meer onder ons zijn, de eerste omdat hij gevlucht is, de tweede omdat hij al is opgehangen. Dat betekent dat al wie hier in de toren zit, met alle wettelijke middelen zijn onschuld kan aantonen. We maken nog een kans om het er levend vanaf te brengen. Daarom geef ik toch Robrecht het Kind gelijk. We moeten ons overgeven vooraleer we ellendig omkomen onder het neerstortende puin.'

'En waarom zouden we niet proberen uit te breken en naar onze familie te vluchten,' drong Walter aan. 'We kunnen een van onze medestanders de opdracht geven vannacht paarden tot bij de toren te brengen. Dan beuken we de deur naar de tribune in en we forceren ons een weg...'

Zijn woorden gingen verloren in oorverdovend gekraak. Een hevige siddering ging door het gebouw.

'De boel gaat instorten,' riep Robrecht het Kind opspringend, en zonder nog op de anderen te letten stak hij zijn hoofd door een venster en riep naar beneden dat hij en zijn medeplichtigen zich aan de koning wilden overgeven op voorwaarde dat hijzelf niet gekerkerd zou worden.

Na ruggespraak met de leiders van het beleg besliste de vorst in te gaan op het verzoek. Zo ving hij drie vliegen in één klap: er kwam eindelijk een eind aan de belegering, hij kon Robrecht het Kind een apart regime geven zonder zijn gezicht te verliezen en hij moest het leven van de belegeraars en ondergravers niet verder in gevaar brengen. Een ridder van Gervaas van Praet riep de Erembalden de beslissing van de vorst toe en kwam met hen overeen dat ze ongewapend een voor een naar beneden zouden komen.

'Langs de deur beneden aan de trap?' vroeg Robrecht het Kind.

'Neen,' schreeuwde de ridder. 'Want dan kunnen we niet zien wat jullie in het schild voeren. Langs de vensters.'

Even was er verwarring boven in de toren toen een jonge kerel die zich altijd moedig gedragen had, plots zijn zwaard van zich afwierp en een aanloop nam om door een torenvenster naar beneden te springen. Zijn geweten knaagde allang en de enige manier - dacht hijzelf - om zijn ziel te redden was een eind maken aan zijn ellendig bestaan. De anderen hielden hem midden in zijn vaart tegen en duwden hem tegen de plankenvloer, waar hij snikkend bleef liggen.

Dan kwamen ze achterwaarts de ladder af door een venster dat schuin op de torentrap stond aan de kant van de proosdij, man voor man, zevenentwintig in getal. Zij die te dik waren, lieten zich door een groter venster van dezelfde toren langs touwen naar beneden zakken. Onder het oog van de wenende burgers, die zich maar al te best herinnerden dat deze sjofele mannen ooit hun heren en goede vrienden waren geweest, werden ze opgevangen en tot voor het hoofdportaal gebracht.

Daar stonden ze dan, de verraders van graaf Karel, de eens zo gevreesde bende van de Erembalden, een hoopje ellende, het gelaat grauw van angst en ontbering, schichtig om zich heen blikkend of ze geen familieleden of bekenden zagen die hen misschien in bescherming zouden nemen of alleszins afschermen van het gemeen dat, op afstand gehouden door de landsknechten van de koning, de verschrikkelijkste verwensingen naar hun hoofd slingerde.

Tot opluchting van de burgers werd Robrecht het Kind overgeleverd aan de ridders van de koning en onder bewaking vastgehouden in de opperzaal van het grafelijk huis. Alle anderen werden in de kerker geworpen.

Ze waren nog niet weggeleid, of een ontelbare menigte stormde de kerk binnen om alles buit te maken wat in de toren te vinden was. Velen waren er heilig van overtuigd dat de belegerden daar de schat van de graaf hadden verborgen en in hun hebzucht vochten ze zich een weg naar de tribune om vandaar op de torentrap te geraken. Bliksemsnel stelde Gervaas van Praet zijn gewapende mannen op voor de deur om de opgewonden meute de pas af te snijden. Zodra hij de toestand onder controle had, liet hij de barricade van voor de torendeur weghalen en legde zelf beslag op de beste wijn van de verraders - gekookte wijn die nog aan graaf Karel had toebehoord - stukken spek, tweeëntwintig wagen kaas, groenten, tarwemeel, ijzeren pannen om brood in te bakken plus de huisraad en de beste kruiken die ze gebruikten. Terwijl knechten de buit naar zijn huis zeulden, gaf Gervaas opdracht elk hoekje en kantje te doorzoeken, de plankenvloer op te breken en elke losse steen weg te halen. Ze vonden geen stuiver, laat staan de grafelijke schat.

In al die drukte had niemand gemerkt dat een verrader, de jonge huurling Benkin die de eerste dagen van de belegering zoveel mannen met zijn trefzekere pijlen had neergelegd, zich langs de andere kant aan een touw had laten zakken en de benen had genomen, recht naar Wulpen, een eilandje voor de kust.

Zo grauw het was geweest op die droeve dinsdag 19 april - als een mistroostig grijs deken hingen de wolken boven de stad - zo helder was het woensdag, 20 april. Nu de verraders en bezoedelaars van Zijn kerk uit de gewijde plaatsen waren verdreven en in de kerker opgesloten, stak de Heer de wereld in het nieuw met stralende zonneschijn en een heldere lucht. Opgetogen met deze gave van de genadige God en vast van plan alles weer in orde te brengen zoals vroeger, gaven de kanunniken van het kapittel onder deskundige leiding van magister Radulfus, vloer, muren en altaren van Sint-Donaas een grondige wasbeurt. Ze ruimden de troep op, schrobden en boenden, hingen de wandkleden aan de muren en bouwden de vernielde trappen weer op. De hele woensdag en donderdag waren ze daarmee bezig. In het klooster hernam het leven zijn vertrouwde gang. De muur tussen de tribune en de slaapzaal werd, zo goed en zo kwaad als het ging, dichtgemetseld waarna de lambrisering weer werd opgetimmerd en de bedden hun plaats terugkregen. In het pand bouwden schrijnwerkers een kostbare kist voor de graaf terwijl vrouwen een hertenhuid aaneennaaiden om er het lichaam van de dode landsheer in te wikkelen.

's Anderendaags beierden de klokken van in de vroege ochtend. Vanuit alle gaten van Sint-Donaas, Sint-Kristoffel, Sint-Salvator, Sint-Pieters en Onze-Lieve-Vrouw galmde het alsof er een nieuwe tijd was aangebroken, alsof de ellende van de voorbije weken voorgoed was weggewist, alsof men 's ochtends al wist met welk onthutsend wonder God die donderdag aan alle Vlamingen zou zichtbaar maken hoe welgevallig het leven van zijn dienaar, Karel de Goede, Hem was geweest en hoe terecht het was dat men hem sedert die dag 'zalig' noemde.

Op de gaanderij werd het graf voorzichtig opengebroken. Uit voorzorg voor de mogelijke hinder - de eerste bijzetting was al zeven weken geleden! - legden de kanunniken dichtbij een vuurtje aan waarin ze tijm en wierook verbrandden om de stank, die er zonder twijfel uit op zou walmen, terug te dringen.

De steen werd weggenomen, maar een kwalijke geur viel nergens te bespeuren. Het lichaam van Karel van Denemarken was gaaf en ongeschonden. In minder dan geen tijd verspreidde het gerucht van dit wonder zich door de stad en 's avonds was het al bekend in Gent en in Rijsel.

God dankend voor dit mirakel, wikkelden de geestelijken het stoffelijk overschot in de hertenhuid en legden het op een berrie in het midden van de kerk, vlak voor de koning die daar samen met een menigte burgers en edelen stond te wachten tot hem werd gemeld dat een stoet met de bisschop, drie abten en alle geestelijken van de stad zich vanuit Sint-Kristoffel in beweging had gezet. Robrecht bevond zich in het bisschoppelijk gevolg. Met twee priesters van Sint-Salvator en kanunnik Fulco droeg hij het schrijn van Sint-Donaas. Andere geestelijken torsten de relieken van de martelaar Maximus en van de zalige Basilius de Grote. In processie trokken ze het zalige lichaam van de vermoorde graaf tegemoet dat, gevolgd door de koning en zijn gezelschap, vanuit Sint-Donaas naar de burchtbrug werd gebracht om vandaar stoetsgewijs onder geklaag en geween naar Sint-Kristoffel te worden gedragen.

'*Miserere mei, Deus, secundum magnam misericordiam tuam,*' zongen de geestelijken. 'Ontferm U over mij, God, naar uw grote goedertierenheid. En delg mijn schuld uit naar uw ontzagwekkende barmhartigheid. Was mij helemaal schoon van mijn ongerechtigheid, reinig mij van mijn zonde.' Onder het zingen hield

Robrecht scherp de dichte rijen toeschouwers langs beide kanten van de weg in het oog in de stille hoop Mathilde te zien. Maar tevergeefs. Ze was nergens te bespeuren. Wel kreeg hij Anna en haar dochter in het oog, maar de dienstmeid deed of ze hem niet herkende.

Bij het binnentreden zongen ze: 'Kom toegelopen, heiligen Gods, snel toe, engelen van de Heer. Ontvang de ziel van onze dierbare graaf Karel. Bied haar aan voor het aanschijn van de Allerhoogste.' Daarop celebreerde de bisschop samen met een schare priesters voor een stampvolle kerk het officie der overledenen en een plechtige dodenmis. Een kruisteken makend over de baar besloot hij de ceremonie met het gebed: 'Requiem aeternam dona ei, Domine. Geef hem de eeuwige rust, Heer. En het eeuwige licht beschijne hem.'

Na de mis stroomde de menigte naar het Zand waar Benkin, de huurling die enkele dagen voordien was ontsnapt maar door attente burgers was achtervolgd en ingerekend, werd geradbraakt. Onder algemene goedkeuring bonden beulen hem vast op een rad dat aan de top van een mast werd vastgemaakt. De jongen jammerde en smeekte, vloekte en tierde, gilde en reutelde en zijn levenseinde werd een openbaar spektakel waaraan de hele stad zich urenlang verlustigde.

Algemene beroering toen een sectie wapenknechten met in hun midden een gevangene het plein opkwam. Om een geste te doen, vertrouwde de koning Robrecht het Kind, geboeid en in voetkluisters geklonken, toe aan de burgers onder voorwaarde dat ze hem, als de leiders daarom vroegen, aan de graaf en de koning zouden overleveren. Gillis was zo aangegrepen door die onverwachte inschikkelijkheid van de Franse koning dat hij naar voren trad en in naam van alle Brugse burgers de vorst bedankte voor deze uitzonderlijke gunst. Het nieuws ging van mond tot mond en iedereen beschouwde het als een uitgemaakte zaak: de Erembalden zouden gruwelijk worden gefolterd, maar Robrecht het Kind zou worden gespaard.

Maandag 25 april was er alweer een plechtigheid, in Sint-Donaas deze keer. Omdat de altaren niet beschadigd waren, wijdde de bisschop de kerk in alle vroegte opnieuw. Vervolgens trokken koning en volk, voorafgegaan door de bisschop en een rij abten en geestelijken in vol ornaat, in processie naar Sint-Kristoffel om er het lichaam op te halen van de zalige graaf en het naar Sint-Donaas terug te brengen waar ze het in het midden van het acht-hoekige koor plechtig aan God toevertrouwden en met passende eerbied in het graf legden. Na het plechtige slot van de rouw-dienst installeerden de koning en de bisschop Rodger in het ambt van proost van het kapittel en prelaat te midden van de kanun-niken van de kerk.

Nu de opperste leiders van het land ervoor gezorgd hadden dat Sint-Donaas weer het centrum van het graafschap was gewor-den en op de twee spitsen de wimpels wapperden van Vlaanderen en van Willem Clito, stond niets hen nog in de weg om schoon schip te maken met de diverse belagers van de vrede. 's Namiddags al verliet de koning met Gervaas van Praet Brugge om de dag daar-op, dinsdag, 26 april, Ieper met een machtig leger aan te vallen.

Was het een eerlijke strijd geworden, dan hadden Lodewijk en Gervaas zonder twijfel in het zand gebeten, want Willem van Ie-per, nooit verlegen om een verrassing, viel met driehonderd rid-ders de koninklijke ridderschaar onverhoeds aan bij een van de stadspoorten en verleidde ze tot een treffen. Het verbaasde velen dat de man die ze als een schurk beschouwden, als een onderkrui-per en een valsaard, zo dapper kon vechten en zo handig omging met het zwaard.

Toen deden de Ieperlingen wat ze met de vorst hadden be-kokstoofd: ze zetten een val op voor de bastaardgraaf. Ze lieten een detachement langs de andere kant de stad binnen, waarop de voetknechten onder het geschreeuw van krijgsleuzen de huizen in brand begonnen te steken en alles grondig plunderden. Zich van geen verraad bewust, staakte Willem van Ieper de strijd tegen het koninklijke heir en stormde met zijn manschappen de stad in om de plunderaars een lesje te leren. Hij liep recht in de armen van Lodewijk de Dikke en Gervaas van Praet die hem te midden van een zwaar bewapende eenheid stonden op te wachten. Ver-zet was zinloos en de bastaardgraaf gaf zich vloekend over. Ge-vankelijk werd hij naar Rijsel gevoerd en daar onder verzekerde bewaring geplaatst. Willem Clito nam al zijn bezittingen in be-slag en wierp zijn ridders in de kerker of stuurde ze in balling-schap.

Zegedriftig en rijk met buit beladen maakte de koning rechtsomkeer en trok via Gent naar Oudenaarde waar een andere pretendent, de graaf van Henegouwen, zich had verschanst in de hoop Vlaanderen gewapenderhand in zijn macht te krijgen. Samen met Willem Clito, die al eerder was aangekomen, viel Lodewijk de stad aan en stak ze in brand zodat alles, behalve de stenen toren, door de vlammen werd verteerd. Driehonderd mannen, vrouwen en kinderen die, vertrouwend op de onschendbaarheid van de heilige plaatsen, hun toevlucht hadden gezocht in de kerk, werden levend verkoold.

Kort daarop was het feest in Rijsel. Borsiard, die even voordien in de buurt van de stad was gegrepen, werd op de markt vastgebonden aan een rad. Hij brulde van de pijn, maar overleefde die dag en ook de volgende nacht. Toen gaf hij de geest en alle gelovigen dankten God om de dood van de misdadiger die eigenhandig de graaf om het leven had gebracht en daarmee zichzelf buiten de Kerk had gebannen.

Een mooie mei brak aan en menigeen was ervan overtuigd dat de troebelen voorgoed voorbij waren en God vrede en orde in Vlaanderen had hersteld. Er restte alleen nog de Erembalden passend en voorbeeldig te berechten.

Op woensdag 4 mei keerde de koning naar Brugge terug, door iedereen bejubeld omdat hij de belagers van het vaderland een verpletterende nederlaag had toegebracht. Vooral dat door zijn toedoen Willem van Ieper in de kluisters lag, stemde veel Bruggelingen tot tevredenheid.

De graaf arriveerde pas de dag daarop, tegen de middag. Hij begaf zich recht naar Sint-Donaas, waar de kanunniken hem aan het voorportaal stonden op te wachten en in een plechtige stoet naar de tribune brachten. Zoals zijn voorgangers het hadden gedaan, knielde Willem Clito neer voor het altaar van Onze-Lieve-Vrouw en bad tot God terwijl hij aalmoezen uitdeelde aan de armen met geldstukken die Robrecht, zijn persoonlijke kapelaan, hem overhandigde. Vervolgens daalde hij de trappen af en liep met zijn gevolg dwars door het achthoekig koor langs het zuidportaal naar buiten. In het volle besef van zijn macht schreed hij over het Burchtplein naar zijn huis en gebruikte er de maaltijd.

Binnen en buiten de burg stond een opgewonden menigte te wachten om te zien wat er met de gevangenen, en dan vooral met Robrecht het Kind, zou gebeuren.

Geschreeuw van wapenvolk en hoefgetrappel deden de massa reikhalzend uitkijken naar de Reiebrug. De koning had zijn verblijf in de stad verlaten en kwam zich bij de graaf voegen. Hierdoor groeide de overtuiging dat er een beslissing op til was over het lot van de Erembalden en dat ze vandaag nog zouden worden berecht. Niemand maakte aanstalten om naar huis te gaan. Integendeel, er stroomden nog meer mensen naar de burg. Op de duur zat ook het huis van de graaf vol volk en het was Robrecht opgevallen dat dit de landsheer behoorlijk op de zenuwen begon te werken.

De jonge priester stond bij zijn vriend, ridder Wouter, in de nabijheid van de graaf die net van tafel was opgestaan en in gesprek was gewikkeld met de koning. Willem Clito fluisterde iets in het oor van Lodewijk die instemmend glimlachte, richtte zich tot Robrecht en Wouter met de wens dat ze in zijn buurt zouden blijven en stapte dan met veel plechtstatigheid naar het Burchtplein. Iedereen die zich in huis bevond, volgde hem.

De Love was nog niet leeggestroomd, of de graaf gaf het bevel zowel de hoofdingang als de zijdeuren af te grendelen en liep dan, alleen vergezeld van zijn dichtste raadgevers en van de opperste leiders van het land, terug naar binnen. Door de menigte rommelde afkeurend gemompel.

'Wij dachten dat hij een verklaring kwam afleggen over Robrecht het Kind,' merkte Gillis Vernaechtenzone ontgoocheld op. 'En over de manier waarop die smerige verraders zullen worden terechtgesteld. Maar het was niet meer dan een slimmigheidje om de Love leeg te krijgen en ons weg te houden van zijn beraadslaging met de koning.'

'Een slinkse toer,' siste een van de ridders die mee naar buiten was gelokt en zich bekocht voelde. 'Als dat de stijl is van de Normandiërs!'

'Een echte Vlaamse graaf zou zoiets nooit doen,' antwoordde een koopman. 'Ik heb het altijd gezegd. Die Clito is voor geen haar te betrouwen.'

'Kijk,' werd er geroepen, 'wat gaan ze nu doen!'

Hun lansen dwars in de handen dreven wapenknechten het volk brutaal voor zich uit zodat er na veel duwen en trekken een lege ruimte ontstond voor het huis van de graaf.

'Denken ze nu ook al dat wij alles wat er in de Love wordt bedisseld, tot hier kunnen horen,' merkte een vrouw minachtend op.

'Bijlange niet,' reageerde Heribert Cannaerts. Allen die rond hem stonden, spitsten de oren want Heribert was een van de leiders van de burgers zodat hij beslist meer wist dan de eerste de beste ambachtsman. 'Ik meen dat ze hier een schavot gaan oprichten om de Erembalden te schande te stellen voor het hele volk.'

'Wat zegt hij?'

'Dat ze hier een schavot gaan opstellen. Straks worden de Erembalden voor de Love gemarteld en geradbraakt.'

Het nieuws liep over het Burchtplein en langs de bruggen over de Reie tot op de Markt waar het een kreet van ontgoocheling ontlokte. Velen hadden zich dichtbij de galgen aan de poel gehouden omdat ze ervan uitgingen dat daar de terechtstelling zou plaatsgrijpen en ze niets van het schouwspel zouden missen. Het wachten duurde lang temeer daar niemand wist wat er zich binnen in de Love allemaal afspeelde. Nog raadselachtiger werd het toen de koning en de graaf met hun gevolg langs de hoofdingang naar buiten kwamen en zich terzijde opstelden, voortdurend tegen de gevel van het gebouw opkijkend.

Binnen lagen alle vertrekken en gangen leeg. Alleen enkele ridders waren met hun schildknapen en knechten achtergebleven. Zodra de koning en de graaf het huis hadden verlaten, daalden ze de trappen af naar de kerkers en openden de sloten van de deuren. Een van hen riep met krachtige stem: 'De koning is van plan jullie een barmhartige behandeling te geven. Hij wil jullie één voor één voor hem zien verschijnen. Wie de wettelijke bewijzen van zijn onschuld kan leveren, zal als een vrij man de stad mogen verlaten. Probeer niet te vluchten, want het hele gebouw staat onder zware bewaking. Komaan. Eerst Wulfric Cnop.'

Wufric, die er altijd van overtuigd was geweest dat hij eigenlijk niets had misdaan en de aankondiging over 's konings mededogen maar al te graag geloofde, veerde recht en liep, de ogen knipperend tegen het licht, de kerker uit. Slechts gekleed in hemd en broek zag hij er miserabel uit, maar om zijn mondhoeken speelde een glimlach. Zijn vrijlating, daar twijfelde hij geen ogenblik meer aan, was nog een kwestie van uren. Twee knechten haalden de kettingen van zijn voeten en bonden zijn handen op zijn rug. Dan duwden ze hem de trap op.

In de grote zaal zakte Wulfrics gelaat in een onnozele plooi. Hij had gedacht daar veel volk te zien en onmiddellijk voor de koning en de graaf en hun baronnen te worden geleid, maar er was geen kat. Ze zullen boven zitten, dacht hij, of in de kerk. Vragend keek hij naar de knechten en die bevestigden zijn vermoeden.

''t Is boven te doen,' zei een van hen schamper.

Gerustgesteld beklom Wulfric de brede treden en dacht op de overloop te blijven staan, de blik vragend op de overdekte gang naar Sint-Donaas gericht, of hij in die richting moest stappen, maar zijn begeleiders duwden hem verder de smalle wenteltrap op tot de derde verdieping. Toen het deurtje openzwaaide en hij in de open lucht naar de kantelen werd geduwd, begreep hij dat daar, beneden, in de afgrond, zijn dood lag. Radeloos om zich heen kijkend zag hij in een flits nog de kapelaan Robrecht staan en enkele ridders onder wie Wouter, de zoon van wijlen hofmeester Evrard Lodemare, maar tijd om nog iets te zeggen kreeg hij niet, want twee beulen pakten hem vast en wierpen hem naar beneden.

Hij stuikte op de grond op het Burchtplein voor de Love en heel zijn lichaam was gebroken. Even nog draaide hij het hoofd en dan blies hij zijn laatste adem uit. Vanuit de menigte steeg een schreeuw van verrassing op, gevolgd door gejuich. Nu begreep iedereen waarom de wapenknechten de strook voor het gravenhuis hadden ontruimd. Van de kant van de Markt en de Reiebrug uit werd er geduwd om dichterbij te geraken en aller hoofden waren vol verwachting op de top van de toren van de Love gericht.

De tweede die naar beneden werd gegooid, was ridder Walter, de zoon van Lambrecht van Aardenburg en de man van Mathilde. De knechten hadden zijn handen niet op zijn rug, maar op zijn buik gebonden en de beulen wilden hem onmiddellijk vastgrijpen en over de kantelen gooien. Maar hij liet zich op de knieen vallen, hief de armen op naar Robrecht en Wouter en smeekte hen en de ridders die van koningswege toezicht uitoefenden op de terechtstelling, hem nog wat tijd te gunnen om te bidden. Uit medelijden stonden ze dat toe. Wouter keek onverschillig over de kantelen naar de bloeddorstige menigte die beneden ongeduldig om het volgende slachtoffer schreeuwde. Robrecht kon zijn ogen niet van Mathildes echtgenoot afhouden. Zoals hij daar geknield zat, het hoofd opgeheven en tot de Heer smekend om vergeving van zijn zonden, viel het op hoe mooi de man gebouwd was, hoe soepel zijn spieren waren, hoeveel kracht uit zijn jonge lichaam straalde.

Plots stond de ter dood veroordeelde op, wendde de blik naar zijn stenen woning die achter de Markt boven de houten huisjes uitstak, schudde meewarig het hoofd, deed een stap vooruit en zei met heldere stem: 'Ik ben klaar.' De beulen grepen hem en keilden hem naar beneden. Hij viel met zijn gezicht in het zand en was op slag dood.

De volgende die uit het deurtje van de traptoren werd geduwd, ridder Eric, sloeg eerst een kruis, maar bood daarna uit doodsangst zo hardnekkig weerstand dat de beulen hem slechts na een lange worsteling over de kantelen kregen. Hij viel op de houten trap die naar de hoofdingang leidde en sleurde een trede mee. De menigte keek ademloos toe, want hoewel de verrader van zo hoog was gevallen, zat hij rechtop en sloeg nog een kruis. Verdwaasd keek hij naar de mensen voor hem, alsof hij nog van iemand redding verwachtte. Enkele vrouwen waagden zich dichterbij om hem te helpen, maar een ridder op de toren zag het en gooide een steen naar beneden zodat ze bang wegstoven.

Net op tijd, want de volgende stortte al naar beneden. Al vallende riep hij luid 'Jezus Christus!' en sloeg met een doffe plof op de grond naast Eric die, helemaal in elkaar gedrukt, voorover was gezakt en de geest had gegeven.

Zo werden die mooie meidag van het jaar onzes Heren 1127 alle verraders naar beneden geworpen en de massa telde luidkeels mee: twintig, eenentwintig, tweeëntwintig, drieëntwintig... Na de zesentwintigste dachten ze dat het gedaan was, want er waren zesentwintig verraders uit de toren gekomen, Robrecht het Kind niet meegerekend. Aan de burgers overgeleverd zou hij zeker niet met de anderen worden terechtgesteld, zo hij al zou worden gestraft.

Vandaar een kreet van afgrijzen toen er onverwacht toch nog

een zevenentwintigste lichaam naar beneden stortte en zelfs een achtentwintigste. Bij nader toezien bleken het een schildknaap te zijn en Lambrecht Archei, de chef van de boogschutters die na zijn vlucht niet direct was opgehangen omdat de opperste leiders van het land in Atrecht vertoefden, maar aan zijn familielid Gerbert werd toevertrouwd en later aan Gervaas van Praet was uitgeleverd.

Vergenoegd omdat de goddelijke Wrake eindelijk had toegeslagen en alle schuldigen van het verraad hun verdiende straf hadden gekregen en Robrecht het Kind was gespaard gebleven zoals gevraagd, ging de menigte uiteen.

Robrecht had zijn aanwezigheid bij de terechtstelling niet alleen als een plicht, maar ook als een genoegen ervaren. Eindelijk was gerechtigheid geschied. Nauwelijks hadden de beulen Lambrecht Archei over de kantelen gegooid, of hij daalde de wenteltrap af, vast van plan zich weer bij de graaf te voegen. Op de overloop bleef hij staan, zijn gedachten de vrije loop latend. Links lag de gewelfde overgang naar Sint-Donaas, rechts de toegangsdeur tot het slaapvertrek van de graven.

Hoe zou het met Margaretha zijn, mijmerde hij. Na de moord op haar man was ze door haar meiden en dienaars ijlings in haar reiskar weggebracht naar Torhout en vandaar naar haar bezittingen in Amiens. Hij zag haar nog voor zich, zoals ze daar op die onzalige woensdag in een hemelsblauwe jurk in een lage stoel lag, lijkbleek, de benen uitgestrekt met de hielen op een rustbankje en de linkerhand om haar gulden gordel. Aan Vlaanderen zou ze wel een slechte herinnering bewaren, deze frêle vrouw, lieftallig als een engel, gracieus als een heidense godin. Door haar kinderloosheid, haar onmacht om het land een opvolger te schenken, was ze zo zwaar aangeslagen dat ze er lijfelijk aan ten onder ging. Aan welke zonde die onvruchtbaarheid te wijten was, had Robrecht niet kunnen achterhalen, want haar biechtvader was hij nooit geweest.

Van Margeretha naar Mathilde was een korte gedachtesprong, al waren het volkomen verschillende vrouwen. De eerste was slank en fragiel, angstig en passief, de tweede klein en vinnig, onstuimig en ondernemend. Met een schok realiseerde hij zich dat

410

Mathilde, net als Margaretha, weduwe was geworden. Beneden, tegen de gevel van de Love, lag het verhakkelde lijk van haar man. Allemaal waren ze nu dood, de schurken die haar leven tot een hel hadden gemaakt: Walter, Bertulf, Evrard.

Op goddelijke barmhartigheid moesten ze niet rekenen, want bisschop Simon had allen die bij het verraad waren betrokken - en dat waren ze alle drie! - onmiddellijk na de moord geëxcommuniceerd. Naar de strikte regels van de rechtvaardigheid hadden ze voor hun wandaden geen absolutie gekregen. Vóór de terechtstelling had de bisschop uitdrukkelijk de opdracht gegeven de lijken van de achtentwintig buiten het kerkhof te begraven, in open veld op de kruispunten der wegen.

Gelukkig hadden haar ouders nog een christelijke begrafenis gekregen omdat niemand op dat moment besefte dat Evrard eigenlijk een handlanger van de Erembalden was en feitelijk geëxcommuniceerd. Voor de mensen was hij als een deugdzaam man aan de aarde toevertrouwd, maar voor de Opperste Rechter zouden zijn heimelijke misdaden fataal open en bloot komen te liggen. Van zijn familie schoot nauwelijks iets over. Na de dood van Willem, laf vermoord door de Erembalden - al wist niemand waarom - bleven alleen Mathilde en Wouter over. Dat deed Robrecht eraan denken dat hij op weg naar Sint-Omaars aan zijn vriend had beloofd haar te gaan opzoeken. Na diens minachtende opmerkingen over nonnen en broeders was hij gaan twijfelen aan de absolute noodzaak van een leven zonder vrouw. En door de onverdraaglijke gedachte dat een andere man haar zou aanraken, was hij helemaal in de war geraakt.

Toch was hij niet gegaan, die maandag in april. De graaf had hem voortdurend opgeëist en diep in zijn hart was hij daar niet rouwig om geweest. Het had hem de kans gegeven erover na te denken en uiteindelijk was hij nog blij dat hij zijn vroegere belofte niet had gebroken ook. Alles wel beschouwd en in weerwil van de wellust die hij om zich heen zag bij tal van geestelijken, wilde hij als priester een vroom en rein leven leiden. Voor zichzelf was de zaak beslecht: hij zou nooit meer naar haar toe gaan.

'Robrecht!'

Fromold de Jonge kwam op hem toegelopen.

'Ja?'

'De graaf vraagt naar je.'

Robrecht liep de trappen af naar de grote zaal waar Willem Clito in zijn zetel was gaan zitten, omringd door een stel edelen. Zich een weg banend door de talrijke aanwezigen die druk aan het napraten waren over de terechtstelling, liep de priester tot bij de landsheer en maakte een buiging.

'Heer graaf?'

'Ha, daar is mijn kapelaan. Kom hier, Robrecht.' En zijn stem dempend: 'Jij moet voor mij een delicate opdracht vervullen. Je weet dat ik de Erembalden altijd veracht heb, ook toen er nog geen sprake was van het vuige verraad dat tot hun ondergang heeft geleid. Een man met edel bloed heeft geen omgang met horigen, dat hoef ik je niet te vertellen. Maar ik wil dat je naar Mathilde gaat, de zuster van Wouter, je kent haar wel, haar man Walter was een van de aanstichters van de moord. Met haar vader, wijlen de hofschenker Evrard, heb ik nooit veel opgehad. Hij was mij te schraapzuchtig, te vals. Hij zat te veel in de proosdij bij de kanselier en zijn vriendjes. Maar zij is een flinke vrouw, weduwe nu door Gods beschikking. Ik heb me door haar broer laten vertellen dat ze nooit betrokken is geweest bij het complot, dat ze integendeel door de brutaliteit van haar man en haar schoonvader veeleer slachtoffer was van de Erembalden dan handlangster.

Ga vandaag nog naar haar, betuig haar mijn medeleven bij de dood van haar echtgenoot, en breng haar mijn grafelijke groet. Zeg dat ze ongehinderd binnen de muren van de stad kan blijven wonen en dat ze niet zal worden verontrust, niet in haar persoon en evenmin in haar bezittingen, die zeer ruim zijn, naar ik me heb laten vertellen. Druk haar ook op het hart dat ik grote genegenheid koester voor haar broer, mijn vazal ridder Wouter, en dat ik geld uit de grafelijke kas ter beschikking stel voor de heropbouw van de ouderlijke woning aan de weg naar Aardenburg zodat Wouter daar zijn intrek kan nemen. Ga nu, en voer de opdracht naar behoren uit. Is er wat?'

Bij de naam Mathilde was Robrecht rood aangelopen.

'Neen, heer graaf,' hakkelde hij. 'Het is maar dat ik...'

'Dat je wat?'

'Dat ik vereerd ben een dergelijke boodschap te mogen overbrengen. U moet weten dat Mathilde...'

Hij voelde zich opnieuw vuurrood worden.

'Dat Mathilde wat?' De graaf keek hem bezorgd aan.

'U zal zich misschien herinneren dat ik Mathilde heel goed ken. Ik bedoel, dat ze van kindsbeen af... Dat haar ouders en mijn ouders...'

De landsheer liet hem niet uitspreken.

'Dat haar broer je boezemvriend was, wist ik,' zei Clito lachend. 'Maar dat je ook met haar goed kunt opschieten, is nieuw voor mij. Het maakt de opdracht er des te eenvoudiger op. En de eer des te groter. Ik kreeg de raad deze taak toe te vertrouwen aan een priester. Nu blijkt ze op de schouders te liggen van een vriend des huizes. Je zult zien, Mathilde zal opgetogen zijn.'

'Ik dank u voor het vertrouwen, heer graaf.'

Nu nog mooier, sakkerde Robrecht bij zichzelf, terwijl hij de Love uitliep. Ik zal wel mijn uiterste best doen om aan de bekoring te weerstaan, en daar jaagt de graaf me zelf naar haar huis! Hoe komt Clito er in 's hemelsnaam bij om mij daarvoor uit te kiezen? Is dit een gemene streek van de duivel die mij weer naar de zonde wil drijven? Of is het een ingrijpen van de Voorzienigheid? Of van de Heilige Maagd?

Om de karren heen lopend waarop knechten de lijken van de terechtgestelden aan het gooien waren, stapte Robrecht over de Reiebrug en de Markt achter de Sint-Kristoffelkerk naar haar huis en klopte krachtig aan. Mathilde was blij verrast, zoende hem op de wang en voerde hem, haar arm door de zijne stekend, glunderend naar de zaal van haar huis.

'Lieve Robrecht,' lachte ze, 'wat brengt je eindelijk naar hier?'

'Ik kom in naam van de graaf,' antwoordde de priester traag, in een poging een plechtige klank in zijn stem te leggen.

'Van de graaf?'

'Walter is dood.'

'Dat weet ik. Ze hebben hem levend van de transen van de graventoren geworpen. Als tweede, na Wulfric Cnop. Konden ze voor die schoft geen gruwelijker dood bedenken? Hem met ijzers branden of hem de darmen uit het lijf halen?'

'De graaf stuurt me om je zijn medeleven en zijn groet over te brengen. Hij wil dat ik je ervan op de hoogte breng dat je binnen

413

de muren van Brugge kunt blijven wonen en dat je niet zal worden verontrust, niet in je persoon en evenmin in je bezittingen. In tegenstelling met de andere familieleden van de Erembalden zullen je goederen niet geconfisqueerd worden. In zijn gulheid stelt Willem Clito zelfs geld uit de grafelijke kas ter beschikking voor de heropbouw van de woning van je ouders zodat Wouter daar zijn intrek kan nemen. Je weet dat de graaf een diepe genegenheid voor hem koestert.'

'Is het officiële gedeelte van je bezoek hiermee afgelopen?'

Haar stem klonk guitig en ze schudde het hoofd zodat haar lokken over haar schouders dansten. Ze zag er bekoorlijk uit in haar witte jurk met hoge taille en diep uitgesneden decolleté. Robrecht knikte bevestigend, niet goed wetend wat te zeggen.

'Ze hebben geen absolutie gekregen,' hervatte hij dan gejaagd. 'De Erembalden bedoel ik. De bisschop heeft geweigerd. Daarom zijn ze voor eeuwig verdoemd.'

'Hou je nog steeds van me?'

'Mathilde, je weet...'

Ze kwam vlak voor hem staan. Haar warme adem streek over zijn gelaat.

'Luister naar wat ik je te zeggen heb.' Ze legde nadruk op *ik*. 'Walter hebben ze de nek gebroken. De kanselier hebben ze aan de kaak gesteld. En de vrucht die ik in mijn schoot droeg, heb ik laten afkomen. Met een drankje van een kruidenmengster, een brouwsel dat onverbiddelijk werkt. Ik ben vrij, Robrecht! Vanaf vandaag ben ik jouw Mathilde.'

Ze boog haar hoofd lichtjes achteruit en glimlachte, waardoor haar gelaat in die olijke plooi viel die hem zo betoverde. Sidderend van ontzetting en van begeerte greep hij haar vast en perste zijn lippen op haar mond.

Die nacht sliep hij met haar. En toen hij 's ochtends wakker werd, voelde hij helemaal geen schaamte of angst, zelfs geen spijt. Integendeel. Het was mateloze vreugde die opwelde in zijn gemoed toen hij haar naast zich zag liggen, naakt, de linkerhand op haar vlakke buik, de rechterhand op haar borst, alsof ze die wilde strelen. Hij boog zich over haar - ze geurde naar viooltjes - en zoende haar op haar navel. Zoetjesaan liet hij zijn handpalm over haar buik naar beneden schuiven. Zonder de ogen te openen, spreidde ze lichtjes haar benen zodat hij gemakkelijk bij haar spleetje kon en zuchtte van zaligheid.

Op vrijdag 6 mei, feest van Sint-Jan voor de Latijnse Poort, gaf koning Lodewijk VI te kennen dat hij naar zijn land wilde terugkeren. Onder bazuingeschal, voorafgegaan door een dubbele schaar in blauw en geel geklede schildknapen en gevolgd door een stoet van ridders en geestelijken verliet hij dezelfde dag nog de stad. Met een gerust gemoed trouwens, want door zijn snel en doortastend optreden had de vorst recht en orde hersteld, de Erembalden uitgeroeid, een nieuwe graaf - zijn kandidaat! - op de troon gebracht en een burggraaf voor Brugge en een proost voor het kapittel aangesteld. Vlaanderen was weer wat het altijd was geweest en in het hoofd van de koning hoorde te blijven: een leen van Frankrijk.

Wat Lodewijk de Dikke onvoldoende besefte, was dat niet iedereen zich gelukkig prees met de wending die de gebeurtenissen hadden genomen. Had hij kunnen horen wat er in de taveernen en op de markt in Gent, Brugge, Ieper en Rijsel werd verteld, dan had hij geweten dat de koning van Engeland niet van plan was goedschiks de brutale verstoring van het machtsevenwicht op het vasteland te aanvaarden. Want zo beschouwde Hendrik de aanstelling van Willem Clito. Natuurlijk was Lodewijk ervan op de hoogte dat Hendrik aanspraak maakte op de Vlaamse troon op grond van zijn nauwe familiebanden met het gravenhuis, want langs moederszijde was hij de kleinzoon van graaf Boudewijn V. Maar hoe legitiem die kandidatuur ook leek, voor de Franse koning had ze niets meer dan een symbolisch karakter. Ze verontrustte hem geenszins. Hij zag er slechts een middeltje van zijn Engelse rivaal in om een ijzer in het vuur te houden. Had hij geweten dat Hendrik al met een stapel steekpenningen bondgenoten aan het werven was in Vlaanderen en in Brabant, dan zou hij niet zo gerust zijn geweest over de afloop.

En er was nog iets. Ook de steden waren niet onverdeeld gelukkig met de verkiezing van de Normandiër tot graaf van Vlaanderen. Waarom hadden zij zo'n onbeduidende rol gespeeld bij de aanstelling van de graaf? Waarom was alles gebeurd alsof de gemeentenaren niets wezenlijks in te brengen hadden en alle macht weer in handen van de adel lag? Want het waren toch de edelen die in Atrecht de landsheer zogezegd hadden verkozen. Zogezegd, want in feite was die 'verkiezing' niets meer geweest dan de bekrachtiging van de wil van de vorst. Hetzelfde gold voor de verkiezing door de Bruggelingen en Gentenaars in Deinze. Wat hadden de gemeentenaren in de pap te brokken gehad? Twee keer niets. Tenzij dat ze zich in een eedgenootschap hadden verbonden en braaf de kandidaat van de koning hadden aanvaard.

En - eerlijk gezegd - wat waren de Vlaamse steden met een knappe jonge ridder als graaf, als die alleen maar belust was op een oorlog met Engeland om de rechten van zijn vader op de troon van Normandië te verzekeren? Een vijand aan de overkant van het Kanaal maakte een boycot niet denkbeeldig en wat moest er dan gebeuren met de bloeiende Vlaamse lakennijverheid die voor het grootste gedeelte draaide op Engelse wol? Neen, van algemene tevredenheid was er in Vlaanderen beslist geen sprake.

Maar daarvan lag Lodewijk niet wakker. Temeer omdat zijn koninklijke beurs behoorlijk was gevuld, want in weerwil van wat hij onder ede plechtig aan de Vlamingen had verzekerd, had hij van Willem Clito wel duizend mark zilver geïncasseerd als verheffingsgeld, de taks die een nieuwe leenman aan zijn leenheer moest betalen om het geërfde goed tot leen te verheffen. Dat geld beschouwde hij als een bescheiden compensatie voor het feit dat hij de hand niet had kunnen leggen op de grafelijke schat van Karel.

Met een gevoel van diepe voldoening kon hij zijn leen verlaten en zich op de staatszaken in Frankrijk concentreren. Willem Clito zat stevig in het zadel, de edelen waren gepaaid omdat ze hun zegje hadden gehad bij de keuze van de graaf en de berechting van de Erembalden en de poorters leefden in de zalige overtuiging dat er geen verheffingsgeld was betaald. Hun aandacht werd overigens opgeslorpt door Robrecht het Kind die gevankelijk werd meegevoerd. De handen op de rug gebonden, keek de jongen van op zijn paard meewarig naar de burgers die hem met betraande ogen en zuchtend van medelijden begeleidden tot aan de rand van de stad.

'Laat maar, vrienden,' riep hij. 'Jullie kunnen toch niets doen om mijn leven te redden. Als jullie echt zoveel om me geven, bid dan tot God om ontferming over mijn ziel.'

Met lede ogen zagen de burgers hoe de vorstelijke stoet over het Zand de stad uitreed en hoe de koning buiten de muren plechtig afscheid nam van de graaf die hem uitgeleide deed. Wat ze niet meer zagen, was dat de koning wat verder de voeten van Robrecht het Kind onder de buik van zijn paard liet samenbinden.

In Kassel gaf Lodewijk het bevel hem terecht te stellen. De jongen bekende zijn zonden, erkende dat hij betrokken was geweest bij het verraad tegen graaf Karel en schonk de beul vergiffenis vóór die hem met een krachtige houw het hoofd afsloeg. Maar over de grafelijke schat repte hij met geen woord. Wellicht omdat hij er niets over wist. Voordien had de koning hem al duchtig laten geselen, zonder enig resultaat.

Uitgerekend de dag nadat de koning was vertrokken, kwam deken Helias met een uitgestreken gezicht bij de graaf de zilveren kan en de gouden beker met het gouden deksel afgeven die hij vroeger in een reliekschrijn uit de burg had gesmokkeld en in Sint-Salvator door een sullige priester had laten bewaken. Hij beweerde dat de kanselier ze aan Sint-Donaas had geschonken, maar iedereen wist maar al te goed dat Bertulf die vaten van zijn neven had gekregen bij de verdeling van de grafelijke schat. Al dat achterbaks gedoe deed de reputatie van de deken van het kapittel geen goed. Het zwengelde wel de geruchten aan over de schat, die intussen mythische afmetingen had aangenomen en in de hoofden van vele Vlamingen al tienmaal groter was geworden dan hij in werkelijkheid ooit was geweest.

Tot Eustaas, de pas benoemde burggraaf van Veurne, op zaterdag 21 mei, de vigilie van Pinksteren, Olgier, de vroegere kamerling van de kanselier, gevankelijk naar Brugge voerde en voor de voltallige grafelijke raad bracht. De man werd duchtig aan de tand gevoeld en moest nauwkeurig vertellen wie wat gekregen als buit uit de eigendom van graaf Karel. De graaf sprak hem streng toe: niemand mocht hij ontzien, leek noch geestelijke. Olgier, die een kans snoof om vrij te komen, diste een pak leugens op die hij ter plekke verzon: kanunnik Deletter, beweerde hij, had tweehonderd mark zilver gekregen. Robertus, koster van Sint-Donaas, zijden peluwen en dekens en zilverwerk, magister

Radulfus zes zilveren vazen en Robrecht, de zoon van Lidgard, honderd mark zilver. Zijn bekentenis kwam de leden van de grafelijke raad geloofwaardig over. Was Helias een paar dagen geleden inderdaad niet op de proppen gekomen met een kan ter waarde van eenentwintig mark zilver en een beker ter waarde van zeven mark goud? Het was dus niet uitgesloten dat die schavuit en zijn kanunniken nog een dik pak zilver achterhielden. Deletter en Radulfus werden er bijgehaald, maar ontkenden bij hoog en bij laag dat ze ook maar één stuiver van de Erembalden hadden gekregen.

Later kwam het uit. Op een ochtend, heel vroeg - het was pikdonker en iedereen sliep nog - was er in de burg beweging. Aan de muur bij het zuidportaal stonden vier lastpaarden vastgebonden. Koster Robertus was druk in de weer de dieren te beladen. Omzichtig, om zo weinig mogelijk leven te maken, zeulde hij almaar zware zakken aan die hij met zelen over hun rug vastsnoerde. De vrome geestelijke had de plotse ingeving gekregen zich naar verre landen te begeven op pelgrimstocht. Met al zijn hebben en houden uiteraard. Tijdens het beleg had hij uitstekende betrekkingen onderhouden zowel met de belegerden als met de belegeraars en hij was de enige die de hele tijd vrijelijk bij de Erembalden in en uit kon lopen. Hij had de moordenaars wijsgemaakt dat ze hem in volle fiducie al het geld en de juwelen uit de grafelijke schat mochten toevertrouwen. Hij zou ze in veiligheid brengen en na de beroering eerlijk teruggeven. Nu de onverlaten hun bezit niet meer konden terugeisen en het hem, door het onderzoek van de grafelijke raad, te heet onder de voeten werd, vond Robertus het raadzaam een poosje uit Brugge te verdwijnen. Bij diverse gelegenheden had hij laten vallen dat hij van plan was naar Jeruzalem te vertrekken om er enkele kostbaarheden, die hij uit giften van edele dames had ontvangen, persoonlijk aan de Heer aan te bieden, een voornemen dat hij die meidag tot uitvoering bracht.

En zo verdween de koster die ochtend over de Reiebrug achter zijn vier paarden die traag stapten onder hun bezwarende last. Ze hebben hem in Vlaanderen nooit meer teruggezien.

De zomer van 1127 was warm, maar voldoende vochtig om

uitzicht te bieden op een goede oogst. Op het platteland ging het leven zijn gewone gang, maar in Brugge hing een onbehaaglijke sfeer. Niet dat er ontevredenheid heerste over de afloop van de gebeurtenissen. Neen, dat niet. Nagenoeg iedereen gaf openlijk uiting aan zijn voldoening over de kordate manier waarop de koning en de groten van het land de crisis hadden bezworen. Maar uit de Love kwamen onrustbarende berichten. De graaf, zo luidde het, was van plan de moord op zijn voorganger tot op het bot uit te zoeken en alle schuldigen te straffen. De tevredenheid maakte gaandeweg plaats voor ongerustheid, angst zelfs.

Een eerste teken aan de wand was de overbrenging, op de zaterdag na Maria-Geboorte, van Willem van Ieper uit Rijsel naar Brugge. Clito liet hem opsluiten in het allerhoogste vertrek van het Steen, de vroegere residentie van de graven van Vlaanderen, dat dienst deed als gevangenis. Met de bastaardgraaf vloog ook diens broer en trawant, Thiebald Sorel, achter de tralies. Na enkele dagen bleek dat de twee nog op tal van medestanders in de stad konden rekenen en daarom vond de graaf het verstandiger Thiebald weg te halen. Hij vertrouwde hem ter bewaking toe aan een Gentse ridder, Evrard. En om Willem van Ieper compleet van zijn aanhangers te isoleren, verbood de graaf hem zich nog langer aan het raam te vertonen. Hij mocht niet meer naar buiten kijken en dag en nacht stond hij onder scherpe bewaking.

Op vrijdag 16 september, de vigilie van Sint-Lambertus, vertrokken ijlboden om de wijze burgers van Brugge en omstreken en burggraaf Gervaas van Praet naar de Love te sommeren. Bij menige Vlaming sloeg de schrik om het hart. Temeer omdat de landsheer de burgers en de burggraaf op de eer van het land liet zweren dat ze een waarheidsgetrouwe verklaring zouden afleggen over de volgende vragen.

Wie had graaf Karel vermoord? Wie had de mensen gedood die samen met de graaf waren omgebracht? Wie had de bezittingen van de graaf en van zijn vazallen en leden van zijn huishouding die samen met hem waren gedood, geplunderd? Wie had zich na de dood van de landsheer verbonden om de verraders te helpen? Wie had in het gezelschap vertoefd van die goddelozen voor of na het beleg? Wie had de valsaards of hun medeplichtigen zonder toestemming van de leiders van het beleg helpen vluchten en daarvoor heimelijk een beloning aangenomen uit het bezit en de schat van graaf Karel? Wie had achteraf een schuilplaats en hand- en spandiensten verleend aan hen die door de koning en de graaf samen met hun baronnen veroordeeld waren en vogelvrij verklaard?

Nadat ze buiten op het Burchtplein de eed hadden afgelegd, gingen de burgers en Gervaas van Praet het huis van de graaf binnen en begonnen hun zitting. Uit Brugge werden honderd vijftig mensen beschuldigd en uit Aardenburg zevenendertig, inbegrepen Lambrecht, de vader van wijlen ridder Walter, die vroeger al als verrader was geschandvlekt.

De jacht was open. Het bevel van de graaf om de schuldigen met alle middelen op te sporen, bood velen een gedroomde gelegenheid oude rekeningen te vereffenen. De verwanten van diegenen die bij de belegering van de burg waren omgekomen, wierpen zich aan de voeten van de graaf en smeekten hem om de lafbekken en geniepigaards die belegerden hadden helpen ontsnappen, aan hen over te leveren om ze te doden of een geduchte straf in te peperen.

Omdat hij zich vast had voorgenomen zijn houding louter en alleen door de wet te laten bepalen, liet de graaf de beschuldigden voor hem verschijnen om ze te berechten op grond van het belegeringsdecreet. De tekst ervan luidde: 'Hij die tegen het bevel van de leiders van het beleg wie ook van de belegerden helpt ontsnappen, op hem zal dezelfde lijfstraf worden toegepast als op de ontsnapte.' Enkelen bekenden, maar de meesten wezen de beschuldigingen resoluut van de hand en beweerden dat ze uit de lucht waren gegrepen en alleen op haat en nijd berustten, zeker niet op feiten. Ze verzochten de graaf bovendien met de grootste aandrang dat hij hen volgens het schepenrecht zou behandelen, zowel wat betreft de beschuldiging van verraad als eender welke andere verdachtmaking.

Noodgedwongen sprak de graaf er veel vrij, wat niet betekende dat daarmee hun vel was gered. Zonen, neven en verwanten van slachtoffers die geen genoegen namen met de vrijspraak, lieten hen niet met rust, spoorden hen op en koelden hun wraak omdat ze om God weet welke reden die niets met het complot te maken had, hun ondergang hadden gezworen ofwel omdat ze er inderdaad van overtuigd waren dat de beschuldigden echt verraders hadden laten ontsnappen. Menig lijk dreef in de Reie of lag te rotten in de grachten langs de weg naar Torhout of Oudenburg. Op het feest van Sint-Lambertus, zaterdag 17 september, nam het smeulende conflict tussen graaf en burgers gevaarlijke afmetingen aan. Vóór zijn vertrek naar Ieper eiste Willem Clito plots de tol van de Brugse burgers. Tol waarvoor ze nog maar pas vrijdom hadden gekregen voor henzelf en voor hun nakomelingen! Iedereen had toch gehoord hoe de koning en de graaf op de relieken hadden gezworen dat ze in hun grootmoedigheid niemand meer zouden lastigvallen met tol of cijns. Op straten en pleinen, in kerken en taveernen, op de Markt en zelfs binnen de burg, overal stonden groepjes de beslissing van de landsheer druk te bediscussiëren. Het was toch altijd hetzelfde met die fijne heren. Voor geen haar waren ze te betrouwen. Eden, plechtig gezworen op de heiligste relieken, wogen niet zwaarder dan de wind waarop ze waren weggewaaid.

Gillis Vernaechtenzone wist ook te vertellen waaruit de kwade dank van de graaf sproot. Bij het zweren van de eed had Willem Clito uit het oog verloren dat zijn ridders door zijn grafelijke voorgangers met die tol waren beleend. Ze verloren dus een belangrijke bron van inkomsten. Achteraf hadden ze hem daarop attent gemaakt en bovendien gesteld dat hij het recht niet had vrijstelling te verlenen zonder hun toestemming. Ze gingen zelfs zover de burgers het recht te ontzeggen vrijdom te vragen. Vandaar hun eis tot onmiddellijke herinvoering van de tol.

De verwatenheid van de ridders speelde danig in de kaart van Clito's tegenstanders. Dat bleek 's anderendaags op een inderhaast georganiseerde bijeenkomst in het huis van Gillis waar ook kapelaan Robrecht aanwezig was omdat hij nog steeds tot de kring van wijze burgers werd gerekend. Aanvankelijk draaide de discussie rond de tol, maar bij de aankomst van Zeger van Caneghem verlegde ze zich al snel naar de persoon van de graaf.

'Zie je wel,' smaalde Zeger, die nooit zijn sympathie voor Willem van Ieper onder stoelen of banken had gestoken. 'Het is nu toch wel zonneklaar dat we met de keuze van Clito een vergissing hebben begaan. Hij zit nog niet in de Love of hij breekt al zijn belofte. Waar is de tijd van Boudewijn van Rijsel of van Robrecht de Fries? Voor hen was een woord een woord, maar zij waren dan ook Vlamingen, rechtstreekse afstammelingen van graaf Boudewijn met de IJzeren Arm, landsheren met het hart op de rechte plaats. Nu zitten we met een nijdig Normandiërtje opgescheept. Voor mij is er maar één oplossing.' Hij pauzeerde om zijn woorden te laten doordringen. 'Willem van Ieper uit het Steen bevrijden en hem uitroepen tot graaf van Vlaanderen.'

'Wie ga je daarvoor halen?' vroeg Heribert Cannaerts spottend.

'Volk genoeg,' reageerde Zeger.

'Ha zo?'

'Welzeker.'

'Kom op,' drong Heribert aan. 'Namen!'

Robrecht spitste de oren.

'Daarvoor is het te vroeg. Laat dit gezegd zijn. Er lopen in Vlaanderen genoeg ambachtslui rond die hun brood verdienen met het laken en niet van plan zijn de zaken op hun beloop te laten. Voeg daar de ridders van Willem van Ieper bij die door Clito in ballingschap zijn gestuurd en met jeukende handen wachten op een kans om terug te keren - en je hebt al een behoorlijk legertje bij elkaar.'

'Wie zal dat allemaal betalen?' kwam Gillis tussenbeide.

'Wie kan dat betalen?' keerde Zeger de vraag om. Omdat er geen antwoord kwam, stelde hij gemaakt achteloos een andere vraag: 'Met wie is Willem van Ieper getrouwd?'

'Met het nichtje van Clementia, de weduwe van Jeruzalem,' antwoordde Robrecht.

'En met wie is de koning van Engeland getrouwd?'

'Met Aleidis, de dochter van Godfried van Leuven bij zijn eerste vrouw, Mathilde van Schotland.'

'Juist. En wie is de tweede vrouw van Godfried?'

'Clementia.'

Stilte.

'Ik zal jullie nog dit vertellen,' zei Zeger opstaand. 'De koning van Engeland kan zich onmogelijk neerleggen bij de verkiezing van Willem Clito tot graaf van Vlaanderen. Hij is bezig een brede coalitie op de been te brengen om de Normandiër van de troon te jagen. Jullie moeten weten wat jullie willen. Mijn beslissing is genomen.'

Gillis veerde recht en riep: 'Wij hebben de graaf trouw gezworen.'

Het antwoord van Zeger kwam zo rap als tellen: 'Alsof hij

zich aan zijn eden houdt!'

'Ik doe in elk geval niet mee om die bastaard uit het Steen te halen.'

De aanwezigen begonnen door elkaar te roepen en te schreeuwen en de gemoederen raakten zo verhit dat Gillis tussenbeide moest komen om een handgemeen te voorkomen. Bang om bij de discussie betrokken te raken, kneep Robrecht ertussenuit en liep naar huis.

Moest hij de graaf van het broeiende oproer verwittigen en alles overbrieven wat hij in het huis van Gillis gehoord had? Of moest hij zijn mond houden? Zolang het grafelijk gezelschap in Ieper verbleef, restte hem nog wat tijd voor een beslissing. Achter een groenteventer die met schallende stem zijn waar aanprees - erwten! kolen! warme bonen! look! uien! kervel! prei! rapen! - stak hij de straat over, op de hielen gevolgd door Dirk, en botste pardoes op zijn vader.

'Robrecht! Heb je het laatste nieuws al gehoord? Van Walter van Vladslo?'

'Neen.'

'Hij is dood. God heeft hem gestraft voor zijn deel in het verraad.'

'Walter, de broer van Cono?'

'Ja, hij is in volle vaart van zijn paard getuimeld en meegesleept.'

'Was hij direct dood?'

'Neen. Hij heeft nog twee dagen geleefd. Naar het schijnt heeft hij op zijn sterfbed bekend dat hij geld had aangepakt om Bertulf te helpen ontsnappen.'

'Geen wonder. De nicht van de kanselier was getrouwd met zijn zoon.'

'Dat is het nu juist.'

'Wat bedoel je?'

'De nicht van de kanselier was helemaal niet getrouwd met de zoon van een pair van Vlaanderen zoals ze dacht, of met de tweede in rang na de graaf, ze was getrouwd met de zoon van een schoenlapper!'

'Van een schoenlapper?'

'Luister, Robrecht. Dat Bertulf een leperd was, weten we allemaal. Om de Erembalden zo sterk en machtig mogelijk te maken, koppelde hij de dochters van zijn broers en neven aan edelen. Maar in het geval van Walter, heer van Eine en Vladslo, had hij zonder de Allerhoogste gerekend. Kom, we gaan een kroes drinken.'

Benieuwd volgde Robrecht zijn vader in een taveerne. Na een paar flinke slokken nam Giselbrecht de draad van zijn verhaal weer op.

'Walters vrouw had een zoon gebaard, maar die was terstond overleden. Ze wikkelde het lijkje in vodden en bracht het naar de vrouw van een schoenlapper die ook pas een zoon had gekregen. Een handvol geldstukken volstond om de sloor ervan te overtuigen de kinderen te verwisselen en rond te strooien dat zij het dode kind had gebaard. Thuis gebaarde Walters vrouw van niets zodat haar man in de waan verkeerde dat hun kind gezond en wel was. Toen die ondergeschoven zoon opgroeide en iedereen dacht dat het de zoon van Walter was, kwam de kanselier met zijn huwelijksaanbod.'

'Hoe weet je dat allemaal?'

'Omdat de vrouw van Walter het na zijn dood in het openbaar heeft bekend. Snap je, Robrecht, die onechte zoon was niets anders dan de tegenzet van de Heer! Met dit huwelijk had de kanselier zijn geslacht trots en heerszuchtig willen verheffen, maar door een list van de Allerhoogste verschalkt, schonk hij zijn nicht aan de zoon van een schoenlapper! Haha!'

Overdag woonde Robrecht in zijn huis in de burg. 's Nachts sliep hij bij Mathilde, behalve de nachten van de woensdagen en vrijdagen en alle andere vastendagen waarop vleselijke omgang door de Kerk verboden was. De graaf wist het, de proost van het kapittel wist het, heel Brugge wist het, en niemand zei iets, maar het bleef de priester toch dwarszitten. Om geen schandaal te maken, vermeed hij zoveel mogelijk zijn geliefde bij klaarlichte dag te bezoeken. Alle afspraken liepen over Dirk en Anna.

Met wat hij in het huis van Gillis had gehoord, raakte hij eveneens moeilijk in het reine. Mathilde wilde hij er niet over aanspreken. Vrouwen hebben geen verstand van dat soort dingen. Het was algemeen geweten dat hun vermogen tot redeneren onvoldoende is ontwikkeld en dat ze al te zeer benomen worden door zaken van tijdelijke aard. Ze zouden snel geneigd zijn tot het geven van verkeerde raad. Dus probeerde hij er zelf al biddend en denkend uit te komen. De informatie doorgeven aan de graaf met naam en toenaam, vond hij verraad tegenover zijn medeburgers. Was het niet dankzij hen dat de Erembalden uiteindelijk in het zand hadden moeten bijten? Zonder hen was Gervaas de stad nooit binnengeraakt en was het complot misschien helemaal anders afgelopen, met Bertulf en zijn handlangers als overwinnaars. En waren er voorzeker veel meer slachtoffers gevallen.

Maar zwijgen was evengoed verraad. Tegenover de graaf die hem tot zijn kapelaan en raadsman had benoemd en hem onvoorwaardelijk vertrouwde. En tegenover Wouter die een vazal was van de landsheer en in rechte verplicht hem in alle omstandigheden bij te staan en te verdedigen. Na veel gepieker - de graaf was met zijn gevolg allang uit Ieper in Brugge teruggekeerd - besliste hij het feit zelf te verklappen, zonder een bron te vermelden of details te geven. Dus liet hij enkele dagen later - tussen neus en lippen - vallen dat er in de stad geruchten waren opgevangen dat er een commando werd gevormd om Willem van Ieper uit het Steen te bevrijden en hem te erkennen als tegengraaf.

Clito had genoeg gehoord. Op 8 oktober, de zaterdag voor het feest van Sint-Richarius, liet hij de bastaardgraaf in het diepste geheim naar Rijsel terugbrengen en toevertrouwen aan de burggraaf aldaar. Zo onthoofdde hij, voor een poosje althans en zonder goed te beseffen wat er werkelijk gaande was, het smeulende verzet tegen zijn bewind.

Kort nadien bleek dat Walter van Vladslo niet de enige was die door Gods wraak werd getroffen. Op 24 oktober, maandag voor het feest van Sint-Amandus, overleed Boudewijn van Aalst. Hij was een van de pairs van Vlaanderen en betrokken bij het verraad, al ontkende hij dat in alle toonaarden. In de bloei van zijn leven kwam hij om bij een licht ongeval, wat duidelijk de hand van God verraadde. Het gebeurde toen hij op een jachthoorn blies. Zijn longen stonden al bol van de lucht, zijn hele hoofd werkte mee om te blazen toen plots het hersenmerg uit zijn natuurlijke plaats schoot en uit een oude wonde door zijn voorhoofd barstte. De opgezwollen massa lucht ontplofte samen met zijn eigen adem zodat het borrelende hersenmerg zijn neus-, oogen keelkanalen verstopte. Door Gods zwaard getroffen viel hij ten prooi aan fatale plagen. Toen hij zijn einde voelde naderen, schoot hij de monnikspij aan en nam als christelijk ridder afscheid van de wereld.

Dat twee pairs - Walter van Vladslo en Boudewijn van Aalst - in elkaars buurt en zo kort na elkaar crepeerden, was voer voor speculaties en commentaar. Vooral het feit dat ze omkwamen door onbeduidende voorvallen, zeg maar door niemendalletjes, deed velen het besluit trekken dat ze nu wel zeker betrokken waren geweest bij het complot en geld hadden aangepakt om Bertulf en zijn trawanten te helpen ontsnappen, wat allesbehalve strookte met de christelijke principes.

Op 17 december, een Quatertemper-zaterdag in de derde week van de advent, stierf Disdir, de broer van Isaac. De man durfde zich al weken niet meer op straat vertonen omdat de mare ging dat hij inderdaad op de hoogte was geweest van de smerige plannen van zijn familie. In het graafschap waren er nogal wat recht-geaarden die hem tot een tweekamp hadden uitgedaagd om op die manier het bewijs te leveren van zijn schuld. Robrecht be-hoorde tot hen die twijfelden aan Disdirs betrokkenheid. Vol-gens hem had Robrecht het Kind indertijd die verdachtmaking vanuit de toren geroepen om de schuld gedeeltelijk van zich af te schuiven. Maar de graaf hield er een andere mening op na en had Disdir verboden nog op te treden als zijn wijnschenker.

'Nu nog Haket,' zei Robrecht, toen hij op een avond bij Ma-thilde zat te eten. 'De dag dat hij voor zijn rechters staat, wordt er vervuld wat in *Exodus* staat, waar Jahwe tot Mozes zegt: Ik ben de Heer uw God die misdaden, fouten en zonden vergeeft zon-der ze ongestraft te laten, maar de ongerechtigheden der vaderen op hun zonen tot in het derde en vierde geslacht wreekt. Die dag zal Gods vergelding om de laffe moord op de edele ridder Bol-dran volledig zijn, want Haket was de vierde burggraaf van Brug-ge uit hetzelfde geslacht. Gerechtigheid was al eerder hersteld.'

'Hoezo?' reageerde Mathilde.

'Door de benoeming van Gervaas van Praet. Je weet, lieve, dat Gervaas stamt uit het geslacht van Boldran. Door hem burggraaf te maken heeft de koning een oud onrecht hersteld. Zo zie je maar dat de eeuwige gerechtigheid nooit faalt.'

426

Zondag 18 december 1127. Adventstijd en bitter koud. Een dik sneeuwtapijt bedekte al weken stad en land. De boeren vergingen van ellende in hun houten hutten en ook in Brugge was het een hele karwei om aan voldoende brandstof te geraken om zich te verwarmen.

Robrecht had de nacht bij Mathilde doorgebracht en was zoals gewoonlijk vroeg in de ochtend langs de proosdij en het klooster achter de kerk naar huis gelopen. Nadat hij de mis had opgedragen voor graaf Willem en gravin Johanna aan het altaar van Onze-Lieve-Vrouw op de tribune van Sint-Donaas, had hij een stevig maal genomen met flink wat eieren en vet vlees.

Nu stapte hij het Burchtplein op naar de Love. Het liep tegen de middag en onder de azuurblauwe lucht weerkaatste het licht van de lage zon op de hagelwitte sneeuw zodat de kleuren van de stad heviger werden en de contouren van de gebouwen scherper - wat hem vrolijk maakte, euforisch bijna. Door de sneeuw ploegend neuriede hij een liedje dat hij afgelopen voorjaar had geleerd van een ridder uit het gevolg van koning Lodewijk. De man was afkomstig uit de Corrèze en leefde maar voor twee zaken: vechten en vrouwen versieren.

Mijn hart is zo van vreugd vervuld
dat niets is wat het lijkt.
Een bloempje blank, verzilverd of verguld
de bittere koude blijkt.
Hoe meer het regent en het giet
hoe hoger mijn geluk.
Juist daarom stijgt mijn lied
en kan mijn deugd niet stuk.
Van zoveel hartstocht brandt mijn hart
van zoveel wedervaren
dat het ijs met lelietjes verwart
en sneeuw met groene blaren.

Was hij in een opperbeste bui, over de stemming in de Love

maakte hij zich niet veel illusies. De graaf liep er maar neerslachtig bij, en met reden. In augustus, tijdens de jaarmarkt op het feest van Sint-Pietersbanden, was er tussen hem en het volk van Rijsel een conflict uitgebroken om een horige. Het was uitgemond in een handgemeen waarbij leden van de grafelijke raad een paar klappen hadden moeten incasseren en nogal wat Normandiërs uit het gevolg van Clito in de poelen werden gegooid. Door een boete te betalen van veertienhonderd zilvermark, kwam Rijsel weer in de genade van de landsheer, maar sedertdien leefden graaf en stad in wederzijds wantrouwen.

Niet alleen in Rijsel rommelde het. In Brugge was de herinvoering van de gehate tol nog niet verteerd. In Gent smeulde opstand omdat het volk door burggraaf Wenemar werd geterroriseerd en uitgeperst. En in heel Vlaanderen knaagde een gevoel van onbehagen omdat het was uitgekomen dat Willem Clito toch duizend mark zilver als verheffingsgeld had betaald aan de Franse koning. Het nieuws kwetste veel Vlamingen in hun trots. Het land had helemaal geen graaf verkozen. Het was door Lodewijk verkocht als een ordinair stuk feodale grond! Voor de burgers was de maat vol. Gillis Vernaechtenzone had het gisteren nog gezegd: 'Denken die edelen nu echt dat ze de oude orde kunnen herstellen en weer naar hartelust tol en taksen op het volk leggen? Dat ze van vrije burgers weer horigen kunnen maken en de hand op hen leggen?'

En Giselbrecht, Robrechts vader, die pas terug was uit Engeland waar hij een partij wol was gaan kopen, had er bitsig aan toegevoegd: 'Misschien hadden Bertulf en zijn bende nog gelijk ook. Die vochten liever dan zich door een man van adel goedschiks te laten terugdringen naar hun toestand van lijfeigene. Het moet nu maar gedaan zijn met ons uit te persen en ons het geld af te nemen dat we met hard werken en eerlijke handel verdiend hebben. Maak dat de graaf eens wijs!'

Robrecht had er veel over nagedacht en hij was van plan de zaak vandaag voorzichtig onder de aandacht van Willem Clito te brengen. Hij liep de trap op naar de hoofdingang van het gravenhuis en begon de sneeuw van zijn schoenen te kloppen. Daardoor zag hij Fromold de Jonge niet die vanuit het westportaal van de kerk het Burchtplein overstak in zijn richting.

'Hé, Robrecht!'

'Ha! Fromold.'

'Heb je het al gehoord? Disdir, de broer van Isaac, is dood.'

'Ja. Ik weet het. Hebben ze Haket al?'

'Neen. Naar het schijnt is de graaf niet van plan hem op te jagen.'

'Waarom niet?'

'Haket zou een brief naar Willem Clito hebben geschreven waarin hij diep berouw betoont over zijn zonden en om genade smeekt.'

'Zal hij ze krijgen?'

'Me dunkt van wel, ja.'

Beiden liepen de grote zaal in, waar een zenuwachtige drukte heerste. Knechten plooiden tafels open en stelden ze op in lange rijen terwijl meiden er witte tafellakens over spreidden. Schrijnwerkers timmerden een verhoog met een hemel en een eredoek voor het grafelijk paar. Bedienden hingen, staande op ladders, vier wandtapijten op met taferelen uit de Trojaanse Oorlog. Het moest allemaal dienen voor het feestmaal dat de graaf aan enkele Normandische en Picardische edelen zou aanbieden.

Fromold begon zich op slag te bemoeien met de schikking van de wandkleden, want de bedienden, dommeriken als ze waren, hadden de *Brand van Troje* vóór de *Dood van Hector* gehangen, wat volgens de grafelijke secretaris een stommiteit was die meteen moest worden rechtgezet.

Robrecht stapte door de deur naar de trap en wilde die oplopen toen bovenaan een adellijk echtpaar verscheen dat juist de grafelijke vertrekken had verlaten en naar beneden wilde komen. Ze waren rijkelijk uitgedost. Hij met een tot op de grond reikende rode mantel, een witte kraag en een zwarte vilten hoed, zij met een donkerblauw kleed met witte stiksels en een kap in goudbrokaat. Beleefd bleef de jonge priester aan de onderste trede wachten tot de gasten beneden waren.

Plots herkende hij de vrouw. Agathe! De echtgenote van de heer van Flesselles met wie hij in Ieper aan tafel had gezeten en die hem verteld had over de liefde. Diezelfde verfijnde liefde waarop de ridder uit de Corrèze zo verzot was. Ze zag er nog altijd even betoverend uit met haar slanke figuurtje en haar blauwe blinkende kijkers. Robrecht wilde haar beleefd aanspreken, haar herinneren aan hun aangename conversatie van vorige winter en zich verontschuldigen voor het jammerlijke feit dat hij nooit naar Sens was vertrokken en dus ook zijn belofte niet gehouden had om haar te komen opzoeken, maar toen hij merkte dat het echtpaar hem hooghartig negeerde - Agathe had hem beslist niet herkend - zweeg hij. Ik zie ze straks wel, tijdens het feestmaal, dacht hij. Ik zal aan de hofmeester vragen mij naast haar te zetten. Dan kunnen we ons gesprek weer opnemen. Wellicht heeft ze nieuwe liederen gehoord en kan ze erover vertellen.

Op de overloop vernam hij van een kamermeisje dat Willem en Johanna zich te rusten hadden gelegd en niet gestoord wilden worden. Niet goed wetend wat doen, drentelde hij door de gewelfde overgang van de Love naar Sint-Donaas. Op de tribune bleef hij staan kijken langs de zuiltjes van de rondbogen naar de centrale achthoekige kolom met de lange kabel van de kroonluchter. Wat was hier door Gods beschikking toch allemaal tot stand gebracht? Verraad, doodslag, ontering, verdorvenheid, hebzucht...

Bertulf en zijn neven hadden het niet verdiend in een land te leven met aan het hoofd een vorst zoals Karel de Goede. Vroom, machtig, katholiek, na God een toeverlaat voor de armen, een beschermer van de kerken Gods, een verdediger van het vaderland. Zoveel vooruitgang had Vlaanderen onder zijn bestuur gemaakt dat de duivel wel moest ingrijpen en het graafschap op zijn grondvesten deed schudden. Maar nu was het allemaal voorbij. Een nieuwe, jonge graaf had het heft in handen genomen en zou de voorspoed van vroeger terugbrengen.

Al lopend was Robrecht tot bij het altaar van Onze-Lieve-Vrouw gekomen. Hij stak twee kaarsen aan, plaatste ze aan weerszijden van het beeld van de Maagd en knielde neer op de bidstoel van de graaf.

'Mijn Heer en God,' bad hij. 'Laat Uw zegen neerdalen over ons land en over onze graaf. Help hem deze moeilijke tijd door te komen. Deze tijd van gekanker en kritiek, van gemor en geklaag waarin edelen en burgers vinden dat ze onrechtvaardig behandeld worden. Het is niet aan de onderdanen om de vorst tot de orde te roepen. Alleen aan U is de landsheer rekenschap verschuldigd, want hij is door U boven het volk aangesteld.

Wat de vorst doet, is goed gedaan.

Ik heb ooit gelezen dat, toen Alexander de Grote lag te treuren over de dood van zijn vriend Clitus die hij in een dronkemansbui had neergeslagen, een van de filosofen van zijn hofhouding naar hem toekwam en spottend zei: kijk eens aan! Dit is dan Alexander, de Heerser over de Wereld! Hij ligt hier te janken als een slaaf, uit schrik voor de wet en het oordeel van de mensen voor wie hij zelf de wet zou moeten zijn. Ken je dan de betekenis niet van het gezegde dat gerechtigheid aan de rechterhand zit van God? Dat betekent dat wat door God bevolen wordt, goed is. Hetzelfde geldt op aarde. Wat door de koning wordt gedaan, moet juist worden geacht, eerst en vooral door de koning zelf en vervolgens door alle mensen.

Ook de apostel zegt het: elke ziel moet zich onderwerpen aan elk gezag: aan de koning als de hoogste in rang, aan de bestuurders als door God aangesteld. En ik weet het, Heer, ik heb het in Laon geleerd en kanunnik Galbrecht heeft er me onlangs nog aan herinnerd: die 'als' slaat hier niet op een vergelijking, maar op een bevestiging, want in de Heilige Schrift wordt 'als' gebruikt voor wat werkelijk waar is. 'Als een bruidegom' betekent een werkelijke bruidegom. En 'als door God aangesteld' betekent door Gods beschikking boven ons geplaatst.

Gij hebt het goed voor met Vlaanderen, Heer. Door uw onverbiddelijk oordeel hebt Gij, aan wie de wraak toekomt, de moordenaars van onze goede graaf Karel gestraft. Allen die bij het verraad betrokken waren, rechtstreeks omdat ze meegewerkt hebben aan het complot of onrechtstreeks omdat ze hand- en spandiensten hebben verleend, allemaal zijn ze door uw zwaard dodelijk getroffen. En toch is de langverwachte vrede niet teruggekeerd. Er heerst onbehagen bij de burgers in de steden en bij de edelen in hun versterkte burchten. Wat brengt de toekomst? Hoe loopt het af met deze graaf? Gaan onze mensen weer aan het intrigeren om hem het leven zuur te maken?

En wat gebeurt er met mij? Tot vier keer toe al heeft de graaf me te verstaan gegeven dat ik binnenkort op een prebende mag rekenen zodat mijn plaats als kanunnik in het kapittel van Sint-Donaas verzekerd is. Als ik het aanvaard - en waarom zou ik niet? - komt dat mijn inkomen en mijn reputatie ten goede. Een plaats in het kapittel geeft redelijk uitzicht op een benoeming als proost en als kanselier van Vlaanderen. In dat geval word ik toch nog de hoogste geestelijke in rang en de tweede man in het Rijk.

Maar stel dat het slecht afloopt met deze graaf. Zit ik dan weer in nesten? Zie ik dan weer mijn toekomst in elkaar storten? Of moet ik voorzichtig zijn? Mijn lot niet te sterk verbinden met dat van Clito en zijn Normandiërs? Contact houden met de kring der wijze burgers en ze op de hoogte houden van wat er in de Love omgaat? Zonder mijn goede relatie met Wouter en de andere ridders van het grafelijk hof te veronachtzamen? Iedereen te vriend houden? Want ik ben kwetsbaar. Ze weten het van Mathilde. De dag dat het hen dienstig is, zullen ze me ermee chanteren, gebruiken ze het om mij genadeloos ten gronde te richten.'

Hij zuchtte en besefte plots dat hij niet meer aan het bidden was tot God, maar aan het praten met zichzelf. Daarop herstelde hij zich, richtte de blik op het beeld van Onze-Lieve-Vrouw en vouwde vroom de handen.

'Moeder Gods,' prevelde hij. ' Waar is de tijd dat ik als kind uit Mesen kwam, op de kar, naast Wouter, vast van plan mijn leven onder uw hoede te plaatsen, onder de bescherming van de *Alma Redemptoris Mater*, de milde Moeder Gods, de ster der zee over wie de nonnen zo hemels gezongen hadden? Waar is de tijd dat ik in het duin bij Ligier zat en hem het zilveren kruisje schonk als teken van mijn belofte dat ik na mijn studies in Laon naar Onze-Lieve-Vrouw ten Duinen zou terugkeren? Wat is er van terechtgekomen? Niets. Ik ben priester, ja. Maar wat voor een priester? Een die bevlekt is, die 's nachts bij een vrouw slaapt en in de dag het Lichaam en het Bloed van Christus in zijn onreine handen neemt. Een priester die ervan droomt kanselier van Vlaanderen te worden en te zwelgen in luxe en rijkdom.

En dan te denken dat ik mij vast had voorgenomen een leven te leiden van stilte, studie, soberheid en godsvrucht, ver van alle gewoel, ver van de stad met haar onbenulligheden, ver van het grafelijk huis met zijn overdaad aan praal, ver van de hogere geestelijkheid met haar hang naar macht en geld.

Heilige Moeder, hoe ver toch ben ik van mijn oorspronkelijk levensplan afgedwaald! Help mij. Verlaat mij niet. Bid voor mij tot uw Zoon, smeek Hem dat Hij mij de weg in het leven wil tonen. De weg die naar de hemelse zaligheid leidt. Ik wil mij on-

432

derwerpen aan zijn wil. Ik zal alles doen wat Hij mij vraagt. Maar... ik houd zo zielsveel van Mathilde.'

Hij schrok omdat iemand op zijn schouder tikte. Het was een dienaar van de graaf, te zien aan zijn roze jak en beige hozen.

'Heer Robrecht. De graaf ontbiedt je.'

'Ik kom,' antwoordde Robrecht.

Terwijl hij opstond, viel zijn blik op de flikkerende kaarsen. Hij glimlachte omdat hij zich herinnerde hoe hij als kind en misdienaar de stompjes had gestolen en verkocht. De hand achter de vlam houdend, blies hij ze uit en liep achter de dienaar door de overdekte gang naar de Love terug.

Einde van het eerste deel

Nawoord

Met onze neus zitten we al in de 21ste eeuw. En we weten nog altijd niet wat er met Vlaanderen te gebeuren staat. Onafhankelijke staat? Deelstaat van een confederaal België? Deelstaat van Groot-Nederland? Weinigen hebben er zicht op. Zeker is wel dat Vlaanderen zijn plaats in Europa opeist en resoluut aan de toekomst werkt.

In de 12de eeuw was het niet anders. Vlaanderen - zonder de brokken Brabant en Limburg van vandaag, en met Zeeuws- en Frans-Vlaanderen erbij - stond op een kruispunt. Zo welvarend was het en zo vooruitstrevend dat het de toon zette in het Westen. Duitse ridders gebruikten liever het woord *ors* dan *ros* omdat het een moderne Vlaamse bijklank had[1]! Het land werd geleid door een graaf, bijgestaan door een raad *(curia comitis)* en een goed georganiseerde centrale administratie, een van de eerste trouwens op het Europese continent.

Als opvolger van de vrij doortastende Boudewijn VII met de Bijl *(Hapken)* genoot Karel van Denemarken - later *de Goede* genoemd en zalig verklaard in 1882 - in de hele westerse wereld achting om zijn verstandig bestuur. De structurele maatregelen die hij nam tijdens de hongersnood van 1124 en 1125, maakten van hem een der eerste moderne vorsten van Europa. Zo immens was zijn moreel gezag dat hij zelfs de Duitse keizerskroon kreeg aangeboden. Zijn dood veroorzaakte een crisis van West-Europees formaat, om het met professor R.C. van Caenegem te zeggen[2]. Wat er gebeurd zou zijn, mocht deze opmerkelijke graaf op die mistige woensdagochtend niet zijn vermoord en - integendeel - de kans hebben gekregen de opponerende clan van de Erembalden uit te roeien, valt niet te achterhalen. Maar het lijkt niet onrealistisch te stellen (zoals ik doe in deze roman) dat hij plannen koesterde om zich vroeg of laat te ontdoen van zijn vazallenbanden met de Franse koning (Kroon-Vlaanderen) en de Roomse keizer (Rijks-Vlaanderen) - zodat hij zijn land een onafhankelijke koers kon laten varen.

Daarom is het beslist geen overdrijving 2 maart 1127 als een van de belangrijkste data uit onze geschiedenis te beschouwen.

Die dag verloor ons volk een van zijn knapste managers, om een hedendaagse term te gebruiken (die uitstekend op hem toepasbaar is), waardoor het graafschap, in plaats van resoluut de leiding te nemen in Europa, in een diepe crisis werd gedompeld die pas opgelost geraakte met het aantreden van Diederik van de Elzas als nieuwe graaf.

Precies deze episode is ons uitstekend bekend omdat ze te boek werd gesteld door de notarius Galbertus van Brugge, over wie we overigens bitter weinig weten. Zijn werk *De multro, traditione, et occisione gloriosi Karoli comitis Flandriarum* (Over de verraderlijke moord op Karel, de glorieuze graaf van Vlaanderen) was één van de opmerkelijkste en origineelste boeken uit de 12de eeuw.

En om die Galbertus is het mij te doen. Zoals ik vroeger al in De Standaard schreef [3]: er is iets aan de hand met zijn tekst. Ook al heeft die een ongemeen historisch belang, al beschrijft hij een cruciale periode uit onze geschiedenis, al bevat hij onschatbaar veel informatie over onze sociale, politieke en institutionele ontwikkeling, al portretteert hij een van onze intrigerendste graven, al is hij boeiend en soms zelfs spannend... - bijna niemand in Vlaanderen kent die tekst. In de klassieke humaniora hebben tienduizenden jonge Vlamingen kennisgemaakt met Thucydides en Tacitus, ze hebben Caesar en Herodotus ontcijferd, zelfs stukken uit Froissart en Toynbee gelezen, maar *nooit* hebben ze iets vernomen over Galbertus van Brugge, een historicus die door sommigen tot de grootste dramatische auteurs van de Middeleeuwen wordt gerekend!

Is het niet om in de grond te kruipen van schaamte dat het tot 1978 geduurd heeft voor er een Nederlandse vertaling van dit werk kwam? In de 16de eeuw bestond er al een Franse versie! En in de 19de eeuw kenden twee moderne Franse vertalingen succes: de eerste, van François Guizot[4] uit 1825, de tweede, van Joseph-Octave Delepierre en Jean Perneel[5] uit 1830. Ze hadden zoveel bijval dat ze herdrukt werden, de laatste tot verschillende keren toe.

Is het schaamrood hiermee van onze wangen? Vergeet het. James Bruce Ross gaf in 1959 een Engelse vertaling uit onder de titel *The Murder of Charles the Good, Count of Flanders* - een bestseller, sindsdien herhaaldelijk herdrukt. Een van de meest gelezen teksten in het Amerikaanse geschiedenisonderwijs.

Dat de eerste kritische uitgave bezorgd moest worden door een Franstalige historicus, Henri Pirenne - zeker niet de geringste - kan nog als een eer worden beschouwd. Maar dat hedendaagse Vlaamse historici zich zo'n vette kluif lieten ontglippen, is dat niet ten hemel schreiend? In 1994 publiceerde Jeff Rider zijn kritische uitgave in de prestigieuze en wereldwijd verspreide reeks *Corpus Christianorum*[6] bij Brepols in Turnhout. Rider, jawel, is een Amerikaan.

Gelukkig hebben we de vertaling uit 1978 van Albert Demyttenaere, met een briljante inleiding van professor Raoul van Caenegem. Wijdverbreid is ze niet: ze verscheen in de prestigieuze reeks van het Mercatorfonds[7] en siert bijgevolg eerder de bibliotheken van artsen en notarissen dan die van studenten geschiedenis. Gelukkig heeft het Davidsfonds er in 1999 een nieuwe - verbeterde - uitgave van bezorgd, zodat de originele tekst nu in het bereik is van iedereen.

Toen ik die kritische uitgave van Jeff Rider in de lente van 1995 onder ogen kreeg en aan de lectuur ervan begon, werd het mij al snel duidelijk dat we hier met een fantastische tekst te maken hebben. Mijn eerste idee was hem te vertalen en te publiceren - in een goedkope reeks, zodat iedereen er kennis mee kon maken. Maar toen Gaston Durnez mij *De sterren van Eger* van de Hongaar Géza Gárdonyi te lezen gaf - een historische roman, gebaseerd op een middeleeuwse Latijnse tekst - en ik nadien hoorde dat Bert Demyttenaere een herziene vertaling van Galbertus voorbereidde, was mijn beslissing genomen. Ik zou een roman schrijven met drie lagen:
- als kern het vrijwel integrale relaas van Galbertus van Brugge;
- als achtergrond het Vlaanderen van de 12de eeuw zoals dat uit de 20ste-eeuwse historiografie naar voren komt;
- als leidraad een fictief verhaal.

Om de lezer wegwijs te maken in de personages uit die bewogen tijd, geef ik achteraan een genealogie van het Vlaamse gravenhuis en van de clan van de Erembalden. Bij de laatste stamboom zijn de fictieve figuren in cursief toegevoegd. Omdat Brugge zo'n belangrijke rol in het verhaal speelt, heb ik ook de kaart van de stad en de burg laten afdrukken, zoals ze door Luc Devliegher werd getekend.

Voor alle duidelijkheid. De hoofdfiguur, Robrecht van Brugge, is historisch. Maar we weten zo weinig over hem dat ik alle ruimte behield om zijn leven in te vullen. Zeker het eerste gedeelte ervan. Meer wil ik over hem voorlopig niet kwijt omdat het de spanning uit het volgende deel zou halen.

Volkomen fictief zijn: hofmeester Evrard Lodemare, zijn vrouw Beatrijs Verbrugghe en hun kinderen Willem, Mathilde en Wouter, al knoopt de laatstgenoemde aan bij de tekst van Galbertus - en wel in hoofdstuk 38 waar een zekere Walterus, *miles obsidionis* (een ridder onder de belegeraars) het woord neemt. Fictief zijn voorts ook de ouders van Robrecht (Giselbrecht Ruese en Johanna Gheliaert), zijn broer Christiaan, de persoonlijke kanseliersdienaar Rainier, de pastoor van Sint-Kristoffel, de burgers Gillis Vernaechtenzone, Roeland Bossuyt en Heribert Cannaerts, en nog enkele andere, minder belangrijke personages.

De figuur van Bertulf, proost van het kapittel en kanselier van Vlaanderen, daarentegen, is historisch. Op Galbertus betrouwend, komen we enkele van zijn karaktertrekken te weten - hij is arrogant, hebzuchtig, corrupt, verhangen aan luxe en comfort - maar dat volstaat niet om de figuur in te vullen. Voortbouwend op dat portret, heb ik hem getekend als een dwingeland die meedogenloos en spottend optrad als hij de macht in handen had, maar ook als twijfelaar die bij de minste tegenslag de moed liet zakken. Het spreekt vanzelf dat zijn geilheid en de historie van de verkrachting van Mathilde compleet fictief zijn.

En dan is er de moord op Boldran waarmee de roman begint. Volgens sommigen[8] is ze verzonnen en gaat het om pure kwaadsprekerij om de Erembalden in een nog slechter daglicht te plaatsen dan ze al stonden. Volgens Galbertus is de neergang van het geslacht der Erembalden - met Bertulf, kanselier van Vlaanderen op kop - een direct gevolg van de misdaad die hun voorvader had gepleegd.

Uiteindelijk heb ik voor de thesis van de moord gekozen omdat ze door Galbertus zelf met grote nadruk en verve wordt naar voren geschoven en op de koop toe een uitstekende kans biedt met de deur in huis te vallen.

Ik heb er angstvallig over gewaakt dat de lezer, voor zover mogelijk, een nauwkeurig beeld krijgt van het Vlaanderen uit het begin van de 12de eeuw. Voor het landschap bijvoorbeeld heb ik mij gesteund op het onderzoekswerk van professor Adriaan Verhulst[9]; voor het leven van de kluizenaar Ligier kon ik geen betere gids vinden dan de studies van professor Ludo Milis[10].

Verre van mij om hier alle werken te citeren die ik gebruikt heb. Toch nog dit. Ook wat gezegd wordt, komt vaak uit eigentijdse bronnen. Als Odger van leer trekt tegen de witte monniken, dan heb ik die tekst niet uit mijn duim gezogen. Odgers tirade is niets anders dan een gedeelte van de tekst van Paganus Bolotinus, die kanunnik was in Chartres rond 1130[11]. En als Robrecht een liedje zingt op weg naar de Love, dan heb ik dat niet zelf op vers gezet, maar wel gevonden bij een van de grote dichters uit het begin van de 12de eeuw, Bernatz de Ventadorn uit de Corrèze.

Mij bewust van het feit dat ik geen specialist ter zake ben, heb ik mij gewend tot historici, kenners van de 12de eeuw, die mijn tekst geheel of gedeeltelijk hebben nagelezen en er niet zelden anachronismen of fouten hebben uitgehaald. Dank dus aan Jef Janssens, Geert Berings, Raoul Bauer, Raymond van Uytven en dom Anselmus Hoste voor hun kritische bedenkingen. Dank ook aan dom Justinus Desmyter die, net zoals Pieter van Dooren, Peter Selhorst, Goedele Geryl en Paul de Broe, de tekst aandachtig hebben doorgenomen. Dank ten slotte aan Ludo van den Eynden die er de taalfoutjes heeft uitgezuiverd.

Als basis heb ik de kritische uitgave gebruikt van de Latijnse tekst door Jeff Rider in het *Corpus Christianorum*. Uiteraard heb ik veel gehad aan de vertaling van Albert Demyttenaere. Soms volg ik ze bijna letterlijk, in andere gevallen vertaal ik anders.

Het spreekt vanzelf dat de echte verdienste om Galbertus te verspreiden in Vlaanderen toekomt aan Henri Pirenne, Raoul van Caenegem, Jeff Rider en Albert Demyttenaere. Mijn enige opzet is het geweest dit onvoorstelbare verhaal, deze unieke episode uit de geschiedenis van Vlaanderen, bij een breder publiek kenbaar te maken.

En een leesbare roman te schrijven.

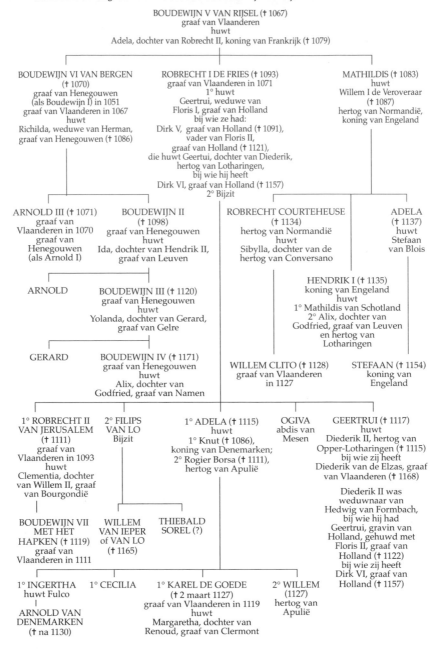

BOUDEWIJN V VAN RIJSEL († 1067)
graaf van Vlaanderen
huwt
Adela, dochter van Robrecht II, koning van Frankrijk († 1079)

BOUDEWIJN VI VAN BERGEN
(† 1070)
graaf van Henegouwen
(als Boudewijn I) in 1051
graaf van Vlaanderen in 1067
huwt
Richilda, weduwe van Herman,
graaf van Henegouwen († 1086)

ROBRECHT I DE FRIES († 1093)
graaf van Vlaanderen in 1071
1° huwt
Geertrui, weduwe van
Floris I, graaf van Holland
bij wie ze had:
Dirk V, graaf van Holland († 1091),
vader van Floris II,
graaf van Holland († 1121),
die huwt Geertui, dochter van Diederik,
hertog van Lotharingen,
bij wie hij heeft
Dirk VI, graaf van Holland († 1157)
2° Bijzit

MATHILDIS († 1083)
huwt
Willem I de Veroveraar
(† 1087)
hertog van Normandië,
koning van Engeland

ARNOLD III († 1071)
graaf van
Vlaanderen in 1070
graaf van
Henegouwen
(als Arnold I)

BOUDEWIJN II
(† 1098)
graaf van Henegouwen
huwt
Ida, dochter van Hendrik II,
graaf van Leuven

ROBRECHT COURTEHEUSE
(† 1134)
hertog van Normandië
huwt
Sibylla, dochter van de
hertog van Conversano

ADELA
(† 1137)
huwt
Stefaan
van Blois

HENDRIK I († 1135)
koning van Engeland
huwt
1° Mathildis van Schotland
2° Alix, dochter van
Godfried, graaf van Leuven
en hertog van
Lotharingen

ARNOLD

BOUDEWIJN III († 1120)
graaf van Henegouwen
huwt
Yolanda, dochter van Gerard,
graaf van Gelre

GERARD

BOUDEWIJN IV († 1171)
graaf van Henegouwen
huwt
Alix, dochter van
Godfried, graaf van Namen

WILLEM CLITO († 1128)
graaf van Vlaanderen
in 1127

STEFAAN († 1154)
koning van
Engeland

1° ROBRECHT II
VAN JERUSALEM
(† 1111)
graaf van
Vlaanderen in 1093
huwt
Clementia, dochter
van Willem II, graaf
van Bourgondië

2° FILIPS
VAN LO
Bijzit

1° ADELA († 1115)
huwt
1° Knut († 1086),
koning van Denemarken;
2° Rogier Borsa († 1111),
hertog van Apulië

OGIVA
abdis van
Mesen

GEERTRUI († 1117)
huwt
Diederik II, hertog van
Opper-Lotharingen († 1115)
bij wie zij heeft
Diederik van de Elzas, graaf
van Vlaanderen († 1168)

Diederik II was
weduwnaar van
Hedwig van Formbach,
bij wie hij had
Geertrui, gravin van
Holland, gehuwd met
Floris II, graaf van
Holland († 1122)
bij wie zij heeft
Dirk VI, graaf van
Holland († 1157)

BOUDEWIJN VII
MET HET
HAPKEN († 1119)
graaf van
Vlaanderen in 1111

WILLEM
VAN IEPER
of VAN LO
(† 1165)

THIEBALD
SOREL (?)

1° INGERTHA
huwt Fulco

ARNOLD VAN
DENEMARKEN
(† na 1130)

1° CECILIA

1° KAREL DE GOEDE
(† 2 maart 1127)
graaf van Vlaanderen in 1119
huwt
Margaretha, dochter van
Renoud, graaf van Clermont

2° WILLEM
(1127)
hertog van
Apulië

440

Beknopte stamboom van de familie der Erembalden

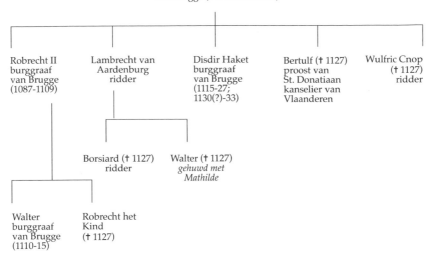

EREMBALD VAN VEURNE († 1089)
burggraaf van Brugge
huwt
Duive = Dedda of Duva
weduwe van burggraaf Boldran
van Brugge († voor mei 1067)

Robrecht II
burggraaf
van Brugge
(1087-1109)

Lambrecht van
Aardenburg
ridder

Disdir Haket
burggraaf
van Brugge
(1115-27;
1130(?)-33)

Bertulf († 1127)
proost van
St. Donatiaan
kanselier van
Vlaanderen

Wulfric Cnop
(† 1127)
ridder

Borsiard († 1127)
ridder

Walter († 1127)
*gehuwd met
Mathilde*

Walter
burggraaf
van Brugge
(1110-15)

Robrecht het
Kind
(† 1127)

1. J.BUMKE, *Höfische Kultur, Literatur und Gesellschaft in hohen Mittelalter*, Munchen, 1986, Band 1, p. 236.
2. R.C. VAN CAENEGEM, 'De Vlaamse crisis van 1127-1128', in: *De moord op Karel de Goede*, Antwerpen, 1978, p. 28 en (in verzwakte vorm) Leuven, 1999, p. 27.
3. De Standaard, donderdag 27 april 1995, De Standaard der Letteren, p. 11.
4. F. GUIZOT, 'Vie de Charles le Bon, Comte de Flandre', in: *Collection des mémoires relatifs à l'histoire de France depuis la fondation de la monarchie française jusq'au XIIIe siècle*, Parijs, 1825.
5. J.-O. DELEPIERRE en J. PERNEEL, *Histoire du règne de Charles le Bon, précédée d'un résumé de l'histoire des Flandres*, Brussel, 1830.
6. J. RIDER, 'Galbertus Notarius Brugensis. De multro, traditione, et occisione gloriosi Caroli comitis Flandriarum', in: *Corpus Christianorum*, Continuatio medievalis, nr. 13, Turnhout, 1994.
7. *De moord op Karel de Goede, Dagboek van de gebeurtenissen in de jaren 1127-1128*, Antwerpen, 1978.
8. C. CARTON, *Notice sur Erembald, châtelain de Bruges*, 1847 en W.L. Bommaert, *Les châtelains de Flandre*, 1915.
9. A. VERHULST, *Het landschap in Vlaanderen in historisch perspectief*, Antwerpen, 1964.
10. L. MILIS, 'Ermites et Chanoines Réguliers au XIIe Siècle', in: *Cahiers de Civilisation Médiévale*, XXI, 1 (fasc. 85), 1979, p. 39-80.
11. Dom J. LECLERCQ, 'Le poème de Payen Bolotin contre les faux érémites', in: *Revue bénédictine*, LXVIII, 1958, p. 52-86.

COLOFON

Donder, Vic de
Zonsverduistering boven Brugge

Leuven, Davidsfonds/Literair, 2000
© 2000, Uitgeverij Davidsfonds NV, Leuven
Blijde-Inkomststraat 79-81, 3000 Leuven
444 p., 22 cm
Gedrukt en gebonden bij Scheerders van Kerchove NV, Sint-Niklaas
Vormgeving: Jocelyn Gautama
Omslagontwerp: Jocelyn Gautama
Omslagillustratie: *Vera effigies* van Karel de Goede, detail. Brugge,
Sint-Salvatorskathedraal. Foto: Hugo Maertens.
Karel de Goede schenkt in 1123 grond aan de Onze-Lieve-Vrouwabdij
bij Ieper, oorkonde, detail. Brugge, Rijksarchief, Fonds
Nonnenbossche 1. Foto: Hugo Maertens.

D/2000/0201/05
ISBN: 90-6306-410-1
Doelgroep: volwassenen
NUGI: 300   SISO: 852.7